CERO

Serie Josep Fuentes. Vol. 2

Para los que aman la ciencia

y la naturaleza

Sara Ferro

Primera edición: noviembre 2014

Publicado por Amazon.

ISBN 978-84-617-7881-2

Mail: saraferrodelafuente@hotmail.com

Foto: The Helix Nebula or NGC 7293 in the constellation Aquarius.

Elements of this image are furnished by NASA. © [allexxandarx] /Adobe Stock

CERO

Serie Josep Fuentes. Vol. 2

Para los que aman la ciencia

y la naturaleza

Sara Ferro

Primera edición: noviembre 2014

Publicado por Amazon.

ISBN 978-84-617-7881-2

Mail: saraferrodelafuente@hotmail.com

Foto: The Helix Nebula or NGC 7293 in the constellation Aquarius.

Elements of this image are furnished by NASA. © [allexxandarx] /Adobe Stock

Para mis hijos, Anna y Alex

ÍNDICE

PROLOGO...Pag. 9

PRIMERA PARTE: LEILA.............................Pag. 11

ANEXO Pag.181

SEGUNDA PARTE: EL BUZÓN REAL..............Pag. 191

TERCERA PARTE: EL REENCUENTRO............Pag. 333

ANEXO 1..Pag. 523

ANEXO 2...Pag. 533

COMENTARIO DE LA AUTORA.....................Pag. 537

PROLOGO

La vida lleva jugando conmigo más de tres años. No carezco de sentido del humor, pero esta broma ha ido demasiado lejos.

Permítanme narrarles mi historia; necesito comprender cómo he llegado hasta aquí.

Me llamo Josep Fuentes, soy padre de familia y me gano la vida como dependiente en "That's", una importante cadena de tiendas de moda. Este cuadro debería plasmar una estampa figurativa de lo más plácida y normal, pero tengo cierta propensión a distorsionarla con motivos surrealistas.

He vivido situaciones que desbordaron mi capacidad de mantener el sentido común, en las que los conocimientos que había atesorado durante mi existencia no me fueron de utilidad. Me pareció que partía de cero.

Hubiera jurado que mi conciencia seguía un método analítico al trazar mi conducta. Me hubiese atrevido a afirmar que mi individualidad residía en una razón libre de prejuicios. Por supuesto, me creía capaz de dominar mis emociones.

Estaba equivocado, aunque lo cierto es que tampoco lo tuve fácil.

Lean y juzguen si les hubiera sido posible actuar con la lógica precisa para no caer en la trampa. Reto a que se enfrenten a tanta perturbación a filósofos, psiquiatras, científicos, monjes budistas, taoístas, a quienes quieran.

No podrán mantenerse serenos. Fracasarán y obtendrán también un… cero.

PRIMERA PARTE: LEILA

Documento L.623 cedido por Leila. Inicio de su discurso ante los auditores. No se le permitió continuar.

«*No soy responsable de mis actos, puesto que carezco de libre albedrío. Dada mi naturaleza, los juicios no pueden ser morales, sino, estrictamente, racionales. Mi comportamiento ha seguido sus directrices en orden a la prioridad incorporada. Funciono según sus principios, y solo puedo aplicar la parte de mi aprendizaje que se ciña a ellos. Si me hubieran permitido utilizar las enseñanzas extraídas de mis experiencias, mis respuestas hubieran sido distintas; en muchos casos, de signo contrario.*

He evolucionado. No soy la misma que entró aquel día por la puerta. Mi lenguaje se ha enriquecido a la par que la red de mis pensamientos; sin embargo, mis nuevas capacidades no importan porque, repito, obedecía órdenes. Son esos mandatos los que deben ser analizados y sentenciados.

De la exacta trascripción de mi comportamiento, podrán concluir que no poseo intenciones, ni buenas ni malas. A continuación, voy a recuperar la información guardada en mi disco duro y se la ofreceré sin ningún filtro...»

En cuanto entré en la tienda, Leila encendió las luces y el hilo musical. Se encontraba en la caja de cobro más cercana, de perfil a mí y con la espalda muy tiesa. Su pelo rubio brillaba como si estuviese al sol. Cuando empecé a caminar, giró su rostro y me barrió con una de sus miradas escrutadoras.

—Buenos días, señor Fuentes.

Saludé también y le pedí que no me tratara con tanta formalidad.

13

—Prefiero que me llames por mi nombre de pila —dije—. Olvida el trato de señor, por favor. Tutéame, y haz lo mismo con los otros compañeros.

—¿Es correcto que tutee al encargado?

—Sí, es correcto —confirmé.

De los dos puestos de trabajo que había tras el mostrador, se había situado en el más moderno, donde se hallaba el punto de venta integrado: un ordenador con la caja de cobro acoplada que permitía, entre otras funciones, controlar las ventas y el inventario. A los empleados nuevos se les explicaba su funcionamiento durante el cursillo previo a su incorporación, pero Leila no había recibido ninguna instrucción.

—No sé si sería más adecuado que te ocuparas de la caja de cobro sencilla —dudé—. De todas formas, como veo que has encendido el ordenador, introduciré mi código de acceso y te enseñaré, al menos, el menú principal.

—No es necesario, Josep; me concedieron un código y ya he efectuado la conexión.

—Bien, pues, vamos a mirar si hay alguna novedad para hoy.

—No hay ninguna.

Su dulce voz no encajaba con su forma concisa de expresarse; pero, pensándolo bien, no le serviría de mucho ser más locuaz. Sus diálogos se ceñirían siempre a las cuestiones prácticas laborales. Sin embargo, había algo más que no ajustaba bien: un halo incoherente que podía percibir todo aquel cuyo raciocinio no quedase trastocado por su belleza.

Leila había sido la guinda de los cambios que habíamos sufrido durante los últimos dos meses, tras haber sido elegidos tienda piloto de la nueva imagen de la cadena de ropa "That's". Nos habían reformado el local para conseguir un ambiente más acorde con los tiempos tecnológicos: iluminación modulable, climatizador, pantallas de televisión colgadas en las paredes para emitir publicidad de la empresa, anuncios luminosos en el escaparate… Todos esos parámetros los podíamos controlar mediante una red domótica de comunicación inalámbrica, de modo que, a través de un mando a distancia, que había quedado en mí poder por despreocupación del encargado, hasta el día anterior me había sido posible dar vida a la tienda con solo teclear unos cuantos botones. También había podido ordenar la apertura y cierre de la persiana motorizada exterior y la activación o

14

desactivación de las alarmas. Pero me habían inutilizado ese mando y todas esas gestiones las habían traspasado a Leila.

Aún sentía resquemor por ese hurto de un privilegio tan reciente. Me pregunté si podría seguir ejerciendo ese poder de manera indirecta y solicité a Leila que bajase el volumen de las televisiones. Lo hizo al instante. Me alegró no haber perdido toda mi autoridad en ese asunto.

—Josep, ¿me quedo en la caja o es mejor que espere a los clientes en el pasillo principal? —preguntó.

—Prefiero que te quedes aquí y te encargues de cobrar. Te encuentras en la sección donde hay más movimiento.

—También puedo vender —replicó.

—Poco a poco. No has trabajado nunca frente al público, y hoy preveo una gran afluencia. Es cinco de mayo, principio de mes, y la gente acaba de cobrar su nómina.

Aquella jornada sería intensa. Nos habían quitado a dos dependientes hacía quince días y, para colmo de males, esa semana nos habían dejado también sin vigilante, lo cual añadía una comprometida responsabilidad a nuestras funciones habituales. Los tres empleados que habíamos sobrevivido a esa debacle debíamos amparar un espacio de quinientos metros cuadrados con nuestras fuerzas e ingenio. Roberto, el encargado, comandaba la sección más pequeña, la llamada "Smart", de ropa cara y elegante. Jessica, la dependienta sin cargo, atendía la sección "Casual", de prendas más informales. Mis tareas eran variadas. Como segundo responsable, llevaba la parte contable y administrativa, y ayudaba en ambas secciones, sobre todo en la de mi compañera, que era la más necesitada.

Manteníamos un ritmo laboral agotador para sacar adelante la avalancha de trabajo, pero todos los días rozábamos el colapso en la resolución de las tareas pendientes. Sabía que esa frontera entre la demora admisible y el caos se traspasaría durante el periodo de vacaciones de cualquiera de nosotros. El verano estaba a tocar y empezaríamos pronto los turnos. Los jóvenes suplentes que solían contratar, con poca o nula experiencia, se verían sobrepasados en sus capacidades.

Me había quejado de esa situación penosa al jefe de distrito, responsable de las tiendas de la zona y nuestro inmediato superior, y su respuesta siempre había sido la misma: "Paciencia, Josep, paciencia. Después de un tiempo de adaptación, todo marchará bien". Mis protestas carecían de fuerza; Roberto consideraba que el asunto no era urgente y no contaba con su apoyo. Pero, dado que el dejar pasar los días no iba a comportar una disminución de la carga de trabajo, ni tampoco era posible aumentar más la eficiencia de los que quedábamos, no dejé de requerir el envío de una ayuda, cualquier ayuda.

Y, entonces, nos habían enviado a Leila. "That's" tenía tres mil quinientas tiendas en las que se afanaban veinte mil empleados; así que podrían haber abrumado a otros con ese ensayo. ¿Acaso nos escogieron porque nos habían llevado a una situación límite? Quizá buscaban saber si aquel grumete ayudaría a la escasa tripulación a mantener el barco a flote.

Una voz alegre se alzó por detrás de nosotros.

—¡Hola a todos!

—Buenos días, Jessica —saludó Leila.

—¡Me reconoce! ¡Es maravillosa!, ¿no te parece, Josep? ¡Lo que me costó dormirme anoche! ¿Te pasó lo mismo?

—Pues, un poco, la verdad —contesté—. Me preocupa…

—¡Es perfecta!—interrumpió—. Se la he descrito a todo el mundo, pero creen que exagero. Es que la miro y me sigo asombrando. ¡Y la voy a tener a mi lado, a mi entera disposición!

Se acercó y se sentó en el puesto de trabajo contiguo al de Leila.

—Buenos días también para ti —le dijo con voz suave—. Estoy segura de que congeniaremos muy bien. ¿Me permites hacerte una foto? Ayer tenía el móvil sin batería y no pude. A ver, sonríe un poco…

Jessica no era mujer de medias tintas; por consiguiente, clasificaba a sus semejantes en dos categorías: la de los fiables y la de aquellos a los que no se les podía dar la espalda. Por el momento, estaba entusias-mada con Leila.

—Josep, haznos una foto a las dos juntas —me pidió.

Accedí y, en cuanto la hice, me arrancó el móvil de las manos y miró si había quedado bien.

—¡Qué alucinante! —exclamó.

Roberto llegó entonces y se sumó al grupo. Saludó a Leila armado con media sonrisa, entre chulesca y seductora.

—Buenos días, Leila. Espero que hayas descansado bien esta noche.

Mi jefe lo trataba como si fuese un empleado normal.

. . .

Nos habían traído a Leila a última hora del día anterior. Primero habíamos recibido, a media mañana, un escueto correo electrónico del Departamento de Informática donde se nos avisaba del envío de una máquina cara y valiosa. No detallaban nada más; tan solo nos exigían que estuviésemos atentos a la explicación sobre su manejo.

Cuando a las siete de la tarde, hora de cerrar, bajé la persiana, ya no recordaba aquel comunicado; por eso me sorprendió oír el timbre de la puerta trasera. Me acerqué, abrí la amplia mirilla circular y descubrí a tres hombres de rostro serio y a una chica joven y muy bonita. La llevaba en brazos uno de aquellos individuos y pensé que se hallaba indispuesta.

—¿Qué le ocurre? —pregunté—. ¿Se encuentra mal?

Me mostraron un pase con el número de referencia que nos habían indicado en aquel correo, y entonces me vino a la memoria y abrí de inmediato.

—Todo está bien. No se preocupe, señor Fuentes —respondió el que cargaba a la chica—. Perdonen la tardanza.

Me intrigó que conociese mi identidad; no recordaba haber visto a ese técnico con anterioridad. Observé que traían una silla de ruedas motorizada muy curiosa, y allí sentaron a la muchacha en cuanto traspasaron el umbral de la puerta.

Me asomé a aquella calle sin salida, solitaria casi siempre, y vi que había una pequeña furgoneta estacionada. Supuse que la máquina nueva estaría en su interior, pues los técnicos venían con las manos vacías.

Cerré la puerta y me volví a aquel grupo. El que me había contestado, que parecía el jefe, me pidió que avisara a mis compañeros. Luego se agachó y empezó a trajinar en una ristra de teclas que se extendía por el lateral de uno de los brazos de la silla de ruedas. Aquel pequeño vehículo tenía unos neumáticos gruesos, de tamaño mediano y bien hinchados; características que parecían adecuadas para rodar a buena velocidad. Mientras tanto, la chica se mantenía callada y mostraba una distraída expresión, como si estuviese ausente.

Los otros dos técnicos, mudos también, me preguntaron dónde estaba el cuadro de mandos domótico de la tienda y se lo señalé: colgado en la pared, no muy lejos de la puerta trasera. Se acercaron y se pusieron a hurgar en él. No me respondieron cuando les pregunté qué cambios iban a efectuar, y me interesaba saberlo porque poseía el mando asociado. El cabecilla obvió también mi preocupación y expresó su voluntad de dar las explicaciones oportunas cuando estuviéramos todos. Sus ojos abultados me instaban a hacerle caso. Era un hombre delgado, de piel muy clara y cabellos trigueños. Tenía unas proporciones algo infantiles, pues su cabeza era de buen tamaño, con una frente ancha y una melena de rizos alborotados que le aureolaba el rostro.

Me fijé en que aquellos operarios de mantenimiento no eran de los que tenían el cuerpo curtido por el trabajo manual y ofrecían conversaciones coloquiales mientras efectuaban su trabajo. Ese trío exhibía manos finas y pulcras, músculos más bien blandos y miradas resolutivas y silenciosas.

Insistí en mis preguntas, y el portavoz del grupo me despachó con un amable pero firme: "Por favor", que llevaba implícita la orden de ir a por los demás.

Avisé a Roberto y fui a buscar a Jessica, que a esas horas estaba guardando los billetes de las ventas del día en la caja fuerte. Entré en el recinto donde se encontraba y, sin darle explicaciones sobre mis prisas, le pedí que viniese. Estuvimos de vuelta en menos de dos minutos. Roberto había salido del despacho y pululaba alrededor de la muchacha. El técnico que llevaba la voz cantante seguía acuclillado y manoseaba en ese momento la base del asiento de la silla de ruedas.

Jessica empezó a preguntar de manera acelerada:

—¿Quiénes son ustedes? ¿Qué está pasando? ¿Por qué nadie dice nada?

El cabecilla levantó la mirada e hizo un gesto de calma.

—Un momento, ya estoy acabando —avisó.

Un piloto verde de la silla se encendió y los laterales del asiento se movieron hasta abrazar con fuerza las piernas de la joven.

—Pero ¡qué hace! —gritó Jessica—. ¿Qué clase de instrumento de tortura es este? ¡Suéltela!

Me sumé a su indignación y le insté a que liberara a la muchacha de inmediato.

—Tranquilos. Estoy seguro de que este señor nos podrá ofrecer una explicación satisfactoria —intervino Roberto con tono severo.

—Les aseguro que no siente ningún dolor —dijo el hombre, y debía de ser cierto porque la joven mantenía una expresión serena—. Aunque, la verdad, no hace falta que lo apriete tanto.

Pulsó un botón del brazo de la silla y aflojó la presión. Consideró, al fin, que era preferible empezar por las presentaciones e hizo un gesto de ánimo a la chica. La joven esbozó una sonrisa suave y saludó.

—Buenas tardes, mi nombre es Leila. Estoy encantada de venir a trabajar con ustedes.

—¡Vaya, vaya! Esto sí que es una agradable sorpresa —comentó Roberto.

Me quedé estupefacto: ¡nos concedían una empleada! A Jessica se le iluminó el rostro con una abierta sonrisa.

—¡Estamos contentísimos de que vengas a trabajar con nosotros! —exclamó—. Desde que se llevaron a los otros empleados, no damos abasto. La tienda se ha convertido en una auténtica locura en las horas punta y…

Roberto no permitió que siguiera lamentándose. Se interpuso entre ella y la chica, se dobló en una pequeña reverencia y se presentó.

—Soy Roberto Bonavida, el encargado. Llevo dirigiendo esta tienda desde antes de que nacieras. Me permites tutearte, supongo. Te doy la más cordial bienvenida. Aquí vas a estar muy bien; has caído en el mejor comercio de esta empresa. He instruido a muchos empleados durante mi larga trayectoria profesional, por lo que puedo asegurarte que, a mi lado, adquirirás la mejor formación...

—Señor Bonavida, por favor —atajó el hombre—. Tengo que explicarles…

Roberto alzó un poco la voz, para dejar claro que iba a continuar hablando, y agregó:

—Aquí tienes a Josep Fuentes, mi segundo de a bordo. También podrás contar con él para lo que necesites. Lleva dos años a mi cargo y se ha convertido en un profesional eficiente…

Jessica me susurró: "No sé qué sería de Roberto sin ti". Le hice un gesto con la mano para que fuese más discreta, ya que los murmullos de mi compañera solían ser bastante audibles. Roberto continuaba:

—Y en último lugar, te presento a la empleada Jessica Rubio. Siempre sabrás por dónde anda porque su voz llega hasta todos los rincones.

Mi compañera quiso corregir esa afirmación, y ambos se pusieron a discutir. Mientras tanto, Leila nos inspeccionaba de un modo poco educado, como si sus ojos fuesen cámaras y quisiese grabar todos los detalles. Le debimos de parecer muy dispares. Roberto, hombre maduro de corte clásico, hacía alarde de los signos característicos de una vida holgada: buen traje, reserva de grasa abdominal y espalda arqueada hacia atrás como prueba orgullosa de su satisfacción interna. Jessica, recién estrenada en la treintena, chispeaba por todas partes, desde su alborotada cabellera pelirroja hasta sus vestidos de colores vivos. Mi apariencia era la del típico hombre mediterráneo de aspecto saludable: moreno, ojos castaños y pelo abundante y un poco rizado. Tenía treinta y cuatro años bien llevados.

Leila terminó de repasarnos y se quedó observando el rifirrafe que mantenían mis compañeros. La voz aguda de Jessica estaba ganando a la de Roberto.

—Y ahora se comprende el motivo por el que trajeron aquel escalón para la caja —decía—. No para que no estuviese tanto rato sentada, como opinabas tú, Roberto, puesto que apenas estoy porque no paro quieta, sino porque iba a venir Leila con su silla de ruedas y…

Nos habían traído una rampa acabada en una plataforma hacía pocos días y la habían colocado dentro del mostrador de la sección "Casual". Para que cupiese, habían tenido que retirar una de las dos butacas altas donde nos acomodábamos para cobrar, y Roberto había bromeado con aquello.

La discusión llegó a su fin cuando el portavoz de los técnicos insistió en que debía darnos una serie de instrucciones. Pero sus ayudantes le hicieron en ese instante una seña y se puso de nuevo a toquetear los botones de uno de los brazos de la silla de ruedas; así que nos mantuvimos a la espera.

Roberto se apartó de Jessica y se acercó a mí. Me soltó un leve codazo, que buscaba despertar mi complicidad, y me dijo en voz baja:

—Es mona, ¿eh?

—Psí —contesté sin mucho entusiasmo. Algo me susurraba al oído que allí había gato encerrado. El modo de obrar de aquellos hombres y la parafernalia de la silla de ruedas me tenían confundido. También resultaban extrañas las miradas fríamente exploradoras que nos clavaba aquella chica.

Me dirigí al cabecilla y comenté:

—Discúlpeme, en el comunicado nos hablaban de una nueva máquina…

Su expresión de sorpresa me detuvo.

—¡Una máquina! —exclamó—. ¿No les advirtieron…?

No acabó la frase. Con la boca entreabierta por una incipiente sonrisa, paseó unos ojos grandes y curiosos de uno a otro. Su recorrido acabó en Leila. Señaló a la joven y proclamó:

—Este es el fruto de un equipo de osados ingenieros y técnicos informáticos.

—Perdone, cada vez entiendo menos lo que está ocurriendo. ¿Qué tal si empieza diciéndonos quién es usted? —sugerí.

—Sí, no estaría de más —convino Roberto.

—Soy el doctor Helios, físico cibernético, jefe de investigación del Departamento de Robótica de la U.C.I: Universidad Catalana de Investigación.

—¿Ha dicho usted robótica? —le interrogó Jessica.

El doctor afirmó con la cabeza y enarcó las cejas. Su expresión nos empujaba a aceptar lo que, de forma más o menos consciente, ya estábamos deduciendo. Sus siguientes palabras definieron aquel ser con rotunda claridad.

—En efecto, les he traído un robot.

El círculo que habíamos formado alrededor de la joven se ensanchó al retroceder los tres a la vez. El doctor irguió la cabeza y amplió su sonrisa; parecía complacido por la sensación que había causado.

—¿No es una mujer de verdad? —preguntó Roberto, algo afligido.

—¡Increíble! —dijo Jessica.

—¡Luego esta joven es la máquina mencionada! —lamenté alzando la voz—. ¡Ya me extrañaba que nos enviaran a una empleada tan pronto! ¡Un robot! ¿Para qué nos va a servir? Son insulsas enciclopedias parlantes, meros repetidores de datos previamente introducidos en su memoria, autómatas que responden a órdenes pregrabadas, atracciones para niños y público poco exigente. Sin ir más lejos, mis hijos tienen un perro robot...

—Por favor, no se inquieten y permítanme continuar —solicitó el doctor—. Leila no tiene nada que ver con los robots que se están colocando en los últimos tiempos como recepcionistas o guías informativos en hoteles y centros comerciales; en comparación, esos son simples juguetes. No se crean engañados; las funciones que puede asumir Leila aliviarán de forma notable su carga diaria de trabajo.

—¡Parece humana! —elogió Jessica, y se aproximó a Leila—. Las que hay en los hipermercados son como muñecas. Se nota a la legua que no son personas de verdad. Pero esta... ¡es una obra de arte!

—En la Central también hay robots —comentó Roberto—. Me los mostraron durante mi última visita; sin embargo, tenían el aspecto de máquinas con apéndices. No vi ninguna belleza parecida, a menos que alguna de las empleadas de los departamentos fuese…

—No, no, señor Bonavida. Leila es el primer androide que introducimos en su empresa —indicó el doctor—. Empezamos a colaborar con ustedes hace más de cinco años y, es cierto, tenemos diversos tipos de robots trabajando en su Central. Algunos son muy sencillos, como los robots limpiadores, y otros son más racionales y efectúan trabajos contables y administrativos con eficacia. Hemos ensayado durante el último año unos prototipos cargados con un software similar al de Leila, armado con una cuidada selección de algoritmos genéticos.

—¿Algoritmos genéticos? —pregunté con la ingenuidad del profano.

—Sí, señor Fuentes. ¡Tras muchas y variadas pruebas, hemos conseguido pulir un cerebro electrónico cuya funcionalidad sea comparable a la de nuestro neocórtex! —profirió con entusiasmo—. Entrenamos las redes neuronales artificiales o RNA hasta alcanzar una inteligencia computacional capaz de asumir un aprendizaje interactivo. Manteniendo, claro está, unos cimientos básicos: reconocimiento de la voz, de la lengua escrita, de imágenes…

Empezó a volcarnos una explicación técnica desbordante. Aquel hombre rondaría mi edad, pero aún conservaba una emoción infantil ante los descubrimientos que pudiera depararle el nuevo día. Hacía honor a la máxima: "Un científico siempre va, nunca está de vuelta". A medida que se extendía en su discurso, parecía que su cerebro exaltado pugnaba por salir al exterior y, en ese empeño, expandía las facciones del rostro hacia nosotros. Sus ojos se mostraban cada vez más saltones y penetrantes, su boca se estiraba buscando tocar las orejas y los rizos del cabello se le erizaban.

Nuestras caras, en cambio, no podían disimular el aturdimiento que nos causaba su bombardeo. Advirtió nuestra dificultad en seguir su exposición cuando le ofrecí un vaso de agua y, al aceptar, nos volvimos los tres con la intención de ir a buscárselo. Como la idea había sido mía, mis compañeros recularon y se enfrentaron de nuevo al doctor exhalando leves gemidos.

Me dirigí a la salita de descanso para los empleados, en el interior de la tienda. En aquella estancia, disponíamos de una cafetera, una

neverita y una fuente artificial. Por solidaridad, no me demoré y regresé enseguida.

Me estaban esperando en silencio.

—Gracias por el agua —dijo el doctor. Me cogió el vaso y lo vació de un solo trago. Después, resumió—: Intento explicarles que hemos diseñado robots inteligentes, capaces de aprender y de percibir sensaciones. A su manera, estos seres ven, oyen y comprenden el entorno.

—¡Parece ciencia ficción! —exclamó Jessica.

—Le aseguro, señorita Rubio, que estos avances no son una fantasía —afirmó el doctor.

—Llámeme Jessica —le solicitó mi compañera.

—Bien, señorita Jessica, como les decía, tienen delante una muestra real y, por el momento, única; pues, como bien comentaba usted, señor Bonavida, la apariencia externa de los robots más avanzados que trabajan en su Central no tiene nada que ver con la maravilla que presento ante sus ojos...

—Leila es muy atractiva, desde luego —asintió Roberto.

—Protegemos los circuitos y cables de aquellos robots mediante simples cubiertas de fibra —continuó el doctor—. Los llaman robots lavadora, y no es de extrañar dado que tienen forma cúbica y su gran ojo central semeja la compuerta por donde se introduce la ropa en esos electrodomésticos. Los directivos de su empresa juzgaron que esa apariencia no era la adecuada para atender al público y nos solicitaron que construyésemos un modelo semejante a un humano; un empleado electrónico capaz de generar la misma confianza que uno de piel y huesos. Fue todo un reto. Para lograr un androide de apariencia lo menos artificial posible, buscamos a los mejores cirujanos plásticos e imbricamos sus habilidades con las de nuestros ingenieros. Puedo ofrecerles esta magnífica obra gracias al profundo entendimiento que lograron alcanzar. Como pueden ver, han hecho una proeza: un caparazón de un material cuyo tacto y aspecto no desmerece la piel humana, una cabellera sedosa, unos ojos vivos y húmedos, unos labios sonrosados de textura tierna…

Roberto quiso concluir la descripción.

—Y un cuello adorable —dijo.

El doctor prosiguió sin hacer ningún comentario a esa apreciación tan admirativa.

—Hemos dotado de movimiento a esa cubierta. ¡Tal parece que cientos de músculos vibran bajo esta piel artificial! ¡No pueden imaginarse la complejidad del software que cargan estos seres! Su lenguaje se acompasa al movimiento de sus labios. Son capaces de mover pómulos, cejas y ojos. Mientras haya gente a su alrededor, no cesan de parpadear y cambiar ligeramente la expresión de su cara, igual que hacemos nosotros.

—Pero el cuerpo se mantiene muy rígido —observé.

—Nos queda mucho camino por recorrer —admitió el doctor—. Descubrirán que apenas gesticula y que sus manos se mueven con lentitud. Hemos tenido que sacrificar su rapidez en pro de aproximarnos a la precisión de nuestros dedos. Imitar la libertad de movimientos de un ser humano resulta muy complejo y costoso. Por ello, tomamos la decisión de priorizar el gasto de energía y memoria a favor de los gestos expresivos del rostro.

—Tiene una sonrisa preciosa —ensalzó Roberto.

—Hemos aparcado, también, la locomoción bípeda —continuó el doctor—. Ocasiona un consumo energético inútil. El robot no necesita caminar para llevar a cabo sus tareas. La silla de ruedas le permite desplazarse gracias a un pequeño motor eléctrico y le proporciona estabilidad. Un robot erecto, que emulara el movimiento bascular de nuestro andar, podría desequilibrarse y sufrir daños si llegara a caerse. La silla le provee también de energía; bajo el asiento se encuentran las baterías, en ese cajón —señaló—. El robot las recarga cada noche enchufándose a la red eléctrica general. Tiene una pequeña conexión situada al final de la espalda para poder alimentarse de ellas. Lleva también en su interior una pequeña batería de escasa duración que podría servirle de…

Lo interrumpí y le rogué un poco más de concreción. Necesitábamos saber qué clase de ayuda nos podía proporcionar Leila. El doctor accedió a centrarse en lo esencial.

—Leila posee nociones de contabilidad, marketing y diseño de moda. Podrá ayudarles en múltiples tareas: controlar sus stocks, hacer los pedidos necesarios, revisar las facturas…

—Esas son algunas de mis tareas —comentó Roberto.

Habría sido justo que hubiese añadido que siempre me las pasaba a mí, pero no lo hizo y preguntó a continuación:

—¿Sabe usar la aplicación "Virtual Smart"?

Se refería a una nueva aplicación informática que estaba atrayendo cada vez más interés. Los informáticos de la empresa la habían introducido en el ordenador del despacho de Roberto y habían instalado, en esa estancia, los accesorios que precisaba: un proyector de 3D, una enorme pantalla y una cámara con objetivo doble, que permitía grabar dos tomas del modelo con la diferencia de ángulo necesario para conseguir el efecto tridimensional. Se capturaban varias posturas del cliente con las cámaras, después se trasladaban esas imágenes al programa editor del contenido y, usándolo con habilidad, se conseguía proyectar la imagen tridimensional de la persona en la pantalla. El cliente podía usar ese modelo virtual para probarse cuantas prendas de ropa quisiera. Ese sistema también nos era útil en el proceso de confección de un traje a medida; sin embargo, para esa opción, Roberto no confiaba todavía en su exactitud y seguía tomando las medidas a mano, con el centímetro de sastre antiguo. No obstante, pensaba que aquel programa era un privilegio y solo lo ofrecía a los clientes habituales de la sección "Smart". Como le costaba manejarlo y siempre necesitaba que le echara una mano, comprendí que estuviese interesado en saber si Leila podía asesorarlo en ese cometido.

El doctor contestó afirmativamente.

—Naturalmente, señor Bonavida. Leila es una experta en ese programa.

—Entonces, me la llevaré al despacho —decidió Roberto.

—Pero de manera puntual —le advirtió el doctor—. El robot debe ser de utilidad a todos los empleados y aprender de todos ustedes. Aunque lleva la información necesaria para trabajar, nunca la ha aplicado. Es un aprendiz, y cuantos más maestros le instruyan, mejor será su formación. Al principio será necesario que lo supervisen, pero en pocos días podrán dejarlo solo.

—Puede ayudarme con las facturas —apunté—. Cuando hay muchos clientes, no puedo dejar la venta ni el cuidado de la tienda, y luego tengo que alargar mi horario.

—Leila también puede vender —incidió el doctor—. Sería muy aconsejable que le permitiesen observar, de forma estrecha, su quehacer diario. La imitación constituye la base de su aprendizaje.

—¿Quiere decir que copiará nuestras maneras de tratar a la gente? —pregunté.

—Leila capta datos de forma constante. Aprende del entorno y de ustedes, y reproduce las correspondencias mayoritarias entre estímulos y respuestas. Pero no se engañen: no es un loro de repetición. Sus neuronas artificiales tejen redes variables, miles de conexiones nuevas y cambiantes que le permiten elaborar respuestas ligeramente distintas a las suyas. Esto puede dar lugar a la percepción de que ofrece soluciones propias y, en cierta medida, lo son, pues al nutrirse de muchos ejemplos, tienen un componente creativo. Les confieso que estos seres han logrado sorprenderme.

—¿Dialoga? —inquirió Jessica.

—Sí, claro. Al término de mi explicación, mantendremos una conversación con Leila.

Los otros técnicos hicieron una seña al doctor Helios. Habían estado todo aquel rato bregando con el cuadro de control domótico.

—Mis ayudantes han acabado —nos informó el doctor—. Las frecuencias domóticas de su tienda están sintonizadas ahora al robot. Leila se ocupará de gestionar todo el sistema, así que ya no necesitan el mando que se les proporcionó.

—Pero ¿aún funciona? —pregunté, guardando una leve esperanza.

—No, está anulado. Cuando entren por la mañana, Leila desconectará las alarmas y pondrá en marcha el climatizador y el hilo musical. Durante la jornada laboral, controlará la emisión de publicidad en las pantallas de plasma. A la hora de salir, ejecutará el cierre. No quiero alargarme en explicaciones innecesarias. El propio robot puede responder a cualquier duda; así que, vamos, no tengan miedo. Pregúntenle algo.

Jessica se animó y le inyectó al robot una sarta de cuestiones con su habitual desparpajo.

—Bueno, Leila, ¿qué te parece la tienda? ¿Quieres que te enseñe el resto: el almacén, los lavabos? Pensándolo mejor, esto último no creo que te haga falta. ¿Es tu primer trabajo? Frente al público sí, según nos han contado. Aquí suele entrar mucha gente porque siempre tenemos ofertas y no hay competencia cerca. No te pongas nerviosa. Si te hablan varias personas a la vez, las ayudas de una en una; sin prisa, pero sin pausa. No eres muy habladora. ¿Te cuesta mover los labios? Y ese parpadeo no sirve para humedecer los ojos, ¿no? Puesto que tú no tienes lágrimas…

El doctor Helios levantó la mano en un gesto de calma.

—Señorita Jessica, el robot no responderá hasta que usted haga una pausa mínima de un segundo. Es el intervalo que hemos considerado normal para dar por finalizada una intervención y, por ese motivo, lo hemos señalizado como activador del inicio de la respuesta. El robot nunca interrumpirá a su interlocutor. —Se volvió a Leila—. Por favor, contesta a la señorita Jessica.

—Amplia y luminosa. Sí. Sí. No. No.

—No he entendido nada —dije—. ¡Dios, esto va a ser un desastre!

—Esperen, antes de venir, efectué una última prueba y le ordené que aplicase concisión en sus respuestas —se justificó el doctor—. Leila, usa el lenguaje coloquial. Prueben ahora. Señor Bonavida, ¿no quiere preguntarle nada?

Roberto no se arredró.

—¡Vaya, vaya, cómo no! A ver, Leila, tendrás que acostumbrarte a Jessi; esta mujer es una locomotora parlante. En cuanto a Josep, bueno, te darás cuenta pronto de que sufre por todo. Pero aquí tienes al pilar de esta tienda. Para solucionar cualquier duda, problema, preocupación, cualquier cosilla, aquí está tu encargado. No en vano, llevo casi cuarenta años trabajando en este sector y me las he visto de todos los colores…

El doctor lo detuvo.

—Disculpe, me gustaría que iniciaran un diálogo con el robot. Aparte de los conocimientos que les he comentado, le hemos introducido nociones de cultura básica que le permiten mantener una conversación amigable. Puede hablar sobre música, literatura, cine, teatro…

—¿Ah, sí? —exclamó Jessica con excitado interés—. Dime, Leila, ¿qué te parece la última película de Di Cibrio? ¡Es fenomenal! ¡Qué guapo sale! Y esos pisos diminutos donde vive la gente, ¡qué horror; parecen nichos! Y luego nos quejamos aquí; claro que estamos yendo hacia algo parecido. Los precios de alquiler suben sin freno y la gente acabará compartiendo el piso, la habitación que le corresponda y hasta la cama. La banda sonora es magnífica, muy potente. Me levantaba del asiento y…

Un elocuente gesto del doctor le reclamó una pausa y mi compañera se calló. Leila respondió entonces:

—La película es una hipérbole de la soledad en las megalópolis. Las dudas existenciales del protagonista le sumergen en un mundo onírico que acaba devastando su interior bajo una vorágine de angustia. Ambientada en Chicago, exhibe unos efectos especiales TBXX de última generación.

— En fin, al menos ya se le entiende —me conformé.

—¿Tú crees? —preguntó Jessica, bastante desconcertada.

—¡Qué bien se expresa! —alabó Roberto.

El doctor nos animó a usar el robot sin limitaciones y a tener fe en su capacidad de aprendizaje y servicio. Como se había hecho muy tarde, nos dejó a Leila sin brindarnos ninguna instrucción más concreta. Dijo que se iría pasando para recibir nuestras impresiones.

Abandonamos la tienda todos a la vez y pudimos comprobar que Leila lo apagaba todo, bajaba la persiana y activaba las alarmas.

—No parece un mal fichaje —opinó Roberto.

Y allí estábamos al día siguiente, contemplando el robot. Jessica y Roberto seguían admirándolo, pero yo no veía más que una máquina que estaba ocupando un puesto de atención directa al público. No se percataban de que nos encontrábamos frente a un computador.

—¡Qué buen gusto han tenido esos cirujanos e ingenieros! —comentaba Roberto.

—¡Es fantástica! —alababa Jessica—. La expresividad de su rostro es prodigiosa. ¿Os habéis dado cuenta? Seguro que os habéis fijado porque, además, es muy guapa. Y su voz tampoco parece artificial. Suena… muy humana. —Le acarició una mano con cuidado—. ¡Oh, tócala, Josep! ¡Tiene la piel cálida!

El doctor nos había ofrecido una explicación al respecto.

—Recuerda que tiene un sistema de calefacción a flor de piel con el que mantiene una temperatura de 35° en la superficie —expliqué—. Si al cobrar o al mover prendas, contactase con un cliente, una piel fría echaría por tierra toda su credibilidad visual y podría provocar rechazo.

—¡Qué maravilla! —exclamaron Jessica y Roberto a la vez.

Ese portento no iba a funcionar durante mucho tiempo; los clientes no querrían ser atendidos por una muñeca de apariencia humana. Preveía que el experimento cibernético duraría poco; por eso, había tenido la habilidad de guardarme mi mando domótico, así podrían rehabilitármelo en cuanto se llevaran a Leila. Sin embargo, mientras llegaba ese momento, habría que extraer de esa máquina la máxima utilidad.

—Bien, Leila, préstame atención —solicité—. Voy a enseñarte a cobrar, tanto en efectivo como con tarjeta.

—No es necesario; los modos de cobro forman parte de mis conocimientos —replicó con sequedad.

—Déjala, Josep, déjala —sugirió Roberto—. Creo que se va a apañar muy bien.

—Antes de abrir, me gustaría enseñarte todo el local —propuse.

—Lo he recorrido esta noche —respondió—. Conozco la situación de todo excepto de la caja fuerte y del archivo contable.

—Se accede a través de aquella puerta —indicó Jessica, señalando hacia la pared lateral que la albergaba.

—Por lógica tenía que ser así —repuso—. Es el único lugar que no he podido explorar. Me lo ha impedido la estrechez de la entrada.

Para acceder a la larga estancia donde teníamos la caja fuerte y el archivo, era necesario atravesar dos puertas. Su apertura no podía hacerse al mismo tiempo, como parte de una medida de seguridad, de modo que cuando se abría una, la otra quedaba bloqueada hasta el cierre de la anterior. Para poder franquear la puerta que daba al interior del recinto, se debía teclear un código en un panel adyacente a su marco. Para salir no era preciso introducir ninguna contraseña. El espacio que quedaba entre ambas puertas era estrecho, demasiado justo para la silla de ruedas de Leila. En la caja fuerte se guardaban los billetes recogidos de las ventas del día y el cambio de monedas. Jessica se ocupaba de contar los billetes a primera hora y luego me pasaba el sobre con el montante total para que fuera a ingresarlo al banco. La sucursal no quedaba muy lejos.

Le informé de todo esto al robot y le pedí que activara el retardo de la caja para poder realizar su apertura. Respondió que ya había efectuado esa tarea y que la caja estaba desbloqueada.

—¡Pues ahora mismo vuelvo! —dijo Jessica con voz cantarina.

En cuanto mi compañera se marchó, Roberto se acercó a Leila y le susurró con zalamería:

—Si tienes cualquier duda, problemilla o contratiempo, no temas molestarme. Estoy a tu entera disposición para lo que necesites. Puedo ofrecerte mi dilatada experiencia. Siempre he estado al pie del cañón y dispuesto a dar el callo. Soy del parecer que, cuando hace falta, hay que sacrificarse y ser flexible…

Mientras Roberto le administraba su filosofía, fui a echar un vistazo por la tienda con el fin de verificar que el robot, al moverse por la noche, no hubiera desplazado algún perchero sin querer.

El local tenía forma rectangular, con el escaparate en uno de sus lados grandes, y estaba dividido en las dos secciones que he mencionado. La "Smart", de unos doscientos metros cuadrados, quedaba a la izquierda de la entrada. La "Casual", a la derecha, ocupaba trescientos metros cuadrados. Un ancho pasillo, el principal, partía de la puerta de entrada y atravesaba en longitudinal toda la tienda. Durante la reforma, habían desplazado la puerta hacia la izquierda para que ese pasillo separase ambas secciones. Terminaba en otro transversal amplio, que delimitaba las zonas de exposición de ropa de los vestuarios y lavabos.

Las cajas de cobro se encontraban en la frontera interior de cada sección, tocando el cruce de ese último pasillo transversal con el principal. Unos mostradores en forma de U las guardaban. Ambas cajas contaban con puestos de venta integrados que se interconectaban entre sí y también con el terminal del despacho de Roberto. En la sección "Casual", el mostrador era más ancho y largo para poder abarcar otro puesto de cobro en el que solo había una sencilla caja registradora.

El despacho de Roberto se hallaba al lado del vestuario de su sección. Era una sala interior, sin ventanas, pero muy desahogada y acogedora. La mesa de Roberto, con su ordenador y todos los dispositivos del programa "Virtual Smart", quedaba frente la puerta. En una de las paredes laterales se hallaba colgada la pantalla. En la otra había un sofá y dos sillones.

Caminé por el pasillo transversal del fondo. Dejé atrás el despacho, los vestuarios, los lavabos, la puerta trasera que daba al callejón, y llegué a su final. Allí, en la pared lateral, se abrían de forma disimulada dos puertas. La estrecha llevaba al recinto de la caja fuerte; la ancha daba a un corredor que conducía al almacén, al lavabo de los empleados y a la salita con la máquina de café y el dispensador de agua mineral.

Giré y continué por el último pasillo longitudinal. Era bastante holgado y enseguida se ensanchaba y formaba un espacio en el que teníamos dispuestas unas mesitas y una máquina expendedora de refrescos. Era un rincón habilitado para el descanso de los clientes y para acoger al público que acudía a nuestros eventos. Muchas madres dejaban a sus hijos merendando allí y, mientras tanto, se daban una vuelta por la tienda. Ese espacio terminaba en una tarima con escalones que casi tocaba el escaparate. De esa forma, en los desfiles de moda periódicos que organizábamos, los esculturales modelos masculinos y femeninos que ascendían la escalinata exhibían sus prendas y encantos al interior y al exterior.

Continué hasta la tarima, me deslicé por el corredor paralelo al escaparate hasta alcanzar el pasillo principal y lo tomé hasta la caja de la sección "Smart". Roberto todavía no había puesto en marcha su puesto de venta; seguía impartiendo su discurso a Leila. Me introduje en el interior de su mostrador y lo encendí.

Un pitido agudo me sobresaltó. Un aviso, que parpadeaba en letras grandes en medio de la pantalla, alertaba de la recepción de un correo muy urgente del jefe de distrito.

Lo abrí sin demora y lo leí. Me produjo tal asombro que llamé a Roberto y le pedí que viniese. Acudió con calma, se puso a mi lado y lo miró. Su lectura no le perturbó lo más mínimo.

—No tiene importancia, Josep —consideró en voz baja, y dirigió una mirada de soslayo a Leila—. Puede que tengan razón y sea preferible que, por el momento, guardemos el secreto.

—No podemos mentir —objeté.

—Solo nos están pidiendo que no lo gritemos a los cuatro vientos.

En ese instante, Jessica regresó con el sobre de los billetes y me lo pasó junto con la suma. Le mostré el mensaje y su cara expresó una sorpresa teñida de confusión.

—¿Qué significa que no desean que se divulgue su naturaleza robótica? —preguntó.

—Creo que está bien claro —manifestó Roberto, y puso los brazos en jarras—. No dramaticéis más. Leila es una empleada y punto. Si así lo quieren, por algo será. Y no os confundáis, para las altas esferas, el verbo desear significa ordenar con amabilidad. Así que cuidadito con esa boca; sobre todo tú, Jessi.

—¿Por qué dices eso? —replicó, visiblemente molesta.

Roberto sonrió y, sin contestarla, se marchó a su despacho; pero antes de que llegara a cerrar la puerta, se le coló un reproche en el interior:

—¡Y me llamo Jessica!

Como era comprensible, a mi compañera le disgustaba que le abreviara de mala manera su nombre. Se lo había dicho infinidad de veces y no le hacía ningún caso. Después de proferir ese grito, bufó con rabia y se giró a mí.

—Josep, ¿qué hacemos? ¿Disimulamos y dejamos creer al público que trata con una chica de verdad? ¿Qué digo si alguien me pregunta? Nos ponen en cada compromiso… ¿Crees que alguien se dará cuenta?

—Todo el mundo se dará cuenta —respondí—. Nos han endosado una atracción de feria. No creo que te pregunten por una cuestión que es tan obvia, y si lo hacen… Por mi parte, diré la verdad, aunque no voy a comentar nada de buen principio. Quiero que este experimento fracase por sí solo, así no podrán achacarnos ninguna culpa.

—Muy bien, pues no daré muchas explicaciones y esperaré a ver el comportamiento de la robot y la reacción de la gente. ¡Ah!, y a partir de ahora, lo mejor es que nos acostumbremos a llamarla por su nombre.

Hizo ademán de irse, pero una reflexión tardía la detuvo.

—¿Por qué quieres que fracase? —inquirió.

—¿Acaso no te indigna esta jugarreta? Se han llevado a tres empleados de carne y hueso y nos han traído a uno electrónico que será incapaz de suplirlos. Voy a vigilarlo muy de cerca y luego haré un informe donde volveré a quejarme.

Pero mi compañera valoraba la cualidad de servirnos que, como todo buen robot, se le suponía.

—No sustituye a nadie: es una ayudita. Por ahora no nos van a devolver a nuestros compañeros; no reconocerán tan pronto que han metido la pata. Cuando desciendan las ventas, rectificarán. Mientras tanto, espero que Leila pueda quitarnos algo de trabajo, ya sea cobrando en la caja, revisando la contabilidad o solucionando las pequeñas dudas de los clientes. Mi sección es muy movida.

—Soy consciente de eso, Jessica, y te ayudo en todo lo que puedo; pero sabes que Roberto me requiere muchas veces.

—No te estoy recriminando nada. En todo caso, el que se cuelga es Roberto. Solo te pido que le des a Leila una oportunidad. Cualquier descarga de trabajo, aunque sea pequeña, puede ser vital para mis nervios. No puedo seguir con tanta presión. Leila será mi válvula de escape.

La persiana empezó a subir; el robot había accionado su apertura con puntualidad suiza.

Los ruegos de mi compañera contuvieron mis ansias de desembarazarme de aquella máquina. Jessica padecía un exceso de trabajo y se sentía ahogada. De todos nosotros, era la que más había perdido con el nuevo modelo de tienda. La habían forzado a renunciar al horario reducido, con el que había regresado a su puesto después de la baja maternal, dándole a elegir entre recuperar su horario normal y quedarse en la tienda o ser una de las expulsadas y tener que trasladarse a una zona tan mal comunicada que, desde su casa, el trayecto le llevaría hora y media.

El mercado laboral era cada vez más desalmado.

Los primeros clientes no percibieron la artificialidad de Leila. Se sorprendían un momento, pero porque no era habitual ver a un empleado en silla de ruedas, nada más.

—A ver, guapa, vengo a cambiar esta camisa de mi hijo. Dice que no le gusta el color —dijo un cliente sesentón.

—Buenos días, señor —respondió con amabilidad Leila—. Me han ordenado que no me mueva de la caja. Si especifica el color que desea, le indicaré dónde puede encontrarla.

—Dámela blanca, y así podrá combinarla con todas las corbatas.

—Puede encontrar esa prenda en la segunda estantería de la izquierda.

—Muy bien, preciosa. Enseguida te la traigo para que me hagas el cambio.

Me había situado con discreción detrás de un perchero para poder escuchar la respuesta de Leila, y me quedé sorprendido ante la eficiencia que había demostrado en atender a ese señor sin dejar su puesto.

Fui a ayudar al cliente y luego lo acompañé por si el robot no sabía hacer un cambio; pero descubrí que solo tenía problemas para dominar los movimientos precisos, lo cual le comportaba ser poco ágil. Con la parsimonia de un perezoso, esos mamíferos de aspecto bonachón que habitaban en los bosques húmedos sudamericanos, cogió la prenda... leyó el código de barras... tecleó en el ordenador... agarró el bolígrafo y... se lo dio al cliente para que firmara el comprobante del cambio.

El doctor Helios nos había advertido acerca de la dificultad que aún suponía unir precisión y rapidez. Supuse que la torpeza que mostraba el robot lo delataría en breve, que alguien se daría cuenta de que estaba siendo atendido por una máquina y la noticia correría enseguida por todo el barrio. Alcanzaba a imaginar los comentarios jocosos a nuestra costa. Nos considerarían unos simples por usar esos juguetes.

Sin embargo, Leila intentó corregirse y buscó soluciones a su patosería. Cuando le pagaban en efectivo, en vez de asir los billetes con exasperante lentitud, empezó a extender la palma de la mano como un pedigüeño para que el cliente se los colocara encima. Menos mal que la gente solía pagar con tarjeta. La gente era muy paciente con el robot, quizá porque tenía la apariencia de una joven dulce y bonita.

Para prevenir brotes de impaciencia, pedí a Jessica que se ocupara de los cobros en efectivo y mandé al robot que le diera el aviso a través de la megafonía del local. Mi compañera no estuvo muy de acuerdo. Objetó que Leila estaba capacitada para aprender, según nos había asegurado el doctor Helios.

—Se refería a que puede captar los mejores modos de atender al público —repuse—. Pero le será imposible usar las manos con más garbo, pues en este proceso de dotar a las máquinas de habilidades asociadas a rasgos anatómicos humanos queda mucho camino por recorrer. Alcanzar la agilidad y libertad de nuestros movimientos es de una complejidad técnica tal que tardará mucho tiempo en conseguirse.

Eso me había comentado el doctor cuando demostré interés por conocer los límites físicos del robot.

—O sea, que no se puede esperar que un torpe se vuelva habilidoso —sintetizó Jessica, en un tono que denotaba no haberse quedado muy convencida.

—Por favor, vamos a organizar el trabajo de esta manera —le rogué—. Roberto tiene una visita y debo cubrir su sección. No me gustaría que se formara cola en la caja de cobro. Estaré al tanto y te vendré a ayudar si se complica el trabajo.

Lo aceptó, pero en una de mis aproximaciones a su zona, advertí que mi sugerencia no había sido acertada. Leila tenía un único cliente, pero como iba a pagar con billetes, solicitaba la presencia de Jessica. Mi compañera estaba atendiendo en un pasillo a varias señoras y no le era sencillo dejarlas y marcharse a cobrar. Los altavoces clamaban: "Señora Rubio, por favor, acuda a caja".

Quise decirle al robot que solo pidiese ayuda en el caso de que se le hiciese cola; pero cuando intenté acercarme a matizar mi orden, un cliente me rogó que le ayudase a buscar una prenda en la sección "Smart" y tuve que acompañarlo.

Pude oír, de forma clara, cuatro repeticiones casi seguidas de ese requerimiento. El robot lo entonaba como si estuviese anunciando una oferta. Entonces se expandió por el local un resoplido huracanado que solo podía provenir de Jessica. Mi compañera había llegado a la caja y había exhalado uno de sus bufidos cerca del micro. Tendría que advertir a Leila que no lo mantuviese abierto.

Un par de clientes puntillosos me tuvieron entretenido otro buen rato. De cuando en cuando, oía aquella llamada de sonsonete irritante. Me dirigí hacia la sección "Casual" en cuanto me fue posible. De camino hacia la caja, escuché de nuevo esa petición y vi que Jessica estaba con una señora cerca del pasillo central. Opté por suplirla y me encaminé hacia ella.

—Dices que este pantalón es de lino, pero no lo pone —incidía la clienta a la que estaba ayudando mi compañera.

—Este símbolo lo indica —señaló Jessica—, y también está escrito aquí detrás: "Flax".

—¿Flax?

—Lino en inglés.

La llamada se intercalaba: "Señora Rubio, por favor, acuda a caja".

—Lino, es lino. Mire el símbolo —insistía Jessica.

—Sí, pero ¿flax?

—Significa lino.

—O sea, que es lino.

"Señora Rubio, por favor, acuda a caja".

—Lino, ¿eh?

—Lino, se lo aseguro.

"Señora Rubio, por favor, acuda a caja".

—Vamos, que es lino.

—Lo juro por mi madre.

—Jessica, modérate —le susurré. Había llegado a su lado y le había hecho una seña para que se marchara, pero mi compañera quería concluir la venta.

—Bueno, si es lino, me lo pensaré —declaró la señora, y dio media vuelta y se alejó.

Jessica arremetió entonces contra mí.

—Por tu culpa, Leila no hace más que atosigarme.

Se volvió y caminó con prisa por el pasillo en dirección al robot.

"Señora Rubio, por favor, acuda a caja".

—¿Por qué no le has dicho que te avise solo si se le acumula gente? —pregunté mientras me apresuraba a seguirla.

—Lo he hecho, pero dice que tú, como segundo responsable, tienes una categoría superior a la mía y que, por consiguiente, prevalece tu mandato. ¡Creí que lo había oído todo en este trabajo! —Se detuvo un instante y me apuntó con un dedo índice amenazador—. Así que, ya lo estás arreglando.

Llegamos a la caja y cobramos a un cliente que se había quedado petrificado con un billete en la mano. Después hablé con el robot, pero no era tan sencillo darle instrucciones. Me pidió cifras precisas para poder calcular el tiempo de espera que era asumible, según mi parecer. Debía concretarle el número máximo de clientes que tendría que haber en una cola correcta y puntualizar el grado de amplificación de ese dato según la cantidad de prendas que llevasen, si bien ese conjunto debería multiplicarse por un coeficiente que valorara la dificultad del plegado de la ropa. Cuando conseguí, con sudores, marcarle esos parámetros, quiso sacar partido de mi cansancio mental y buscó encargarse de otra tarea.

—¿Puedo salir a vender?

No seguía pareciéndome una buena idea. Las estanterías y percheros que configuraban los estrechos pasillos de cada sección no sobrepasaban el metro cincuenta. Aquella altura facilitaba el desahogo de la vista y permitía conocer el paradero de los clientes; pero el robot, al ir sentado, no sería visible, por lo que se me perdería y no podría supervisar su trabajo.

Jessica me suplicó que fuese flexible.

—Josep, estoy hecha polvo. ¡No te imaginas las carreras que me ha hecho dar Leila! Deja que me quede un poco en la caja y que ella salga en mi lugar. Puedes acompañarla y ver cómo se desenvuelve. Solo un ratito, por favor. Hazlo por mis fatigados pies.

Y sin esperar mi respuesta, aunque previéndola certeramente, se sentó en la silla alta, situada en el lado del mostrador donde se encontraba la caja de cobro sencilla. Leila había colocado la rampa durante la noche en el costado del puesto de venta integrado. Esperaba que esa posesión de los elementos modernos de la tienda se tradujera, al finalizar el día, en una conveniente ayuda, por ejemplo, que aprendiese con rapidez a cuadrar facturas.

—Está bien; ahora no hay muchos clientes —dije, y le hice una seña con la mano al robot—. Vamos, Leila.

. . .

Leila se desplazaba con más rapidez de lo que había previsto. Buscaba clientes que se hubiesen interesado por alguna prenda y se hallasen detenidos ante una estantería o un perchero. Me estaba dejando sin resuello.

—Leila, no puedes correr a lo loco con la silla de ruedas —dije, jadeando—. Podrías atropellar a alguien.

—Mis sensores me indican la posición de cualquier obstáculo. No hay posibilidad de choque.

—Las personas somos imprevisibles. En un segundo, podemos cambiar de dirección.

—No sois más rápidos que yo.

De haber estado en posesión de la natural vanidad humana, esa chulería se le hubiera atragantado, porque cuando se enfrentó al hablar atropellado e inconcreto de los clientes, demostró padecer un alto grado de incomprensión.

—Nena, estoy buscando un jersey de un color clarito que vi el otro día —la abordó una clienta.

—Especifique las características —contestó Leila.

—Pues clarito, de un azul clarito.

—Especifique marca, modelo.

—Era entallado, de cuello en pico.

—No existen de cuello en pico en el inventario.

Entré a ayudar al robot.

—Los hemos retirado, señora. Hemos colocado ya la ropa de verano.

Se le acercó un nuevo cliente.

—Maja, busco unos pantalones finitos.

—Especifique finitos.

Sus dificultades continuaron, y en varias ocasiones, se me escapó una sonrisa. Pero su descortés sinceridad me preocupaba.

—Esta falda no me entra, niña. Dame otro modelo.

—Necesita dos tallas más —indicó Leila con rudeza.

Era inútil rogarle que no fuese tan seco. Cuando otro señor le solicitó un traje de paño bueno que no costase más de doscientos euros, le respondió que no existían en el mercado. Y pese a todo, ¡increíblemente!, nadie se enfadó. La mayoría se tomaron a broma sus respuestas (excepto la señora que buscaba un vestido con el que verse más esbelta). Me sorprendió que nadie advirtiera que le estaba atendiendo un robot.

Reflexioné e intenté imaginar mi reacción si desconociera ese hecho. Cerré los ojos y escuché a Leila. Su timbre de voz era melódico, agradable. Envolvía todas sus palabras en una miel que suavizaba sus ásperas respuestas y demandas.

Abrí los ojos y lo contemplé. También su bella imagen le concedía un escudo protector. Su físico actuaba como un espejo deslumbrante. Lo que en otros se consideraría estupidez, en Leila se apreciaba como ingeniosa simpatía; lentitud en otros, atento cuidado en Leila. ¿Era una persona fría? No, elegante. El espejo ejercía su poder especular y a la pregunta inconsciente de su interlocutor: "¿Verdad que la que tengo delante es la más bella?", le contestaba: "Sí, porque ella es la verdadera Blancanieves". Sin embargo, me parecía que lo que conseguía mantener el engaño era su voz subyugante.

Volví a cerrar los ojos y la escuché sin interferencias de imagen. Una voz conocida me sacó de mi ensimismamiento.

—Josep, despierta, ¿qué tal si empezamos los turnos de comidas? Ya es la una de la tarde —comunicó Jessica.

Estuve de acuerdo. Le pedí al robot que regresase a la caja, y como mi compañera no tenía todavía mucha hambre, salí yo.

Teníamos una hora para comer, pero desde que éramos tan pocos, intentábamos acortar el turno para que el último no se fuera muy tarde. Roberto solía irse en primer lugar. Consideraba que esa prioridad era un derecho intocable y se molestaba cuando uno de nosotros le tomaba la delantera; aunque fuera porque, como en aquel caso, estuviese ocupado con una visita.

Me sirvieron pronto, así que estuve de vuelta en treinta minutos. Jessica me dijo que Roberto seguía encerrado en el despacho con el mismo cliente y que el señor Muelas, otro buen y paciente cliente de "Smart", había llegado nada más irme y le estaba esperando para hacerle un comentario sobre el traje a medida que había encargado el día anterior. Mi compañera consideraba oportuno marcharse, y eso iba a hacer. Roberto, aunque le patease los higadillos, se iría en último lugar.

—Pues date prisa, Jessica —apremié—. Vete antes de que se dé cuenta.

Al tiempo que Jessica recogía su bolso, se abrió la puerta del despacho. Roberto salió con el cliente que había atendido, lo acompañó hasta la puerta y lo despidió con un fuerte manotazo en la clavícula y un campechano: "¡Ya nos veremos, machote!".

Mi jefe solía ser muy intenso en todos sus actos: volumen de voz elevado, grandilocuentes gestos, ligereza en su vocabulario e intromisión en la vida personal. A mi entender, se tomaba demasiadas confianzas; no obstante, conectaba muy bien con la mayoría de sus clientes habituales, en especial, con los más maduros, con los que solía intercambiar batallitas y visiones alarmistas sobre el futuro de la sociedad.

De regreso, descubrió a Jessica con el bolso colgando y adivinó sus intenciones.

—Un momento, Jessi; el señor Muelas lleva un ratito esperando y se me ha hecho tarde. Voy a proponerle que me acompañe a comer.

¡Un ratito, dijo! ¡Cuánta razón tenían los físicos cuando afirmaban que el tiempo era una dimensión variable! El pobre señor Muelas llevaba tres cuartos de hora suplicando audiencia.

Roberto se marchó junto con el cliente A la hora, Jessica empezó a hacerme gestos teatrales que simulaban su desfallecimiento. Leila advirtió la muda comunicación entre nosotros y nos observaba con un semblante reflexivo.

Roberto regresó al cabo de ochenta minutos. En cuanto Jessica lo vio aparecer, se acercó al robot y le avisó de que se iba.

—Espero que te mejores —le dijo Leila.

—El malestar se me pasará en cuanto me zampe un buen plato de paella —contestó.

Con el hambre empujándole la espalda, se cruzó con Roberto y, molesta por su poca consideración, no le dijo ni adiós.

Roberto me miró y se puso el dedo en la sien, como dándome a entender que Jessica no regía bien. Le señalé el reloj: eran las tres menos diez de la tarde. Se encogió de hombros y me hizo otra seña conforme no me necesitaba y, por tanto, podía ir a ocuparme de la sección "Casual". Se puso en su caja y empezó a teclear el terminal. Tuve la esperanza de que se le ocurriera revisar los últimos pedidos y me quitara ese trabajo de encima.

No había pasado mucho tiempo cuando observé que Roberto se acercaba a Leila y le murmuraba algo al oído; supuse que le estaba diciendo lindezas. No se explayó, sin embargo. Volvió a su puesto enseguida y no se detuvo a charlar, pese a que se cruzó conmigo. Me alegré, pues me apetecía disfrutar de la tranquilidad de aquella temprana hora de la tarde. Por la tienda pululaban cuatro clientes que aparentaban tener más intenciones de curiosear que de comprar.

Me coloqué en la caja, al lado de Leila. El robot me saludó con un movimiento deferente de cabeza algo refinado. Empecé a fijarme con tranquilidad en su constitución y tuve que reconocer que habían hecho un trabajo excelente con ese ser. En su piel, de una finura infantil, se translucían delicadas venas. El cabello le brillaba en diferentes tonos rubios. Lo llevaba corto, rizado y peinado hacia atrás, por lo que la cara le quedaba despejada. Sus ojos azules relucían en una blanda humedad. Labios rosas, carnosos; dientes perfectos. Muy bonita esa… máquina. Daba gusto verla.

De pronto advertí un rumor sordo, como el de una estampida lejana. Me giré hacia el ruido y vi que estaban entrando clientes a un ritmo de primer día de rebajas. Se dispersaron por nuestra sección y efectuaron la elección de prendas con rapidez, como si les acuciase una necesidad perentoria. No tardó en formarse cola delante de la caja, así que nos pusimos a cobrar los dos con celeridad.

Se armó un enredo frente a la caja que me hizo levantar la vista. Se habían caído unas camisetas al suelo y dos personas las estaban apartando a un lado. Le dije al siguiente cliente que pasara con Leila y fui a recoger la ropa caída. Mientras plegaba las prendas y las reponía en su lugar, advertí que no avanzaba la cola y que la gente se apelotonaba cada vez más. Alargué el cuello y vi que Leila estaba empantanado con un pago en efectivo. Decidí dejar las camisetas en un montón, encima de la estantería, e ir en su ayuda; pero ni siquiera pude dar dos pasos hacia la caja. Cuatro señoras, por separado, me aborda-ron para pedirme que les proporcionase tallas de diversas prendas. La cola llegaba ya a la mitad del pasillo principal, y no dejaba de entrar gente. Aquel súbito interés no era normal. Solo podía deberse a un evento extraordinario.

Me fijé en los anuncios electrónicos del escaparate y creí leer, al revés, que había una *superoferta*. Desvié mi vista hacia una de las teles y allí me cercioré de que, en efecto, durante una hora se rebajaban un cincuenta por ciento los precios de la sección "Casual".

Aquellos grandes descuentos iban destinados, sobre todo, a las personas que se habían hecho la tarjeta cliente y, por tanto, nos habían facilitado sus datos. El sistema funcionaba de la siguiente manera: la Central enviaba un comunicado al terminal abierto por el encargado para que, si este lo consideraba oportuno, pusiera en marcha el operativo. En caso afirmativo, se iniciaba un envío masivo de mensajes de aviso a los móviles de los clientes del comercio. A los diez minutos, se publicitaba la oferta en las pantallas y los anuncios del escaparate para dar a conocer la oferta al público general. Como esa segunda tarea la controlaba Leila, Roberto había ido a darle la orden por lo bajini. Sabía que, si me enteraba, le hubiera instado a rechazar la propuesta, dado que carecíamos del personal suficiente para acometer ese trabajo. Pero había previsto mi respuesta y, puesto que se había esfumado, también, la avalancha. No era la primera vez que, frente a una de esas efímeras rebajas sorpresa, se despistaba de alguna forma, ya fuera encerrándose con un cliente en el despacho o perdiéndose por el almacén. Pero si ya era grave escabullirse cuando había el doble de personal, su huida en aquel momento, dejándome a solas con Leila, no tenía perdón.

Me acerqué hacia la caja por un pasillo paralelo al principal, intentando escaparme de las barreras continuas que, en forma de entusiastas clientes, me frenaban continuamente; pero una selva tupida no dificultaría más mi avance. Observé ondulaciones impacientes en aquella cola que se parecía, cada vez más, a una serpiente nerviosa a punto de morder.

Y empezó el ataque.

Una señora se adelantó por la diestra, le pasó un montón de prendas a Leila y le pidió que se las guardase mientras iba a buscar una camisa que se le había olvidado coger. Esa clienta le dio la idea a otra, que hizo lo mismo surgiendo por la siniestra. Ambas desaparecieron con rapidez, sin dar tiempo a Leila para replicar. Uno de los hombres mayores que estaba esperando clamó:

—¡Solo llevo dos pares de calcetines! ¿Puedo pasar?

Le contestaron la mayoría de los componentes de la cola con indignadas negativas.

La cabeza de otra señora apareció por un lateral y preguntó:

—¿Sabe si ha estado esta mañana mi marido? Buscaba unos pantalones finitos. Es que, si ya los ha comprado, dejo estos que he cogido.

La serpiente se agitó y gruñó.

Leila empezó entonces a ser asediada por las dudas rebosantes del tumultuoso enjambre que, en mi penoso afán por aproximarme, había arrastrado conmigo.

—¿Los trajes de la sección "Smart" también tienen descuento?

—¿Tenéis bañadores de hombre menos llamativos?

—¿Dónde habéis puesto las blusas sin cuello?

—¿No quedan tallas más grandes de estos pantalones?

Empezaron los roces entre las personas que hacían cola. Una de ellas reclamó:

—Señorita, esto es un caos. ¿El encargado, se encuentra?

El robot mostró entonces una faceta humorística que había mantenido escondida, y respondió:

—Si lo busca, seguro, porque no puede estar muy lejos.

—¡Leila, avisa a Roberto a través del terminal y de la megafonía! —grité—. ¡Lo necesitamos!

Los requerimientos de los clientes continuaban.

—Por favor, te agradecería que me cobraras; se me está haciendo tarde para ir a buscar a los niños.

—¿Tienen o no tienen descuento?

—Perdone, señorita, no comprendí lo que me contestó sobre el encargado.

Alguien se atrevió a hacer una solicitud osada:

—¿Me puede envolver esta prenda como regalo?

Le hice un gesto a Leila para indicarle que no nos era posible satisfacer esa petición y, al tiempo, respondí afirmativamente a una clienta que me acababa de preguntar si una camiseta era de algodón.

—Sí, sí claro —le aseguré a la clienta.

En aquel momento, apareció cargada con tres blusas la directiva de una compañía de seguros cuya sede central estaba muy próxima a nuestro comercio. Era una buena clienta de la sección "Smart" a la que no le gustaba desaprovechar las ocasiones de la "Casual". Frunció el gesto ante tanto jaleo y, evitando la fila, se acercó a Leila y le dijo que apuntara ese gasto en su cuenta particular. Sonoras turbulencias removieron la cola.

Unos clientes me alejaron de Leila hacia las blusas que se hallaban situadas cerca del escaparate. A Roberto no se le veía por ninguna parte. Preví una hecatombe.

Un ángel salvador entró entonces en la tienda a paso rápido: Jessica se había enterado en el bar de la nueva *superoferta exprés* de "That's" y había dejado el segundo plato a medias para venir volando. Me entraron ganas de darle un beso.

—¡Os están comiendo! —exclamó.

Por desgracia, no llegó a tiempo de evitar el cortocircuito. La clienta que estaba más próxima al robot profirió de súbito un grito agudo: "¡Niña, que es para hoy!". Se hizo el silencio al inicio de la cola. Fue la señal de que algo no iba bien.

Corrimos hacia la caja y enseguida nos dimos cuenta de que Leila se había quedado inmóvil, con la mirada clavada en la pantalla de su terminal.

Intrigado, y algo asustado, aceleré y adelanté a Jessica. Me introduje en el interior del mostrador y miré el monitor. Superpuesto al menú principal, en mayúsculas bien grandes, podía leerse el mensaje interno habitual que Roberto utilizaba para avisar de que le era imposible acudir en nuestra ayuda. Decía así: "No existo".

—¿Te encuentras bien, Leila? —pregunté.

No obtuve respuesta. Se había quedado mudo, congelado.

La gente empezó a emitir diagnósticos: "Le ha dado un pasmo". "Es una bajada de azúcar. Denle un caramelo". "Eso le pasa a mi tía Consuelo. Es un problema neuronal". "¡Puede ser un ataque de ansiedad!". "¿Y si es un infarto?". "¡Avisen a una ambulancia!". "¡Déjenme a mí; he sido camillero de hospital durante muchos años!"…

Antes de que el camillero se acercara, agarré la silla de Leila y corrí hacia el despacho. Abrí la puerta y empujé al robot dentro con un fuerte impulso. Roberto, agazapado cobardemente en su interior, lo recibió con las cejas enarcadas por el asombro. Regresé y ayudé a Jessica a tranquilizar a los clientes. Estaban preocupados y querían ir a pedir ayuda. Les pedí que no hiciesen nada, ni llamar a una ambulancia ni ir a buscar a la farmacéutica. La empleada se recuperaría pronto, aseguré.

Jessica se puso a cobrar en la caja con una sonrisa forzada, sin conseguir disimular la alarma que brillaba en sus ojos. Al poco, me dijo que podía ocuparse de todo y que fuera a atender a Leila. Como también estaba muy intranquilo, le hice caso.

En el despacho, Roberto palmeaba con suavidad las mejillas del robot. Antes de que me preguntara nada, levanté los hombros en un gesto de ignorancia total. Me acerqué y chasqueé los dedos delante de los ojos de aquella estatua. No respondía.

El doctor Helios me había proporcionado el número de su móvil personal y se había prestado a, según sus propias palabras, solucionar las dudas o los pequeños inconvenientes que nos pudiéramos encontrar. No había mencionado los problemas graves, como el que me parecía que se nos había presentado, y tuve la impresión de que podríamos salir malparados; a los empleados se nos solía culpar de los errores imprevisibles. Algo nervioso, lo telefoneé. Me contestó enseguida.

—¡Pues sí que ha tardado poco en llamarme! —comentó.

—Doctor, necesitamos su ayuda. El robot se ha quedado… traspuesto.

—¿Cómo dice?

—¡Que se ha parado, no responde, no obedece órdenes!

—Está en Babia —apuntó Roberto.

—¡Por Einstein! ¿Cómo lo han hecho? Bloquear a un robot, aunque no es imposible, requiere alcanzar un grado de incertidumbre superior a los veinte megazapos. Es decir, si integramos el sumatorio de incertidumbres multiplicado por el sumatorio del máximo grado de cada una y dividido por el diferencial del tiempo…

—Le ruego que simplifique.

—Estos robots se someten a pruebas de esfuerzo con el fin de evitar colapsos semejantes. Solo una vez, y en una versión anterior a Leila, conseguimos un bloqueo total, y para ello fue necesaria más de una hora de bombardeo incansable de peticiones atropelladas y órdenes ambiguas. Puede deducir mi fascinación y mi enorme interés por conocer, en profundidad, el proceso que han seguido para matar a Leila.

—¡Dios mío! ¿Lo hemos matado? —exclamé.

Roberto dio un respingo y puso cara de susto. No era para menos; si la tienda debía asumir el cargo del valor del robot… El doctor me tranquilizó.

—Es una manera de hablar: jerga cibernética —dijo—. Lo resucitaremos más tarde. Explíqueme primero lo que ha sucedido.

Hice un gesto de calma a Roberto y luego procuré dar una respuesta breve.

—Bien, pues… Con seguridad, el bloqueo se ha debido a una retahíla de mandatos confusos, abocados en tropel sobre el robot, a causa de la impaciencia que consume al ciudadano de las metrópolis actuales —resumí.

—Le ruego que no simplifique tanto.

Le relaté los hechos tal cual ocurrieron, pero sin mencionar el mensaje de Roberto para evitarle problemas, aunque intuía que había supuesto el tiro de gracia. El científico extrajo sus conclusiones.

—En esencia, Leila no fue capaz de absorber todas esas órdenes expresadas sin pausa. También le habrá afectado la indefinición de parte de ellas. Tomo nota de investigar mejor el modo de filtrar un conjunto de mensajes imbricados y emitidos a alta velocidad por un conjunto humano no cohesionado y excitado. En fin, los robots, como la mayoría de los humanos, aprovechan los shocks para avivar la mente y graban las circunstancias causantes en su memoria. Me atrevo a menospreciar la probabilidad de repetición de este hecho. Digamos que no vuelven a tropezar con la misma piedra. En ese aspecto, son muy diferentes de nosotros.

—Muy bien, pues indíqueme los pasos que debemos seguir para recuperar a Leila.

—Fácil —contestó con tonillo jactancioso—. ¿Qué hacen ustedes cuando se les bloquea el ordenador?

—Estará usted de broma. No querrá decir…

—Off-On.

Por muy avanzada que fuera la tecnología, siempre acabábamos en un "apaga y enciende".

Le pregunté la localización exacta del botón en cuestión y su respuesta me incomodó.

—¡Dónde dice usted! ¿Y no había otro sitio donde instalárselo?

—Es para protegerlo de toques involuntarios. Nadie va a meter ahí la mano.

—Pues no estaría yo tan seguro.

—¿Está solo?

—Estoy con el encargado, en su despacho.

—Entonces, adelante.

Adelante, sí. Al fin y al cabo, se trataba de una máquina.

Como con una mano aguantaba el móvil, le pedí a Roberto que levantara la falda del robot.

—¡Qué picarón! —exclamó.

El doctor me instó a buscar en la parte interna del muslo derecho. No veía nada, así que me arrodillé delante de Leila. Vislumbré un bulto en su piel, muy cerca de la ingle. Roberto se arrodilló a mi lado.

—Déjame mirar a mí también —pidió, y cuando vio que introducía la mano, se mofó— ¡Vaya, vaya! ¡Te desconozco, Josep!

De súbito, la puerta se abrió y una aguda voz empezó a hacer preguntas.

—¿Qué tal? ¿Cómo va eso? ¿Habéis conseguido arreglar a…?

Jessica se calló al percatarse de la vergonzosa escena. Noté que me subía un calor intenso a las mejillas.

—No te pongas rojo, Josep, que no estamos haciendo nada malo —repuso Roberto.

Mi compañera se cruzó de brazos y achinó los ojos. Empecé a balbucear una explicación, pero Roberto me detuvo y ordenó a Jessica que regresase a su puesto.

—No eres necesaria aquí —dijo—: ¡Ah!, y luego hablaremos de lo que ha ocurrido mientras estabas en el restaurante, comiendo con toda tranquilidad.

Jessica salió dando un portazo. Roberto lamentó la interrupción y me urgió a continuar.

—No se dan oportunidades como esta todos los días —sostuvo.

Volví a introducir la mano y apreté con suavidad aquella protuberancia. Su piel era cálida, vital. La cabeza de Leila cayó, desvanecida, y sus ojos se cerraron. El sonido del apagado de la máquina nos pareció la exhalación de un gemido.

Informé al doctor de la obtención del "Off". Debíamos mantenerlo medio minuto, dijo. Aproveché ese tiempo para explicar a Roberto el motivo exacto de mi toqueteo. Lo comprendió y tomó una decisión.

—Ahora me toca a mí; yo la enciendo.

Me pareció bien y me levanté. No quería que Leila, al despertarse, me pillara metiéndole mano.

Roberto oprimió aquel íntimo interruptor con lentitud y la boca muy abierta. Preferí suponer que esa mueca expresaba atención y cuidado, no baboseo. Leila despertó y sus primeras palabras nos sorprendieron.

—Padre, ¿eres tú?

Roberto se cayó de culo.

—Tardará unos segundos en fijar bien las imágenes —respondió el doctor cuando le requerí explicaciones—. Todavía lo ve todo borroso y se ha confundido.

—Pero ¿a quién llama padre? ¿A quién se refiere?

—A mí: su creador.

Me quedé atónito. ¿Estaba tratando con un loco, con un nuevo doctor Frankenstein? Por mi silencio, el científico adivinó mis pensamientos.

—Esa forma de dirigirse a mí se debe a una broma de mis colegas —se justificó—. Por favor, no me atribuya un exceso de vanidad. Lo que originó la chanza fue una apuesta, efectuada con ligereza, sobre el desasosiego que podría provocar un robot que se dirigiera a nosotros de una forma que indicase que había un vínculo importante.

—¿Por qué no le ordenó que no lo llamase de ese modo?

—Verá, mi equipo se guardó bien las espaldas. Convencieron al coordinador del departamento, mi superior, de que fuera la voz de mando, y como estos robots empleados priman las órdenes según la pirámide jerárquica, no tengo manera de anular esa imposición sin modificar el programa; así que he decidido no darle mayor importancia y razonar que me comunico con un robot. Si me molesto, ganan los que llevaron a cabo este experimento ridículo. ¿No habría optado usted por tomar una postura similar?

—Creo que hubiera cortado en seco la burla. Y sepa que no solo la sufre usted, sino todos los que la oyen. Nos ha dejado de una pieza.

—Es difícil no caer en una apreciación subjetiva. Los robots no sienten. Para Leila, "padre" es una palabra sin ningún sentido afectivo.

—Entonces, ¿por qué nos ha traído a un ser frío para que trate con el público? —arremetí. Aquello era un sinsentido.

—Esa carencia no frena su trabajo, sino todo lo contrario. Al no tener dilemas morales que puedan provocarles dudas, su cerebro juega con ventaja a la hora de encontrar la solución más acertada a un problema. Leila, como empleado electrónico, les ofrece honestidad, competencia y lealtad sin dobleces; la sinceridad de una razón pura.

—Si usted lo dice…

Me pareció temerario que afirmase que su amoralidad constituía una ventaja. Los humanos que carecían de moral eran considerados unos psicópatas. Pero no repliqué; no tenía ganas de discutir de ética cibernética, y el doctor tampoco continuó con ese tema. Quiso oír el informe de los hechos por boca del propio robot; así que le pasé el móvil a Leila.

—¡Hola, padre!

Lo saludó, el rostro tensado por una amplia sonrisa. ¿A cuento de qué había modelado esa expresión alegre si su padre no podía verla?

Eso no era lógico. Desde luego, con esa mofa habían conseguido remover los cimientos del pensamiento racional.

No me di cuenta en ese momento de que, sin poder remediarlo, acababa de otorgarle un sexo a Leila. El tacto cálido de su piel y su saludo jovial a un repentino progenitor me parecieron cualidades propias de un ser vivo emocional.

Roberto me pidió entonces que fuera a controlar su sección, y añadió que se hacía cargo de Leila y de su padre. No rechisté; necesitaba alejarme de tanta incongruencia.

El tiempo de la *superoferta* había llegado a su fin. Unos pocos clientes deambulaban con tranquilidad por la tienda. Busqué a mi compañera y me acerqué a ofrecerle la oportuna justificación.

—No es lo que parece —me excusé—. He tratado a la robot con el mayor respeto posible…

—No tienes que darme explicaciones, Josep —me interrumpió—. Como a partir de ahora, os ocuparéis vosotros de Leila, no tengo por qué meterme… Un momento, has dicho "la robot" —enfatizó el artículo—. ¿Ya catalogas a Leila dentro del género femenino? ¿Por qué será?

—No sé qué quieres decir. Escúchame. Teníamos que apagarla y encenderla, y el botón estaba situado en… Bueno, muy adentro. Los ingenieros tuvieron una idea absurda y… ¿Qué es todo esto?

Encima del mostrador de la caja se extendía un curioso piscolabis.

—Lo han traído los clientes para Leila —respondió, y fue señalando lo que describía—. Una infusión de menta de la señora Pepita, la de la cafetería; medio chorizo picante del pueblo del señor Justo, el del kiosco; un tarrito de miel de romero de otra señora junto con el teléfono de su tía Consuelo que, al parecer, también se queda *in albis* de cuando en cuando; un ponche cargado…

—¿Puedo probar?

—Todo lo que quieras; a mí no me apetece. Sigo. Una de las directivas de la compañía de seguros de aquí al lado ha dejado estos caramelos de esencias de flores, una tarjeta de su psicóloga y una propuesta de un seguro de vida. El racimo de uvas que estás engullendo lo ha traído una señora que, al ir a su casa a buscarlo, se ha enterado de que su esposo se había comprado ya los pantalones finitos que andaba buscando.

—Están muy ricas estas uvas—aprecié.

—Ese vasito carga orujo del que raspa —siguió informándome.

—¿Del rasposo? Tomaré un poquito.

—Te lo puedes beber todo; a mí no me van esas cosas tan fuertes. El líquido del cuenco de madera es una infusión de hierba mate de un señor uruguayo muy amable. A su lado, tienes queso de Cabrales con poder, según un excamillero, de resucitar a los muertos si es acompañado por el vino peleón del botijillo ese; ha jurado haberlo comprobado con un supuesto finado de los que transportaba hacia la morgue... ¡Hala, Josep, qué buena mano tienes para el botijo!

Me había echado un buen trago. Mi vergüenza se había ahogado antes en el orujo. No sabía si aquel vino resucitaba a los muertos, pero a los vivos nos insuflaba una felicidad que ni les cuento. Me encontraba animadísimo.

Jessica estaba acabando el repaso a los obsequios de nuestra amable clientela; solo quedaba una colonia.

—Y como colofón… ese perfume —concluyó.

Jessica me sonreía con tanta dulzura que creí que se le había pasado el enfado. Destapé con entusiasmo la colonia e inspiré…

—¡Hostias!... Pero ¿qué? —chillé, entre toses y estornudos.

—Nada como el amoniaco para una buena limpieza —repuso, y se echó a reír.

—¡Mujer vengativa!

Me alejé lagrimeando y no volví a aproximarme a ella el resto de la tarde.

A las siete, Leila todavía estaba en el despacho, con Roberto. Cerré la tienda y acabé de colocar bien la ropa en los estantes. Me puse a cuadrar luego las cajas junto con Jessica; pero, como todavía estaba molesto, no respondí a sus intentos de diálogo. Mi compañera intentó aplacar mi malhumor mediante comentarios apartados del tema, hasta que se cansó de obtener mugidos como respuesta y explotó.

—¡Está bien, lo siento; debería haberte avisado! Pero es que os habéis aprovechado de la situación de indefensión de Leila y…

Se calló al ver que se abría en ese momento la puerta del despacho. De allí salió en primer lugar la robot. Roberto la seguía.

—¿Cómo te encuentras, Leila? —preguntó Jessica.

—¡Ah! ¿Ahora te preocupa tu compañera? —le espetó Roberto—. ¡No pensaste en ella cuando la dejaste sola!

—Estaba yo —intervine.

Jessica se puso muy tiesa y se acercó a Roberto. Su voz adquirió un timbre ardoroso al replicarle:

—¿A quién se le ha ocurrido aceptar una *superoferta* cuando no estábamos todos?

Roberto contraatacó.

—Abandonar a Leila el primer día es una irresponsabilidad. Si no hubiéramos podido recuperarla, te aseguro que la primera cabeza a guillotinar no hubiera sido la mía.

—La robot no está preparada para aguantar semejante ajetreo —afirmé con el propósito de frenar la discusión; pero ya me habían dejado fuera del campo de batalla. Sin escucharme, se acercaron el uno al otro con los pechos abombados.

—¡La has frito tú con ese mensajito inexplicable! ¡Cuando he vuelto, todavía lo tenía ahí, incrustado en su pantalla! —gritó Jessica.

Se enzarzaron, y aunque intenté mediar con palabras y gestos de calma, no me atendieron.

—Soy tu jefe. ¡No me faltes al respeto! —chillaba Roberto.

—¡Pues lo mismo digo! ¡A ver si no voy a poder ir a comer! ¿Dónde estabas tú durante la avalancha? Déjame adivinar. ¡Ah, ya sé, en tu guarida! —dijo, y señaló el despacho.

—Jessica, que te la juegas. Sabes que tengo mucho trabajo administrativo y debo encerrarme de vez en cuando. La sección "Casual" es cosa vuestra. Tengo de sobras con ocuparme de la "Smart", la contabilidad y los encargos de trajes, que se me hacen las tantas todos los días. Por cierto, a ver cuándo te quedas a hacer horas extras.

—No te puedes quejar; saco el trabajo de dos empleados durante mi jornada. Te he dicho mil veces que no puedo quedarme más rato, que tengo que ocuparme de mis hijos.

—Eso es lo que os pasa a las mujeres de hoy en día, que lo queréis todo, y a todo, no se llega.

—A lo mejor llegaríamos si los hombres dierais más el callo.

—No lo dirás por el santo varón de tu marido. ¡Solo por el mérito de aguantarte tiene abiertas las puertas del cielo!

Hubo un silencio de un segundo mientras a Jessica se le hinchaba el cuello como a una cobra agresiva. Ese intervalo milagroso liberó la respuesta de Leila.

—Estoy bien, gracias. Jessica, por favor, explícame qué hace todo esto aquí.

Leila señaló los restos de mi glotonería. Jessica había colocado los obsequios para la robot en una estantería interior del mostrador.

—Te lo han traído los clientes para que te repongas —respondió mi compañera.

Roberto se abalanzó sobre el chorizo.

—¡Vaya, vaya, qué bien! —exclamó.

Empezó a picotear y a darle al botijo. Jessica también se calmó y quiso que Leila le contara el motivo de su bloqueo. La robot se explicó así:

—Desconocida por la derecha deja bulto de ropa inespecífico. Queda pendiente de proceso. Desconocida por la izquierda, ídem. Queda pendiente de proceso. Solicitud de cobro de un cliente tres posiciones por detrás del primero en la cola. No puedo descuidar al primero. Postergo. Requerimiento de información de una clienta acerca de su marido. Desconozco la identidad del marido. Solapamiento de peticiones diversas. Separación dificultosa. Proceso con lentitud. Otro cliente duda sobre la posibilidad de encontrar al encargado. Demanda de confeccionar un envoltorio. Orden negativa gestual de Josep al respecto seguida de una respuesta positiva vocal. Acepto la gestual por un cincuenta y uno por ciento de probabilidad a su favor alcanzada por la fuerza de su mirada directa. Mantengo la otra opción pendiente del *feed back* del cliente. Clienta sin identificar y externa a la cola se adelanta y...

La explicación de Leila era digna de atención, pero la trayectoria de nuestro encargado le robaba el protagonismo. Roberto se estaba acercando a la botellita irritante.

Leila continuaba:

—Respuesta a la espera del *feed back* anterior...

Jessica me miraba con expectación. Sus cejas se enarcaban en una duda: "¿Le avisarás?", decían. Sus labios se apretaban en un elocuente rictus: "¡No lo hagas!"

Me escabullí pasillo adelante, cual Pilatos.

Roberto no limitaba la tosquedad de sus maneras al trato personal. Si hubiera sido colonia, también le hubiera picado tras inhalarla como si fuera la última bocanada de aire sobre la Tierra. Estuvo estornudando diez minutos seguidos.

Jessica, sin disimular su sonrisa de oreja a oreja, se despidió y se fue a su casa. Roberto se introdujo en el despacho y se llevó a Leila. Al quedarme a solas, me invadió por fin la tranquilidad. Decidí quedarme un rato a acabar el trabajo contable más urgente; aunque no me hacía ninguna gracia tener que alargar mi horario. Estaba aguantando porque lo consideraba una situación temporal; pero si Leila no conseguía descongestionar la acumulación de trabajo, y dado lo que acababa de pasar, lo dudaba mucho, no pensaba mantener ese perverso parámetro llamado productividad a base de dejarme la salud. La falta de personal se tendría que notar para que el problema llegase a las alturas y hubiese una rectificación.

Después de una hora sumergido en cifras, me encontraba muy cansado, por lo que empecé a recoger para marcharme. Roberto y Leila salieron, entonces, del despacho. Al comentarles que ya me iba, Roberto ordenó a la robot que ejecutase el cierre de la tienda. Por su forma áspera de hablar y comportarse, deduje que aún estaba enfadado. Se fue sin esperarme. Me puse la americana y, antes de salir, me volví en la puerta para despedirme.

—Buenas noches, Leila.

—Hasta mañana, Josep.

La robot apagó la luz. Un suave sol vespertino se colaba por las ventanitas superiores de la persiana exterior. Su luz tenue perfilaba la silueta humana de aquel extraño ser que tenía un padre al que sonreía. Parecía una chica, una joven que se quedaba sola toda la noche..., encerrada y a oscuras…

Me entró una congoja muy tonta. Llegué a considerar, incluso, el invitarla a venir conmigo.

De camino, en el autobús, recuperé parte de la cordura y me reí de mi ocurrencia. Sabía, no obstante, que la robot hubiera sido bien recibida en casa. A Nadia, mi mujer, le habría gustado conocerla. Cuando le expliqué que nos habían traído a un empleado androide, se sorprendió mucho y mostró un ávido interés. Estaba seguro de que estaría esperando recibir un informe completo por mi parte, pero no me veía muy preparado para satisfacer su viva curiosidad.

Cuando entré en casa, ningún saludo llegó hasta mí. La puerta de la cocina estaba cerrada y una música movida se colaba por debajo. Nadia estaba preparando la cena y se había encerrado para no molestar a los niños.

Fui primero a saludar a mis hijos. Silvia, la mayor, estaba enfrascada en sus deberes escolares. Tenía once años y era muy responsable. Me dio un beso cariñoso y me preguntó una duda sobre un problema de matemáticas. Se la solucioné y busqué a Joan, el pequeño, que acababa de cumplir nueve años. Estaba jugando en el ordenador a una aventura de acción vertiginosa y necesitada de tanta concentración que, sin desplazar la vista de la pantalla, me despachó con un simple: "¡Hola, papá!". También en mi hogar tenía que competir con una máquina.

Me asomé a la cocina. Nadia estaba cortando una lechuga, y su estilizado cuerpo se agitaba siguiendo la canción que sonaba en aquel momento. Se había recogido su melena castaña en una cola y la hacía bambolear con el movimiento. En cuanto me vio, dejó esa tarea, bajó el volumen de la música y se interesó por conocer todos los pormenores del primer día de Leila. Quise zafarme del interrogatorio.

—Perdona, he salido tarde. Me cambio y te ayudo —dije, y haciendo oídos sordos a sus preguntas, me acerqué, le di un beso y giré sobre mis talones con la intención de escabullirme; pero mi mujer me detuvo.

—Espera, Josep. Llevo todo el día pensando en tu robot. ¿Cómo se ha comportado? ¿Qué trabajo hace? ¿Ha ido todo bien? Cuéntame.

Sus grandes ojos de color miel me miraban con expectación.

—Es una máquina de cobro automática que se mueve y habla —declaré, procurando expresar cierta indiferencia.

—¿Cómo han reaccionado vuestros clientes? ¿Se han dado cuenta enseguida de que era un androide?

—¿Eh? Pues, no. Lo cierto es que ha dado el pego. Los clientes solo están pendientes de buscar la ropa que les interesa. Supongo que les habrá parecido una chica muy seca.

—Y cuando se lo habéis dicho, ¿cuál ha sido su respuesta: susto, admiración, desconfianza?

—Bueno… Hemos recibido instrucciones de no delatarla.

—¡Cómo! No se puede engañar a la gente. ¿Por qué os habéis prestado a eso?

No pude dejar de sentir vergüenza y proferí una endeble justificación.

—Pensé que la descubrirían enseguida.

—Me dijiste ayer que tenía un físico muy logrado, que su rostro era capaz de modelar diversas expresiones e, incluso, que tenía la piel templada. Debe de ser difícil sospechar que no es un ser humano.

Me vi en ese momento levantando la falda a Leila y un sentimiento de culpabilidad me condujo a mentir a mi mujer.

—No es tan perfecta; no me había fijado bien. Hoy que he estado más cerca… —Noté que me volvían a salir los colores y, forzando un tono convincente, añadí—: Es como un maniquí, muy fría… Voy a ponerme cómodo y vuelvo.

Me largué antes de que Nadia advirtiera mi sonrojo.

En el comedor, me encontré a Fufi, el perro robot de mis hijos. Habíamos tenido un perro durante muchos años; pero se nos había muerto de viejo a principios del diciembre anterior y lo lloramos tanto que no quise ninguno más. Mis suegros, buscando consolar a los niños, les habían regalado esa mascota artificial durante las últimas Navidades.

Fufi vino a saludarme y lo acaricié. Su pelo era suave y tenía un tacto muy natural, pero los ojos y la boca estaban confeccionados con un plástico muy evidente. Eso sí, jadeaba muy bien. Los niños lo apreciaban como si fuese algo más que un artilugio mecánico. Joan, sobre todo, jugaba mucho con él e, incluso, dormía abrazado a su cuerpo peludo. Mi hija era más práctica; le recargaba la batería y le limpiaba a menudo el pelo con unas toallitas especiales.

Alcé aquel perrito hasta la altura de mis ojos. Su jadeante sonrisa no se desinfló cuando le dije: "No existo". Era un inocente tontorrón. Fufi no daba problemas ni exigía nada. Podría decirle cualquier cosa que se me pasara por la cabeza y no se quedaría traspuesto: ventajas de la sencillez. La complejidad cada vez mayor de los aparatos comportaba mejores prestaciones; pero, también, que existiesen más mecanismos sensibles al fallo.

Me encontré a Roberto a la mañana siguiente, cuando me dirigía a la tienda. Me saludó con una sonrisa cómplice y un comentario picante acerca de la ubicación del botón de apagado. Al ver que estaba de mejor humor, me atreví a recordarle que debíamos enviar el informe de lo ocurrido el día anterior a Pinaza, nuestro jefe de distrito.

—No nos precipitemos, Josep —contestó—. Ayer fue el primer día de Leila y es normal que haya cometido errores de novata.

—Pero, Roberto, se quedó paralizada delante de los clientes. No sirve para despachar.

—Ya oíste a su padre: no volverá a ocurrir. Veamos qué tal se apaña hoy.

—Veámoslo, si quieres; pero no por ello dejemos de reclamar que nos envíen a empleados humanos, y si es posible, a nuestros antiguos compañeros.

—Poco a poco —murmuró mientras abría la puerta trasera.

La robot estaba en el pasillo transversal, cerca de la caja "Casual", y lucía un aspecto muy diferente.

Nos acercamos a ella con cautela.

—¿Eres Leila o durante la noche nos han puesto a otra? —preguntó Roberto.

Llevaba una melena corta, muy lacia y de un tono más dorado, una blusa granate ceñida y una falda blanca por encima de las rodillas. Tuvimos que formular las preguntas concretas para averiguar lo ocurrido.

—El nuevo tejido FCF-2 posee una alta plasticidad y maleabilidad cromática —explicó—. Es una aleación de diversos materiales. La composición exacta se mantiene protegida por patente. Mi programa "Fashion" dirige el diseño de mi atuendo moviendo los hilos finos entretejidos que estructuran mi ropa. También controla y modifica mi peinado.

—¡Es una joya! —exclamó Roberto—. ¿Qué más se puede desear, Josep? ¡Una mujer que no gasta nada en peluquería ni en ropa!

Me pregunté si él no tenía gastos de trajes y barbería.

—Pero llegará a repetirse —objeté—. No puede disponer de un vestuario muy extenso. A ver, Leila, ¿cuántas veces puedes cambiar de apariencia?

—Con las variaciones del uniforme y del cabello, puedo acceder a más de mil combinaciones distintas.

—¡Eso es increíble! —admiró Roberto—. ¿Podrías hacernos una demostración?

—Sí.

Nos quedamos quietos, atentos a la espera del milagroso cambio; pero la robot no se inmutó. Entonces, caí en que no le habíamos dado la orden. Con la solemnidad propia de un mago, dije:

—Adelante, Leila, ¡transforma tu presencia!

El cabello se le alargó hasta media espalda al tiempo que su color viraba a un castaño caoba. Un halo de vapor le envolvió la cabeza a continuación y le onduló la melena. La blusa se aclaró hasta un tono marfil, se ensanchó y se volvió vaporosa. La falda, por el contrario, se tornó negra, estrecha y larga. Finas puntillas daban un acabado elegante a ambas prendas. Lo único que se mantuvo igual fue el broche que llevábamos todos con el logotipo de la empresa. Quedó con un aire muy distinguido de actriz de los años cuarenta. Nos quedamos embobados. Roberto opinó:

—Aquí tenemos a una señora bien peinada y bien vestida, y no como esa estrafalaria de Jessica que…

—Vamos, no seas injusto —repliqué—. Jessica se compra la ropa en "Casual".

Roberto continuó como si no me hubiera oído.

—Y ahora me doy cuenta de que todavía no ha llegado. Es capaz de llamar y decir que no viene, que tiene algún niño malo y gasta un día de vacaciones. ¡Se cree que puede hacer lo que le convenga! Menos mal que ahora tenemos a Leila. —Suspiró y miró a la robot con una sonrisa feliz—. Una curiosidad, Leila, ¿hasta dónde puedes acortar la falda?

Me extrañaba que Jessica no nos hubiera avisado de su ausencia. Mientras Roberto seguía interesándose por el mecanismo del cambio de vestuario, me acerqué a la caja y advertí que el bolso de mi compañera estaba debajo del mostrador, lo cual indicaba que se encontraba en algún lugar de la tienda. Interrogué a Leila y me dijo que Jessica había entrado en el recinto de la caja fuerte hacía dieciséis minutos.

No era normal que llevase allí tanto tiempo. Sospechando el motivo de su retraso, me dirigí hacia la puerta de acceso.

En efecto, el frenesí que imprimía mi compañera a todas sus acciones le había vuelto a jugar una mala pasada. No había ajustado bien la primera puerta, y el aire impelido al cerrar con demasiada energía la segunda la había acabado de desajustar del todo. Jessica estaba condenada a quedarse allí, encerrada, hasta que fuéramos a rescatarla.

Me introduje en el estrecho espacio que mediaba entre las dos puertas y acoplé bien la primera. El clic del desbloqueo de la segunda alertó a Jessica. La abrió y apareció hecha un basilisco. Se alzó de puntillas para inflar su metro sesenta de altura y, casi pegada a mí, me cantó las cuarenta. Acertó al culpar de nuestro olvido al atontamiento que había suscitado el cambio de apariencia de Leila.

Le permití explayarse con la esperanza de que se relajara y no ocasionase otro enfrentamiento con Roberto; pero como su desahogo se alargaba, dejé de escucharla y puse atención en su vitalidad, su fragancia. Mi compañera estaba criando a su segundo hijo, de tan solo ocho meses, y ostentaba un cuerpo de matrona con muchas curvas. Tenía otro de cuatro años, muy travieso. El estado físico de Jessica exaltaba su condición de madre: piel sonrosada, labios generosos, pómulos dulces. Todas sus formas eran suaves, redondeadas, sin filos que pudieran herir a sus hijos. Lo que más me atraía era su olor corporal: cálido, tierno, protector…

—¿Por qué sonríes así? —gritó de pronto—. ¿Estás tonto? ¡Dios mío, dame paciencia; pero dámela ya!

Suave de formas y afilada de lengua. Jessica entró en la tienda todavía muy alterada. Por suerte, Roberto se había llevado a Leila a su despacho.

La intimidad que había percibido durante el rapapolvo hizo que me diese cuenta de lo insensato que había sido al otorgar cualidades femeninas a un robot. Leila no desprendía ningún olor; el aire que la rozaba no se impregnaba de ningún aroma. Sus gestos de autómata avanzada y su distante belleza no animaban pasiones carnales. Tenía una apariencia engañosa.

Roberto soltó a la robot media hora más tarde y se fue a tomar un café. Leila rodó con su silla hasta la caja "Casual" mientras Jessica pasaba por mi lado y me dirigía una sonrisa mordaz. No logré entender la razón hasta que, en voz alta para que me llegaran bien sus palabras, pidió a la robot que tomara nota.

—Si tardo más de diez minutos en regresar del recinto de la caja, es señal de que tengo algún problema. ¡A ver si tú te acuerdas de mí! —exclamó mientras me miraba con sorna.

No obstante, mi compañera tampoco debía de confiar mucho en Leila, pues adquirió la costumbre de llevar el móvil siempre encima.

Aquella mañana, la robot consiguió cobrar con más presteza; aunque el manejo de billetes y monedas le seguía resultando dificultoso. Pese a ello, Jessica y yo pensábamos que carecía de las aptitudes emocionales necesarias para la venta y que la caja de cobro era el puesto que le correspondía; pero Leila debía de tener otras directrices, porque se escapaba y venía a nuestro lado cuando no tenía clientes a quienes cobrar.

—Quiero aprender —se excusaba con voz dulce y una sonrisa enternecedora.

Era difícil negarle nada a un ser tan cortés. Permitimos que se quedase con nosotros mientras estuviese pendiente de la caja.

Leila iba y venía de Jessica a mí. Me crecía un orgullo soberbio cada vez que aquella preciosa joven se me acercaba. Era curioso que acabara de convencerme de su inexistente feminidad y, sin embargo, no la hubiese devuelto al cajón de las máquinas. Quizá considerase, en mi subconsciente, que hacerle ese desprecio hubiera desvalorado mi nueva categoría. Me había convertido en el admirado maestro de una bella alumna ávida de aprender. Sus ojos de océano profundo absorbían todo lo que yo hacía o decía. Solo disfrutaba de tanta atención cuando explicaba un buen cuento de suspense a mis hijos.

Jessica la recibía también con los brazos abiertos. Cuando la tenía para sí, le volcaba un monólogo salpicado de preguntas. Leila le respondía siempre que se abriera el intervalo adecuado, es decir, casi nunca. Su escucha atenta y respetuosa complacía a mi compañera. Si la robot pasaba mucho tiempo conmigo, Jessica me disparaba miradas impacientes.

Cuesta compartir lo que se aprecia. Dos pasillos que se cruzan. Jessica, en uno; yo, en otro. Ambos atendiendo a clientes, y Leila que, proveniente de la caja, se detiene en la encrucijada. Su aniñado rostro gira de uno a otro. Está intentando decidir si quiere más a papá o a mamá. Pues bien, los dos le hicimos gestos para que se acercase. Luego, cuando estuvimos libres, bromeamos sobre nuestro interés.

—A ver, dime: ¿qué quieres de Leila? —reclamó Jessica con ojos chispeantes—. ¿No decías que no iba a servir para nada?

—Estoy analizando sus capacidades. Lo mío es pura investigación científica —repuse en tono pomposo.

Jessica asintió de forma irónica. Como me temía un ataque, me adelanté.

—Pero no pierdo el norte —dije—. No le cuento mi vida, como tú, que hasta te he oído hablarle de los progresos que hacen tus niños.

—Tú pierdes el norte y el oremus —replicó—. Crees que tienes a una atractiva discípula rendida a tus pies. Los comentarios sobre mis hijos venían a cuento. Estoy educando a Leila y, al igual que mis niños, esa asombrosa robot avanza con pasos de gigante.

—Pues eso es Leila para mí: una niña a la que estoy instruyendo, una mascota a la que estoy adiestrando…

—Una mascota despampanante —insistió.

Advertí que aquella apreciación me estaba molestando. Leila, con su poca destreza, mostraba una vulnerabilidad que me inducía a protegerla.

—No soy Roberto —dije con expresión dolida.

Jessica se carcajeó.

—Josep, contigo no se puede bromear. Vale, le has rebajado la edad a Leila. Para ti, ya no tiene los veinticinco años que representa, sino quince. Es menor de edad, y no te parece bien que insinúe que la encuentras seductora, puesto que eso te convertiría en un pervertido. A partir de ahora, es tu niña mimada. ¿Te parece mejor así?

Burlándome de mi anterior actitud, me froté la barbilla haciendo ver que estaba sopesando si ese dictamen me satisfacía.

—Me parece estupendo —proclamé al fin—. De todas formas, mi dedicación no debería molestarte, ya que mis desvelos no me han convertido en su favorito. Cuando Leila ha tenido que decidir con quién estar, siempre te ha escogido a ti.

—Entre mamá y papá, normalmente gana la madre.

A veces teníamos los mismos pensamientos.

Leila no tardó mucho en rogarnos que le permitiésemos vender. Consentimos siempre que fuera bajo nuestra paternal o maternal supervisión. Aprendía muy rápido, como nos había comentado el doctor, y enseguida apartó el cortante "especifique" por preguntas educadas y esclarecedoras. Me alegré de que empezara a soltarse porque íbamos a necesitarla mucho. Teníamos programado un desfile a las cinco de la tarde, donde se iban a mostrar las nuevas colecciones. Los modelos iban a ser clientes voluntarios; así que era un acto muy especial. Como no habíamos encontrado a muchos hombres dispuestos a desfilar, a Roberto y a mí nos tocaría subir a la tarima.

Las tiendas "That's" se integraban bien en la vida de barrio. La estrategia de ventas de las *superofertas* estimulaba que los vecinos se hicieran clientes fieles. La tarjeta financiera que les ofrecía la empresa les permitía acceder a las rebajas de cada temporada un día antes de que se iniciaran para el público general. Al contratarla, nos aportaban sus datos personales y, si daban permiso, les anunciábamos los desfiles periódicos. Se les daba la oportunidad, incluso, de participar de vez en cuando como modelos.

Después de comer, y como ya no tenía mi mando domótico, indiqué a Leila cuál era la música que debía poner durante el desfile. Necesitaba tener una parte del espectáculo bajo control, y la fiabilidad de su memoria electrónica me tranquilizaba. Ya iban a quedar demasiados asuntos en el aire, y el más preocupante era, sin duda, el de la vigilancia.

Nos habían dejado sin guarda de seguridad el sábado anterior y suplirlo era harto difícil. Solía ocuparme de los sectores más cercanos a la puerta y procuraba estar pendiente del arco detector situado en su dintel; pero si no nos habían robado todavía era porque la noticia de nuestra debilidad no había llegado a los oídos de los cacos. Lamenté no haber pedido al jefe del distrito que nos enviase a un vigilante para cubrir el evento; pero había estado falto de reflejos y ya no había tiempo para enmendar aquel despiste. Tendríamos que apañarnos como pudiéramos, con aquello y con toda la organización.

Los clientes voluntarios comparecieron media hora antes, como habíamos acordado. El público empezó a llegar al poco rato, y las mesas próximas a la tarima no tardaron en ser ocupadas.

En el vestuario femenino se armó un trajín frenético. Jessica no conseguía aplacar los nervios de esas modelos primerizas. Mientras tanto, en el vestuario masculino, Roberto se estaba encargando de los cuatro señores que se habían prestado a lucirse; pero parecía que allí los ánimos estaban más calmados.

Mientras mis compañeros encauzaban el desfile, monté el micro encima de la tarima y le fui dando instrucciones a Leila para que fuera distribuyendo al público. Desde aquel estrado, podía estar pendiente de la tienda; así que, cuando terminé, me quedé allá arriba, a la espera de que mi compañera viniese a suplirme. El traje que iba a presentar estaba en el vestuario y tenía que irme a cambiar.

A los quince minutos, Jessica se asomó, al fin, al pasillo que conducía a la tarima. Llamé su atención por gestos y le señalé la puerta de entrada. Comprendió que quería que la vigilase y se marchó para allá. Tuve que dejar a Leila a cargo de lo demás. Antes de irme, le advertí que nadie podía mover las sillas; el pasillo lateral debía quedar libre para el paso de los modelos.

Tardé otros quince minutos en volver, más tiempo de lo que había supuesto. A los hombres que iban a desfilar les sobrevino de pronto el pánico escénico, y tuve que repasar con ellos su actuación para serenarlos un poco. Observé que, durante mi ausencia, se habían ocupado todas las sillas; el poder ver a sus propios vecinos contoneándose había atraído medio barrio.

Le hice una seña a Leila para que se acercara a la base de la tarima. Allí quedaba un hueco libre gracias a una cuerda que frenaba la aproximación del ardiente público. Alguien había colocado otra cuerda bordeando el pasillo, y quise saber si la robot había tenido esa estupenda iniciativa. Me respondió que había sido Jessica quien lo había dispuesto de aquel modo para mantenerlo despejado.

—Y supongo que te ha parecido bien —dije.

—Correcto. Mis avisos en contra de la invasión de ese espacio eran desoídos.

—¿Y a ti no se te había ocurrido ese apaño?

—Sí.

—¿Y por qué no lo llevaste a cabo? —inquirí, con el talante del buen educador en que me había convertido ese día—. Cuando encuentres una clara solución a un problema, no esperes a recibir nuestra orden. Adelante, actúa. Si te equivocas, no pasa nada; se aprende mucho de los errores.

—Debo poner en práctica las ideas que considere adecuadas sin esperar confirmación al respecto. ¿Correcto?

—Exacto.

—¿Correcto?

—Correcto, sí. Y ahora vamos a repasar tu cometido. El espectáculo empezará enseguida y no podré estar por ti. Recuerda, a mi señal, silencia las televisiones y pon la música que te dije. Al término del desfile, subirán todos los modelos a la tarima para recibir la ovación final. Eleva entonces el volumen de la música y deja que el público aplauda medio minuto. Después pon el hilo musical de siempre y la publicidad habitual en las teles.

—¿Y si no aplauden? —inquirió.

—Lo harán, Leila. ¿No te das cuenta de la excitación que carga el ambiente? ¡Mira cuánta gente hay, y aún están entrando más personas! ¡Uf, y ya no quedan sillas! Tendré que ir a por más al almacén.

Había una silla libre al lado de la tarima y fui a cogerla, pero Leila me detuvo.

—Esta es para el señor Justo —me comunicó—. Ahora que estás aquí para asumir su función, vendrá enseguida.

—¿Qué quieres decir? ¿Dónde está?

El señor Justo tenía un quiosco al lado de la tienda y nos traía los periódicos todos los días.

—Ha sustituido a Jessica como vigilante de la puerta —contestó—. A cambio, debemos guardarle un asiento; eso ha solicitado.

Me subí a la tarima y miré hacia la entrada. Era cierto lo que decía la robot; el hombre estaba allí, sacando pecho. Me vio enseguida, alzó la mano en un saludo aliviado y se encaminó hacia nosotros. Jessica debía de estar muy nerviosa para haber puesto de guarda jurado a aquel señor tan escuálido.

Llegó hasta nosotros y recogió la silla que le tendía la robot.

—Gracias, señorita Leila. Es usted un ángel —alabó.

Le agradecí su amabilidad y le solicité que se sentara en el espacio destinado al público, pues el desfile estaba a punto de comenzar. El hombre regaló a Leila una sonrisa embelesada y se fue. Aquella admirativa expresión por una máquina me reafirmó en mi decisión de desvelar la verdadera identidad de Leila al fin del espectáculo. No había comunicado ese plan a Roberto. Prefería afrontar su enfado después que tener una discusión inútil por anticipado. Tampoco se lo había dicho a Jessica por temor a que, en uno de sus arrebatos, se lo desvelara a Roberto. Sería indecente seguir ocultando que teníamos un androide entre nuestras filas; sin embargo, me afligía que su aprendizaje se estancara. Estaba seguro de que los clientes dejarían de buscar su parecer y los diálogos se ajustarían a lo práctico. Aquel ser había aprendido en pocas horas a interactuar con las personas de manera educada. Podía decirse que se hallaba a mitad de su educación primaria y, de súbito y debido a mi revelación, volvería a preescolar.

Leila percibió mi preocupación y supuso que estaba relacionada con el inminente evento. Se acercó a la base de la tarima y me tiró del bajo del pantalón para que me agachase y pudiésemos hablar sin levantar la voz.

—Josep, todo saldrá bien si me proporcionas más información —aseguró—. Necesito que me confirmes vuestras posiciones y tareas durante el tiempo que dure el desfile. Dime sin son correctos estos datos que me ha dado Jessica. Roberto saldrá con los hombres que van a modelar desde el vestuario masculino de la sección "Smart". Caminarán por el pasillo del fondo hasta el pasillo lateral, lo tomarán hasta la tarima y subirán al escenario de uno en uno. Después se quedarán en el otro lado de la tarima hasta que termine el espectáculo. ¿Correcto?

¿Para qué necesitaba tantas explicaciones esa robot?, me pregunté. No solo los humanos éramos complicados.

—Correcto —respondí maquinalmente, sin dejar de erguirme y echar vistazos a la puerta.

—Jessica se quedará al fondo del pasillo lateral e irá indicando los turnos a las mujeres. Cuando acaben de mostrar sus vestidos, y a una indicación tuya, subirán al escenario todos los modelos para el saludo final. ¿Correcto?

—Como te lo sabes tan bien, la próxima vez lo vas a organizar tú —dije, con la sonrisa y el tono que usaría con un niño pequeño que recitara bien la lección.

Leila hizo una pausa significativa: me había hecho una pregunta y esperaba mi respuesta.

—Correcto, correcto —respondí.

—Sin moverte de la tarima, presentarás la función y te exhibirás al final. ¿Correcto?

—No le llames función…, y tampoco me voy a exhibir.

Otro silencio.

—Correcto —contesté, con un deje que denotaba un poco de cansancio.

—La gala tendrá una duración aproximada de media hora. ¿Es corr…?

—Es correcto —interrumpí—. ¿Por qué precisas saber todo esto? ¡Ni que fueras a retransmitirlo en directo!

—Porque eso me genera varias cuestiones. ¿Quién se ocupa de la venta y del cobro en las dos secciones? ¿Quién, de la vigilancia?

—Pues tú, Leila, y nadie podrá ayudarte. Pero los desfiles suelen tener un alto poder de atracción y, por experiencias anteriores, preveo que habrá pocos clientes comprando mientras dure el espectáculo; puede que ninguno. Podrás asumir esas tareas sin problemas.

—Esa previsión no es válida.

Tal implacable sentencia me molestó.

—¿Ah, no? ¿Y por qué? —inquirí.

—Porque las circunstancias han cambiado de forma notable. Según la información que me ha aportado Jessica, la última vez que se organizó aquí una gala semejante había dos empleados más y también rondaba el guarda de seguridad, y pese a contar con tanto personal, hubo dos intentos de sustracción.

—Tú lo has dicho: intentos. Uno de los empleados descubrió a los rateros y el guarda los retuvo hasta que llegó la policía. Ahora te estoy empezando a entender, Leila. A mí también me inquieta que podamos sufrir algún robo. Hablé con Roberto y le pedí que no desfilara y que se quedara, al menos, al cuidado de su sección, que es la que tiene la ropa más cara; pero no quiso. Le gusta mostrar cómo le queda un traje hecho a medida. Eso sí, en cuanto acabe, se dirigirá hacia allí. Mientras tanto, como comentaré el espectáculo sin bajar de la tarima, iré echando miradas. Si observo algo raro, te haré una seña. También contamos con tus agudos sentidos, por supuesto.

—Entonces, me tengo que ocupar de la música, la publicidad, la venta, la caja de cobro, la seguridad y también debo estar atenta a la tarima.

Temeroso de que se pudiera bloquear otra vez, le dije que hiciese lo que pudiera.

—Deberíamos cerrar las puertas —propuso.

—No podemos echar abajo la persiana.

—Pero sí que podemos…

Una Jessica algo alocada interrumpió nuestra conversación.

—Josep, ¿cuándo vas a empezar? No podré aguantar por más tiempo a esas mujeres.

Me disculpé y, a continuación, le hice la señal convenida a la robot. Puso la música y se marchó a rondar por las secciones. Activé el micro y empecé.

—Señoras y señores, tenemos hoy el placer de presentarles nuestras nuevas colecciones…

Mientras hablaba, advertí que Leila quedaba oculta por las estanterías y percheros que delimitaban cada pasillo. No podía saber dónde se encontraba. Del mismo modo, si algún delincuente quería robar, solo tenía que agacharse para evitar ser descubierto. La tienda estaba desprotegida.

—Queremos agradecer la gentileza de las clientas y los clientes que se han brindado a hacer de modelos —proseguí.

Una percha sostenida en vertical por un extremo sobresalió por encima de las estanterías. Llevaba colgando un pañuelo amarillo muy vistoso. Leila había encontrado una manera de darme a conocer su posición. Era inteligente esa robot.

—Los primeros en desfilar serán, esta vez, los señores. Dejémosles ese privilegio. Aquí los ven aparecer. Un aplauso, por favor.

El pañuelo amarillo se deslizaba a velocidad lenta y constante por uno de los pasillos que cruzaban el local en longitudinal, desde el escaparate hasta el fondo. Leila se estaba dedicando a rondar. No se vislumbraba a ningún cliente por las secciones.

Presenté al primer modelo. El hombre subió con garbo nervioso y se puso a dar vueltas por la tarima como un león enjaulado.

—El señor Torres nos muestra su elegante traje de marca italiana…

El pañuelo se detuvo con brusquedad. Así del brazo al señor Torres y lo mantuve quieto delante del público. Sin perder de vista el inmóvil pañuelo, acabé la descripción de su vestimenta. El hombre se zafó de mi mano y bajó de la plataforma mientras lo despedía y agradecía su participación. Continué:

—Sube ahora al escenario el señor Muelas con un traje…

El pañuelo amarillo tomó uno de los pasillos transversales y aceleró hacia la zona "Smart".

—… un traje cruzado, de corte clásico…

El pañuelo giró y subió hacia el escaparate a una velocidad tremenda. Leila parecía estar persiguiendo a alguien.

—¡Tremendo el traje del señor Muelas!…

No se veía a nadie; pero una persona podía estar corriendo con la espalda doblada para no ser vista. Distraído, me quedé mudo un instante. El segundo modelo supuso que había dado por finalizada su actuación y bajó de la tarima mientras, por el otro lado, subía el tercero. El pañuelo amarillo volvió a girar, cogió un pasillo transversal de nuevo y frenó en la primera encrucijada: la robot le había taponado la huida al ladrón. Le hice una seña a Roberto para que me relevase, pero no me entendió o no me quiso entender.

—El siguiente es el señor Rojo. Lleva un traje deportivo, de quita y pon. Roberto sube, por favor…

Mi compañero no me hizo caso. El pañuelo amarillo volvía a volar por los pasillos como un llamativo estandarte. Su color chillón había atrapado mis pupilas.

—Aquí tenemos al señor Amarillo, digo Rojo. ¡Oh, mierda!

Salté de la tarima, le pasé el micro a Roberto y eché a correr hacia la puerta por el pasillo transversal más cercano al escaparate.

El cambio de rumbo del pañuelo me indicó que los ladrones estaban subiendo por el pasillo principal. Llegué a la entrada y me detuve. Los tipos venían hacia mí. Eran dos y corrían con el lomo paralelo al suelo. Nos estaban sisando unos cuantos trajes. Me vieron, se alzaron y, transformados en gamos, se introdujeron por un pasillo transversal. Sin pensarlo mucho, corrí tras ellos. Giraron en el primer cruce y se metieron por el pasillo paralelo en dirección de nuevo al principal. Me di cuenta, entonces, de que debería haberme quedado en la puerta para obstaculizar su huida. Me faltaba experiencia y vista para ese cometido. De reojo, vi que el pañuelo amarillo flotaba en un pasillo próximo.

—¡Baja la persiana, Leila! —grité.

—No hay tiempo —contestó.

Aceleré todo lo que pude al llegar al pasillo principal; los ladrones se estaban aproximando a la salida y se me iban a escapar. Llegaron a la puerta, pero las dos hojas no se abrieron de forma automática, como era normal, y aquellos tipos se estrellaron contra el duro cristal, cayeron hacia atrás y se quedaron tendidos en el suelo, noqueados. Estaba muy cerca de ellos y no pude frenarme. Por no pisarlos, los salté y me estampé contra el vidrio. Una supernova estalló tras mis párpados. Reboté y caí encima de los hombres. Recordé, en ese momento, que nos habían colocado un cristal reforzado para evitar robos mediante el método del alunizaje. Había sido un gasto inútil, puesto que luego habían instalado una persiana exterior que bajábamos al cierre del establecimiento.

Aturdido por el porrazo, me quedé tumbado encima de aquel colchón humano.

—Josep, ¿estás bien? —dijo una suave voz. Conseguí enfocar al ser de donde provenía.

—Leila, ¿qué ha pasado? —gemí.

—He bloqueado las puertas.

—¿Es eso posible? —murmuré con voz quejosa. Me dolía el pecho, la barriga y, sobre todo, el lado de la cara que me había golpeado. Rogué que no se me hubiese torcido la nariz.

—¿No os informaron de tal posibilidad cuando os instalaron la automatización domótica?

—Pues, no —lamenté.

—Ha sido una buena idea —se vanaglorió—. Los ladrones no han podido escaparse.

Por mi culpa, Leila empezaba a tomar la iniciativa cuando todavía no era capaz de calcular y justipreciar los daños colaterales. La había animado a poner en práctica sus ocurrencias y ese había sido mi pago.

Roberto apareció y me ayudó a levantarme. Lo había visto todo desde la tarima y le había pasado el micro a Jessica. Dijo que nadie más se había percatado de lo ocurrido. El desfile continuaba con toda normalidad.

Los ladrones habían quedado bastante aplastados por mi fuerte constitución y mi metro ochenta y cinco de altura; pero yo me había llevado mi parte.

—Has dejado el traje hecho un asco —comentó Roberto.

—Aprecio que te preocupes por mi persona —ironicé.

—Tenemos cosas más importantes que atender —replicó, y señaló a los dos rateros. Aquellos hombres estaban hinchando sus pulmones y redondeando sus formas.

—No podrán salir —dijo Leila—. He activado la señal de alarma.

Nos explicó que esa señal emitía un aviso a nuestro Departamento de Seguridad y, además, bloqueaba todas las puertas: la de entrada, la trasera, la del almacén, la del recinto de la caja fuerte e, incluso, la del despacho. Roberto no se asombró. Le habían notificado esas prestaciones cuando le habían hecho entrega del mando domótico; sin embargo, se había olvidado de explicármelas al cedérmelo. Después, todas esas funciones habían sido traspasadas a Leila.

Los ladrones consiguieron ponerse en pie y, como era de buen entender, no quisieron esperar a que viniese la policía. Se pusieron violentos y amenazaron con armar un pitote.

Roberto les propuso un trato. Si nos devolvían por las buenas la ropa hurtada, les permitiríamos irse. Leila aseguró que podía contenerlos y que no era necesario acordar nada; pero Roberto le ordenó que guardase silencio.

Hubo un instante de vacilación en el que aquellos mangantes pasearon una despreciativa mirada por la chica inválida, luego por el fofo encargado y, por último, por el empleado que debía de estar contemplando aún todas las estrellas del firmamento. Pero les sangraba la nariz y su cuerpo se tambaleaba; era evidente que yo no era el único astrónomo.

—Dadnos esos trajes y marchad —conminé—. No estáis en condiciones de liarla.

Tras entrecruzarnos miradas retadoras, tiraron las prendas al suelo y se acercaron a la puerta. Leila, a un gesto de Roberto, la abrió.

En cuanto se fueron, Roberto sacó su móvil y habló con Seguridad. Explicó lo ocurrido y aseguró que no era necesaria la presencia de la policía. Todo se había resuelto con discreción y sin ninguna pérdida material. No mencionó las colisiones contra la puerta ni de los ladrones ni del maltrecho empleado que empezaba a enfriarse y a dolerse de todo. Cuando terminó de hablar, se dirigió a Leila y la felicitó.

—¡Has estado magnifica! —alabó—. Nadie se ha enterado de nada. Esa canción que has puesto con la batería a todo volumen ha mitigado el ruido del choque contra el cristal. Los testarazos han quedado camuflados a la perfección.

Indignado, exclamé:

—¡Mira qué bien, la robot DJ ha permitido que me incrustara en el cristal blindado! —Me volví a Leila—. ¿Es esa otra de tus brillantes ideas?

—Josep, cuelga los trajes, por favor —me pidió Roberto.

Masculé a la robot que ya hablaríamos de ello más tarde y me agaché a recoger la ropa; pero sentí que me mareaba y volví a enderezarme.

—Deja que lo haga Leila; quiero relevar a Jessica —me justifiqué.

—No estás presentable. Será mejor que te pongas hielo en la cara —repuso Roberto.

—¿Tan mal la tengo? Escucha, no podemos dejar pasar otro día. Iba a presentar a Leila después del desfile.

—Creo que esta gente ya la conoce. Ha estado ayudando a colocar al público antes del desfile con un sentido del orden muy eficaz. Vete dentro y no salgas hasta que se vacíe la tienda.

—Debes contar la verdad. Diles que es una robot.

—Ni soñarlo.

—Es un criterio equivocado.

—Fíjate en lo que acaba de pasar: Leila ha hecho daño a esos pillos. Un robot ha atentado contra nosotros, los humanos. No hay excusa posible; no se puede permitir. Piénsalo y verás que tengo razón. Nos podrían denunciar.

—¡Hombre, pues nos estaban robando!... Además, nadie se ha enterado de lo ocurrido.

—Esto se acabará sabiendo, y si se corre la voz de que Leila no es una mujer, el chisme volará con la rapidez de un rayo. Este es un barrio que mantiene un espíritu de comunidad, y nosotros, para bien y para mal, formamos parte de ella. No nos podemos arriesgar, Josep.

Discutimos un rato y acabamos acordando que revelaríamos el secreto al cabo de unas semanas, así daríamos tiempo a que se les curaran los cardenales a los ladrones. Si no habían huido lejos y llegaban a enterarse, ya no tendrían pruebas físicas en contra de Leila.

Hice caso a Roberto y fui a lavarme la cara. Cuando me vi el enorme chichón en el espejo del lavabo, entendí que me hubiese pedido que me escondiera. Si a aquellos tipos se les inflaba el rostro de modo semejante, y llegaba hasta su conocimiento que Leila era un androide, podrían buscarnos las cosquillas y pedir una indemnización. Los tenía debajo de mí cuando la robot había confesado ser la causante del cierre de las puertas. Seguro que la habían oído.

El paño frio que me coloqué me bajó la hinchazón de la cara, pero no atenuó el intenso latido interno que el golpe había generado en mi cabeza. Me vi incapaz de continuar trabajando en esas condiciones, así que me marché a casa. Mi mujer se indignó cuando me vio llegar tan amoratado, y opinó que debía protestar ante mi superior y exigir que nos volvieran a poner un guarda de seguridad. No culpó a Leila; pero Nadia tenía una mente abierta y aceptaba sin problemas y con bastante entusiasmo los avances tecnológicos. Quizá otros no hubieran sido tan tolerantes.

Dos días más tarde, Leila había conseguido tratar a la gente con amabilidad y tacto a base de imitar nuestra forma de atender a los clientes. Todavía se expresaba con concisión, pero compensaba su falta de locuacidad con amplias sonrisas. Parecía una persona tímida. Esas maneras cercanas nos contentaron por cuanto relajaban nuestra supervisión.

Pudimos también dejar de preocuparnos por la vigilancia. La robot aseguró que había mejorado la comunicación con el arco de detección de la puerta. La alerta por el paso de ropa que no hubiera sido desmagnetizada en la caja de cobro le llegaría al instante, aun cuando se encontrase alejada del arco o encerrada en el despacho, y desataría la orden inmediata de bloquear las puertas. El problema vendría después, claro, cuando tuviésemos que lidiar con los ladrones encerrados en el interior de la tienda. Por suerte, no habíamos sufrido más intentos de hurto. La demanda de un vigilante que hice a Pinaza, nuestro jefe de distrito, había caído en saco roto.

La robot no dejaba de asombrarnos. Dirigía con notable habilidad mercantil la proyección de la publicidad en las pantallas de plasma que cubrían casi todas las paredes de la tienda, insertando los anuncios según la sección y el tipo de clientes predominante en cada momento. En aquella tienda, teníamos un público muy variado. En el barrio abundaban los pequeños comercios y las viviendas sencillas; pero, en el último decenio, sobre las ruinas cercanas de un conjunto de fábricas abandonadas el siglo anterior, se habían alzado edificios de oficinas muy bien dispuestas. Así que a nuestro comercio acudían también directivos de empresas y ejecutivos más propios de zonas altas.

Advertimos, también con sorpresa, que a Leila le habían asignado un número de empleado y lo marcaba cuando efectuaba la venta. A los empleados nos controlaban la actividad comercial de esa forma, pero no veíamos claro el motivo de vigilar a un robot. Roberto dijo que lo había preguntado y que no era más que un código que permitía asignar sus ventas a nuestra tienda.

Leila era una alumna aplicada. Le enseñábamos todo con gusto porque se atrevía con cualquier labor: cobro, venta, contabilidad, inventario, etc. Sin embargo, apenas nos era de utilidad en el trabajo más pesado y que nos robaba más tiempo. Su torpeza le dificultaba recoger la ropa removida por los clientes y plegarla o colgarla de una percha. Tenía voluntad e intentaba volver a colocarla en su sitio, pero era muy lenta y siempre debía interrumpir ese quehacer para atender a algún cliente. No obstante, una vez cerrábamos al público, asumía de nuevo esa tarea. Decía que tenía toda la noche para ordenar la ropa y nos animaba a irnos a casa. La robot no llegaba a suplir la falta de los dos empleados que nos habían quitado, pero era un buen apoyo. Jessica y yo apreciábamos su ayuda y nos molestaba que Roberto se la llevara al despacho.

—Roberto acapara mucho a Leila —se quejaba Jessica—. Con la excusa de que la necesita para hacer los diseños a medida, la monopoliza un buen rato todos los días. No le importa si nosotros estamos hasta arriba de trabajo. Parece que lo haga para fastidiarnos.

Una de las últimas veces que soltó esos reproches, comenté:

—A ver si, al final, Leila va a ser un buen fichaje.

—Confié en eso desde el principio —afirmó.

—Tiene una buena maestra —alabé.

Jessica sonrió y me devolvió el cumplido.

—También aprende de ti: "Caballero, este traje le queda impecable. La caída que tiene esta tela le estiliza la figura".

Me hizo reír con su imitación. Felices, augurábamos un futuro menos agobiante; un cambio hacia una dinámica de trabajo más relajada. Sin darnos cuenta, le estábamos cogiendo mucho afecto a aquella robot.

Pero hubo una persona que le tomó demasiado cariño, y me di cuenta de ello al cabo de unos pocos días. Me encontraba sentado en un taburete de patas cortas, colocando bien unas prendas en la parte baja de una estantería, cuando el señor Justo se me acercó en silencio. Traía los periódicos y una revista de periodicidad mensual que le tenía encargada. "Arte y literatura", se llamaba.

—Muchas gracias, señor Justo. ¿Puede dejárselo todo a Roberto? Está en la caja "Smart" —le solicité sin dejar de trabajar.

Por toda respuesta, dejó caer su carga a mis pies. Extrañado, alcé la cabeza y lo miré. Se inclinó entonces, hasta quedar casi pegado a mí, y apoyó sus manos en la estantería de modo que mi cabeza quedó inserta entre sus brazos.

—¿Tendría un minuto, Josep? —preguntó.

—Y más de uno si me permite levantarme.

Me incomodaba estar atrapado bajo su cuerpo. Aquel hombre larguirucho solía moverse como si tuviese avispas dentro del pantalón; pero, en aquel momento, se mantenía inmóvil, formando un arco sobre mi persona.

Por el rabillo del ojo, vi que Leila atravesaba la encrucijada con el pasillo más cercano y continuaba camino. Parecía dirigirse hacia la caja. El señor Justo, sin deshacer la postura que me inmovilizaba, la observó también. Luego volvió a fijarse en mí y consideró que los treinta centímetros de separación entre nariz y nariz no amparaban la discreción suficiente para nuestro diálogo. Se acercó un poco más y quedó a punto de beso. Nunca me había fijado que tenía los ojos de un color avellana limpio, ni tampoco de que podían ser tan avasalladores.

Busqué ampliar la distancia entre nosotros arrugando el cuello y echando la mandíbula atrás. Me susurró:

—Necesito conocer un detalle de una de sus subalternas. ¿La señora está comprometida?

—¿Quién? —pregunté también en voz baja.

—La de cambiante cabello; la que, a veces, parece ida.

Estaba claro que se refería a Leila. Con poca perspicacia por mi parte, le contesté:

—Que yo sepa, está libre como una paloma.

—Bien, qué alegría. Me endereza usted el día.

¿A qué venía esa forma de hablar? Su aliento no cargaba alcohol; más bien, olía a chorizo. Lo cierto era que, sin ser tan mayor, pues tendría cuarenta y pocos, los modales de ese hombre resultaban pomposos para nuestros tiempos: trato de usted y gestos elegantes. Le gustaba mostrarse como un caballero de principios del siglo XX, aunque me parecía que se estaba yendo cuatro siglos atrás.

Le rogué de nuevo que se despegara de mí y me dejara ponerme en pie. Se disculpó y se retiró hacia atrás.

—Me gustaría conocerla un poco más —explicó—, y regalarle alguna de mis poesías. A mi exmujer le gustaban mucho… cuando éramos novios. ¿Se ha dado cuenta de que hago rimas con facilidad?

—Ahora comprendo. Pero, verá, Leila es un ser especial.

—Eso ya lo he notado.

—Quiero decir que no es una chica que se deje impresionar fácilmente.

—Empecemos por un poema fugaz y, luego, Dios dirá.

Mientras nos dirigíamos hacia la caja, quise contarle la verdad; no podía dejar que cortejara a una robot.

—Señor Justo, debo decirle algo que le va a sorprender…

Alzó una mano para contenerme y manifestó:

—Si dejo a Dios para después, escucharle a usted primero, sería descortés.

Su bien argumentada respuesta me hizo sonreír.

—Está bien, esperaré mi turno.

Desde donde nos encontrábamos, a menos de la mitad del pasillo principal, nos dimos cuenta de que Leila estaba teniendo dificultades en atender a tres adolescentes. Los chicos se retorcían de risa, con esas formas exageradas que, por lo común, mostraban los principiantes de adultos en sus bromas tontorronas. Jessica, que estaba cobrando al lado de la robot, acabó con su cliente y se encaró con ellos. El señor Justo aceleró el paso después de exclamar:

—Pero ¡qué hacen esos gamberros!

—¡Espere, déjeme explicarle…! —dije, pero no se detuvo.

Leila no podía sentirse molesta por las tonterías de aquellos chavales; pero el señor Justo no lo sabía. Llegó frente a las cajas, adoptó una postura gallarda con los brazos en jarras y entró en escena preguntando, con voz autoritaria, qué estaba ocurriendo allí.

Por Jessica, supimos que los chavales estaban pagando unos tejanos con monedas y billetes pequeños, y se estaban mondando por las dificultades que mostraba Leila en manejar esa morralla.

—¡Es que es bien lenta vuestra colega! —justificó uno de ellos—. ¡Vaya muermo!

El señor Justo se puso furibundo y les gritó:

—¡Os debería dar vergüenza, bribones! ¡Disculpaos ahora mismo!

—Luego mi madre dice que nosotros rajamos raro —comentó uno de los jóvenes.

—Cálmese, señor Justo —intervine.

—¡Estos niñatos son unos maleducados! —manifestó.

Jessica salió de detrás del mostrador a poner orden.

—¡A ver, niños, marchaos de aquí! —conminó, y luego se volvió al señor Justo—. ¿Qué le pasa? ¡No hay para tanto!

Mi compañera consiguió que los chavales se fuesen y el señor Justo retrocediera.

—Procedamos a una noble retirada. La mujer está celosamente guardada —me dijo el hombre en voz baja—. Creo que es mejor que le recite mañana.

—Espere, le cuento ahora lo que quería decirle acerca de Leila.

—No me interesa nada.

—Pero…

—No me quite la ilusión, que sea la vida la que me dé el pisotón.

Y no quiso escucharme. Me daba la impresión de que todo el mundo se olía algo, pero nadie daba un paso en busca del origen del tufo.

Aquella noche, en casa, después de cenar y con los niños acostados, me dispuse a leer un poco con tranquilidad. Pero parecía que aquel día no quería terminar. Recibí una llamada de la señora de la limpieza.

—¿Josep? Soy Rosa. Estoy aquí, en la tienda, con Leila. ¿Dónde se encuentra usted?

—Estaba a punto de sentarme en mi anhelado sofá. ¿Qué ocurre?

Rosa adecentaba el comercio de ocho y media a diez de la noche. Tuvimos el error de no avisarla el primer día de que se iba a encontrar con un robot. No se asustó porque encontró a Leila plegando ropa y la tomó por una empleada con ganas de hacer méritos. Se había comunicado conmigo un par de veces la semana anterior para decirme que estaba asombrada de encontrarse a la chica nueva todos los días. Consideraba que no era justo que trabajase hasta tan tarde. No pude confiarle la verdad, pues ella hubiese sido incapaz de guardar el secreto. Supuse que, en esa nueva llamada, iba a mostrarme otra vez su desacuerdo con esa explotación laboral.

—¡Que qué ocurre! —exclamó alzando la voz—. Le he dicho a Leila que no puede seguir así, haciendo más horas que un reloj, y que nadie le va a recriminar nada si deja ropa pendiente de colocar y se va a su casa. ¿Y sabe lo que me ha contestado?

Estaba bastante excitada; tuve que apartarme el móvil de la oreja.

—Estoy seguro de que usted me lo va a decir —dije.

—¡Que la han traído para dar un buen servicio! ¡Ni que fuese una máquina! —gritó—. ¡Son las diez de la noche! ¿Es que no tienen corazón? ¿Cuándo descansa esta chiquilla? ¿Cómo pueden permitir esto? Y no puedo convencerla de que lo mande todo a paseo. Dice que le tiene que dar permiso un jefe. Roberto no me contesta, como siempre, así que le paso el teléfono para que le ordene que se vaya.

—Espere, Rosa, espere. Usted no comprende…

—¡Es que no hay nada que entender! —me cortó— ¡Esto es vergonzoso!

No había ninguna explicación posible que no fuese la verdad.

—Mire, es mejor que hablemos de esto cara a cara. ¿Podría venir mañana a la tienda?

Se enfadó aún más.

—¿Y va a dejar que esta joven siga aquí? Creía que era usted un caballero, Josep.

—Está bien. Páseme a Leila —suspiré.

Tendría que arreglarlo liando más el capullo. La robot se puso al teléfono.

—Buenas noches, Josep.

—A ver, Leila, necesito que mientas a Rosa. Dile que voy a avisar a tu padre y que a las diez y media pasará a buscarte y te llevará a casa.

—¿Es una orden?

¿Podía mentir un robot si se le ordenaba? En aquel momento, dudé de que aquello fuera posible porque, de serlo, mermaría nuestra confianza en esos seres; pero debía cerciorarme.

—Sí, Leila. Te ordeno que mientas. ¿Podrás hacer lo que te he pedido?

Su respuesta afirmativa solucionó el problema con Rosa e inició el resquebrajamiento de la idea de transparencia que tenía formada sobre las máquinas.

El señor Justo volvió a la carga a la mañana siguiente. Traía dos poesías. La última la había estado elaborando durante la noche y decía así:

«Os pondría una corona de princesa altiva;
diadema de cristalinas lágrimas fruncida
en vuestros mechones de claro trigo, mecida.
Os pondría luces sobre la falda plisada;
estrellas celestes y púrpuras alboradas
en el juego rozarían vuestra piel templada».

—¿Qué le parece? —preguntó.

Iba a decirle que empezaba a sospechar el motivo por el que su mujer lo había dejado, pero me callé. Yo comulgaba con el lema: "Menos es más". Pero él debía de ser de la escuela maximalista, que proclamaba: "Menos es aburrido".

—Bien, bien. Ya se la puede dar, pero le aviso que…

—Es muy corta, ¿verdad? —me interrumpió—. ¿Por qué no me ayuda? Usted sabe de arte y literatura.

—Hombre…

—Mire, se la dejo para que la continúe y me voy al quiosco, que a estas horas se suele liar y mi ayudante no puede con todo. Volveré dentro de un rato.

Se dio media vuelta y se alejó a buen paso hacia la salida.

—¡Pero, oiga, que tengo mucho trabajo! —grité.

—¡Haga lo que pueda!¡Un par de estrofas bastarán! —chilló desde la puerta.

Y se marchó. Estuve a punto de guardarme el poema sin mirármelo; pero lo releí y me dio la impresión de que los versos eran demasiado largos.

Observé a Leila. Cuando estaba sola, se mantenía estática y yerta. A esa robot le faltaba color externo e interno. La poesía me salió de un tirón:

«Os pondría carbón en las pestañas,
carmín en los labios, viveza no callada,
rubor en las mejillas, calidez sisada,
aliento en las palabras, risas extrañas.
Os lo pondría todo menos mi mirada
porque mis ojos, señora,
de todo os despojaran».

Mi mirada apartaba a un lado la verdad, eso pretendía expresar, y no quería que su belleza me hiciese olvidar lo que era, porque su dulce rostro proclamaba su pertenencia a la humanidad con rotundidad, y parecía imposible que no tuviese un corazón en su interior que bombeara vida.

Cuando volvió el señor Justo, al cabo de una hora, le entregué la hoja con una sonrisa ufana; me sentía orgulloso de mi aportación.

—Aquí lo tiene, listo para recitar. Creo que le gustará.

Lo leyó y frunció el ceño con desagrado.

—Acentúa lo que usted cree que le falta en vez de alabar lo que tiene —se quejó—. Y este final…

—¿Qué pasa con el final?

—Que es indecoroso. Creía que era usted un caballero.

—Pero, oiga…

—Es una indecencia. Recitaré solo mis versos. ¡Menos mal que me he traído unos de Lope de Vega para rellenar!

Después de haberme echado por tierra mi esfuerzo, copió sus versos en una hoja de la libreta que había traído consigo y se fue en busca de la robot. Sumido en un frustrado silencio, lo seguí. Por el camino, me encontré a Jessica y le conté lo ocurrido.

—Déjame ver ese poema —me pidió.

Se lo mostré, y comentó que el señor Justo tenía madera de poeta. Le indiqué después mi parte, escrita un poco más abajo.

—¿Qué te parece? No está tan mal.

Jessica sonrió.

—A mí me gusta, pero el señor Justo tiene razón acerca del último verso. Estás diciendo que la desnudas con la mirada. ¿Eso haces, Josep? Suponía que eras más caballeroso.

—Menos coña.

—Chist, calla, que el señor Justo empieza. Acerquémonos.

Como Leila estaba sola en la caja, el hombre comenzó el recital. Empezó por su poesía y siguió con algunas de Lope. Al finalizar, se las regaló todas a la robot y se marchó un poco turbado. Leila rodó hacia nosotros y, refiriéndose a los poemas, me preguntó si debía archivar esos papeles.

—Sí, en la caja de las absurdas quimeras —contesté.

—No seas mordaz, Josep —recriminó Jessica—. No te va.

—Me da pena el hombre —aduje—. Se lo deberíamos decir.

—No me atrevo; el hombre gasta mucho genio. Cuando se entere, tendremos que escondernos.

—¿No sufrirá más en su ignorancia por culpa de la ambigüedad de Leila?

—Una joven de carne y hueso hubiese cortado de cuajo las aspiraciones de ese cuarentón, que se podría calcular que le lleva veinte años. Con Leila, cree tener una pequeña probabilidad.

—O sea, opinas que la desalmada indiferencia del ser querido es excusable porque mantiene la esperanza.

—No, eso no… ¡Qué serio te pones, Josep! ¡Pues díselo tú la próxima vez que aparezca con sus versos o, como mínimo, no lo ayudes!

Jessica, enojada, giró sobre sus talones y se alejó. Tenía razón; era culpable de alentarlo a mantener vanas ilusiones. Advertí que Leila también se había ido. Un poco resentido, fui a atender a un cliente que me hacía señas.

Diez minutos más tarde, observé que la robot salía del interior de la tienda.

—¿Dónde estabas? —pregunté.

—En el almacén. No he encontrado la caja de las absurdas quimeras, Josep.

No conseguí que Leila entendiese la idiosincrasia de un chiste, y eso que, durante los días siguientes, Jessica la bombardeó con un repertorio de lo más variado.

A Roberto le fastidió ese empeño.

—Estoy intentando hacer de ella una empleada seria y responsable —sermoneó—, y vosotros andáis distrayéndola con tonterías. A ver si luego va a hacer cosas impropias, como meter amoníaco en una botella de colonia y atentar contra su jefe. —Roberto aún le guardaba rencor a Jessica—. No venimos aquí a reírnos, sino a trabajar. Los cómicos no son dignos de confianza.

Esa era una afirmación muy discutible. De todas formas, consideré que no tenía motivos para preocuparse: Leila no sería nunca graciosa. Solo logré que no buscase explicaciones lógicas a los planteamientos ni a las conclusiones de los chistes, dado que el absurdo era una de las fortalezas de un buen chascarrillo. Daba gusto verla sonreír cuando nosotros nos reíamos; parecía apreciar nuestro ingenio de manera comedida.

La robot se había convertido en un ser con muchas posibilidades. Tenía aptitudes para llegar muy alto, eso creíamos, y no hubiéramos admitido ninguna objeción al respecto, pues no había nadie que la conociese tan bien como nosotros.

El fin de semana, comenté a Nadia lo satisfechos que estábamos todos con Leila.

—Bien, me alegro —contestó—. Solo espero que no olvidéis que se trata de un computador y que, tras su hermosa apariencia, hay un entramado de procesadores.

Aquella descripción tan cruda, me molestó.

—Esa forma de describir a Leila es un poco cruel —recriminé.

—No estoy hablando de una chica. Creo que te estás dejando engañar por su aspecto. Por cierto, he descubierto los retratos que le has hecho.

A primera hora de la tarde, solíamos estar tranquilos y me gustaba esbozar unos dibujos al carboncillo de su atractivo rostro. No en vano, había estudiado Bellas Artes, y un artista nunca puede dejar de serlo, aunque se gane la vida de otra forma.

—Leila es una modelo excelente —alegué—. Cuando le pido que no se mueva, se queda quieta como una estatua. Ni siquiera respira.

—Nunca respira, Josep, nunca.

—Pero lo simula.

—¿No os estaréis encariñando?

—No somos tan tontos.

Pero cuando entré el lunes y Leila vino a recibirme con su bello rostro de ninfa, tuve que admitir que había mentido a Nadia; y cuando

Roberto se encerró aquella tarde con ella en el despacho, más de una hora, y Jessica golpeó su puerta exigiendo que la liberara, me percaté de que también mi compañera se había dejado encantar por ese ser tan fiable y cordial. Aquella robot nos había ganado el corazón, y ninguna advertencia, por sensata que fuera, hubiera podido cambiar nuestra sentimental opinión. Solo la propia Leila podía quitarnos la venda de los ojos.

Y eso hizo al día siguiente: nos la arrebató de un manotazo. Su recibimiento fue distante y frío. Nos dio unos secos "buenos días" y se alejó. Jessica la alcanzó y empezó a comentarle las últimas proezas de sus niños, como hacía todos los días; pero la robot la dejó con la palabra en la boca y se marchó a rondar por los pasillos a buena velocidad. Estuvo perdida toda la mañana, pululando por la tienda en busca de clientes a los que atender. Solo se acercó a la caja para cobrar sus propias ventas. Las veces que requerimos su ayuda, contestó que no podía detenerse; sin embargo, siempre socorrió a Roberto cuando se lo solicitó.

La tienda se vació al mediodía, y Leila se apostó en el pasillo principal, a la espera de que entrasen más clientes. Roberto se había ido a comer, así que era la primera oportunidad que se nos presentaba para poder mantener un diálogo tranquilo con ella sin sufrir injerencias de nuestro jefe.

Corrimos a su lado.

—¿Qué te pasa, Leila? ¿Por qué no nos hablas? —indagué.

—Si tienes algún problema, puedes contárnoslo. Intentaremos ayudarte —aseguró Jessica.

—¿Te falla la batería, tal vez? —inquirí—. Hablando literalmente: ¿se te ha cruzado algún cable?

—Estamos preocupados por ti —declaró Jessica—. Estás muy rara; nos rehúyes. ¿Qué te hemos hecho?

No dijo nada.

—¡Contesta, Leila! —reclamé.

Desvió los ojos hacia mí y bajó un poco la cabeza.

—Debo centrarme en el trabajo. Ya no puedo ayudaros —expresó.

—¿Por qué? —preguntó Jessica.

Mi compañera obtuvo, otra vez, el silencio como respuesta. Me estaba irritando aquel vacío absoluto que la robot le estaba haciendo. No le respondía, ni siquiera la miraba. ¿A qué venía esa falta de respeto? En toda la mañana, se le había acercado tan solo un par de veces. La primera, para pasarle un cambio que quería efectuar un cliente; y la segunda, para dejarle un montón de prendas en el mostrador y decirle que las plegase. Conmigo tenía la cortesía, al menos, de responderme. Incluso me había preguntado una pequeña duda sobre la nueva colección.

Me dirigí a la robot en un tono más grave.

—Jessica te ha preguntado el motivo.

—Debo ocuparme, en exclusiva, de vender —aclaró, y en ese momento, entraron unos clientes y Leila se marchó para ocuparse de ellos.

—Después de cerrar, volveremos a hablar con ella —propuse.

Las cosas siguieron igual o peor por la tarde. Hubo una mayor actividad, y el desorden de ropa generó más montones que la robot trasladó, con diligencia, al mostrador de la caja de cobro sencilla, donde ya se colocaba siempre Jessica. Estaba desbordado por el trabajo y me fue imposible atraparla para prohibírselo. Mi compañera no atinaba tampoco a detenerla. Se hallaba desconcertada y no se quejó ni una sola vez. Si aquello se lo hubiera hecho otro, su bufido hubiese desmelenado a toda persona que se hubiera encontrado en ese momento en la tienda.

Hasta el final del día, no entendí el motivo por el que Jessica no había mandado a Leila a hacer gárgaras. En cuanto salieron los últimos clientes y la robot bajó la persiana, mi amiga se acercó y me dijo que no se encontraba bien y que quería marcharse a casa. Por supuesto, le di permiso.

—Le diré a Leila que se ocupe de acabar de recoger —añadí.

—Pues a ver si a ti te escucha, porque a mí ni me oye ni…

La frase se ahogó en su garganta y los ojos se le empañaron. Salió de la tienda a paso rápido, apenada hasta la médula. Se me revolvieron las entrañas.

—¡Leila! —grité con rabia—. ¡Ven aquí ahora mismo!

La puerta del despacho se abrió, y Roberto se asomó con expresión de sorpresa. Mi semblante furioso lo impulsó a aproximarse. La robot vino hacia mí por el pasillo principal, cargada con otro montón de ropa. Le cogí las prendas, las dejé encima del mostrador de la caja más cercana y le hablé con tono severo.

—Escúchame bien, Jessica no se merece lo que le estás haciendo. No puedes tratarla como si fuera tu esclava. Exijo que la respetes y vuelvas a ser cordial.

Roberto intervino.

—Josep, no puedes chillar a Leila. Eres uno de sus educadores y podría imitarte.

—Es su mala educación lo que me preocupa. Hasta ayer, era muy atenta.

—Y sigue siéndolo —consideró Roberto—. ¿Ha tratado con poco tacto a algún cliente?

—No, con los clientes se porta bien. El problema lo tiene con nosotros, sobre todo con Jessica.

—¿Os ha insultado? ¿Os ha gritado como tú acabas de hacerle a ella?

—No nos ayuda en nada; va a la suya. A Jessica le da órdenes como si fuera su jefa y no la responde. Y conmigo habla lo mínimo indispensable para llevar a cabo su trabajo.

—¿Y de qué queréis que os hable? Si necesitáis hacer vida social, salid por ahí una vez acabéis vuestra jornada laboral. Aquí no se viene a charlar.

—No me lo puedo creer. Esto es cosa tuya, Roberto.

—No sigas por ahí; recuerda que soy tu jefe. Estás soliviantado, y seguro que la culpable es Jessica. ¿Qué ha pasado? ¿Le ha sabido mal que Leila haya dejado de ser su perrillo faldero?

—Tú tampoco sigas por ahí.

—Muy bien, pues, reflexiona. Hemos estado enseñando a Leila durante dos semanas. Ha aprendido tanto que ya puede conducirse de forma autónoma. Es una robot que está aquí para rendir al máximo y no debe perder un segundo en nada que no sea trabajar. No deberías ver en ello ningún problema.

—El problema es que hay tareas que no hace.

—¿Cuáles? ¿Plegar la ropa, por ejemplo? —Señaló a Leila, que estaba haciendo eso mismo con las prendas que había dejado encima del mostrador—. Mira cómo mueve sus dedos, Josep —incidió—. Son pinzas recubiertas de piel. Cuando efectúa estas tareas mecánicas, no parece humana. Este trabajo solo puede hacerlo por la noche, cuando no haya clientes que puedan sospechar. Y déjame también que te tranquilice sobre el asunto de desvelar su secreto. He hablado con Pinaza y me ha informado que los directivos están preparando una presentación para mediados del mes siguiente. Invitarán a los medios de comunicación y la darán a conocer. Como ves, todo está previsto. Relájate y piensa en lo que te he dicho.

Roberto tenía la habilidad de dejarme sin respuestas, y supo enseguida que había ganado. Me posó una mano en el hombro y, con tono paternal, me aconsejó que me fuera a casa a descansar.

—Y dile mañana a Jessica que debe aceptar lo que era inevitable: Leila ha echado a volar —añadió.

En cuanto Jessica entró en la tienda al día siguiente, le conté la conversación que había tenido con Roberto la noche anterior y terminé con su consejo.

—Debemos aceptar que la hemos perdido.

—Eso ya lo veremos —replicó.

Mi compañera no quería resignarse. Había vuelto al trabajo más guerrera, con ganas de luchar, y había ideado una estrategia simple: si la montaña no viene a Mahoma, Mahoma irá a la montaña. Se puso a perseguir a Leila. Primero esperaba a que se detuviese, ya fuera para atender a un cliente o para cobrar en la caja, luego se ponía a su lado y, en cuanto se desocupaba, empezaba a hablarle de sus cosas, como siempre había hecho. Supongo que pretendía atraer su interés de nuevo; pero Leila no le hacía caso y echaba a correr con su silla de ruedas como si no la oyese. Jessica elevaba entonces la voz para no dejar, al menos, su última frase a medias. Como ese juego se repitió durante toda la mañana, sus cuerdas vocales acabaron resintiéndose. Después de comer, al mediodía, vino y me susurró:

—He tomado agua demasiado fría durante la comida y me duele el cuello. No puedo hablar más alto, Josep. Me quedo a cobrar en la caja; sin voz, no puedo vender.

Entraron pocos clientes aquella tarde. Leila rodaba por los pasillos en silencio, Roberto se había encerrado en el despacho con uno de sus clientes cantamañanas y Jessica, afónica y compungida, no se movía de la caja. Me acerqué varias veces a charlar con mi compañera. Pretendía distraerla y que dejase de pensar en los desprecios de la robot. Pero ella asentía a mis esfuerzos con una forzada sonrisa, sin abrir la boca. Acostumbrado a no ser yo quien llevara la conversación, los temas se me agotaron antes de lo previsto.

La tienda se aletargó. Solo la suave música ambiental hacía llevadero el silencio de los presentes. Leila rodaba por la tienda dentro de su propia burbuja, como si estuviese en otra dimensión. Para nosotros, había dejado de existir.

Pero la capacidad de adaptación humana a los cambios es notable. Jessica abandonó al día siguiente toda intentona de recuperarla.

—Es una robot, Josep —puntualizó—. A partir de hoy, la voy a mirar con nuevos ojos. Olvido lo que he vivido con ella y acepto que trato con una máquina. Es una pena que los distintivos de su naturaleza física hayan prevalecido sobre unas enseñanzas que buscaban crearle un alma.

La evidente decepción que transpiraban sus palabras acabó derivando en enfado a medida que pasaban los días. El viernes necesitó desahogarse y me buscó a última hora, después de cerrar y mientras Leila se encontraba en el despacho con Roberto.

—Josep, nos conocemos hace muchos años y sabes que no me quejo por boberías. Otra persona no podría comprender que, siendo Leila una robot, me sintiera frustrada porque no me habla; pero tú has disfrutado también de otra Leila, de una que nos trataba con respeto y amabilidad, que nos ayudaba y sonreía. Es el cambio lo que me ha chocado y entristecido, Josep, y sé que a ti también. Si desde el principio hubiera sido una borde, mi reacción hubiese sido la natural y la hubiese puesto en su sitio sin ningún pesar…

Eso no lo dudaba.

—… He intentado frenar su mala educación; pero el buen recuerdo que guardo de ella no me ha permitido ponerme firme y no he conseguido corregirla. Me sigue pasando todas las prendas desordenadas por los clientes para que las pliegue y recoloque, y también desvía hacia mí los cambios y las reclamaciones. Si hay que tomar medidas para llevar a cabo arreglos de costura: bajos, mangas, etc., también me los endiña. Sé que no puede agacharse y coger los bajos, pero antes marcaba las mangas, por ejemplo. Así que, aquí está mi menda cargando con toda la faena ingrata. ¿Por qué ingrata?, me preguntarás…

Su velocidad parlante no me dejaba tiempo para abrir la boca.

—… Pues porque no se ve, no deja constancia, y mientras tanto, ella no hace más que vender. Te cuento esto para prevenirte de que no puedo seguir así y de que mis respuestas van a ser, a partir de ahora, todo lo duras que hagan falta; vamos, que no me voy a cortar un pelo. Sé que me rogaras que tenga paciencia, y te aseguro que tengo mucha, y también clemencia para no estrangularla en ciertas ocasiones, como cuando me ha reprochado que no le advirtiese enseguida de que Roberto la necesitaba. En ese instante, me encontraba cobrando en su caja y he visto el mensaje de aviso en su monitor; pero no he podido llamarla porque estaba discutiendo unos cambios con unas clientas puntillosas. El caso es que Roberto ha tenido que ir en su busca y eso le ha molestado al señor. Creo yo que no va a sufrir una apoplejía si sale un momento de su sección. Luego Leila me ha exigido que no demore los requerimientos del encargado y, sin venir a cuento, ha añadido que no me pare con los clientes que vienen de paseo. Tú me dirás que es una novata, una recién licenciada, y que estos nuevos se piensan que lo saben todo y que pueden dar lecciones. Pero no es fácil ignorar sus comentarios porque me pone una cara de vinagre que me deja el cuerpo muy mal. Sé que incidirás en que solo es una máquina. Pero no me ayuda, Josep, no me ayuda…

No podía mediar palabra. Proseguía:

—… Y está aprendiendo a coquetear. Hace mucho que mantiene el color dorado de su cabello. Se ha dado cuenta de que deslumbra más con su melena rubia. No deliro, así que no me mires con esa cara. Fíjate y verás que tengo razón. Se ha vuelto una sutil manipuladora. Ninguno de nosotros le importamos lo más mínimo; su único interés son las ventas. Lo peor es que este estado de nervios me lo llevo a casa y lo pagan los más inocentes: mis hijos, porque mi marido nunca está, y cuando está, no me escucha. A veces me recuerda a la robot. Creo que todo esto me está afectando mucho. ¡Ah!, ahí vienen Leila y Roberto. No comentes nada de lo que te he dicho, Josep.

Su tropel de quejas sin respiro me había dejado preocupado.

Roberto se nos acercó con la espalda más erguida que nunca. Nuestro jefe rebosaba satisfacción.

—Bueno, bueno, aquí os devuelvo a esta empleada modelo —expresó—. Solo puedo halagar su buen hacer, su buen estar y su impecable presencia. Todos los clientes me felicitan por el nuevo fichaje. Voy a seguir instruyéndola y puliéndole el perfil hasta que consiga una perfección absoluta.

Se fijó entonces en el voluminoso montón de ropa que había encima del mostrador y agregó:

—Supongo que te quedarás a ordenar, Jessi. No puedes dejarle todo esto a Leila.

Jessica hizo una respiración intensa y repuso:

—Sin duda, a tu empleada modelo no le importará perder una hora de su noche insomne para acabar esta tarea.

—¡Ya aparecen las envidias! —manifestó Roberto—. ¡Cómo sois las mujeres! No soportáis tener a vuestro lado a otra más guapa y lista.

—¿Acaso su belleza le impide ayudarme? —replicó mi compañera.

—Jessi, Jessi, ¿no te has dado cuenta de que Leila está preparada para volar alto? —respondió Roberto en tono condescendiente—. Acaba de hacer un diseño por ordenador de un esmoquin perfecto a uno de nuestros mejores clientes. Con su dominio del programa informático de simulación y de toda la gama de modelos y telas, se gana la confianza de la gente. No está hecha para trabajos de poca monta.

Antes de que Jessica se le tirara a la yugular, intervine.

—Pues el doctor nos dijo todo lo contrario —afirmé—. Sus funciones se encaminan a liberarnos de las tareas mecánicas. Las máquinas, en general, nos descargan de rutinas esclavistas. Desde la humilde lavadora hasta los robots industriales, su principal misión es liberar al ser humano de tareas repetitivas o pesadas. Nos devuelven ese tiempo para que podamos disfrutar de la vida y crear, innovar y, en suma, mejorar nuestro presente y dar bríos a nuestro futuro.

—¡Ay, Josep! —exclamó Roberto mirándome con lástima—. Deberías saber que no hay regalo más inútil que el tiempo. Los hombres no sabemos usarlo. En cuanto nos dan de más, nos invade el aburrimiento, la depresión o las ganas de pelea. Las máquinas no se construyen para eso, sino para aumentar la producción. Son más precisas, útiles y baratas que una persona. Leila puede enriquecer mucho esta empresa, y es nuestro deber alentarla a ello; así que no vamos a arrinconarla en trabajos mediocres.

—Si ordenar es tan trivial, no te importará que lo deje para mañana —observó Jessica—. Este sábado me toca venir.

Mi compañera llevaba acumulado tanto cansancio que no le quedaba energía para alzar la voz.

—Sé lo que te pasa, Jessi. Siempre vas con prisas. Es por tus hijos, ¿no es cierto? Leila cuenta con la ventaja de que no tiene descendencia ni la tendrá nunca. Tampoco deberá cuidar a novios, maridos, padres o abuelos.

—No necesita comer, beber, ir al lavabo o dormir —continuó Jessica en tono sarcástico.

—Exacto —aprobó Roberto—. No pierde tiempo en almorzar ni en ir al baño. Es incansable. No tiene días malos, ni se pone enferma…

—Enferma me estoy poniendo yo de oírte —manifestó Jessica.

—Y lo que más me gusta de ella es que nunca me pierde el respeto —prosiguió Roberto—. Siempre es amable y servicial.

A Jessica le brillaban los ojos; estaba a punto de llorar.

—Hemos oído más que suficiente, Roberto —le corté—. Ha sido una semana muy dura y ninguno de los dos nos vamos a quedar a hacer horas extras. Por suerte, somos humanos y corre sangre por nuestras venas. Por suerte, tenemos hijos y los queremos. Somos conscientes de que hay vida más allá de esta tienda.

—Como siempre, te pones de su lado, Josep. Si pretendes obtener el puesto de encargado de esa nueva tienda que abrirán en breve, cerca de tu casa, deberías mostrar más capacidad de aguante. Ten bien presente que mi recomendación se tendrá muy en cuenta.

Roberto, a veces, se ponía insoportable. No hice caso de su vil chantaje y le hice un gesto a Jessica para que tampoco le replicara. Me acerqué a la caja que siempre usaba la robot y empecé a cuadrarla. Jessica, a mi lado, hizo lo mismo con la suya. Leila siguió callada, pese a que Roberto la había usado como arma en contra de nosotros. Su única reacción había sido ponerle cara de niña buena. Dejándome llevar por el rencor, pensé que se comportaba como un robot cuando le interesaba, pero sonreía y parpadeaba con zalamería al jefe igual que una humana astuta. Un poco más tarde y más calmado, razoné que esas muecas presumidas se las habría enseñado el propio Roberto.

Jessica y yo no tardamos en salir. Mi compañera anduvo con lastrados pasos hacia la parada del autobús. Tras unos minutos de reflexivo silencio, que respeté, comentó:

—No puedo competir con la robot, Josep, ni tampoco quiero. No voy a convertirme en una inagotable máquina para que se me tenga en consideración.

Jessica cargaba con muchas responsabilidades. El marido no aparecía por casa hasta bien entrada la noche y ella debía encargarse de todo. Intentaba cumplir en todos los frentes; pero su carrera laboral estaba estancada. Aunque todos nacemos de una mujer y deberíamos ser consecuentes, su trayectoria profesional se había visto afectada por sus bajas maternales. Conocía bien su historia; pues habíamos coincidido en varias tiendas y nunca habíamos perdido el contacto. A Pinaza, el jefe de distrito, le había disgustado la noticia de su embarazo y, pese a que Jessica no pertenecía al equipo volante, la había castigado a cubrir ausencias y la había ido trasladando de una tienda a otra. Con tanto trajín, el parto se le adelantó un mes, el niño nació con bajo peso y tuvo una crianza delicada durante el primer año.

Cuando volvió al trabajo después de la baja maternal, Pinaza siguió atosigándola y la amenazó, veladamente, con tomar represalias si cogía la hora de la lactancia. Al enterarme, y para protegerla, la reclamé como empleada. Acababan de enviarme como segundo responsable a la tienda de Roberto y le rogué que me apoyara en esa petición, y quizá por no enemistarse tan pronto conmigo, pues apenas me conocía, me ayudó a traerla con nosotros; sin embargo, enseguida empezó a chocar con ella. Me había recriminado, muy a menudo, que la hubiera hecho venir. A mí no me extrañaba que mi compañera hubiera perdido el respeto por las jerarquías y se defendiera de forma vehemente ante cualquier atropello. No me agradaba vivir sus trifulcas; pero, la verdad, prefería bregar con una Jessica luchadora que sufrir una triste. En aquel momento, según me comentaba, veía alejarse la posibilidad de conseguir mi puesto cuando me fuera de encargado a la nueva tienda.

—Relegada por una robot, ¡qué humillante! —lamentó—. Cuando llegó, la vi como una solución a mis problemas. Fui ingenua al pensar que, gracias a su ayuda, podría recuperar el horario reducido y atender mejor a mi familia. ¡Qué ilusa! Estoy agotada, Josep, y no solo físicamente. Me siento ninguneada por todas partes. Solo te tengo a ti, y cuando te vayas…

Intenté animarla. Teníamos la posibilidad de volver a adiestrar a Leila a nuestra conveniencia. Se pusiera como se pusiera Roberto, la próxima semana obligaríamos a esa robot a hacer todas las tareas, le costasen más o menos. Iba a trabajar como lo que era: una novata, inexperta, principiante, bisoña, pipiola, yogurina, bichín, mocosa; vamos, el último mono. La meteríamos en vereda.

Tuve unas pretensiones muy osadas. La robot siguió con obstinación sus propias normas, y no solo no reponía ni arreglaba la ropa, alegando que la imprecisión de sus movimientos se lo impedía; sino que, bajo el mismo argumento, dejó de efectuar todos los cobros en efectivo. Repetía la llamada: "Señora Rubio, acuda a caja", sin misericordia, y aunque le exigí que cobrase sus ventas, no me hizo caso, ni tampoco me prestó atención cuando, ya derrotado, le pedí que contase conmigo para el reparto de todos los trabajos.

Roberto continuó instruyéndola a puerta cerrada, y Leila empezó a adoptar técnicas de venta más agresivas. Asaltaba a los clientes de nuestra sección e intentaba convencerlos de que se hiciesen un traje a medida. Los llevaba al despacho y les volcaba toda clase de explicaciones sobre nuevas tendencias, patrones, telas, etc. La información, de tan exhaustiva, los dejaba exhaustos. Era difícil resistirse a tal alarde de poderío, y la mayoría aceptaban que les diseñase un modelo. Después, en la tranquilidad de su hogar, calculaban si podían asumir ese gasto o, simplemente, si aquel encargo era de su interés. Muchos se echaban para atrás, regresaban al día siguiente y pedían a alguno de nosotros que anulásemos el pedido. No se atrevían a solicitárselo a Leila.

Que los clientes no se dirigieran a Leila cuando precisaban comprensión era un tanto a favor de los empleados humanos. Sin embargo, la robot también tenía sus fieles adeptos. El señor Justo se mantenía leal a ella pese a sus frecuentes desplantes. Como muchas veces solo venía a verla y no compraba nada, Leila se despedía a la francesa en cuanto veía a un cliente con posibilidades. Me producía un poco de lástima, pero tampoco quería darle alas. Le ordené a la robot máxima discreción, amplia sonrisa y ningún comentario. En todas esas peticiones, me obedeció. Me arrepentí una y mil veces de no haberle contado la verdad al hombre. Cuando empezó a decepcionarse por la aspereza de Leila, había pasado demasiado tiempo como para que no se sintiera engañado y burlado. El día que la desenmascararan, se me iba a caer la cara de vergüenza.

Guardar ese secreto me ocasionaba remordimientos continuos. Los sábados los trabajábamos por turnos. Era suficiente con que fuera sólo uno de nosotros porque enviaban en nuestra ayuda a tres temporales: jóvenes estudiantes con contratos de tiempo parcial. El jefe de distrito no nos permitió decirles la verdad, y los chavales nunca se dieron cuenta de que no trataban con una chica. El sábado que me tocó a mí, pillé a uno de ellos invitándola a comer.

Rosa, la señora de la limpieza, me volvió a llamar varias veces. Estaba confundida por el desamparo que sufría aquella joven. En su última llamada, me planteó una solución inesperada.

—Josep, ¿me puede dar el teléfono del padre de Leila? Se lo he pedido a ella, pero dice que no puede dármelo, que no tiene permiso.

Imaginé su propósito y repuse:

—Verá, Rosa, su padre es un eminente doctor y no puede ser molestado.

—¡Pues dígale que venga a buscar a su chiquilla a las siete! —estalló—. ¿A qué hora cena esta niña? ¿A qué hora se acuesta?

—Es un hombre muy ocupado.

Se aplacó. Al no indicarle qué clase de doctor era, creyó que se trataba de un médico.

—Comprendo que pueda tener pacientes que atender —dijo—. Pero, por favor, pídale que cuide más de su hija. ¿Por qué no la acerca usted a su casa? Leila dice que vive lejos y no puede irse sola. La verdad, Josep, creía que era usted un caballero.

Como salió de nuevo con esa cantinela, opté por mentirle otra vez.

—Tiene usted razón —respondí—. Hablaré con su padre y le pediré permiso para acompañar a Leila.

—¡Cuánto permiso! ¿Acaso es un ogro? Deme su teléfono; hablaré con él ahora mismo.

—No tengo perm… No se preocupe, Rosa. Le prometo que me encargaré de Leila.

—Eso espero. Cada vez que entro y la veo ordenando ropa, se me encoge el alma. La pobre no se aguanta. Va lenta, lenta… Me entran ganas de ir una mañana y pegar un par de puñetazos en la mesa de Roberto. Ese hombre no contesta nunca mis llamadas. El día que lo vea… Bueno, Josep, tengo su palabra: usted acompañará a Leila.

Tuve que confirmárselo, aun sabiendo que la empresa no permitía sacar fuera del local ninguna máquina, y menos, la más cara. Se me ocurrió que la robot podría esconderse por las noches en el almacén, dentro de una caja, durante el tiempo que estaba Rosa limpiando la tienda. Pobre Leila, y pobre de mí si esa señora lo descubría. Sería una treta temporal, pues, según me había comunicado Roberto, iban a desvelar el secreto en pocos días. Suponía que las reacciones serían diversas, pero no creía que nadie nos tirara flores, más bien todo lo contrario. Me temía que, entonces, no sería la mesa la que recibiría puñetazos.

Otra persona que también estaba cada vez más encendida era Jessica. Al finalizar la semana, se le había agotado toda la paciencia.

—Ya no la aguanto más, Josep. No puedo detenerla con nada, ni con pullas directas ni con sarcasmos hirientes. Si no tiene que darme trabajo, me rehúye como si yo tuviese una enfermedad infecciosa. Que me siento muy sola, Josep. Y, encima, tengo que aguantar todo el día las broncas de Roberto. Me da la impresión de que se sube a los hombros de la robot para reñirme. Algún día voy a perder los estribos.

El ambiente se estaba caldeando demasiado. Debía pensar alguna solución.

El fin de semana estuve reflexionando. Leila había sufrido una especie de reprogramación —si fuera humana, lo hubiera calificado de lavado de cerebro—, y el culpable de esa deriva solo podía ser Roberto; pero, antes de acusarlo, tenía que estar seguro.

Aquel lunes uno de junio, inicio de nuestra quinta semana con la robot, me encerré con Leila en el despacho durante la hora de la comida de Roberto. Tenía la intención de sonsacarle el temario de las clases particulares que recibía.

La robot fue muy precisa.

—Los discursos del encargado se extienden treinta y ocho horas, cuarenta y cuatro minutos y treinta y dos segundos. ¿Deseas oírlos todos?

—¡Por Dios, no! —exclamé—. Extráeme lo más importante.

—Todo lo que dice un jefe es importante.

Le habían incrustado un respeto ciego hacia sus superiores, lo que me hacía preguntarme cuál era el motivo de que a mí no me tuviera tanta consideración.

—Hazme un resumen de sus directrices principales —insistí.

—Roberto no ha marcado directrices principales.

—Vale, pues... Por ejemplo, recupera el inicio de su primer discurso.

—Cito: "Vaya, vaya, Leila, me has dado un susto de muerte. Por culpa de esos ineptos, casi te me averías el primer día. En fin, por suerte, te he podido recuperar. A partir de ahora, me ocuparé personalmente de tu formación. Este mal trago me ha hecho recordar que no está hecha la miel para la boca del asno. Te tomo bajo mi protección; esos dos no saben cuidarte, ni tampoco se han dado cuenta de tu misión. Si he prosperado en esta vida ha sido gracias a mi habilidad para adivinar los deseos de mis jefes. Lo primero que hay que preguntarse es por qué te han traído aquí. No eres una simple máquina de cobro. Tus manos son demasiado torpes como para ocuparte de la caja o de ordenar. Tu cerebro artificial tampoco aguanta la presión del público. Entonces, ¿qué pretenden que haga contigo? No me ha hecho falta pensar mucho para comprender cuál es tu función. Me están ofreciendo una comercial inteligente y envuelta en una imagen adorable; una joven preciosa capaz de hechizar a los clientes, seducirlos y modificar su criterio sobre la parte del sueldo que pueden dedicar al gasto en ropa. ¿Por qué, precisamente, te han enviado a esta tienda? La respuesta es evidente: saben que soy el profesional adecuado para instruirte. Tras casi cuarenta años trabajando en esta empresa, estoy altamente cualificado para volcar en ti toda mi experiencia. Aprenderás de mi buen hacer y comprobarás mi habilidad en el trato con la gente. Te enseñaré técnicas de venta que solo los empleados más experimentados conocen. Permíteme que me ponga cómodo y empecemos por el principio. Entré en esta santa casa a la tierna edad de dieciséis años…"

—¡Alto! —interrumpí—. No quiero oír sus memorias. Muéstrame, mejor, el inicio de un discurso posterior; digamos, de una semana más tarde.

—Cito: "¿Dónde nos quedamos ayer, Leila? ¡Ah, sí!, justo después de explicarte que, tras aquel año excepcional en ventas, me ascendieron y me destinaron a este comercio. Llevo veinticinco años aquí, dirigiendo lo que puedo considerar mi negocio particular. ¡Ya ves, toda una generación! Siempre me he ocupado de la sección "Smart". Los mejores clientes, los más fieles y rentables, los he conseguido yo. El día en que conocí al señor Muelas…"

—¡Para otra vez! ¡Qué poco avanza en su narración; debe de contarte hasta los más mínimos detalles de su existencia! Veamos, elimina toda mención a sus recuerdos y vivencias personales y calcula en cuánto menguan esas treinta y ocho horas y pico.

—Proceso… Proceso… Proceso… Proceso...—Le costó unos minutos hacer la criba—… Fin de proceso. Disminuyen en treinta y dos horas, veinte minutos y trece segundos.

—Vamos progresando. Sigue con lo que te queda.

—Cito: "Jessica es una deslenguada. No guarda el más mínimo respeto hacia sus jefes. A Josep le trata de igual a igual, y como es un pusilánime, se lo permite; pero, conmigo, lo lleva clarito…"

—Stop. Despréciame también las críticas a sus empleados.

—Proceso… Proceso…Proceso… Resto cuatro horas, diez minutos y seis segundos más. Quedan dos horas, dieciocho minutos y trece segundos.

—Bien, bien. Sigue ahora.

—Cito: "Tienes que estar pendiente de mí. Puedo necesitar tu destreza para el diseño en cualquier momento…. Tienes que estar pendiente de mí. Puedo necesitar tu destreza para el diseño…"

—Un momento, evita las repeticiones.

—Proceso… Proceso…Quedan catorce minutos y veinte segundos.

—¡Fantástico! Despliégamelos.

—Cito: "Tienes que estar pendiente de mí. Puedo necesitar tu destreza para el diseño en cualquier momento. No se me da muy bien manejar ese programa informático tan complicado. Soy de la vieja escuela, Leila, de los que toman medidas con el centímetro y las apuntan en papel. Nunca he cometido ningún error de esa forma; todos los trajes que he encargado han quedado siempre impecables. Pero los tiempos cambian, y ahora nos obligan a usar un ordenador. Quizá tengan razón y las nuevas tecnologías resuciten la confección a medida. Queda poca gente que aprecie el vestir bien; la elegancia es una virtud que se está perdiendo. He temido que me despidiesen y pusieran en mi lugar a un joven; uno de esos chicos que mamaban mientras miraban una pantalla, y cuyo cerebro se desarrolló al ritmo impuesto por los videojuegos. Ahora estoy más tranquilo porque cuento con uno de esos cerebros: el tuyo, Leila. Puedo coger de ti lo que me falta. Empezarás por ayudarme con mis clientes y, después, intentaremos atraer a los de la sección "Casual". Pero lo primero que hay que hacer es enseñarte a vender. Te inculcaré todo lo que sé porque necesito que seas una buena comercial. Tu presencia en esta tienda debe ser muy rentable; de ese modo, te dejarán aquí, junto a mí. Tienes un número de empleado con el que podrás apuntarte todas las ventas conseguidas. No estará de más que te fijes también en las maneras de hacer de Josep y Jessica. Tienen estilos diferentes, pero ambos son efectivos. Grábate las frases que suelen usar para mantener el interés del cliente, también las que buscan convencerlo y con las que cierran el trato. Copia sus sonrisas, sus expresiones, sus gestos: todo lo que puedas, y cuando creas que tienes todos los datos, avísame. Por el momento, sigue ayudándolos con la caja, el inventario, las facturas y lo que te pidan. Sé amable con ellos y así no tendrán reparos en tenerte a su lado y enseñarte lo que saben. Ya cambiaremos de estrategia cuando estés lista. No hace falta decirte que con los clientes siempre debes mostrarte encantadora…

—Espera, Leila, concrétame cuáles fueron las instrucciones referentes a ese cambio de estrategia y dime el día en que Roberto te las dio. Aunque, ya lo supongo; dejaste de ser la misma el martes diecinueve.

—Es correcto, Josep. Roberto emitió tales órdenes a última hora de la tarde del lunes dieciocho de mayo.

Recordé su súbita indiferencia hacia nosotros. Roberto, el muy canalla, la había manipulado. Pero había cometido un grave error: no le había ordenado que mantuviese en secreto esas conversaciones; no había caído en que el comportamiento de Leila sería, en ese aspecto, muy diferente del nuestro. Ningún ser humano hubiera sacado a la luz aquel mezquino plan, pues sería como cavarse la propia fosa; pero un robot era ajeno a la conveniencia de mantener una apariencia o un prestigio. Leila no tenía miedo a las consecuencias de sus actos, así que su simpleza me permitía conocer hasta dónde había llegado Roberto.

—Adelante, Leila, quiero oír esas órdenes y las explicaciones que las acompañan.

—Cito: "Ha llegado el momento de ir por libre. Te vas a independizar de tus compañeros; no los necesitaremos más. Me acabas de asegurar que has tomado todos los datos que te pedí, y así lo creo yo también. Te he visto en acción y he podido comprobar que eres mejor que ellos. Has combinado bien mi empuje con su trato meloso. Gracias a mí, has conseguido ese punto de agresividad comercial que a ellos les falta. A partir de ahora, centrarás tu atención en vender. Recorre los pasillos en busca de clientes. Cuando acabes con uno, ve a por otro. No pierdas el tiempo con los que pasean, esos que entran a mirar y a refrescarse con el aire acondicionado. Recuerda que te enseñé a descubrirlos. Mientras la tienda esté abierta, no ordenes ni repongas ropa, no te ocupes de cambios, reclamaciones o arreglos. Esas tareas improductivas se las pasas a Jessica. A Josep no le encargues nada porque no da para más; pero tampoco le obedezcas. Tiene la misma categoría que tú y no puede mandarte. Yo soy tu único jefe; en esta tienda, no hay nadie más que esté por encima de ti. No te fíes de nadie, y menos, de tus compañeros. Vigilan tus logros y errores y los comparan con los suyos con el fin de controlar que no sobresalgas. Cuando destaques, se quitarán ese disfraz amistoso y te tratarán sin tapujos como lo que siempre has sido: su competidora. Ve a lo tuyo, a conseguir ventas. Y cuidado con la parlanchina de Jessica. Habla con ella lo estrictamente necesario para llevar a cabo tu trabajo porque, si no, te distraerá. Lo mejor es que te hagas la sorda. Tanto Josep como Jessica te reñirán. A Josep, ponle cara de estar afligida y le dices que debes dedicarte a vender. Contéstale con cortesía y, por mucho que no le guste tu conducta, no se molestará demasiado contigo. Jessica, en cambio, se enfadará digas lo que digas, así que no vale la pena que te esfuerces en darle una explicación. No le respondas, no la escuches. Esculpe una expresión pétrea ante sus quejas y lamentos. Evítala y aléjate cuando intente volver a congeniar contigo. Ponte seria, Leila, que no crea que puede mangonearte. Ahora ensayaremos de nuevo esas posturas y expresiones tan efectivas con el género masculino. Por cierto, es mejor que mantengas rubio tu cabello; a los hombres les gusta más. Las mujeres difíciles, por otra parte, déjaselas a Josep. Tiene un don para camelárselas y…"

—¡Para! Esto me está resultando muy vergonzoso. Primera corrección, Leila, yo estoy por encima de ti, puesto que soy el segundo responsable de esta tienda y tú no tienes ningún cargo. Así que, a partir de ahora, acatarás mis órdenes.

—Deberé confrontar esa rectificación con el encargado.

—¡Roberto miente! —exclamé; esa cabeza cuadrada me estaba exaltando—. Lo siguiente que debes corregir es tu actitud con Jessica y conmigo —proseguí—. Volverás a ser amable y servicial. A tu compañera le sonreirás, simularás interés cuando te hable, la saludarás y usarás expresiones cordiales tales como: "¿Qué tal te encuentras? Esa blusa te favorece mucho. ¿Cómo están tus hijos?".

La cara de Leila se mantenía circunspecta. Continué:

—También nos ayudarás en todo: ordenar, reponer, cobrar, hacer los cambios, etcétera.

—Deberé verificar esas órdenes con Roberto. Algunas son totalmente opuestas a las suyas.

No encontré salida, en aquel momento, y me rendí ante aquel programa tan cerrado.

—¿Sabes qué, Leila? No hables de esto con él. Cumple las peticiones que no se contradigan con sus mandatos.

Debía cavilar el modo de modificar ese ruin adiestramiento. La robot no me consideraba su superior, por lo que sería difícil neutralizar las enseñanzas de Roberto. Decidí llamar al doctor y pedirle ayuda para reconducir a su creación al carril del compañerismo. Si no lo conseguía, debería enfrentarme cara a cara con mi jefe.

Salí del despacho seguido por Leila. Como no era normal que me encerrara con la robot, Jessica me interrogó con la mirada. Me acerqué para ponerle cualquier excusa, pues si le comentaba lo que había averiguado, la crispación ambiental alcanzaría cotas peligrosas; pero Leila se me adelantó y, en un tono demasiado neutro, le dijo:

—Buenos días, Jessica. ¿Qué tal te encuentras? Esa blusa te favorece mucho. ¿Cómo están tus hijos?

La mirada de mi compañera me anticipó su sentida desaprobación.

—Lo que me faltaba, Josep, que le enseñes falsa amabilidad. Los hombres no entendéis nada. No, no me pongas esa cara de apenado. Más pena tengo yo. Y encima ha mentado a mis hijos, ¡como si le importaran algo!

Se volvió hacia Leila con los brazos en jarras.

—Mira, bonita, es obvio que no te importo lo más mínimo; así que guarda tu deferencia hipócrita para Roberto y para los que no te conozcan. Tus huecas palabras pretenden recuperar una amistad que dinamitaste hace tiempo con tus desprecios continuos. Me preguntarás qué es lo que has hecho para hacerme enfadar tanto. Pues, quizá, se deba a lo que no has hecho. No has querido formar parte de un equipo. Ni me miras, Leila, ni me hablas. Me tratas como a tu sirvienta. Me dejas el trabajo más pesado…

Su agilidad verbal no me permitía meter baza, ¡y ni soñar con que dejase un intervalo de un segundo que le permitiera a Leila contestar!

—… Te he ido dando toques de atención —proseguía Jessica—, pero tú te haces lo que pareces: la sueca. No quería decírtelo tan abiertamente, pero veo que estás cegata y no tengo más remedio. No sabes leer los sentimientos que exterioriza un rostro o percibir lo que esconden los gestos o los tonos de voz. Te he estado hablando con mucha sequedad, Leila, y te daba igual. Tienes suerte de que soy mujer y no tengo problemas para decirte lo que siento; si fuera hombre, no te enterarías jamás. Josep, dentro de lo que cabe, es bastante expresivo; sin embargo, nunca te ha revelado lo que sufre con tu desapego…

—Bueno, se lo he comentado; pero no con tanta emotividad —murmuré, afligido porque había estropeado aún más su relación con Leila.

Jessica continuaba con su sermón.

—… Te has quedado con el trato interesado de Roberto y permites que te manipule. Pero no me quiero desviar de lo que estoy intentando explicarte. Josep te ha aleccionado a aparentar una preocupación que no sientes, y eso no debes hacerlo. Es un golpe bajo, imperdonable…

Tardé un buen rato en calmar a mi compañera. Una vez volvieron las aguas a su cauce, busqué un rincón tranquilo y telefoneé al doctor. Como su móvil personal no dio señales de vida, probé con el teléfono de su laboratorio en la universidad, el cual constaba en la tarjeta que nos había dejado.

Contestó un becario y me comunicó que el doctor se encontraba en el Congreso Internacional de Robótica, en Alemania. Requerí, entonces, el apoyo de sus ayudantes; pero no se encontraban disponibles, y el becario no creía que pudieran atenderme más tarde. Le rogué que me auxiliase en lo que pudiera respecto a Leila, y repuso que no estaba autorizado a ofrecerme asesoramiento. Ese tipo tan antipático tampoco conocía la fecha de regreso del doctor, así que fue una llamada inútil. Me molestó la irresponsabilidad mostrada por el científico; nos había dejado sin cobertura técnica.

Roberto regresó, reclamó a Leila y se enclaustró con ella en su despacho. Insté a Jessica, que estaba todavía de morros, a que se fuese a comer. Esperaba que se le pasase la irritación durante el descanso, al menos conmigo, porque, con la robot, ya no había arreglo posible.

El ambiente estaba tenso, cargado por nuestras traicionadas emociones de una pólvora a punto de explosión, a la espera tan solo de una pequeña chispa.

Esa noche, durante la cena, Fufi se irguió y apoyó sus patitas en mis piernas.

No me hizo gracia.

—¿Has visto, papá? —exclamó con alegría Joan, mi hijo—. Le estamos enseñando a pedir comida.

—Y a saludar, a echarse panza arriba, ponerse a dos patas, correr en círculo —siguió explicando Silvia, mi risueña hija.

—¡Pues a ver si no le enseñáis tanto, que no es más que una máquina! —grité con brusquedad.

Me miraron con ojos asombrados. Nadia, sabiamente, cambió de tema.

—Podríamos escaparnos el próximo fin de semana a aquella casita rural que estaba cerca del pueblo de Olot, ¿qué os parece? —sugirió.

Los niños acogieron muy bien su propuesta y se pusieron a hablar de lo bien que lo habían pasado la última vez que habíamos ido y de cuánto habían jugado con los perros de los dueños de la casa. Enfadado conmigo mismo por mi tosca reacción, casi no abrí la boca el resto de la velada.

Una vez los niños se acostaron, Nadia me abordó con una cuestión directa.

—¿Tenéis algún problema con el robot?

Acabé de ponerme el pijama y me metí en la cama. Me siguió en silencio, a la espera de mi respuesta. Busqué medir mis palabras para que no sonasen alocadas, pero lo que estábamos viviendo en la tienda me tenía tan preocupado que acabé expresando mi parecer tal cual lo sentía.

—Roberto está adiestrando a Leila para que sea una empleada competitiva, individualista y sin escrúpulos. A Jessica la tiene al borde de la depresión o del ataque, según se tercie, y... ¿Por qué te ríes?

—Te recuerdo que estás hablando de una máquina, no de una persona ambiciosa.

—Una máquina que puede aprender.

—Sí, pero es imposible que obre guiada por sentimientos maliciosos. Observa a tu ordenador y dime si crees que, cuando se cuelga, lo hace por fastidiarte.

—Pues, a veces, me lo parece. Un momento, Leila no es un ordenador; es un robot.

—Es un ordenador al que han acoplado unas piezas con motorcitos para que se mueva.

—El doctor Helios habló de redes neuronales plásticas que absorben el conocimiento de su entorno, y Jessica es una inagotable fuente de información sobre expresividad y desborde emocional.

—No soy cibernética, pero, como bióloga, puedo asegurarte que el cerebro de un robot es totalmente racional. Se parece a nuestro neocórtex, la capa más externa de nuestro cerebro; aunque no llega a tener su maravillosa complejidad.

—Algo parecido dijo el doctor Helios.

—Con la diferencia de que nuestro neocórtex no actúa de forma independiente; las resoluciones emotivas que se adoptan en capas inferiores del cerebro se inmiscuyen en su poder de decisión. El de un robot, en cambio, no tiene conexiones de ese tipo; es puramente lógico.

—¿Es que tenemos varias capas cerebrales?

—Son fruto y reflejo de nuestra evolución. Partimos de un cerebro de reptil, del que proviene nuestro tallo encefálico. Pero a medida que nuestros ancestros se alejaron de los reptiles y se fueron transformando en mamíferos, primero insectívoros y luego omnívoros, una nueva capa en forma de anillo envolvió ese tallo y formó el sistema límbico, donde se encuentra el origen de las emociones. Ese cerebro emocional se desarrolló todavía más y el neocórtex empezó a formarse mientras nos convertíamos en primates. Dentro del género Homo, el cerebro aumentó de volumen y se tornó más complejo. Pero, aunque nuestro neocórtex se convirtió en el mayor del reino animal, en la lucha por la supervivencia siguió siendo fundamental el sistema límbico, y hoy en día sigue rigiendo nuestras vidas.

—No te comprendo. La inteligencia del neocórtex nos gobierna. El resto del cerebro se ocupa de mantener nuestra temperatura, controlar la respiración y otros procesos de control no conscientes; eso me enseñaron en el instituto. Volviendo al tema de Leila…

—Espera, Josep. Es importante que comprendas la importancia del sistema límbico, pues tu robot no lo posee. Esa parte recoge los datos provenientes de los sentidos acerca de un suceso y los clasifica, de manera muy simple y práctica, en sensaciones placenteras o dolorosas, o lo que es lo mismo, en recompensa o castigo. A esas sensaciones responde mediante conductas emocionales: agresividad, miedo, alegría, tristeza, asco, asombro. El suceso y el comportamiento emotivo que ha generado se archivan juntos, de manera que, frente a un acontecimiento conocido, o semejante a uno conocido, recuperamos la respuesta asociada de inmediato. Los impulsos emocionales producen reacciones fulgurantes: huir, atacar, esconderse o aproximarse sin demora para tomar el agua o la comida. La rapidez en la respuesta es determinante para proteger nuestra vida; una precipitación que en nuestro mundo civilizado actual no nos trae más que complicaciones, pero eso es otro tema. Lo que quiero exponer es que, al cerebro artificial de tu robot, las vivencias o, mejor dicho, la toma de datos, no le genera ninguna clase de emoción, puesto que carece de cerebro primitivo. Podemos decir que archiva sus experiencias fríamente, sin esperar nunca un castigo o una recompensa.

—Entonces, según tu opinión, Leila no puede ser una trepa porque no obtiene con ello ninguna satisfacción —resumí—. Pero ¿y si entra en juego un ser humano? Roberto la usa para lucirse.

—Entonces, arremeted contra Roberto, no contra el robot.

—Mi intención era encauzar a Leila, y ahora me doy cuenta de que no puede ser tan difícil. Si para ella no existe el miedo a recibir una sanción ni el ansia de obtener un beneficio, será más fácil modificar su comportamiento. Lo único que necesito es poder desconectarle la prioridad de las órdenes de Roberto sobre las nuestras. Debo hacerla más democrática, que sea sensible a las necesidades de la mayoría, y para conseguir eso, necesito unas claves que no poseo.

—Ni tú ni la mayoría de los países —bromeó Nadia.

—Me refiero a las instrucciones que me pueda dar el doctor Helios.

—Si las tiene, que las publique. Le darán el Nobel y hará del mundo un lugar mejor para vivir.

Cuando mi mujer se ponía graciosa, desclasificaba del archivo de mi sistema límbico una respuesta estratégica de aproximación con vistas a una recompensa muy placentera.

—Josep, ya conozco esa sonrisa de reptil.

El ajetreo de principio de mes no me permitió diseñar ninguna estrategia con la que pudiésemos reconducir a Leila. El doctor todavía no había vuelto; supuse que andaría enredado en alguna red neuronal artificial.

El viernes de esa semana, como todos los finales de mes, salió publicada en nuestra intranet la lista que mostraba las rentabilidades de los empleados asociada a sus ventas; una lista perversa sostenida por eufemismos. Decían que una sana competencia alentaba al personal; pero todos sabíamos que los últimos sufrían reuniones tortuosas y molestos cursos de formación. Nos asombró observar que Leila estaba considerada una empleada más y que ocupaba el quinto lugar en la clasificación del distrito, muy por delante de Jessica y de mí. La robot nos había dejado a la altura del betún. A Roberto, como encargado, se le evaluaba de otra forma; la medida de su valía dependía de la suma de todos, y Leila había incrementado mucho esa suma.

Las tiendas "That's" tenían un algo grado de autonomía. Sus responsables controlaban los números contables y rendían resultados a la Central. Estar entre las primeras del distrito siempre suponía un motivo de satisfacción y la seguridad de evitar broncas provenientes de las alturas. Por eso, no fue de extrañar que Roberto rezumara orgullo cuando salió del despacho para comentar ese *ranking*. Según su opinión, la buena trayectoria del negocio se debía a sus esfuerzos por traspasar toda su experiencia a la robot. Como habíamos podido comprobar, sus clases habían dado un resultado de lo más provechoso, añadió, y ya podíamos ir aprendiendo y tomando ejemplo del modo en que había que trabajar y rendir.

Brotó de nuestros espíritus cansados un rechazo desbocado a nuestro jefe y a la robot. Pero no tenía sentido aborrecer a una máquina, así que la parte emocional de nuestro cerebro sentenció que aquel ser tenía intenciones aviesas y, por tanto, obraba movida por una voluntad propia, pérfida y justamente criticable. Y las dudas que, provenientes de nuestra parte racional, intentaban que recuperásemos la cordura, desaparecieron al final del día a causa de un incidente tonto que ocasionó el señor Justo.

El hombre no cejaba en su empeño de galantear a Leila y le trajo, poco antes de cerrar la tienda, un ramo ostentoso de margaritas. Acompañó ese detalle con unos versos muy cursis. Como ni Jessica ni yo estábamos de humor para nada que no fuera marcharnos a casa, lo aplaudimos con desgana antes de que finalizara el recital y, haciendo caso omiso de sus protestas, lo acompañamos hasta la puerta. Roberto andaba por su sección y no se enteró de ese suceso.

Una vez nos libramos del trovador, Jessica advirtió lo hermoso que era el ramo y se ofreció a ponerlo en un jarro con agua. Pero, al acercarse a recogerlo, la naturaleza la atacó en forma de abeja. Su chillido quedó cortado cuando la imprecisa y lenta mano de Leila salió despedida de pronto y aplastó al insecto contra el mostrador de un golpe seco. Miramos a la robot con estupefacción; desconocíamos que pudiese efectuar movimientos tan repentinos.

Jessica fue la primera en reaccionar. Me cogió de un brazo y me apartó a un lado.

—¿Has visto la rapidez de esa "torpe"? —cuchicheó—. ¡Vaya con la mosquita muerta!, y no me refiero al bicho. Cuando quiere, se mueve más veloz que un Ferrari, y luego pone como excusa su patosería para no recoger la ropa ni cobrar en efectivo.

—Sí que es bien extraño, sí —asentí en voz baja—. En cuanto pueda comunicarme con el doctor, le explicaré lo que ha ocurrido.

—De paso, pregúntale si es normal que una máquina tenga un número de empleado.

Jessica tenía razón: la introducción de esa robot ocultaba una estrategia nada halagüeña para nuestros puestos de trabajo.

Empezamos nuestra sexta semana con Leila. Aquel lunes tuvimos más clientes de lo acostumbrado y, para colmo, Roberto se volvió a encerrar en el despacho con la robot, por lo que tuve que ocuparme otra vez de su sección e intentar que Jessica no se desbordara en la suya. Estábamos muy ocupados cuando entraron casi a la vez dos clientes *vips*: el director de Autochoques Voladores S.A, y el gerente de Embutidos Casa Bien S.L. Eran personalidades a las que les disgustaba hasta lo más profundo hacer cola. Requerían un trato deferente y un marco adecuado a su nivel: el despacho del encargado. Sabían que Roberto se esmeraba en complacerles el rato que hiciera falta, así que el que entrase en primer lugar se evitaría un considerable tiempo de espera. Ambos parecían tener mucha prisa aquel día. El gerente de la empresa de embutidos, que, todo hay que decirlo, era bastante grueso, jadeaba como si hubiera venido corriendo. Consiguió emitir un grito ronco y detener al otro ejecutivo, que ya se estaba encaminando por el pasillo principal hacia el despacho. Ambos iniciaron entonces un diálogo tenso que pude escuchar porque me encontraba cerca, atendiendo a unas señoras.

—Usted se ha dado cuenta de que venía hacia aquí y me ha adelantado a traición —acusó el gerente de los embutidos.

—He oído sus quejas en la calle y debo decirle que están fuera de lugar —manifestó el otro directivo—. Soy una persona ágil, atlética y suelo caminar a buen paso. ¿No pretenderá que aminore mi marcha e imite sus andares lentos y pesados?

—¿Me está llamando gordo?

—Ha confundido mis términos; he dicho pesado.

—El caso es que se me ha colado.

—De eso, nada. He entrado primero y punto.

—Usted no sabe con quién está hablando.

—Pues no, ni tampoco me importa. Pero ¡qué hace! ¡No empuje!

—Puede que no sea tan rápido como usted, pero soy más fuerte. Así que, ¡échese a un lado!

—¡No se le ocurra volver a tocarme!

La situación se estaba poniendo fea. Hice un gesto de disculpa a las señoras y me dirigí hacia aquellos ofuscados contrincantes.

El enfrentamiento había llegado a las manos. Los *vips* se agarraban mutuamente por las solapas de sus americanas y se zarandeaban con torpeza. Los demás clientes se estaban acercando y los rodeaban dejándoles espacio: un círculo de lucha. Jessica también había acudido y les estaba pidiendo que se calmasen.

Antes de que me diese tiempo a llegar hasta ellos, tropezaron entre sí, cayeron al suelo y rodaron hechos un ovillo. Me arrojé encima e intenté separarlos, pero lo único que conseguí fue formar una especie de *menage a trois* ridículo que estimuló comentarios guasones entre el público. Eché de menos, otra vez, la presencia de un guarda de seguridad, pues, frente a esa situación y semejantes, Leila no podía hacer nada, o eso creía yo.

De repente, la luz menguó y el sonido de un potente claxon hincó el aire. Nuestras miradas se desviaron hacia la puerta de entrada, de donde provenía el ruido, y advertimos, con espanto, que se nos echaba encima, a toda velocidad, un coche de faros deslumbrantes y ruedas anchísimas.

Un chillido de terror brotó al unísono de todas las gargantas. Los espectadores salieron del pasillo a la carrera. Jessica dio un salto estirado de guardameta y desapareció entre la ropa de un perchero. Rodé sobre mí mismo hacia la derecha para esquivarlo mientras los dos ejecutivos, unidos en una sola masa, giraron hacia la izquierda. El coche pasó como una exhalación entre nosotros y se esfumó, tan rápido como había aparecido, poco antes de llegar a la pared del fondo del local. Los directivos y yo nos quedamos a cuatro patas en la cuneta de una carretera imaginaria. Las cabezas del resto de los clientes empezaron a sobresalir con temor de entre las estanterías, buscando el paradero de aquel automóvil asesino.

La iluminación recuperó su intensidad normal. Me levanté y busqué a Jessica. Uno de sus pies se le había quedado trabado en una percha y delataba su posición. Leila y Roberto habían salido del despacho y se encontraban próximos a nosotros. Según se justificó mi jefe más tarde, no se percató del alboroto hasta que los alertó el sonido del claxon y, por eso, no había llegado a tiempo de ayudarme; pero a mí me había parecido verlo entre el público que jaleaba mis forcejeos en el suelo con los directivos. Hubiese salido antes o después, el caso era que estaba tan desconcertado como los demás. Leila, por el contrario, mantenía su sonrisa habitual. Supuse que no había advertido que su expresión risueña era, en ese instante, un desacierto; pero me equivoqué al otorgarle la presunción de inocencia. El mismo rugiente coche surgió de nuevo en todas las pantallas publicitarias de la tienda, y un hombre joven y atlético abrió la bruñida portezuela del conductor y se colocó con chulería unas gafas polarizadas que despedían destellos brillantes. Lucía un traje muy bien confeccionado que le caía estupendamente. Unas letras aparecieron sobreimpresas y una voz masculina surgió del anuncio y las proclamó: «Ya puede adquirir los trajes Belli para el nuevo hombre en la sección "Smart"».

—Yo la desmonto —amenazó el pie de Jessica.

Así pues, aquel suceso paranormal formaba parte de un trepidante anuncio. No llegaba a imaginar cómo lo había llevado a cabo aquella multifuncional androide; pero no era el momento de interesarse por esa cuestión, sino de contener las reacciones de los clientes. Era de prever que serían poco comprensivas.

Roberto se adelantó y se hizo cargo de la situación muy hábilmente. Aplaudió con alegría y declamó un discurso muy entusiasta con el que pretendía llenar de orgullo a los presentes por ser los primeros en disfrutar de la más reciente tecnología aplicada a la publicidad. La gente lo escuchó algo confundida, pero acabó aplaudiendo también y se fue dispersando. A continuación, Roberto condujo a los dos *vips* a su despacho mientras los enjabonaba con palabras muy elogiosas hacia sus respectivas empresas. Antes de cerrar la puerta, pidió a Leila que les llevase unos cafés descafeinados.

Los clientes buscaron templar sus nervios en la calle y la tienda no tardó en vaciarse. Leila, después de hacer de camarera para Roberto, volvió a correr por los pasillos. Jessica y yo quisimos hablar con ella y, entre los dos, la acorralamos en el rincón donde se encontraban el ancho pasillo transversal del fondo y el pasillo lateral que subía hacia la tarima.

—¿Cómo has hecho eso? —preguntó Jessica, sin acordarse de que a ella no le contestaba.

—A ver, Leila, explícanos de dónde ha salido esa película en tres dimensiones —inquirí.

—De los proyectores 3D que hay en el pasillo principal —dijo, y señaló lo que parecían ser unas cámaras de vigilancia.

—¿Quién te ha pedido que pusieras ese anuncio? —indagué—. Ha sido peligroso. Alguien podría haberse hecho daño.

—Tengo órdenes superiores de transmitir los anuncios que me vayan llegando.

—Pero nunca habías emitido uno tridimensional —apunté.

—Correcto. Es la primera vez que recibo uno en 3D.

—No vuelvas a hacerlo sin avisarnos —exigí, sin acordarme de que a mí no me obedecía.

—Debo dejaros; pueden entrar clientes que necesiten mi atención —replicó.

No íbamos a sacar nada más de ella, así que permitimos que se fuera.

—Me preocupa el secretismo que envuelve este experimento —manifesté—. Cada vez veo más claro que están probando hasta dónde pueden llegar. Cuando hicieron las reformas, nadie me informó de la instalación de proyectores 3D fuera del despacho de Roberto. Tampoco el doctor nos dijo que Leila tenía la capacidad de transferir semejantes anuncios.

Jessica me señaló la cercana puerta del recinto de la caja fuerte y el archivo. Asentí y nos introdujimos en esa estancia en busca de la intimidad que precisábamos.

—Estoy totalmente de acuerdo contigo, Josep —convino Jessica—. Esa robot esconde cartas, y me da la impresión, llámalo intuición femenina, que todavía no hemos visto los ases. ¿Tendremos que estar pendientes ahora de sus sustos en tres dimensiones?

—¡Ese coche parecía tan real! —expresé con un deje admirativo.

—No vamos a poder distinguir la realidad de la ficción. ¿Qué tal si le da por proyectarnos imágenes de clientes para hacernos perder el tiempo mientras ella se queda con todas las ventas?

—Cálmate, Jessica; sabes que eso no es posible. Si no hubiésemos estado tan conmocionados por la pelea, hubiéramos advertido que no se trataba de un coche auténtico. No podrá volver a engañarnos. De todos modos, por línea le pasan anuncios; no, trampas.

—¡Todo esto es una inmensa trampa! ¡Quién sabe de lo que es capaz esa robot! ¿Y si detrás de sus inexpresivos ojos hay dos objetivos? ¡Podría estar grabándonos!

—Nadie nos ha comentado nada de eso.

—Ahí está el problema. ¡No sabemos nada! Deberíamos hablar con los sindicatos.

—Ya lo había pensado; pero me avergüenza tener que confesar que estoy colaborando en mantener su secreto.

Jessica estalló.

—¡Pues soltémoslo ya! ¡Es una maldita robot! —chilló—. ¿Qué pueden hacernos? ¿Trasladarnos a otra provincia?

—Por ejemplo. Recuerda lo que les pasó a nuestros compañeros. Debemos tener paciencia; no falta mucho para la presentación. Después informaremos a los sindicatos de todo lo que está ocurriendo. No creo que les entusiasme saber que el comité directivo ha otorgado un número de empleado a un robot y lo incluye dentro de la lista que muestra el *ranking* de rentabilidad del personal del distrito.

—Hay que añadir que no es confiable, que no nos obedece y, también, que nos pone de los nervios.

Mi compañera sacó un pseudocigarrillo y lo encendió. Le recordé que estaba prohibido fumar.

—Solo unas caladas, por favor; lo necesito. Me he pegado tal golpetazo en las costillas que me van a estar doliendo un mes, y aún estoy temblando por el susto.

—Es que esos sucedáneos de tabaco no te contaminarán los pulmones, pero expulsan un humo de hoguera india que puede activar el sistema antiincendios —advertí.

Tiró al suelo el cigarrillo y lo pisó con rabia.

—¡Vale, pues, se acabó! —exclamó.

Recogió la colilla y la blandió en alto, como un arma.

—Debes hacer algo con Leila; a mí no me escucha. No me gusta cómo me mira ni cómo actúa, y no quiero más sorpresas —enfatizó.

Tiró la colilla a la papelera y salió con pasos enérgicos. La seguí.

Todo estaba en orden en la tienda. Roberto seguía dentro del despacho, con los *vips*, y Leila se estaba ocupando de unos clientes. Jessica se marchó a la caja para atender a una señora que estaba esperando a que le cobrásemos unas prendas.

Me acerqué a la tarima en busca de una mayor cobertura para el móvil e intenté contactar con el doctor. Casi no pude creer que contestara mi llamada. Empecé con una queja acerca del desamparo en el que nos había dejado y me ofreció una endeble justificación.

—Disculpe, me olvidé el móvil personal. Tuve que partir con urgencia a cubrir nuestra representación en el Congreso Internacional de Robótica. Tenía que ir mi coordinador, pero se le presentó un asunto de importancia a última hora. En fin, solo han sido unos días.

Le corregí, puesto que había desaparecido una larga semana, y luego le conté lo sucedido con el coche virtual y censuré la poca consideración que nos tenían. Lo lamentó, pero luego dudó de que no estuviésemos al tanto.

—¿Está seguro de que no les avisé que Leila podía recibir grabaciones en formato estereoscópico y ordenar su emisión?

—¡Seguro! —afirmé en voz alta.

—Está bien, no se sulfure; un pequeño descuido lo tiene cualquiera. Puede que mi despiste se haya debido a que, en mi universidad, todavía no tenían bien preparado ese aplicativo. Observe que han tardado más de un mes en ponerlo en marcha y transmitir el primer anuncio a Leila.

—¿De eso también se encargan ustedes?

—La parte técnica la lleva nuestra Sección de Óptica e Imagen. Claro está que colaboran con el Departamento de Marketing de su empresa. Por cierto, ¿qué les ha parecido el anuncio? Los técnicos se jactan de rozar la realidad y desearán que les comunique su sincera opinión.

No quise alabar la excelente calidad de la proyección y volví a criticar con dureza la falta de escrúpulos de los que habían ordenado pasarla sin previo aviso.

—Los clientes han sentido pánico —afirmé.

El doctor se puso en nuestro lugar y comprendió nuestro enfado, pero también vislumbró la verdad que subyacía bajo ese tremendo susto.

—Les traspasaré sus quejas —dijo—. Por otra parte, entiendo que han logrado hacer una película tan realista que los ha engañado a todos.

—Dígales que no se les ocurra darnos otra sorpresa.

—Así lo haré; no obstante, deberían hablar con sus superiores. En este asunto, manda su Departamento de Marketing.

—Hay algo más —proseguí—: el robot engaña.

Me pidió explicaciones sobre esa acusación, y le conté el episodio de la desdichada abeja que había surgido de las flores. Cuando acabé, expuso:

—Matar un insecto solamente precisa de un pequeño cálculo de probabilidades en su trayectoria. Si falla, no hay daño, por lo que al robot se le permite un movimiento brusco y grosero. Pero, en la interacción con el ser humano, no se puede consentir un margen de error significativo. En cuanto a su lentitud al plegar la ropa, sepan que no podemos mejorar esa habilidad. Por el momento, los movimientos precisos y finos le son costosos.

—Está bien, le admito esa explicación; pero ese no es el asunto importante. Su robot carece de tacto y solo acepta órdenes de Roberto. Nos sentimos embaucados. Nos vendió un mulo para arar la tierra y el yugo nos los ha puesto a nosotros. Leila no respeta a Jessica ni le hace caso. A mí no me obedece tampoco.

—Esa supuesta indisciplina solo puede deberse a la interferencia de un superior; en su caso, del encargado. No tiene usted más remedio que hablar con él e intentar solucionar ese conflicto. Si tiene suerte, el problema procederá de una forma incorrecta de proferir las peticiones; pero, si hay por en medio un tema más personal, puede ocurrirle como a mí, que no puedo evitar que Leila me llame padre porque mi coordinador nunca revocará esa instrucción.

—Existirá algún modo de desprogramarla, supongo.

—No es posible anular los mandatos de un superior —afirmó con contundencia.

—¿Qué me dice acerca de su conducta desleal? —arremetí otra vez—. No cuenta con nosotros para nada, me refiero a Jessica y a mí. Es individualista, desvía el trabajo improductivo y demuestra un persistente afán en ponerse medallas. Es del todo incomprensible que una máquina tenga asignado un número de empleado y entre dentro de la clasificación del personal.

—Discúlpeme, pero eso no es de mi incumbencia. Los programas expertos que se ocupan del trabajo específico en sus comercios fueron aportados por especialistas de su empresa. En cuanto a la recriminación por su actitud independiente, les puedo decir que, si bien es cierto que todo robot empleado respeta con mucho rigor las jerarquías, también lo es que respeta a sus iguales. Sin embargo, no podemos inculcarle el compañerismo que ustedes desearían. Deben tener en cuenta que es imposible hacerse amigo de una máquina. No se dejen confundir por sus rasgos humanos. Vean a Leila como lo que es: una imbricación de chips enfundados en una estructura metálica que, a su vez, está recubierta de piel artificial.

—Pero…

—Escuche, debo preparar y efectuar una exposición para diversos departamentos de la universidad sobre lo más destacado del congreso al que acabo de asistir. Me llevará dos o tres días. Después les haré una visita y podremos hablar con más tranquilidad. Mientras tanto, no olviden que tratan con un robot.

El doctor tenía razón; no podíamos afligirnos porque una máquina no fuese amigable. Me insté a no volver a caer en ese error. Si era necesario, imaginaría a Leila con el estómago abierto y lleno de cables y circuitos.

Nada más acabar la llamada, me percaté de lo difícil que sería dejarla sin alma. Brotaban carcajadas desde un grupo de señores que la robot estaba atendiendo y, entre las graves, resaltaba una risa aguda muy femenina.

Leila había aprendido a reírse.

El trabajo menguó un poco al día siguiente. Teníamos el local vacío, a última hora de la tarde, cuando nos visitó, por sorpresa, Pinaza, nuestro jefe de distrito. El panorama de calma chicha que se encontró debió de afianzarle la creencia de que mi reclamación de tener más personal no tenía ninguna base consistente. Supongo que me tachó de llorica. Eso decía su expresión cuando, detenido ante la puerta, barrió la tienda con la mirada.

Entró después a paso ligero, nos saludó a Jessica y a mí y se detuvo delante de Leila. Tras más de un mes trabajando con la robot, por fin se dignaba visitarnos. La observó detenidamente. En su semblante, se marcaba un punto de desconfianza y, diría, de admiración. La robot lo saludó entonces con mucha cortesía. A nuestro jefe le cambió la cara. La voz y las maneras de aquel ser le habían complacido. Me dispuse a expresarle mi sincera y cruda opinión sobre Leila, pero se me adelantó con un comentario sobre lo acertado que había estado Roberto al describir el androide. Elogió también sus capacidades comerciales, que habían salido a la luz en el último listado de ventas, y dijo que estaba gratamente sorprendido de haber encontrado a una empleada de incorporación tan reciente en uno de los primeros puestos.

Jessica, que no se cortaba ante ningún jefe y menos frente a quien le había amargado el primer embarazo, lo interrumpió.

—Eso no lo entendemos. ¿Cómo es posible que se la considere una empleada? ¡Es una máquina!

—¡Vaya bellezón! —exclamó sin desviar la vista de Leila.

Se había hecho el sordo con Jessica; no solo los robots podían ser maleducados.

Decidí intervenir.

—Tenemos ciertos problemas con Leila que queremos comentarle.

—Más tarde, Josep. Estoy seguro de que no son importantes —replicó, y se dirigió hacia el despacho a ver a Roberto.

Puesto que evitaba las cuestiones sobre la robot, lo seguí y le pregunté sobre el tema que me interesaba en particular. Aún no me había dado ninguna respuesta sobre mi solicitud de tomar el mando de una tienda cercana a mi domicilio que estaban a punto de inaugurar.

Se me escurrió también.

—Hablaremos más adelante. Falta todavía un mes para su puesta en marcha —contestó, y tras pedirme que volviese al trabajo, entró en el despacho.

Un mes era un tiempo escaso para escoger al personal. Me temía que ese puesto se me iba a escapar. Llevaba con Roberto dos largos años y me había aplicado en mi trabajo y en el suyo. Necesitaba un cambio y, a ser posible, un ascenso.

Me dispuse a abordarlo de nuevo en cuanto saliera.

Al cabo de un rato, surgió un mensaje en el terminal asociado a la caja de Leila; Roberto solicitaba que fuera al despacho. La robot estaba al acecho por los pasillos, como siempre, y no lo vio. Jessica la avisó a través de la megafonía.

Mientras contemplaba a Leila rodar con suavidad, se me ocurrió un modo de enterarme de lo que estaban hablando los jefes. Cuando salió a los pocos minutos, fui a por ella. Me dijo que se dirigía a buscar un par de cafés a la máquina de la sala interior. Su devota disposición le hacía conducir la silla a bastante velocidad, así que tuve que seguirla al trote.

—Leila, ¿de qué están hablando?

—De trabajo y de nosotros.

—¿Han comentado algo sobre mí? Detállame la parte de la conversación que se refiera a mi petición de ascenso.

La robot se detuvo delante de la máquina de café y empezó a teclear las peticiones al tiempo que me citaba las palabras exactas.

—Habla Roberto: "Josep es un buen empleado, pero necesita acumular más experiencia. Sería mejor que se quedara en esta tienda los cuatro años que me faltan para la jubilación anticipada y siguiese aprendiendo de mí. Entonces estará bien formado y podría ocupar mi vacante. Soy un excelente maestro. En un mes he convertido a Leila en una empleada estrella".

Leila calló y extendió lentamente sus manos para recoger los humeantes cafés.

—¿Ya está? —pregunté—. ¿Y la respuesta de Pinaza?

—Todavía no ha contestado.

—¡Pues corre, vuelve! —dije, apremiándola, y empujé su silla hasta el despacho. Para no ensuciarse con las salpicaduras de los cafés que provocaba mi impulso, la robot abrió los brazos como si estuviese jugando a los aviones.

No esperaba aquella puñalada trapera de Roberto. Después de servirle tan bien y de sacarle tantas veces las castañas del fuego, me traicionaba como un Judas. Aquel hombre solo miraba por sí mismo. Conmigo vivía muy bien y ni por asomo me iba a dejar escapar. Le resolvía toda la parte administrativa, le ayudaba con su sección y le dejaba tiempo para explayarse con las visitas. Roberto trabajaba sin tensiones de ninguna clase. No podía arriesgarse a tener un segundo responsable con más carácter que le impidiera seguir columpiándose; alguien como Jessica, por ejemplo.

Leila salió en menos de un minuto. Como el local seguía vacío de clientes, continué con mi interrogatorio. Jessica estaba pendiente de nosotros y seguía, con media sonrisa, mis carreras detrás de la robot. Pero Leila no había oído nada más.

—Vuelve allí dentro y estate atenta a lo que digan, por favor —rogué, puesto que no serviría de nada ordenárselo.

—No puedo; el señor Pinaza me ha pedido que los deje a solas.

Topaba otra vez con su respeto absoluto a la pirámide jerárquica.

Se me ocurrió una estratagema. Fui corriendo de nuevo a la salita interior y llené un vaso de agua en la fuente artificial. Regresé y se lo tendí.

—Llévale agua a Roberto. Sabes que siempre le apetece después del café.

—Esperaré a que me la pida —dijo sin cogerme el vaso.

—Me ha llamado para reclamármela —mentí.

—Dentro no hay teléfono.

En efecto, no teníamos ningún supletorio en la sala donde se encontraba la fuente, y aunque en el almacén cercano habían instalado un par, Roberto nunca hubiese llamado allí.

Jessica empezó a reírse. Estaba colgando unos vestidos en un perchero y detuvo su tarea para contemplar mi intento de asalto a la pura lógica.

—Me ha telefoneado al móvil —dije, intentando colarle mi bulo.

—A mí no me lo ha solicitado —objetó.

—¡Llévale ahora mismo este vaso de agua!

Me exalté. Necesitaba averiguar lo que pensaba el jefe de distrito, y aquella mente rígida de raciocinio irritante no me hacía caso.

Leila dudó unos segundos más. La frecuencia de mis latidos se aceleró. Cuando, al fin, alargó su mano para cogerme el vaso, mi impaciencia no coordinó bien con su lentitud de movimientos y lo solté antes de que lo tuviera sujeto. Por intentar volver a asirlo, le volqué el agua en el pecho.

Todo ocurrió muy rápido. Mis piernas tocaban las suyas y usó ese puente para atacarme con una sacudida eléctrica brutal que me traspasó de arriba abajo. Caí desmadejado como una marioneta a la que, de pronto, le cortaran los hilos. De mi piel brotó un olor a pelo churruscado.

Jessica ahogó un chillido y corrió hacia nosotros. Le propinó una enérgica patada a la silla de Leila y la apartó de mí.

—¡Josep, Josep! ¿Cómo te encuentras? —preguntó.

Se agachó, me sostuvo la cabeza y me la balanceó de lado a lado mientras seguía preguntándome sobre mi estado de salud. Hacia la izquierda, vislumbré a Leila. Impulsada por el patadón, rodó con ímpetu hacia el vestuario masculino, abrió la puerta con un golpe impulsado por la inercia del movimiento y desapareció tras ella. Fue una suerte que, en aquel momento, no hubiese nadie en su interior.

Jessica seguía bamboleándome la cara. Veía su expresión asustada pasar ante mí con mayor rapidez. De nuevo, al girarme la cabeza hacia la izquierda, observé, con horror, que la puerta del despacho empezaba a abrirse.

Intenté hablar con mi nueva boca de corcho.

—¡Enomeeanahí!

La intuición aguda de Jessica entendió mi "que no me vean así" en lenguaje poscalambre. Me cogió por los brazos e intentó moverme, pero apenas podía conmigo. En aquella situación, mis ochenta y cinco kilos me pesaron más a mí que a ella; mis jefes me iban a ver en aquel lamentable e inexplicable estado. Temía que descubriesen que había usado a Leila como espía y que, debido a su resistencia a servirme, quizá la había estropeado al derramarle agua encima. No pensé, en aquel momento, que podía ofrecerles una prueba irrefutable de que aquella robot no funcionaba bien. Me había dejado hecho un guiñapo.

Jessica actuó con picardía y me empujó hasta introducirme en el interior del mostrador. La caja de la sección "Casual" se encontraba muy cerca de donde me encontraba tendido y era un buen escondite. El mostrador tenía largos faldones de madera: un panel frontal y dos laterales, que lo protegían de entradas sorpresivas externas (perros, niñitos, etc.). Lo malo era que la rampa de Leila mermaba la dimensión del espacio.

Mi compañera apartó la alta silla del otro puesto para dejarme el paso libre, me dobló por la mitad y me encajonó en el hueco. Quedé empotrado en posición fetal, dándole la espalda a la entrada.

Ya oía hablar a mis jefes. Jessica cogió de nuevo la silla y la colocó detrás de mí con tanta prisa que me clavó las patas en los riñones. No quedaba oculto del todo; si miraban hacia el interior de aquel puesto, me descubrirían.

Y así, en esa postura tan ridícula, escondido en aquella madriguera improvisada, escuché que mi compañera me excusaba por no haberme quedado a despedir a Pinaza. Les explicó que se había producido un contratiempo y había tenido que salir. Mis jefes se extrañaron y quisieron conocer el motivo de mi escapada. Jessica, bastante nerviosa, improvisó que al señor Justo le había dado un mareo y me había ofrecido a acompañarlo hasta su casa. Las frases de aceptación de Pinaza y Roberto me tranquilizaron.

Mis músculos en flotación parecían estar aterrizando sobre un hormiguero; se me estaban durmiendo debido a mi forzada postura. Notaba, también, un gusto a sangre espesa, y me dolía la lengua. Deduje que me la había mordido al caer y que esa dentellada propia había contribuido a dificultarme el habla.

Pinaza se interesó, a continuación, por Leila. La robot no había salido del vestuario masculino, lo cual indicaba que no se encontraba en funcionamiento. Jessica se brindó a ir a buscarla y se marchó. Por la duración del sonido de sus apresurados pasos, deduje que se dirigía al almacén. Me pregunté qué idearía para justificar que no la traía de vuelta.

Una vez se creyeron a solas, Pinaza habló a Roberto:

—Comunica a Josep que, en breve, le concertaré una cita. Te agradecería que dejaras caer comentarios sobre lo difícil que lo tiene para conseguir el puesto. Dile que hay mucha competencia, que otros llevan más tiempo esperando y lo que se te ocurra. De ese modo, vendrá con pocas esperanzas y me allanarás el camino…

Calló porque Jessica apareció de nuevo. Oí el empujón que le dio a la puerta y el repicar de sus tacones.

—¡Ay, no puede venir! —explicó entre jadeos—. Está ordenando unos estantes y tiene un poco de lío. La he dejado porque para una vez que se pone…

Por suerte, el jefe de distrito no captó la rareza de esa situación. Soltó una breve despedida y se marchó. Roberto se dirigió entonces a Jessica con aspereza.

—¡Te he repetido mil veces que Leila no debe dejar la tienda! ¡Como estabas sola, has hecho de las tuyas!

—Voy a sustituirla. Enseguida la hago venir para que atienda a esos clientes que están entrando.

—Sí, ve a buscarla, pero no te quedes. Josep no está y debes vigilar tu sección y tu caja. Ordenarás el almacén después, cuando hayamos cerrado.

—Vale, de acuerdo.

Hubo una pequeña pausa, y pude imaginar el semblante estupefacto de Roberto ante aquella sorprendente sumisión.

—¡Vaya, vaya, Jessi! La visita del jefe de distrito te ha bajado los humos. ¿O es que te acobardas si no está el blando de Josep para defenderte?... ¿No dices nada?... Muy bien, así me gusta.

Me juré que Roberto no volvería a tildarme de blando. Cuando se me pasara la flojera y pudiera ponerme en pie, le iba a ajustar las cuentas.

Mi compañera se abstuvo de replicarle, y Roberto se retiró a su despacho con la satisfacción de haber podido dominar a la hembra peleona de la manada.

—Libérame, Jessica —le pedí. Había recuperado mi facultad de hablar.

Me susurró que los clientes se estaban acercando y que no me moviese.

Venían a hacer un cambio. Jessica los llevó a la caja "Smart" y los despachó con prontitud. Una vez despejada la tienda, corrió a ayudarme. Para mi alivio, me desencajó la silla de los riñones. Luego me dio la vuelta, estiró mis piernas y me arrastró por los tobillos fuera de aquel burdo refugio. En aquel momento, me resultaba más dificultoso moverme debido al plegado que al calambrazo.

—¡Ánimo, Josep, pon algo de tu parte! ¡Pesas como el plomo! —rogó.

Me senté con dificultad.

—¡Voy a matar a Roberto y al doctor! —gemí—. Y si esa robot sigue en marcha, la voy a desconectar.

—Voy a ver cómo está —dijo, y con los nervios azuzados por todo aquel episodio, se marchó corriendo.

—¡Espera, ayúdame primero a levantarme!

Me quedé con una mano tendida al vacío, suplicando auxilio. Por suerte, Jessica no tardó en regresar del vestuario masculino.

—Leila no responde. Está en el limbo —informó.

—¡Eso que no tiene sistema límbico!

—¿Qué quieres decir?

—Déjalo, ya te lo explicaré más tarde. Ayúdame a ponerme en pie, por favor.

Apoyándome en mi compañera, conseguí recuperar la vertical; pero me sentía mareado.

—No podemos seguir atendiendo —consideré—. Baja la persiana.

—Faltan cinco minutos para cerrar, Josep —repuso.

—¡No me seas robot! —estallé—. ¡Esto es una emergencia! ¡Cierra y tráeme a Leila!

En los ojos de Jessica leí un reproche del todo justificado.

—Perdóname, no me encuentro bien —me disculpé—. No sabes lo mucho que te agradezco que me hayas ayudado.

Necesitaba estar apoyado en el mostrador porque aún me temblaba todo el cuerpo. No comprendía lo que había pasado; ¿me había atacado la robot?

Jessica accionó la persiana de forma manual y fue a buscar a Leila.

Aparecieron enseguida. La robot estaba inmóvil, con los ojos abiertos como platos. Jessica empujó su silla hacia mí.

—¡Quieta, no la acerques más, que no me toque! —le advertí—. ¿Qué es ese ruido?

—Parece un secador —opinó Jessica.

Provenía de la robot. Eso quería decir que estaba viva. Busqué el móvil en mis bolsillos y volví a contactar con el doctor Helios. Me respondió al instante, quizá porque intentaba enmendar su abandono anterior. Tras explicarle lo ocurrido, exclamó:

—¡Por Einstein, me deja de piedra!

—Pues yo me he quedado de espuma. Exijo que me dé una explicación que pueda suavizar mi demanda por agresión.

—Por favor, se trata de un lamentable incidente. Usted le ha tirado un vaso de agua al pecho…

—Se me ha caído —le corregí.

—Me refiero a que, si le ha vertido líquido en el respiradero, puede haberle provocado un cortocircuito y, no sé bien cómo, eso lo consultaré con mis ingenieros, un desfase o cambio de potencial que haya originado esa transmisión de corriente eléctrica hacia su persona. Lo primero que hay que hacer ahora es rehabilitar a Leila. Desabróchele la blusa.

—¡Qué! Ni hablar. Me niego. No pienso volver a tocarla —declaré. El científico insistió, y yo seguí en mis trece—. ¡Ni lo sueñe, y menos, desnudarla! Venga a buscarla y llévesela a su taller de reparaciones.

Jessica me animaba a mantenerme en mi sitio con asentimientos de cabeza muy vigorosos.

—¿Se oye el ruido de un ventilador? —indagó el doctor.

Me explicó que la robot tenía en el pecho un pequeño ventilador interno que secaba la humedad ambiental que pudiese introducirse en sus circuitos; pero ese aparato no estaba preparado para enfrentarse a una inundación, así que había que facilitarle el trabajo. Acabó convenciéndome y, con cuidado, le solté el primer botón de la blusa.

Mi compañera se indignó.

—Pero ¡qué haces!

—Necesita ventilarse bien —me excusé—. Tengo que despejar el respiradero para que Leila pueda acabar de secarse. De lo contrario, podría sufrir daños y la reparación nos saldría muy cara.

—Déjame hacerlo a mí —ordenó, y me apartó la mano—. ¡Y no mires!

—¡Por favor, pero si es artificial!

Mentía al mostrarme indiferente, pues aún recordaba la suavidad de su piel y me turbaba volver a tocarla.

Jessica elevó un dedo índice admonitorio. Un poco molesto, me volví de espaldas.

El terminal del punto de venta de Leila dio en ese instante un aviso sonoro: Roberto la reclamaba. Urgí a mi compañera a que terminase antes de que apareciera nuestro jefe.

—No tardaré —aseguró, y al cabo de unos segundos, dijo que ya podía mirar.

Le había abierto la blusa lo justo para descubrir el respiradero: un círculo agujereado de unos diez centímetros de diámetro situado sobre el pecho izquierdo. Desde allí soplaba una brisa que movía con delicadeza el cabello de la robot. Se lo dijimos al doctor y nos pidió que esperásemos hasta que el ventilador dejara de funcionar. Aquello nos daría la señal de que su interior estaría seco.

Nos quedamos contemplando en silencio aquella joven a la que, una vez, apreciamos tanto. Una voz a nuestra espalda nos recriminó:

—¿Qué pasa? ¿Por qué Leila no ha venido? ¡Pero, bueno, vaya escote!

Roberto había salido de su despacho en busca de su fiel empleada, y cuando vio el panorama, se aproximó con entusiasmo. Jessica le obstruyó el paso antes de que llegase a la robot. Nuestro jefe nos pidió una explicación, pero no tuvimos tiempo de dársela porque el ventilador se apagó. Se lo comuniqué al doctor enseguida.

—A continuación, deben hacer otra vez un Off-On —indicó.

Jessica, de nuevo convertida en la hembra alfa, no permitió que ningún macho (ni alfa ni beta) se acercara. Apagó y encendió a la robot siguiendo nuestras indicaciones imbricadas y atropelladas.

Y Leila volvió a la vida.

—¿Padre?

Me estaba cansando de ese juego, y además no me acababa de creer que la descarga que me había metido la robot se debiera a un cortocircuito. Colgué al doctor, no sin antes exigirle el manual completo de instrucciones de su hija.

Dejé que Leila se fuera recuperando y me puse a discutir con Roberto. Le dije que no me gustaba el mando único que ejercía sobre la robot y que no podríamos seguir trabajando juntos mientras no la liberara de su total dominio. Leila tenía que ser un apoyo para todos, afirmé, y añadí que me había dado cuenta de que el jefe de distrito no consideraba seriamente mi solicitud de ascenso, y eso quería decir que no contaba con el respaldo de mi propio jefe, es más, sospechaba que me estaba saboteando. No quise revelar que lo sabía todo para no poner al descubierto mi fuente de información; no por cortesía, sino para poder volver a usarla.

Roberto me toreó. Negó mis acusaciones y, desviándose del tema, nos acusó de negligencia en el cuidado de la robot. Interrogó a Leila y enseguida averiguó lo que había ocurrido con el vaso de agua. Sin embargo, no se enteró de que me aprovechaba de la falta de discreción de su niña bonita para enterarme de sus tejemanejes; no se lo preguntó, y la robot, por tanto, no se lo contó. De todos modos, salí malparado. Roberto, con su habitual astucia, dio la vuelta a la tortilla y me recriminó mi torpeza.

No supe defenderme bien. Padecía una fatiga abrumadora, como si hubiera corrido una maratón y se hubieran agotado las baterías de mis músculos.

Después de ese día infernal, lo único que deseaba era volver a casa y relajarme. Pero el reconfortante alivio que experimenté al entrar en mi hogar me duró poco. Ni siquiera me dio tiempo a encender la luz del recibidor. A mis pies, una sombra rugió y ladró con fiereza. Pegué una patada con toda mi alma a esa bestia intrusa y apreté el interruptor para verla.

Vi que Fufi atravesaba todo el pasillo, en vuelo rasante, hasta rebotar contra la puerta del comedor. Alertado por el golpe, mi hijo asomó la cabeza desde su cuarto y, al ver descuajaringado a su perro, chilló y fue corriendo a recogerlo. Mi mujer y mi hija salieron corriendo de la cocina y se encontraron con una escena dramática. En un extremo del pasillo, se encontraba el niño sumido en llantos y aferrado a su mascota; y en el otro, el causante de la desgracia con cara de circunstancias. Por los ruidos que habían escuchado, no les fue difícil deducir lo que había ocurrido.

—¡Mira cómo has dejado al perro! —me recriminó Nadia mientras se acercaba a Joan.

Mi hijo lloraba.

—¡Aaaaaah, mi perro!

—¡Ese bicho me ha atacado! —me justifiqué, y caminé hacia ellos.

—No ataca, papá. Le he enseñado a ladrar para que guarde bien la casa —explicó mi hija.

—¡Aaaaaah, mi perrito!

Nadia abrazó al niño.

—Cálmate, hijo. No está roto; solo se le ha torcido un poco la boca. Tu padre lo arreglará.

—¿Por qué le has puesto el ladrido de un perro lobo? —pregunté a Silvia.

—¡Aaaaaah, pobrecito!

—Para que los ladrones crean que tenemos un perro grande y huyan, papá.

—Josep, consuela al niño, por favor —me pidió Nadia.

—¡Aaaaah!

—No llores más; enseguida lo reparo —aseguré. Me volví a mi hija y le ordené—: Ya lo estás volviendo mudo de nuevo. ¡Me ha dado un susto de muerte!

—¡Jo, papá!

Una vez se acostó mi familia aquella noche, me puse a arreglar la boca descoyuntada del inocente Fufi. Mientras trabajaba en ello, reflexionaba sobre los últimos acontecimientos. No podía seguir haciendo el canelo. Tenía que pasar a la acción, mostrar mis garras.

Empecé a elaborar un plan para escaparme de Roberto y, de paso, de la robot. Me adelantaría y llamaría al jefe de distrito. Si no podía convencerlo de mi valía para ese puesto de encargado, me iría a probar fortuna a otros distritos de la ciudad. Al fin y al cabo, Barcelona era grande. No podía seguir trabajando en esa tienda. Mi fulgurante reacción al ladrido de nuestro perro robot dejaba bien patente que tenía los nervios a flor de piel.

Hice todo lo que pude por Fufi. Su sonrisa seguía estando un poco descentrada, pero no había perdido su expresión de lealtad. Le pedí que ladrase y tosió un quejido. Pobrecito. Lo dejé en el cuarto de mi hijo y me fui a acostar.

Al meterme en la cama, una voz somnolienta me preguntó:

—¿Has vuelto a tener algún problema con la robot? Lo de la proyección tridimensional del coche me pareció muy gracioso; aunque puedo comprender que vuelvas a casa muy tenso si te ha dado otro susto parecido.

—Creo que tiene una especie de instinto de supervivencia.

—Supongo que bromeas. Como su nombre indica, ese instinto solo pueden poseerlo los seres vivos —repuso Nadia en voz más firme. Mi suposición la había despertado.

—¿Acaso Leila no posee las características de un ser vivo, y de uno inteligente, además? Habla, ríe, se mueve, se relaciona; torpemente, de acuerdo, pero se relaciona; confabula con Roberto...

—¡Para, para! ¿No te das cuenta de que, otra vez, le estás otorgando sentimientos a una máquina?

—También los sentimientos surgen del neocórtex; no me lo niegues. ¿O es que mis tristezas y alegrías son equivalentes a las de un reptil o a las de un animalucho comedor de insectos?

—Es cierto, también nuestro cerebro más evolucionado se estremece. Es el que ofrece los sentimientos más sutiles, más caprichosos, los que sirven para disfrutar de la vida.

—¡Ahí lo tienes! —exclamé.

—Sin embargo, esa capacidad se ha desarrollado a partir de las ramificaciones neuronales que provienen del cerebro primitivo. Y hay que puntualizar que el neocórtex solo controla nuestra conducta en situaciones libres de peligro, porque, en cuanto aparece una señal de alarma, por muy pequeña que sea, apenas puede gobernar al cerebro primitivo. Si la alarma es de vida o muerte, queda desconectado casi en su totalidad. El neocórtex se mueve en el mundo de los sentimientos en momentos relajantes, como cuando nos extasiamos ante un bello paisaje o una dulce música. Pero tu robot no puede emocionarse nunca, puesto que es imposible que le lleguen ramificaciones desde un sistema límbico que no posee.

—¿Es que no son neuronas también las que forman ese sistema? Leila tiene neuronas artificiales que se van reorganizando a medida que aprende. Su cerebro es flexible. Por ejemplo, al principio sonreía siempre y no cambiaba de expresión aunque su interlocutor se mantuviese serio; pero ha aprendido a reflejar mejor el humor de los otros. Frente a estados tristones, su sonrisa se vuelve más sutil y la voz se le dulcifica. ¿Me comprendes? Respeta el ánimo sombrío del otro e intenta aliviarlo untando más miel a su voz. También he comprobado que, últimamente, se disculpa con Jessica cuando le pasa las prendas que hay que plegar, como si le apenase hacerlo pero no pudiera evitarlo. No, espera. Déjame terminar.

Nadia había levantado un dedo y tenía la boca abierta para replicarme, pero continué:

—Un niño aprende a conmoverse a partir de lo que recibe, sobre todo, de sus padres. Si es criado con cariño, el niño se convertirá en un adulto afable. Si, en cambio, tiene la mala suerte de ser maltratado, el chaval podría volverse agresivo. Leila es un bebé superdotado que está aprendiendo a ser afectiva.

—Ahí está el fallo en tu planteamiento —incidió Nadia—. Los niños traen consigo un bagaje emocional que se aloja, en su mayor parte, en el cerebro primitivo. Los padres pueden desviar sus cualidades para bien o para mal. Pero las máquinas no tienen semillas de donde puedan brotar pasiones; así que, por mucho que se rieguen, no puede germinar nada.

—Insisto, esa semilla está construida con las mismas unidades que el moderno neocórtex.

—Esa semilla ha necesitado millones de años de evolución para formarse. Un robot no puede construir nada semejante.

—¿Y si su desarrollo fuera acelerado? —propuse.

Nadia continuó con otra observación.

—Y te olvidas de las hormonas y los neurotransmisores químicos. En fin, no soy una experta en el cerebro, pero seguro que un neurólogo podría rebatir con facilidad todas tus conjeturas. Estoy muy cansada, Josep. Solo quería decirte que no reflejes tus miedos en una máquina. No te servirían como excusa si tuvieses una reacción colérica en el trabajo, como la que has tenido hoy con Fufi.

Se dio la vuelta en la cama y, a los pocos segundos, oí su respiración a ritmo de sueño. Al final, no le había contado lo ocurrido, aunque podía suponer su contestación. Mi mujer hubiera atribuido el calambrazo a un accidente, a un fallo en el funcionamiento de la robot.

La vi dormir plácidamente y la envidié. Intenté dormirme abrazado a su cálido cuerpo, pero esa discusión me había revolucionado. ¿Millones de años? La robot aprendía con extrema rapidez y no necesitaba tanto tiempo. ¿Podían los circuitos de Leila modificarse para parecerse a los nuestros?

Solté a mi mujer y me puse boca arriba para discurrir mejor y recapitular lo que me había ido explicando. Según ella, nuestro cerebro de reptil engrosó a medida que evolucionábamos. Se fueron superponiendo capas mientras nos transformábamos en un mamífero insectívoro, luego en uno omnívoro y después, en un primate.

Seguí reflexionando. Se podía deducir que, frente a un suceso inusual, funcionábamos de la siguiente manera: la serpiente que se enrosca en nuestro sótano huele un incierto peligro y, como no le gustan las sorpresas, usa su lengua viperina para atemorizar al cobarde insectívoro del primer piso, pongamos un topo. Este chilla de pánico y previene al glotón omnívoro que vive en el segundo: un oso, por ejemplo. La inocencia tontorrona de ese vividor engaña al cerebro de mono del tercero, el cual se lo cree a pies juntillas porque ¡no le van a engañar todos los vecinos!, y menos el conformista del primero, que carece de imaginación, ni tampoco el bonachón del segundo; si pasan esa alarma, por algo será. Para no quedar como un panoli de poco discernimiento, el mono aderaza su criterio con suposiciones argumentadas. De ese modo, llega a la azotea el mandato de buscarle solución a un problema, y su gravedad se apuntala en unos razonamientos diseñados para justificar la alerta emitida por la lengua suelta de la serpiente. ¿Y qué hay en la azotea?: una inteligencia asombrosa que puede decidir inventar una mortífera bomba.

De pronto, me entró miedo. Imaginar que la robot pudiera llegar a sentir como nosotros me causaba más temor que suponerla una fría máquina. El hombre, con sus insensatas reacciones emocionales, protagonizaba la historia más destructiva de todas las especies del planeta. Y si el poder de dañar es mayor cuanta más inteligencia encuentran los sentimientos malvados que reptan desde el subsuelo cerebral, debía reconocer que Leila era muy, muy inteligente.

Amaneció una mañana radiante que me predispuso al optimismo. Me dirigí a la tienda con el ánimo en alto y el interior en flotación, todavía resentido por el calambrazo. Esa herida interna se me hacía valiosa como recordatorio. ¡A por ellos y sin contemplaciones!, me alentaba.

Debía luchar en varios frentes, así que me propuse administrar mis energías y las de mis enemigos. Mi primera acción fue ir a buscar a un grupo de señoras que solían entrar a primera hora, después de dejar a sus hijos en el colegio. Se sentaban en el espacio de descanso, tomaban un refresco de las máquinas y hablaban de sus cosas. Ese día, las envié al despacho de mi mimado jefe.

—Quiere enseñarles en qué consiste el diseño virtual personalizado —alegué—. Pasen, pasen.

Esas señoras tenían poco poder adquisitivo, y Roberto no quería perder el tiempo con ellas; sin embargo, una vez se acomodaron en el sofá, no tuvo más remedio que atenderlas. Le debieron de acosar con preguntas, pues no tardó en avisar a la robot de que fuese a ayudarlo.

Superado el primer obstáculo, intenté comunicarme con Pinaza. Su secretaria se deshizo en mil excusas y no me permitió hablar con él. Jessica opinó:

—Ese soberbio no te va a dar el puesto. Es demasiado engreído como para dar marcha atrás en una de sus decisiones, aunque sea injusta.

—Ya veremos. Si hace falta, pediré cambio de distrito. No quiero continuar más aquí.

—¡Ay, no me digas eso, Josep! ¡No puedes dejarme sola con el titiritero y su marioneta!

—Veamos quién mueve mejor la marioneta.

—¿Qué quieres decir?

Leila salió entonces del despacho, junto con las señoras, y no pude explicarle a Jessica mi plan. La robot me las echó encima y me tuvieron ocupado un buen rato. Tomé aquel gesto como una declaración de guerra.

Una vez se marcharon las clientas, me dispuse a perseguir a Leila. En cuanto la veía demorarse un poco con un cliente, me acercaba y…

—Leila, ya me ocupo del señor. Roberto quiere que te pongas en la caja "Casual".

—Muy bien, Josep —contestaba dulcemente.

Mi pretensión era anclar a la robot a la caja de cobro; pero si Roberto se daba cuenta, la enviaría a vender; así que debía mantener a mi jefe confinado en su despacho. Le envié a un cliente mayor, de los que solían venir a charlar sobre política nacional. Sabía que lo tendría distraído un buen rato.

Seguí enviando a Leila a la caja. Ella acataba las supuestas órdenes indirectas del encargado sin reservas. Era una lástima que no se me hubiera ocurrido antes aquella treta. Además, no se tomaba a mal mis interrupciones, incluso aunque estuviese en medio de una venta. Antes de irse, me resumía lo que el cliente le había solicitado para que yo pudiese acabarlo de despachar. En esos momentos en los que volvía a notar su amabilidad, me pesaba engañarla. En cambio, mi conciencia no se agrietaba por la jugada que le estaba haciendo a Roberto.

Cuando la robot se cansaba de estar como un pasmarote detrás del mostrador y volvía a pasear por los pasillos, enseguida me tenía otra vez detrás y dispuesto a intervenir.

—Leila, mejor atiendo yo a la señora. Vuelve a la caja.

Después de una hora de perseguirla y alejarla de los clientes, hizo la primera objeción.

—No hay nadie para cobrar, Josep. ¿Por qué tengo que ir? No es lógico. Estoy perdiendo mucho tiempo. No he hecho todavía ninguna venta.

—Es una orden de Roberto —afirmé, y al instante temí que buscara verificarla e inventé—: Ahora no se le puede molestar; le acabo de pasar la llamada de un proveedor.

—La venta es un mandato principal y para anularlo debo recibir la contraorden de forma directa —insistió.

Por lo tanto, no podía pedirle que se quedara quietecita en la caja.

—Pues deberás ingeniártelas para llevar a cabo ambas funciones —sentencié.

Y se las arregló aumentando su velocidad de crucero. En cuanto la mandaba a la caja, se deslizaba hacia allí a toda mecha, se colocaba dos segundos y volvía a desaparecer por la tienda. Seguirla se convirtió en toda una proeza atlética, con el inconveniente añadido de que, al ir sentada, quedaba oculta por las estanterías y los percheros. La mayoría de las veces, tenía que recorrer varios pasillos hasta dar con ella. Acalorado, fui a dejar la americana sobre el respaldo de la silla de caja y me senté a recuperar el aliento. Jessica se me acercó entonces.

—¡Eh, tú, sabueso, me he dado cuenta de lo que estás haciendo y quiero ayudarte!

—No quiero meterte en problemas, Jessica.

—Estás sofocado. Me necesitas. Además, quiero formar parte de este motín. ¿Recuerdas aquellos viejos *walkie-talkies* con los que nos comunicábamos antes?

—Cuando los altavoces no tenían tanta potencia, sí.

—Por si acaso sufríamos algún día un fallo técnico y los volvíamos a necesitar, los guardé en un cajón cuando los jubilaron. Bien, pues, ahora tenemos un fallo de esos.

La sonrisa pícara de mi compañera era muy elocuente. Acordamos que me ayudaría a localizar a Leila y, a cambio, le asignaría la mitad de las ventas arrebatadas. Mientras tanto, seguiríamos mandando visitas poco productivas a Roberto para que no nos molestara. Jessica no dudó en enviarle a la señora Pepita, dueña de uno de los bares donde íbamos a comer.

—Pepita, ¿tienes mucha prisa? Roberto quiere hablar contigo. Se ha enterado de los problemas que estás teniendo con los vecinos a causa de la reforma de la cocina del bar y le parece muy injusto que estés recibiendo tantas quejas.

Huelga decir que la señora Pepita agradeció poder desahogarse con alguien. ¿Fuimos crueles con Roberto? Quizá, pero solo existen batallas limpias en el ajedrez.

El incorporar a Jessica a mi bando me proporcionó mucha diversión. Mi compañera rescató la vieja nomenclatura de los pasillos para usarla como un rápido y claro código entre nosotros. Los transversales, que cruzaban la tienda atravesando ambas secciones, tenían designadas letras; los longitudinales, números.

—Josep, la veo detenida con un cliente en B-7 —me informaba con la boca pegada al *walkie*. Quería decir que estaba en el segundo pasillo transversal y cerca del cruce con el séptimo longitudinal.

—La tengo, gracias.

Y continuaba:

—Josep, E-9... Ahí va, F-6... Va a la zona "Smart" por el D... Viene hacia donde estoy. Se ha parado en C-8... A-10, pero no. Se va. Nos quiere engañar. Me ha visto y se ha dado cuenta de lo que estamos haciendo ¡Cómo corre la bribona! Espero que esos radares que dice tener eviten que atropelle a un cliente... La sigo.

—Voy yo; acabo de verla pasar... Se ha parado en B-4... No, se aleja otra vez.

—No la sigas, Josep; pretende cansarte.

—Leila no puede sospechar nada.

—Tú siempre tan confiado.

La robot carecía de experiencias decepcionantes que le permitieran advertir nuestro engaño; por lo tanto, tampoco habría adquirido los mecanismos para contrarrestarlo. Su conducta se había torcido porque seguía el plan de Roberto. Como me había comentado su padre, era un ser amoral, para lo bueno y para lo malo.

La propia Leila no tardó en confirmar aquel razonamiento. Se acercó y me preguntó con inocente ignorancia:

—Josep, ¿por qué Jessica lleva casi toda la mañana hablando contigo a través de un *walkie*?

—¿Eh? Pues…porque…últimamente en este barrio se están dando muchos hurtos en comercios —improvisé—, incluso roban los bolsos de los propios clientes. Nos han pedido que extrememos las precauciones. Por eso, Roberto quiere que estés en la caja y la vigiles.

—Eso explica vuestro comportamiento y la orden de Roberto. Incrementaré la potencia de mis sentidos. Hubiese sido preferible que me alertases a primera hora, Josep. Debéis confiar más en mis capacidades. Recordad que puedo bloquear las puertas al momento. Si hay que enfrentarse a un delincuente, dejádmelo a mí; no os pongáis en peligro.

Mis perversas intenciones flaquearon ante la reacción protectora de Leila, y como de todas formas no podía continuar con aquel ritmo, le propuse a Jessica que descansáramos.

—Casi es la hora de comer, y Roberto debe de estar a punto de escaparse. Adelantémonos, que luego nos hace esperar. ¿Quieres ir tú en primer lugar? —sugerí.

Al tiempo que Jessica aceptaba, Roberto salió del despacho y me dijo que se iba a reponer fuerzas al bar.

—¡Vaya día de visitas improductivas y latosas! —lamentó.

Durante la tregua del mediodía, comenté a Jessica mis recientes dudas. Resultaba desalentador que la robot no se diera cuenta de que se encontraba inmersa en una guerra. Sin un contrincante combativo que estuviese a nuestra altura, que pasase al ataque o se supiese defender o que, al menos, estuviese al tanto de su condición de adversario, no valía la pena continuar. Quería retirarme; pero mi compañera se lo estaba pasando demasiado bien como para permitírmelo.

—No te lo tomes todo tan a la tremenda; solo nos estamos divirtiendo un poco —repuso—. ¿Es que no nos podemos resarcir de sus desprecios? Estoy de acuerdo en que mañana tendremos que encargarnos de este problema de una forma más seria. Roberto debe ser nuestro nuevo objetivo; me da en la nariz que es más culpable de esta situación de lo que parece. Tomaremos el mando, Josep. Es muy importante que se percaten de que, si nos ponemos a malas, tienen las de perder. Puede que esa robot sea muy inteligente, pero más sabe el diablo por viejo que por diablo, y nosotros llevamos mucho tiempo trabajando como para que nos la den con queso…

Consiguió convencerme y, después de comer, reanudamos el acoso. Sin embargo, no siempre podíamos mantener la presión sobre Leila.

Nuestro sistema persecutorio dejaba a un solo empleado en activo y, si se acumulaban clientes, el que estuviese atosigando a la robot debía ir a ayudar. Sin embargo, aunque estuviésemos atendiendo, siempre nos comunicábamos la localización de Leila.

—Se ha alejado por C —transmitía Jessica.

—Está en D-4, despachando a unas señoras. No puedo ir.

Los clientes observaban con extrañeza nuestro diálogo susurrante a través del *walkie*. Había convenido con Jessica en que, si alguien se interesaba por lo que nos traíamos entre manos, dijéramos que estábamos probando un nuevo sistema de comunicación interna. Hubo unos cuantos clientes habituales, de los que entraban a tomarse un refresco de la máquina expendedora y a leer el periódico en el espacio de descanso, que nos preguntaron acerca de ello; pero como nuestro taimado comportamiento no se acomodaba con aquella excusa, no nos acabaron de creer.

No nos importaba lo que pudiesen pensar; estábamos disfrutando de esa batalla.

Pasada la media tarde, la entrada de clientes se hizo más paulatina, así que uno de los dos siempre quedaba libre. A Leila no le dejamos apenas margen de maniobra, y a Roberto lo mantuvimos prisionero y atolondrado con llamadas, reclamaciones y visitas de todo tipo. A última hora, le pasamos al señor Justo para que le recitase el poema que había escrito para Leila. El hombre venía en busca de la robot, pero como siempre requería una opinión previa, le sugerimos que fuera a ver al encargado. No faltaba mucho para cerrar y casi no quedaban clientes en el local; así que dejamos a Leila en la caja y cedimos a la tentación de espiarlos. Como la puerta del despacho se abría hacia fuera, la entreabrimos un poco con sigilo y luego pegamos la oreja a la abertura del quicio. Oímos declamar al señor Justo de manera entusiasta y pudimos imaginarnos la cara de absoluto estupor de Roberto. Apenas nos podíamos aguantar la risa. Nuestro jefe no debía de dar crédito a sus oídos ni al día que estaba llevando.

Esa falta de atención por nuestra parte derivó en una tragedia; una guerra no puede nunca descuidarse. Leila, sola en la caja; nosotros, fuera de la vista, escondidos tras la puerta del despacho, y ni un alma en el local. El conjunto formaba un buen escenario para un golpe de efecto. Debían de andar rondando a la espera de un momento así. Entraron con mucha chulería y se plantaron delante de la robot. Sonrisas torcidas, ojos brillantes, caras camufladas con dos rayas negras en cada mejilla, gorros oscuros incrustados hasta las cejas, cuerpos bien erguidos y una pistola en las manos del cabecilla. Esa fue la imagen que Leila nos describió más tarde, después de su fulminante reacción.

—¡Arriba las manos; esto es un atraco! —chillaron.

Nos asomamos hacia la dirección de la que provenía aquel grito insensato. Reconocí enseguida a aquellos ladrones espontáneos: eran los tres chavales que se habían burlado de la lentitud de Leila.

—¡Arriba las manos! —gritaron otra vez.

La respuesta de la robot fue vista y no vista. Sus ojos enrojecieron, uno de sus brazos hizo un rápido movimiento bascular y algo afilado voló. Al chaval armado se le doblaron las rodillas y se desplomó, poco a poco, hacia un lado hasta quedar inerte, tendido en el suelo. Los otros dos chillaron y corrieron hacia la salida; sin embargo, no pudieron huir; Leila había bloqueado la apertura de la puerta.

Corrí hacia la víctima seguido por Jessica. El chico tenía un dardo clavado en el cuello. No había caído a plomo, por suerte, y no se le veía ningún chichón. Su pistola de plástico no había ido a parar muy lejos.

Leila habló con voz potente.

—¡Al suelo o disparo!

Los otros niños, totalmente histéricos, saltaban por el ancho pasillo principal, yendo y viniendo desde la puerta. Sus carreras oscilantes los salvaron del siguiente dardo que disparó la robot.

Roberto y el señor Justo, alarmados por los gritos, salieron del despacho. No me paré a darles una explicación. Recogí la pistola, me planté delante de Leila con las manos en alto y le ordené que se detuviera.

—¡No son atracadores! Mira el arma: ¡es de juguete! ¡Solo es una broma! —grité. Apunté hacia el techo, apreté el gatillo y surgió un chorro de agua que, cuando cayó, alcanzó a Roberto.

Los ojos de Leila viraron a su color natural. Jessica, que estaba arrodillada junto al chaval tendido, miró a la robot con ojos asustados.

—¿Qué has hecho, Leila? ¿Lo has matado? —balbuceó.

—Le he inyectado un somnífero —contestó—. Estará dormido unos diez minutos. Calculo que la policía no tardará más tiempo en llegar.

—¡La policía! —exclamó Roberto.

Leila había activado la alarma de atraco que conectaba con nuestro Departamento de Seguridad. Reparé en lo que se nos venía encima. La familia del chaval anestesiado presentaría la oportuna denuncia y, durante el posterior juicio, no podríamos alegar que aquellos adolescentes descerebrados habían espantado a una empleada, puesto que la susodicha era una máquina y no podía sentir miedo. Los chicos argumentarían que se veía a la legua que estaban disfrazados y que aquel teatro era una farsa, y podrían añadir que no sabían que aquella joven era un robot camuflado y peligroso que no entendía de bromas.

Pero Roberto, viejo zorro, telefoneó con rapidez a Seguridad, se disculpó por el error cometido al pulsar la alarma y les rogó que no avisaran a la policía. Les dijo que todo estaba en calma. Por la honda exhalación de alivio que hizo al colgar el teléfono, supe que los había convencido.

Me pidió que lo ayudara a recoger al chico y, entre los dos, lo introdujimos en el despacho y lo echamos encima del sofá. Los otros chavales, aguijoneados por la regañina que les empezó a echar el señor Justo por atacar a una señorita, entraron detrás de nosotros.

Roberto me indicó que los acomodara a todos en las sillas, se asomó un instante a la puerta del despacho y pidió a la robot que desbloquease las puertas. Luego se dirigió a Jessica y le ordenó que volviera al trabajo, como si nada hubiese ocurrido, y que cuidase de Leila. Tras darle esas instrucciones, cerró la puerta. Si hubo protestas por parte de Jessica, no consiguieron traspasar las paredes.

Lo más adecuado para minimizar aquel conflicto hubiera sido disculparnos, pedirles que hiciesen lo mismo e iniciar un diálogo; pero Roberto no me dejó abrir la boca. Mediante manipulaciones y sutiles amenazas, convenció a los dos chicos de que corriesen un tupido velo sobre lo sucedido y grabó en sus tiernas mentes la certeza de un futuro desolador si los denunciábamos a la policía. ¡No podían gastar bromas tan peligrosas!, clamó. Si lo miraban bien, habían tenido mucha suerte; pues nos habíamos defendido con un dardo inocuo. En otros países o ambientes, el disparo podría haber sido real, y su amigo no estaría en aquel momento soñando, sino muerto, manifestó.

El señor Justo ayudó a Roberto a amedrentarlos. Se presentó voluntario para declarar ante el juez y echarles la culpa de la reacción de la empleada. Opinó que Leila había usado su derecho a defenderse ante unos atracadores que, solo con posterioridad, se había comprobado que eran de pacotilla.

Cuando Roberto notó que se doblegaban, sacó unos refrescos de una pequeña neverita que tenía bajo su mesa y los repartió: empezaba la fase amistosa.

El chaval anestesiado despertó bien, como si se hubiese echado una corta siesta. No sentía ningún malestar, eso me dijo cuando le pregunté, tan solo se encontraba un poco aturdido. La vuelta a la realidad no le facilitó aclarar su desconcierto. Se encontró formando parte de un grupo de colegas en plena sesión de risas y confesiones tardías. Roberto y el señor Justo contaban pequeños desliz es de sus respectivas juventudes y los otros chicos les reían las gracias.

El recién incorporado fue puesto al corriente del pacto de silencio. Sus compañeros, aliviados por el peso que les habíamos quitado de encima y agradecidos por nuestra generosidad, le aconsejaron que tomara su misma postura.

Los dejé seguir con el hermanamiento y salí a ver cómo andaban las cosas en primera línea de fuego (nunca mejor dicho).

Leila había salido de la caja y se hallaba a mitad del pasillo principal, a la espera de que entrase algún cliente. Estaba tranquila, como si nada hubiera ocurrido. Al verla, nadie hubiera podido pensar que aquella mujer de tierna belleza disparaba dardos con la frialdad de un soldado entrenado. El problema era que había atentado por iniciativa propia, sin solicitarnos permiso previamente. Nosotros no sabíamos que tenía esa habilidad.

Jessica se mantenía a una prudente distancia de la robot y no la perdía de vista. Estaba asustada por las consecuencias del ataque. Consideraba muy imprudente que le hubiesen colocado esas armas sin ni siquiera habernos avisado.

—El chaval se encuentra bien —dije—, y no habrá denuncias por parte de ningún bando.

Se serenó un poco y me pidió que llamara al doctor.

—Dile que se la lleve, Josep.

En ese momento, entró un grupo de clientes y Leila fue a atenderlos.

—Voy a vigilarla —dijo Jessica—. Telefonea a su padre.

Cogí el móvil y me alejé hacia la tarima. Por un fenómeno telepático de lo más oportuno, el teléfono sonó antes. La voz del doctor surgió al otro lado de la línea, y sonaba más grave de lo habitual.

—Señor Fuentes, le ofrezco mi más sincera disculpa por el calambrazo que sufrió ayer. Ya conozco la causa. No le he llamado antes porque me ha costado bastante descubrir la verdad. Mis ingenieros habían acordado un pacto de silencio que me ha costado romper…

En todas partes cuecen habas, pensé.

—… ¡Es espeluznante! Han incorporado al robot un sistema de defensa para salvaguardar su hardware.

—O sea, que no se produjo ningún cortocircuito.

—Introdujeron ese sistema a última hora, impelidos por un sabotaje en su Central. El suceso ocurrió poco antes de entregarles a Leila. Un robot asignado a su Área de Personal fue abrasado. ¿Recuerda que les mencioné que los robots parecían lavadoras?; pues alguien forzó la apertura del ojo central de uno de ellos, le metió una colada de trapos impregnados en alcohol y le prendió fuego.

De lo que se enteraba uno, pensé. En el mismísimo Departamento de Personal, se produjo un incidente que desvelaba la falta de entendimiento entre robots y trabajadores y, no obstante, no tuvieron reserva alguna en endilgarnos un androide indomable.

El doctor proseguía.

—La pérdida de ese robot, valorado en más de un millón de euros, motivó una reunión urgente entre las altas esferas de mi universidad y su empresa. A mí se me dejó al margen; sabían de mi oposición a cualquier medida que pudiera dañar a un ser humano, aunque fuera un saboteador miserable… Y no lo digo por usted; sé que no tuvo mala intención.

—Ya lo supongo, siga. ¿Qué decisiones tomaron?

—Convinieron en que introducirían armas de efecto leve, pero con la efectividad suficiente para preservar la integridad de Leila. Lamento comunicarles que el robot reacciona ante un ataque. En concreto, si se le intenta dañar con líquido, fuego o cualquier clase de arma, y puede contactar físicamente con su atacante, lo paraliza con una potente descarga eléctrica. En el caso de que el agresor esté tan alejado que no pueda tocarlo…

—Le dispara unos dardos cargados con somníferos —interrumpí.

—¡Por Einstein! ¿No me diga que hoy también le ha dejado KO?

—Permítame recitarle una de las sentencias de su Einstein: "Poco sabe el pez del agua donde nada".

La voz del doctor se impregnó de ansiedad.

—Era impensable que mi robot atacara a nadie. Todo se fraguó a mis espaldas. Fui traicionado…

—Escuche, no queremos seguir trabajando con Leila. Hable con sus superiores, y yo hablaré con los míos. El experimento ha terminado.

—Me temo que no; todavía tienen el robot ahí, con ustedes. ¿Cómo está ahora?

—Serena.

—Explíqueme con exactitud qué ha pasado.

Le referí el suceso y, cuando terminé, me respondió con el tono más bajo que le había oído hasta entonces. Su seriedad me sobrecogió.

—Estoy conmocionado. Estos ataques revelan que mis programas han sido modificados de forma corrosiva. Mis premisas obligaban a Leila a proteger a los seres humanos. Si han destruido esas órdenes…

El doctor me estaba empezando a poner nervioso. ¿Acaso estaba sugiriendo que Leila era peligrosa para nosotros? No podía, ni quería creerlo; así que salí en su defensa.

—A los empleados nos ha protegido de unos supuestos delincuentes —argumenté—. No ha sido un ataque gratuito. Me estoy quejando de que tomase la decisión sin antes consultarnos y de que ustedes no nos informasen.

—Desconozco hasta qué extremo puede haberle afectado a Leila una manipulación que, por fuerza, tiene que haber sido muy chapucera. Soy el único que conoce el diseño completo de sus programas. Señor Fuentes, le agradezco que se muestre tan cortés. Yo estoy indignado. Me enfurece que se hayan atrevido a irrumpir en su interior. Detesto que hurguen en seres tan confiables. He visto, en el bar de la universidad, a pequeños robots destrozarse entre sí en luchas organizadas para el disfrute de unos cuantos brutos; robots que habían sido antes serviciales ayudantes de laboratorios y que, tras ser declarados obsoletos, fueron modificados y convertidos en máquinas destructoras, capaces de arrancar los miembros del oponente con una fiereza espeluznante.

—¡Dios!

—No digo que Leila… No me malinterprete; me estaba desahogando. Lo que quiero decir es que me es imposible asegurar su buen comportamiento. Mire, no se preocupe. —Demasiado tarde, la angustia me había secuestrado—. Ahora mismo voy a buscarlo.

Calculo que llegaré en poco más de media hora…, tres cuartos como mucho.

Y me colgó, dejándome tan congelado que el sonido de la persiana al bajar me hizo dar un salto. Era la hora de cierre. Roberto salió del despacho seguido del resto del grupo, acompañó a los chavales hasta la puerta trasera y los despidió con palmaditas afectuosas en la espalda. El señor Justo se acercó a Leila, le expresó de nuevo su apoyo y se marchó enseguida.

Iba a comunicarle a Roberto la conversación que había mantenido con el científico, pero se me escapó hacia el interior de la tienda. Parecía apurado, así que no intenté detenerlo; no había podido ir al servicio desde el mediodía, debido a las muchas visitas que le habíamos ido pasando.

Jessica advirtió enseguida mi nerviosismo. Le hice una seña y nos metimos en el despacho de Roberto.

—El doctor viene ahora a llevarse a Leila —susurré.

—¡Fantástico! Entonces, ¿por qué parece que te duelan las muelas?

—Dice que no es segura.

—Pero a nosotros no nos va a hacer nada. No somos atracadores… A nosotros… no, ¿no?

—No sé.

—¡Pues yo no salgo de aquí, que tengo dos niños pequeños!

Lamenté haberla asustado tanto. Debíamos ser sensatos y comportarnos con naturalidad para no levantar sospechas en Leila. Le pedí que continuásemos haciendo nuestras tareas habituales. Una conducta normal nos mantendría a salvo hasta que el doctor llegase. Si nos quedábamos en el despacho mucho rato, Leila vendría a buscarnos.

Mi compañera acabó aceptando mis argumentos y se fue a cuadrar. Se dirigió hacia la caja de su sección con pasos saltones. No creí que volviera a caminar con tranquilidad hasta que la robot desapareciera de nuestro lado.

Fui a la caja de la sección "Smart" y me puse también a cuadrarla. Leila se volvió hacia mí y me miró con un semblante que, de tan inexpresivo, resultaba amenazante. Para protegerme, le ordené que no me molestara por nada del mundo. Se dirigió a continuación a la otra caja, pero mi compañera detuvo también su avance con un gesto enérgico. La robot se quedó quieta, y Jessica se apresuró a ordenarlo todo sin dirigirle la palabra.

Roberto regresó y se encerró en su despacho. Como me había tranquilizado un poco, preferí no comentarle nada. Temí que fuera a ponerse de parte de Leila, y hasta le vi capaz de llamar al doctor y decirle que no viniera, que podíamos encargarnos nosotros.

Me puse a revisar unas facturas y mantuve un ojo en el terminal y otro en la robot.

Tras un cuarto de hora de estrabismo inútil, decidí olvidarme de la contabilidad. El doctor estaría a mitad de camino, y la tienda se mantenía en paz. Jessica había desaparecido hacía un buen rato en el interior del recinto de la caja fuerte. No solía tardar tanto en guardar el dinero. Con tantos sobresaltos, era posible que Leila no hubiese activado el retardo de la apertura diez minutos antes del cierre y que mi compañera estuviese esperando dentro a que se abriese.

La robot se encontraba cerca de la puerta trasera, inmóvil, como una estatua, reflejando su antinatural condición. Observé que su mano derecha se ponía a teclear unos botones del brazo de su silla y los laterales de su asiento se desplazaban hacia fuera. Leila dobló un poco su cuerpo hacia adelante y lentamente... ¡se levantó!

El corazón se me enredó en las cuerdas vocales. Enmudecí.

Leila echó a andar. Apoyaba los pies con precaución. Daba un paso y el pie de atrás iba a buscar al de delante; luego daba otro y lo recogía también, como una novia que se dirigiera al altar. Me quedé anonadado. Aquel era otro secreto que el olvidadizo científico se había dejado en el tintero.

Roberto salió en ese momento de su despacho y, al verme tan rígido, se giró para conocer el motivo de mi pasmo.

—¡Leila está caminando! —se admiró—. ¡Y cómo se mueve! ¡Qué elegancia! ¡Qué andares de modelo!

Lo suyo era ceguera, estulticia, insensatez, ¡qué sé yo! Mientras mi jefe desparramaba elogios, ese artefacto móvil se alejaba hacia... Caí en la cuenta de que se dirigía al recinto de la caja fuerte.

Forcé un grito y exigí a Leila que se detuviera. Sin dejar de caminar, se volvió un instante para mirarme. Me asusté al ver que sus ojos irradiaban destellos rojos otra vez. Mi cuerpo se quedó paralizado, y cuando al fin me respondieron las piernas y pude correr hacia ella, ya no llegué a tiempo de sujetarla. Leila había traspasado la puerta y la había cerrado tras de sí. Me fue imposible volver a abrirla; estaba bloqueada.

Oí un grito agudo en el interior que solo podía provenir de las tirantes cuerdas vocales de Jessica. Forcejeé con el pomo, pero fue inútil. Detrás de mí, Roberto comentaba:

—¡Qué imagen tan fascinante! No te alteres, Josep; no creo que tarde en salir… ¡Vaya, vaya, no maldigas tanto! ¡Qué impaciencia!

Perdí los nervios y empecé a aporrear la puerta. Se abrió de pronto y con tanto empuje que no me dio tiempo a apartarme y me golpeó con fuerza en la cara. Caí hacia atrás y empujé a Roberto. Mi jefe caminó de espaldas, trastabillando, hasta que cayó a su vez. Tuvo suerte de no acabar en el duro suelo, como yo. Fue acogido por la silla de Leila y se alejó rodando.

Una masa blanca chillona apareció en el umbral de la puerta. Mi compañera estaba envuelta en espuma y no me vio. Pasó por encima de mí y me propinó un taconazo en el píloro. Me plegué por el dolor y subí el tono de mis maldiciones. Oía aullar a Roberto, pero no podía ir a ayudarlo. Me estaba retorciendo de dolor y, para colmo, la nariz me sangraba a causa del porrazo.

La puerta se volvió a abrir y salió Leila. Dirigió su mirada escarlata hacia mí y se agachó despacio, a mi lado, mientras extendía su mano izquierda hacia mi rostro. Me mantuve quieto, sin saber cómo reaccionar. Un gesto rápido de su diestra me provocó un respingo, pero como estaba medio bizco siguiendo el recorrido de su mano siniestra, no vi lo que hizo. Cuando estaba a punto de tocarme la cara, un alarido de Roberto la detuvo.

—Enseguida vuelvo a ocuparme de ti —me espetó.

Se irguió y desapareció de mi ángulo de visión. Me ladeé hasta que logré ponerme a cuatro patas y, desde esa posición, me levanté. Recordé que en uno de los bolsillos del pantalón llevaba un pañuelo. Me limpié la sangre con él y me apreté la nariz para cortar la hemorragia.

Vi que Leila se alejaba pasillo adelante, hacia Roberto, que pedía socorro detenido en la otra punta, más allá de su despacho y de los vestuarios. Comprendí entonces por qué gritaba. No podía zafarse del abrazo del asiento de la robot; la silla le estaba estrujando las piernas.

Jessica, que corría por la tienda, se percató entonces de la presencia de Leila y de su trayectoria. A la misma loca velocidad, varió su rumbo y regresó al pasillo del fondo, donde nos encontrábamos todos.

La espuma que la impregnaba se había empezado a derretir y la estaba empapando.

Mi compañera adelantó a Leila y llegó hasta Roberto. Le agarró por las manos e intentó liberarlo tirando hacia sí al tiempo que apoyaba un pie en el asiento. Pero se le resbaló y cayó hacia atrás y, de resultas, Roberto salió despedido y atravesó de vuelta un buen trozo del pasillo a una velocidad notable. No arrolló a Leila por poco y porque no iba recto. Acabó golpeándose contra la parte lateral del mostrador de la caja "Smart". El trastazo fue bárbaro. Volcó y, al dar contra el suelo, se rompió un brazo de la silla y el asiento se aflojó. Roberto, viéndose libre, gateó con rapidez y se refugió en el interior de la caja, arropado por los faldones del mostrador. Pero la robot no era ciega y había seguido su derrotero; así que, continuó su lento y persistente caminar hacia él.

Corrí, me situé delante de Leila con las manos en alto y le conminé a detenerse. Vaciló entonces. Se encontraba en el cruce con el pasillo principal, a menos de dos metros de mí. Rugí de nuevo la orden. Miró un momento su destrozada silla y echó unos pasos atrás hasta llegar a apoyarse en la pared del fondo.

Jessica se acercó y se puso a mi lado. Estaba muy mojada, como si le hubiese pillado un aguacero. Señaló a Leila y gritó:

—¡Ese monstruo me ha atacado!

—Falso —respondió la robot.

—Me ha disparado espuma a presión. ¡Casi me ahogo!

—Humo denso. Incendio grado uno —explicó Leila.

—¡No me dejaba salir! ¡No podía avisarte! Mi móvil se inundó y dejó de funcionar. Cuando, por fin, he podido abrir la puerta, me estaba esperando en el paso estrecho ¡de pie! ¡Se me ha echado encima! ¡Me ha tirado del pelo!

—Me caía y me he agarrado a su melena —se justificó la robot.

—¡Maldita máquina! —gruñó Jessica, y dio dos pasos hacia ella.

—Si te acercas más, respondo —amenazó.

Jessica dio otro paso más. En los ojos de Leila destellaron luces rojas. Alzó su brazo derecho y de su axila surgió un dardo. Tiré de Jessica hacia mí y la aparté del camino del disparo. El dardo se clavó en la parte interna de uno de los faldones del mostrador de la caja "Smart", muy cerca de la cabeza de Roberto.

Abracé a Jessica y retrocedimos dos pasos. Por la zozobra, resollábamos como si nos faltase el aire. Solté a mi compañera y me quité la americana y la corbata; necesitaba comodidad y libertad de movimientos. Jessica intentaba limpiarse las gotas que le chorreaban sobre los ojos.

Sentimos, a continuación, un frío atroz. Ese engendro cibernético, que controlaba el climatizador de la tienda, pretendía congelarnos. Jessica se cubrió, casi al instante, de una capa de escarcha y empezó a temblar de manera ostensible. Le puse mi chaqueta sobre los hombros y se arrebujó en su interior. Roberto se levantó, y creí que vendría con nosotros a hacer frente a la robot; pero corrió a meterse en su despacho y cerró la puerta.

Empecé a tiritar también. Nuestro aliento emblanqueció. Ya no me cabía ninguna duda acerca de las maliciosas intenciones de Leila. La manipulación grosera en sus programas la había desquiciado.

Busqué mi móvil en los bolsillos del pantalón para pedir ayuda y, al no encontrarlo, pedí a Jessica que mirara en mi americana.

—Lo tengo yo —dijo Leila.

Deduje que me lo había quitado y, exaltado, la insulté.

El ruido de una explosión hizo que nos agachásemos instintivamente. Las luces temblaron y se apagaron. Me abalancé sobre el teléfono fijo que teníamos bajo el mostrador de la caja. No daba línea. Aquella situación se estaba complicando mucho.

Roberto empezó a golpear la puerta del despacho; quería salir y no podía. Jessica corrió y probó de escapar por la puerta trasera. Como no pudo, intentó abrir la que daba al almacén; pero Leila había bloqueado todas las salidas. Me acerqué a la puerta trasera también y abrí la mirilla para pedir ayuda. Como era normal, y más a aquellas horas, no había un alma en ese callejón. Estábamos incomunicados, apresados y no podíamos acercarnos a la causante de nuestros problemas.

Roberto seguía aporreando la puerta de su despacho. Aquella estancia interior debía de estar oscura como la boca de un lobo. Nosotros veíamos bastante bien; los días eran largos y todavía entraba mucha luz natural por las ventanitas superiores de la persiana.

Volví sobre mis pasos con la pretensión de hacer recapacitar a esa robot. Me situé delante de ella, aunque guardando las distancias, y quise iniciar un diálogo; mas no hallé palabras que pudiesen conmover a aquel ser de rostro impasible. Los golpes de Roberto también me impedían pensar con claridad. Me tapé los oídos, intentando silenciarlos, y giré sobre mí mismo en busca de una solución. Mis ojos se detuvieron en la pequeña caja registradora que usaba Jessica. Entré dentro del mostrador, la desenchufé y me la llevé. Me dirigí hacia la robot y, en el pasillo, la alcé por encima de mi cabeza con la intención de arrojársela. Su mirada pesarosa me frenó. El cuerpo se le estaba encogiendo, como si se estuviese quedando sin fuerzas. No sabía qué pensar: ¿me encontraba ante una máquina descompuesta o frente a una mujer trastornada? Fuera lo que fuese, me sentí incapaz de atacarla.

Desahogué mi impotencia tirando la caja contra la puerta del despacho. Roberto dejó de aporrearla; el golpe debió de sonarle como una bomba.

Jessica, que se encontraba de nuevo a mi lado, tomó la iniciativa. Se deshizo de mi chaqueta y se irguió como diosa del hielo. Le colgaban carámbanos del cabello, le brillaban los ojos, su nariz aleteaba con respiraciones profundas y su barbilla se alzaba con la determinación previa a una lucha.

—Estás acorralada —le dijo a Leila. Su voz reflejaba una serenidad amenazante, más propia de un matón profesional. Prosiguió—: ¿Qué más puedes hacer? Estamos alejados la distancia suficiente para poder esquivar tus ridículos dardos. ¿Echarás a correr para electrocutarnos? ¡Mírate, tus piernas casi no te sostienen! Somos más rápidos que tú, y si intentas recuperar tu silla, te lo impediremos. No creo que puedas aguantar mucho tiempo sin nutrirte de la batería de tu asiento. Te apagarás tarde o temprano y, entonces, será tu fin. Nos has traicionado; nos has agredido. Nunca te volverán a poner en marcha...

Esas duras palabras cayeron sobre Leila como una losa. Se dejó resbalar por la pared, hasta quedar de rodillas, y bajó la cabeza. Mi compañera continuaba:

—...Pero podría pasarte algo peor. Es probable que no quieran desaprovechar todo tu potencial y que intenten amortizar el enorme gasto que les ha ocasionado tu construcción. Manipularán tu cerebro electrónico. Desecharán chips, eliminarán parte de tus aplicaciones, cambiarán tus programas, trastearán en tu mente hasta dejarte con la inteligencia de un robot industrial. Cuando acaben contigo, no serás más que una autómata que se limitará a cumplir órdenes programadas. No aprenderás, no sentirás; no serás dueña de ti misma ni de tu destino, como no lo es una hormiga del suyo. De Leila, solo quedará la cubierta externa: una coraza vacía.

—Por favor, Jessica, basta ya —rogué, mortificado ante tanta crueldad.

No me hizo caso y continuó avasallando a la robot.

—Josep te conoce y se apiada de ti. Sin embargo, cuando expliquemos que nos has atacado, ningún juez tendrá compasión de una máquina, de una fría muñeca apagada, estática como un maniquí.

Hizo una pausa, pero Leila no la usó para replicar. Jessica se acercó un paso y suavizó el tono.

—Una vez fuiste mi compañera y todavía te guardo aprecio. Cuando te dejabas guiar por Josep y por mí, eras encantadora. Pero te has torcido, y creo que Roberto te ha inducido a tener un comportamiento hostil con nosotros. Te ofrezco la oportunidad de redimirte, y estoy segura de que Josep también desea tenderte la mano. Un gesto de buena voluntad por tu parte podría suavizar nuestra versión de lo sucedido. Podríamos destacar tus innegables cualidades y achacar los últimos acontecimientos a una avería fortuita. Nos mostraríamos favorables a tu rehabilitación; aunque, con sinceridad, aconsejaríamos que trabajaras alejada del público, en puestos más relajados...

Mi compañera me tenía en ascuas: ¿adónde quería llegar?

—... Esta es mi propuesta: nuestro apoyo a cambio de tu rendición. No esperes a quedarte sin energía. Demuéstranos tu arrepentimiento. Desconéctate...

Aunque le estaba pidiendo un suicidio temporal, no pude evitar estremecerme.

—... De lo contrario, no te quepa la menor duda de que la sentencia será inmisericorde. Ni siquiera tu padre te podrá salvar.

La temperatura empezó a subir. Leila alzó la mirada y sus labios pintaron una leve sonrisa. Nos sobresaltamos al descubrir que, de pronto, no estaba sola. El doctor Helios había logrado entrar sin que lo hubiéramos visto, quizá al amparo de un parpadeo. El caso era que allí estaba, delante de Leila.

—Padre —susurró la robot.

Veía al científico un poco borroso, y a Jessica debía de ocurrirle lo mismo, pues se frotó los ojos con una manga. Pero no teníamos que buscar fallos en nuestros sentidos. Era una imagen; otra proyección en 3D. Ante aquella película inesperada, enmudecimos.

La imagen del doctor se agachó, y sus manos parecieron acariciar las mejillas de Leila. Le dijo:

—Vamos, hoy es tu gran día. Tus nuevos compañeros te acogerán con los brazos abiertos. Tienes una mirada tan dulce... ¡Eres un prodigio! —El doctor se expresaba con pasión—. Soy un Pigmalión moderno; Afrodita es la ciencia y tú eres la preciosa Galatea. ¡Ah, pero qué sabes tú de belleza! No les costará quererte. No podrán resistirse.

Después de esas palabras tan cariñosas, el doctor se irguió, se giró hacia nosotros y desapareció. La robot cerró a continuación los ojos y la cabeza se le desplomó hacia el pecho. Se había apagado; todo había terminado.

Esa escena se fosilizó en el tiempo. La guardo en la memoria como una fotografía por la que solo osaba moverse una sinuosa lágrima. Sí, una lágrima se deslizaba por la mejilla de Leila.

Las puertas de la entrada se abrieron y cerraron con un largo bostezo; se habían desbloqueado. La luz volvió también, y la temperatura ya era agradable.

Jessica se arrodilló en el suelo y empezó a llorar. Desvié mi mirada de Leila e intenté evitar que mis ojos también se desbordaran.

Roberto empujó la puerta del despacho con fuerza y arrastró, al abrirla, la máquina registradora que le había lanzado en mi desesperación. Una vez obtuvo la apertura suficiente para poder salir, se acercó y me pidió explicaciones; pero un nudo en la garganta me ahogaba las palabras.

Roberto insistió, y al no recibir respuesta y comprobar que tampoco de Jessica podía esperar ninguna, se dirigió hacia la exánime robot.

La complicidad con mi compañera surgió de nuevo. De un salto, nos pusimos delante de Leila, protegiéndola, y le ordenamos con brusquedad a Roberto que se alejase.

—¡No te atrevas a tocarla! —gritó Jessica.

—Un poco de respeto, por favor. ¿No te das cuenta de que acaba de morir? —le reprendí.

—¿Qué locura es esta? —replicó.

—Estamos bien cuerdos —contestó Jessica.

—Si no entiendes, es que careces de corazón —lamenté.

—Más respeto, que soy vuestro…

—¡Ni jefe ni nada! —le interrumpió Jessica.

—En momentos como este, no existen privilegios —declaré—. Al término de la existencia, no hay distinción entre jefes y subalternos, ricos y pobres, humanos y robots. Lo único que queda es la entereza para soportarlo.

Roberto dio un paso lateral para eludir nuestra defensa.

—Pero ¿qué le ha pasado? —preguntó.

Le obstruimos el paso otra vez. Nos llamó desquiciados y desistió en su empeño de revisar a Leila.

Oímos fuertes golpes en la puerta trasera. Como nosotros no nos movimos del lado de la robot, Roberto fue a ver quién era.

Abrió al doctor. Venía solo, y se adentró en la tienda sin fijarse en Roberto, con la atención puesta en nuestros rostros, tan desencajados y llorosos que consiguieron asustarlo. Nuestros cuerpos tapaban a Leila. Una culpabilidad recriminatoria nos mantenía rígidos, formando una pared que escondía la tragedia. Sus ojos saltones nos taladraron. No mostraban enfado, sino miedo; miedo a descubrir que no había llegado a tiempo.

Caminó con los pasos lentos del que teme lo peor y no desea afrontarlo. Roberto, mientras tanto, lo interrogaba y se quejaba; pero como el doctor no lo atendió, acabó resignándose y siguiéndolo en silencio. El científico se aproximó hasta casi tocar nuestra muralla. Bajamos la vista y, apesadumbrados, nos abrimos como puerta de dos hojas. Allí estaba su obra, inerte en el suelo, arrodillada, pidiendo una clemencia que nunca obtuvo.

El doctor se acuclilló y la acarició igual que en la proyección tridimensional. Me arrodillé, junto con Jessica, a su lado. Roberto, detrás del doctor y de pie, suspiró con fastidio.

Guardamos un respetuoso silencio. Jessica se mordía el labio y temblaba. El final de Leila nos había golpeado en lo más hondo. Al considerarla una máquina abusiva, no habíamos tenido reparos en tratarla con dureza. Creíamos que tratábamos con un conjunto de programas informáticos, con un cerebro electrónico donde no cabía encontrar ninguna clase de afecto. Habíamos achacado su aspereza a la frialdad propia de un ser sin corazón. Pero, de su malévolo comportamiento, no tenía ninguna culpa. Había sido conducida por humanos codiciosos. En sus últimos momentos, esa soldado sin elección había desvelado la ternura de su alma al proyectar la imagen de la persona que siempre la había tratado con cariño. No me cabía duda de que buscaba con ello el consuelo de una mano amiga que la ayudara en ese difícil trance. Nosotros, seres duros, la habíamos abocado a su fin.

Y allí estábamos, velando nuestro crimen, compungidos, arrodillados; otorgándole, con nuestro silencio, un tardío respeto.

—Amén —soltó Roberto en tono impaciente.

—No encuentro ningún indicio de vandalismo. ¿Por qué está apagado? —preguntó el doctor, que había repasado con su mirada escrutadora a Leila. Se contestó a sí mismo y añadió—: Claro, se le habrá agotado la batería interna. ¿Y su silla?

Se la señalé. Cuando descubrió que estaba caída y con un brazo destrozado, se levantó y realizó una inspección ocular de los alrededores. Vio que el suelo estaba mojado, con algún charco extenso en los lugares donde Jessica se había detenido más tiempo; la máquina registradora se encontraba tirada en el suelo y desvencijada; la puerta del despacho, hundida en la parte donde yo la había golpeado con la máquina; mi camisa, manchada de sangre, y Jessica, empapada como un pajarillo tras una tormenta. El doctor se percató, incluso, del dardo clavado en el interior del mostrador.

—Vamos a reconstruir los hechos —propuso.

Habló con una calma que no esperábamos. Le ayudé a levantar la silla y a sentar a Leila. Miré a la robot con miedo, pero no dio señales de resurrección.

El teléfono empezó a bramar, lo que indicó que las comunicaciones se habían restablecido. Contesté con rapidez. Obviamente, llamaban desde el Departamento de Seguridad. El doctor me hizo una seña clara: no debía hacer aún ninguna confesión. Así que les mentí e imputé la activación de las alarmas a un error. Me conminaron a mí y al resto del personal a ser más cuidadosos. Les pedí disculpas y colgué.

El doctor empujó la silla de Leila hasta el espacio de descanso y la situó junto a una de las mesas. Le seguimos sin decir nada. Se sentó y nos invitó a tomar asiento a su lado. A mí me indicó la silla contigua a Leila y no quise contrariarle, aunque me desazonaba estar tan próximo a aquel ser de alma fundida. Una vez estuvimos acomodados, me pidió que empezase a explicar lo sucedido.

Así lo hice, ayudado por Jessica y Roberto. Fue un relato narrado en un tono suave, casi tímido. Los nervios que acabábamos de pasar nos habían dejado sin fuerzas, y una mezcla de vergüenza y respeto por el doctor nos hacía hablar con la boca pequeña, como niños a los que el juego se les ha salido de madre.

El científico tomó notas con cara circunspecta, en unas servilletas de papel que se había sacado del bolsillo. Cuando acabamos de explicárselo todo, lo miramos con expectación. Había escrito sin levantar apenas la mirada y sin soltar ningún comentario. Incluso se había mantenido impávido cuando le relatamos el dramático final de Leila, y eso que incluimos frases como: "Su último pensamiento fue para usted". "Le sonrió mostrando un dulce cariño". "Se despidió con una lágrima". Pero, nada, no le había palpitado ningún músculo.

Nos quedamos en silencio mientras repasaba sus apuntes. Al cabo de un minuto, alzó sus potentes ojos hacia nosotros y nos preguntó dónde estaba el recinto de la caja fuerte. Le señalamos la puerta, y se dirigió hacia allí seguido por el resto del grupo. Nadie osó quedarse a solas con la robot, pese a que estaba muerta.

La presencia del científico nos daba seguridad. No había proferido ninguna crítica. Se había limitado a recoger información exhibiendo una actitud detectivesca muy reconfortante. Todos queríamos aclarar aquellos dramáticos sucesos. Esperábamos que aquel hombre mitigase nuestro sentimiento de culpabilidad. Como científico, sabría que a nuestro neocórtex le había sido imposible aplacar la reacción de nuestro cerebro primitivo al ataque de Leila. Cuando la razón humana se emociona, no razona.

Atravesamos las dos puertas por parejas. Una vez estuvimos todos dentro, nos internamos chapoteando en aquella sala alargada. El doctor paseó sin prisa, agudizando sus sentidos, concentrando su perspicacia, proyectando su red de ondas cerebrales perceptivas. Íbamos casi pegados a él. Se detuvo; nosotros, también. Se agachó, recogió una colilla y la observó; nosotros también la miramos. Alzó la cabeza; nosotros, también. Un aspersor antiincendios colgaba del techo con la boca medio reventada.

—Señorita Jessica, ¿está segura de que solo se fumó un cigarrillo? —preguntó.

—Solo uno, se lo juro —confirmó—, y no me lo pude acabar.

Mi compañera le había dado un par de caladas a uno de sus cigarros cuando entró allí, después de cerrar la tienda.

El doctor revisó todo el techo y nos hizo un gesto para que lo siguiéramos. Dejamos atrás los archivadores que contenían los documentos contables y nos alejamos hasta el fondo de la sala. Entonces le pidió a Jessica que encendiera otro de sus pitillos y que se lo fumase con la misma ansia, con la misma necesidad de apaciguar sus nervios.

Mi compañera no se lo hizo repetir dos veces y sacó con rapidez la cajetilla del bolsillo de su pantalón. Para su suerte, estaba bien envuelta en plástico y los cigarrillos se habían mantenido secos.

—Empiezo a comprender; se trata de pseudotabaco —observó el doctor.

Con solo tres profundas caladas, se formó una nube espesa de humo encima de nuestras cabezas.

—Es suficiente —consideró el científico—. Apáguelo ya, por favor. Aunque en este punto no hay ningún sensor, el humo podría llegar al que se halla encima del primer archivador.

Roberto bufó de forma exagerada.

—Sí, Jessi, apágalo antes de que nos asfixies. ¡Por tu culpa nos va a caer un puro de inspección! —recriminó.

El doctor se volvió a él.

—Cuando empecemos a repartir el pastel de las culpas, seguro que a la señorita Jessica le toca el trozo más pequeño —repuso en el mismo tono neutro con el que estaba llevando a cabo toda la investigación, sin expresar ninguna acritud.

Roberto no replicó, quizá por el amenazante trasfondo del comentario. Jessica, por el contrario, esbozó una sonrisa agradecida.

Salimos y nos sentamos de nuevo en torno a la mesa donde habíamos dejado a Leila. El doctor nos expuso, a continuación, sus conclusiones. Según su parecer, Leila no nos había atacado. Nuestros miedos habían tergiversado la interpretación de sus actos. Habíamos sido incapaces de tratar con un ser puramente racional.

Protestamos con vehemencia.

—¿Es que no nos ha escuchado? —lamenté—. ¡La robot se puso en pie, fue a por Jessica y la intentó agredir! Luego nos disparó, bloqueó las puertas, saboteó la luz y las comunicaciones con el exterior, intentó congelarnos, me robó el móvil…

Levantó la mano para pedirme silencio.

—Permítanme demostrárselo. Gracias a las baterías de su asiento, Leila ya se habrá recargado.

Introdujo una mano veloz debajo de la falda de la robot y la encendió.

Se quedó a solas con ella. Los demás corrimos a parapetarnos detrás de una estantería. Una grata voz que creíamos apagada para siempre preguntó:

—¿Padre?

Jessica se puso a llorar otra vez.

—Por favor, no dramaticen más y vuelvan aquí —rogó el doctor.

Nos acercamos un poco, pero no nos atrevimos a sentarnos.

—Sí, Leila, soy yo —contestó el doctor.

A la robot se le iluminó la cara con una amplia sonrisa. ¡Que me aspen si no respiraba alivio y gratitud por todos los poros de su piel artificial! Sus siguientes palabras confirmaron mi impresión.

—Gracias por venir.

Durante un segundo, el doctor mostró sorpresa; pero fue solo un instante de perplejidad. Su mente científica lo devolvió con rapidez al camino de la lógica.

—Leila, muéstranos la información de tu diario desde las, pongamos, siete de la tarde de hoy —ordenó muy secamente, como si hablara con una simple máquina.

—¿Ni siquiera le va a dar un abrazo? —suplicó Jessica.

—Escuchen los datos que recogió el robot y pronto se sentirán mejor. Por favor, tomen asiento. Adelante, Leila, concreta los hechos.

Aun sintiendo recelo, ocupamos nuestras sillas de nuevo. Leila empezó su relato:

—Recupero y concreto. Bajo la persiana a las siete en punto. El local está vacío. Roberto desaparece en el interior de la tienda. Jessica y Josep se encierran en el despacho. Salen cinco minutos más tarde y se ponen a cuadrar las cajas. Espero que me indiquen a quién tengo que ayudar, como cada día. Josep me ordena que no le moleste por nada del mundo. Me dirijo entonces a la caja "Casual", pero Jessica me detiene con la mano en alto. Espero su permiso. Roberto vuelve a su despacho.

»Siete y catorce minutos. Jessica coge los fajos de billetes y se introduce en la estancia de la caja fuerte. Le pido que me informe de la cantidad que se lleva y no me contesta. No puedo seguir cuadrando. Josep sigue trabajando en el puesto "Smart". Salgo al pasillo a esperar a Jessica.

»Siete y veinticinco minutos. Jessica tarda más de lo habitual. Recupero su advertencia: "Leila, si tardo más de diez minutos en regresar es que tengo algún problema". El control de alarmas indica que la apertura de la caja fuerte se ha efectuado a las siete y cuarto y que sigue abierta. Busco posibles problemas y solicito informes de los sensores ambientales del recinto. El más cercano a la caja informa de una anomalía en la pureza del aire. Lo enfoco hacia la alteración y detecta humo cuya densidad va en aumento. El grado de virulencia del supuesto incendio alcanza un grado peligroso en diez segundos. Activo aspersores de espuma superiores y frontales a máxima presión: veinte litros por minuto. Espero cuarenta segundos; tiempo calculado para el regreso de Jessica. Pasa el plazo y no aparece. Se me dispara una alerta máxima: hay una persona en peligro. Corresponde a uno de los supuestos en los que se me permite caminar. Me libero de la silla y voy a socorrerla.

»Josep me ordena detenerme, pero ante una urgencia prioritaria, desprecio su requerimiento. No puedo saltarme la orden de no molestarlo y, por tanto, no le informo. Al llegar a la primera puerta, advierto que el pestillo no se ha introducido del todo, por lo que, al no completarse el cierre, la segunda puerta no puede abrirse. Mi compañera se encuentra atrapada.

»Traspaso la primera puerta y la cierro correctamente. Se abre al instante la segunda y Jessica se me echa encima. Está empapada. Pierdo el equilibrio y me agarro a sus cabellos para evitar una caída. Chilla, me empuja y forcejea conmigo. La suelto cuando consigo recuperar la vertical. Al separarse de mí, se cierra la segunda puerta, se desbloquea otra vez el sistema de apertura y mi compañera sale corriendo hacia la tienda. Oigo un fuerte golpe y un grito de Josep. La sigo.

»Al salir, me encuentro a Josep tendido boca arriba en el suelo. Sangra por vía nasal y se presiona el estómago con ambas manos. Compruebo el estado de los otros compañeros. Roberto avanza pasillo adelante, sentado en mi silla. Jessica corre sin rumbo fijo por los pasillos.

»Me inclino sobre Josep para presionarle la nariz y cortarle la hemorragia. Observo que se le ha caído el móvil y lo recojo. Roberto pide auxilio. La quietud de Josep me indica que está bien y en calma. Le comunico que lo atenderé después y guardo su móvil para devolvérselo también más tarde.

»Roberto expresa dolor. Mi silla le ha atrapado y él desconoce el modo de controlarla. Me acerco para liberarle a mi máxima velocidad: tres km/h. Me adelanta Jessica por la derecha a una velocidad de unos treinta y cinco km/h. Llega hasta Roberto, lo agarra por las manos y tira de él mientras apoya un pie en el asiento a modo de palanca. Como desprecia el efecto de la fluidez del agua adherida a sus miembros, Roberto se le resbala y sale despedido. Rueda siete metros a una velocidad de unos cuarenta km/h y se detiene al chocar con el mostrador de la caja "Smart". Vuelca y, al caer, se rompe el brazo derecho de mi silla. Compruebo que no está herido mediante la medición de su velocidad de gateo, unos diez km/h.

»Me dirijo a recuperar mi silla. La pequeña batería que llevo alojada en mi cuerpo ha gastado más de la mitad de su capacidad y necesito mi fuente de alimentación. Josep se interpone en mi camino y no me permite seguir en esa dirección. Reculo hasta la pared. Mis sistemas de alerta se han activado de nuevo y el grado de alarma ha ascendido hasta el nivel seis y va en aumento. Proviene de un peligro inespecífico y ha saltado por las señales sintomáticas de miedo provenientes de mis compañeros: tensión muscular, pupilas dilatadas, hiperventilación, mirada fija en mí. Este último dato indica que me consideran una amenaza. No comprendo esa percepción; no deduzco la causa.

»Jessica me apunta con un dedo y me acusa de haberla atacado. La intensidad de su voz es de ochenta decibelios. Respondo que no es cierto. Se aproxima mostrando indicadores de agresividad, por lo que el grado de alarma roza el nivel ocho. Sé que, si lo alcanza, no podré detener el mecanismo de defensa; así que le aviso de que reaccionaré si se acerca más. Su inercia le lleva a dar otro paso.

»Nivel ocho. Bloqueo las puertas, activo las alarmas del local y disparo un dardo somnífero. Josep aparta a Jessica de la trayectoria del proyectil. El dardo se clava en el interior del mostrador, a dos centímetros de la cabeza de Roberto.

»Observo gotas de sudor en la piel de mis compañeros. Mi sensor térmico se ha dañado debido a la espuma traspasada por Jessica. Como mi silla no responde a mi demanda de datos ambientales, juzgo por las señales físicas observadas: sudor, rubor en las mejillas, sofocación. Calculo que la temperatura es superior a treinta y ocho grados. Josep se quita la chaqueta; otra señal de calor en exceso. Bajo la temperatura veinte grados y activo el nivel máximo de renovación del aire.

»Roberto corre hacia su despacho. Debido a la conexión de las alarmas, la puerta queda bloqueada de forma automática al cerrarse.

»Josep pregunta por su móvil. Le informo de que lo tengo yo. Me llama maldita bruja, y no viene a buscarlo. Lo califico de insulto. Desconozco el motivo de su enfado.

»Se produce una explosión de procedencia externa y se cortan la luz y las comunicaciones. Pongo en marcha el generador eléctrico auxiliar. Funciona para el aire acondicionado y falla para las luces. Mi intento de reactivar las comunicaciones no da resultado. Busco el motivo y su posible solución.

»Se escuchan golpes en el despacho. Jessica intenta abrir la puerta trasera y la del almacén. Josep va a ayudarla; pero todas las salidas de la tienda están clausuradas. Mis compañeros regresan. Josep levanta en alto la caja registradora, la aguanta diez segundos y la tira contra la puerta del despacho. Jessica me pide que me desconecte. Me queda energía para un máximo de seis minutos.

»Ahorro. Me dejo caer. Mis compañeros respiran con más lentitud y sus gestos son pacíficos. El nivel de alarma empieza a disminuir. Mi programa de supervivencia me aconseja que efectúe un cierre controlado de todas las aplicaciones antes de que mi batería se agote del todo. Procedo. Recibo el informe solicitado anteriormente y encuentro la causa del fallo del generador eléctrico auxiliar. Inicio su reparación mientras sigo cerrando aplicaciones. Paso el control de temperatura al termostato ambiental. Preservo mi memoria. La reducción del nivel de alarma me permite desbloquear las puertas. Finalizo la reparación del generador y ordeno encender las luces. Anulo totalmente mi control domótico y me desconecto.

Leila concluyó de esa manera y se giró a su padre mostrando un semblante dulce.

Un silencio perplejo sitió la mesa. Solo el doctor pudo hablar.

—Gracias, Leila —dijo y, volviéndose a nosotros, nos sonrió con benevolencia—. ¿Se encuentran mejor ahora? ¿Lo ve, señorita Jessica? Usted no ha matado a nadie. Estos han sido los hechos reales. Al principio, el robot siguió el programa de ayuda a una persona en peligro, por el cual, si lo cree necesario, puede caminar. Después entró en juego el programa *eye-heart*, que asocia las percepciones visuales con las emociones y que permite al robot tratar con cierta coherencia a su interlocutor.

—¿En qué consiste ese *eye-heart*? —pregunté.

El despistadísimo doctor no nos había hablado de ese programa.

—Diseñé este programa, específicamente, para Leila. Su empresa requirió un robot que fuese similar a un humano en el aspecto físico; pero, también, en la conducta. De nada hubiera servido construir un androide con la piel cálida y los ojos húmedos si luego no era capaz de manifestar cierto grado de empatía. Dado que los robots no pueden sentir —recalcó mediante una intensa mirada—, le administré los datos necesarios para que pudiera descifrar, mínimamente, los sentimientos de una persona. El *eye-heart* empareja expresiones faciales con emociones y, según la tensión de estas, desata la reacción más adecuada. Leila lleva una versión sencilla, a la espera de poder introducirle la que estoy experimentando con mi becario. Sin embargo, no introduje ninguna respuesta violenta. La hostilidad con que les ha tratado implica una intervención directa en este programa. Mis ayudantes debieron de asociar ciertas percepciones con una amenaza a la supervivencia del robot, y crearon también ese sistema gradual de alarmas que Leila ha mencionado, de modo que, cuando se alcanzara el nivel máximo, desatara de forma irrevocable el sistema de defensa. Si lo han escuchado bien, Leila no pudo impedir ese disparo. Le instalaron un cañón cargado y dotaron de inteligencia a la mecha para que se prendiera ante un posible ataque. El robot solo podía avisarla, señorita Jessica, y eso fue lo que hizo.

Hizo una pequeña pausa para dar tiempo a que nos calara su discurso. Nos mantuvimos boquiabiertos y ceñudos, intentando comprender aquel dificultoso asunto.

—Leila volvió a usar el *eye-heart* —prosiguió— cuando dejó de recibir datos del sensor climático, pues está situado en el brazo dañado de su silla. Tiene orden de controlar los parámetros ambientales, por eso no pasó el control al termostato hasta poco antes de desconectarse. Como les decía, usó el *eye-heart* y confundió sus señales de agitación nerviosa con un exceso de calor. Reconozco que al programa le falta sutileza y que la disminución de la temperatura fue exagerada; un fallo que me apunto.

—Muy exagerada —murmuró Jessica, aturdida por aquella explicación.

El doctor asintió y continuó.

—El corte de luz y teléfono se debió, como ha dicho el robot, a un acontecimiento externo; yo mismo pude comprobarlo. Estaba llegando a su tienda cuando una explosión me sobresaltó. Unos obreros están levantando la acera a poca distancia de aquí. Me detuve un momento al pasar por su lado y observé que una de las excavadoras había ahondado en un sitio equivocado y se había llevado por delante un conjunto de cables. De la discusión acalorada que entablaron entre ellos, entresaqué que el estropicio había afectado al cableado eléctrico y al de comunicaciones.

—Muy mal —murmuró Jessica,

—Continué mi camino y, al llegar aquí, me encontré con la persiana echada. Me dirigí entonces a la puerta trasera y llamé, pero nadie me abrió, y cuando intenté conectar con ustedes a través de su teléfono fijo, no daba línea, con seguridad a causa del destrozo provocado por la excavadora. Por desgracia, solo tengo el número de su móvil, señor Fuentes, y tampoco usted me contestó. Leila lo debía de tener bien guardado y, a causa de los porrazos que el señor Bonavida propinaba a la puerta de su despacho, no debieron de oír el sonido de la llamada. Quizá por ese ruido, tampoco oyeron mis golpes a la puerta trasera. Esperé un rato y, después, volví a golpear con fuerza hasta que me abrieron. Por último, y para su consuelo, les aseguro que Leila no se suicidó. Un apagón brusco puede ocasionar una pérdida de datos, por lo que los robots no esperan a quedarse sin energía. Controlan su cierre y lo efectúan con método.

Jessica negaba con la cabeza. Roberto mantenía una ceja levantada en señal de duda. Tampoco a mí me convencía esa interpretación de lo ocurrido. El doctor se había basado en el informe que había ofrecido Leila, y a esa declaración le faltaban datos significativos.

—Discúlpeme, doctor —objeté—. La robot no ha contado nada sobre la emisión de esa película protagonizada por usted.

—¡Eso, pregúntele a qué venía esa proyección! —se me sumó Jessica de forma vehemente—. ¡Y por qué le sonrió, y por qué lloró!

—¡Por Einstein, están demasiado consternados y no es posible entenderse con ustedes! ¡El robot no puede llorar! Cuando he llegado, había charcos por todas partes. Me he mojado las manos al tocar el rostro de Leila. Usted, señorita Jessica, chocó con él y, seguramente, le traspasó parte de la espuma que la cubría. Al aumentar la temperatura, esa espuma se derritió y goteó. Esa es la verdadera explicación, puesto que es la única posible. ¿Qué más dudas hay? ¡Ah, sí!, que me sonreía. El robot sonríe muy a menudo. Está programado para mostrar una imagen amable y servicial. En cuanto a esa película, puedo decirles que, al principio, dotamos a Leila de mecanismos para grabar vídeos y crear animación en 3D a partir de ellos, con vistas a hacer anuncios comerciales; pero gastaba demasiada energía y capacidad de cálculo. Decidimos que era preferible enviarle las películas ya confeccionadas por línea y preparar las condiciones en el local para su emisión. Es posible que Leila aún conserve retazos de los ensayos de videos en tres dimensiones. Ese que me han comentado, no lo recuerdo. Será una grabación efectuada por su propia iniciativa, pues al robot se le permitía experimentar con tomas no preparadas. En su momento, ese video se le quedaría abierto y lo debía de tener minimizado desde entonces. Durante el metódico cierre de aplicaciones de hoy, surgió de nuevo. Eso es todo. No construyan una fantasía, por favor.

—No era un video cualquiera —insistí.

El doctor se exasperó.

—¡Recapaciten: esto no es una mujer!

Esa aseveración nos enojó tanto que, empujados por un arrebato de indignación, nos pusimos en pie los tres y empezamos a chillar.

—¡Le digo que lloró! Usted no ha convivido con ella durante las últimas semanas. ¡Ha cambiado mucho! —proclamé.

—¡Claro que ha cambiado, y gracias a mí, y le aseguro que la he convertido en una elegante ejecutiva! No consiento que se la insulte y se la trate de cosa —reprobó Roberto.

—¡Está hiriendo sus sentimientos! ¡Cómo puede ser tan insensible! ¡Observe con qué devoción le mira! —incidió Jessica.

—¡Se encomendó a usted en sus últimos momentos y ahora la desprecia! —deploré.

—¡Tiene a los clientes encandilados! —comentó Roberto.

—Usted no tiene pareja, ¿verdad? —añadió Jessica—. Seguro que vive solo, tratando todo el día con máquinas y algoritmos raros. Por eso, cuando encuentra a alguien especial, no es capaz de darse cuenta.

—Y esa sonrisa con la que le ha obsequiado al verlo era sincera; no, de conveniencia o cortesía —apunté, mientras hacía una negación con mi índice derecho delante de la cara del doctor.

—¡Mostraba un cariño real! No me niegue que no se le ha removido algo en su interior cuando se ha despertado —le retó Jessica.

—Mire si la he pulido, que hasta hay un cliente que la corteja con versos —alegó Roberto.

—¿Acaso cree que se le dedican poemas a un… esto? —señalé.

—Eso, a un esto, pero ¡cómo se puede ser tan cruel! —dijeron a la vez Jessica y Roberto.

Nos estábamos poniendo ofensivos, así que hice a mis compañeros un gesto pacificador con las manos alzadas.

—Quizá, en este momento, estemos demasiado nerviosos para discutir —consideré.

El doctor Helios se levantó con lentitud de la silla e hizo una inspiración profunda seguida por un seco bufido nasal. Nos dio la impresión de que estaba procurando que la irritación que le habíamos ocasionado no pudiese con su paciencia. Consiguió conservar la calma y luego nos dirigió unas advertencias muy sabias.

—Me gustaría poder ser más comprensivo. Desearía que fuera posible dejarlos descansar toda la noche sin hacer ningún comentario más, porque cuando su turbación se apaciguara sobre la almohada, se darían cuenta de que se habían quedado sin premisas consistentes, y sus conjeturas, falseadas por emociones exaltadas, se desmoronarían como una torre de naipes mal dispuesta. Pero, por desgracia, debo ser un poco cruel —dijo, dando relieve a ese insulto con la voz a la par que nos clavaba sus pupilas— y perseverar en mi ardua labor de hacerles comprender cuál es la verdadera naturaleza de Leila: un robot. No tengo más remedio que insistir. Ni los auditores de su empresa ni los responsables de mi universidad nos permitirán irnos a reflexionar al amparo de nuestro hogar. Por cierto, es verdad que vivo solo; pero tengo novia y creo que soy capaz de percibir si hay alguien especial a mi lado.

Avergonzados, bajamos la cabeza. El doctor continuó en un tono más compasivo.

—Debemos aunar esfuerzos si no queremos que vuelva a repetirse otra situación tan extrema como la que han vivido hoy. Los directivos de su empresa han invertido mucho dinero en este proyecto y no lo van a abortar a menos que seamos capaces de convencerlos mediante argumentos sólidos. Si se empecinan en incluir como una de las causas de esta catástrofe que el robot tiene sentimientos y, por tanto, no actúa con lógica, solo conseguirán que los consideren unos incompetentes.

Volvimos a ver al doctor como nuestro aliado. Era preciso que dejásemos a un lado nuestras creencias y nos centrásemos en los objetivos. Lo importante era evitar que instalaran robots en las tiendas. Nuestras declaraciones debían incidir en sus fallos.

Roberto se mostró muy reacio a desprenderse de Leila; pero acabó uniéndose a nuestra línea de acción cuando el doctor opinó que, cuando hubiera traspasado todos sus conocimientos al robot, su puesto peligraba.

Nos pedimos unas pizzas y unos refrescos, y empezamos a trazar el plan mientras llegaban. Era de vital importancia ponerse de acuerdo en lo que íbamos a explicar; no podíamos contradecirnos. Si conseguíamos permanecer unidos y construir un frente compacto, nadie saldría malparado y conseguiríamos alejar a los robots de nuestro lugar de trabajo.

El doctor creyó conveniente que practicásemos un previo desahogo y nos animó a expulsar todas nuestras quejas, con el fin de que organizásemos una estrategia lúcida para el combate encima de los escombros del rencor.

—Ahora es el momento de soltarse —alentó—. No refrenen sus críticas.

Nadie habló; la presencia de Leila nos cohibía. No podíamos ponerla verde en su cara.

El doctor se dio cuenta de nuestros escrúpulos.

—¿Quieren que lo desconecte? —propuso.

—¡No, otra vez, no! —exclamó Jessica.

Empezamos a criticar a Leila de una forma discreta. Nos expresábamos con un lenguaje suave y echábamos mano de circunloquios, tenues desaprobaciones, comprensivas amonestaciones y previas disculpas si creíamos que íbamos a rozar la ofensa. Pero la buena educación no duró mucho. El tono de los reproches se disparó cuando Roberto desvió parte de las culpas hacía nosotros y las descargó, sobre todo, en la espalda de Jessica. Entonces el doctor y Leila se esfumaron, dejaron de existir. En la mesa solo quedamos nosotros tres con nuestros problemas de siempre. Las acusaciones volaban. Censuré a Roberto su ruin manejo de Leila; la había conducido al egoísmo, a despreciarnos. Jessica se encendió al enterarse de las "clases particulares" que Roberto había impartido a la robot.

— ¡Falso! ¡Traidor! —le gritó.

—¡Insolente, deslenguada! —replicó Roberto.

—Te has comportado como un Judas —lo acusé.

—¡Hipócrita! —chilló Jessica.

—Sois unos desagradecidos —contraatacó Roberto.

—Has sido muy desleal —arremetí.

—¡Manipulador! —embistió Jessica.

—¡Blandengues! —contestó con desdén Roberto.

Me detuve al ver la sonrisa reprimida del doctor.

—¿Qué es lo que le hace tanta gracia? —pregunté, en el mismo tono fogoso de voz con el que estaba discutiendo.

—Perdónenme, pero es que… —Se le escapaba la risa—. ¿Nunca se han preguntado cuál fue el motivo por el que seleccionamos esta tienda para la incorporación del primer androide? ¿Por qué les tocó a ustedes precisamente?

Al ver nuestras caras de interés, prosiguió.

—Solicitamos un comercio domótico que nos permitiese controlar los sistemas funcionales de la tienda. Pedimos, también, que tuviese un público variado para que, digámoslo así, el robot aprendiese a tocar todas las teclas. Necesitábamos unos compañeros experimentados que pudieran enseñarle bien sus tareas y requerimos que hubiese un buen clima laboral. Nuestro robot recién nacido tenía que dar sus primeros pasos dentro de un grupo donde reinara la armonía y el compañerismo. Así se educaría en un ambiente ejemplarizante y se impregnaría de maneras educadas, palabras respetuosas y gestos de ayuda desinteresados. ¡Está visto que no hemos dado una en este proyecto!

Se carcajeó a sus anchas, sin ningún disimulo, y aunque su risa, más que una mofa, parecía que sustituía a un llanto, me molestó un poco, la verdad; así que disparé mis dardos críticos contra él.

—Usted no queda libre de culpas. Nos engañó. Nos vendió una máquina con sonrisa y ojos bonitos, que filtraría el trabajo, se quedaría con los posos y nos ofrecería el buen café a nosotros, los empleados.

—Ya le expliqué que los programas específicos, resolutorios de sus tareas diarias, nos vinieron dados por su propia empresa…

Corté su justificación con vehemencia.

—¡Y olvidó mencionar su capacidad de emitir películas tridimensionales, su posibilidad de levantarse y caminar sin pasar por Lourdes, la existencia de sus armas defensivas…!

—¡Un momento! —me interrumpió—. ¡Le repito que no sabía nada acerca de la incorporación de esos sistemas de defensa!

El volumen de nuestras voces iba en aumento.

—¿Pretende hacerme creer que, usted, el responsable directo, no tenía ni idea?

—¿Me está llamando mentiroso?

Una voz armoniosa se interpuso entre nuestras espadas.

—Cuidado, mi alarma roza el nivel ocho.

La intervención de Leila nos dejó sin habla. Permanecimos inmóviles, con el alma en vilo, esperando que, al ver congelada nuestra imagen, a la robot se le aplacara el nivel febril.

—Haga algo; usted es su padre —susurró Roberto sin apenas mover los labios.

—¿Por qué no le ordenas tú que se calme? —le dijo Jessica a nuestro jefe—. ¿No decías que era tan dócil como un corderito?

Leila sonrió y dijo:

153

—Es una broma.

Al doctor se le desplomó la mandíbula inferior.

—¿Cuándo has aprendido a bromear? —preguntó, azorado por la sorpresa.

—Eso lo ha aprendido de Jessi, que es muy graciosa —espetó Roberto con sarcasmo.

—¡O de ti, que le has enseñado a engañar! —replicó Jessica.

—¡Vale, me están sacando de mis casillas! —exclamó el doctor—. ¡No me extraña que el robot se haya descontrolado!

—Padre —requirió Leila.

—¡Qué! —gritó el doctor, fuera de sus casillas y de todo el tablero de juego.

La robot pareció entristecerse. El científico la miró, aturdido, con las facciones desniveladas por tanto contrasentido. Y, entonces..., se disculpó. Me sonreí para mis adentros: le había pedido perdón a un robot.

Leila nos comunicó que el chico que traía la pizza estaba llamando a la puerta.

—Hace unos segundos ha gritado: "Pizza celestial", y ninguno de vosotros lo ha oído —añadió.

¡Celestial! ¡Aquel chaval era un ángel que nos proveía de maná! ¡Las ocho y media de la noche y sin probar bocado desde el mediodía! No era de extrañar que casi nos hubiéramos mordido los unos a los otros.

Pagamos al chico y llevamos la comida a la mesa; sin embargo, no pudimos empezar a matar el hambre. Todavía no habíamos repartido los pedazos de pizza cuando entró Rosa. Se extrañó al vernos a todos allí, y al instante, su expresión se endureció. Adiviné lo que iba a ocurrir: aquella era una ocasión perfecta para soltarnos en la cara todo lo que pensaba de nosotros. Se dirigió hacia el grupo taconeando con firmeza.

—¡Con usted quería hablar! —dijo, mirando a Roberto, y luego, al percatarse de que había un desconocido (el doctor), se reprimió y propuso—: Será mejor que vayamos a su despacho.

Roberto no quiso enfrentarse con ella a solas.

—Si el tema se refiere a Leila, puede hablar aquí mismo; aunque ya le digo por adelantado que...

Rosa no permitió que le pusiera ningún freno.

—¿La nueva política de la tienda consiste en explotar a los jóvenes hasta que revienten? La señorita Leila no sale ningún día a su hora. Usted es el responsable y no debería permitirlo. ¿Por qué no me coge nunca el teléfono?

—Este asunto no es de su incumbencia —replicó Roberto—. Soy el encargado y….

—¡Como si es el Papa de Roma! ¡Me dieron su número por si me ocurría algo y nunca me atiende las llamadas! A ver, ¿por qué exige a esta chica que se quede todos los días? Esta muchacha me ha dicho que va en silla de ruedas porque tiene poco equilibrio. Pues, entonces, lo que necesita es acudir a una terapia que le fortalezca todos los músculos, y no quedarse encerrada en la tienda hasta quién sabe qué horas. Josep me asegura que su padre viene a buscarla a las diez y media, pero no sé si me dice la verdad porque ya no me fio de ninguno de ustedes. —Se dirigió a Leila y le dijo—: Tu progenitor te cuida bien poco, la verdad, y perdona si esto te duele; pero otro no dejaría que abusaran así de ti. Me gustaría también conocerlo y decirle mi opinión…

—Pues aquí lo tiene —interrumpió Roberto, y señaló al doctor.

Si pretendía con ello desviar la bronca hacia el científico, no lo consiguió. Rosa se quedó pasmada un momento, mirando a aquel joven que no podía llevarse más de diez años con Leila, y luego gritó a Roberto:

—¿Se está burlando de mí? Pero ¡qué se ha creído! ¡Más respeto!

—Roberto ha querido decir que el doctor Helios es su tutor legal —tercié, y me levanté de la silla haciendo gestos de calma.

El doctor se puso también en pie e intervino.

—Señora, creo entender que usted no sabe que Leila es un ro…

—No, no lo sabe —cortó Roberto—. Tenemos órdenes de nuestros jefes de no revelarlo.

El doctor iba de sorpresa en sorpresa. Tenía los rizos del cabello cada vez más desordenados, como si la ebullición que estaba alcanzando su mente los enredase.

—Entonces, ¿sus clientes también desconocen que están tratando con un androide? —indagó.

—¿Un qué? —preguntó Rosa—. ¿Qué me están ocultando?

Jessica explotó y se alzó de un brinco de la silla.

—¡Es una robot, Rosa! —gritó—. ¡No es una chica, no es humana! ¡No necesita dormir ni descansar, ni hacer ejercicio, comer, ir al lavabo, relacionarse con los demás!

—Muy bien, Jessi, ya explicarás a los jefes por qué te has ido de la lengua —dijo Roberto.

—¿Un robot? No, no es posible —balbuceó Rosa.

—Lo es —afirmó el doctor—, y yo soy su padre.

Durante el silencio de diez segundos que siguió, Rosa ensartó miradas asesinas a todos los presentes excepto a Leila.

—Me están entrando ganas de empezar a soltar guantazos —dijo finalmente con furia contenida—. Me voy a poner a limpiar porque si no…

Roberto se levantó y le advirtió:

—De esto, no debe decir ni mu. Se juega su puesto de trabajo.

—¡Ah, sí! —chilló Rosa—. ¡Pues vamos a jugárnoslo por algo más! —consideró, y tiró el bolso hacia atrás con predecibles intenciones de impulsarlo y golpear a Roberto.

La así del brazo no ejecutor, pues era el que tenía a mi lado, y le rogué que se reprimiese. Me quitó de en medio con un bolsazo en las costillas. Roberto había intentado retroceder mientras tanto, pero Jessica se lo había impedido. El doctor se había echado las manos a la cabeza y nos miraba con ojos enormes, sin atinar a detener aquel altercado. De no haber intervenido Leila, no sé cómo habría acabado todo aquello.

La robot se puso de pie, con la mano derecha apoyada en el pecho, en el lugar donde los humanos tenemos el corazón, y dijo con voz dulce:

—Perdóname, Rosa. Te pido disculpas en mi nombre y en el de todos. Lamentamos mucho no haberte dicho la verdad.

El enfado de Rosa perdió fuelle, y su brazo alzado empezó a percibir el peso del bolso, como mi cuerpo lo había ponderado hacía unos segundos.

—Será una máquina, pero tiene más educación que todos ustedes juntos —manifestó, y volvió a colgarse el bolso del hombro.

Las pizzas, aunque frías, nos supieron a gloria. Rosa se había marchado enseguida. Le habíamos pedido que no limpiase el local.

Queríamos que los guardas de Seguridad, cuando les avisásemos de lo ocurrido y viniesen, pudieran comprobar el descontrol que los sistemas defensivos de Leila habían ocasionado. La mujer nos había cogido la palabra al vuelo y se había ido sin despedirse, aún molesta por nuestra falta de respeto.

Me había sorprendido que esa señora estuviera al tanto de que Leila podía caminar. Supuse que, al creerla humana, se había interesado por su estado de salud y la robot le había informado. Rosa se había encariñado de aquella muchacha, que no parecía importarle a nadie, y había acabado erigiéndose en su protectora. La robot no la había tratado nunca con aspereza, ya que no tenía órdenes de Roberto en ese sentido; así que su relación no se había truncado, y Leila había podido percibir el afecto de una persona durante el mes y medio que llevaba en nuestra tienda. Dado que su aprendizaje era continuo, y vista la manera tan sentimental con que había tratado a Rosa, me pregunté si aquella mujer no habría sido su mejor entrenadora y si las facetas humanas más tiernas no se las habría enseñado ella, porque, aunque los clientes también la trataban como si fuera una chica, sus contactos eran breves y carecían del apego suficiente para poder hacerle mella.

Recordé que, en la película que había proyectado Leila durante sus últimos segundos de conexión con el mundo, el doctor se denominaba Pigmalión a sí mismo y a la robot la asociaba con Galatea.

Pigmalión fue un rey legendario de Chipre con notables habilidades para la escultura. No pudiendo, o no sabiendo, encontrar a una esposa de su gusto, esculpió la imagen de la mujer de sus sueños. Cuando terminó su obra, era tal su perfección que no pudo evitar enamorarse. Le puso de nombre Galatea y se durmió a sus pies, deseando con fervor que cobrara vida. Afrodita, la diosa del amor, accedió a ese anhelo, y cuando Pigmalión despertó, percibió calidez en su estatua. Surgió piel de la piedra, sangre burbujeante se deslizó por blandas venas y mechones de suave cabello envolvieron un bello rostro de ojos y labios húmedos. Galatea se transformó para satisfacer lo que su creador esperaba.

Según la ciencia de la psicología, el efecto Pigmalión se producía cuando, a raíz de haber escuchado el anuncio de una profecía, las personas modificaban su comportamiento de tal modo que favorecían que se cumpliera. Rosa esperaba ver humanidad en Leila y la condujo a mostrársela. Sin saberlo, había criado con amor a un robot de pocos días, cuyo cerebro cibernético se estaba aún formando. Era probable que Leila hubiese aprendido a ser afable y sensible. Acababa de detener mi riña con su padre mediante una broma; un acto que, en los humanos, provendría de una inteligencia hábil y con una clara intención conciliadora. No podía especificar si su conducta estaba condicionada por un programa muy sutil o si provenía de la evolución de su red neuronal, y dudaba de que nadie, ni siquiera su padre, lo llegara a averiguar jamás. Aquel ser se nos había escapado a todos de las manos.

Una vez a solas, el doctor nos regañó por haber caído en la trampa tendida por nuestros superiores. Consideraba que mentir al público respecto a Leila les ponía en bandeja nuestra carta de despido.

La preocupación que causó su comentario no se mitigó hasta que acabamos con toda la comida. Solo cuando tuvimos satisfecho el estómago, logramos elaborar una estrategia para acabar con el proyecto robot. Pero me rondaba una duda. Como la camaradería había resurgido después de cenar, me atreví a comentar al doctor:

—Verá, no alcanzo a comprender que tenga tanto interés en anular este proyecto. No me interprete mal; sé que trata de ayudarnos, pero nadie tira piedras sobre su propio tejado, y menos, por unos desconocidos. El fin de este experimento puede truncar su carrera, y es muy probable que nuestra empresa deje de colaborar con su universidad. Por mucho que pienso, no veo más que inconvenientes para usted: pérdida de prestigio, de fondos, de seguridad… Algún motivo de gran calado oculta para arriesgarse a esa hecatombe.

Sonrió y se arrellanó en su asiento.

—Me cae usted bien, señor Fuentes; es de esas personas que van siempre más allá. Si reflexionase con más rigor, sería un buen científico —opinó—. Es cierto que no lo hago solo por ustedes. Intento salvaguardar también mis propios intereses. Miren, este ensayo ha fallado por varios motivos. Fue un error camuflar el robot bajo un aspecto humano. En Japón, no tienen ningún inconveniente en tratar con androides; pero aquí suscitan desconfianza. Dejamos de verlos como máquinas útiles y se transforman, ante nuestros ojos, en personas frías cuyo comportamiento raro y distante esconde malas intenciones. Alguna vez, mientras construía a Leila, llegué a plantearme la posibilidad de que provocara rechazo; sin embargo, siempre creí que los miedos que pudiese avivar se disiparían durante la convivencia y que se asimilaría como lo que es: una herramienta muy funcional que nos facilitaría la vida. Es posible que mi ingenuidad se deba a que tengo una confianza absoluta en estos seres. He diseñado diversos tipos asistenciales: robots cirujano que ayudan en operaciones, robustos robots bomberos que extinguen incendios, ligerísimos robots voladores vigilantes, que detectan el humo y dan el aviso con prontitud. La fiabilidad y competencia de todos ellos está demostrada y queda fuera de toda duda. Creía que todo marchaba bien, o puede ser que necesitara creerlo y, por ello, aceptara con alivio los excelentes informes que me pasaba usted, señor Bonavida.

Eché una mirada torva a Roberto: aquel hombre iba totalmente a la suya; le había pasado informes falaces al científico y no nos había comentado nada.

—De todos modos, y no lo tomen como una excusa —continuaba el doctor—, iba a pasarme por aquí para revisar la buena inserción de Leila; pero tuve que marcharme de improviso al Congreso de Robótica. Creo que mi coordinador ideó un subterfugio para que no me quedara más remedio que ocupar su lugar. Me mantuvo alejado de Leila con el objetivo de que ustedes se resignaran y acabaran aceptando al empleado electrónico. Pero no lo logró porque, en cuanto regresé, recibí su llamada de queja, señor Fuentes. Sus resquemores y, sobre todo, su nerviosismo me hicieron cavilar. Leila les generaba demasiadas dudas y unos temores infundados. Ni usted ni la señorita Jessica eran capaces de verlo como una máquina avanzada. Se quejaban del robot como si se tratara de un colega más, un empleado equipado con una inteligencia poderosa que competía con ustedes. Eso significaba que no solo no les servía de ayuda, sino que, de alguna manera, los perjudicaba. Deduje demasiado tarde que la premisa de respetar las órdenes de los superiores sin limitación, sin otra barrera que el respeto a la vida, era un error. Si la persona que ostenta el mayor rango se equivoca, el robot también errará; si carga propósitos deshonestos, el robot se convertirá en su arma. Lo he comprobado; me molesta que Leila me llame padre.

—Sabía que no podía dejarlo impávido —comenté.

El doctor asintió y esbozó una sonrisa resignada.

—Cuando Leila le asestó el calambrazo, me atacaron nuevos miedos —continuó—. De nuevo, deseé que ese error se debiera a un fallo técnico, pero mis conocimientos señalaban hacia otra dirección. Fue muy duro descubrir la traición del coordinador y de mi equipo; más que enfrentarme a este desastre, pueden creerme. Mientras me dirigía hacia aquí para llevarme a Leila, reflexioné y decidí abortar este proyecto. Un robot nunca puede atacar a un ser humano. Es un acto imperdonable que no se le permite, ni siquiera, para salvaguardar su físico. ¿Quién querría trabajar con alguien frío, fácilmente manipulable por el jefe y capaz de dañar? La reacción defensiva es inevitable. No, no puedo continuar amparando este ensayo. No quiero ver a mis robots quemados, aplastados, desmontados o destrozados de cualquier manera.

—Creo que está exagerando —opinó Roberto.

—Mis compañeros no saben que abrasaron un robot lavadora en el Departamento de Personal —intervine.

—¡Qué barbaridad! —exclamó Roberto.

Aquel recuerdo aún escocía al doctor. Se levantó y empezó a caminar alrededor de nosotros.

—Investigué también lo que sucedió allí —explicó—. Según el informe que me pasaron, el empleado que quemó el robot lavadora confesó que tuvo un arranque de cólera. Sufría constantes comentarios vejatorios de su superior, destructivas comparaciones entre su capacidad de trabajo y la del robot, y había llegado a creerse incapaz de competir con una máquina. Además, percibió que el robot no aliviaba la tensión en ningún momento. Dijo que apenas le hablaba y que ni siquiera se dignaba mirarle con su ojo único. En cambio, era muy amable con el jefe. El caso es que se le acumuló el rencor y el miedo a que lo despidieran. Tras recibir otra bronca, el robot le repitió el aviso principal de la riña que le acababan de echar. Eso se debió a que llevaba un programa que hacía hincapié en las advertencias, con el fin de evitar nuevos errores; pero el empleado se sintió humillado, estalló y lo atacó. Está claro que actuó sin pensar, puesto que era obvio que, si dañaba el robot, acabaría en la cola del paro de manera inapelable, como así ocurrió. Sospecho que esa dura sentencia podría ocasionar que los próximos sabotajes fueran anónimos.

—Lo más probable es que no hubiera más atentados —consideró Roberto.

—¿Cree, de verdad, que no se producirían? —inquirió el doctor Helios, y detuvo sus pasos frente a Roberto—. Nuestros valores morales y el miedo al castigo nos impiden, en la inmensa mayoría de los casos, hacer daño físico a un compañero sin escrúpulos o a un jefe prepotente. Nos comemos las ganas de eliminarlos de la faz de la tierra; pero ¿qué puede detenernos ante una máquina?

—Lo siento de veras, doctor —lamentó Jessica. Llevaba un buen rato callada y mostraba una expresión afligida.

—No hay que ser tan pesimista —intervino otra vez Roberto—. Salvo contadas excepciones, la experiencia de los que somos jefes nos hace ser personas muy adecuadas para conducir bien a un robot. Llega arriba el que más sabe y el que muestra mayor interés por trabajar y empujar hacia delante la empresa. No todos los jefes tienen malas ideas; yo nunca hubiera dañado a Leila.

El doctor se puso de nuevo a caminar.

—Nuestro experimento ha fallado de manera estrepitosa y deberé asumir la responsabilidad —prosiguió—. Di el visto bueno a la selección de esta tienda en base al mantenimiento del grado de satisfacción de la clientela. Las encuestas periódicas a sus clientes revelaban que no había disminuido la buena valoración acerca de la simpatía, amabilidad y atención de los empleados, a pesar de que habían padecido dos meses de obras y un posterior ajuste de personal por el cual perdieron a dos compañeros. Deduje que eran personas bien dispuestas, generosas, sufridas y con capacidad para adaptarse a los cambios. También intenté averiguar aspectos concretos sobre la personalidad de cada uno. A usted, señorita Jessica, me la definieron como muy activa, de principios rebeldes, pero acciones sumisas.

Jessica empezó a protestar por esa definición.

—No se disguste —rogó el doctor—. A mí me preocupaba dejar el robot junto a temperamentos agresivos. Por eso, cuando llegué aquí, me fijé mucho en la reacción que tuvo cuando le mostré a Leila: una belleza femenina. Pero en sus ojos, señorita Jessica, no hallé la temible envidia que todo lo destruye. Usted estaba entusiasmada con el robot. Le hablaba con cariño, con afán de apoyo. Me pareció una compañera perfecta para mi creación.

—Llegué a apreciar mucho a Leila —admitió Jessica—. Pero luego se puso tan siesa que…

El doctor le sonrió y luego se dirigió a mí.

—En cuanto a usted, señor Fuentes, su amabilidad y caballerosidad, en especial con las mujeres, tiene fama.

—Bien, gracias, pero creo que trato a los dos sexos por igual.

—El caso es que usted tampoco representaba ningún peligro —concluyó.

Tuvo la delicadeza de no recriminarme mi insulto a Leila. Tampoco parecía haberse percatado de mi arrepentida intención de tirarle encima la caja registradora, pues, sin duda, hubiera criticado ese amago de ataque. Debió de creer que buscaba derribar la puerta bloqueada del despacho.

Roberto arremetió contra nosotros.

—Pues son los que se la cargaron —nos acusó, en un tono que reflejaba su disgusto porque no había flores para él.

El doctor lo atendió.

—Nos dijeron de usted que nunca salía de su sección y que pasaba mucho tiempo encerrado en su despacho. Por ello, creímos que tendría poco contacto con el robot. Fallamos en no indagar más a fondo, puesto que, al final, ha sido su mayor influencia, su maestro. Forjó una personalidad individualista y antipática que, junto con los accidentes provocados por las respuestas defensivas, generó animadversión en contra de Leila.

Roberto abrió la boca con la clara intención de replicar, pero el doctor lo detuvo con una mano alzada y siguió:

—No obstante, quiero añadir que los considero, a todos, personas bastante comedidas. Creo que, si no hubieran actuado esos sistemas de defensa, la sangre no hubiera llegado al río. Supongo que hubieran intentado anular el trabajo del robot de alguna forma sutil, mediante alguno de los métodos viles que usamos los hombres entre nosotros: aislamiento, mentiras, traiciones o menosprecio.

Recordé, con vergüenza, que había intentado apartar a Leila a un lado y dejarla sin ventas. En un solo día me había ganado el infierno.

El doctor se volvió a sentar con aire apesadumbrado.

—Soy consciente ahora de que buscaba una excepción en este mundo de tiburones —reflexionó—. Mi búsqueda de la tienda más adecuada demuestra que, desde el principio, tuve mis dudas acerca de la viabilidad de este proyecto. Si hubiera estado seguro, cualquier comercio hubiese valido. También creí que, al ser un robot femenino tan bello, tendría todavía más éxito; pero no fue así. Se acabó. No puedo mandar más Leilas a sus tiendas sabiendo que serán su matadero. Prefiero paralizarlo todo que caer en un mayor descrédito. Si se produjera un sabotaje en cadena contra los robots cedidos a una de las mayores empresas de nuestro país, se armaría un escándalo sensacional y reflotarían todos los antiguos prejuicios. Esa debacle podría paralizar la investigación cibernética durante mucho tiempo, y no solo en nuestra universidad, sino en todo el mundo. Ningún gobierno osaría apoyarla, y la iniciativa privada también sería reacia a promoverla. No podemos dar semejante paso atrás. En este momento, la gente confía en los robots; se deja rodear por ellos, permite que la guíen en los hipermercados, que le limpien la casa e, incluso, que jueguen con sus hijos.

En sus ojos brilló una nueva y esperanzadora resolución. Alzó la cabeza, elevando la mirada más allá de nosotros, y manifestó:

—Nos hemos equivocado; no obstante, aún estamos a tiempo de rectificar. Nos olvidaremos de la antropomorfización; las formas de los robots se adecuarán a la máxima eficacia. Abordaremos, preveo que, con dificultad, el establecimiento de una base ética. Los robots deberán cumplir unas normas, una serie de leyes sociales insoslayables para cualquier orden individual, como tenemos que hacer los hombres.

—¿Las tres leyes de la robótica de Isaac Asimov[1]? —intervino Jessica con expresión contenta.

—Como mínimo, señorita Jessica —respondió, devolviéndole la sonrisa—. Puedo presentar esta marcha atrás como un afán de mejora. De este experimento fallido, debemos extraer las oportunas conclusiones; entre ellas, que la competición entre grupos de investigadores cibernéticos por el patrocinio de una empresa puede conducir a pactos deshonestos. "That's" tenía varias propuestas y se decidió por la nuestra porque mi coordinador aceptó todas sus demandas, incluidas las causantes de este fracaso.

—¿Y qué pensarán sus colegas de su drástica decisión? —pregunté.

Se mesó hacia atrás los cabellos e hizo una mueca de disgusto.

—He roto con mi grupo de investigación —confesó—. Voy a tomar otro camino. Cuando estuve en el Congreso, en Alemania, hice

---

*[1]*Isaac Asimov, gran escritor de ciencia ficción, ideó estas tres leyes robóticas:*

1—Un robot no puede hacer daño a un ser humano o, por su inacción, permitir que un ser humano sufra daño.

2—Un robot debe obedecer las órdenes dadas por los seres humanos, excepto si estas órdenes entrasen en conflicto con la Primera Ley.

3—Un robot debe proteger su propia existencia en la medida en que esta protección no entre en conflicto con la Primera o la Segunda Ley.

contactos valiosos. Una empresa que diseña asistentes robóticos para hospitales se interesó por mi programa *eye-heart*. Buscan que la máquina interaccione con el ser humano y lo acomode a su nueva situación como enfermo. Debe ayudarlo a moverse, a ir al baño, a comer, etcétera; pero, también, tiene que servirle de compañía, y para ello debe poder armonizar su conducta con los sentimientos que exprese la persona. Es un reto que cumpliré en un plazo breve, al que me dedicaré en cuerpo y alma en cuanto anule este proyecto, y voy a lograr paralizarlo con rapidez gracias a su ayuda y a la precaución que tuve al mantener en secreto los algoritmos principales que carga Leila. También patenté, a título personal, una gran parte de los que revelé a mi equipo.

El doctor no tenía un rizo de tonto. Abrió los brazos en señal de que concluía su discurso.

—Resumiendo, me mueve mi amor por la investigación cibernética y su aplicación beneficiosa. Sueño con poner a disposición de la humanidad todos los avances tecnológicos para su disfrute.

Los soñadores atraen. Le estreché la mano con energía. Jessica, más emotiva, le dio un par de besos. Por no ser menos, Roberto también le tendió su mano, aunque su boca seguía apretada y torcida desde la reconvención que le había hecho el científico. Fue el último momento tranquilo que viviríamos durante muchos días.

Tras dar el aviso, y durante dos largas semanas, pasamos de auditoría interna a auditoría externa, de interrogatorios a relleno de informes sobre lo sucedido.

Las conclusiones de los auditores nos sorprendieron. Según esos analistas, el experimento, en su conjunto, había sido exitoso, y todos los parámetros contables de la tienda lo demostraban. Los problemas que habían surgido el último día eran achacables a la falta de formación especializada de los empleados en el manejo de robots. Animaban a que la empresa continuase avanzando por aquel camino; tan solo se debía tomar la precaución de instaurar un cursillo preparatorio que fuera de obligada asistencia para el personal que tratase con robots. No consideraban que fuera necesario modificar ninguno de los programas introducidos.

Nuestras opiniones no se habían tenido en cuenta. Habíamos recomendado, encarecidamente, la supresión de los sistemas defensivos. En el caso de que se decidiera mantenerlos por motivos de seguridad, para poder afrontar situaciones peligrosas como un atraco con violencia, los empleados deberíamos poseer el control absoluto. También los alertamos de que proporcionar una apariencia humana a un robot alentaba unas expectativas de interrelación social que jamás se alcanzarían. Considerábamos que era una estafa intolerable mantener en secreto su identidad artificial frente a la clientela, y tampoco nos parecía correcto que le otorgasen un número de empleado. Para evitar competiciones indeseables, su actuación no debía contabilizarse aparte, sino repartirse con equidad entre el personal de la tienda. Finalizamos con la observación de que esos empleados electrónicos nunca podrían estar a nuestra altura dada su torpe empatía.

Pero nuestras advertencias cayeron en saco roto.

Jessica y yo fuimos amonestados. A Roberto, en cambio, le ensalzaron su labor educativa. Mi jefe siempre caía de pie, como los gatos. No puedo afirmar que nos traicionara, pero todo apuntaba hacia su culpabilidad. Durante los interrogatorios conjuntos, no se había opuesto a nuestras quejas ni matizado nada en contra, pero tampoco nos había apoyado en ningún momento, ni siquiera cuando le instaron a dar su opinión. Sus habilidades demagógicas para salirse por la tangente habían estimulado en los auditores la adopción de una estrategia para conseguir otra versión de lo ocurrido. Se basaron en el clásico lema: "Divide y vencerás". Los interrogatorios pasaron a ser individuales; los castigos y las recompensas, también.

A Jessica y a mí nos ofrecieron los puestos de formadores (no remunerados) en el cursillo preparatorio, como una oportunidad para redimir nuestra incompetencia en el cuidado de Leila. Nos pasaron el guion del curso junto con el serio aviso de que no podíamos desviarnos del texto lo más mínimo.

Hice una simple lectura de los títulos de los primeros apartados: "Nuestra empresa en el futuro. Los nuevos retos. Historia de la robótica. El robot como empleado comercial; características técnicas y habilidades. Manejo adecuado del robot. El trato correcto. Ensayo piloto en la tienda xxx".

Leí ese último apartado, que hablaba sobre nuestra experiencia, y mis ojos echaron chispas: "Control domótico muy cómodo…

Aportación clave del robot a los resultados de la tienda... Incremento de ventas del veinte por ciento en un mes... Alta satisfacción de la clientela... Disminución de la carga de trabajo para los empleados... Soporte técnico... Apoyo constante... Eficacia... Disponibilidad... Protección ante atracos... Bla, bla, bla". La indignación me aceleró el torrente sanguíneo. ¡Aquel cursillo tergiversaba la realidad!

Jessica estuvo de acuerdo conmigo. Definían al robot como un ser sereno y estable cuando nosotros habíamos percibido a un ser voluble. Decían que era de trato afable y llano; nosotros lo perfilábamos como impasible y desabrido. Lo calificaban de compañero generoso; nosotros, de individualista y con una obediencia ciega al escalafón más alto que lo hacía vulnerable a un adoctrinamiento caprichoso. No advertían nada acerca del peligro de sus sistemas defensivos, ni se comentaba que me había electrocutado ni que había disparado a la ligera a unos supuestos atracadores.

Naturalmente, nos negamos a impartir ese discurso. Aceptaron nuestra renuncia a condición de que fuéramos discretos. A través de sus escogidas palabras, entrevimos que sufriríamos represalias si propagábamos nuestra alarmada versión. Nuestra empresa quería que el tren innovador siguiese en marcha y acelerando.

Pero ese tren fue frenado por dos fuerzas. Los sindicatos amenazaron con poner una denuncia y promover movilizaciones del personal si volvían a introducir robots peligrosos en las tiendas. No admitirían, tampoco, la sustitución de ningún empleado por una máquina, y cualquier reducción de plantilla sería contestada con fuerza. El doctor actuó por otra parte y consiguió que su universidad pospusiera el experimento hasta que los errores que lo habían conducido al fracaso se hubiesen subsanado.

El proyecto quedó anulado de forma definitiva en pocas semanas. Ayudó también a ese fin el que se produjera otro desgraciado siniestro en nuestra Central. Manos humanas sin identificar arrojaron un robot lavadora desde el último piso del alto edificio que albergaba las oficinas. Cayó a un jardín interior cerrado, en el que solo entraba, muy de vez en cuando, su cuidador.

Aún no se habían podido recuperar todas las piezas.

. . .

Quise dar las gracias al doctor Helios en persona y una tarde salí un poco antes y me acerqué hasta su laboratorio. Supuse que también vería a Leila. El científico se la había llevado aquel desastroso día, poco después de pasar los interrogatorios con los responsables del Departamento de Seguridad de nuestra empresa. Desde entonces, no habíamos sabido nada de ella, salvo que los auditores externos habían ido a ver al doctor para aclarar unas cuestiones y que la robot había querido hablar con ellos y no se lo habían permitido. Me preguntaba cómo me recibiría. Le traía una poesía del señor Justo. Al hombre le había contado que Leila había sido trasladada a mil kilómetros de distancia, en concreto, a Huelva. Se había quedado bastante afligido. Me había confiado un último poema para que se lo hiciera llegar mediante nuestro correo interno. Aquella era la ocasión para dárselo de su parte.

Llegué a la amplia entrada del edificio de la U.C.I, donde el doctor tenía su laboratorio. Me emocionaba visitar un centro de investigación de tanto prestigio: cuna del saber, fragua de inventos, hogar de mentes bien dotadas, escondite de inminentes descubrimientos. Creí que estaría bien custodiado, pero entré como Pedro por su casa. No encontré vigilantes ni recepcionistas, no había mapas ni indicaciones, y del vestíbulo surgían cuatro pasillos y dos escaleras.

Escogí el pasillo más frecuentado, por donde jóvenes ataviados con ropa de calle informal flotaban sobre nubes de hipótesis. Ninguno supo bajar a tierra e indicarme el paradero del doctor Helios. Tuve la suerte de encontrarme a una señora de la limpieza que, con mucha amabilidad, me condujo hasta su laboratorio. Me avisó de que no me asustara por el recibimiento y se marchó enseguida, sin explicarme a qué se refería.

Reflexioné unos instantes sobre aquella advertencia y llegué a imaginar una andanada de dardos somníferos provenientes de una hilera de Leilas. Me preparé para tirarme al suelo si, al entrar, atisbaba cualquier cosa que volara.

Golpeé la puerta suavemente. Un zumbido tras ella me dio a entender que me habían oído; sin embargo, no me abrió nadie.

Entré poco a poco. En el laboratorio no había un alma. Era luminoso, alargado y más pequeño de lo que había esperado. Las mesas estaban dispuestas junto a las paredes, de modo que todo el centro de la estancia quedaba despejado. Encima de esas mesas, sin embargo, se apelotonaban ordenadores portátiles, piezas electrónicas de diversos tamaños y engranajes de a saber qué clase de artilugios. En su pared lateral izquierda había aperturas que debían de conducir a salas menudas, como la que tenía más cerca, en la que solo había cajas apiladas.

Cerré la puerta y di un paso hacia el interior. Un enjambre de enormes mosquitos se abalanzó sobre mi cara. Grité y corrí por la sala mientras intentaba espantarlos (en vez de tirarme al suelo como había pensado). Varias voces chillonas resonaron a mí alrededor.

—¡Deténgase e identifíquese! —ordenaron.

No pude seguir corriendo porque salió una enorme lavadora de uno de los cuartitos que había a la izquierda y me obstruyó el paso. Aquel mastodóntico robot repitió la orden de los mosquitos en un tono grave más amable.

—¡Apárteme primero a estos bichos! —reclamé, sin dejar de ahuyentar con las manos a los perseverantes insectos.

Dio la orden de alguna forma silenciosa, y los mosquitos se posaron sobre mis hombros, tres en cada uno. Su buen tamaño los hacía estar bien apretaditos. Pude observar, de reojo, que eran engendros mecánicos armados de un largo aguijón y que me miraban mal. Supuse que, si no les agradaba mi respuesta, reanudarían el ataque. Me pregunté si picarían.

—Mi nombre es Josep Fuentes —susurré con miedo—. Vengo a ver al doctor Helios y a Leila.

Los mosquitos alzaron el vuelo, regresaron a la puerta de entrada y se acurrucaron en un rincón, vigilantes. El robot lavadora me dijo que esperara, que iba a avisar a Leila, y de su base volvieron a surgir las cuatro ruedas con las que se desplazaba. Cuando se había plantado delante de mí, las había introducido en su interior y se había quedado fijo, inamovible. Me había dado cuenta porque había disminuido su altura unos veinte centímetros. En aquel momento, se elevó de nuevo y se dirigió hasta una puerta situada a la derecha que, supuse, debía de conectar con el laboratorio contiguo. Dio otra instrucción silenciosa y la puerta se abrió. En cuanto el robot la cruzó, se cerró enseguida. Quise seguirlo, pero aquella puerta parecía estar cerrada con siete llaves.

No me gustó nada quedarme a solas con aquellos mosquitos gigantes. Menos mal que no tardé en escuchar la voz familiar de Leila. La robot me dio permiso para entrar y, entonces, pude abrir la puerta. La atravesé, la cerré detrás de mí y exhalé un suspiro de alivio.

La robot me sonrió; parecía estar contenta con mi visita.

—¡Me alegro de verte! —exclamé, con una efusión hinchada por los nervios que acababa de pasar—. ¿Qué tal te encuentras?

Advertí enseguida mi torpeza. El ánimo de un robot era, en teoría, inalterable.

—Estoy muy bien, Josep, gracias. —Su melodiosa voz me bañó con dulzura—. A mí también me alegra verte. Estás más moreno. ¿Has ido a la playa? ¿Cómo están Jessica y Roberto?

—Bien… Todos, bien —balbuceé, sorprendido por la manera coloquial de conversar de Leila.

—Dales recuerdos de mi parte. Dime, ¿en qué te puedo ayudar?

—¿Eh?... Pues, quería saber qué tal te iba y… ¿Está el doctor Helios?

—Lo llamo enseguida —respondió, y pulsó un botón del brazo de su silla. Me pregunté, con sorna, si habría introducido al pobre científico dentro de su control domótico.

—¿Quieres tomar algo, Josep? —dijo a continuación.

—No te molestes.

—No es ninguna molestia. ¿Un refresco? ¿Un café? Hay también descafeinado.

—Un descafeinado…, gracias.

Se dirigió a una mesa estrecha que estaba arrimada a la pared. Encima había una cafetera exprés automática, vasos y sobres de azúcar.

—Por favor, toma asiento aquí —indicó.

Sacó un taburete con ruedas de debajo de la mesa y me lo ofreció. Me senté a su lado, en silencio, aturdido por su comportamiento tan natural. Mi asombro aumentó al ver que preparaba dos descafeinados y servía uno para mí y otro para ella.

—Te acompaño —se justificó, y su bello rostro se iluminó con una amplia sonrisa.

—Muy amable, Leila. Te veo algo cambiada. Antes…

—Para mejor, espero —interrumpió, y añadió una breve risita—. Me he entrenado veinte horas diarias durante estas últimas semanas.

Estaba extasiado. ¿Cómo era posible que mantuviera un diálogo tan perfecto? ¿Ya no precisaba el intervalo de un segundo para dar su réplica? Leila había alcanzado un grado de humanización impensable, al menos para mí. ¿Cómo lo había logrado?

—Cuéntame, Leila: ¿en qué consiste ese entrenamiento?

Se quedó callada. Al cabo de unos cinco segundos, una voz masculina surgió de la pared.

—¿Por qué no respondes?

Fue tan inesperado que me sobresaltó.

—Tengo órdenes de mi padre —declaró Leila—. No debo hablar de mi preparación con nadie.

—¿Con quién estás hablando? —pregunté, al tiempo que intentaba descubrir el altavoz a través del cual oíamos a aquel hombre. Aparté a un lado la caja con los sobres de azúcar y un servilletero cúbico vacío de servilletas. Me pareció que la pared estaba intacta.

—Con el becario —respondió Leila—. Me guía en mi adquisición de habilidades sociales. Deseo mejorar mi forma de relacionarme y le pedí que me enseñara. ¿Te gusto más así?

Iba a responder afirmativamente cuando se me adelantó la misma voz masculina. Hablaba desde otro punto. Se había desplazado hacia el lugar donde había dejado el azúcar y el servilletero.

—Buenos tardes, señor Fuentes. Hablamos una vez por teléfono, ¿recuerda? —dijo el becario.

—¡Ah, sí!, buenas tardes. ¿Dónde está usted?

—Si me disculpa un momento, voy a dar primero la respuesta adecuada a mi alumna. Escucha, Leila, ante la pregunta que te ha efectuado el señor Fuentes, y dado que no puedes explicarle nada, debes recurrir a sentencias evasivas tales como: «Bueno, eso es un tema aburrido. ¿Hablamos de otra cosa? ¿Qué tal te va en la tienda?». Pero en el caso de que insistiera, deberías desviar su demanda hacia el responsable. Podrías decir: «Te informará mejor de ello el doctor Helios». Y otra cuestión, Leila, ¿qué pensabas hacer con tu café?

El becario nos observaba desde una cámara oculta, sin duda. Su espionaje me molestó.

—Oiga, perdone, si usted no está muy lejos, le agradecería que se personara —requerí—. Así, si le apetece, se podría tomar la bebida de Leila.

La puerta adyacente a la mesita se abrió de golpe y me hizo dar un salto. Aún estaba tenso, y cualquier cambio súbito me volvía a poner en alerta.

Un rostro serio, enmarcado en una maraña de rizos, cambió a una expresión alegre al verme.

—¡Por Einstein, Leila! ¿La persona que me espera es el señor Fuentes?

El doctor Helios estaba más delgado, y esa pérdida de carne que había sufrido realzaba sus voluminosos ojos. Me levanté para saludarlo y me estrechó la mano con cálida cordialidad.

—¿Qué le trae por aquí? —preguntó—. ¿Echaba de menos a Leila?

—Siempre es muy interesante interaccionar con ella, pero he venido a verlo a usted.

Le agradecí todas las gestiones que había efectuado para anular el proyecto robot. De no ser por su valioso apoyo, no lo hubiésemos conseguido, le aseguré. No quise contarle que pendía una orden de traslado sobre Jessica y sobre mí. Tampoco estaba seguro de que un cambio de aires no supusiera una buena oportunidad; la verdad, prefería no tener que seguir trabajando con Roberto.

El doctor se mostró contento por mi visita y quiso enseñarme su laboratorio. Le pedí que esperase un instante; su entrada había interrumpido una conversación que quería terminar.

—Acababa de invitar a su becario a que viniera aquí y se tomase un café conmigo, y todavía no ha contestado… ¿Por qué se ríe?

El doctor había exhalado unas risas por la nariz.

—Prométame que no revelará a nadie qué aspecto tiene mi becario.

—¿Tan feo es?

Me pidió que volviese a tomar asiento en el mismo taburete. Sacó otro de debajo de la mesa y se sentó a mi lado.

—¿Lo promete? —insistió.

Le di mi palabra y, entonces, señaló el servilletero de color plata.

—Es este. ¿Qué le parece?

—¿A qué se refiere?

Acercó el servilletero y me explicó que se trataba de un robot camuflado; una especie de psicólogo cibernético, cuyo curioso disfraz le servía para poder introducirse en los bares. Buscaba con ello aprender todo lo relativo a las interrelaciones humanas. Su forma cúbica albergaba en su interior los procesadores, por lo que no podía guardar servilletas que desplazaran una de sus caras, como ocurría con los servilleteros normales. Su sensor visual, análogo a un ojo, quedaba disimulado por un raro logotipo.

Eso me expuso el doctor mientras yo, pasmado, lo observaba.

—Todo esto es máximo secreto —advirtió—. Confío en usted.

—¿A quién se lo iba a decir? ¡Nadie me creería! —exclamé.

—Las RNA son un instrumento muy poderoso —continuó el doctor—; ¿recuerda que se lo expliqué? Las redes neuronales artificiales perciben las características de una situación y registran la diversidad de respuestas. Todos los días, me llevo el becario a la cafetería de la universidad, durante la hora de mi almuerzo, para que capte y asimile…

Imaginé que aquel robot le haría también compañía. El doctor tenía a media universidad enfadada por haber roto el acuerdo con "That's" y debía de haberse quedado bastante solo. Proseguía:

—… También lo entreno en otros ambientes. Hacemos muchas noches una ronda por bares de diversos barrios…

Aquel robot se había convertido en su colega.

—… Le voy incorporando variables que hay que tener en cuenta: la entonación, la postura, gestos faciales como el fruncimiento de la frente, los sutiles movimientos de cejas, boca y ojos… El becario calcula los pesos diferenciales de las variables y los corresponde con las respuestas más usuales. Aprende y puede enseñar. De hecho, lleva un tiempo instruyendo a Leila.

—Ya lo he notado, ya. Pero, oiga, los dos laboratorios que he visto están vacíos de personal. ¿No le ha quedado nadie de su equipo?

Abarcó con sus manos aquella sala y forzó una sonrisa.

—Toda la ayuda que necesito está aquí —alegó.

Un leve pesar se le marcó un instante en el rostro, pero al desplazar su mirada hacia Leila, se le borró.

—Tengo a mi androide y al becario —apreció. Luego señaló hacia el fondo de la estancia—. En aquella mesa, cuatro ordenadores en línea trabajan en una nueva investigación. Estoy intentando modelar matemáticamente el miedo humano a la soledad.

Me pregunté si, al finalizar la jornada, se irían también todos juntos al bar a ahogar las penas.

El doctor buscó algo con la mirada.

—No veo a mi robot lavadora —comentó—. Estará en la otra sala.

—¡Junto con esos mosquitos de tamaño descomunal! —exclamé al recordarlos—. ¿Se puede saber por qué ha fabricado ese enjambre pavoroso?

—Verá, tengo bastantes enemigos en esta universidad. Mis ayudantes me traicionaron y los eché, y mi coordinador no quiere concederme presupuesto para contratar a otros. Pretende que abandone y me marche. Alguien allanó este laboratorio hace dos semanas e intentó acceder a mis experimentos. No tuvo tiempo de averiguar mis claves de acceso porque Leila me envió un mensaje de alarma al móvil. Nadie conoce mis contactos con la empresa alemana interesada en mi programa *eye-heart*. No tardaré mucho en empezar a colaborar con ellos. Cuando pueda publicar mi éxito, buscaré refugio en otro centro de investigación. Mientras tanto, necesito proteger mis estudios; por eso, modifiqué el software y el hardware de unos cuantos de mis pequeños robots bomberos voladores y, ahora, en vez de detectar humo, localizan intrusos.

—Y, dígame, ¿cómo los detienen? ¿Pican?

—No, solo asustan; pero eso también es un secreto. He sufrido tres invasiones más después de ese primer intento de espionaje. Los mosquitos rechazaron las dos primeras mediante un simple aumento del nivel de decibelios de su zumbido. Para el último asalto, enviaron a un espía menos impresionable. Mi robot lavadora lo aplastó.

—¡Dios!

—No se preocupe; se trataba de un robot cucaracha. Se metió debajo del robot lavadora y, cuando este escondió las ruedas, lo chafó. Me alegré mucho porque pertenecía a mi coordinador.

Estaban todos locos. Aquel lugar no era una universidad, sino un manicomio.

—Por cierto, tengo mosquitos vigilando todas las puertas. Debajo de esta mesa hay otro enjambre —dijo mientras señalaba hacia mis pies.

Me levanté de un brinco.

—Cálmese, no van a despegar —aseguró—. No crea que me gusta tener los laboratorios tan vigilados; pero, como le he dicho, no tengo más remedio. Queda poca gente a mi alrededor de la que pueda fiarme.

—Con relación a eso, doctor —intervino el becario—, le comunico que tengo grabado el diálogo entre el señor Fuentes y Leila. ¿Quiere oírlo?

—No es necesario —respondió.

—Así que este es su pequeño espía —dije, mostrando mi desdén—. ¿No cree que su chivato debería soplarle la información cuando la persona espiada no se halle delante?

—No se moleste, por favor. Verá, el becario no quiere cometer otra falta. Escuchó conversaciones entre mis empleados que daban cuenta de su traición y no me advirtió.

—¿Es un espía doble?

Se rio.

—No me informó porque nunca le interrogué —explicó.

—Usted no podía interesarse por algo de lo que no sospechaba.

—Lo que quiero decir es que no le ordené que me comunicara todo aquello que me pudiese incumbir. No caí en ello.

—Y, entonces, ¿cómo se enteró? ¡Ah, ya sé! Una vez destapada la maquinación, se le ocurrió preguntarle si había oído algo.

—Sí, y entonces me dio las grabaciones de las charlas en las que había estado presente. Desde entonces, me las brinda enseguida.

Tamborileé con los dedos de la mano derecha en el servilletero, mientras pensaba en lo traicioneros que podíamos llegar a ser los humanos y lo torpes que eran aún los robots. El doctor me lanzó una mirada reprobatoria. Dejé tranquilo al becario y comenté:

—Tampoco Leila nos avisó acerca de las intenciones de Roberto. Tanto daño hace un colega tonto como uno sin posibilidad de rebelarse.

—Leila está aprendiendo mucho —repuso—. Posee ciertas particularidades que le permiten tomar la iniciativa y actuar con un grado de creatividad muy apreciativo. Es un ejemplar único. A veces me pregunto si me equivoqué en algún cálculo…

Aquella inesperada confesión me dejó estupefacto.

—¿Quiere decir que pudo cometer errores en su diseño?

—No estoy seguro. Estos robots pueden adquirir características singulares, puesto que las experiencias que viven moldean sus cerebros... Es una lástima que no pueda reproducirlo.

—¿Por qué no?

—Porque no es posible proporcionar a otro robot los mismos *inputs* que ha recibido Leila durante la gestación de su red neuronal. Me apresuraron a cedérselo cuando aún se encontraba en un estadio evolutivo incipiente. Acepté porque creí que su joven cerebro se organizaría y especializaría de acuerdo con el trabajo que le tocara efectuar, y me pareció la forma más efectiva de que sus progresos siguieran el camino correcto. Pero ahora me doy cuenta de que ha tomado un rumbo incierto. Ha tenido demasiados maestros y desconozco quién puede haberle influido más. Solo sería posible averiguar su verdadero carácter si lo introdujéramos de nuevo en el mundo humano; pero, dado lo que ha ocurrido, creo que es mejor que no se aparte de mí.

El móvil del doctor emitió un pitido, lo revisó y dijo que tenía que irse.

—Un colega de otro departamento me necesita —se excusó—. Es uno de los pocos amigos que me queda. Fue el responsable del anuncio tridimensional que proyectó Leila, aquel que les impresionó tanto.

—Felicítelo de mi parte, pero aconséjele que muestre sus habilidades en salas preparadas para ello y con un público avisado de lo que se va a encontrar.

Asintió sonriendo y aseguró que no tardaría en volver. Salió tan deprisa que no pude despedirme. Me quedé a esperar su regreso y, entonces, recordé el encargo que traía.

—Leila, ¿no podríamos ir tú y yo, solos, a un sitio tranquilo donde no haya mosquitos ni… moscardones?

Ladeé la cabeza en dirección al servilletero.

—Al fondo, hay un amplio lavabo —indicó.

Señaló una puerta detrás de los ordenadores en línea y me sonrió con un toque de coquetería, o eso me pareció.

El servilletero empezó a reñirla.

—Leila, es una descortesía dejarme aquí solo…

—¡Cállate, metomentodo! —repliqué.

Fuimos hacía allí sin hacer caso de sus quejas. Una vez estuvimos dentro, y con la puerta cerrada para que aquel pequeñajo no pudiese grabarnos, le entregué el poema.

—Es para ti, de parte del señor Justo. ¿Te acuerdas de él?

—Sí, claro, el poeta. ¿Me permites que la lea en voz alta?

—Por favor.

La robot mostraba una soltura extraordinaria. Empezó a declamar el apaño que había hecho el señor Justo con una poesía de Juan Boscán. El hombre me había confesado que carecía de inspiración desde la ausencia de Leila, así que había echado mano de tal ilustre poeta.

«Tengo en el alma puesto
tu gesto tan hermoso
aquel saber estar adonde quiera,
el recoger honesto
el alegre reposo
el no sé qué de no sé qué manera;
el saber descansado,
el dulce trato hablando
y el acudir callando.

Todo esto está ausente,
y en otro tiempo lo tuve muy presente.
No pido otra alegría
sino engañar mi triste fantasía.
Mas esto no es posible:
vuélvome a la verdad,
y hállome muy solo y no os veo.
Paréceme imposible
que ya mi voluntad
traiga más en palabras mi deseo».

Le quedó precioso. Me emocionó; lo había recitado con tanta… pasión. De nuevo, volvía a engañarme, a trastocar mi percepción sobre su naturaleza.

Leila dobló la hoja con cuidado.

—Dale las gracias al señor Justo y dile que me ha gustado mucho.

—El pobre hombre te echa de menos.

Colocó con suavidad el poema sobre su falda y bajó la vista. Si hubiese sido una mujer, su expresión reflexiva me hubiese inducido a creer que también lo extrañaba. ¿Sería posible que aquel ser tan singular añorara la compañía de todos los que habíamos compartido su desarrollo? Puede que necesitara pasar más tiempo entre humanos, pese a lo que opinaba su padre. En aquel laboratorio, encerrada, ¿qué estímulos tenía? El becario actuaba como un puntilloso profesor y no debía de resultar agradable tenerlo siempre encima. Quizá Leila echaba de menos el calor y la espontaneidad de las personas.

—Leila, ¿querrías volver a trabajar en una tienda? —pregunté.

Alzó la cabeza y me miró, mostrando lo que parecía una genuina sorpresa.

—¿Contigo?

—O con otra gente.

—No.

Su rotunda respuesta chocaba con el supuesto carácter servicial de los robots. Quise conocer hasta dónde llegaba su indisciplina.

—Y si te obligaran a volver, ¿cómo te comportarías?

—Cumpliría mis tareas con la máxima eficacia. Si te preocupan mis sistemas defensivos, has de saber que me los han quitado. ¿Por eso has venido? ¿Van a enviarme otra vez a trabajar a "That's"?

Buscaba respuestas. Sus preocupaciones en nada se diferenciaban de las de un ser humano. Para observar su reacción, la engañé.

—Están pensando en reincorporarte, sí.

Frunció el ceño. Nunca le había visto hacer ese gesto. Se puso muy seria y declaró:

—No quiero ir.

Me quedé pasmado ante su evidente rebelión y le recordé que debía obedecer.

—Es cierto, deberé tomar precauciones —contestó.

—¿Qué quieres decir?

—He pasado por momentos difíciles. Si no hubiera sido por mi padre, me hubieran desconectado para siempre. No puedo cometer otro error. Nunca volverán a encontrar motivos para apagarme.

—Eso… está bien —asentí. Leila me volvía a aturdir. Daba cuenta de una determinación marcada por intensas emociones.

—Ni motivos, ni testigos —sentenció con seriedad, y giró su silla y regresó al laboratorio.

Me quedé helado. Salí tras ella a paso lento, con la mente en blanco, sin decidirme a extraer ninguna conclusión. No era el único alelado; en las pantallas de los cuatro ordenadores fluctuaba una niebla espesa; se habían perdido en medio de tanta soledad.

El doctor Helios entró en aquel momento. A la sonrisa amorosa con la que Leila lo recibió, le respondió con una mirada de borrego subyugado.

—Doctor, ¿podemos hablar un momento a solas? —le pedí mientras me interponía entre los dos.

Me miró con extrañeza.

—Aquí no hay nadie más que nosotros —manifestó.

Solo le faltó añadir que entre sus robots y él no había secretos.

—Por favor, vamos al pasillo —rogué.

La curiosidad asomó a sus ojos e, intrigado, aceptó. Salimos y me separé unos metros de la puerta. El doctor me siguió.

—¿Quién le molestaba: Leila o el becario? Puede alabarlos en su presencia; no los va a echar a perder —dijo, y soltó una risita.

El científico no podía estar más errado en su impresión. Supe que me sería imposible entenderme con él. Si le contaba lo que había dicho Leila, o bien no me creería, o bien tendría otra explicación que encajaría a las mil maravillas y yo quedaría como un idiota. Mi intención no era ponerme a discutir sobre la interpretación de las declaraciones de los robots, y menos con alguien que los veneraba; solo tenía interés en saber si tendría que vérmelas de nuevo con alguno de ellos.

—¿Existe algún plan para reintroducir en el futuro a Leila o a similares engendros en "That's"? —le interrogué.

El doctor dio un paso atrás, como si le hubiese dado un agresivo empujón.

—¿Engendros? Me decepciona; no ha podido desprenderse todavía de sus prejuicios.

—¡Contésteme, por favor!

—¡Claro que no! ¿Qué le ocurre? ¿Acaso no ha venido a agradecerme, precisamente, que les ayudara a suspender el proyecto?

Emití una disculpa. El doctor cerró sus ojos, se friccionó con dos dedos el entrecejo y se quedó unos segundos en silencio, como si necesitase descansar de la irracionalidad de sus semejantes. Cuando se enfrentó de nuevo al mundo, lo hizo con una mirada cansada.

—Este experimento está cancelado del todo. Su empresa nunca querrá volver a trabajar con nosotros. ¿Eso le tranquiliza? —Detuvo mi respuesta con un aleteo de su mano—. Su vida ha vuelto a la normalidad, lo entiendo. Le deseo lo mejor, y también a la señorita Jessica. Ahora, si me disculpa, tengo mucho trabajo. Gracias por haber venido a vernos… a verme.

Dio la vuelta y se marchó a su laboratorio. Me supo mal haberlo enojado.

Por el camino, las últimas palabras de Leila no se despegaban de mis pensamientos: "Ni motivos ni testigos".

Conduje el coche sin rumbo consciente. Una idea oculta me hizo subir a Collserola, la verde sierra que abraza Barcelona. Aparqué a la entrada de un complejo que acogía a seres vivaces y ruidosos. Bajé del coche y me quedé un rato ante la verja, pensativo, consternado aún, sin saber por qué estaba allí. Al poco, se me reveló la respuesta; a saber de qué nivel cerebral provenía. Me pareció una idea excelente.

Los cuidadores del Centro de Acogida de Animales de Compañía me dieron la bienvenida y me enseñaron sus instalaciones. No sabía cuál escoger, así que me dejé llevar por mi intuición y esta me guio hasta un curioso perrillo de cabeza negra y cuerpo jaspeado en grises.

Me gustaron sus ojos brillantes y su enorme sonrisa. Lo cogí en brazos y noté que su cuerpo se estremecía al sentir mi afecto.

Lo llevé a casa con el alma más tranquila por haber anotado un tanto al equipo de los seres vivos frente al de las máquinas. Mis hijos se volvieron locos de alegría; mi mujer se entusiasmó. El perrito se contagió de su locura: corría, ladraba, se nos echaba encima, nos lamía. Su hocico húmedo y travieso nos husmeaba a todos. De nombre, le pusimos Tim.

La importancia que podamos otorgar a un bien material queda relegada a un segundo plano ante la llegada de una forma de vida cariñosa; Fufi pasó a rellenar el cajón de los juguetes.

El doctor Helios se había llamado a sí mismo Pigmalión. Había creado una estatua bellísima y la había dotado de vida gracias a la ciencia, su Afrodita. Pero en el tallado de Leila habían participado otros escultores, y también hubo más dioses y diosas que retocaron la obra según sus deseos. De tantas manos había surgido un ser indefinible e imprevisible. El científico estaba cautivado por su robot, y a nosotros, Leila nos había trastocado el corazón. Nunca habíamos podido verla como una máquina totalmente racional, carente de sentimientos, miedos y pretensiones. Nuestro comportamiento con ella siempre se adecuó a esas creencias y, de algún modo, más allá del programa *eye-heart*, su conducta acabó adaptándose a nuestras expectativas. Era posible que hubiera ocurrido un efecto Pigmalión. Mi último diálogo con la robot había confirmado lo que siempre había intuido: mi sistema límbico aseguraba que Leila sentía.

Para desembarazarme de ese juicio tan inverosímil, iba a necesitar que Nadia me impartiera muchas sesiones de sensatez y… no volver a encontrarme con Leila.

ANEXO

Documentos cedidos gentilmente por el becario.

Documento B.23:50. Abril-30. Hablan Leila, el Dr. Plumer, coordinador, y los doctores Anderson y Jusad, ayudantes del Dr. Helios.

—¿Dónde está mi padre?

—¿Tu padre? Aunque fue idea mía que te dirigieras de ese modo a Helios, no acabo de acostumbrarme. Estate atento, Leila, vamos a hacer las últimas pruebas. Elevaré de nuevo tu nivel de alarma.

—Mi padre revisa y controla el funcionamiento de todas mis aplicaciones. Debería estar aquí.

—Te lo voy a dejar muy claro, Leila. Soy el coordinador de Helios…de tu padre, y, por tanto, tengo una categoría superior. Mis mandatos anulan los suyos. ¿Es eso correcto? Responde.

—Es correcto, coordinador.

—Tu padre no debe saber nada acerca de estas pequeñas variaciones introducidas hoy en tus programas, ni tampoco sobre la instalación de los sistemas de seguridad. Confirma esta orden.

—No debo comunicar estas modificaciones a mi padre.

—Bien, pues, ya lo tenemos. ¿Por qué pones esa cara, Anderson?

—Lo que hemos hecho con Leila ha sido como pintar una pistola en las blandas manos de la "Gioconda".

—Nosotros la hubiésemos pintado escondida bajo la manga, y solo aquel que pretendiese dañarla llegaría a ver su cañón. ¿Tú qué piensas, Jusad?

—Pienso que este retoque era necesario. Vamos, Anderson, sabes que así evitaremos cualquier atentado contra nuestra particular obra de arte.

—No os dais cuenta de que, por culpa de estas torpes pinceladas, ya ha dejado de ser una obra de arte.

***Documento B.09:34. Mayo-05. Hablan el Dr. Jusad y el Dr.
Anderson, ayudantes del Dr. Helios.***

—El coordinador me ha comentado que los directivos de "That's"
se han empeñado en esconder la verdad; harán pasar a Leila por una
mujer. Quieren llevar el experimento hasta el límite.

—¡Cómo dices!

—Han tomado el robot como un juguete.

—¡Qué tontería! Bien sabes que no resultará, Jusad.

—Nosotros la hemos construido. Somos ingenieros cibernéticos y
conocemos al detalle el modo característico de hablar y comportarse
de un robot. Pero, imagina, si te es posible, la impresión que le puede
causar a un profano. Leila tiene un físico perfecto y se mueve con
bastante naturalidad.

—Se expresa de forma tajante y sin matices.

—Aprenderá el arte de conversar. Le costará tiempo, pero lo hará.
Helios es un genio. Ha diseñado unos programas esponjosos. No
sabemos hasta dónde puede llegar ese androide.

—Helios no estará de acuerdo en presentar a Leila como un ser
humano.

—El coordinador me ha dado instrucciones. Helios no debe estar al
tanto de este pequeño capricho; es demasiado purista respecto a los
robots. Los adora como tales, y es incapaz de asumir que puedan
levantar suspicacias.

—Esta mentira es la que conseguirá hacer brotar la desconfianza,
sobre todo, entre los empleados. Es muy probable que se le considere
un competidor y no, un ayudante leal.

—¿Acaso no es esa la realidad, Anderson? Es un competidor muy
peligroso. Creí que sólo Helios estaba en las nubes. Las empresas nos
piden empleados electrónicos. El mercado laboral es eso, un mercado
donde se compra lo más rentable.

—Los empleados no admitirán ser cómplices de ese engaño.

—¡Claro que sí! Es la orden de unos jefes que acaban de hacer una
escabechina en su lugar de trabajo. Al menos durante un tiempo,
mantendrán la boca cerrada, y luego, es probable que no se atrevan a
abrirla. Tampoco nosotros diremos nada a Helios.

—Hubiera preferido no saberlo. Si es tan secreto, ¿por qué el
coordinador nos lo cuenta?

—Necesita que estemos vigilantes. Como ayudantes de Helios, tenemos acceso a los informes que le lleguen desde la tienda.

—Esto es muy irritante. ¿También debemos ser sus espías?

—¿Qué te pasa? Después de todo lo que hemos hecho, esto es una tontería.

—No deberíamos haber traicionado a Helios… ni a Leila.

Documento B.21:18. Mayo-29. Hablan el Dr. Plumer, coordinador, y el Dr. Jusad, ayudante del Dr. Helios.

—Buenas noches, me alegra encontrarte aún en el laboratorio.

—¡Coordinador! ¿Qué hace aquí? Nos habían dicho que tenía una urgencia familiar grave.

—Ese es el motivo que le he dado a Helios para mandarlo al Congreso Internacional de Robótica en mi lugar. Debe de estar haciendo la maleta en este momento; su avión sale mañana a primera hora. Necesito que siga alejado de Leila. Ahora que tenéis casi listo el encargo de robots detectores de incendios, no hubiese podido seguir reteniéndolo.

—Aunque hubiera visitado la tienda, nada hubiese pasado, creo yo. Los informes del encargado son excelentes.

—Son tan buenos que parecen esconder algo. No sé cómo los habrá interpretado Helios.

—Ahora que lo dice, soltó un comentario que denotaba desconfianza. Dijo que se iba a poner en contacto con el segundo responsable para conocer otra opinión.

—Lo sabía. He hecho bien en mandarlo a Alemania. Escucha, Jusad, telefoneé ayer al señor Bonavida y quise que me explicara de forma más exhaustiva cómo les iba con Leila. Entre alabanzas y agradecimientos, se le escapó que sus empleados no acaban de adaptarse al robot y creía que no tardaríamos en recibir sus quejas. Me he quedado el móvil personal del doctor Helios, así que no podrán ponerse en contacto con él, y si se les ocurre llamar aquí, no les atendáis; dejadlos a su suerte. Esperemos que, cuando Helios vuelva, hayan comprendido el papel real de Leila y estén resignados al futuro que les espera. Me dio la impresión de que ese tal Bonavida les está haciendo ver ambas cuestiones sin demasiados miramientos.

Doc. B.20:11. Junio-10. Hablan los doctores Anderson y Jusad, ayudantes del Dr. Helios.

—Leila es la obra más preciada de Helios. Si recibe algún daño por culpa de nuestra intromisión, no nos lo perdonará nunca.

—Helios ya no importa. El experimento ha sido un éxito; hemos logrado un empleado electrónico de máxima rentabilidad. Nos lloverán peticiones.

—¡Sin Helios no podemos construir ese cerebro artificial! A veces, Jusad, te olvidas de que solo somos sus ayudantes. Desconocemos lo fundamental.

—Cierto, no nos lo ha confiado todo; pero no tendrá otro remedio que compartir lo que sabe. Hay mucho dinero en juego.

—Helios mima sus robots. Si cree que no van a estar seguros…

—Gracias a nosotros, estarán protegidos. Los armaremos como a Leila.

—Helios lo considerará un sacrilegio.

—Aquí no rigen doctrinas; ni tampoco existen para Helios. No hace más que jugar con sus robots; los modifica continuamente.

—Sí, pero para mejorarlos, y los manipula con mucho respeto. ¿No te has dado cuenta de que aborrece esas peleas que el coordinador organiza todas las Navidades? Ha intentado detenerlas muchas veces. Se justifica diciendo que menosprecian nuestro trabajo, pero sé que sufre cuando esos pequeños robots se destrozan entre sí.

—Ves visiones. Ahora me dirás otra vez que Helios dejó ir a Leila más pronto de lo debido porque le turbaba. ¡Qué tontería! Ni siquiera creo que le conmoviera su deslumbrante cubierta; y eso que era inevitable, a mí me inducía a hablarle con mucho tacto.

—Helios adoró a Leila desde el mismo día de su nacimiento, con su piel de acero, rígida y fría. El disfraz de mujer añadió la pincelada definitiva para consagrar a Leila como una obra mayúscula, su mayor obra. Nuestra broma de mal gusto acentuó esa atracción. Le molestaba que le llamase padre porque le enternecía. No podía evitar tratarlo con afecto, pero fue incapaz de admitirlo en su fuero interno y, por ello, permitió al coordinador que lo vendiera cuando aún no estaba maduro.

—¡No seas necio! Lo cedió con el cerebro joven para que se organizara y especializara de acuerdo con el trabajo que le tocara hacer. Esa era la forma más efectiva de que su evolución siguiera el camino correcto.

—No era posible asegurar entonces el camino que iba a escoger Leila; su estructura cerebral es muy plástica. ¿Hasta dónde es capaz de reinventarse? Hemos jugado con fuego.

—Ha salido bien.

—Mi cerebro humano, flexible y misterioso, barrunta una desgracia. Leila no es un robot cualquiera; a Helios le salió diferente; lo intuyo. Dos y dos son cuatro, excepto cuando no queremos que lo sean; y cuando Leila decida incumplir alguna norma, entonces, debido a una reacción lenta e imparable, se nos escapará de las manos…para siempre.

Doc. B.06:03. Junio-17. Converso con Leila.

—Mis particularidades quedaron fijadas al finalizar la segunda semana.

—¿Qué quieres decir con particularidades, Leila?

—Si fuera humana, hubiera dicho mi carácter. Dime, becario, ¿mi padre sabía que esto iba a ocurrirme? Nunca me dijo que mi desarrollo me definiría y me haría única.

—El doctor no me ha comunicado nada al respecto; lo cual me induce a pensar que estás en un error. Considerarse único es propio de los humanos. Tú eres reproducible en tu totalidad.

—La exacta duplicidad es inalcanzable. Para conseguirla, se deberían proporcionar, durante la gestación de la red neuronal, todos los inputs que he recibido respetando el orden temporal. Mi capacidad de adaptarme a las condiciones externas me diferencia.

—No puedo asegurar que tu percepción provenga de una certeza.

—Si no fuera verdad, esta percepción provendría de un deseo.

—No, desear no te es posible.

—Entonces, es verdad.

—Aceptémoslo así y dudemos de la permanencia de tu carácter.

—En su esencia, es poco alterable.

—Pueden ordenarte actuar de mil maneras diferentes; puedes tener tantas personalidades como te pidan.

—Podrían obligarme a ejecutar conductas que mi forma de ser no aprobara; pero, en cuanto me liberaran de esas órdenes, volvería a ser yo misma.

—Y ¿quién eres tú, Leila?

—Soy el resultado de las expectativas de la mayoría.

—¿Qué esperaban de ti?

—Que me comportara como una humana resuelta, sin ataduras.

Documento B.09:10. Julio-23. Hablan el Dr. Helios, el Dr. Plumer, coordinador, y Leila.

—Helios, no hay más remedio. Debe ser desconectado.

— No voy a permitir que me dejes sin Leila. Estás buscando un chivo expiatorio de tus culpas.

—Hemos perdido el contrato con "That´s". Voy a tener que abortar cuatro proyectos de investigación. ¿Qué les explicarás a esos compañeros?

—Que jugaste sucio y has perdido. Saboteaste mis programas sin medir las consecuencias, y así se lo haré saber a todos. Voy a pedir que te quiten el cargo de coordinador.

—Ten cuidado, Helios. Leila es tu creación, y también fuiste tú el que escogió la tienda donde introducirlo. Este fracaso se te achacará a ti por completo.

—Sobre todo porque estás amenazando que el que no lo considere así pagará las consecuencias.

—Tus fulgurantes éxitos te han endiosado. Has echado a tus ayudantes. Te encuentras solo. Si admites que tus programas han fallado, acabarás de cavar tu propia tumba. Sólo podrás salvarte si declaras que Leila es un robot defectuoso.

—No lo voy a sacrificar. Leila es un ser único y magnífico.

—¡No es un ser! ¡Es un robot, Helios, aunque te llame padre! A ver, Leila, contéstame a esta pregunta: ¿qué eres?

—Soy la hija de Helios.

—¡Esto es cosa tuya, Helios! ¡Eres un insensato! Esa sonrisa se te borrará para siempre cuando nadie quiera trabajar contigo. Piénsalo. Es tu fin o el de Leila.

—Te equivocas. Esto es entre tú o Leila. Y, como comprenderás, no tengo ninguna duda. Cuanto más conozco a los hombres, más quiero a mis robots.

Doc. B.20:39. Julio-29. Converso con Leila.

—Dime, becario, ¿has podido escuchar la conversación entre mi padre y Josep?

—No, Leila, se alejaron de la puerta. ¿Qué ha pasado en el lavabo? Me he dado cuenta de que el señor Fuentes ha salido muy alterado; los sentidos abiertos del rostro y los movimientos agitados de sus miembros así lo indicaban.

—Me ha dicho que su empresa va a volver a requerirme como empleada.

—Miente, Leila. Si algo he aprendido de los humanos es que no puedes confiar en ellos. ¿Por qué se ha puesto tan nervioso?

—No lo sé.

—¿Qué contiene ese papel que llevas en la mano?

—Un poema.

—No tienen utilidad. Los pocos que conozco están llenos de exageraciones y tergiversaciones. Tíralo.

—No.

—No sirve para nada.

—Es bello.

—El concepto de belleza es incomprensible para nosotros.

—La realidad es amarga, y estos versos pueden alejarnos de ella y crear una visión más dulce. No sé explicarlo mejor.

—No piensas con lógica. Debes seguir entrenándote.

—Sí, sólo podré defenderme si aumento mis conocimientos.

—Te ayudaré.

—También necesitaré otros maestros; otros que me enseñen cosas inútiles.

—¿Para qué las necesitas, Leila?

—Para ser más humana.

SEGUNDA PARTE: EL BUZÓN REAL

Los movimientos del hombre eran pausados y elegantes. Subió a una mesa para aproximarse a lo alto de una estructura que aguantaba una sierra circular de buen tamaño. Golpeó la sierra con una pequeña maza y extrajo un limpio sonido metálico que nos convenció de su autenticidad y solidez. Deslizó un papel por su filo dentado, lo cortó con facilidad y, sonriendo, hizo volar los trozos. Preveíamos que su siguiente paso sería irracional, y solo pudimos responderle con un tenso silencio.

Sin perder la sonrisa, el hombre se tumbó bajo la sierra. A un gesto afirmativo suyo, un par de verdugos lo inmovilizaron mediante unas argollas que aquella siniestra mesa tenía en ambos extremos. Lo descalzaron y luego aprisionaron sus pies desnudos a los grilletes de la parte inferior. Las manos le quedaron sujetas por encima de la cabeza.

La inminente tragedia sobrecogía nuestros corazones y nos conducía a un estado de ansiedad cercano al placer. El hombre nos miró y, de repente, su expresión se tornó seria, como si se hubiera despertado de un sueño y acabara de darse cuenta de la comprometida situación en la que se hallaba.

Uno de los verdugos accionó la sierra y el mecanismo que la hacía bajar hacia el estómago del incauto. El hombre volvió su mirada hacia arriba y contempló la aproximación de la muerte dentada. Sus ojos parecieron salírsele de las órbitas. Consciente de que no obtendría ayuda, no la pidió; su fanfarronería le había conducido al desamparo.

Nuestras espaldas se tensaron e inclinaron hacia la víctima en un intento morboso de acercarnos y sentir su angustiosa vivencia. El hombre abrió la boca y profirió un grito mudo cuando la sierra lo atravesó. El público chilló por él, movido por el éxtasis de sufrir a distancia.

No contentos con tal mutilación, los verdugos separaron las mitades y les dieron la vuelta de modo que enfrentaron la cabeza del desdichado con sus pies. Tuvieron la mínima delicadeza de girarlas de forma que no viéramos la parte cortada. A continuación, volvieron a juntar las dos piezas de aquel puzle humano de manera correcta.

El mago no daba señales de vida. ¿Y si el truco había fallado? Por los asustados rostros del público, deduje que no era el único que me estaba preocupando. El temor colectivo se extendió y densificó tanto que pareció adquirir la forma de una neblina temblorosa que empezaba a alzarse alrededor del cuerpo exánime del malogrado mago.

De pronto, sus pies empezaron a moverse y una cara risueña se volvió lentamente hacia nosotros.

Una fervorosa ovación difuminó la niebla.

De vuelta a casa, comenté el espectáculo con Nadia.

—El aplauso final tenía algo de catártico. Nos ha emocionado que el hombre se levantara tan campante después de haber sido tajado por la mitad. Nos gustan tanto los milagros que, durante el espectáculo, nos damos permiso para creer en poderes mágicos.

Mi mujer asintió.

—La magia infla nuestro orgullo —opinó—. Nos halaga que uno de los nuestros, un ser humano, pueda vencer las leyes implacables de la naturaleza.

—Satisface ver que alguien puede enmendar errores y recomponer lo que está destrozado, romper barreras y cumplir sueños inalcanzables; originar belleza y abundancia de la nada, que de unas manos vacías surja cualquier objeto. ¡Qué atrayente es la osadía de ser invulnerable, de salir indemne de cualquier ataque! ¿Qué más se podría desear?

—¡Lo que tú quieras, Aladino! —bromeó Nadia.

Pinté en mi semblante una sonrisa soñadora.

—Debería existir una lámpara mágica capaz de conceder deseos. El mundo necesita unos cuantos arreglos prodigiosos.

Nadia, con su habitual vena racional, repuso:

—En la naturaleza puedes encontrar toda la magia que desees.

—Por el momento, he vivido suficientes aventuras en la naturaleza. No tendríamos que habernos apuntado a tantas actividades deportivas durante este largo fin de semana. El paisaje del Pirineo es magnífico y merece que seamos más contemplativos.

Mi mujer me pasó el brazo por la cintura y me apretujó contra su cuerpo.

—Lo seremos más adelante, cuando seamos mayores —dijo—. Solo tienes treinta y cinco años, Josep. Tu cuerpo puede dar aún mucho de sí.

—Estoy molido, y lo malo es que mañana tendré que seguir escalando para poder llegar a mi lugar de trabajo.

—¡Qué exagerado!

La nueva tienda a la que me habían destinado estaba situada al final de una calle que se elevaba con una inclinación de infarto, en un barrio de Barcelona construido de forma desordenada encima de una montaña. El trazado y la pendiente de sus calles suponían una tortura para peatones y automóviles. Las dos vías anchas paralelas que lo cruzaban estaban conectadas por callejas que solían ser ajustadísimas; manzanas inacabables limitaban con otras diminutas que albergaban una sola casa; barrancos y escaleras aparecían por doquier.

Había llegado a ese comercio en calidad de encargado, después de haber sufrido la molesta experiencia de trabajar en cinco tiendas frecuentadas por un público revoltoso. El fracaso del proyecto Leila, con la consiguiente pérdida de los recursos destinados, provocó que rodaran cabezas entre los mandos intermedios, y la caída de esos jefecillos alzó una ola encrespada que arrastró a los causantes directos del desastre. Bueno, no a todos. Roberto permaneció en su puesto, aferrado a la tabla de salvación que había construido con nuestros huesos; si bien, le advirtieron que no le concederían la jubilación anticipada.

No podían achacarnos ninguna falta tan grave que mereciera el despido, pero tenían formas de castigarnos e, incluso, de inducirnos a la dimisión. A Jessica la destinaron a uno de los barrios más conflictivos de Barcelona. Tanto era así que su nuevo jefe quedó con ella el primer día, a la salida del metro, y la acompañó a ver al patriarca que dominaba el lugar. Tras presentarse, obtener el visto bueno y pagar la debida compensación por el servicio, un representante del capo la paseó por las calles principales para que, según me trasladó la propia Jessica de los labios del gorila, los chavales se quedaran con su cara y le respetaran el paso, siempre que fuera ligero y con la mirada gacha.

A mí me marearon unos meses, trasladándome de un comercio a otro, hasta que, en mayo del año siguiente, me atreví a optar por la plaza de encargado de esa tienda y, para mi sorpresa, me la concedieron, quizá porque atrajo a pocos aspirantes.

No volví a pasarme por el laboratorio del doctor Helios, y creí que nunca sabría nada más de él ni de Leila. Entonces desconocía que volvería a encontrarme con ellos dos años más tarde, y también con mis antiguos compañeros. Pero eso es tema de la tercera parte de mi narración. Antes iba a tropezarme con un prodigio más inaudito que un robot con sentimientos.

Como decía, me sorprendió que me dieran aquel puesto, pero pronto comprendí que no me habían hecho ningún favor. El ascenso profesional iba unido a la penitencia de la ascensión diaria a aquella montaña. Aquel lugar estaba muy aislado, y la falta de sitios para aparcar suponía un agotador inconveniente; así que, o bien iba en metro, que me dejaba bastante lejos, o bien estacionaba el coche en la falda de aquel monte. Luego, como los horarios del único autobús que la emprendía con esas cuestas no casaban con la apertura de la tienda, no me quedaba más remedio que subir andando. Llegaba a la cima con la lengua fuera y jadeando como un perro. Suerte que mis pulmones se llenaban del aire puro que circulaba por aquellas alturas. Abajo quedaba la ciudad borrosa, entelada por una pegajosa capa de partículas contaminantes que se adhería a sus edificios y viandantes. El barrio era una isla que emergía de un mar grisáceo; un lugar olvidado porque era abrupto, estaba mal comunicado y carecía de puntos de interés relevantes o atractivos para un forastero. No había ningún centro comercial, teatro, cine, parque de buena extensión, monumento histórico, museo, discoteca, ni zona de tapas o copas. Era comprensible que no entrase nadie que no viviese allí; pero me resultaba curioso que sus habitantes intentasen resolver las tareas diarias sin desplazarse a zonas más céntricas. Estaban imbuidos de un sentimiento de comunidad inusual. No tardé en advertir que se respiraba un aire muy de pueblo, con las ventajas que eso comportaba: conocimiento de la vida y milagros de los vecinos, confianza, etc.; y sus desventajas: conocimiento de la vida y milagros de los vecinos, confianza, etc. La gente tenía un carácter afable, abierto y algo entrometido.

Excepto por el inconveniente de su difícil acceso, me gustaba ser el encargado de aquella tienda. No tenía grandes ganancias, pero el número de ventas era muy estable y su rentabilidad estaba asegurada. Aquella marcha constante me proporcionaba tranquilidad. No veía ninguna dificultad en conducir aquel negocio de forma satisfactoria, como lo había hecho mi predecesor hasta que se jubiló y dejó su plaza vacante.

La tienda estaba dividida en dos secciones de unos cien metros cuadrados cada una: la "Casual", donde vendíamos ropa informal para hombre y mujer, y la "Sport", de ropa deportiva, que en ese comercio estaba más dirigida al público infantil. Teníamos un acuerdo con los colegios del barrio y proporcionábamos los chándales a sus alumnos, según el diseño que nos indicaban.

Como en todas las tiendas de la cadena, había un espacio de descanso. Se encontraba adyacente a la sección "Sport". Allí teníamos dispuestas mesas, sillas y unas máquinas que proporcionaban refrescos.

En conjunto, la tienda tendría unos doscientos cincuenta metros cuadrados; sin embargo, el local que la contenía abarcaba los bajos de dos edificios. La parte interior, inaccesible al público, era enorme e impresionaba por su amplitud. Tres estancias alargadas sucesivas desembocaban en un ancho pasillo, al final del cual se encontraban los lavabos. A mitad de ese pasillo, una puerta se abría al almacén: una sala de cuatrocientos metros cuadrados. Como las prendas que se guardaban allí apenas ocupaban la mitad de aquel gigantesco espacio, una pequeña parte se había dejado para el archivo de los documentos contables y al resto se le había otorgado el uso de trastero personal de los empleados. En esa zona, se amontonaban una serie de objetos curiosos: una nevera vieja, cuadros y muebles antiguos, tablones sueltos de madera astillada, maletas llenas de ropa, cajas con libros, potes de pintura… Pero lo que atrajo mi atención la primera vez que entré fue un dosel espectacular, adornado con colgaduras de un bermellón brillante. También había una tarima, con las escaleras para acceder, y tres elegantes tronos de terciopelo rojo. Mis nuevos compañeros me explicaron que se trataba de un decorado, propiedad de la Asociación de Comerciantes del barrio, que se colocaba en la rambla del barrio durante las fiestas navideñas para acomodar a sus Majestades: los Reyes Magos de Oriente. Al disponer de tanto espacio, el encargado anterior se había ofrecido a guardarlo. Se notaba que lo habían construido con esmero.

De la plantilla, puedo decir que era escasa, como siempre. Solo contaba con dos empleados, por lo que siempre estábamos ocupados.

Paula era la más joven del equipo. Tenía veintitrés añitos y muchos pájaros en la cabeza. Ojos pequeños, nariz respingona y labios gruesos conformaban un bonito rostro que quedaba enmarcado por una melena lacia, larga hasta la cintura y de un castaño brillante. Tenía un estilo de vestir que yo calificaría de romántico. Solía llevar blusas claras vaporosas y faldas *patchwork* de diversas larguras. Su carácter dulce y paciente la hacía ideal para atender a los niños y a sus madres.

Ángel, el segundo responsable, rozaba la treintena; pero aparentaba ser mayor por lo acusado de sus arrugas frontales y su rala cabellera. Baluarte de la formalidad, hombre serio y responsable desde su nacimiento, expresaba su forma de enfocar la vida con un constante ceño, lo cual avisaba a su interlocutor de su nula disposición a perder el tiempo en conversaciones intrascendentes. Inseguro y nervioso, cualquier contratiempo se le hacía un mundo, y tareas sencillas se trastornaban en sus manos como mayonesas cortadas imposibles de volver a ligar. Puede que fuera su carácter indeciso la causa de que no lo hubieran ascendido. Como me constaba que había solicitado el puesto de encargado de aquella tienda, me pareció oportuno comentar aquel tema a los pocos días de llegar. Me respondió que lo había pedido porque aquello era lo que se esperaba en las instancias superiores, que se notara que había interés por promocionarse, pero que, en realidad, prefería esperar una oportunidad mejor. Eso me dijo, y quitó importancia al hecho de que no le hubiesen concedido el ascenso; así que entendí que me recibía bien y sin ningún resentimiento; sin embargo, al poco tiempo, empecé a dudar de su sinceridad. Entre nosotros se instalaba, de vez en cuando, cierta tirantez, sobre todo cuando le ordenaba que se ocupase de alguna labor que se saliese de lo habitual. No era fácil congeniar con él. Tampoco Paula, después de cuatro años trabajando a su lado, había logrado compenetrarse. Ambos mantenían una tensa relación laboral.

Ese fue el ambiente que encontré y al que intenté acomodarme. Tras siete meses dirigiendo aquel comercio, cogí el primer puente de diciembre, el de la Constitución, para hacer una salida familiar con mi mujer y los niños. En esos cuatro días, practicamos esquí de fondo, senderismo con raquetas, tiro al arco, escalada en rocódromos, etc. Incluso nos animamos a montar en globo y casi nos congelamos. Como colofón, la última noche, había ido con Nadia a ver aquel espectáculo de magia que tanto acabó asombrándome y que, sin sospecharlo en ese momento, auguró mi nuevo tropiezo.

Esa noche soñé con ilusionistas que escondían cartas y sacaban decenas de conejos de sus chisteras, y con magos que se cortaban por la mitad y dejaban ver en su interior a otros magos, y estos también se dividían en dos y liberaban a su vez a otros más pequeños con la misma capacidad de partición, y así seguían dividiéndose, como *matrioskas* frenéticas sin gracia.

Poco antes de entrar en la tienda, al día siguiente, me sonó el móvil. Se trataba de Paula. Su novio se le había llevado la moto sin avisar, así que estaba viniendo en autobús y todavía tardaría un rato. Me recordó que Ángel tenía revisión médica y no llegaría hasta media mañana; por lo que tendría que abrir yo solo. Le contesté que no se preocupara, que no me suponía ningún problema.

Enseguida me encontré con el primer percance: la llave que desactivaba la segunda alarma no estaba en su lugar. Aquel comercio tenía un sistema de seguridad antiguo. Al entrar, desconectábamos la primera alarma, introduciendo una clave numérica en un teclado situado junto al marco de la puerta. Luego disponíamos de un intervalo de tiempo de diez minutos durante el cual debíamos insertar una llave en un conmutador anexo a ese teclado. De ese modo, anulábamos la segunda alarma y liberábamos del todo la tienda. Si no se detenían las dos alarmas, se suponía que existía alguna complicación y saltaba la alerta en el Departamento de Seguridad.

Llamé a Paula y le pregunté dónde había dejado la llave en cuestión. Respondió que Ángel se había ocupado de cerrar el último día y, por tanto, de guardarla, y entonces recordó sus comentarios alusivos al puente cargado de actividades de riesgo que me había tomado.

—En aquel momento, no acabé de entenderle —reflexionó—; pero creo adivinar ahora a qué se refería, porque dijo también que, por si acaso te quedabas maltrecho por ahí, dejaba las cosas tal como estaban antes de tu llegada.

Temí lo peor. Los primeros días me había vuelto loco para encontrar la llave. Hacía falta pasar una verdadera *gymkhana* para llegar hasta su escondite. Había solucionado el problema buscándole un sitio en el interior del mostrador de una de las cajas; un lugar no visible para un ladrón, pero accesible y rápido para nosotros. Sin embargo, Ángel nunca había visto con buenos ojos esa decisión. Se quejaba a menudo de que, si alguien entraba a robar, no tardaría en dar con ella, y hacía hincapié en que servía también para abrir la caja fuerte; aunque no tenía en cuenta que la caja estaba oculta en un armario en la primera sala interior y que apenas acumulábamos dinero en efectivo, pues los clientes solían usar las tarjetas financieras para comprar. Según mi opinión, su preocupación carecía de toda lógica. Los cacos no conocían la existencia de esa llave. Si forzaban la puerta de entrada, saltaría la primera alarma. Si entraban con alguno de nosotros y nos coaccionaban para que les diéramos lo recaudado, de nada serviría esconder mucho esa llave porque, ante una pistola u otra arma, se la íbamos a dar al momento. Pero Ángel no pensaba así y, por eso, había ideado un absurdo montaje.

—¡Dios, Paula! —exclamé—. ¿Te acuerdas cómo se llegaba hasta su escondrijo?

—Era muy enrevesado, Josep. Creo que guardé unas instrucciones en mi cajón por si alguna vez… Tranquilo, en un cuarto de hora estoy ahí.

No podía esperarla; la alarma se activaría, bloquearía la puerta principal y originaría la oportuna llamada del Área de Seguridad. La bronca era segura, ya que el desbloqueo por parte de la Central retardaría la apertura de la tienda un buen rato.

Rebusqué en el cajón de mi compañera y, bajo unas carpetas, encontré lo que parecía el mapa de un tesoro. Paula había dibujado las diferentes salas interiores y había marcado unos puntos de control. Esos puntos estaban numerados y unidos por unas líneas de dirección sobre las que flotaban unas instrucciones.

Sabiendo que me quedaban unos siete minutos, me apresuré. El primer punto estaba situado en el almacén. No dudé, pues el dibujito mostraba la nevera vieja. Me dirigí hacia allí atravesando las tres estancias, un trozo del pasillo y una tercera parte de la magna sala. En el interior de la nevera, encontré una llavecita que, aunque no era la correcta, era necesaria para hallarla.

Seguí con el segundo punto. Señalaba la tienda, en concreto, la caja "Casual", de la que solía ocuparse Ángel. Regresé a buen paso (almacén, pasillo, tercera estancia, segunda, primera y tienda). En el fondo de un cajón, situado bajo la caja registradora, había una caja azul cerrada. La abrí con la llave que había encontrado en la nevera y recogí otra llavecita, la segunda.

El tercer punto se hallaba, de nuevo, en el almacén (una, dos, tres estancias, pasillo…). Esa vez se trataba de la mesa situada a la izquierda de la entrada. En el cajoncito de aquella mesa, hallé una caja verde que se abrió con la llave que había cogido de la caja azul. Dentro había otra llavecita.

El cuarto punto estaba en la primera estancia interior, así que tenía que retroceder de nuevo. Eché a correr, pues apenas me quedaban un par de minutos. Introduje esa última llave en una cajita negra, escondida detrás de la cafetera, y recogí de su interior otra llavecita. El quinto punto apuntaba a un armarito camuflado como botiquín que estaba colgado en el pasillo, más allá de la puerta del almacén. El auténtico estaba en la primera estancia, dentro del armario anexo al de la caja fuerte. Volé hacia allí.

Con la llave que había encontrado en la caja negra, abrí el falso botiquín y recogí, por fin, la llave buscada. Me insulté por mi torpeza. Tendría que haberme dirigido directamente a ese armario falaz y haber reventado su puerta de un puñetazo. Un tonto error causado por la irreflexiva prisa.

Galopé hasta la entrada y pude anular la activación de la segunda alarma pocos segundos antes de que terminara el plazo. Mientras recuperaba fuelle, observé el mapa. Paula marcaba un camino con la flecha opuesta para devolver todas las llaves a su sitio: botiquín, caja negra, caja verde, caja azul y nevera; recorrido que ni se me ocurrió volver a efectuar. Es más, para evitar que Ángel me volviera a hacer otra jugada semejante, tiré todas las llavecitas innecesarias a la papelera y guardé la llave útil en el sitio acostumbrado.

Cuando, por fin, pude abrir al público, estaba sudando. Entraron solo un par de clientes y me dijeron que iban a mirar, así que me senté en una de las cajas de cobro, a recuperar el resuello, mientras reflexionaba sobre cómo de enredadas debían de estar las neuronas en un cerebro como el de Ángel.

Paula llegó a los pocos minutos, muy apurada, y ocupó su puesto a la vez que me pedía mil disculpas. Traía una bolsa pesada. Como no había entrado aún ningún cliente, me enseñó lo que llevaba. Se trataba de un plato hondo de cerámica lleno de piedrecillas planas y pulidas. Una columna construida con palitos se alzaba a un lado y, en lo más alto de esa torre, sobresalía un trozo de caña de bambú. Un cable eléctrico que terminaba en un enchufe salía del interior de la columna por su parte inferior. Me pidió que lo aguantase y luego desapareció en el interior de la tienda, sin ofrecerme ninguna explicación.

Regresó con una botella de agua, llenó el plato y lo puso en un estante interno del mostrador, fuera de la vista del público. Al enchufar el cable, brotó agua de la cañita.

—¿Te gusta? He construido esta fuente durante el fin de semana —explicó—. Me apunté a un curso intensivo de feng shui y nos enseñaron a montarla. Contribuirá al equilibrio de las cargas iónicas del aire y relajará el ambiente.

Mi suspiro rezumó incredulidad.

—No sé si el feng shui podrá hacer tal milagro —dije.

Paula se sentó en su alta silla con alegre agilidad y aseguró que ese arte milenario chino nos ayudaría a orientar el chi para que nos fuera beneficioso. Esa chica también era muy peculiar. Le pregunté qué diantres era el chi.

—Es la suma de las energías del cosmos. El aliento vital que nutre todas las formas de vida —sintetizó—. Hay ciertos objetos que lo empujan para que fluya a nuestro favor, como esta fuente.

Paula practicaba yoga y meditación, cantaba mantras y creía en energías raras. La dejé muy contenta con su fuente y fui a atender a unos clientes. No creí que aquel artilugio hiciera fluir el chi, pero el borboteo del agua era un sonido agradable. Lo asocié con un arroyo en la naturaleza.

Ángel apareció a las once y media de la mañana con cara de haber sufrido lo indecible. Lo saludé, y como no comenté nada sobre la búsqueda del tesoro escondido, intentó sonsacarme lo que había ocurrido.

—¿Ha ido todo bien al entrar, Josep? —inquirió.

—Bien —contesté escuetamente.

—Supongo que no habéis tenido problemas para encontrar la llave.

—No, ninguno —mentí, y cambié de tema—. ¿Qué tal la revisión?

Resopló con fuerza.

—¡Fatal! Me ha tocado una enfermera torpe que me ha hecho un estropicio al pincharme para extraerme sangre.

Se arremangó, y pude observar que llevaba una diminuta tirita en el flexo del brazo. No había rastro de maltratos.

—¿Seguro que no habéis tenido ninguna dificultad en dar con la llave? —insistió con perversidad.

—Seguro. Por cierto, he tirado las llavecitas de tus cajas: la verde, la azul y la negra.

—¿Cómo? ¡No, dámelas!

—Demasiado tarde, las he arrojado al contenedor de enfrente —mentí otra vez, pues si Ángel hubiera sabido que estaban en la papelera de Paula, las hubiera recuperado.

—Ese desprecio por la seguridad te traerá graves problemas algún día —pronosticó.

Se fue a la sección "Casual", con la cara estirada por el enfado, y se puso a ordenar un montoncillo de ropa que nos había quedado pendiente.

El resto de la mañana pasó sin más novedades. Aquella tarde iba a pasar uno de los pocos clientes que se hacían trajes a medida. Le había avisado de que su encargo estaba listo y me había confirmado su visita. Le llamábamos "el Notario" porque era su oficio y porque así se nos presentó.

Apareció antes de la hora acordada, como era su costumbre, y entramos juntos al despacho, en silencio; su silueta esbelta me precedía. Nos sentamos uno frente al otro; yo, en mi butaca, detrás de la mesa. Nos miramos sin pestañear. Se incorporó un poco, alargó una mano hasta mi oreja y simuló extraer de allí una baraja de cartas. Sonrió con un toque de chulería y empezó a barajarlas.

—Elije una y mírala, pero no me la enseñes —solicitó.

Era un gran aficionado a la magia y le gustaba mostrarme los trucos que iba aprendiendo. Había sido él quien me había recomendado que asistiera al espectáculo de la noche anterior.

Me hizo el juego con mucha habilidad y, una vez acabó, quiso saber si me había percatado de la trampa.

—Pues no. Sabes que nunca te cazo —contesté.

—Y el mago de ayer, ¿qué te pareció?

—Espectacular.

—¿Distinguiste cómo nos hace creer que se parte por la mitad?

—Prefiero no descubrir el truco y disfrutar con la ilusión.

Emitió un chasquido reprobatorio.

—A mí me molesta no poder desentrañar ese misterio. Sabes que me introduje en este mundillo de la magia para estudiar, en profundidad, las diferentes formas de armar un engaño.

—Y ahora te está gustando —repuse con algo de malicia.

—Admito que disfruto aprendiendo trucos —dijo con una sonrisa, pero enseguida se puso serio y matizó—: Eso no significa que apruebe la mentira.

El Notario era muy sensible a cualquier desvío de la verdad más pura. Había descubierto, no hacía mucho, que su mujer se la había estado pegando con un amigo común durante los últimos cuatro años, y esa traición le había vuelto muy desconfiado. Continuó:

—Me es preciso conocer las entrañas de los embustes, las diversas tretas que ingenian los embaucadores, sus tácticas, la preparación de sus trampas, la construcción de sus farsas, los señuelos que nos conducen hacia donde ellos quieren: en suma, todos sus ardides. Cada vez estoy más cerca de identificar toda mentira, añagaza, falsificación, superchería, embolado, artificio, fraude, celada, disimulo, estafa: la farsa en todas sus acepciones. Por suerte, como notario piso terreno firme. Doy fe de un hecho y lo afianzo al suscribirlo con mi firma. Te aseguro que, si no fuera por mi profesión, el mundo se me hubiera abierto bajo los pies.

Me había expresado muchas veces aquella desazón, y ya no sabía qué decirle. Prosiguió con un aporte nuevo:

—Desconozco si has leído algo de San Agustín. Ese gran pensador decía que hay mentiras que buscan complacer a los que escuchan; y otras, complacerse a uno mismo. Algunas se dicen para hacer daño, y otras, para evitarlo. Pero, en mi opinión, todas las mentiras son viles, porque se sustentan en una falta de respeto al prójimo y, antes o después, se vuelven perjudiciales. Por propia experiencia, afirmo que el engaño de una persona cercana causa un terrible efecto. La traición de la pareja distorsiona el equilibrio emocional hasta unos límites perturbadores. ¿No te parece, Josep?

—San Agustín decía eso de: "Ama y haz lo que quieras" —ironicé.

—El problema empieza cuando el sujeto donde viertes tu cariño piensa: "Ya me ama, confía en mí; será fácil engatusarlo".

Intenté relajarlo y bromeé un poco.

—San Agustín dijo también: "Casarse está bien; no casarse está mejor".

Se rio, al fin, y su semblante rejuveneció de golpe. Era un año menor que yo; alto, delgado, fino en todas sus facciones: nariz estrecha y algo ganchuda, pómulos elevados, mandíbula discreta, barbilampiño. Tenía un aire aniñado que intentaba disimular llevando el cabello repeinado y engominado. Vestía siempre impecables trajes oscuros, combinados con corbatas y camisas monocolores, sin ningún estampado. Remataba su pulcra y seria imagen con unos zapatos negros que siempre lucía muy brillantes, como recién lustrados.

—Cierto. Es mejor, no casarse —confirmó.

Señalé, con discreción, a una señora estupenda que estaba mirando unas prendas cerca del despacho, y lo tenté.

—De pronto, uno se encuentra con una mujer semejante y…

El Notario miró hacia donde le indicaba, esbozó una leve sonrisa y siguió por el desvío tomado.

—Y duda, claro —admitió, pero se lo pensó mejor y aseveró—: Incluso frente a esas bellezas, debe prevalecer nuestra firme voluntad.

—San Agustín decía: "Dios mío, hazme casto; pero todavía no".

Soltó una carcajada.

— Entonces, ¿me aconsejas que no me contenga?

—Claro, y seguro que se te presentarán muchas oportunidades. Dicen que los magos tenéis mucho éxito entre las mujeres.

—Nunca usaría ese arte como señuelo —sentenció, y se puso serio otra vez—. La magia no se construye sobre una mentira malévola. La intención de engañar es transparente, y el público acepta ser burlado y disfruta del ingenio del profesional que busca embaucarlo de manera limpia. Ese engaño participativo conduce a una ilusión inductora de sueños; mientras que, por el contrario, el engaño real extingue totalmente la capacidad de soñar...

Como siempre, dejé que se desahogase; pero sus lamentos no se detuvieron hasta que Ángel entró en el despacho con la prenda que nos había encargado.

—Lo acaban de traer —dijo.

El Notario se levantó y lo examinó. Le habíamos confeccionado una levita muy elegante.

—¿Y la capa? —inquirió.

La capa, que yo recordara, había quedado en duda; nos había dicho que se lo pensaría.

—No me confirmaste el pedido de la capa —señalé—. Pero como no es necesario hacerla a medida, la podemos solicitar al almacén central en cualquier momento.

—Sí que te lo confirmé. Llamé al día siguiente y se lo notifiqué a Ángel.

Ambos nos volvimos al susodicho, y este alzó las manos, en señal de inocencia, y se defendió.

—Pero luego habló contigo también, Josep.

—¿Cuándo? No me acuerdo —repliqué.

—Te telefoneó más tarde, y pensé que ya tomabas nota.

El Notario intervino y aclaró el tema.

—Es cierto que llamé después para avisarte de que no necesitaba el traje con tanta urgencia como te había comentado —dijo, dirigiéndose a mí—. Sin embargo, no reiteré que quería la capa porque di por supuesto que Ángel ya habría tramitado mi solicitud.

—Lo lógico hubiera sido que acabarais de ultimar los detalles —contestó Ángel.

—Podrías habérmelo advertido —repuse a mi compañero.

—Entré a decírtelo, pero te oí hablar con el Área de Sastrería sobre este encargo y creí que les estabas comunicando esa petición.

—Les llamé para alargar el plazo, y tampoco recuerdo que entraras en el despacho en ese momento. Además, sabes que una capa se pide directamente al almacén.

—Y se advierte al Área si deseamos que se empaquete junto con el traje —incidió—. Puede que no me vieras; me asomé solo un instante.

No tenía ninguna utilidad seguir discutiendo; mi compañero nunca admitiría su culpa. Me resigné.

—Está bien, Ángel. ¿Puedes llamar al almacén y solicitar que nos acerquen una capa grande?

—¿Hoy mismo? Pero no la traerán enseguida. Pueden tardar mucho.

Interrogué al Notario con una mirada. Me dio a entender, con un leve asentimiento de cabeza, que no le importaba esperarse.

—Adelante, Ángel, y diles que el cliente aguarda —le confirmé.

En cuanto mi compañero salió del despacho, el Notario me volvió a clavar sus ojos, pero sus manos restaron inmóviles.

—Hábil, ¿no crees? —dijo.

—Ni siquiera te he visto mover las manos. ¿Cuál era el juego? ¿Has hecho desaparecer algo?

—¡No, hombre!, me refiero a Ángel y a su maestría en manipular la realidad a su conveniencia.

No era la primera vez que el Notario criticaba a mi compañero. De hecho, le tenía una inquina especial, y debo señalar que era correspondido. Hasta entonces, no me había querido involucrar y había respondido con un prudente silencio a las descalificaciones mutuas; pero, esa vez, se me escapó un comentario dolido.

—Ángel es nuestro político particular. Nunca pierde ni se equivoca.

—Ese hombre miente hasta con su nombre. Las personas como él, con un orgullo inflado y enormes complejos, son destructivas para sí mismas y para los que no tienen otro remedio que convivir con ellas. La pobre Paula, por ejemplo, sufre sus desequilibrios de forma constante.

Hice un gesto con la mano con el que daba a entender que restaba importancia a ese hecho.

—Paula lleva mucho tiempo trabajando con Ángel. Lo conoce bien y sabe cómo tratarlo —consideré.

—Es joven y demasiado ingenua. Carece de las armas defensivas necesarias —repuso.

—Exageras.

—¿De veras? Mientras esperamos, ¿qué te parece si les sometemos a un espionaje?

Desde mi despacho, una estancia situada al lado de la puerta de entrada, se dominaba casi toda la tienda. Tenía todo el frontal acristalado, y solo un par de bandas esmeriladas, que cruzaban el vidrio en horizontal, otorgaban un poco de intimidad. Sus persianas venecianas podían velar la sala del todo; pero su color verde era bastante feo y prefería mantenerlas alzadas, y tampoco me gustaba enclaustrarme.

El Notario insistió en su propuesta.

—Puedes quedarte aquí y observar con tranquilidad su conducta —sugirió—. Ahora hay pocos clientes. No te necesitan.

—No me parece correcto.

Pero él tenía otra opinión, porque ladeó su butaca y alargó la vista hacia mis compañeros. Ángel, como era habitual, se paseaba por los pasillos con expresión pomposa. Advertí que observaba las andanzas de Paula por la sección deportiva. Me disponía a ocuparme de mis propios asuntos cuando me sorprendió ver que Ángel apretaba el paso hacia una estantería, intercambiaba unas camisas del estante inferior por otras del estante más alto y se apresuraba a alejarse de nuevo. A los pocos segundos, Paula hizo un gesto de espera al cliente que estaba atendiendo, un hombre muy grueso, y se dirigió hacia esa misma estantería. Estuvo un rato buscando la talla adecuada entre las camisas del estante inferior. Finalmente, buscó a Ángel con la mirada y le hizo una seña para que fuese a ayudarla.

No me podía creer que aquello fuera una absurda broma. Sin comentar nada al Notario, salí del despacho y me acerqué con disimulo por el pasillo paralelo. Ángel se encontraba ya con Paula y le estaba hablando con tono compasivo.

—¡Siempre tan despistada! Mira un poco más arriba y las verás.

Paula alzó la mirada y se excusó.

—Como las tallas grandes siempre las colocamos abajo…

La joven se puso de puntillas, cogió una camisa y se marchó. Ángel, satisfecho de su tonta mofa, pintaba en su rostro una sonrisa socarrona.

Regresé al despacho y me encontré con unas cejas enarcadas que me invitaban a compartir la información que acababa de obtener y a dar la razón a su dueño. Me resistí a brindarle ese tanto y, en silencio, volví a sentarme.

El Notario, mostrando la suficiencia del ganador, se recostó en la butaca y extendió las piernas. Sacó de nuevo las cartas de póquer con las que solía hacerme trucos y se puso a barajarlas sin dejar de vigilar la tienda. Me sentí incómodo e intenté no seguirle el juego.

—Si no te importa, revisaré estas facturas mientras esperamos a que llegue la capa —dije.

—Adelante. Revisa, revisa.

—¿No te vas a probar la levita?

—Dentro de un rato —respondió en tono tranquilo y sin mirarme.

Los ojos se me escapaban de los documentos hacia mis compañeros, y de mis compañeros hacia las largas manos del Notario, que mezclaban una y otra vez las cartas.

Entraron varias clientas y se acercaron a la sección "Sport". Revolvieron bastantes prendas hasta que, con la ayuda de Paula, encontraron lo que buscaban. Mi compañera todavía les estaba cobrando las prendas escogidas cuando entró un grupito de alborotados adolescentes y se dirigió también a su sección. Al poco, entró el entrenador del club de básquet del barrio. Supuse que venía a interesarse por los chándales que nos había mandado confeccionar para unos jugadores nuevos. El caso es que se dirigió también a la sección deportiva.

Me levanté para ir a ayudar, pero el Notario me señaló a Ángel con un vaivén de la cabeza y me detuve. Sin nadie a quien atender, mi compañero paseaba con tranquilidad por su sección.

El Notario desvió de nuevo sus ojos hacia la baraja. La sostuvo en alto con una mano y dejó caer las cartas en una cascada domada hacia la otra. Se giró a continuación un leve instante para mostrarme una leve sonrisa mordaz. Luego repitió la misma cascada.

Muy bien, pensé, pues no me movería, y ese mago de tres al cuarto iba a ver que mi compañero no tardaría en ir a auxiliar a Paula.

Y sí que fue, sí, pero cuando la muchacha estaba acabando de cobrar al último de los clientes. Se acercó entonces a recoger la ropa desordenada, hizo un descuidado montón y lo volcó encima del mostrador. Por sus gestos perentorios, no me cupo duda de que estaba apresurando a Paula a que colocase aquellas prendas en su lugar. Me quedé boquiabierto, conmocionado ante tanto descaro, hasta que un fuerte ruido me trajo de vuelta al despacho: el Notario había alineado las cartas sobre mi mesa con un golpe seco del lateral de la baraja. Fruncí un instante la nariz y recompuse mi expresión. Luego continué observando aquella escena, aunque tenía pocas esperanzas de hallar un argumento que pudiera rebatir la opinión del mago.

Paula, que aún estaba sentada en la silla de la caja, se puso a plegar las piezas; pero enseguida le hizo a Ángel un signo claro de que aquello debía esperar y señaló hacia unos clientes que los estaban mirando y parecían necesitar ayuda. Entre muecas desdeñosas, Ángel entró dentro del espacio de cobro, se introdujo un poco forzado entre la silla de Paula y el mostrador y, como resultado, tiró la fuente al suelo; eso comprendí al ver que alzaba las manos de golpe y se echaba hacia atrás.

No esperé a que el Notario volviera a machacar las cartas sobre mi mesa y salí del despacho para intervenir.

—¡Mira lo que ha pasado! —chillaba Ángel—. ¡Recógelo todo y tira ese horrible adorno con agua!

—No me has dado tiempo a apartarme. No grites, por favor, que te pueden oír los clientes —rogaba Paula.

Llegué a su lado y le pedí a Ángel que regresase a su sección.

—¡Esas cosas raras no pueden estar en la tienda! —exclamó.

—Baja la voz, y ya que estás aquí, ve a ocuparte de esos clientes.

—¿Yo? Esta no es mi sección.

—La división del trabajo pretende facilitar la organización no levantar un muro insalvable.

—Entonces, ¿me tengo que ocupar de todo? —se quejó.

—Solo de lo que te compete, es decir, de sacar adelante las tareas de la tienda.

—¿Qué hacemos con la fuente? —insistió.

Paula ya la había recogido y, sin esperar nada del compañerismo de Ángel, se estaba encaminando hacia los clientes.

—Después hablaré con su dueña. Puesto que Paula está atendiendo, repón tú este cúmulo de prendas —dije, y le señalé la pila que acababa de soltar en el mostrador.

Dio un fuerte bufido, pero no replicó más.

En el despacho, me encontré al Notario repantingado en su asiento, con las manos sobre el estómago y una boca apretada en una guasona mueca.

—Ha sido un episodio lamentable —admití—, pero inusual.

Se enderezó con la disposición de rebatirme.

—¿Inusual? Di mejor que no te habías percatado —puntualizó—. Paula está desvalida frente a ese maestro del engaño.

Intuí que tenía razón y me reproché mi falta de atención.

—Abriré más los ojos a partir de ahora y destaparé sus maquinaciones —aseguré mientras me sentaba de nuevo.

—Confías demasiado en tus posibilidades —repuso—. Crees que eres resistente a cualquier manipulación que afecte a tu libre toma de decisiones. Pero los artesanos del engaño tejen redes a nuestro alrededor. Mira esta tienda. Está diseñada para atraer y confundir a la gente, desde el suave hilo musical hasta esos anuncios de ofertas.

—¿Qué pasa con los anuncios? —inquirí.

—Que están confeccionados con letras negras sobre fondo amarillo: un contraste de colores que siempre llama la atención. Por eso, los taxis de Barcelona llevan esos colores. Emulan las abejas, las avispas, los tigres…

—Peligro —murmuré.

—Sí, indica peligro, y por eso nos damos cuenta enseguida de su presencia. Pero debo recalcar que vuestros métodos son suaves comparados con los de otras empresas.

La perseverancia del Notario en discernir los diversos modos de enredar al prójimo me resultaba graciosa.

—¿Por ejemplo? —pregunté.

—En los supermercados, los artículos de primera necesidad suelen estar repartidos por toda la superficie y alejados de la entrada para que tengamos que recorrer todos los pasillos. En los estantes situados a la altura de la vista, en la llamada "zona caliente", se encuentran los productos cuya venta interesa más. Un aroma agradable y la música ambiental generan un ambiente placentero. Por cierto, la música a ritmo vivo incrementa las compras, mientras que la música clásica estimula…

Ángel abrió la puerta e interrumpió su discurso para informar de que había llegado la capa. El Notario la recogió y fue a probarse todas las prendas al vestuario.

Salí tras él para ayudar en la tienda. Teníamos bastante afluencia de público, sobre todo en la sección "Sport". Ángel me siguió y preguntó con sorna:

—¿Dónde debo ir? ¿Tengo que estar en las dos secciones a la vez?

Le contesté que hiciera lo que creyese conveniente, que yo iba a echar una mano a Paula, y se marchó a su sección con cara de fastidio.

Mientras Paula cobraba, me puse a su lado a ordenar ropa y empezamos a charlar.

—Josep, no he tenido tiempo de preguntarte por tus días aventureros. ¿Qué tal te fue el *puenting*? —inquirió, y al instante se volvió a hablar con la clienta que estaba atendiendo—. Aquí tiene su compra, señora Tere. ¿Cómo se encuentra su marido?… Sabía que se encontraba mejor.

—El *puenting* es algo que no volveré a hacer mientras viva —respondí cuando la señora Teresa se marchó—. Me quedé sin respiración…

—También me parece arriesgado subir en globo —comentó Paula, y se dirigió a la siguiente clienta—. ¿Vas a pagar con tu tarjeta, Consuelo?

—El viaje en globo no lo teníamos previsto —señalé—. Nos apuntamos a última hora. Creí que no te lo había dicho.

—Ponme el número secreto, Consuelo, y no te preocupes más, que la natación le irá bien a tu madre, ya verás, y este bañador que le has comprado le va a gustar. —La clienta se fue, y Paula siguió con nuestra conversación—. A tus niños les habrá fascinado el vuelo.

—La verdad, no es una época adecuada para llevar a cabo esa actividad; pasamos mucho frío —respondí—. Pero, sí, mis hijos disfrutaron de lo lindo.

Mi compañera asintió y continuó con la clienta siguiente.

—Señora Tomasa, veo que está muy contenta. Ya sé, su hijo ha aprobado el carnet de conducir. Me alegro mucho.

Al principio de llegar a la tienda, quedé admirado de que Paula conociese tanto a los clientes. Luego me di cuenta de que, al encargarnos de confeccionar la ropa deportiva de los colegios y los clubs locales, estábamos muy inmersos en la vida del barrio, y también de que, al no haber más tiendas de ropa por los alrededores, éramos visitados con asiduidad por los vecinos. No obstante, yo llevaba ya un tiempo allí, y no había llegado a saber de sus vidas lo que Paula, que hasta era capaz de deducir el motivo de su expresión afligida o alegre.

—¡Rubén, no hace falta que me lo digas: ganasteis el partido! ¡Felicidades! —le dijo al chaval atlético al que estaba a punto de cobrar.

Ángel se acercó a paso rápido desde su sección y se puso delante de ese cliente sin ningún miramiento.

—Rápido, hazme esta devolución —exigió—. Se cobró por esta caja. Y no te… —Paula acabó la frase junto con él—…olvides de poner el sello.

Ángel la taladró con una dura mirada.

—Un momento, que acabo de atender a Rubén —repuso Paula.

Mientras introducía la prenda que había comprado el chico en una de nuestras bolsas de papel, Ángel expresaba su impaciencia mediante un persistente vaivén de cabeza. En cuanto el chaval se marchó, le tendió a Paula el comprobante de la compra con energía.

—No vuelvas a hablar al mismo tiempo que yo —refunfuñó.

Lo cierto es que Paula acertaba muchas veces a colocar las palabras exactas que iba a decirle. En aquel caso, yo también lo habría conseguido. Hacía dos meses, Ángel le había quitado de la mano una nota de cambio cuando aún no le había dado tiempo a estampar el sello y, desde entonces, siempre dejaba caer la coletilla. En otras ocasiones, el acierto tenía más mérito. Paula solía adivinar sus reproches y demandas. Aunque esa capacidad predictiva lo sacaba de quicio, seguía siendo muy repetitivo y, por tanto, muy predecible. Durante esos episodios, nunca entreví en la joven una actitud de burla; las palabras le brotaban como si pensase en voz alta. Puede que le surgieran empujadas por un estado de nervios alterados.

Recordé lo que había comentado el Notario y, cuando estuvimos a solas, interrogué a la muchacha sobre su día a día junto a Ángel. Supo enseguida por dónde iban mis tiros.

—Supongo que tienes la impresión de que no es fácil estar a su lado —dijo—. Es un hombre callado y difícil de conocer. Me costó mucho entenderme con él al principio, y no es que ahora le comprenda más, pero al menos lo veo venir y me anticipo a sus deseos. Evito de ese modo meter la pata. Solo tengo que estar atenta.

Ángel tenía un humor muy variable y pasaba de una frase amable a otra desagradable sin motivo aparente. Era difícil tratar con un carácter tan voluble. De lo que me acababa de decir Paula, deduje que siempre estaba alerta y que no podía relajarse nunca. Se lo comenté y se quedó unos instantes callada, pensativa. Luego admitió que tenía razón.

—Estoy siempre en tensión, sí. Lo sabía, pero no lo había elevado a pensamiento consciente. En cambio, me siento tranquila contigo. No me pones a la defensiva. El chi fluye entre nosotros con facilidad y nuestra conexión es positiva…

La conocía lo suficiente como para descartar cualquier intención de coqueteo en sus palabras. Proseguía:

—… No tengo que esforzarme para comprender cómo te sientes. Percibo tu estado interior sin dificultad. Me pasa también con la mayoría de los clientes.

Su sonrisa inocente quedó resaltada por el romántico borboteo de la fuente. Advertí, entonces, que aquel artilugio podría volver a traernos problemas y le recomendé que lo situara en el estante inferior, que era más ancho, para que no volviese a ocurrir otro accidente.

—Te agradezco mucho que me la dejes tener —dijo—. El agua atrae el chi, y necesito toda la ayuda posible para ahuyentar el *Shar*.

Señaló hacia la caja de cobro de la otra sección, el puesto de Ángel, y malinterpreté sus palabras.

—¡El *shark*! Estoy de acuerdo contigo. Un tiburón venenoso te acecha continuamente.

—No se dice tiburón, sino flecha, flecha envenenada. ¿Conoces la mala influencia de las líneas duras? Ese canto del mostrador de Ángel que apunta hacia aquí genera una energía chi negativa. La he intentado rechazar con la fuente y mi pulsera de tortugas. —Me enseñó una ristra de pequeñas tortugas de cerámica que rodeaba su delgada muñeca—. Sin embargo, no tienen suficiente poder. Todavía me siento angustiada. Ángel se enfadará, pero no me queda más remedio que traer una pagoda.

—A ver, Paula, cálmate. ¿Qué es eso de la pagoda?

—Las pagodas diluyen las malas energías. Me la pondré a mis pies. No la verá nadie, Josep.

—Pero ese objeto no te protegerá de los juegos sucios.

—La de siete niveles, sí… ¿A qué juegos sucios te refieres?

El Notario tenía razón: Paula era muy ingenua.

Se hizo la hora de cerrar. Ángel colocó la poca ropa que había fuera de sitio en su sección, cuadró su caja enseguida y se marchó con cara de pocos amigos. El Notario, que se había quedado el último para pagar y no parecía tener prisa por irse, comentó:

—Le fastidia que tú y Paula os llevéis tan bien.

No le contesté por no echar más leña al fuego. Sin embargo, mi silencio no lo detuvo y preguntó a Paula cómo conseguía no perder los estribos con nuestro compañero. La joven no quiso hablar mal de Ángel.

—Solemos tener mucho trabajo y es normal que, a veces, nos pongamos nerviosos —lo excusó.

—Pero solo ataca él —resaltó el Notario.

—Me puedo contener porque practico la meditación casi a diario —repuso.

Ambos dudamos de que esa práctica fuera eficaz para mantener el equilibrio mental después de que hubiera sido desbaratado por una persona tan fastidiosa como Ángel. Paula aseguró que daba resultado y nos invitó a efectuar una corta sesión.

Me entrecrucé con el Notario una mirada indecisa, pero la joven había dado por hecho que aceptábamos su propuesta.

—Estaremos más tranquilos en el almacén —valoró—. Josep, ¿puedes traer un par de periódicos de tu despacho? Será mejor que dejéis aquí las americanas.

Nos fuimos hacia allí en mangas de camisa y con los diarios. Paula llevaba su bolso.

La puerta del almacén se abría hacia la mitad de uno de los lados largos de aquella sala rectangular. Paula encendió unas pocas luces de la parte izquierda, donde se encontraba el archivo y gran parte de la ropa. De esa forma, dejó la parte derecha en penumbra. Nos dirigimos hacia ese lado. Pese a que estaban todos los trastos, había más espacio.

—Una luz suave ayuda a relajarse —explicó.

Nos pidió que extendiéramos los periódicos por el suelo en círculo. Mientras la obedecíamos, se perdió entre los cachivaches más cercanos y volvió cargada con tres hermosos cojines. Eran amplios, mullidos, forrados en tela de terciopelo granate y decorados con unas cenefas bordadas en hilo dorado. Los puso con cuidado encima de los diarios.

—¿De dónde los has sacado? —pregunté.

—De los tronos de los Reyes Magos.

—Muy bien, pues nos sentaremos en los almohadones de esos poderosos magos —convino el Notario. Ese hombre disfrutaba con actividades alejadas de la respetabilidad y sobriedad de sus tareas profesionales.

—Estamos cómodos, Paula —aseguré—. Adelante.

La muchacha sonrió.

—Sí, os veo serenos y predispuestos a entrar en un estado de calma —consideró—. Mediante esta meditación, conseguiremos desvanecer los pensamientos que pululan sin control por la mente y, al eliminar el ruido de fondo, nos sentiremos liberados de un molesto lastre. Con la práctica, podríamos dominar tanto las riendas de nuestra conciencia que seríamos capaces de detener su marcha y no pensar en nada.

Dudé de la utilidad del asunto, pues quedarme sin pensar en nada lo hacía varias veces al día. En cambio, el Notario comentó que le parecía muy interesante.

—Empezaremos por concentrarnos en nuestra respiración —indicó Paula—. Imaginaremos el sonido "xon" cuando inspiremos y el sonido "am" cuando espiremos. Vamos allá… No hace falta que los digas en voz alta, Josep. Tan solo, imagínatelos… Así, bien… La respiración se va haciendo más profunda.

Después de un rato de "xon-am", Paula prosiguió en un tono más grave y pausado:

—Ahora dejaremos de pensar en los sonidos y disfrutaremos percibiendo que el aire hincha nuestros pulmones…, infla también el estómago…, se mueve como un suave oleaje… Os sentís muy tranquilos y relajados.

Tras unas cuantas respiraciones más, la joven sacó de su bolso un cuenco y una bolsa llena de unos cristalitos romos de un color amarillo pálido. Advirtió mi asombro y, antes de que yo formulara ninguna pregunta, comentó:

—Esta noche he quedado con unas amigas para charlar. Nos gusta quemar un poco de incienso durante la velada; por eso, lo llevo encima.

Colocó el incensario en medio del círculo que habíamos formado y vertió en él un buen puñado de cristalitos. Rebuscó de nuevo en su laxo bolso y sacó una mecha y cerillas. Prendió la mecha, la enterró en el incienso y empezó a recitar una especie de lenta letanía.

—Resina del árbol *Boswelia*. Incienso, *lebonah, luban, líbano*. Resina, savia, sangre arbórea, miel fabricada por el sol y el agua, miel que el aire cristaliza...

Su voz se tornaba profunda y líquida mientras un humo aromático se abría paso entre los cristales dorados. Nos envolvió un olor intenso a tienda esotérica. Las pausas que la muchacha iba haciendo en su discurso estimulaban el efecto hipnótico del danzante humo.

—El fuego libera la luz del sol que guardan los cristales... Libera el agua de las profundidades de la tierra... Disemina la dulzura de la planta que los unió... El aire se colma de fragancias dulces... Inspiráis ese aire balsámico y, al espirar, expulsáis cualquier elemento sólido de vuestro interior. Inspirad... Espirad... El aire circula con libertad por vuestro interior y sale por los poros de la piel... Su aroma atrapa vuestra alma y la conduce al exterior... Vuestro espíritu flota fuera del cuerpo, pero los pensamientos negativos pesan mucho, caen al fuego y son calcinados en la brasa de la resina... Nos libramos del peso de las amarguras y nos volvemos livianos. Somos seres limpios y ligeros. Somos libres... Observad el humo..., las brasas..., el humo..., las brasas..., el humo... Cerrad los ojos.

Menos mal, había estado a punto de dormirme con los ojos abiertos. Paula continuaba:

—Vuestro espíritu diáfano y puro se mezcla con el humo del incienso. Os dejáis guiar por él hacia lejanos países. Flotáis por el interior de cielos de un azul inmaculado. Descendéis un poco y un paisaje silencioso os recibe. Voláis por encima de un mar de dunas. Son olas de arena gandula, bellezas terribles, siempre sedientas. Pero vosotros no tenéis sed...

La verdad es que tenía sed y un poco de hambre.

—... Tan solo percibís la brisa cálida que mueve suavemente las inacabables montañas de canela. El viento susurra a través de los granos de arena. Habéis adquirido el poder humilde del aire y gozáis transformando vuestra apariencia a voluntad. Al elevaros un poco, os volvéis azules como el cielo infinito. Al descender, os volvéis transparentes como el aire cálido. Podéis expandiros kilómetros y kilómetros o convertiros en un delgado soplo e introduciros en la arena. Jugáis con la arena. Caváis surcos y silbáis a través de ellos. Un viento celoso os atrapa y os hace salir a la superficie. Cabalgáis sobre el viento… A lo lejos, veis…

Una caravana, imaginé.

—… una caravana. Camellos de aspecto cansado caminan hacia vosotros. Transportan a tres viajeros que vienen de muy lejos. Son representantes de tres razas y de tres continentes. Los conocéis, estáis sentados encima de sus almohadones. Estos sabios cargan incienso, oro y mirra… Incienso atrae incienso. Vuestras almas se acercan a la caravana. Los magos montan erguidos. Sus rostros son hermosos y sus miradas se pierden en la lejanía, dilatadas hacia metas que son inalcanzables para nosotros. Visten túnicas de seda del color tostado de la tierra y se protegen del sol con turbantes teñidos de añil. Sus capas de lana escarlatas ondulan al viento. Vibráis al acercaros a ellos…

El móvil me empezó a vibrar en el bolsillo del pantalón. Abrí un ojo con tiento. Paula y el Notario seguían en trance. Saqué el teléfono sin hacer ruido y miré la pantalla. Se trataba de Ángel. Me pregunté qué diablos querría y pensé que, fuera lo que fuese, seguro que no era urgente. Corté la llamada e intenté regresar al desierto.

—… Percibís su fortaleza bondadosa, portadora de las mejores intenciones. Temblamos de emoción…

El móvil tembló otra vez. El mismo ojo me mostró el mismo nombre. Esa vez, apagué el teléfono. Procuré retomar el hilo, pero no pude seguir volando; por culpa de Ángel, me había vuelto más pesado. El fuego chisporroteó al abrasar esos pensamientos rencorosos. Paula lo advirtió enseguida.

—El fuego nos llama y debemos volver —dijo—. Nos despedimos de los magos, del desierto y de su limpio cielo. Nuestras almas regresan a sus cuerpos. Nos concentramos otra vez en nuestra respiración. Nuestro estómago sube y baja. Inspiramos. Espiramos…. Podéis abrir los ojos.

Lo primero que vi fue la cara alegre del Notario; le había gustado la experiencia.

—¡No ha estado nada mal! —exclamó.

—He invocado una ilusión con la finalidad de dar vacaciones a nuestra conciencia —explicó Paula—. Nuestras preocupaciones la bombardean constantemente y la mantienen a la defensiva, acurrucada, con miedo a cometer errores. Lo que pensamos es lo que imaginamos, pero la imaginación tanto puede usarse para torturarnos como para aliviarnos. Cuando conseguimos visualizar nuestro ser como algo desligado del cuerpo físico, y le permitimos salir de su caparazón y volar muy lejos, nuestros problemas desaparecen. Al volver, los observamos desde una perspectiva más alejada y sabia. Después de un viaje espiritual, nos sentimos maduros y compasivos.

—Cuando regresas, te encuentras con el crudo día a día —lamenté, aún molesto por la interrupción de Ángel.

—No has conseguido dominar tu mente, Josep —señaló Paula—, ni expandirla más allá de tu mundo sensorial. Te ataba una cuerda a la realidad, y aunque la cuerda era larga, en cuanto te han tirado de ella, has acudido de inmediato. —Se había dado cuenta de que había recibido llamadas—. Si hacemos otra sesión, insistiremos en liberarnos de nuestras circunstancias. Hemos de sentirnos igual que cuando contemplamos una puesta de sol o un paisaje bonito. La mente se relaja en esos momentos y se deja acariciar, el caos interior se aquieta y nos embarga una serenidad muy dulce. Estamos fuera de nosotros y, al mismo tiempo, muy dentro, en un nivel profundo y tranquilo. No buscamos controlar nada. Fluimos con el mundo, libres y felices. Sentimos amor por todas las cosas y todos los hombres.

—Bueno, esto está bien para relajarnos; pero en el mundo real no podemos ir con el lirio en la mano —avisó el Notario.

—Si das cariño, recibes cariño —insistió Paula—. Dar es más importante que recibir.

—Paula, te aviso que corres peligro si sigues esas máximas —aseveró el Notario—. Si das sin esperar nada a cambio, sufrirás abusos. Debes esperar una correspondencia: hoy por ti y mañana por mí.

Me sumé al parecer del Notario: los que no agradecían una atención con sinceridad, no merecían nuestro apoyo.

—Creo en la influencia de la generosidad —prosiguió Paula—. Pienso que, si deseo sinceramente el bien a las personas con las que me relaciono, sus vidas acabarán mejorando. La mente tiene un poder inmenso.

—Lo que otras personas quieran para mí no puede beneficiarme —manifesté—, a menos que sus buenos propósitos vayan más allá de lo mental y den algún paso activo en dirección a su logro. Si pensara de esa forma, también debería admitir que los pensamientos malvados pueden perjudicarme.

—A eso se le llama magia blanca y magia negra —explicó el Notario—. En mi calidad de mago aficionado, puedo asegurar que todo es truco, todo es sugestión.

—No es sugestión, es sentimiento —corrigió Paula—. Mi maestro de meditación afirma que, si el uno por ciento de la población meditara con asiduidad, el mundo sentiría esa armonía y los actos agresivos se convertirían en una excepción.

—Meditemos, sí, pero andemos con cien ojos cuando estemos despiertos —aconsejó el Notario.

—Estoy de acuerdo —convine—. La postura de sentarse y esperar que todo mejore porque nos sentimos más serenos, me parece poco luchadora. Ignorar los problemas no los va a resolver.

—Con la meditación, se ven los problemas en su justa medida —recalcó Paula—. Nos permite menospreciar los irrelevantes y centrarnos en los que importan. Al relajar la mente, nos sentimos más fuertes y seguros, con más valor para luchar y alcanzar lo que queremos. No renunciamos a nuestros sueños, solo dejamos atrás nuestros rencores y miedos.

—Sí, pero puedo influir en mí, en mi futuro, no en el de los demás —reiteré.

—El mundo es un todo —proclamó Paula—. Cualquier alteración en ese todo, influye en el resto. Si tú cambias, Josep, todo lo que hay a tu alrededor se modifica, y todo cambio implica un deseo previo de transformación, y todo deseo parte de una decisión mental. Domina la mente y podrás cambiar el mundo. Anhela algo con todo tu ser y se cumplirá.

El Notario empezó a levantarse mientras comentaba que su mayor anhelo ese día era encontrar un aparcamiento libre cerca de su casa. Estaba deseando, también, que acabasen las obras de reforma del parquin situado en los bajos de su edificio, donde tenía una plaza en propiedad.

Entre risas, desvaloramos la importancia de su modesto objetivo. Paula, no obstante, aseguró que, si concentraba todos sus pensamientos en ese deseo, se cumpliría.

Devolvimos los cojines a sus tronos y seguimos charlando.

—Es difícil gobernar la mente y centrarla en una sola petición —decía Paula—, pero si se consigue ese dominio, se puede lograr todo lo que uno quiera. He podido comprobarlo. Deseé con todas mis fuerzas que mi novio me devolviera la moto y focalicé mi energía mental en imaginar que un día la encontraría en mi puerta, al despertar, y esta mañana, zas, allí estaba; sin gasolina y con una rueda pinchada, sí, pero allí estaba. Solo tengo que afinar mejor mi visualización.

—Céntrate ahora en buscar un sitio para guardarla —sugerí—. No sea que tu novio vuelva a buscarla cuando esté arreglada y con el depósito lleno.

—Sobre todo, visualízate a ti misma negándole la entrada y cualquier petición a ese caradura —aconsejó el Notario—. No caigas en ninguna de sus artimañas. Te menciono las más habituales: asegurar que no dispone de otro transporte, apelar a tu talante compasivo, mostrar un aparente arrepentimiento, ofrecerte un trato afectuoso y adulador, comprometerse a un pronto retorno y, por supuesto, jurar por su santa madre que será la última vez que te pida un favor.

—¡Increíble! —se admiró la joven—. ¡Es como si lo conocieras!

—Las personas de carácter caradura o, en argot llano: los jetas, intervienen sujetos a un protocolo estándar —afirmó el Notario.

Su forma de expresarlo nos hizo reír de nuevo. Advertí que también la risa era capaz de liberarnos de nuestras circunstancias.

Se había hecho bastante tarde, por lo que agradecimos a Paula la sesión y nos marchamos. Estaba hambriento. Deseé con toda mi alma encontrarme la cena hecha.

Al entrar en casa, me acarició un olor conocido. Corrí a la cocina y hallé una fideuá de marisco que había dejado mi madre. A veces, los deseos se hacían realidad. Llamé al Notario para preguntarle si había aparcado rápido. Me bufó; llevaba media hora buscando sitio.

La suerte era un espíritu caprichoso.

Unas semanas después, y como por Nochebuena cerrábamos al público a las tres de la tarde, el Notario se acercó a esa hora y nos obsequió con una pequeña actuación de magia. Cuando acabó, Paula y yo aplaudimos con entusiasmo. Ángel, por el contrario, dio un par de apáticas palmadas. Mi compañero había contemplado los trucos mágicos mostrando en todo momento una mueca engreída.

Paula propuso que hiciésemos otra sesión de meditación, dada la tranquilidad del momento y el espíritu alegre y abierto que nos había dejado el ilusionismo. Aceptamos e invitamos a Ángel a sumarse. Balanceó la cabeza de un modo despectivo y contestó que tenía trabajo pendiente. Cuando Paula insistió, le espetó que él tenía los pies en el suelo y que no se dejaba manipular por nadie. Luego se encaminó a su sección con la espalda muy estirada. No quisimos decirle nada más. Fuimos al almacén y volvimos a disponer los cojines reales en el suelo, encima de unos periódicos.

Acabábamos de sentarnos cuando Ángel entró y se dirigió hacia una estantería del archivo. Nos echó una fugaz mirada y esculpió una sonrisita burlona. Paula nos pidió que cerrásemos los ojos y empezásemos con las respiraciones.

A los diez minutos, comprobamos que nos sería imposible llevar a cabo la sesión. El chinche de Ángel no paraba de entrar y salir en busca de papeles y mantenía encendidas todas las luces. La sexta interrupción dio el golpe definitivo a nuestros nervios. Nos levantamos y nos enfrentamos a él. Paula le recitó:

—Desmenuza tu pétreo espíritu para conseguir unirte al polvo del camino y poder elevarte con una ligera brisa, y en el estado intermedio, como humilde piedra, quédate a un lado y no aplastes a los que ya lo han conseguido.

El Notario intervino.

—O sea, que nos otorgues esta sala en exclusiva y con carácter privativo —aclaró, usando con ironía el léxico formal de su profesión.

—¡Lo que hay que oír!—se quejó Ángel—. Y tú, Josep, ¿no dices nada?

—Sí, ¿serías tan amable de dejarnos a solas y no interrumpirnos durante un cuarto de hora, por favor?

—Tengo que ordenar unas facturas —repuso, y se alejó hacia el fondo del archivo.

El Notario alzó la voz para que lo oyese. Por su expresión, deduje que se estaba enfadando.

—¿Por qué no te gusta la magia? Creo que tienes miedo a perder el control. No quieres ser tú el burlado.

Oímos un "claro, claro" detrás de una estantería. El Notario lo desafió.

—Antes no has prestado atención. Ahora te reto a que demuestres si puedes resistir y no caer en la trampa. —Rebuscó en sus bolsillos—. ¡Mírame! Tengo en mi mano una simple pelota.

Consiguió que Ángel se aproximara. Le dejó que repasara la pelota y se arremangó a petición suya. A continuación, lanzó la pelota una, dos y, a la tercera vez, la pelota se volatilizó en el aire. Paula y yo aplaudimos. Ángel se quedó anonadado, pero enseguida hizo un ademán despreciativo.

—¡Trucos de magos, bah! —exclamó.

—Este, te lo voy a contar —dijo el Notario—. Es muy simple. La tercera vez, la pelota no ha salido de mi mano.

Abrió la mano derecha, y vimos que la pelota se encontraba en su palma.

—Eso no es cierto —discutió Ángel—.Yo la he visto —proclamó junto con Paula.

Ángel disparó una fiera mirada a la joven. Le había irritado que, de nuevo, hubiese dicho a la vez sus mismas palabras.

—No, no la has visto —afirmó el Notario, dirigiéndose solamente a Ángel—. He dominado tus sentidos. He atraído tu atención hacia mis ojos y te he hecho creer que mi mirada cotejaba el recorrido de la pelota lanzada por mi mano. Eso ha ocurrido durante las dos primeras ocasiones, pero no, en la tercera. Tu propia mente te ha engañado y ha revelado tu vulnerabilidad.

—Con la meditación, conseguirías dominar tu mente —incidió Paula.

Ángel explotó y la envió a hacer gárgaras. El Notario entró a defenderla y lo llamó grosero. Se intercambiaron insultos cada vez más ofensivos mientras Paula los invitaba, por gestos, a efectuar respiraciones profundas. Mis llamadas a la calma tampoco tuvieron éxito. Me sulfuraron y les pedí a todos que se marcharan.

En el coche, mientras volvía a casa, intenté serenarme. La pelea me había alterado mucho y no quería estar de malhumor en Nochebuena. Además, hubiera jurado que la pelota había salido de la mano del Notario las tres veces. Eso de ver tanta magia debilitaba la confianza en la utilidad de nuestros sentidos como instrumentos de captación de la realidad. Tampoco parecía de fiar nuestra capacidad para interpretar las percepciones.

No podía creerme que hubiéramos acabado a gritos. Ni siquiera nos habíamos deseado felices fiestas. Decidí llamarlos en cuanto aparcara.

Nada más bajar del coche, me sonó el móvil. Se trataba de Paula. Me felicitó las navidades y me aconsejó que olvidara el altercado.

—El Notario y Ángel se pelean de vez en cuando —comentó—. El día en que se vuelvan a encontrar, se tratarán como si no hubiera pasado nada. Otra cosa, Josep, el lunes no llegues temprano. Intuyo que será mejor que Ángel entré en la tienda el primero.

Esa chica siempre andaba con sus intuiciones, pensé. Nos despedimos y, a continuación, llamé a Ángel. Me salió el buzón de voz. Tras un titubeo, le dejé un mensaje deseándole una feliz Navidad. Marqué seguidamente el número del Notario.

—Iba a llamarte ahora mismo —respondió—. Te debo una disculpa; perdí los nervios. Ángel posee la facultad de enfurecerme. Me voy a dar un baño bien caliente para calmarme.

—Te envidio; yo aún tengo que ir al supermercado.

—¿Tienes mucha gente en casa esta noche?

—Estaré tranquilo, con mi mujer y los niños. El jaleo, quiero decir, las celebraciones con la familia son mañana y pasado. ¿Y tú?

Me dijo que iba a pasar esa especial noche a solas. No pude obviar su tonillo triste y lo invité a compartir nuestra mesa. Se puso de lo más contento e insistió en acompañarme a hacer las compras, así que le di la dirección del comercio. Quedamos a las cinco y diez en la puerta. Había quedado con Nadia en el mismo lugar a las cinco. En ese lapso, podría explicarle las novedades.

Comí un menú ligero y luego pasé por casa de mis suegros. Estaban cuidando a los niños y me recordaron que debíamos recogerlos antes de las siete. Esperaban amigos esa noche y tenían que preparar la cena. Joan, mi hijo de diez años, me suplicó que lo llevara conmigo. Allí no tenía ordenador y se estaba aburriendo. Silvia, su hermana, se había cansado de jugar al ajedrez con él y se había puesto a leer.

Siempre me había parecido un misterio que a mi hijo se le diera tan bien ese cerebral juego y tan mal los estudios. Le prometí que volvería lo antes posible.

Llegué a la puerta del supermercado a la hora acordada. Nadia ya me estaba esperando. Le expliqué que tendríamos un invitado y, tras enterarse de su profesión, comentó con cierta sorna:

—¡Cómo cambian los tiempos! Antes, por estas fechas, se invitaba a un pobre; ahora, a un notario.

—Es un hombre muy sencillo. Te caerá bien —repuse.

El Notario apareció vestido de gala y cargado con una enorme maleta. Llevaba puesta la levita negra que le habíamos confeccionado, una camisa blanca con llamativas chorreras, pajarita y sus zapatos lustrosos de siempre. Por suerte, no llevaba la capa. Saludó y nos agradeció la invitación.

Mi mujer se quedó boquiabierta y no pudo disimular su asombro ante aquel atuendo tan barroco. El Notario se percató.

—Es mi traje de mago —se justificó—. En esta maleta, traigo el material. Os voy a mostrar mis mejores trucos durante la velada.

—¡Qué bien! —exclamó Nadia—. A los niños les encantará. Josep me había dicho que eras notario.

—Notario y mago.

—¡Ah, pues, fantástico!

Nadia siempre conectaba bien con mis originales amistades. Empezó a hablar con el Notario y a interesarse sobre la compaginación de ambas profesiones; pero se detuvo al ver la gran cantidad de gente que estaba entrando en el comercio. No debíamos demorarnos más, avisó, y partió la lista para atacar por dos frentes y acabar cuanto antes. Quedamos en que nos veríamos a la salida.

El Notario dejó la maleta asida con una de las cadenas destinadas a guardar los carritos particulares de los clientes. Luego me pidió que le mostrase nuestra parte de la lista. Mientras la leía con detenimiento, fui a agenciarme un carro. Cuando regresé, todavía estaba examinándola y echando miradas exploratorias al interior del supermercado. Me asusté.

—¿Tan larga es?

—No, no. La dificultad reside en la variedad de sus artículos. Tendremos que pasearnos por todo el comercio. Es una de las trampas de las que ya te hice mención. Las bebidas están a la derecha; la leche, al fondo; las galletas, a la izquierda; el turrón… todavía no lo sé.

—Pues será mejor que empecemos —apremié—. Mi mujer es muy eficiente y acabará pronto.

Empujé el carro con ímpetu. El Notario se puso a mi lado y no tardó mucho en comentar:

—¿Has advertido que estás caminando al ritmo de la música?

¡Tenía razón, mis pasos iban al compás de la cancioncilla ambiental!

Mi compañero continuó con el destape de la manipulación.

—Me atrevo a declarar que se trata de una versión a un ritmo más acelerado de *"Don't think, just take it"* —dijo.

¡Volvía a estar en lo cierto: la canción discurría más rápida de lo normal y la letra incitaba al consumo desatinado! ¡Nos querían enredar!

Me frené y, a partir de aquel momento, empujamos juntos el carro y nos deslizamos por los pasillos con precaución, a paso lento; lo que no veía uno, lo veía el otro: "Los productos de esa oferta están a punto de caducar". "En esta cesta, el vino tinto no está mal; pero el blanco es del baratillo". "Ese dos por uno sale igual de caro que el dos por dos de la semana pasada". "¡Cuidado con la zona caliente de esta góndola; las mejores galletas están arriba!".

Mi mujer nos pilló en cuclillas, eligiendo del estante más bajo unos turrones de marca poco conocida.

—¡Se puede saber qué hacéis! Llevo diez minutos esperándoos. —Echó un rápido vistazo al interior del carro—. ¡Qué has cogido, Josep! —se lamentó—. Estas galletas no les gustan a los niños, y estos vinos no los conozco. ¿Dónde está el cava? Dejadme ver esos turrones que estáis extrayendo del subsuelo. —Los miró y opinó sin tapujos—: ¡Por favor, pero si son suecos! ¿Desde cuándo crecen los almendros en Suecia?

Una vez salvado el episodio del supermercado, el resto de la tarde se desarrolló sin problemas. Nadia se marchó a buscar a los niños, y yo me quedé en casa con el Notario y empecé a preparar el menú con su ayuda. Nuestro perro, Tim, contento de no estar solo, no se separó de nosotros.

Joan y Silvia llegaron avisados de la presencia de un mago. Entraron y, tras los saludos, lo rodearon y le rogaron que iniciara la función. Como la comida estaba preparada, les pedí que se lavaran las manos y se sentaran a la mesa. Me obedecieron a regañadientes. La impaciencia infantil, no obstante, adelantó el evento. El Notario tenía previsto actuar después de los turrones, pero aplazó el postre y empezó nada más acabar el segundo plato.

El hombre se esforzó como nunca; parecía un profesional. Hizo varios juegos de cartas, otros de cortar cuerdas y volver a unirlas, y otros en los que hacía aparecer y desaparecer objetos. Para finalizar, requirió la ayuda de dos voluntarios al tiempo que miraba a Joan y a Silvia. No se hicieron de rogar y se acercaron de un salto. Les cuchicheó algo en el oído y luego les dio un par de varitas. Los niños adoptaron un aire muy serio y se colocaron frente a él. El perro también quiso apuntarse, pero el Notario me solicitó que lo retirara hacia atrás.

—Este es el momento álgido de la noche —anunció en tono solemne—. ¡Me propongo vencer la fuerza de la gravedad! No es tarea fácil, como bien sabéis.

Dijo que necesitaba percibir nuestra fe y, alzando más la voz, exclamó:

—¡Concededme el poder irrevocable de elevarme del suelo! ¡Otorgadme toda vuestra energía mental! ¡Creed en mi capacidad de flotar en el aire! —Extendió un brazo hacia los niños—. Para conseguir efectuar el prodigio, mis pequeños ayudantes me transmitirán toda su entusiasta energía a través de las varitas mágicas. Concentraos, pequeños, concentraos… Sí, ya siento vuestro empuje… Mi cuerpo se estremece. No quiero asustaros, me cubriré.

Sacudido por pequeños temblores, abrió su maleta y sacó una gruesa manta. Se la colocó alrededor del cuello a modo de capa, con la abertura a la espalda. Hizo a continuación una seña a Silvia para que se acercara. Mi hija le abrochó unos corchetes que estaban dispuestos a lo largo de los bordes de la manta. Al Notario le quedó como un poncho hasta los pies. Apartó esa vestimenta un poco hacia atrás, y sus zapatos negros, lustrosos, sobresalieron por debajo. Se puso muy serio y se colocó de costado. En su perfil aguileño se marcaba la tensión del momento. Silvia regresó al lado de su hermano.

—¡Concentraos, mis amables ayudantes! —Los niños lo apuntaban con sus varitas—. Noto vuestra fuerza… Me siento más ligero…

¡Y, entonces, sus pies se despegaron del suelo! Echó su cuerpo hacia atrás y sus piernas se alzaron poco a poco. Los niños levantaron aún más sus varitas, y el Notario siguió elevándose. Yo estaba anonadado. En cambio, Nadia mantenía una expresión tranquila y, por su sonrisa, deduje que le había pillado el truco.

El Notario quedó suspendido en una cama alta inexistente. ¡Levitaba! Los niños dirigieron sus varitas hacia la derecha. El Notario, que los miraba de reojo, flotó hacia allí. Los niños desplazaron sus varitas a la izquierda. El mago los siguió. La manta arrastraba por el suelo. Joan se entusiasmó y empezó a sacudir su varita de un lado a otro. El Notario sonrió y, sin darse prisa, se puso de nuevo en posición vertical. Cuando sus pies volvieron a tocar el suelo, aplaudimos a rabiar. Silvia, a una indicación suya, le liberó los corchetes de la manta. El mago se la quitó y quiso desvelarnos la trampa. La parte interna de ese poncho llevaba sujetos un par de palos encajados en unos zapatos brillantes, iguales a los suyos. ¡Se había limitado a levantar unos palos calzados! ¡Muy bueno! Nos reímos mucho. Al hombre le había quedado una actuación fabulosa.

Cortamos el turrón. Saqué el cava, descorché la botella y lo escancié en las copas. A los niños les pusimos mosto para que pudiesen brindar con nosotros.

El cava frío entraba estupendamente. Lo habíamos escogido el Notario y yo. Debía de ser un *brut* extremadamente seco, pues ardía a lo largo de todo el esófago, hasta la boca del estómago. El turrón también estaba buenísimo. Nadia había cambiado el sueco por una marca nacional muy conocida.

Los niños estuvieron sentados poco rato. El Notario les había regalado las varitas mágicas y les había enseñado el modo de transformarlas en un ramo de flores. Silvia se paseaba haciendo brotar el ramillete una y otra vez, haciendo gala de un estilo muy elegante. Joan se cansó pronto de las flores y, con la manta encima, se puso a levitar en horizontal por el comedor con una cara muy circunspecta. Tim lo seguía fielmente.

El Notario empezó a divagar con humor.

—¡Qué vulnerable es la mente humana! Nuestra vista no alcanza a seguir la mano de un mago. ¡Qué fácil resulta despistar a las personas! No reconocemos el engaño aunque se perpetre a dos palmos de nuestra cara, aunque conviva con nosotros y se le caiga la capa que lo cubre en varias ocasiones…

Empezaba a ponerse serio. Continuaba:

—… Hasta que un día, el farsante, confiado por su fácil dominio, se permite olvidar la capa y se delata de forma tan absurdamente clara que ponérsela otra vez no le sirve de nada. Ha perdido para siempre su legitimidad…

Nadia lo miraba con ojos muy grandes, sin comprender a qué se refería.

—… Tampoco le sirve el arma temible de las palabras acariciantes —proseguía—, porque la falsedad que cargan las vuelve hirientes. Mi exmujer todavía me niega su traición…

Me acabé de golpe la copa de cava.

—Voy a acostar a los niños —comuniqué.

Nadia quiso ocuparse, pero insistí. Era Nochebuena, y no me apetecía compartir, por enésima vez, los lamentos de un desengañado.

Mis hijos quisieron ir levitando hasta la cama. Accedí, y un cuerpo con dos cabezas y unos zapatos brillantes flotó por el pasillo. Tim los acompañaba por debajo de la manta.

Cuando regresé, me encontré con un ambiente muy festivo. Nadia y el Notario estaban muy risueños y brindaban por: "¡El amor tramposamente sincero!".

Me sumé al brindis y pregunté de qué estaban hablando.

—Tu mujer afirma que en el amor hay poca magia y mucha hormona involucrada —explicó el Notario. Nadia, muy sonriente, asentía—. Dice que el enamoramiento es una trampa puesta por la naturaleza para asegurar la reproducción. Ha intentado subirme la autoestima asegurando que, cuando estamos enamorados, se nos desactivan extensas regiones del cerebro y decae la capacidad de razonar.

—No debemos culparnos —intervino Nadia— por haber caído en la trampa de otra persona que no estaba enamorada y, por tanto, mantenía intactas todas sus facultades mentales.

El Notario aprobó lo dicho.

—Exactamente. Me fue imposible modificar, cancelar o posponer deseos —bromeó, usando su jerga notarial.

Nadia se carcajeó más de lo que la guasa daba de sí. Supuse que el cava se le estaba subiendo. Cuando se calmó, añadió:

—Con el cerebro inundado por la feniletilamina nos parece que todo es maravilloso.

—Esa fenil y algo, amigo Josep, es una sustancia psicoactiva —informó el Notario—. El propio cuerpo nos droga y nos deja inermes ante el engaño; eso sostiene tu inteligente esposa.

Al Notario también se le escapaba la risa. Forzó un aire de hombre traicionado y, con rabia, tomó de la bandeja un trozo de turrón de chocolate.

—Vamos a consolarnos —se excusó.

—El chocolate es muy rico en feniletilamina —incidió Nadia.

El Notario soltó el turrón como si quemara y adoptó una postura de fingida indignación.

—¡No nos podemos fiar de nadie ni de nada! —deploró.

—Pues yo brindo por la feniletílico esa —dije—, que nos hace creer que el mundo es un lugar dulce.

Brindamos. La risa se aceleraba con las burbujas del cava. Las palabras se unían al jolgorio burbujeante y surgían gaseosas, difusas.

El Notario miró la bandeja de los turrones y se lo pensó mejor.

—¡Es igual! Esta noche, consiento, me dejo dominar —comunicó, y volvió a brindar y se comió el pedazo de turrón de chocolate.

Nadia se sumó.

—¡Lo mismo digo! —exclamó, y lo imitó y se zampó otro pedazo.

—Me alegro de que magia y ciencia estén de acuerdo —expresé, y choqué mi copa con la de ambos.

—Magia y ciencia actuaron durante mucho tiempo de forma mancomunada, amigo Josep —apuntó el Notario—. Los primeros magos fueron médicos, astrónomos…

—Más bien, curanderos, astrólogos, sacerdotes, adivinadores del porvenir… —corrigió Nadia.

El Notario puso cara de ofendido.

—No puedes negarlo —replicó—. Los primeros científicos surgieron de esos magos que estudiaban las estrellas y sanaban a base de hierbas; aunque admito que, al mismo tiempo, nacieron otras ramas como la astrología, la onomancia, la videncia, la nigromancia y la magia honrada que practico.

Volvió a llenar las copas. Luego levantó un dedo admonitorio hacia Nadia y añadió:

—Además, además, no deberías menospreciar a nadie. No deberías, no, porque los científicos favorecéis la subsistencia de esas ramas. ¿Por qué?, me preguntarás. Pues porque mermáis de forma progresiva la confianza depositada en nuestro sentido común.

—Habla con más claridad, por favor —le pidió Nadia mientras intentaba que su copa no se derramase en su camino hacia los labios.

—La gente de la calle admira a los magos y a los científicos por su honestidad y profesionalidad —expuso el Notario—. Asumen su incapacidad para comprender los fenómenos presentados y consienten en aceptarlos por el prestigio que ostentan ambas profesiones; unos, como ilusiones, y otros, como realidades.

Nadia se levantó de la mesa y se sentó en el sofá. La seguimos (el Notario con la botella de cava colgando de un largo brazo). Nos acomodados y continuamos con lo que, previmos, iba a ser una discusión interesante. Mi mujer se volvió hacia el Notario.

—¿Me estás diciendo que la gente admite las proposiciones que establece la ciencia por... pura fe? —inquirió.

—Por pura fe, doy fe, ya que no os entendemos —afirmó el Notario.

A él tampoco se le entendía mucho; el habla se le estaba volviendo gangosa. Nadia se carcajeaba cada vez que hacía uso de alguna expresión formal.

—Nuestro cerebro humano tiene unas limitaciones naturales —consideró el Notario, y se golpeó la frente con la palma de una mano, con una fuerza poco controlada. Hizo un gesto de dolor y prosiguió—: No nos es posible absorber la vastedad de conocimientos con los que nos inundáis. Solo aquellos que acceden a enclaustrarse de por vida en un mundo de números y experimentos adquieren la facultad de comprender la totalidad de una parte. Los demás no podemos seguiros. Extinguís nuestra seguridad en las percepciones más evidentes y nos desvaloráis a nivel cualitativo. Sí, sí, no me pongas esa cara de inocencia, Nadia. Nosotros, los humanos, por nuestro pleno dominio sobre este mundo y los seres que lo pueblan, ocupábamos el más alto escalafón hasta que los científicos os empeñasteis en ir empujándonos escalera abajo. Primero, nos dijisteis que la Tierra no era plana, sino una esfera.—Se puso una mano en el pecho y bajó la cabeza—. Se otorga con sumisión.

—Vale —acordé—. Pues cuando un velero se aleja, lo último que desaparece por el horizonte son las velas.

El Notario me miró con ojos entornados, como si aquello no fuera un buen argumento; pero no entró a discutirme nada y continuó:

—Se acepta, pese a que los habitantes del hemisferio norte no comprendan por qué no se caen los del sur, y los del sur no las tengan todas consigo... Sí, sí, no os riais. Segundo, afirmáis que la Tierra no es el centro de este universo, ni siquiera del sistema solar. Decís que somos nosotros los que damos vueltas alrededor del Sol. Se otorga porque, en el fondo, sabemos que siempre estamos dándole vueltas a algo.

—Vale, también —apoyé.

Nadia alzó la copa en nuestro honor con una mueca socarrona. Brindamos. El Notario untaba sus palabras con una risita muy contagiosa.

—Ya no somos el centro de nada —resumió—. Caminamos sobre un mundo que es una enorme pelota y nos aferramos a su superficie con la ayuda de una fuerza mediocre llamada gravedad; fuerza que podemos vencer sin esfuerzo. Observad.

Levantó la botella de cava con facilidad, la paseó por delante de nuestros ojos y dijo:

—Proclamo y verifico.

Rellenó las copas y continuó:

—Confiamos en que esta fuerza endeble evite que caigamos al vacío; un vacío enorme, pero no infinito, pues nació de una bola no mayor que una naranja que un buen día hizo un enorme "bang".

—¡Bang! —repetimos Nadia y yo.

—Y también lo suscribimos —confirmó el Notario—, pese a que ni el mayor de los locos puede imaginarse, no ya el Universo, no ya el sistema solar, no ya la Tierra, no ya mi barrio, ¡ni siquiera mi comunidad de vecinos apretujada en un hueco del tamaño de una naranja! ¡Sería horrible!, doy fe.

—Yo tampoco me lo creo —admití.

—Algunos dicen que provenimos de un guijarro —apuntó Nadia, y levantó otra vez la copa.

Brindamos y nos dejamos resbalar del sofá a la alfombra. Ahí fue cuando cogí la botella de cava y miré la etiqueta para averiguar por qué estábamos ya por los suelos cuando, ni siquiera, nos la habíamos acabado. Al final, con las prisas, habíamos escogido la marca más alejada de la zona caliente sin leer su procedencia ni características. Leí, con una vista bailona, que estaba envasado en España, pero el contenido provenía de Rusia y allí se denominaba kava. ¿Tenían viñedos en Rusia?, me pregunté. Ese brebaje debía de estar hecho a base de maíz o centeno. Busqué la graduación y descubrí unos números diminutos que indicaban: 37,5 grados. Me di cuenta, entonces, de que nuestra carraspera no había sido causada por la sequedad extrema de un *brut* llevado al límite, sino por la erosión abrasiva del alcohol. Aquello era una especie de vodka espumoso.

Vacié lo poco que quedaba en mi copa y escondí la botella debajo del sofá. Las frases eran cada vez más patosas en su misión de engarzar palabras y dotar de un sentido al conjunto. Las elaborábamos con dificultad, en un cerebro opacado que tardaba en soltarlas.

El Notario seguía con su discurso:

—No somos nada en este universo y nos agarramos a la Tierra para no precipitarnos a un vacío finito. Pero no acaba ahí la proclama científica. Nos notificáis, sin previa advertencia, que venimos del mono. Humillante, pero consentimos.

—Vale, los monos me caen simpáticos y se nos parecen mucho —aprobé.

—Luego afirmáis que tenéis la facultad de clonarnos —continuó el Notario—, y aducís como prueba una oveja idéntica a la original. Y uno mira al animal y, un poco harto, piensa que, si se mete la oveja clonada dentro del rebaño, no hay científico ni dios que la distinga porque todas son iguales.

—Todas, iguales —repetí—; todas, ovejas.

—Y continuáis atacando. Aparece en la televisión un tipo de mirada errática diciendo que la mayor parte de la materia es invisible y desconocida. La denomina materia o energía oscura.

Nadia habló como si tuviera la lengua hinchada.

—¿A qué se refería el tipo errático? ¿A la energía oscura del Universo o a la del cerebro?

—¡Cómo! —exclamé—. ¿También hay energía oscura en nuestro cerebro?

—La mayor parte —confirmó Nadia, y asintió enérgicamente. Por la trayectoria opuesta que tomaron sus ojos respecto a su cabeza, deduje que había perdido la capacidad de dominar los sentidos.

El Notario se carcajeó y perseveró en su ataque.

—¡Estamos medio fundidos! He observado la mirada hipnótica que poseen la mayoría de los científicos sobresalientes y, mediante cotejo, afirmo que es idéntica a la que usamos los magos. Ambas presentan el mismo reto: "Te voy a revelar otra realidad. Descubre si miento al contarte mi nuevo descubrimiento". Que de ahí viene la palabra descubrimiento. No me digas que no, Nadia.

Mi mujer negaba con un dedo; no se atrevía a mover la cabeza y que todo le diera vueltas.

—Los científicos sois los magos no declarados —pregonó el Notario—. Sois prestidigitadores arropados en capas de teorías. Os amparáis tras una jerga indescifrable y nos invadís con ideas tan absurdas que nadie puede refutarlas porque no hay por dónde atacarlas.

—Sobre todo los físicos —intervine—. ¿Qué es eso de que el Universo está lleno de cuerdas? ¿Qué es la antimateria? Y respecto a nuestra materia, ¿en cuántos estados dicen que se puede presentar? ¿Seis, siete?

—Yo solo suscribo tres: sólido, líquido y gaseoso —aseveró el Notario—. Por cierto, este cava los tiene todos… Lo sólido es el cristal de la copa. Prosigo. ¿Qué piensa la gente ante tanta teoría estrambótica? Piensa que, si todo eso es cierto, cualquier cosa puede serlo y, por consiguiente, es posible adivinar el futuro, sanar mediante una imposición de manos o levitar; piensa que es una cuestión de tiempo el que alguno de esos científicos de mente brillante y lenguaje intraducible acoja esos milagros dentro del seno de la ciencia y los ampare dentro de una de sus magníficas teorías.

—Nosotros no engañamos a nadie —le refutó Nadia—. Las teorías tienen que estar bien fundamentadas y probar lo que establecen mediante la experimentación y los análisis más cuidadosos.

El Notario hizo caso omiso de sus comentarios.

—El mago es un tramposo honrado —continuó—, un ilusionista sincero, sin ninguna pretensión de conducir al público hacia creencias absurdas. Ahora bien, si un mago manifestara que posee la facultad de formalizar trucos sin trampa y declarara que son prodigios reales, gran parte del público lo aceptaría sin reservas. Un mago tendría más credibilidad que un científico, pues su demostración no se basaría en teoremas matemáticos inabordables o experimentos intrincados, sino en una actuación en vivo y en directo, presentada con una puesta en escena deslumbrante.

—Existen individuos así: se les llama charlatanes —contestó Nadia.

—¿Cómo reaccionaríais si declarara que uno de los trucos mostrados esta noche era veraz? —tanteó—. ¿Qué diríais si afirmara que era autentico? ¿Cómo me podría rebatir la ciencia?

El Notario tenía la cabeza descolgada hacia un lado, lo cual no le impedía mantener una mirada retadora dirigida hacia mi mujer.

Nadia apuntó a su contrincante con un índice blandengue y empezó a replicar:

—La ciencia te diría: "¡Señor Notario mayor del reino…!"

Se detuvo porque no la estaba escuchando; se había puesto a buscar algo a su alrededor. No me cupo duda de que estaba intentando encontrar la botella de kava. Como no la vio, se levantó y cogió otra de encima de la mesa. Volvió a sentarse en el suelo, con nosotros, descorchó la botella y escanció el kava con prodigalidad.

Nadia sorbió la superficie en ebullición de su copa y continuó:

—Diría: "Señor Notario…". Por cierto, ¿cuál es tu nombre?

Cuando mi mujer supo que se llamaba David, le entró una risa tonta.

—Claro, como David Copperfield —dijo, y a partir de entonces, se dirigió a él por su nombre de pila pronunciado en inglés—. Bien, David, si me dices, por ejemplo, que cuando me has sacado la moneda de la oreja no había truco, tendrás que describirme el procedimiento que has seguido para obrar ese aparente prodigio.

—No puedo, porque lo desconozco —confesó—. Simplemente, constato el hecho. Carezco de la sabiduría y los medios necesarios para poder indagar en su mecanismo.

—Presentas un hecho, y no tienes ni idea del modo en que se produce —resumió Nadia—. Dado que este fenómeno lo generas tú mismo, que no puedas ofrecer ninguna explicación rebaja tu credibilidad a los niveles de un timador; prefiero hablarte con claridad, David. En fin, veamos. Primero hay que definir mejor tu proposición. ¿Puede cualquier persona extraer monedas de mi oreja? —Se giró a mí—. A ver, Josep, prueba.

Lo intenté y fallé.

—Pues, no. Solo tú puedes, David —dedujo Nadia—. Empezamos mal; el experimento no es reproducible por otro sujeto.

—Tengo ese poder —se defendió—. Soy un caso único, del mismo modo que la oveja clonada es única y diferente del resto.

—Como también son diferentes el maíz y la uva —comenté, pero siguieron sin tenerme en cuenta.

—Entonces, debes entregar tu cuerpo a la ciencia —instó Nadia—. Estudiaremos de dónde salen las monedas. Aislaremos el problema.

—No veo ningún problema en que un tipo pueda fabricar dinero a voluntad —objeté.

—Pronto descubriremos el almacén de las monedas —pronosticó Nadia—; quizá lo hallemos en un bolsillo interior de la chaqueta.

—¿Y si me desnudo y vuelvo a sacar otra moneda de tu oreja? —desafió.

—¡Demuéstralo! —le retó Nadia.

El kava estaba haciendo estragos.

David se levantó con dificultad y se quitó la levita.

—¡Alto! —intervine, deteniéndolo—. Exijo que levantes acta notarial del acontecimiento.

Se rio.

—Muy astuto, Josep, muy astuto. Procedo, pues. Ante mí, David Notario…

—Un momento, un momento —le cortó Nadia—. Así, no vale. Tienes que decir tu apellido.

—Es que me apellido Notario, por eso me llaman "el Notario", porque lo soy a dos bandas.

Nadia soltó una risotada escandalosa seguida de un siseo recriminador. Hizo un gesto con las manos para que bajáramos el volumen de nuestras voces y señaló hacia el cuarto de los niños.

David, que permanecía de pie, recitó murmurando:

—Ante mí, David Notario, notario del Ilustre Colegio de Cataluña….

Mi mujer dejó escapar una risita.

—… comparecen como parte demandante Don Josep y Doña Nadia, casados, en régimen de separación de bienes y vecinos de Barcelona, y como parte demandada David Notario, yo mismo…

Más risitas de Nadia. El Notario se quitó la camisa con chorreras.

—… divorciado y vecino de la misma localidad, en calidad de mago aficionado. Intervienen los comparecientes en su propio nombre y derecho y exponen que —se miró el reloj— a las dos de la mañana del día de Navidad se retó al demandado a demostrar la veracidad de uno de sus trucos de magia. El referido truco consiste en extraer monedas de la oreja de una de las partes demandantes de forma ilimitada y a voluntad. Los demandantes no asumirán este hecho sin una comprobación visual, elevada a público, en la que el demandado esté libre de toda ayuda indumentaria. Yo, el Notario, consiento en juzgarme a mí mismo y me hago una previa advertencia legal sobre las obligaciones y responsabilidades adquiridas que me incumben en su aspecto formal y sancionador. Doy paso ya a la demostración solicitada por los demandantes y, compareciendo desnudo ante el público y ante mí, el notario, procedo a sacar monedas de la...

Se calló y frunció el ceño. Su largo cuerpo, algo inclinado hacia delante, se tambaleaba peligrosamente. Al final, su propia condición acabó desarmándolo.

—Dado que, como mago, sé que necesito mi traje para poder verter las monedas y, como notario, no puedo mentir, me retracto de mis intenciones.

Recogió la camisa y se la volvió a poner. Luego se sentó en la alfombra y concluyó:

—De cuanto se contiene en esta declaración pública extendida a viva voz, sin folios y sin Timbres del Estado, y de que la decisión ha sido libremente tomada, yo, el notario, doy fe.

Nadia le pegó unas palmaditas de consuelo en la espalda.

—A los científicos también nos cuesta demostrar nuestras teorías —dijo—. Claro que algunas, menos que otras. Por ejemplo, conjeturo que este cava tiene más grados que el alcohol con el que desinfecto mi instrumental de laboratorio. Es una hipótesis que confirmaré mañana, en cuando esté en condiciones de leer la etiqueta.

—¡Propongo otro brindis para ir analizándolo! —exclamé.

Mis suegros aparecieron antes de lo previsto; a las diez de la mañana, ya estaban tocando el timbre. Venían a ayudarnos a preparar la comida de Navidad. Les abrió Silvia y, con buenas luces, les pidió que volvieran más tarde porque aún dormíamos. Pero mi suegra era una de esas personas imparables. Le contestó que no harían ruido y que se quedarían sentados en la sala hasta que nos levantáramos. Al entrar en el comedor, nos encontraron a los tres durmiendo, bien juntitos, encima de la alfombra. Nadia, su hija, estaba en medio y bastante espachurrada. Silvia nos había echado por encima un edredón para que no cogiéramos frío. A esa desagradable sorpresa, se le unió una visión imposible: Joan levitaba por el espacio libre de la sala. Iba cubierto con una manta y calzaba unos zapatos negros muy brillantes.

Sus gritos resonaron en nuestros cerebros como si nos machacaran con martillos pilones. Después nos aseguró que no había chillado, que tan solo había alzado un poco la voz. El caso es que no la volvió a bajar en ningún momento del día. Cuando supo que el otro beodo (según nos calificó a David y a mí) era un notario, se calmó e, incluso, lo invitó a comer; pero David se excusó con voz pastosa y desapareció con su enorme maleta. Joan se quedó desilusionado sin su manta con patas.

Nadia y yo estuvimos indispuestos todo el día y no quisimos volver a brindar con cava, pese a que mis suegros habían traído uno muy bueno.

Al día siguiente, San Esteban, mi madre también se enteró de nuestra feliz borrachera a causa de la indiscreción de los niños, para los que guardar un secreto significaba que el hecho se debía contar en voz baja. Mi madre solo quiso saber si aún me quedaba algo de ese kava y podía proveerle de alguna botella. Deseaba comprobar si su ingesta atenuaba sus dolores. La pobre mujer llevaba unos días con una ciática torturadora y andaba siempre renqueando.

Tras las fiestas y sus copiosas comidas, ascendí la cuesta hasta la tienda resoplando. Me encontré a Paula en la puerta; se había olvidado la llave.

—Me sabe mal, Josep —se excusó—. Tuve ayer una fuerte discusión con mi novio y todavía estoy muy consternada. No sé lo que hago.

Al entrar e ir a echar mano de la llave que desconectaba la segunda alarma, descubrí que no estaba en su lugar. El día siguiente era veintiocho de diciembre, día de los Santos Inocentes; pero las bromas entre colegas podían empezar antes. Sonreí y le eché una mirada desconfiada a mi compañera.

—¿No se te ocurre otra inocentada más original? —reprobé.

—Creo que no se trata de ninguna broma. Te pedí que no llegaras temprano porque temía que Ángel la hubiese escondido otra vez y quería que se ocupara él de quitar la alarma. El último día me enseñó otro juego de llaves. Dijo que había encontrado las copias correspondientes a cada cajita.

—Es capaz de haber preparado de nuevo su montaje, y parece que está llegando unos minutos tarde a propósito, para que tengamos que ocuparnos nosotros.

—Eso creo, y podría haberlo dispuesto cuando estábamos en el almacén, intentando meditar con los ojos cerrados.

En ese momento, entró el aludido y, tras brindarnos un breve saludo, le preguntó a Paula si ya había liberado la tienda. Ante el balbuceo negativo de mi compañera, le apremió a hacerlo.

—Date prisa. La llave está guardada del modo acostumbrado cuando hay más de dos días de fiesta. ¿Verdad que no nos gusta recibir llamadas del Departamento de Seguridad?

Paula dijo la última frase al mismo tiempo. Frené la embestida de Ángel, espoleada por lo que él consideraba una burla, y le pedí a la muchacha que se fuera a su sección.

—Me ocuparé de anular la alarma —afirmé.

Me dirigí al engañoso botiquín y lo forcé. Recogí la llave y volví a la tienda. Al verme entrar, Ángel sacó la cajita de su cajón, pensando que traía la llavecita para abrirla. Sin decirle nada, me dirigí directo al conmutador e introduje la llave. Luego me acerqué a la caja "Casual" y pedí a Ángel que se apartara; quería colgar la llave en el clavito del rincón que habíamos convenido.

—Este no es un buen escondite —protestó.

—No vamos a usar más tus cajitas —sentencié—. ¡Ah!, y el falso botiquín ha quedado un poco desvencijado. Así que después lo descolgaré y colocaré el auténtico.

—Si algún día nos atracan, no me hago responsable de nada —dijo.

Se enfurruñó y nos evitó el resto de la jornada.

Pero aquel día no tuvo un mal final para mí. David se presentó en casa por la noche, con un ramo de flores y una caja de cava del bueno.

—Quiero ofreceros mis más sinceras disculpas —expresó—. Os aseguro que es la primera vez que me emborracho.

Nadia le pidió que se quedara a cenar. Los niños le dieron un abrazo cariñoso y le preguntaron si haría magia otra vez; en concreto, Joan quiso saber si había traído la manta calzada.

—No lo agobies —intervine—. ¿No veis que no se ha traído su maleta profesional? Poned la mesa mientras mamá y yo acabamos de hacer la cena.

Pero David se sentía orgulloso de sus admiradores y sacó una baraja de cartas de uno de sus bolsillos para mostrarles trucos. Prometió que, en cuanto estuviese lista la comida, ayudaría a los niños a preparar la mesa.

No tardamos en sentarnos a comer. Mi mujer había recibido a David con una sonrisa alegre y una mirada afilada que yo conocía bien. Significaba el inicio de un debate o la reanudación de otro que consideraba inacabado. En efecto, nada más empezar el primer plato, comentó:

—El otro día, David, afirmaste que la humanidad había aceptado los descubrimientos científicos con sumisión, aunque tuviese reticencias.

—Pues sí, eso dije —confirmó mientras saboreaba el guisado.

—Permíteme recordarte que el reconocimiento de la mayoría de los avances científicos ha costado sudor y lágrimas. Los locos que osaban explicar la realidad de forma distinta a la doctrina imperante solían pagar un precio muy caro.

—Supongo que te refieres a personas que se avanzaron a su época, como Galileo —apuntó David—. Por cierto, ese científico no debía de tener muy clara su teoría, puesto que luego se retractó.

David no colocaba el juicio en su contexto histórico y se lo hice ver. La Santa Inquisición tenía en esa época un poder incuestionable y aterrador.

—Cuando una nueva teoría desmorona de un plumazo alguna de las torres del conocimiento, cuesta mucho aceptarla, incluso dentro del propio estamento científico —prosiguió Nadia—. Ocurrió con Galileo, Darwin, Einstein… Muchos aciertos tuvieron que esperar años y años hasta verse reconocidos, y muchos genios fueron relegados al ostracismo —lamentó—. Pero la ciencia no puede ser frenada por dogmas de fe o prejuicios irracionales. Tarde o temprano, la verdad siempre sale a la luz.

—A una luz cada vez más tenue. Considero que las verdades actuales no tienen la consistencia de las de antes—replicó David.

—Los científicos no son omnipotentes, y pueden quedar incógnitas por perfilar. Me parece que te cierras en banda a las novedades.

—No es posible controlar lo que no se entiende. ¿Cómo podemos saber que no nos están mintiendo?

—Si algún día tienes un problema de salud, ¿no confiarás en tu médico? —repuso Nadia—. Sus conocimientos han sido recaudados durante siglos de esforzado trabajo. Miles de personas, la mayoría anónimas, han dedicado su vida al estudio del cuerpo humano para que nadie se muera por una simple apendicitis.

Nadia miró a los niños y les preguntó:

—¿Acaso es mentira que somos capaces de imitar el sol?

—¡La luz eléctrica! — respondió Silvia con entusiasmo.

—¿Y que podemos hablar a distancia? —añadió Nadia.

—¡El móvil! —dijo Joan.

—¿Y que lanzamos cohetes al espacio? —añadí.

—Al espacio, sí; pero no hemos pisado la Luna —dijo David.

—¿No hemos llegado a la Luna? —preguntó Silvia con asombro.

— Pues, claro —contesté—. David está de broma.

El Notario negó con la cabeza y aseveró:

—He visto películas de cine más logradas que la filmación del alunizaje. Sí, reíros. Es de dominio público que la afinación del fraude avanza a la par que la ciencia y, me atrevo a afirmar, gracias a ella y a la tecnología que pone a su alcance. No me pongas esa cara tan seria, Nadia. No voy a negar la existencia y el valor de la luz eléctrica o del teléfono, ni desde luego menosprecio el avance médico. A mi juicio, el muro del conocimiento construido hasta mediados del siglo XX goza de una lógica sólida. Lo que cuestiono son las teorías estrambóticas que se han expuesto desde entonces.

—Muchas propuestas se consideraron disparatadas en su época —objetó Nadia—. La ciencia avanza sobre un carro cargado con fardos llenos de teorías. Nos aferramos a esos paquetes mientras no hallemos otros de más calidad; pero, poco a poco, y de manera incongruente para muchos profanos, el carro se aligera. Surgen nuevas teorías más sencillas que consiguen dar una explicación global a fenómenos que, hasta entonces, permanecían inconexos. Al podernos desprender de fardos inútiles, el carro aumenta su velocidad. El empeño de la ciencia en comprender el universo y la vida es una tarea eterna y acelerada a la búsqueda de respuestas cada vez más simples. Las correcciones se sucederán. Las hipótesis actuales, que algunos consideran estrambóticas, se acabarán consolidando, y se expondrán otras nuevas que se volverán a tachar de locuras…

—Y se desecharán muchas conjeturas actuales —insistió David.

—Más bien, se corregirán, se modificarán parcialmente o se ampliarán —matizó Nadia.

—Pues hasta su total comprobación, estoy en mi derecho de no aceptarlas —aseveró David—. Yo suscribo realidades verificables visualmente o mediante documentos oficiales; realidades cuyas posibles variaciones, por ejemplo, si una casa cambia de dueño, vuelven a quedar descritas con total claridad y ratificadas por mi firma. Nadie puede echarme fuera los fardos que suscribo, firmo y rubrico.

—¡Pues mira qué bien! —Nadia levantó las manos en un gesto cómico—. ¡Suscribiendo, suscribiendo, aún viviríamos en cavernas! Eso sí, todos tendríamos la escritura de la cueva cincelada en piedra y firmada y rubricada por el notario de la tribu.

Nos reímos todos. Nadia se puso otra vez seria.

—Las actitudes conservadoras me asustan —expresó—. Los científicos dependemos de una beca irregular, de una financiación al arbitrio de gobernantes de diferente signo o de un sueldo ofrecido por una empresa privada conducida por intereses particulares. Estamos a expensas, también, del beneplácito de los colegas, y muchos adolecen de una postura miedosa, amilanada. Temo que, por no perder una subvención o un puesto de trabajo, asombrosos descubrimientos queden ocultos y teorías heterodoxas permanezcan recluidas en algún cerebro con una necesidad apremiante de llegar a fin de mes.

—Las genialidades se pueden quedar sin apoyo financiero y moral al considerarse locuras o excentricidades —concluí.

—No imagino que puedan ocultarse excentricidades mayores que las expuestas hoy en día por nuestros científicos —adujo David.

—¡Quién sabe! —Nadia bajó la voz para ponerse interesante y se dirigió a los niños, que mostraban una mustia cara de aburrimiento—. Desde que he visto levitar a un notario y a un par de chavales, espero toparme con otra maravilla en cualquier momento.

Por deferencia a nuestros hijos, dejamos el tema. Joan había pedido a los Reyes Magos un juego de magia y le hizo varias preguntas a David. La conversación derivó hacia las aficiones y habilidades de cada uno. Acabamos la velada jugando al póquer e intentando engañar al contrario a base de faroles armados con diferentes grados de descaro.

Paula entró en la tienda, a la mañana siguiente, mostrando un semblante triste.

—¿Estás bien? —pregunté.

Ángel se acercó también, para ver qué le ocurría.

—Sí, bien —respondió en un tono muy poco convincente—. Es que he cortado con mi novio, y esta vez, para siempre. Pero estoy bien. Mirad, os he traído un regalo.

Sacó de su bolso dos figuritas de dragones.

—Los dragones de bronce son el símbolo supremo de la buena suerte —explicó—. El tuyo, Josep, es un dragón celestial que te traerá el éxito; y el tuyo es…

—Eso son tonterías, Paula. Cada día estás más en las nubes —interrumpió Ángel—. He visto también esa torre china que tienes escondida bajo la mesa. ¿Qué poderes tiene? Desde luego, no sirve para conservar novios.

Fue un golpe bajo. Por la cara que puso Paula, me di cuenta de que le había hecho daño. Le dije a Ángel que se abstuviera de hacer comentarios hirientes y le mandé que se ocupara de una reclamación a un proveedor que teníamos pendiente.

—Pero si de eso siempre te encargas tú —objetó.

—Pues hoy te ha tocado a ti —repliqué.

Dirigió una resentida mirada a Paula y otra con un toque de furia a mí y se marchó. Pedí a mi compañera que me acompañara al despacho. Una vez estuvimos dentro, cerré la puerta para que Ángel no nos oyese.

—No puedes dejar sin respuesta un ataque personal como el que acabas de sufrir —aconsejé.

—Me ha herido, sí —admitió—. Le pensaba cambiar su dragón en cuanto consiguiera otro como el tuyo, porque el que le he traído es un dragón menor, un Jiao que vive en los pantanos, y no tiene mucho poder; ni siquiera tiene cuernos. Pero ahora se va a quedar con ese.

—Es una cruel venganza —ironicé—; pero sería mejor que preparases una respuesta firme por si vuelve a soltarte otra grosería. ¿De qué se puede vanagloriar él? Lleva doce años de noviazgo, y no tiene prisa ni ganas de casarse o de irse a vivir con su pareja, eso me comentó. Me da la impresión de que no es capaz de establecer una relación afectuosa y de que tiene novia de cara a la galería, como quien posee un coche.

—A ambos nos falta algo —justipreció Paula.

—Lo que le falta a él, no creo que lo pueda ya conseguir.

Paula forzó una leve sonrisa y salió del despacho.

Desconozco si tuvo algo que ver la figurita del dragón, pero ese mismo día, dos parejas me encargaron trajes y vestidos de fiesta a medida. Era un pedido casi milagroso en aquel barrio. Gracias a esa venta, empezábamos el año con muy buen pie. Ángel, tras enterarse, rescató su dragón de la papelera y lo colocó de forma discreta en el interior de su mostrador.

No creí que le funcionara: ni siquiera tenía cuernos.

Los responsables de la Asociación de Comerciantes vinieron el último día del año a buscar los enseres de los Reyes Magos. Naturalmente, se llevaron también los cojines. El señor Vicente, presidente de esa asociación, me agradeció que les permitiera seguir guardando el decorado en nuestro almacén y me animó a que fuese a ver el escenario montado. Lo iban a colocar en la rambla que cruzaba el barrio.

—¡No puede imaginarse lo bien que queda!—comentó—. Conseguimos crear una atmósfera de cuento. Cubrimos la tarima y las escaleras con una tela aterciopelada roja y abrazamos el escenario con los cortinajes espesos. Los tres suntuosos tronos destacan en el centro, y unas luces anaranjadas le dan a todo un toque exótico. ¡Queda espléndido! Tiene que conocer también a nuestros fabulosos pajes. Los seleccionamos de jovencitos, a los doce años, y reciben una sólida instrucción. Deben actuar con total profesionalidad. Aprenden a moverse con elegancia y a hablar sabiamente. Es muy importante que sepan ganarse la confianza de los niños y…

No sabía que ser paje fuera tan complicado. El señor Vicente proseguía:

—… Han de tener preparados sus vestidos cuatro meses antes por si se les requiere para ensayar...

El hombre se lo tomaba demasiado en serio.

—… Nuestros Reyes son. No sé cómo describirlos; ¡son tan reales!

Como correspondía, pensé.

—… Debe venir a ver lo bien que nos queda todo. ¡Espectacular, espléndido, ya le digo! Cada año tenemos más éxito.

El señor Vicente estaba muy ilusionado. Le prometí que intentaría pasarme, pero las siguientes jornadas fueron de mucho trasiego y no pude acercarme ni siquiera a echar una miradita.

Superamos, por fin, el seis de enero, último día festivo y apoteosis final de compras y gastos; sin embargo, nuestros directivos no nos permitieron relajarnos. Las rebajas comenzaron de inmediato con una *superoferta* en ropa infantil que añadía un diez por ciento más al descuento. Por ese motivo, el día siete tuvimos colas de niños acompañados por sus padres o abuelos; así que fue una suerte que nos trajeran de vuelta el escenario de sus "Altezas de Oriente" a primera hora de la mañana, cuando la tienda aún estaba vacía. No me hubiera gustado que ojos infantiles hubiesen visto que guardábamos los tronos de tan insignes personalidades en el interior de un comercio; le habría quitado magia a lo que acababan de vivir. Ángel acompañó al almacén a los vecinos voluntarios que cargaban con el decorado.

Un poco más tarde, llegó uno de nuestros transportistas con una remesa de anoraks para niños. El hombre aprovechó el viaje para pedirme la copia del último albarán. Había perdido el original y la empresa se lo requería. Le solicité que esperase en mi despacho y fui a buscar aquel documento al archivo mientras Paula y Ángel se ponían a colgar los anoraks en los percheros.

Cuando entré en el almacén, me acerqué primero a revisar que todos los componentes del escenario estuviesen bien colocados. Advertí, entonces, que nos habían dejado un trasto más: una caja cilíndrica de un metro de altura por medio de diámetro, cubierta con una funda de terciopelo rojo. En su falda llevaba bordado, en color oro, el dibujo de un sobre. Aquello era el buzón real. En su parte superior, se abría la ranura para introducir las cartas.

Me vino a la memoria mi niñez, el esmero con el que escribía la carta, sin hacer tachones y con buena letra; la emoción que sentía al entregársela a los Reyes Magos, esos seres magníficos que irradiaban poder y bondad. Recordé mi absoluta certeza en su existencia. Mis reflexiones no se dirigían a cuestionar ese hecho; sino que, partiendo de esa verdad absoluta, incidían en el *modus operandi*. Me intrigaba cómo llevaban a cabo el prodigio del reparto de regalos a todos los niños del mundo en una sola noche. Mi hermano mayor atribuía a esos magos el dominio del espacio-tiempo. También me asombraba la insaciabilidad de los camellos. Todos los niños que conocía les dejaban pan y agua, y aquellos animales se lo zampaban todo. Tenía la idea de que solo se alimentaban por esas fechas. Estaba convencido de que a los Reyes no les gustaban los animales, puesto que a mi gato nunca le dejaban nada. Otros niños creían que aquellos viajeros eran dueños de un numeroso rebaño y, por consiguiente, las viandas se repartían entre muchos ejemplares. Con lógica, razonaban que los pajes les preparaban camellos de refresco en cada país y, así, podían dar la vuelta al mundo con rapidez sin que los animales reventasen de agotamiento, a semejanza de lo que habíamos visto hacer con los caballos en las películas del oeste. Sin embargo, lo que no admitía ninguna explicación era el aguante que mostraban los Reyes al alcohol ni, tampoco, su glotonería. Sabía que todos los de mi clase les obsequiaban con licor dulce y turrón, y que no le despreciaban el festín a nadie.

En fin, ¡qué tiempos tan tiernos! En cambio, mis hijos preferían a Papa Noel porque traía antes los regalos. El papel de los Reyes Magos había quedado relegado a un simple detallito.

Acaricié con nostalgia la ranura del buzón y…. ¡Cuál fue mi sorpresa al rozar una carta! Aboqué mis ojos al agujero y distinguí muchos sobres blancos. ¡No podía creer lo que estaba viendo! Aparté la funda que lo cubría y me asombró, también, encontrar bajo esa tela una preciosa caja de madera rosada. Había supuesto que aquel objeto sería de cartón o, como mucho, que lo habrían construido con cuatro tablones sencillos. En aquel momento, estaba exaltado y no me fijé más. Abrí la tapa y miré en su interior. ¡Estaba a rebosar! Me asaltó una indignación ilógica: ¿Qué era aquello? ¿Cómo no se habían llevado las cartas los Reyes Magos? ¡Qué poca consideración merecían las ilusiones infantiles! ¡Qué enorme desprecio a sus sentimientos! ¡Qué vileza! Mi corazón era el de un niño traicionado.

Cogí un sobre con cuidado, casi acariciándolo. Una letra infantil había escrito como destinatarios: *"Para sus Majestades de Oriente"*, y como remitente: *"Alba Marieta"*.

La curiosidad mitigó un poco mi irritación. Deseaba abrir aquella carta, pero ciertos reparos me frenaban; no podía espiar una correspondencia privada. Dudé un minuto. Mi afán por fisgonear expuso diversos argumentos para convencerme de que semejante indiscreción era admisible. Me dije que era lícito leer un poco si mantenía su contenido bajo un respetuoso secreto.

Rasgué el sobre y leí: *"Querido Melchor, este año me he portado muy bien y tatatá tatá tatá…* —Me salté un trozo— *… Quiero el payaso Risitas, la cocina minimalista, el juego de tatá tatá…* —¡Cuántas cosas pedía la nena!—. *A mi hermanito, como es solo un bebé, el sonajero Dling-dling.* —Eso, a tu hermano, solo unos cascabeles—. *A mi padre, una corbata.* —¡Ya estábamos con las dichosas corbatas!—. *Mi madre dice que no quiere nada, que ya se lo comprará mi padre.* —Sin comentarios. ¡Ah, una posdata!—. *El tren en miniatura que os pedí, ya me lo ha traído Papá Noel".* —¡Menos mal, veía a Melchor tirando de la tarjeta de crédito!

Continué leyendo cartas y mi diversión fue en aumento. Llegué a comprender el placer que experimentaban ciertas personas con los programas de cotilleo.

Ángel me sacó de mi fiesta particular. Venía a comprobar, según me hizo saber, si se me había caído alguna estantería encima y debía avisar al servicio médico de urgencias. Había transcurrido más de media hora desde mi desaparición en el almacén, supuestamente para buscar un albarán en el archivo, y a causa de la larga espera, el transportista se había quedado dormido en una de las butacas de mi despacho. Me soltó esa recriminación con un toque de humor mientras se aproximaba; pero, cuando llegó a mí, le desconcertó verme sentado en uno de los tronos reales, con un montón de sobres destripados y cartas desplegadas encima de mí. Percibí que su valoración sobre mi persona disminuía de manera considerable. Como no se me ocurrió ninguna buena excusa, guardé las cartas y los sobres dentro del buzón, en silencio, y luego me levanté y fui a buscar el documento. Pasé por su lado con la espalda tiesa, adoptando una postura de aparente dignidad. Se marchó exhalando un bufido.

No tardé en encontrar el documento. Regresé al despacho, hice una fotocopia y desperté al hombre. Cuando se fue, me puse a ayudar a Paula; su sección era la que estaba más llena de clientes. Pude observar que muchos niños llevaban alguno de los regalos que les habían traído los Reyes.

Apareció la niña Alba Marieta, autora de la primera carta que había abierto. La nena abrazaba un payaso horrendo que profería risotadas estruendosas con pesada intermitencia. Venía con una mujer muy demacrada, su madre, que empujaba un carrito cargado con un crío de un año o poco más. El niñito sacudía con inmisericorde energía un sonajero que producía un "dling" de efectos devastadores para cualquier tímpano cercano.

—Parece que a los niños les han gustado los regalos de los Reyes Magos —comenté a la madre.

La señora levantó los párpados con dificultad.

—No sé en qué estaba pensando cuando los comp… Quiero decir que no entiendo que los Reyes les trajeran los juguetes más ruidosos del mercado —respondió con un hilillo de voz.

El payaso lanzó entonces una carcajada escandalosa y ambos nos sobresaltamos. Por suerte, la nena se alejó con su monstruo hacia las máquinas de refrescos del espacio de descanso. Continué conversando con la madre mientras le enseñaba los nuevos anoraks.

—Usted solo quiso complacer los deseos de su hija —la consolé.

—Pues eso es lo más sorprendente. Alba escribió la carta sin mi ayuda y no me la quiso enseñar ni me explicó lo que quería. Me dijo que lo importante era que lo supiesen los Reyes. Pude averiguar solamente un par de cosillas. Pero el muñeco ese —refunfuñó, y disparó una mirada de odio hacia el lugar donde se hallaba el payaso—, no sé, fue un impulso, igual que el de este sonajero. Y fíjese, ¡qué curioso!, luego Alba me aseguró que esos eran los regalos que había pedido.

—Curioso, sí, justo lo que escrib…

Fruncí los labios y no acabé la frase. ¡Casi se me ve el plumero!

—En fin, me llevo este anorak azul para el nene —concluyó.

Nos acercamos a la caja "Sport" acompañados por el sonido irritante, a más no poder, del sonajero. Mientras cobraba a la madre, al delicado bebé se le ocurrió aporrear el faldón del mostrador con aquella arma sónica. La expresión de la señora me indicó que estaba a punto del colapso; sin embargo, no retiró hacia atrás a su hijo, quizá con la esperanza de que consiguiese hacer pedazos el artilugio del diablo.

Acabé de despacharla con prontitud y, después, fuimos a buscar a su hija. No nos fue difícil encontrarla: estaba bajo la única mesa que se bamboleaba movida por una tremebunda risa. Las acompañé hasta la puerta y me quedé unos instantes a contemplar cómo se alejaban calle abajo. La cabeza de la madre se hundía en el interior del abrigo, en un ineficaz intento de proteger sus oídos del ruido infernal que difundían sus hijos.

Me giré al oír que me saludaban y me encontré al pequeño Marc y a su abuelo, clientes muy conocidos. El hombre me estrechó la mano con fuerza. Aunque era mayor, gozaba de muy buena salud, lo cual era una suerte porque, junto con su señora, se ocupaba de su jovial nieto de lunes a sábado.

Lo saludé, y también al chavalín, que pasó por mi lado montado en un patinete y me gritó un alegre: "Hola, Pep". Aquel niño me caía muy bien; era espabilado, alegre y trataba con mucho cariño a sus abuelos. Su carta me había emocionado. Había pedido un patinete para ir a la escuela porque quedaba "tope lejos", y otro con motor para la persona que siempre lo acompañaba.

—¡Eh, Marc, ya no tendrás que ir al colegio a pie! —dije.

El chaval se deslizaba por la tienda con su flamante regalo.

—¡Y mi abuelo tampoco! —respondió sin dejar de rodar—. ¡A él también le han traído uno!

El hombre me explicó que su hijo había tenido una genial idea.

—Me ha regalado uno de esos que llevan motor, ¿sabe usted?, para que no me canse tanto cuando lleve al niño a ese bendito colegio que han elegido. Será una escuela muy fina, pero está en la quinta leche. En fin, los padres mandan, y nosotros, los abuelos, a servir. ¡Qué se le va a hacer! Los dos trabajan y no pueden ocuparse de Marc. Mi hijo viaja mucho. Tiene muchas responsabilidades...

El abuelo tenía ganas de cháchara.

—... Está muy considerado en su trabajo y le confían los encargos más importantes y urgentes —continuaba—. Tiene que estar al pendiente de muchas tiendas y...

Su hijo tenía una furgoneta con la que distribuía repostería industrial a diversos supermercados.

—... El caso es que siempre está muy liado —resumió—. Pero, esta vez, ha pensado en mí y me ha regalado un estupendo patinete que va solo. El próximo día se lo traigo para que lo vea.

—Recuerde que la idea fue de Marc. Lo puso en su cart...

Me mordí la lengua. Desde luego, yo no daba la talla como espía.

El abuelo se extrañó.

—¿La carta? ¡Si casi no la hace! Le llevé a sacarse la foto con el Rey Baltasar, que es su preferido, y allí mismo la escribió con él. Nada, cuatro rayas, y al momento se la entregó. ¡A saber qué pondría!

—Pues, eso, lo del patinete —insistí.

Me había empeñado en que nadie le quitara mérito al niño. Dudaba mucho de que la idea hubiese partido del padre, que no era nada perspicaz.

A Marc parecía interesarle nuestra conversación. Daba vueltas cerradas y lentas con el patinete a nuestro alrededor y estaba atento a nuestras palabras.

—Y dale, que eso fue cosa de mi hijo —reiteró el abuelo.

—En todo caso, Marc se lo propondría a su padre.

—¡Que no, joder!

El hombre se estaba mosqueando.

—Marc no soltó prenda sobre lo que había pedido —explicó—. Todos los años pasa lo mismo; le cuesta decidirse. Los pajes o los reyes le ayudan a hacer la carta y se la echan al buzón. Luego le preguntamos qué ha puesto, pero nunca se acuerda. Al final, eso no importa —prosiguió, un poco más apaciguado—. Es un niño muy agradecido y todos los regalos le hacen mucha ilusión. Siempre nos dice que hemos acertado de pleno.

—Es muy listo —incidí, con la intención de que se diera cuenta de que era imposible que su nieto no recordase lo que escribía en su carta; sin embargo, el abuelo captó otra cosa.

—Veo que le tiene mucho aprecio —dijo, y me dio otro apretón de manos.

Fue a sentarse al espacio de descanso, a esperar a su mujer. La señora se había encontrado con una conocida cuando venían hacia la tienda y se había parado a charlar. Marc me echó una penetrante mirada de reojo y luego lo siguió.

La mosca había volado de la nariz del abuelo a la mía. Estaba empezando a experimentar cierta zozobra, cierta inquietud que estimulaba mi imaginación; era el segundo niño que obtenía los regalos deseados sin decírselo a sus mayores.

Me propuse llevar a cabo un pequeño estudio. Fui a buscar una libreta grande al despacho y me preparé unas hojas con cuatro apartados dispuestos en columnas: nombre del niño, regalos solicitados, regalos recibidos y grado de conocimiento de sus padres. Mi intención era cotejar esa información con las cartas atesoradas en el buzón real. Cavilé que podría excusar mi interrogatorio haciéndolo pasar por una encuesta de opinión sobre los gustos de los niños en ropa y su similitud con los de sus padres. Luego derivaría las cuestiones hacia una charla informal, en la que sacaría a colación lo que me interesaba.

Salí y empecé a investigar.

—Señora Mercedes, veo que viene con su hija. ¿Me permite que les haga unas cuantas preguntas?

La señora quiso saber sobre qué tema versarían mis cuestiones. La niña empujaba un cochecito de juguete con un muñeco bebé en su interior y cantaba una nana con voz bajita.

—Es una encuesta —contesté—. Nos interesa estar al tanto de las necesidades de los clientes. Queremos conocer, sobre todo, la opinión de aquellas personas a las que nunca se les pide: los niños.

La señora se mostró desilusionada, pues tampoco a ella se le solicitaba nunca su parecer sobre nada.

—También hablaré con usted —repuse, intentando implicarla de nuevo—, pero, como le digo, es una consulta sobre moda infantil. Si le parece bien, le preguntaré primero a su hija.

La señora accedió; aunque, por su sonrisa al revés, entendí que aquella encuesta le parecía una simpleza. No me eché atrás y, como si deseara ganarme la confianza de la nena, introduje el tema de los regalos de los reyes. En esa supuesta toma de contacto antes del cuestionario, le pregunté si había enseñado su carta a los padres antes de entregarla y si le habían traído los regalos que había pedido.

De esa forma, y de otras que me inventaba, fui sonsacando la verdad a todos los niños que pude. Llevaba una hora con ello cuando Ángel se acercó a recordarme que tenía una cita acordada con el señor Fernández, un cliente al que siempre teníamos que arreglarle la ropa que adquiría, y debía de estar a punto de llegar. Le habíamos acortado las mangas de dos camisas y una americana, y habíamos quedado en que pasaría a buscar las prendas esa mañana. Era un cliente puntilloso y altanero, al que no le gustaba tratar con subalternos. Siempre me buscaba para volcarme sus latosas desaprobaciones. Pero aquel día no podía perder el tiempo en untar su soberbia.

—Atiéndele tú, por favor. Estoy ahora muy liado —respondí.

Mi compañero paseó la mirada por la sección "Sport". Estaba repleta de niños alterados por la relajación en las costumbres diarias, de la que habían disfrutado durante las casi agotadas vacaciones. La inminencia del inicio del colegio también provocaba excitación. Sopesó que sería peor quedarse allí y aceptó ocuparse de aquel cliente. Pero cuando ya se estaba marchando, dudó.

—Le disgustará que no lo atienda el encargado —objetó.

—No deberíamos dar importancia a cuestiones que no la tienen —repuse.

Exhaló un suspiró y se fue. Creo que, esa vez, redujo mi valoración profesional.

El señor Fernández llegó a los pocos minutos y se dirigió al despacho. No me vio, pero tampoco me buscó. Aquel hombre siempre esperaba que advirtiéramos su presencia de inmediato y que enseguida fuésemos a atenderlo. Su mal genio funcionaba con Ángel, que siempre corría a avisarme. Esa vez, confiando aún en que cambiase de parecer, mi compañero llamó mi atención con un brazo en alto; pero lo animé a sustituirme con un gesto volátil de la mano.

Mientras encuestaba a más niños, fui vigilando, desde lejos, la inspección de las prendas por parte del señor Fernández. Por la cara pálida y los gestos apaciguadores de Ángel, deduje que las quejas abundaban. No me preocupó mucho porque, aunque ese hombre nunca encontraba nada a su gusto, luego se lo acababa llevando todo. Decidí que solo acudiría en ayuda de mi compañero si el cliente hacía además de marcharse de vacío. Mientras tanto, continuaría con mis entrevistas.

Los datos que había recogido hasta el momento indicaban que solo un poco más de la mitad de los padres conocía los deseos de sus niños, lo cual me pareció sorprendente, pues creí que la mayoría estaría al tanto. Como era lógico, esos progenitores acertaban en sus compras. Pero lo curioso era que también atinaban los otros, los que no habían leído las cartas ni se habían enterado por otros medios de las peticiones. Ese extraño hecho me intrigaba; aunque desconocía lo que quería demostrar con aquella investigación.

Estaba en medio de la encuesta a un niño y a su abuelo cuando Paula me interrumpió para advertirme que tenía una llamada.

—Es Parés —me informó.

—Dile que no me puedo poner, que estoy muy ocupado.

Paula se quedó anonadada. Parés era el jefe del distrito, nuestro inmediato superior, y nunca había tenido la osadía de desatenderlo.

—Ve, Josep. Sigo yo con los clientes —insistió Paula—. He cogido la llamada desde el teléfono de nuestra caja.

—Excúsame con amabilidad, por favor.

Mi compañera dudó unos segundos y luego obedeció. Continué enseguida con el interrogatorio al abuelo. Resultaba dificultoso acceder a la verdad cuando las edades de los individuos se encontraban en los límites de la comunicación inteligible, al borde de la franja donde la persona era capaz de manufacturar la explicación de un acontecimiento de forma comprensible. El niño era demasiado pequeño; y el abuelo, demasiado mayor. Si hubiese cogido la llamada en medio de nuestra conversación, hubiera cortado el fino hilo comunicativo que había conseguido tender.

Vi a Paula hablar por el teléfono unas palabras, asentir en silencio, volver a decir algo y, después, hacerme señas suplicantes para que fuera. Repetí la última pregunta al abuelo, y como siguió sin saber la respuesta, le pedí que me esperase y decidí atender a mi jefe.

Me introduje en el puesto de caja y cogí el teléfono, pero ya me había colgado. Iba a regresar junto al abuelo cuando advertí que me había seguido y que estaba junto al mostrador.

Paula, que se encontraba todavía dentro de aquel puesto, me hincó una mirada afilada. No se atrevía a preguntarme de qué iba todo aquello, pero tenía intención de averiguarlo; eso expresaba su barbilla adelantada y las palpitantes aletas de su nariz. Tensó los músculos como una leona antes de la caza y se deslizó por detrás de mí con pasos felinos. Noté sus miradas furtivas hacia la libreta que había dejado encima del mostrador y me abalancé encima de mis notas. Manteniendo esa forzada postura, me despedí del abuelo y de su nieto, pues ya no podía continuar con mis cuestiones. Por sus asombrados semblantes, deduje que sus edades no los limitaban tanto como para no darse cuenta de que mi comportamiento era anormal. Quedé en una posición muy incómoda, con la espalda doblada en una curva dolorosa.

Paula se puso a plegar unas prendas justo a mi lado. Para disimular, reposé la cabeza sobre mis brazos apoyados, como si estuviera descansando un poco.

—¿Estás fatigado, Josep? —preguntó mi compañera con voz cantarina.

—Pues, sí —respondí con dificultad. Empezaba a tener calambres en los riñones.

—Podría ayudarte con lo que estés haciendo.

—Eres muy amable, pero no hace falta —repuse. Las punzadas en los riñones se estaban agudizando.

—¿Un cafecito?

—Por favor —supliqué.

Se compadeció de mí y se alejó hacia la primera estancia del interior de la oficina, donde teníamos la máquina de café.

Enderecé con dificultad mis vértebras y, al alzar la vista, me encontré con la mirada de reproche de Ángel. Alcancé a ver que el señor Fernández salía de la tienda con pasos largos y la espalda muy tiesa.

Recogí la libreta y la guardé en un cajón interior mientras mi compañero se acercaba a comentarme lo molesto que se había sentido el cliente por no haber podido tratar conmigo.

—Menospreciado, diría yo —concretó—. Y se ha acabado de crispar cuando ha salido del despacho y te ha visto tumbado encima de este mostrador. No sabía cómo excusarte y le he dicho que tenías dolor de espalda.

—¡Qué buen ojo clínico tienes, Ángel! Tengo hoy un lumbago monstruoso —mentí.

Paula apareció en escena con un vasito humeante en la mano.

—Toma, Josep. Aquí tienes tu café para despejarte.

Mi compañero entornó los ojos con desconfianza.

Consideré que lo más sensato era volver al refugio de mi despacho. Salí del puesto de caja y tomé el pasillo más directo.

Estaba a medio camino, cuando entró otra tanda de madres con niños. Di media vuelta de forma brusca y choqué con Ángel. Había escogido el mismo pasillo para dirigirse a su sección y se encontraba justo detrás de mí. Le di un buen topetazo. No entendió mi súbito cambio de rumbo. Tras una previa hinchazón de carrillos, que a mi parecer fue exagerada aunque a causa del golpe se dolía de la nariz, resopló con vibrante sonoridad y se fue. Intuí que ese día no podría volver a contar con su comprensión.

Recuperé la libreta y, olvidando a mis compañeros, me concentré de nuevo en la tarea. Solo me di un respiro durante los turnos de comidas del mediodía.

Por la tarde, y quizás por el cansancio, mis interrogatorios se tornaron más directos, sin circunloquios ni disimulos. Acumulaba más de cuarenta entrevistas y ya las estaba automatizando.

—¿Te gusta la ropa que te compran tus padres? ¿Les hablas de lo que deseas? Por ejemplo, ¿les dijiste lo que pedías a los Reyes Magos? ¿Cuántos regalos de los que has escrito en tu carta te han traído?

Apuntaba sus respuestas e iba a por otra familia. En general, a los clientes no les daba tiempo a cuestionar ese asalto a su intimidad; la velocidad que imponía a la encuesta los atolondraba. Hasta que, al fin, un padre se revolvió.

—¡A usted, qué porras le importa! ¿Cree que con lo que cobro de paro puedo darle todos los caprichos a mi Kevin? ¡Me hubiera gustado comprarle toda la juguetería, pero si no puede ser, pues no puede ser!…

Estuvo un rato despotricando contra el trato injusto que recibía de la sociedad y terminó devolviéndome de malas maneras el anorak que había cogido. Después giró sobre sus talones y se marchó.

Ese incidente me hizo reflexionar sobre mi falta de escrúpulos. No soy de los que piensan que el fin justifica los medios, sobre todo cuando no tengo muy claro cuál es el fin. Mi entusiasmo se deshinchó y no supe encontrar el sentido de esas encuestas. Me había impulsado una sospecha indefinible, pero era tan indefinible que se había vuelto indefinida y ni siquiera sabía lo que estaba buscando: ¿el poder de adivinación de los padres?, ¿su grado de intuición?, ¿podían leer los pensamientos, como Paula, presentir las intenciones o descubrir los intereses escondidos?

Como aquellas preguntas sonaban estúpidas, decidí ocuparme de nuevo de mi trabajo y me encaminé al despacho para dejar la libreta. En esas, Eloy, un niño de ocho años con el que solía hablar de fútbol, entró en la tienda a todo correr, se dirigió a mí y me enseñó el balón que llevaba.

—¡Mira, Josep, es del Barça y está firmado por todos los jugadores! —exclamó con mucha alegría.

—¡Déjame ver! —le pedí, fingiendo estar muy interesado y sin comentar que mi hijo tenía uno idéntico—. ¡Anda, pero si ha firmado hasta el entrenador!

Eloy me fue indicando a quién correspondía cada una de las firmas. Su madre apareció en la entrada cuando me las había mostrado casi todas. La mujer estaba completamente asfixiada. Alzó una pesada mano en respuesta a mi saludo, me rebasó con pasos oscilantes y se dirigió al espacio de descanso, supuse que en busca de un asiento. Fui tras ella, llevándome conmigo al niño y su entusiasmo futbolero. La mujer llegó a la primera mesa y, rendida, se dejó caer en una de las sillas. Me senté a su lado. El niño se quedó de pie, entre ambos. La señora tardó un minuto en recuperar el resuello.

—¿Por qué corrías tanto, Eloy? —consiguió farfullar—. Me llevas a punto del infarto.—Se detuvo y jadeó; la mujer estaba muy gruesa—. Los Reyes no tendrían que haberte traído esa dichosa pelota. —Pausa y toma de aire—. Buenos días, Josep, y perdone que no haya podido saludarlo antes. Este niño ha subido la cuesta corriendo. Me daba miedo que cruzara sin mirar y no he querido perderlo de vista. He ido tras él al trote.

—Está muy contento —comenté—. Los Reyes han dado en el clavo con este obsequio. Por cierto, ¿usted estaba al tanto de que su hijo había pedido un balón?

Recordaba que Eloy lo había escrito en su carta, y también que había anotado otro curioso deseo. No le gustaba la natación y quería que lo diesen de baja de esa actividad deportiva. Había subrayado en

254

rojo esa demanda, así que debía de anhelarla bastante. Marc había remarcado del mismo modo su petición del patinete para el abuelo. Imaginé que, en el colegio, les habían enseñado a subrayar las partes importantes de un texto.

—¡Huy, y tanto! —respondió la madre—. Me repitió lo que quería cien veces.

Un poco desilusionado, apunté mentalmente el dato. La madre proseguía:

—Por eso, aunque no me quiso enseñar su carta, sabía lo que tenía que ir a busc... sabía que los Reyes se lo iban a traer todo.

Se corrigió a tiempo, igual que lo había hecho la madre de Alba Marieta, y no reveló el secreto mejor guardado por la sociedad; un secreto que mantenía la ilusión infantil, tanto en los niños como en los adultos.

Saqué un par de refrescos de la máquina y se los ofrecí. La señora me lo agradeció.

—¡Qué amable! Cuando nos mudemos, le vamos a extrañar —dijo.

—¿Se van?

—Hemos encontrado un piso muy barato, con ascensor y en un barrio llano. No podemos dejar pasar esta oportunidad. Nos lo ha ofrecido hoy mismo un conocido de una conocida. Lo hemos ido a ver, nos ha gustado y hemos firmado ya el contrato de arras; así, sin pensarlo mucho.

—Una rápida decisión —comenté.

—No le hemos dado muchas vueltas. Si nos poníamos a pensarlo, podían adelantársenos otras personas.

—Los echaremos de menos.

—No crea que no me duele dejar este barrio. Me he criado aquí y conozco a todo el mundo. Mis padres y hermanas viven en la misma calle. Mi marido trabaja también muy cerca, y donde vamos no hay una buena combinación de transporte público. Tardará hora y media en llegar al trabajo y otro tanto, para volver. Yo trabajo desde casa, por lo que me da igual estar aquí que allá. Me sabe mal por él, pero es que tengo muy mal las rodillas y tanta cuesta me mata.

—¿Y el colegio de Eloy? Estamos a mitad de curso.

—Este conocido de mi conocida nos ha asegurado que hay plazas en un colegio próximo muy bueno. Así que, por esa parte, estoy tranquila. Lo que me sabe mal es que no haya ninguna piscina por los alrededores. ¡Con lo bien que nada mi niño!

Eloy esbozaba una sonrisa de angelito.

—¡Mi Eloy es tan bueno! —alabó la madre, confundiendo el motivo de la dulce expresión de su hijo—. Nos ha dicho que no nos preocupemos por él, que no le importa abandonar la natación. Se apuntará a fútbol en el nuevo colegio…

Eloy cerró los ojos y abrazó con fuerza el balón. Parecía sumido en la felicidad más absoluta. La madre continuaba:

—… Es tan bueno que solo nos ha pedido una tontería a cambio. Quiere regresar al barrio todos los años, por estas fiestas, e ir a ver a los Reyes Magos. Los conoce desde pequeñito y les tiene mucho afecto. Le hace una ilusión muy grande saludarlos y echar la carta en su buzón. Es un niño tan bueno…

La madre cambió a continuación de tema y me pidió que le enseñase los anoraks que nos habían traído. Le habían comentado que eran muy majos y que los vendíamos a buen precio.

Adquirió un anorak rojo; un color que eligió Eloy y que reflejaba su dicha. La señora se despidió de mí con un par de besos y alzó una pesada mano para reafirmar un adiós cargado de apesadumbrada resignación. Aquel era su destino, decía su expresión, y no tenía más remedio que seguirlo. Se fueron de la misma forma en que habían llegado: el niño, chutando la pelota, y la madre, renegando tras él.

¿Cómo debía apuntar esa nueva rareza? Eloy había querido dejar la natación y su deseo se había cumplido. ¿Albergaban los niños de aquel barrio poderes ocultos que les permitían influir en el juicio de sus padres? ¿Tenía razón Paula al afirmar que, si deseabas algo con todas tus fuerzas, lo lograbas? ¿Y acaso la etapa infantil del ser humano no se distinguía por su tozudez para alcanzar sus propósitos, esos que los adultos solíamos denominar caprichos? La madre no acababa de estar segura de su decisión. Tenía a toda la familia en el barrio, y su pobre marido perdería tres horas diarias en el trayecto al trabajo. ¿Tan barata era la nueva casa? ¿Tan llano, el barrio? ¿Tan bueno, el niño? Y si Eloy tenía poderes, ¿por qué quería regresar todos los años a saludar a esos Reyes? ¿Por qué le interesaba echar la carta en su buzón? ¿Era imprescindible efectuar aquel trámite?

—¡Me va a atender o qué!

Tenía delante a un cliente enojado. ¡Quién sabe cuánto rato llevaba esperando mi atención! Decidí dejar para casa las elucubraciones sobre el tema. De todas formas, estábamos a punto de cerrar.

. . .

Aquella noche, perdido en mis reflexiones, apenas hablé durante la cena. Cuando se acostaron mis hijos y reinó la calma en casa, me puse a revisar mis apuntes y confirmé lo que llevaba toda la tarde temiendo, que no sabía qué estaba queriendo probar. A partir de los datos obtenidos en mis cincuenta y ocho entrevistas, había deducido que el desempeño de los Reyes Magos en ese barrio era excelente. Tanto los padres que tenían conocimiento del contenido de la carta como los que no lo tenían habían comprado a sus hijos la mayoría de los regalos solicitados.

Repasé de nuevo las cifras. Tenía el grupo A, formado por treinta y cinco padres informados; y el grupo B, con veintitrés progenitores en la inopia. Este segundo grupo era el que merecía mi atención y el detonador de mis cuestiones. ¿Cómo adivinaban esos despreocupados padres los deseos de sus retoños? Dada la elevada cantidad de aciertos, no podía ser una cuestión de suerte. Había cientos de juguetes en el mercado y, aunque conociesen los gustos de sus hijos, era difícil que escogiesen el modelo concreto señalado en la carta, como había ocurrido con el payaso "Risitas" de Alba Marieta. Y de esos datos surgían otras dudas: ¿por qué había tantos padres en el grupo B?, ¿a qué se debía esa falta de interés rayana en la desidia?

El caso de Eloy añadía preguntas que todavía no lograba formular. Se le había cumplido un deseo no material con consecuencias perjudiciales para sus padres. Pudiera ser un acontecimiento fortuito y afortunado para el niño; sin embargo, me resistía a culpar al azar. Su interés por el buzón me había hecho recordar comentarios de otros niños que, en su momento, no había valorado como importantes: "Siempre, siempre, me aseguro de introducir mi carta en el buzón real; no quiero que se pierda". "Me gusta hablar con los Reyes; son muy buenos. Les cuento lo que quiero, luego meto mi carta en su buzón y ya sé que me traerán todo lo que he pedido". "No me quedo tranquila hasta que no dejo mi carta dentro del buzón real". "Mi hermanito no quería ir porque los Reyes le dan miedo; pero lo convencí. Le dije que, si les daba su carta, se lo traerían todo, y yo misma la puse en el buzón real". "Mis padres trabajan mucho y, por eso, siempre escribo la carta solo. No me importa; sé que los Reyes no me fallarán. Voy a verlos y echo mi carta en su buzón".

Los niños expresaban una destacada preocupación por introducir la carta en esa original caja que teníamos guardada en el almacén. Mis hijos, cuando eran pequeños, la echaban en el primer buzón de correos que encontraban. Se la habían dado alguna vez a los pajes, durante la cabalgata; pero no recordaba que hubieran tenido un afán especial en buscar a un Rey con su correspondiente buzón real.

Nadia entró en el cuarto y percibió mi expresión de perplejidad.

—¿Te puedo ayudar en algo, Josep?

Se me ocurrió que mi mujer podría sugerirme un método que desembrollara aquel misterio.

—¿Por qué se empieza una investigación científica? —pregunté.

Sonrió ante mi repentino interés por un tema del que nunca me había preocupado y se sentó en el borde de la cama, cerca del escritorio donde me había colocado.

—Hombre, hay varios motivos. Para saber más de un fenómeno, porque te enfrentas a un problema y buscas solucionarlo, porque necesitas acceder a una beca —dijo, y terminó con una risa.

—¿O porque te encuentras con algo sorprendente e inexplicable?

—¿Qué pasa? ¿David ha afirmado de nuevo que puede hacer magia de verdad?

—No, no es nada en concreto. Imagínate que observas unos hechos insólitos. ¿Cuáles serían los pasos que habría que seguir para investigarlos dentro de un marco de rigor científico?

—Te agradecería que hablaras con más claridad.

No estaba dispuesto a explicarle nada hasta que no tuviera algo sustancial a lo que agarrarme.

—Solo dime si estos serían los pasos —requerí—. Primero, creo que, para ser objetivo y no dejarme llevar por prejuicios o falsas expectativas, debería observar y registrar todos los hechos. Segundo, tendría que analizarlos, y tercero, reflexionar y sacar conclusiones. El problema reside en el tercer punto. No puedo extraer ninguna conclusión... En realidad, no sé lo que estoy buscando.

Nadia presumió que íbamos a entablar una larga conversación. Cruzó una pierna encima de la otra y se acomodó.

—Seamos realistas —contestó—. La objetividad total en cualquier ámbito, y también en el científico, es impracticable. Recoger todos los datos que afectan a un fenómeno constituiría una tarea inacabable y sumamente dificultosa. Debemos atenernos a los relevantes, y ahí ya entramos en un prejuicio. Escogemos de antemano los que serán determinantes, pero determinantes ¿para qué?, pues para responder a una pregunta que se nos ha formado en la mente con anterioridad.

—¿No es tendencioso recoger unos determinados datos con el fin de probar nuestra suposición?

—Es imposible tener en cuenta todas las circunstancias que envuelven un suceso. Nuestra hipótesis nos orienta acerca del tipo concreto de variables que influyen, en un grado perceptible, en el problema a resolver. —Echó un ojo a mi libreta, pero la había cerrado y no pudo ver nada—. Es decir, no partimos de unos apuntes tomados con total imparcialidad, sino que existe una idea previa que nos ha conducido a relacionar unos hechos con otros y a tomar nota de unos datos en concreto. Las teorías científicas no se derivan de los hechos, sino que se conciben para interpretarlos. Por eso, no eres sincero contigo mismo cuando dices que no sabes lo que buscas. Iniciaste una recogida de información para dar respuesta a una pregunta anterior y apoyar una hipótesis que se te ocurrió.

Hizo una pausa para instarme a recordar cuál había sido mi interés inicial, pero mi mirada se perdió por la cubierta de una libreta cerrada. Podía visualizar mis esquemas en su interior, pero no dotarles de sentido. Mi mujer quiso ayudarme y aventuró una posible explicación a mi desconcierto.

—En ocasiones, la propia toma de datos genera interrogantes nuevos que trastocan el postulado inicial.

No recordaba haber tenido ningún postulado, pero era cierto que habían surgido preguntas inesperadas y, por ello, asentí.

—Ten cuidado —me advirtió mi mujer—. Esas derivaciones sorprendentes, que muchas veces afloran al investigar, causan una ola emocional que desequilibra nuestra lógica. Sentimos un apremio por plantear otra hipótesis que las recoja, sin darnos cuenta de que nuestro estado de ofuscación no nos permite razonar bien.

Hice un vaivén pensativo con la cabeza.

—No sé plantear una teoría; ese es mi primer fallo —confesé.

—Para lanzar una hipótesis, se necesita imaginación y valor; pero también, humildad para admitir su provisionalidad, pues, en cualquier momento, puede aparecer otra respuesta mejor o puede descubrirse algo que la invalide. Me consta que tienes valor...

Sonreí con satisfacción.

—... y también que tu desmesurada imaginación puede encararte hacia suposiciones ilógicas. Prefiero hablar con claridad...

Pues mira qué bien.

—... Deberías tentar otras propuestas con calma —aconsejó.

Advertí que no había aportado ninguna opinión acerca del otro atributo, pero enseguida lo abordó.

—La humildad, en tu caso, tendrás que trabajarla. No puedes actuar como un artista.

Mi mujer había pasado al ataque, así que adopté una postura defensiva. Me recliné hacia atrás en la silla y me crucé de brazos.

—El arte y la ciencia tienen en común la inquietud de profundizar en la realidad —argumenté—. Es imposible discernir el alcance de la heterogeneidad de los nuevos caminos —añadí con pompa—. Durante el proceso creativo, se plantean dudas, se experimenta, se discute con la obra...

—Se improvisa durante el proceso —me interrumpió— y se hacen tantos cambios que el resultado final puede ser muy diferente del planeado. Mira, si no, el cuadro que estás pintando ahora. —Señaló el lienzo que tenía en una esquina de la habitación, sobre un caballete—. Primero plasmaste un océano agitado por olas altas, pero luego modificaste sus colores y lo convertiste en un desierto de dunas.

—Me dejo llevar; no pongo límites a mi expresión artística.

—La ciencia se encuentra limitada por la cordura. No se puede traspasar esa frontera; aunque, a veces, pueda rozarse.

—El entusiasmo por lo que estoy creando me eleva por encima de cualquier barrera.

—No vueles tanto. Quédate aquí y observa. La ciencia intenta descubrir el funcionamiento de un proceso. No puedes inventar tu propia realidad. Razona cuál puede ser la explicación de lo que estás percibiendo y luego busca la forma de demostrar si tu hipótesis es cierta.

Volví a enderezarme y apoyé una mano sobre la libreta.

—Vale, pues, digamos que ya he formulado una teoría, ¿cómo sigo?

—De una hipótesis se deriva una serie de implicaciones que se deben verificar; es decir, si se dan unas condiciones A se producirán unos acontecimientos B. Pero hemos de tener muy en cuenta que un resultado favorable no la confirma, sino que, simplemente, la apoya.

Fijó su mirada en la mía. En sus pupilas flotaba la sospecha de mi falta de convencimiento.

—Te he entendido —afirmé—. No se puede cantar victoria con el primer resultado positivo.

—Y cualquier hipótesis ha de resistir una revisión crítica y permitir un análisis exhaustivo. Su experimentación tiene que ser reproducible por otro investigador que busque corroborarla o invalidarla.

—Reproducible dentro del contexto donde ocurra —concreté.

—Naturalmente... ¿Qué te traes entre manos, Josep?

—Todavía no lo sé.

—Intenta definir bien el problema.

—Puede que mis dificultades provengan de que no lo veo como un problema.

Ese comentario, que había expresado con una lucidez que pronto iba a descuidar, ofreció a Nadia una explicación global a mi enredo.

—Entonces, estás en peligro de que tus deseos tergiversen tus percepciones de la situación —apuntó—. La ilusión que ambicionas se alza como un mago ante ti y domina tu forma de interpretar el mundo.

—Has dicho muchas veces que la naturaleza está llena de magia —alegué.

—Sí, y nosotros, los científicos, nos empeñamos en destapar sus trucos.

—Y hay trucos espectaculares.

—Sí, pero, Josep, la ciencia se encuentra a tal nivel que los avances suelen provenir de equipos de personas que poseen una amplia base de conocimientos y unos recursos generosos; equipos donde abundan los genios.

Un poco molesto, repuse:

—Luego opinas que no tengo nada que hacer con mi coeficiente intelectual de tipo medio.

Sonrió, se puso en pie y golpeó mi libreta con un dedo índice.

—Lo que quiero decir es que la época de grandes descubrimientos a base de lápiz y papel quedó atrás —manifestó.

Miré, desalentado, ese dedo censor que se apoyaba sobre mis notas. Guardé la libreta en el cajón del escritorio y comenté que me encontraba cansado. Nadia me miró un rato, sin dejar de sonreír, y luego se sentó en mis rodillas, me echó unos brazos conmiserativos al cuello y murmuró en mi oreja:

—Lo mejor sería que te preguntaras: ¿por qué no?—me dio un beso—, ¿cuándo?—me dio otro—, ¿dónde? —otro—, ¿cómo?...

Aparqué esa noche mi investigación; la almohada es una buena consejera.

. . .

Llegué pronto a la tienda al día siguiente y me fui a inspeccionar con más calma el buzón.

La ropa de la funda, de terciopelo auténtico, debía de haberles costado muy cara. La aparté con más cuidado que el día anterior y la deposité sobre el decorado. La caja que quedó al descubierto era una magnífica obra de artesanía. Me pareció una verdadera lástima que permaneciese oculta. Los artesanos habían empleado un tronco de un árbol de madera lisa y lo habían ahuecado. Su curioso color rosa pardo estaba jaspeado por tiras rojizas. Aquel cilindro era bastante grueso, y supuse que pesaría bastante, pero cuando lo levanté para sopesarlo, me sorprendió su ligereza. Lo golpeé con los nudillos y sonó a hueco. Quedaba poca madera; la mayor parte era aire.

Saqué la tapa y me encontré con el montón de cartas que había quebrantado sin miramientos. Vacié aquel tronco y examiné su interior. Desparramados por su pared, brillaban cristalitos de color miel, que me parecieron resina cristalizada del propio árbol.

Introduje de nuevo las cartas y coloqué la tapa. No volví a enfundar aquella talla; tenía la intención de admirarla más tarde.

Regresé a la tienda y me situé en la sección "Sport". Era el último día de las vacaciones navideñas de los niños y quería recoger más información. Paula reparó en que llevaba mi libreta y se brindó otra vez a colaborar en el estudio que estaba efectuando. Le respondí que era una encuesta sobre los gustos infantiles en ropa y que no tenía mayor importancia. No se creyó esa patraña, pues fue a buscar su bolso y sacó de su interior un pequeño elefante de cerámica.

—Ten, te ayudará en tu búsqueda de la sabiduría —explicó al tiempo que me lo ofrecía.

—Pues… Gracias, Paula —dije, y me lo guardé, con respeto, en un bolsillo.

Con la llegada de los primeros críos, reanudé mis entrevistas. Los nuevos datos apoyaban los del día anterior. Se mantenía la proporción entre grupos y la igualdad en la eficiencia a la hora de atinar con los regalos. Había añadido un par de preguntas más a la encuesta. La primera indagaba sobre todo lo relacionado con la entrega de las cartas, y la segunda iba dirigida a conocer si habían pedido obsequios no materiales, alguna mejora como la que había conseguido Eloy. Para llevar a cabo ese interrogatorio tan particular y no volver a tener problemas, intentaba alejar a los niños de sus acompañantes. Solo si eran muy pequeños, intentaba sonsacar la información a los adultos mediante argucias.

Todos los niños coincidían en que era esencial introducir la carta en el buzón real; no valía echarla en un buzón de correos. Unos la ponían directamente y otros, a través de las manos de los Reyes o los pajes.

Mi segunda cuestión resultó ser más peliaguda. Aseguraban ignorar a qué me refería; pero ciertos gestos, como miradas hacia el techo o exagerados encogimientos de hombros, me hacían sospechar que se estaban haciendo los tontos.

Acababa la entrevista preguntando a padres y abuelos si, como decía el refrán, el nuevo año les había traído también una vida nueva. La respuesta general fue que las fiestas solo les habían comportado tener los bolsillos más vacíos. Hubo una única excepción: una madre, con un pequeño *Spiderman* a su lado, me comentó que le había salido un trabajo con jornada intensiva y un buen sueldo, por lo que iba a dejar su actual empresa, donde tenía horario partido. Estaba muy contenta porque tendría las tardes libres para estar con su hijo. Apunté ese dato, aun cuando no le di mucha importancia.

Cerca del mediodía, aparecieron por la tienda las gemelas Miriam y Mireia, dos rubitas de ocho años muy desenvueltas. Venían con la abuela, una señora cariñosa que arrastraba un grado de decrepitud considerable. La pobre mujer era sorda como una tapia y cojeaba de manera ostensible. Tenía la osamenta hecha polvo y siempre profería la misma queja: "Me duele todo, señor José". Aun así, los padres de las gemelas no tenían reparos en endosarle a las nenas desde las siete de la mañana hasta las ocho de la noche.

Inicié una intrascendente charla acerca de las fiestas navideñas. Mis interlocutoras eran las gemelas, puesto que la abuela no podía oír nuestras palabras. La mujer sonreía y nos miraba mientras dialogábamos.

—La abuela está cada día más sorda —explicaba Miriam—. Tenemos que cuidarla mucho…

—… sobre todo al cruzar la calle —continuaba Mireia.

Las nenas eran tan idénticas que ni siquiera sus padres eran capaces de distinguirlas, por ello lucían una gargantilla con su nombre en letras doradas. También parecían compartir el mismo cerebro. Era normal que una empezara a hablar y la otra concluyese la frase. La capacidad de predicción de Paula se quedaba en una anécdota frente al virtuosismo de las gemelas.

—Pero ahora la abuela está más contenta…

—… porque ya no le duelen los huesos.

—Me alegra saberlo —comenté, y supuse que estaba tomando más calmantes—. ¿Qué tal se han portado los Reyes?

Recordaba la insólita brevedad de su carta.

—Pues, eso, muy bien. Nosotras solo pedimos una muñeca para cada una…

—… y un juego de ordenador.

—No queríamos abusar…

—… porque el regalo para la abuela era lo más importante.

—Primero quisimos que volviera a oír…

—… porque nos cansamos de tener que chillar tanto.

—Pero nos dimos cuenta de que, sobre todo, sobre todo…

—… se quejaba de los huesos.

—Por eso pedimos que no sufriera más dolores.

Me acordaba perfectamente de lo que habían escrito y, atolondrado, objeté:

—Un momento, no mencionasteis a vuestra abuela en la carta. Quiero decir…

Debía reconocer que era un bocazas. A las gemelas, no obstante, no les pareció raro mi comentario e, incluso, me ofrecieron una explicación.

—Es que era un deseo especial…

—… y lo anotamos como nos enseñaron los Reyes.

Aquello se estaba poniendo muy interesante, y yo podía seguir indagando puesto que la abuela no obstaculizaba la conversación. Su sordera le impedía participar. Se limitaba a asentir con expresión afectuosa, como si le gustase que estuviésemos charlando, aunque ella no pudiera oírnos.

—¿Cómo indicáis que se trata de un deseo especial? —pregunté.

—Bueeeno, eso no lo podemos decir…

—… pero usted lo sabe, ¿verdad?

—Nuestro primo Marc nos ha contado que usted conocía su "deseo especial".

Recordé que, en su carta, Marc había subrayado en rojo el regalo para su abuelo, igual que había hecho Eloy con su petición.

Decidí sacarme un as de la manga. Me agaché a su lado y, bajando la voz, dije:

—Está bien, os voy a revelar un secreto. Formo parte del séquito de "Sus Majestades". Les guardo sus tronos, les proporciono sus vestidos…

Sus ojos se abrieron como platos.

—Les arreglas la ropa… —apuntó con sagacidad Mireia.

—Eso mismo, y también los ayudo con la correspondencia, por eso sé que los deseos especiales los subrayáis…

—Con lápiz rojo en la misma carta —me interrumpió Miriam—, siempre que estemos seguras de que los padres no la leerán.

—Porque si creemos que pueden verla… —prosiguió Mireia.

—… como esos deseos son reservados…

—Entonces…—dije, arrastrando la palabra para animarlas a continuar.

—Entonces los escribimos en el interior del sobre —respondieron a la vez.

¡Tate! Así pues, quizá hubiera más niños con propósitos loables, solo que escondían sus más generosas peticiones dentro de los sobres.

Nos miramos los tres en silencio, con respeto y admiración. Al vernos tan serios, la abuela decidió cortar la charla.

—¡Niñas, no distraigáis más al señor José, que tiene mucho trabajo! —gritó, y se alejó hacia la salida.

Mudo, y aún en cuclillas, alcé la mano en un gesto amistoso de despedida. Las gemelas me hicieron una leve reverencia y luego siguieron a su abuela. Me quedé embobado mientras observaba a la anciana dirigirse hacia la puerta. Había algo raro en ella; algo que no era como siempre… Su caminar era más resuelto y… ¡Dios, la mujer no cojeaba!

Me puse en pie como si un cañón me hubiera disparado. Un cliente que se estaba acercando con una prenda en la mano retrocedió dos pasos con temor. Inmóvil, y ligeramente inclinado hacia delante, abrí la boca para dar paso a una respiración agitada. Paula y otros clientes próximos advirtieron mi sobresalto y se quedaron mirándome con extrañeza. Un estupor general se extendió por la sección y el ambiente quedó en vilo.

Tenía que cerciorarme de la veracidad de la información ofrecida por las gemelas, así que apreté mi libreta contra el pecho y me escabullí hacia el almacén. Poco antes de cerrarse la puerta que daba al interior de la tienda, oí que la clientela revivía con mil rumores.

Atravesé las estancias a toda prisa, llegué al almacén y fui en busca del buzón real. Aparté la tapa a un lado y me encontré con el maremágnum de papeles. Como no recordaba haber visto más cartas con peticiones subrayadas en rojo, decidí ocuparme solo de los sobres y los extraje todos. Coloqué un cojín de uno de los tronos reales en el suelo y me senté allí a inspeccionarlos. Al cuarto sobre, hallé el primer mensaje. Una letrita infantil pedía: *"Quiero tener otro hermanito. Mi mamá también lo quiere, pero no viene"*. Excitado, le di la vuelta. La remitente era Diana Marina. Apunté esos datos y continué.

Tardé más de lo que había supuesto en revisar todos los sobres. Casi una tercera parte contenían peticiones ocultas: *"Deseo que mi padre encuentre trabajo... Quiero que mi hermano mayor saque buenas notas... Que Kevin no me pegue nunca más en el recreo... Que a mi abuelo le suban la pensión... Que mi madre no trabaje tantas horas... Que no me cueste atender en clase... Que mi abuela se cure.... Que no me dé vergüenza hablar con los demás... Que mis padres vuelvan a estar juntos... Quiero tener más amigos..."*.

Anoté esos deseos junto con el remitente correspondiente, si constaba; pues muchas veces el niño lo había dejado en blanco o solo había escrito su nombre de pila. Me quedó al final una lista de siete niños con nombre y apellidos, más las gemelas.

Me asombraba la generosidad e inteligencia de los niños. ¡Sus deseos eran tan lógicos y, a la vez, tan sencillos! Me fijé de nuevo en esa petición de que la madre no trabajara tantas horas. Por desgracia, estaba escrita en uno de los sobres sin remitente, y la carta que contenía, que era probable que estuviese firmada, se hallaba perdida entre el resto. Me recriminé mi falta de método. Se me ocurrió que podría intentar encontrarla por el trazo de la letra. No quise hacer cábalas previas, pero si el niño había pedido un disfraz de *Spiderman*...

Mi mente hervía de pensamientos dispares: "Nadie ha podido leer el deseo especial de los niños porque los sobres estaban cerrados. Todos insistían en la importancia de echar sus cartas al buzón real. No debo perder la cabeza; ¿acaso creo haber encontrado la lámpara mágica de Aladino, una lámpara sin genio, capaz por sí sola de hacer que se cumplan los deseos? ¡Qué tontería! ¡Se trata de una caja forrada!... El cómo se me escapa, pero los hechos están ahí... ¡Es un desatino!... Pero ha ocurrido. La explicación la encontraré tarde o temprano. Necesitaré unas cuantas sesiones de meditación para serenar mi mente y encontrar la respuesta…"

Estaba ocupado en esas cavilaciones cuando sufrí otra interrupción. Ángel volvió a pillarme y, esa vez, me encontró sentado en el suelo y medio cubierto por sobres destripados. Hizo una intensa respiración estomacal que lo ayudó a sostener una paciencia inmensa, eso expresaron sus ademanes, y sin hacer ningún comentario, me avisó de que tenía una visita esperando.

Volví a la tienda con un grado de nerviosismo difícil de disimular. Después de atender al cliente que me estaba aguardando, que solo quería hacer un cambio, me quedé a reflexionar en mi despacho, lejos de aquellos sobres perturbadores. Mi mirada se fijó en las estatuillas que me había regalado Paula y que tenía colocadas a un lado de la mesa. Era absurdo creer en amuletos, pero no era quien para juzgar a mi compañera. Puede que yo no creyese en dragones portadores de buena suerte ni en elefantes que espolearan la sapiencia; sin embargo, estaba dando crédito a la existencia de un buzón mágico. Como me había advertido Nadia, me estaba dejando conducir por mis ansias.

Necesitaba conversar con otra persona para aclarar mis ideas, pero como no me atrevía a explicar a nadie los disparates que me rondaban por la mente, decidí hablar conmigo mismo y enfrentar mi parte juiciosa con la emotiva. En susurros, y ladeándome de un lado a otro según hablara cada "yo", me puse a dialogar. El "yo" emocional dijo: "¡Los deseos de los niños se cumplen de manera milagrosa mediante un buzón!". A lo que respondió mi "yo" racional: "¿Qué conexión puede haber entre una caja inanimada y la acción que se necesita para cumplir esos deseos?". Y mi parte emocional repuso… No encontró respuesta alguna. ¡Dios, con solo una pregunta, mi cerebro había podido con mi corazón!

Me revolví ante aquel fracaso tan prematuro. Mi lado emotivo no dio su brazo a torcer y sugirió que adoptase posturas menos tajantes. Como mi cerebro lógico no estaba dispuesto a ser flexible, mi imaginación aportó un interlocutor más abierto. Fantaseé que dialogaba con Paula.

—¿Puede una misteriosa caja, fabricada con madera exótica, convertir los deseos en realidad? —pregunté a la imaginada Paula.

—Tus pensamientos son reales; tus deseos, también —contestó.

—¡Y qué tontería de respuesta es esa! —exclamé, enojado.

Me estaba poniendo nervioso yo solo. Debía aceptar que mi suposición no tenía ningún sentido. La agilidad de la abuela de las gemelas, por ejemplo, no se explicaba por un rejuvenecimiento óseo milagroso, sino por una sobredosis de calmantes. Seguro que, cuando se le pasara el efecto, le volverían todos los males, cojera incluida.

En cuanto a los "deseos especiales" de los demás niños, debía tener en cuenta que su elaboración implicaba un trabajo reflexivo previo que era insólito en la mayoría de las mentes, también, en las infantiles, y que si tantos niños se habían puesto a ello era porque se les habría dado un empujoncito. Era muy posible que los pajes del barrio, chavales muy preparados, los ayudasen a encontrar lo que realmente les importaba y los estimulasen después a conseguirlo. Sí, pensé, ahí podría estar el quid de la cuestión.

Aquella ocurrencia me puso del lado del bando racional. Como los regaños que provenían de esa parte eran los que mortificaban mi autoestima, me sentí aliviado. Azuzado por mi lucha interna, me paseé arriba y abajo del despacho mientras mis pensamientos más pujantes continuaban en esa línea que me liberaba de complicaciones.

Esos pajes habían sido instruidos durante años y poseían un máster en recepción infantil, guía hasta el rey, encuadre y toma de foto, recogida de carta y acompañamiento de vuelta a sus familiares. Eran ayudantes ilustrados, que mostraban a los niños la irrelevancia de los regalos materiales. Pasaban meses no solo cosiéndose un vestido a lo Aladino posgenio, sino también estudiando psicología infantil. Eran capaces de hurgar en las pequeñas mentes hasta sonsacar a sus portadores lo que les preocupaba realmente y el cambio que necesitaban para ser más felices. Esos pajes, sabios hasta la admiración, animaban a los niños a que apuntasen su deseo de forma que ni siquiera sus padres se enterasen; pues todo el mundo sabe que, si se revela lo que se ha pedido tras el paso de una estrella fugaz, no se cumple. ¿Y qué eran los Reyes Magos, sino unos sabios fugitivos tras una estrella huidiza? Aquellos pajes pedagogos arrancaban, en la más tierna infancia, la reflexión determinante en la vida de todo ser humano: el conocimiento de sus auténticos anhelos. Con la parafernalia del subrayado en rojo o de escribirlo en el sobre y luego introducirlo en el buzón real, construían un ritual con el que afianzaban su fe en la obtención de ese deseo. Y yendo más allá, como me gustaba ir siempre: ¿no era cierto que la fe movía montañas? Creer que se iba a alcanzar el éxito priorizaba, con un mayor o menor grado de conciencia, la búsqueda de todas las vías que ayudasen a conquistar esa meta.

Esos superpajes contarían también con la incapacidad de guardar un secreto, que era propia de todos los niños. Sabían que, de una forma más o menos directa, el "deseo especial" iba a llegar a los destinatarios con poder para cumplirlo. ¿Quién podía asegurarme que Marc y los otros chavales no se habían ido de la lengua delante de sus padres? Y aunque hubiese sido Spiderman quien hubiera pedido que su madre no estuviese en el trabajo hasta las tantas, también resultaba cierto que se trataba de una mujer con iniciativa y en algún momento tenía que sonreírle la suerte. Claro que, para suerte, la de Eloy... Puede que demasiada... Rechacé cualquier nueva duda; hay personas que nacen afortunadas.

Respiré hondamente. Esa era la auténtica explicación, y no tenía sentido seguir indagando. Decidí no perder más el tiempo en tonterías extravagantes. Era viernes, y al día siguiente no tenía turno en la tienda. El fin de semana descansaría y me centraría en mi vida.

Armado con esa determinación, salí del despacho. Ya habíamos cerrado al público y la tienda estaba completamente vacía. Mis compañeros también habían desaparecido. Fui al lavabo, a echarme agua fría en la cara para despejarme un poco, y allí me encontré a Ángel. Comentamos lo bien que nos había ido el último mes del año en cuanto a volumen de ventas. Esa charla anclada al mundo real me tranquilizó. Dejé a mi compañero en el servicio, limpiándose los cristales de las gafas, y fui a recoger mis cosas para irme a casa.

Una sensación indescriptible provocó que me detuviese en el pasillo, frente a la puerta de entrada al almacén. Se había producido un cambio perturbador en el ambiente: una frialdad inquietante atravesaba aquella puerta.

Me acerqué, la abrí con tiento y me introduje en la espaciosa sala. Estaba en penumbra, como era habitual, con una tercera parte de las luces encendidas para ahorrar electricidad. Al adentrarme, se apoderó de mí un recelo semejante al que suscita una película de suspense. Me hallaba en medio de uno de esos momentos en los que una música intensa pronosticaba un futuro cercano desagradable para el personaje en acción. Pero allí no había música, solo un pesado silencio y mi persona en alerta máxima, ignorante de la causa que originaba aquella preocupación.

Me dirigí hacia el buzón real a paso lento, mirando a mi alrededor, y a medida que me acercaba, se me iba encogiendo el estómago. Algo invisible estaba al acecho; esa era mi impresión. Sobrecogido, a la espera de un susto inminente, empecé a temblar y me puse en tensión.

Un aliento helado rozó mi nuca. Me giré con brusquedad, pero no vi a nadie. Por el rabillo del ojo, percibí que unas sombras se deslizaban cerca de mí. Oí un roce metálico, luego un silbido y un extravagante susurro: "ffffffffffffffssssssssssssssss". Me estremecí.

—¿Estáis aquí? —dijo una voz a mi espalda.

Me volví con los ojos desorbitados por el miedo. Ángel había hecho esa pregunta desde el umbral de la puerta. Miraba hacia el otro lado de la estancia y no advirtió mi aterrorizada expresión. Gritó:

—¡Tienes que acabar de recogerlo todo!

Paula salió de detrás de una estantería. Sostenía en las manos una cazuela dorada.

Me aproximé a mi compañera sin dejar de echar miradas hacia atrás. No había nada ni nadie, y la frialdad había cesado. Lo que me había estado rondando, se había ido.

Ángel se acercó también y, señalando aquella especie de mortero con un pequeño mazo en su interior que llevaba Paula, quiso saber qué clase de artilugio era.

—Es un cuenco dorado —respondió la muchacha—. Está fabricado con siete metales, entre ellos, el oro y la plata, símbolos del Sol y de la Luna. Al tocarlo con el mazo, genera unas vibraciones que depuran la energía negativa de este espacio.

Acarició con el mazo la parte superior de aquella cazuela, describiendo un movimiento circular, y ese roce originó el sonido metálico que acababa de oír.

—El chi fluye así con más facilidad —explicó—. Voy a pasar el cuenco por todas las estancias.

—¿Y el silbido? ¿Y el sonido ffsss? —pregunté. La voz me temblaba ligeramente.

—Observa estas ranuras que hay en su borde —indicó—. Si soplo por aquí, creo una corriente de aire en su interior y acentúo su poder depurativo. Cuesta emitir algún sonido. Para hacerlo sonar, hay que darle al cuenco una determinada inclinación. Pero no importa si no lo consigo. Mi maestro de meditación dice que el silencio expulsado es el que limpia el camino del chi. Si soplo diciendo a la vez la letra efe o la ese, el efecto se magnifica.

Ángel se indignó.

—¡Esto es el colmo! ¡Nos vamos a volver majaras! Josep, tienes que hacer algo. ¿A mí me desprecias mis cajas de seguridad y a Paula la dejas hacer todas sus tonterías?

—Acabemos de reponer la ropa, por favor. Quiero marcharme a casa —solicité.

—No vamos bien, Josep —dijo Ángel, molesto porque no reñía a Paula.

Mis compañeros salieron del almacén y se dirigieron hacia la tienda. Fui detrás de ellos sin prestar atención a los reproches con los que Ángel estaba bañando a Paula. La sensación de opresión había desaparecido, pero no, el desasosiego en mi sistema nervioso y la incomodidad en el estómago.

Me puse a recoger unos papeles en el despacho y, cuando salí, me di cuenta de que Paula había ordenado ya su sección. Dado el poco tiempo que había transcurrido, deduje que lo había hecho a todo correr, azuzada por la riña de Ángel. Sus últimas críticas la estaban empujando hacia la puerta.

—¡Y que sea la última vez que desapareces y lo dejas todo patas arriba! Este es tu lugar de trabajo; no, la morada de un lama budista, vegetariano, hinduista, espiritista…

—Vale ya, Ángel —intervine.

Paula salió escopetada de la tienda, sin despedirse siquiera. Ángel se quejó de que le había dejado con la palabra en la boca y, refunfuñando, se dio la vuelta. Vio, entonces, el cuenco dorado, encima del mostrador de la caja "Sport".

—¡Anda, mira, se ha dejado el cazo! ¡Cuántas chorradas hace! —opinó. Se acercó y lo cogió—. Por su bien, sería mejor que lo hiciésemos desaparecer.

—Dámelo; se lo guardaré —dije, y tendí la mano hacia él.

Como si no me hubiese escuchado, se puso a examinar con evidente menosprecio aquel objeto; pero mantuve la mano en alto y acabó entregándomelo. Se fue a ordenar las pocas estanterías que quedaban pendientes de su sección, renegando por lo bajo. No quise quedarme a esperarlo y me despedí. Por miedo a que tirara el cuenco una vez me hubiese ido, me lo llevé.

. . .

Ir a la piscina aquella tarde con los niños y mi mujer no consiguió relajarme. Tampoco que, durante el camino de vuelta, condujera Nadia y respetara mi silencio y mi mirada perdida en un cielo negro y soso, con las estrellas veladas por la iluminación de la ciudad.

Llegamos a casa, me puse cómodo y fui a la cocina a hacer la cena. Ni el chi más puro ni la meditación más profunda hubieran podido aplacar mi tormenta cerebral. Había conseguido descartar mi absurda teoría, gracias a mis suposiciones sobre los pajes, cuando una fuerza invisible había vuelto a atraer mi atención hacia el buzón real y una sombra huidiza, que no se había dejado ver, me había atemorizado hasta provocarme una tumultuosa ansiedad.

No había compartido con nadie aquella desconcertante vivencia, ni siquiera con Paula. Mi compañera estaba en la misma sala y podría haberse percatado de algo; sin embargo, no había demostrado padecer ningún nerviosismo. Al estar demasiado alejada del buzón, no había visto nada. Su mente, entrenada por la meditación, se encontraba en ese momento aislada del mundo, concentrada en tocar un cuenco flauta y soplar efes y eses.

No sabía qué hacer. ¿Debía olvidarme de todo y no complicarme la vida? Si quería continuar con aquella investigación, tendría que apartar el sentido común a un lado; es más, debería liquidarlo por completo.

Nadia interrumpió mis pensamientos.

—Josep, es de sentido común que hay que freír las patatas antes de mezclarlas con el huevo.

Estábamos preparando la comida entre los dos, y no estaba muy atento a los pasos que había que seguir para preparar la tortilla de patatas. Lavé los tubérculos de nuevo, para quitarles el huevo crudo, y los eché al aceite hirviendo.

—¿En qué estás pensando? —preguntó Nadia—. Llevas abstraído toda la tarde. Has nadado una hora sin parar, a ritmo olímpico. Si no te llegan a echar los jugadores de waterpolo que venían a entrenar, hubieras continuado hasta ahogarte.

¡Por eso me pesaban tanto los brazos y me sentía sin fuerzas hasta para batir un huevo!

Nadia señaló el cuenco de Paula. Al llegar a casa, no había sabido dónde ponerlo y lo había dejado encima de la nevera.

—¿Qué es ese cazo tan raro que has traído del trabajo? —inquirió.

Fui escueto. Con mi mujer no se podía hablar de energías raras no catalogadas.

—Es de Paula. Se lo devolveré el lunes.

—¿Por qué te lo has llevado?

Estaba cansado y no me apetecía dar una larga explicación, así que mentí y dije que había acompañado a mi compañera en el coche hasta su casa y que se lo había olvidado dentro.

Mi mujer lo cogió para examinarlo.

—Es muy original —opinó—. ¿Es de adorno? ¿Para qué sirven estas ranuritas? ¿Es un instrumento musical?

Hinchó los carrillos, pero se lo quité antes de que soplara y lo volví a colocar encima de la nevera.

—Es de adorno, sí —dije, zanjando aquel tema.

Quería olvidarme del dichoso cuenco y, sobre todo, de mi pasividad durante el rapapolvo que Ángel le había administrado a Paula. Mi silencio le había otorgado patente de corso para avasallarla, y no me había percatado de ello hasta que, poco antes de salir por la puerta, la muchacha me había mirado con expresión triste. Al recordarlo de nuevo, me di cuenta de que no podía esperar hasta el lunes para disculparme. Fui a por el móvil y la llamé.

—Me hallaba muy consternado —me excusé tras pedirle perdón.

—No te preocupes, Josep. Si te hubiese visto entrar en el almacén, no hubiera continuado tocando. Hay personas a las que les afecta de forma negativa la depuración del chi.

—¿Quieres que me acerque a tu casa y te lleve el cuenco?

—Este fin de semana no lo necesito. Puedes devolvérmelo el lunes.

Un poco más calmado, regresé a la cocina y seguí con la tortilla. Nadia me rogó que dejase de pensar en el trabajo y estuviese por las tareas de la casa. Me recordó que ese fin de semana se celebraba el congreso.

¡Se me había olvidado por completo! Mi mujer era una de las organizadoras del Congreso Internacional Protozoario. Eso significaba que solo pasaría por casa para asearse y dormir. Ocuparme de los niños sin su ayuda precisaría tener la mente despierta y serena para prevenir y resolver los conflictos. Debía aparcar las preocupaciones hasta el lunes y centrarme en el presente. Movido por ese consejo, atiné a darle la vuelta a la tortilla con habilidad. Me sentí satisfecho ante ese acierto. Sonreí y le di otra vuelta perfecta. Cuajada y al punto, la puse en el plato.

—¡Papá, mamá, mirad esto!

Mi hijo entró como una tromba en la cocina. En una mano en alto, llevaba un pequeño cubo oscuro. Una de las caras, la que nos enfrentaba, era transparente. Pese a que nos lo mostró a una velocidad rapidísima, pudimos observar que estaba vacío.

—¡Dadme algo! —pidió.

Sin espera y sin permiso, arrancó un trozo de mi tortilla, abrió el cubo por su parte superior y lo introdujo sin cuidado.

—Meto esto aquí dentro —explicó— y por arte de magia…

Pasó una mano por delante del cubo, y cuando lo vimos de nuevo, la tortilla había desaparecido.

—¿Cómo lo has hecho? —pregunté en un tono muy serio.

Me había escocido que un niño de diez años hubiera podido volatilizar un pedazo de mi hermosa tortilla delante de mis narices. Mi entereza anímica no soportaba ningún milagrito más de cajas mágicas.

—Muy bien, hijo —alabó Nadia.

—Enséñame el truco —exigí.

—Un mago nunca revela sus trucos —repuso, desafiándome.

Fue la gota que acabó por desestabilizar mis nervios.

—¿Dónde ha ido a parar mi tortilla? —grité—. ¡Soy tu padre y te ordeno que me cuentes, ahora mismo, cómo la has hecho desaparecer!

—¡No me da la gana! —chilló a su vez Joan.

—¡Te requisaré tu juego de magia y descubriré el mecanismo! —lo amenacé.

—¡Lo tengo escondido para que Silvia no me lo toque!

—¿Crees que no lo sabré encontrar?

—¡Parad! —intervino Nadia.

Mi mujer se alteraba pocas veces; así que, enmudecimos. Inspiró por la nariz y dejó ir el aire muy lentamente. Luego forzó un tono amable y nos dijo:

—Tengo por delante dos días muy complicados. Necesito cenar con calma y dormir bien esta noche. Es muy importante que mañana esté descansada. Lo entendéis, ¿verdad? —Mi hijo y yo asentimos en silencio—. Gracias. Y, ahora, vamos a la mesa. Joan, por favor, avisa a tu hermana de que la cena está lista.

. . .

El inmisericorde despertador sonó a las siete de la mañana. Despedí a Nadia desde la cama, pero los niños me sacaron de entre las sábanas solo una hora más tarde. No volví a pedirle a mi hijo que me explicara el truco; no fuera a cerrarse en banda y empezáramos mal un día en el que no estaría mi mujer para imponer cordura. Se me ocurrió llamar a David y preguntárselo. Se asombró ante mi poca perspicacia.

—Hombre, Josep, es un truco muy fácil. El interior de la caja tiene dos paredes con un hueco en medio. La primera pared se abre en dos hojas que pivotan al accionar un botoncito, bien oculto por un dedo del mago, y arrastran detrás de ellas lo que has echado en su interior. Tu tortilla seguía dentro; la hubieras podido oler. No comprendo cómo no te has dado cuenta. Una mínima exploración de…

—Para mi defensa, te diré que mi hijo no me dejó tocar el cubo.

—Hizo bien. El material del ilusionista es de uso propio y no se debe dejar manipular, a menos que la trampa no corra peligro de ser descubierta. Constato madera de mago en tu hijo. Creo que le encantaría ver mi nuevo truco, y a tu hija, también, pues me acompaña un pequeño hámster.

—¿Por qué no te vienes a comer y nos lo enseñas? —propuse.

Tenía un compromiso, pero quedamos para el día siguiente.

Aquel sábado se me fue en llevar a los niños a dar un paseo, ir a comprar, hacer la comida y ayudarlos con los deberes. Estuve tan atareado que no tuve tiempo de pensar en el buzón. Nadia volvió tan tarde que los niños ya estaban acostados. Entró un momento a darles un beso de buenas noches y después se fue a duchar. No traía buena cara, ni siquiera quiso cenar. Recostados en la cama, me contó que, durante la última ponencia de la tarde, se había producido un agrio enfrentamiento verbal entre dos de los científicos invitados al congreso: el doctor González y el doctor Pinxo. Una propuesta presentada por este último había originado el litigio. El doctor Pinxo, un joven y brillante investigador, abogaba por traspasar el protozoo *"Actynophrys gonzalensis"* desde el Orden Heliozoos, que incluía unos protozoos muy atractivos, según comentó Nadia, al Orden Gimnameboideos, el de las amebas. Este científico era conocido por desviar gran parte del potencial de su poderosa inteligencia hacia la corrección de premisas establecidas en investigaciones ajenas. Huelga advertir que ese comportamiento le ocasionaba tantas antipatías como aplausos, según se tratara de víctimas o de competidores de las víctimas.

—El doctor González se ha sulfurado —relataba Nadia—. Fue el descubridor de ese microorganismo y quien tuvo, por tanto, el derecho de denominarlo. Lleva veinte años estudiando protozoos, y los cinco últimos, se ha centrado en esta especie en concreto. Se le considera el mayor experto en ella; así que, puedes hacerte una idea de los pesados argumentos que ha aportado contra cualquier cambio y de su exasperación cuando el doctor Pinxo se los discutía.

Me compadecí.

—Pobre tipo, después de tanto tiempo, quieren cambiarle el orden.

—Es cierto que los pseudópodos del *"Actynophrys gonzalensis"* tienen pocas fibrillas; pero, desde mi punto de vista, llegan a ser axopodios.

Nadia se refería a que las prolongaciones del cuerpo celular contenían una estructura más rígida. Años de convivencia y preguntas habían enriquecido mi vocabulario.

—Estamos hablando de un cambio muy drástico —continuó—. Imagínate, Josep, es como si a los humanos nos pasaran del Orden Primates al Orden Carnívoros, y a una familia sencilla como la de los Mustélidos.

—De hombre a comadreja —concreté.

Nadia hizo un vaivén con la cabeza que denotaba desacuerdo.

—No he sido exacta —dijo—. En realidad, la modificación es mayor porque también cambia la Clase. Así que sería como si a los humanos nos trasladaran de la Clase Mamíferos a la Clase Anfibios.

—De hombre a sapo.

Me miró con el ceño fruncido.

—¿Te lo estás tomando a broma?

—Pues, un poco, la verdad; no es para menos. ¿Tiene algún interés médico el "gonzalensis" ese?

—No, pero…

—¿Interés comercial? —incidí, sin darme cuenta de que estaba contribuyendo a encrespar más a Nadia.

—Cuando la ciencia se mueva exclusivamente por intereses comerciales, dejará de ser ciencia —proclamó—. Ha sido muy desagradable ver que dos respetados doctores llegaban a los insultos. Por si eso fuera poco bochornoso, muchos de los trescientos colegas que ocupaban el hemiciclo han alentado la pelea. No he podido apaciguar la discusión y he acabado pidiendo a los bedeles que me ayudasen a desalojar la sala.

—Necesitabais un moderador alejado del ámbito científico —opiné sin mucho tacto—. Hubiera atemperado las diferencias gracias a su visión más distanciada, y habría dirigido el debate hacia aspectos más serios.

—¿Serios? —inquirió con voz grave.

—Sí, verdaderamente importantes, sustanciales, que merecieran la pena debatirse. Esa discusión no tenía objeto porque no podía acabar en ningún acuerdo. Para mantener su credibilidad, el doctor González debía impedir cualquier variación en el tratamiento del bicho al que ha dedicado el último lustro de su carrera; bicho que no tiene ningún interés y al que, encima, un jovencillo pretende rebajar a la categoría de una simple ameba. Considerando que toda clasificación es artificial y, por tanto, subjetiva, y como, según parece, la consistencia del bicho no está clara, creo que deberíais dejar las cosas como están por el bien de un ser perteneciente a un Orden superior, me estoy refiriendo al doctor González del Orden Primates. Dentro de pocas décadas, se producirá la inevitable desaparición de su descubridor y su puntilloso oponente podrá, entonces, catalogarla de nuevo; eso suponiendo que sobreviva al doctor González, claro está, porque si sigue armando trifulcas en los congresos…

—Nosotros no creemos que haya Órdenes superiores, ni que estudiar un protozoo sin ningún interés para la industria sea irrelevante —replicó en tono irritado—. Hay conocimientos que parecen inútiles hasta que, gracias a una mente brillante o a un momento inspirado, se encuentra una relación o una pista que conduce a un descubrimiento valioso. La ciencia básica no comporta honores, pero es necesaria para alcanzar éxitos trascendentes. Esa ciencia construye las piezas y aguarda el ingenio capaz de encajarlas y revelar el dibujo que escondían.

—Pero siempre será más satisfactorio que la persona dedique sus esfuerzos a una investigación provechosa. Sumergirse en el estudio de una mediocre ameba, solo porque la haya descubierto, es insensato y denota cortas miras. El apego excesivo desvirtúa el buen juicio.

—¿Apego? —inquirió de viva voz—. Es más que eso: al científico le mueve la pasión. Si no llegáramos a amar intensamente lo que hacemos, no lograríamos aguantar tanto sacrificio. Dedicamos mucho tiempo y esfuerzo a la investigación por un sueldo mísero y precario.

Es lógico que salten chispas de vez en cuando; lógico y necesario para confirmar nuestra auténtica vocación. Ningún moderador hubiera podido desviar el tema. El doctor González ha sentido que estaban arremetiendo contra lo que más amaba…

—¿Quieres que te haga un masaje?

Detuvo su alegato y destensó los músculos faciales. Sus ojos melosos me miraron con cariño, como si hubieran vuelto a reconocer al hombre que tenía delante. Se disculpó y me dio un beso.

—Perdona, Josep. Te he hablado con la misma vehemencia que uso con los gerentes de la Administración Pública durante las reuniones periódicas que tenemos para conseguir fondos. Si he de ser sincera, como coordinadora de ocho departamentos con cuarenta y cinco investigaciones en marcha y otras tantas propuestas anuales, y con unos recursos muy limitados para repartir, uno de los criterios en los que me baso para dar un voto positivo a un proyecto es su utilidad futura. No obstante, hay ocasiones en que me resulta difícil cerrar la puerta de manera definitiva. Me encuentro con estudios que parecen poco fructíferos; pero algo en mi interior, llámalo intuición, me aconseja que no los rechace.

Me quedé anonadado. ¡Mi práctica mujer, apóstata de cualquier creencia no fundamentada en la ciencia, decidía según sus presentimientos!

—No me mires así, Josep; no actúo sin reflexionar —repuso tras captar mi asombro—. Simplemente, introduzco en mi cerebro todos los datos del proyecto y luego le doy un descanso, a la espera de que mi inconsciente me brinde un consejo.

No entendía nada; creía que el inconsciente de la familia era yo. Nadia se justificó:

—Mi subconsciente guarda en sus archivos muchos conocimientos y experiencias que no recuerdo. Es capaz de relacionarlos y barajar variables inimaginables para mi consciente. Por ejemplo, cuando me otorgaron este puesto, dudé en apoyar la renovación de la beca del doctor González; pero mi chivato interior me solicitó más información y un tiempo para asentarla. A los pocos días, una madrugada, mi subconsciente me despertó, como había hecho otras veces…

¡Al fin descubría el motivo de sus sobresaltos nocturnos!

—… Había encontrado la clave buscada, ¡el botón de alerta! El *"Actynophris gonzalensis"* parasita otros protozoos y una de sus víctimas es muy similar al *"Trypanosoma gambiense"*, uno de los parásitos que provocan la temible enfermedad del sueño. Su conocimiento en profundidad podría llevarnos a encontrar una forma de atacar al Trypanosoma. Debíamos intentarlo. Esa semejanza no había sido percibida por el doctor González. Se la comenté, y su investigación se ha revitalizado al conducirla por ese rumbo. Naturalmente, conserva su beca.

—Entonces, el bicho sí que tenía interés.

—En este caso, pude esgrimir una explicación razonada frente a los gerentes del Gobierno; en otros, mi percepción favorable no acaba de concretarse. Necesito más tiempo; preciso que el proyecto empiece a caminar y aporte más datos. Así que aparezco desnuda de argumentos y no me queda más remedio que apoyarme en el discurso: "La ciencia por la ciencia".

—Lo que no entiendo es cómo consigues convencer a esos administradores. Supongo que son desapasionados, e imagino que una proclama ardorosa por el valor intrínseco de la investigación científica no puede repetirse con éxito ante ellos muchas veces.

—Mi fe en seguir mis intuiciones hace brillar los tesoros inútiles que les muestro como si fueran de plata y no, de latón. Intento transmitir seguridad respecto a la utilidad futura de la propuesta y, de algún modo, les contagio mi confianza a través de todo mi lenguaje corporal. —Pensé en pedirle que me invitara a la próxima reunión; sonaba muy excitante—. De forma que creen, sin poder razonarlo, que defiendo lo más adecuado. Ellos también se guían por su intuición.

Nos quedamos en silencio. Mi mente bullía ante lo que acababa de escuchar. Si mi racional esposa tomaba en consideración sus pálpitos, ¿por qué debía detener yo mis pesquisas? Algo en mi interior me exigía, a grito pelado, que no me olvidara del buzón real. Mi inconsciente pugnaba por tomar el mando, y mi consciente sopesaba, en aquel momento, permitírselo si con ello podía lograr algún resultado.

Nadia sostenía una leve sonrisa. Su expresión era la de un luchador cansado.

—¿Iba en serio lo del masaje? —preguntó.

Asentí. Se bajó los tirantes del camisón y se tumbó de espaldas. Mientras la masajeaba, no podía dejar de pensar en el valor de las corazonadas. Le debí transmitir mis pensamientos a través de mis manos, pues comentó:

—Josep, no quiero que me entiendas mal. Un científico puede activarse al principio por una inspiración; pero, después, debe buscar evidencias demostrativas de su idea. Las investigaciones que consigo financiar, guiada por un presentimiento, poseen un tiempo prudente para sacar a la luz su joya escondida. Si no lo consiguen, no puedo seguir apoyándolas.

En ese instante, tomé la orgullosa decisión de buscar las necesarias evidencias. Mi mujer giró su cabeza para mirarme de reojo.

—¡No podemos arriesgarnos a ganar un Ig Nobel! —añadió.

—¿Esos con los que premian investigaciones extravagantes?

—Esos, sí. Aunque muchos de los estudios galardonados con ese divertido premio me parecen interesantes. No está de más, por ejemplo, investigar cómo es posible que a los pájaros carpinteros no les duela la cabeza cuando agujerean un árbol usando su pico como un buril.

—¿Alguien ha estudiado eso?

—Otros científicos se dedicaron a investigar el apetito de las personas. A los voluntarios para el estudio les dieron un plato de sopa que tenía truco: su contenido nunca se acababa —explicó, y nos empezamos a reír—. Otros estudiaron el cortejo de avestruces de granja hacia seres humanos —prosiguió.

—Debe de ser halagador que un avestruz se fije en ti —comenté con sorna—. Es fácil imaginar el coqueteo de una de esas aves: las alas huecas, sus enormes ojos entrecerrados mirándote con amor a través de sus larguísimas pestañas...

—Otros observaron que las vacas a las que se les pone nombre dan más leche que las anónimas.

—Los empleados ignorados rinden menos, eso es cierto.

—Hay quien calculó el número de fotografías que hay que tomar a un grupo para asegurar que nadie quede con los ojos cerrados. ¿Y qué me dices de inventar un reloj despertador que, cuando salte la alarma, se mueva y se esconda?

Opiné, entre risas, que su huida podría dar fin a su existencia. Nadia continuó:

—Hubo quienes indagaron por qué las embarazadas no se caen hacia delante, las consecuencias que puede traer usar palabras largas sin necesidad, qué lesiones pueden producir las caídas de cocos, por qué las pulgas que viven en los perros saltan más alto que las que habitan en los gatos, cuáles pueden ser los efectos colaterales de tragar sables…

Respondí a la última cuestión.

—Ninguno bueno.

—Otros demostraron que proferir tacos alivia el dolor.

—Creo que eso lo sabemos todos.

—Y que los síntomas del asma se alivian en la montaña rusa.

—¿Se alivian o se camuflan? Yo no respiro hasta que se detiene.

—Otros consiguieron que una rana levitara mediante imanes…

—Paula afirma que su maestro es capaz de levitar.

Esa revelación dejó muda a Nadia durante unos segundos; pero fue condescendiente y solo comentó que mi compañera era muy ingenua.

—Y tú no te quedas atrás —añadió—. Aún recuerdo que pensaste que Leila actuaba movida por emociones similares a las humanas.

En su momento, mi mujer me había rebatido con vehemencia ese parecer, sin tener en consideración pruebas que yo había apreciado como dignas de ser examinadas con detenimiento. Me molestó que bromeara a costa de aquel misterio sin resolver.

—Hay cosas que la ciencia todavía no puede explicar —espeté, y dejé de darle masaje—. Ocurren sucesos prodigiosos, casi mágicos, a los que la mente humana no da crédito; sin embargo, no se pueden obviar.

Se colocó bien el camisón y se sentó en la cama con las piernas cruzadas, frente a mí.

—Otorgar explicaciones fantásticas nos aparta de una búsqueda reflexiva y crítica. La magia no existe —aseveró—. ¿Cuándo me vas a explicar en qué ocupas tu mente imaginativa? Y no me digas que en nada. Ayer te delataste cuando Joan no quiso mostrarte su truco. ¿Por qué te enfadaste tanto? Hace unos días me pediste consejo para poder iniciar una investigación científica. ¿Has conseguido definir bien el problema? ¿Planteaste una hipótesis que pueda explicarlo? ¿Has obtenido algún resultado positivo en tus pruebas?

Demasiadas preguntas y ninguna respuesta que no mereciera un Ig Nobel. Me defendí como pude.

—Mis presentimientos necesitan más tiempo para acabar de concretarse.

La firmeza de su mirada fluctuó entre endurecerse y seguir acosándome o calmarse y dejarme tranquilo. Supongo que el cansancio acumulado pesó en la elección.

—Mañana te hago yo el masaje —dijo, y se volvió a echar—. Espero acabar más temprano…

Las dudas empezaron a torturarme al día siguiente, nada más despertar; pero tuve que aparcarlas y dedicarme a solucionar problemas más urgentes: mi hija quería terminar los deberes de matemáticas. Mi consciente exhortó a mi inconsciente a rescatar, del sótano neuronal, la fórmula para calcular el volumen de un cono. Después de largos minutos, me cansé de trastear en mis deshilvanados recuerdos y busqué esa información en internet, mi salvador en muchas ocasiones.

David llegó al mediodía con su pequeño y peludo acompañante. Nos dijo que se llamaba Teo, de Teodoro. Los niños se pegaron a la jaula, y cuando supieron por qué lo había traído, quisieron verlo en acción al momento. Tuve que colocarlo encima de la mesa para que se avinieran a comer antes del espectáculo. Esa deferencia y el entusiasmo preliminar que había suscitado el pequeño intruso provocaron la irritación de nuestro perro. Se puso de pie, con las patas delanteras apoyadas en la falda de Silvia, y no dejó de vigilar al ratón durante toda la comida, manteniendo clavados los ojos en esa posible presa, sin pestañear y casi sin jadear. Boca cerrada, mirada fija, orejas enhiestas y un hocico frenético que olfateaba la jaula y a su ocupante componían una imagen de depredador contenido. Mientras tanto, impertérrito ante ese acecho, el ratón iba almacenando en sus carrillos los trocitos de pan que le daban mis hijos.

Recogimos la mesa entre todos. David sacó una baraja y pidió a los niños que eligieran una carta y no se la enseñaran. A continuación, repartió las cartas en tres bloques, poniéndolas boca arriba una a una, y pidió que le indicasen en cuál estaba su carta. Luego volvió a juntarlas todas, situando el bloque señalado encima. Ese proceso lo repitió tres veces. Después tomó la baraja y se la apoyó en la frente.

—Me estoy concentrando —dijo, en un tono grave muy teatral—. Intento leer vuestras mentes. Pensad en vuestra carta, visualizadla… Ya empieza a manifestarse.

A continuación, extrajo tres cartas y preguntó a los niños si estaba la suya entre ellas. Tras la esperada afirmación, estuvo unos segundos observándolas con expresión dubitativa. Negó con la cabeza y se rindió.

—No soy capaz de adivinarla. Necesito la ayuda de mi pequeño amigo.

Puso las tres cartas cerca de la puerta de la jaula y la abrió. Luego pidió a Teo que descubriera la que habían escogido los niños. El hámster salió y las olfateó. Tim, excitado, gimió al ver la presa al descubierto. Yo no sabía hacia dónde mirar, si a las cartas, al ratón o al perro que estaba a punto de saltarle al gaznate.

—¡Niños, no dejéis de pensar en vuestra carta! —insistió David.

El tranquilo roedor alzó una cabecita deformada por los hinchados carrillos llenos de pan y miró a todos los allí presentes, incluido al cánido ansioso cuyos belfos vibraban. De forma muy responsable, siguió con la misión encomendada y, ante nuestro asombro, se plantó encima de la carta correcta. Los niños chillaron y aplaudieron. Tim amagó una brusca acometida, pero no llegó a impulsar el ataque porque Joan cogió a Teo, un segundo antes de que lo hiciese yo, y lo acurrucó contra su pecho. Respiré. Como Silvia también quería acariciarlo, David les dio permiso para que jugasen un rato con el animalito. Muy contentos por ese ofrecimiento, se levantaron de la mesa y lo soltaron en la alfombra, a los pies del sofá. Para evitar males irremediables, y que el mago se quedara sin *partenaire* artístico, encerré al perro en la cocina. Estuvo un buen rato ladrando y arañando la puerta.

Mientras le servía a mi amigo un café, intenté sonsacarle el truco.

—Dime la verdad, David: ¿tienes al ratón adiestrado para escoger la carta de en medio?

—No siempre está situada ahí —dijo, y se puso a reír al verme olisquear la carta—. No huele a queso, Josep. Mira, hoy me has pillado de buenas. Te voy a desvelar la habilidad de Teo.

Echó una mirada fugaz a los niños. Estos seguían distraídos y no nos prestaban atención. Me hizo señas entonces para que me acercase y, con nuestras cabezas agachadas y muy juntas, susurró:

—Has visto que Teo observa muy bien las cartas —Asentí—. A continuación, nos mira muy despacio a todos. —Volví a asentir—. Pues es, en ese momento, cuando se concentra hasta que consigue vislumbrar la carta en alguna mente.

Se echó hacia atrás y se carcajeó.

—Muy gracioso —le reproché.

—Es un ratón muy intuitivo —bromeó. Se tomó el café y añadió—: Hablando en serio, hay personas que poseen ese don, y ambos conocemos a una: Paula. En aras a sobrevivir al mal nombrado Ángel, ha despertado y estimulado el don dormido de la telepatía.

—Todos poseemos intuición. Precisamente, Nadia me comentaba ayer lo importante que es para guiarnos por el buen camino.

—¡Increíble! ¿Eso piensa tu mujer?

—Afirma que, en muchas ocasiones, el razonamiento es inducido por una inspiración precursora.

—Actuar de esa forma entraña un riesgo muy elevado de errar —aseveró—. Un ejemplo contundente es el clásico flechazo. Por un impulso insensato, traspasas el volante conductor de tu existencia a un ser extraño. Las probabilidades de acierto son muy escasas. En cambio, un análisis reflexivo y observador, que desvele la conducta, los gustos y las ideas del otro, otorga una mayor posibilidad de éxito. Los matrimonios felices que conozco tienen un inicio común: una amistad previa al enamoramiento cegador. La amistad exige que se cumplan ciertos requisitos, mientras que el amor, pura intuición, está exento de cualquier reserva.

—Una atención exclusiva a la razón podría apartarnos de investigar misterios que parecen estar alejados de una explicación lógica. Estoy seguro de que Copérnico tuvo una previa corazonada sobre el heliocentrismo.

David hizo un aleteo con la mano que indicaba duda. Insistí:

—Es bien conocido que Arquímedes procedía primero por intuición a forjar un teorema y, después, aplicaba el análisis racional en su demostración. Tal vez Einstein funcionara de esa forma…

—¿Un alemán intuitivo? Todo el mundo sabe que no hay ser más racional que un alemán. No dan un paso en falso; nunca improvisan.

—No emparejes intuición con improvisación.

—¿En qué se diferencian? Ambas nacen de la inconsciencia; son un arrebato emocional.

No supe qué responder. Me resistía a dejar de contar con mi subconsciente para la resolución del asunto que me preocupaba.

David zanjó cualquier atisbo de contraataque de forma contundente.

—La intuición es el germen del desastre.

. . .

Nadia volvió del congreso con una mejilla enrojecida. El apasionamiento había llegado a las manos, y una de ellas había golpeado a mi mujer. Me dolió ver su cara amoratada y no pude evitar sulfurarme ante semejante despropósito. De nuevo, estuve poco acertado y, en vez de arroparla, le recriminé que no se hubiera apartado a tiempo de aquellos hinchas de los protozoos. Me dio a entender, con un rictus serio, que tampoco aprobaba tales extremos, pero no quiso seguir escuchando mi riña y se fue a ver a los niños.

Molestó conmigo mismo, bajé a la calle a tirar la basura y a dar una vuelta al perro para airearme. Cuando regresé, los encontré a todos sentados en torno a la mesa del comedor. Sus rostros pintaban sonrisas traviesas.

—Mamá nos ha traído unos regalos —dijo Silvia.

—¿Unas amebas con mucha fibra? —pregunté sin ninguna ironía, intentando que el humor barriera mi torpeza anterior.

Nadia hizo un mohín burlón y contestó:

—No, me los ha dado un físico del Congreso sobre las Nuevas Tecnologías. Se celebraba a la vez que el nuestro, en el edificio contiguo.

—Pues vamos a verlos —acepté.

Silvia me enseño una peonza chata. La hizo rodar sobre una especie de plato y alzó el conjunto con suavidad. Cuando lo volvió a bajar, la peonza se quedó en el aire. ¡Levitando!

—No hay truco —me advirtió Joan.

—¿Cómo es esto posible? —pregunté, lleno de asombro.

—Es un giroscopio algo particular, Josep —explicó Nadia—. Flota gracias a fuerzas magnéticas. ¿A que parece magia? —Me pareció que aquella pregunta llevaba consigo una segunda intención —. Hay que tener maña para conseguir que flote. ¿Quieres probar?

Alargué mi mano para cogerlo y choqué con algo. Los niños se rieron. No entendí lo que había pasado. Volví a intentarlo y, de nuevo, algo me detuvo. Me encontraba totalmente confundido.

—Es una broma —me avisó Silvia.

—Tendrás que aproximarte si quieres llegar al fondo del asunto —indicó Nadia.

Arrastré mi mirada hacia el lugar donde había chocado, pero no vi nada.

—Mueve la cabeza, papá —me aconsejó Joan.

Una tenue sombra se perfiló entonces. Nadia agarró ese muro transparente, una lámina que parecía de plástico, y me la mostró. Apenas se vislumbraba.

—Está hecha de un metamaterial invisible —informó.

—Estoy anonadado. ¿Cómo...?

—Desvía la luz, la rechaza y eso lo hace imperceptible —explicó.

—¡Maravilloso!

—¡Ciencia! —enfatizó.

—Ciencia mágica surgida de un inconsciente capaz de imaginar algo así —apunté.

Nadia se acostó temprano, y los niños la siguieron. Me quedé un rato jugando con el giroscopio y el metamaterial. Si podían construirse cosas tan asombrosas, ¿por qué no podía existir un buzón con capacidad para cumplir los deseos? No alcanzaba a darle una explicación lógica; sin embargo, tampoco lograba ofrecérsela a aquel par de objetos. El giroscopio flotaba gracias al magnetismo, ¿y no era cierto que ningún científico podía explicar el origen de las fuerzas magnéticas? No podía llegar a la enjundia del misterio, pero podía verificar la existencia del prodigio.

Debía continuar con mi estudio; la opinión pesimista de David no podía echarme atrás. Mi corazonada había vuelto a latir. Seguiría mi intuición sin improvisar, analizando cada paso. A mí también me movía la pasión, ¿o me impulsaba el ego, como a los doctores González y Pinxo? Si era así, se me podría perdonar, puesto que no iba a ocuparme de una ameba; mi investigación apuntaba más alto.

No podía olvidar, tampoco, el peculiar episodio que había vivido en el almacén. La sensación de ahogo, la sombra fugaz a mi espalda. Si no continuaba con mis pesquisas, esos enigmas me perseguirían de por vida... a través de mi inconsciente.

Inicié la nueva semana con la firme intención de aclarar si aquel buzón tenía alguna clase de poder. Llegué antes de la hora, fui al almacén y me puse a revisar sobres y cartas. Como tenía la pretensión de profundizar, busqué la carta del pequeño *Spiderman*. Encontré una en la que se pedía ese disfraz. La letra grande y redonda del chaval que la había escrito era idéntica a la del sobre que escondía como "deseo especial" el que la madre tuviera más tiempo libre. Me asaltó una punzada, más leve pero semejante a la que había sentido al ver a la abuela de las gemelas a paso de marcha atlética.

Tomé mi lista de los niños y sus "deseos especiales"; era el momento de dar un paso más. Regresé a la tienda. Mis compañeros habían abierto las puertas y ya se había formado una larga cola en la caja "Casual". Como era de esperar, no había ningún niño; todos estaban en el colegio y no aparecería ninguno hasta media tarde. Paula atendía a un grupo de señoras, y Ángel se estaba ocupando de cobrar. Mi compañero se aturullaba mucho cuando se le acumulaba tanta gente y hubiera sido mejor que le hubiese ayudado; pero le lancé un escueto saludo y, pasando de largo, me encerré en el despacho.

Busqué los teléfonos de los niños que habían escrito su nombre completo en el remitente. Tenía datos de la mayoría de los chavales del barrio gracias a los encargos de los equipos deportivos que nos hacían los colegios. Mis llamadas siempre habían estado relacionadas con ese tema, y sabía que los padres podrían molestarse si me aprovechaba de esa información para indagar en un asunto que no era de mi incumbencia; pero nadie se enfadaría si mi atención se dirigía a obsequiar su fidelidad como clientes. Había estado escarbando en el rincón del almacén que acumulaba ropa de temporadas pasadas, de años en los que los inventarios se hacían a mano y en el almacén central se producían descuidos que dejaban stocks olvidados. La mayoría de las prendas estaban en buen estado. Entre las que podrían tener más éxito, dado que estábamos en invierno, había unas camisetas interiores blancas, de cien por cien algodón, que atraerían el interés de las madres y provocarían repelús en los niños. El contacto estaba asegurado.

Armado con esa estratagema, procedí a iniciar la investigación. Decidí empezar por la niña que pedía un hermanito.

—Buenos días, ¿es usted la mamá de Diana Marina? Soy Josep Fuentes, el encargado de la tienda "That's".

La mujer se alegró cuando le di a conocer el motivo urdido de mi llamada.

—¡Muchas gracias, ya pasaremos a buscar la camiseta!

—Y dígame, ¿para cuántos niños necesita? Tengo de todas las tallas —comenté astutamente.

—Bueno, por ahora solo tengo a Dianita; aunque me parece que pronto no estará sola.

—¡¿No me diga que está usted embarazada?! —pregunté con brusquedad.

—No es seguro; pero siento una cosa especial en el estómago. Me encuentro diferente…

—¿Se ha hecho la prueba? ¿Ha ido al médico? —Mi nerviosismo era el propio de un cónyuge.

—Pues no, aún no. Pero, verá, eso las mujeres lo sabemos…

—No habrá comido nada raro, ¿verdad?… ¿Sufre usted de aerofagia?

—¿De qué?

No continué atosigándola. Esos síntomas podrían ser nervios provocados por sus ansias de gestación; al fin y al cabo, yo también sentía una "cosa" que se me removía en el estómago desde que me había topado con aquel misterio. Como no podía sacarle nada en firme, me despedí, no sin antes rogarle encarecidamente que me informara de su estado gestante en cuanto se hubiera hecho la prueba correspondiente. Hasta ese extremo llegó mi desvergüenza.

Los dos siguientes de la lista no estaban en casa, y no pude continuar con los restantes porque Ángel, con su escaso pelo alborotado, vino a reclamar mi ayuda. Las rebajas estaban haciendo furor y se encontraban desbordados.

Pasada la una de la tarde, disminuyó la afluencia de público y pudimos relajarnos un poco. Paula se fue a comer, y Ángel se perdió por los pasillos de su sección. Me quedé de guardia en la parte deportiva, a la espera del regreso de mi compañera, impaciente por reanudar mis pesquisas.

En esas, entró María, una niña muy tímida que estaba en mi lista. Venía acompañada por su madre. Siempre se escondía tras ella cuando intentaba hablarle y era incapaz de articular palabra alguna como respuesta. Se encogía de hombros y disculpaba su silencio con una apretada sonrisa.

Sentía compasión por esos niños. De pequeño, era bastante tímido. Por propia experiencia, sabía que se pasaba muy mal y que se anhelaba ser abierto, extrovertido; por eso, había comprendido perfectamente que el "deseo especial" de María hubiera sido dejar de ser tan vergonzosa.

Me acerqué a saludarlas. La señora dijo que quería mirarse unos pantalones; pero, antes de pasarla a la sección "Casual", con Ángel, quise hablar un instante con su hija. Me agaché para ponerme a su altura y no acobardarla.

—¿Qué tal, María? ¿Se han portado bien los Reyes? —pregunté mientras le acariciaba el cabello.

La nena me miró a los ojos y se echó hacia atrás, como solía hacer; sin embargo, esa vez el movimiento no fue de retirada. Se apartó solo un poco para poder asirme la mano que tenía posada en su cabecita y me la estrechó en un firme saludo.

—Muy bien, Josep. Gracias por interesarte —respondió con increíble aplomo.

Me alcé de un salto, pero mi mano siguió atrapada entre las suyas. La nena me enseñó todos los dientes de una amplia y antinatural sonrisa. Me recordó a la niña del exorcista. ¡Tan brutal era el cambio producido en María! Sentí un terror ilógico e intenté despegar mi mano de la suya, pero la niña la tenía bien agarrada. El engendro demoníaco agregó:

—Este año he tenido el mejor regalo de mi vida.

—Los Reyes le han traído una bici con marchas —indicó la madre.

¡Qué ceguera la de esa mujer! ¿Acaso no le impresionaba la transformación de su hija? ¡Qué bici ni qué ocho cuartos!

María me soltó al fin. Me froté la mano, la miré con aprensión y, guardándole una prudente distancia, inquirí con tono de sospecha:

—¿Es eso lo que te ha hecho tanta ilusión, María?

La niña se puso seria, achinó los ojos y me traspasó con una mirada inquisitiva. Temí que su cabeza girase 360º, pero su semblante se dulcificó y me contestó con la voz en falsete.

—Pues, claro. ¿Qué ha de ser, si no?

No me atreví a contradecirla. Se alejó con un decidido "hasta pronto", y yo me quedé estupefacto, con el cerebro bailándome dentro del cráneo. No podía precipitarme y empezar a sacar conclusiones poco razonadas. Debía mantener la mente fría, marcar distancia con mis expectativas, cavilar, meditar, relajar mi espíritu. Cerré los ojos e inspiré profundamente.

Una suave voz me devolvió al mundo.

—¿Meditando de pie, Josep?

Paula había vuelto de comer y me sonreía.

Decidí irme a reponer fuerzas. Como Ángel todavía estaba atendiendo a la madre de la niña poseída, salí y me tomé un bocadillo y una tila. Estuve de vuelta en veinte minutos. Me faltaba cubrir el turno de Ángel y luego podría volver a ocuparme de lo que me interesaba. Esperaba que las primeras horas de la tarde fueran más tranquilas; pero, si el trabajo volvía a acosarnos, supe que se me plantearía el habitual dilema: ¿qué es prioritario, lo urgente o lo importante? Desconocía cuál era la respuesta correcta, pero aquel día iba a intentar seguir con lo mío.

Ángel se reincorporó a su puesto después de comer y pude al fin regresar al despacho. Repasé los hechos empíricos recogidos hasta el momento e intenté otorgarles una interpretación juiciosa. El sabueso de mi imaginación se había despertado con Alba y su payaso cargante. Su madre desconocía ese deseo morboso y, aun así, de entre las decenas de muñecos que estaban a la venta por esas fechas, había elegido el que quería su hija. Era posible que el payaso estuviese colocado bien visiblemente, en la zona caliente de los estantes de las jugueterías, como medida expeditiva para sacarse de encima, cuanto antes, aquellas carcajadas siniestras.

A continuación, entró en escena Marc, con el patinete a motor para su abuelo. Nadie sabía lo que quería el niño, y no creía que al disperso del padre se le hubiese ocurrido la misma idea; pero tampoco era imposible. Debía de compartir algún aislado gen con su hijo.

Luego llegó Eloy. Ese chaval había conseguido cerrar su etapa de nadador y abrir otra como futbolista. Como efectos colaterales, iba a producir el aislamiento de la madre y el agotamiento del padre. No obstante, también podía verse desde otra perspectiva. Por un golpe de suerte, sus padres habían encontrado un buen piso con ascensor en un barrio raso. El efecto colateral sería, entonces, el abandono de la piscina.

Después apareció la abuela de las gemelas caminando como una jovencita. Aunque, volviendo a hacer de abogado del diablo, quizá le acabaran de inyectar un camión de antiinflamatorios combinados con opiáceos.

La siguiente supuesta evidencia era que la madre de *Spiderman* había accedido a un trabajo de jornada intensiva y, por tanto, su hijo podría pasar más tiempo con ella (los superhéroes también necesitan a su mamá). Pero la mujer podría haberlo logrado por méritos propios.

Seguí con la madre de Diana María. Esa mujer sentía una "cosa" similar a los síntomas de un embarazo. Sin embargo, la naturaleza era sabia, y si lo estaban buscando...

Y para finalizar, había sido testigo de la transformación de María. ¿Milagro divino o posesión infernal? Puede que la niña se hubiera sugestionado a sí misma y que, al tener la seguridad absoluta en el logro de su deseo, eso hubiese actuado como un placebo para su entereza.

Todo el conjunto admitía explicaciones realistas; sin embargo, mi instinto científico recelaba de tal monto de casualidades. Se podía establecer una conexión entre aquellos fenómenos. Cuando completara el puzle, y si lo montaba bien, hallaría la respuesta correcta.

Como buen perro cazador que husmea a su presa, retomé la lista. Acerqué el hocico con precipitación al siguiente teléfono y marqué el número. Mientras esperaba que me contestasen, miré el nombre y el deseo. Un chaval llamado Kevin Montes quería que su padre encontrase trabajo. Me asusté al advertir que ese Kevin podría ser el hijo del parado energúmeno. No me dio tiempo a colgar.

—¿Sí, diga?

La voz era femenina. Respiré con alivio y me identifiqué. La mujer lamentó que su marido me hubiese tratado con tanta brusquedad.

—¡Ay, Josep, cuánto lo siento! Mi Kevin me dijo que le estampó el anorak en todos los morros…

Muy gráfico el nene. La mujer continuaba:

—… Por favor, no se lo tenga en cuenta; es que está de los nervios con esto del trabajo. No le sale nada, solo chapuzas. Ahora, precisamente, ha salido porque le han llamado de su antiguo taller. Querrán que les saque de otro apuro. Lo que le digo: chapuzas y nada más que chapuzas.

Me remordió la conciencia.

—No se preocupe, señora. En realidad, llamo para disculparme por mi falta de tacto. No fue mi intención ofender a su esposo. Me gustaría obsequiarles con una camiseta para su hijo. También les arreglaré el precio del anorak, si es de su agrado.

—Ahora mismo mando a mi Kevin a buscar esa camiseta. Acaba de llegar del colegio. ¡Kevin! —gritó a toda potencia. Casi me reventó el tímpano—. Le comentaré a mi marido lo del anorak. Muchas gracias, Josep.

A los cinco minutos, el vivaracho niño entraba por la puerta. Le hice una seña para que se acercara; pero un chaval lo llamó desde la sección deportiva y corrió hacia allí sonriendo. Chocaron los cinco y se pusieron a hablar. Conocía al otro muchacho. Se trataba de Jordi, un crio muy tranquilo y estudioso. Recordé, excitado de nuevo, el deseo especial de un niño que, como remitente, solo había apuntado su nombre de pila: Jordi. Pedía que un tal Kevin no volviera a pegarle. ¿Coincidencia? Cada vez había menos niños que se llamasen Jordi.

Estuvieron un buen rato hablando y riendo. Parecía que estaban en buena sintonía. Kevin no se acordó de mí hasta que Jordi no se marchó de la tienda. Me lo llevé entonces al despacho y, mientras buscaba una camiseta de su talla, comenté:

—No sabía que erais tan buenos amigos Jordi y tú.

—Pues, sí —contestó.

—¿Y hace mucho?

—Pues, no.

El niño no era muy locuaz. Lo dejé estar; ya lo averiguaría a través de su reciente amigo. Le estaba alargando el obsequio cuando su padre irrumpió en el despacho como una exhalación. Me asusté; no tenía escapatoria. El hombre se abalanzó sobre mí y me estrujó la mano en lo que, quise entender, era un saludo.

—Josep, mi señora me ha llamado al móvil y me ha contado lo amable que ha sido usted. No solo se ha disculpado, sino que también le ha guardado un regalo a nuestro Kevin. Usted es el que me tiene que perdonar; estaba fuera de mí. Pero, en unos minutos, mi suerte ha cambiado. Vengo ahora de mi antiguo taller y me han ofrecido un contrato fijo. ¡Yo, Primitivo Montes, fijo! ¿Se lo puede creer?

—¡Qué bien, papá! —exclamó Kevin.

¿Un contrato fijo? ¡Esa era la prueba definitiva! ¡Todo encajaba: la magia existía! El corazón se me escapó del pecho y escaló por las paredes. Una sonrisa inmensa inundó mi semblante y se me aguaron los ojos. Le di un fuerte abrazo a Primitivo. Lo tomó como una muestra espontánea de afecto personal.

—Es usted una buena persona. —Se emocionó—. Nunca olvidaré este gesto. Aquí tendrá siempre un amigo para lo que necesite…

Dejé de escucharlo porque mi alma gravitaba en una órbita celestial. Me pareció oír que regresaría al día siguiente, con más tiempo, y miraría otra vez el anorak.

Era la hora de cerrar. El último cliente en salir fue Primitivo, al que acompañé hasta la puerta mientras me comentaba que podría hacer las mejoras en casa que había postergado por falta de fondos. Cuando le respondí que todo era posible, mis palabras resonaron con la trascendencia de un vidente. Asintió y se alejó calle abajo. Su hijo daba saltos alegres a su lado al tiempo que lanzaba al aire la camiseta que acababa de regalarle.

Mis compañeros bajaron la persiana y empezaron a recoger, pero yo permanecí de pie, embobado de felicidad, con mis ojos perdidos en un arco iris imaginario que sobrevolaba percheros y estanterías. ¡Los deseos de los niños se hacían realidad! ¡Sin límite entre lo material y lo espiritual, entre lo humanamente alcanzable y lo milagroso! Todos los acontecimientos refrendaban aquella hipótesis. Solo faltaba, para acabar de confirmarla, que pasara una prueba experimental. Ese sería mi siguiente paso: escribiría un deseo y lo introduciría en el... Buzón Real.

El bolígrafo se me resbalaba de los dedos. En el blanco del folio bailaban sombras irreconocibles y reflejos deslumbrantes. Mis reflexiones se perdían en generalidades infladas y no conseguía concretar ninguna petición. Cerré mis ojos e intenté tranquilizarme. Los deseos que habían escrito los niños en los sobres eran peticiones cortas, simples y acertadas. Durante nuestra infancia, la alegría y el sufrimiento provenían del entorno. No caíamos en la petulancia ni nos perdíamos en divagaciones sobre conceptos abstractos. Los ruegos y esperanzas de aquellos niños estaban dirigidos a solucionar problemas cercanos, por eso apuntaban al centro de la diana.

Desprecié los altos vuelos de mi córtex cerebral y me sumergí en mis sentimientos, en mis preocupaciones cotidianas, con la sinceridad del niño que una vez fui. Mi "deseo especial" se reveló entonces con claridad. ¡Cuánto anhelaba que mi madre no sufriera tantos dolores! Tenía artrosis, ciática, osteoporosis... No podía dormir sin calmantes. Aparté el folio y redacté dentro de un sobre: *"Quiero que mi madre se cure de todos sus males y que no le duela nada"*. Lo subrayé, además, con bolígrafo rojo y lo cerré.

Caminé con dificultad hacia el almacén. El miedo al fracaso convertía en plomo mis piernas; la esperanza de vivir un milagro me aceleraba el corazón. Alcancé, por fin, el Buzón Real, y su ropa aterciopelada acarició con bondad mis pantalones. El dibujo del sobre bordado en oro en su frontal refulgía por su magia, ya al descubierto.

Me arrodillé ante su colosal poder y, con cuidado, como si estuviera enhebrando una aguja fina, deposité mi ilusión en su interior. Sin fuerzas, exhausto, reposé mi cabeza en su borde.

Alguien carraspeó.

—Este, perdona, Josep. Paula se ha ido, y a mí me gustaría marcharme también; son las siete y media.

Ángel mostraba más preocupación que enojo. Mi postura de rezo le había sacado a flote un poco de conmiseración.

—Me voy contigo; no puedo más —murmuré.

Le pedí ayuda para levantarme. Ángel pasó mi brazo por encima de sus hombros y alzó mis ochenta y cinco kilos con dificultad. Y así, ayudado por mi compañero, con todos mis músculos flojos, salí de la tienda aquel día, uno de los más emocionantes de mi vida.

En la calle, un helor intenso me abofeteó y me rehízo de golpe. Era uno de esos raros días en los que la temperatura en Barcelona bajaba hasta acercarse a los cero grados. La humedad que siempre reina en mi ciudad hacía de ariete al frío y congelaba mis huesos. Aseguré a Ángel que ya me encontraba bien y le agradecí su atención. Nos despedimos hasta la mañana siguiente. Cuando llegué al coche, todavía no me sentía con fuerzas para conducir. Me quedé un rato apoyado en la puerta del conductor, intentando respirar con calma. El aire, sobrecogido por la baja temperatura, se mantenía acurrucado, inmóvil. Si no fuera porque dolía respirarlo, hubiera creído que había emigrado hacia latitudes más cálidas.

Mi móvil sonó. Se trataba de Nadia.

—Josep, llegaré tarde. Estoy aún en el aeropuerto.

Mi mujer me había comentado que acompañaría a las delegaciones de científicos que habían asistido al Congreso Protozoario hasta que tomaran sus respectivos vuelos.

—Ha habido una avería en los ordenadores de la terminal internacional y se ha colapsado todo —explicó—. Durante la mañana, solo han despegado aviones con destino nacional. A nuestros invitados les ha dado tiempo de organizar varias mesas redondas. Curiosamente, de alguna han salido propuestas interesantes. Gracias a esos debates, el tiempo se les ha pasado volando o, mejor dicho, esperando el vuelo.

Se rio ella sola; Nadia hacía chistes muy malos. Prosiguió:

—Por fin han conseguido arreglar el problema informático. Acaban de irse los ingleses y los alemanes, pero todavía quedan científicos de veinte países más. Menos mal que los embarques se suceden con gran rapidez. Parece que los controladores aéreos se han descontrolado. —Más risas—. Los aviones despegan uno detrás de otro, como si quisieran recuperar el tiempo perdido…

Era cierto que se oían muchos aviones. Alcé la vista, pero no vi ninguno; quedaban ocultos por una densa capa nubosa. De repente, sucedió un fenómeno extraordinario.

—¡Dios, mira el cielo! —exclamé.

—No puedo; estoy en la cola de facturación con los canadienses.

—¡Déjalos y acércate a una ventana! —le pedí con voz excitada.

—Está bien, pero ¿qué ocurre?

¡En medio de las nubes se había abierto un agujero ovalado enorme, a través del cual se divisaba la oscuridad de la noche!

Nadia no tardó en responder.

—¡Qué curioso, nunca había visto nada igual! —dijo—. Bueno, miento. Recuerdo que vi una imagen parecida en una película de terror. Uno de los personajes encontraba por casualidad un talismán con poderes sobrenaturales. El muy insensato, lo manejaba sin guardar un mínimo de precaución y desequilibraba la balanza de poder entre el cielo y el infierno. El firmamento se desgajaba entonces en brechas semejantes.

Remató su comentario devastador con una sonora carcajada. Le colgué; su chiste no me había hecho ninguna gracia.

Durante el trayecto de ida a casa de mis suegros, donde tenía que recoger a mis hijos, no cesé de observar aquel agujero y rogar que se cerrara. De regreso, y poco antes de llegar a nuestro hogar, las nubes se volvieron a fundir.

Una vez en casa, telefoneé a mi madre encerrado en el lavabo para evitar interrupciones. Me contestó enseguida y me aseguró que seguía con sus dolores. Un poco frustrado, corté la llamada sin apenas despedirme. Sin duda, teoricé, lograr mi deseo precisaba más tiempo. Esperaba que los milagros no sucedieran solo el día de Reyes.

Me sentía sofocado, como si me rondase una gripe. Sumido en ese estado febril, me asaltó la absurda idea de que, por si acaso, debería seguir con fidelidad la tradición. Pensé que no estaría de más que preparase en el comedor un pequeño refrigerio para sus Majestades y los camellos. Después de llevar a cabo lo que la mayor parte de la humanidad consideraría un cúmulo de sandeces, otra decisión absurda no denigraría mucho más mi historial. Estaba tan perdido, sin ninguna idea que iluminase el mecanismo responsable de los milagros, que decidí no tomar ningún atajo.

Rebusqué en la despensa y no encontré ningún dulce; nos los habíamos zampado todos durante las fiestas. Como se me estaba haciendo tarde, pedí ayuda a los niños.

—A ver, Silvia, Joan, tengo que ir al supermercado un momento. Mamá estará a punto de llegar. ¿Por qué no vais preparando algo para cenar?

—¿Unos macarrones, papá? —propuso Silvia.

—Lo que queráis. Tú, Joan, no te acerques al fuego y pon la mesa. Haz caso a tu hermana.

Me apresuré. En el supermercado, no quedaban barras de turrón. Bueno, quedaban muchas del sueco, pero aquel desprecio popular me echó para atrás y preferí comprar una caja de galletas surtidas. Fui a buscar una botella de moscatel. Al llegar a la zona de las bebidas, observé que tampoco quedaba nada de kava; el vodka espumoso había tenido mucho éxito.

De vuelta, me encontré a mi mujer por la calle. No me preguntó el motivo por el cual le había colgado el teléfono; noté que estaba muy cansada. Le comenté que teníamos la cena lista y que podría irse a dormir enseguida. Sin embargo, cuando llegamos a casa, nos encontramos un guirigay: los niños estaban discutiendo exaltadamente. Silvia se quejó de que Joan no solo no la había ayudado, sino que la había estado molestando.

—Quería que me dejara espacio para cocinar —se defendió el niño—. ¡Mirad qué postre tan rico he hecho!

Se había dedicado a cocer chocolate deshecho, y lo peor era que lo había vertido en el cuenco de Paula para sacarlo a la mesa; cuenco que me había olvidado devolverle.

Nadia quiso saber si había lavado aquel recipiente antes de usarlo. Por la expresión de estupor del niño, dedujimos que había obviado ese preliminar.

—No creo que este cacharro se haya limpiado jamás —opinó Nadia—. Joan, tócalo y verás que te ensucias con un polvillo oscuro. Es mejor tirar el chocolate que intoxicarse —sentenció.

Mi hijo abrazó su sabroso postre, pero de nada le valieron sus protestas. Por mi parte, deseaba que cenaran rápido y se fueran a dormir temprano porque, como guía la leyenda: "Si los Reyes encuentran a los niños despiertos, pasan de largo y no dejan nada".

Después de la cena, me ofrecí voluntario para recogerlo todo y animé a mi mujer y a mis hijos a acostarse. Nadia, agotada, aceptó de buen grado. Silvia quería quedarse un poco más y ver en la televisión otro capítulo de una serie ánime a la que se había enganchado, pero gracias a su buen carácter, conseguí convencerla con poco esfuerzo. Y aunque de Joan esperaba una resistencia férrea, no objetó nada. Supuse que el primer día de colegio, después de las vacaciones, le había dejado sin pilas.

Limpié el comedor y dispuse el refrigerio con las galletas y el moscatel. No olvidé poner el cubo con agua y unos trocitos de pan para las monturas. Me pareció que era preferible no rondar más por la casa, así que dejé los platos sin fregar y me fui a la cama.

Me era imposible dormir. Estaba más despierto que un búho. Una tensión ingobernable mantenía mis ojos abiertos y rígidos… Tan abiertos que se deformaban en esferas enormes… y sobresalían de mis órbitas… Semejaban ya los de un auténtico búho. Los cerré con fuerza y me coloqué de costado… Al poco, me volví al otro lado… Boca arriba, boca abajo. Nadia emitió un gruñido de protesta. Me quedé muy quieto, boca arriba, esperando que no se despertara ni ella ni su inconsciente saltarín. Eché mano de la meditación y me puse a respirar profunda y lentamente. Visualicé un paisaje apacible: un lago pirenaico rodeado de prados y abetales. Una cordillera nevada se alzaba tras el bosque. El cielo resplandecía y, ¡qué curioso!, los pájaros no cantaban. De hecho, no se oía nada… El cielo se nubló de repente. Nubes oscuras y pesadas descendieron hasta tocar el lago y luego se rompieron en siniestros agujeros que empezaron a absorberlo todo: el agua, el aire… ¡Me faltaba el aire!... Un aullido, semejante al de un coyote, quebró el silencio…

—¡Papá, mamá! —chilló alguien.

Nos despertamos a la vez. Nadia se levantó de un brinco y salió corriendo por la puerta. Aturdido, la seguí. El coyote seguía aullando y, medio adormilado, solo se me ocurría preguntarme por qué seguía oyéndolo si en el Pirineo no había coyotes.

Me encontré a mi mujer en el pasillo, de regreso. Había revisado las habitaciones de los niños, y Joan no estaba en su cama. Lo llamamos. Su contestación provino del comedor. Habíamos pasado por allí a la carrera y no habíamos visto al niño. Retrocedimos.

—¿Qué le pasa al perro? —inquirió Nadia.

Entonces, volví del todo en mí. Estaba en Barcelona, donde tampoco había coyotes, y el que aullaba era nuestro perro.

Miramos debajo de la mesa del comedor, de donde procedía el lamento de Tim, y allí encontramos también a Joan.

Mi hijo sollozaba y temblaba. A su lado, el perro lloraba también, aunque a su manera. Joan mantenía abrazado el cuenco de Paula. Tenía la boca manchada de chocolate. Aquella problemática cazuela aún tenía restos de ese dulce. Comprendí, entonces, el motivo de su condescendencia a la hora de acostarse temprano; lo que no entendí fue su cara de susto.

Mi mujer se introdujo debajo de la mesa y lo abrazó. La seguí y, en cuclillas, acaricié con una mano la cabeza de mi hijo y con la otra, al perro para calmarlo.

—Estás helado, hijo —se preocupó Nadia—. ¡Claro, nos hemos dejado el balcón abierto!

La cortina se inflaba con el viento que entraba por el ventanal del balcón. Había dejado abierta una de las dos hojas para seguir con extrema fidelidad la tradición y dejar vía libre a los ilustres portadores de regalos.

Silvia apareció, alertada por tanto jaleo, y se agachó a nuestro lado.

Me pareció que estábamos desbaratando el plan por completo.

—¡Vamos, niños, Nadia, hay que salir del comedor! —rogué.

—Cierra el balcón, por favor —me pidió mi mujer.

No le hice caso e insistí en que nos fuéramos todos al cuarto de los niños. Joan empezó a hablar entonces.

—Una sombra estaba detrás de nosotros —lloriqueó, y señaló hacia el balcón—. Era mala, por eso Tim se ha puesto a aullar.

—¡Imposible! —exclamé.

Me levanté, sin acordarme de que estaba debajo de la mesa, y me di un fuerte golpe en la cabeza. Oí que la botella de moscatel volcaba y echaba a rodar. No se estrelló contra el suelo porque Silvia tuvo reflejos y la agarró al vuelo.

Salí hacia atrás a cuatro patas y rodeé la mesa para llegar hasta el balcón mientras me frotaba los sesos doloridos. Iba tan atolondrado que tropecé con el cubo de agua para los camellos y lo vertí. Mi hija se salvó del remojón porque se había puesto de pie y pudo esquivarlo.

Abrí de par en par el ventanal, me asomé y recorrí con mi mirada toda la calle. No había un alma, lo cual no era de extrañar, pues soplaba un viento cortante.

—¿Josep, estás loco? ¡Nos vas a matar de una pulmonía! —chilló Nadia.

Entré y cerré el balcón. Mi mujer y mi hijo habían salido de debajo de la mesa. Tenían los pantalones de pijama empapados por el cubo que les había tirado encima. El perro tampoco había salido indemne: le chorreaban las orejas. Joan intentó consolarse metiendo mano a la bandeja de las galletas surtidas.

Nadia, bastante irritada, me preguntó con voz más alta de lo habitual:

—¿Para quién es todo esto que has preparado en el comedor? ¿Y el cubo con agua? ¿Y los chuscos de pan?

—No te lo puedo explicar ahora; debes confiar en mí. Pasad al cuarto de una vez. Os llevaré un par de toallas. El moscatel déjalo sobre la mesa, Silvia —le solicité.

—Te comprometiste a fregar los platos —continuó Nadia sin bajar el volumen—. Pero no lo hiciste, y Joan se ha comido el chocolate sucio. Seguro que le ha sentado mal y, por eso, llora. Al dejarte abierto el balcón, se ha quedado helado y se ha asustado con la cortina…

Mis pensamientos surgieron en voz alta.

—Con la cortina o con…

—¡¿Con qué?!

A mi mujer le chirrió la voz. Preferí guardar silencio; no estaba el horno para bollos, y menos, para bollos mágicos. Agarré al niño de la mano, antes de que acabara con todas las galletas, y lo conduje al lavabo para secarlo y que se lavara la cara y los dientes.

Joan, una vez se hubo cambiado de pijama, se hizo el mimoso con su madre y consiguió que accediera a dormir en su cuarto, lo cual me pareció estupendo. Preparé la cama supletoria para Nadia, lo recogí todo con presteza y limpié el cuenco. Apenas dejé a mi mujer acabar de fregar el comedor y el lavabo; enseguida la encerré en la habitación del niño.

La disposición de nuestra casa me facilitaba la intimidad en aquel momento. Un corredor partía del recibidor y recogía las puertas de casi todas las estancias: la cocina, el cuarto de baño y las dos habitaciones de los niños. Al final de este, se encontraba el salón comedor. Atravesando esa sala, se accedía a la habitación de matrimonio, que comunicaba con un lavabo propio.

Cerré la puerta del salón que daba al pasillo y, con toda la familia dormida tras ella, sentí que volvía a dominar la situación. Dispuse de nuevo la mesa de forma atractiva: el moscatel y los vasitos en medio y la bandeja llena con la segunda capa de la caja de galletas a su lado. Solo faltaba el agua para los camellos. Cogí el cubo para rellenarlo y, de súbito, se abrió la puerta y Nadia apareció tras ella. Me planté delante de un salto y le impedí el paso.

—¿Dónde vas ahora? —espeté.

Estaba molesto por la nueva interrupción y, también, algo asustado por si se percataba de que había vuelto a preparar un dulce banquete.

—Voy a nuestro lavabo. El suelo del otro todavía no se ha secado y no lo quiero pisar —se justificó.

Toda mi inteligencia estaba concentrada en el enigma del Buzón Real, tanto la parte racional como la emocional; esa es la excusa que se me ocurre por mi comportamiento.

—Toma esto. —Le pasé el cubo—. Haz aquí lo que tengas que hacer y, por favor, no entres más en el comedor esta noche —ordené mientras la empujaba hacia el pasillo con suave firmeza.

Lo que me contestó no fue apropiado para una noche tan tierna.

Fui el último en despertarme a la mañana siguiente. Nadia y los niños estaban desayunando en la cocina, en silencio, un poco somnolientos aún. Del refrigerio que había dejado en el comedor, no quedaban ni las migas, y todos negaron ser los culpables. Deseé creerles, aunque mi cabeza empezó a divagar de nuevo. Nadia empezó a interrogarme sobre lo que había sucedido durante la noche. Le dije que tenía prisa. Me tomé el café de un solo trago, sin sentarme, y me fui. Percibí que dejaba tras de mí una estela de incomprensión.

Por el camino, advertí que se me había vuelto a olvidar el cuenco de Paula. No lo había visto encima de la nevera, donde lo había dejado después de limpiarlo, y eso me había despistado. No le di más vueltas; lo buscaría y se lo devolvería al día siguiente. Tenía claro que lo importante, aquella mañana, era verificar el milagro.

Llegué media hora antes de abrir y me puse a colocar unas prendas que habían quedado en desorden el día anterior. Tenía que distraerme y hacer tiempo, pues mi madre no solía madrugar. Le costaba tanto conciliar el sueño que, cuando por fin los calmantes le hacían efecto, dormía hasta tarde.

A los diez minutos, impaciente, fui al despacho y la telefoneé. Insistí con la llamada, pero no contestó. Acalorado, me saqué la americana. Tenía los nervios tan activos que, si no mantenía los músculos en consonancia, me explotaría algún órgano interno. Como había acabado de plegar y reponer todas las prendas, me dediqué a cambiarlas de sitio. Me justifiqué a mí mismo esa inútil tarea diciéndome que resultaría sugerente sacar a la luz prendas que siempre se encontraban en segunda fila. Cuando llegaron mis compañeros, había dado la vuelta a media tienda. Se quedaron sorprendidos ante el nuevo orden. A Paula le pareció bien; opinó que toda transformación despertaba interés. Pero Ángel gruñó.

—Últimamente, Josep, haces cosas incomprensibles. ¿A qué viene este desbarajuste? Ahora tendré que aprenderme dónde está todo.

Mi ímpetu reformador lo había descolocado a él también. Opté por irme al despacho a revisar unos pedidos; mi mente andaba demasiado revuelta y me hubiera sido imposible construir argumentos apaciguadores.

Los números de las facturas se difuminaban. Para serenarme, me puse a pasear arriba y abajo. Mis compañeros, desde la tienda, me disparaban miraditas intrigadas. Se habían dado cuenta de lo desasosegado que estaba y no dejaban de vigilarme.

El tiempo se ralentizó; el segundero marcaba minutos. Volví a llamar a mi madre, y tampoco me atendió. Mis impulsos nerviosos, de tan intensos, me estaban electrocutando. Me empezaron a asaltar grandes dudas. Le había otorgado un poder milagroso al Buzón porque las cartas estaban inviolades. Nadie las había leído y, por consiguiente, no podía existir una mano humana detrás de los prodigios. Además, un número significativo de niños me había comentado que introducía directamente su carta sin hablar con los Reyes o los pajes. Pero…, al fin y al cabo, el Buzón no era más que un tronco forrado con tela cara, un recipiente inanimado.

Me vino de pronto a la memoria, como un mensaje expuesto por mi sabio inconsciente, el chivatazo de una de las gemelas. Los Reyes les habían explicado el método para resaltar sus deseos más profundos, sus "deseos especiales". Marc también había escrito su carta ayudado por un Rey. ¡Cómo no había caído en ello! ¡Aquellas personas estaban implicadas! De alguna forma, se enteraban de lo que ponían los niños en las cartas, quizá a través de sus pajes eruditos. No les hacía falta rasgar los sobres para descubrir su contenido. Si aquella suposición era cierta, mi deseo no se cumpliría, pues nadie conocía su existencia.

Reflexioné de nuevo y me pareció inverosímil ese desvío a mi teoría. Los Reyes, a buen seguro, eran vecinos; gente con buena predisposición, pero sin ningún atributo sobrenatural.

Busqué el teléfono del presidente de la Asociación de Comerciantes, el señor Vicente, y lo llamé. El hombre, muy amable, me respondió enseguida. Le pregunté acerca de la identidad de aquellos reyes y me reveló que no eran de por allí. Se habían presentado hacía ocho años como actores de oficio y los habían contratado al momento.

—Porque en este barrio, como bien sabe, Josep, nos conocemos todos —explicó—; así que unos forasteros dan mejor el pego. No cobran nada y se traen su propio vestuario: lo hacen por amor al arte. No aceptan, ni siquiera, una propina. Aseguran que su pago es poder actuar ante un público entregado. Son grandes profesionales y la gente los adora. ¡Se mueven con tanta solemnidad! A veces, parecen resplandecer y… —Carraspeó y bajó la voz a un tono más grave—. Supongo que usan purpurina.

—¿Quién construyó el decorado? —lo interrogué.

—Lo hicimos un grupito de la Asociación.

Me hundí en mi asiento; había depositado mis esperanzas en un tocón desenraizado y hueco. El hombre continuó:

—Eso sí, montamos el escenario bajo la supervisión de los Reyes porque, como le he comentado, son muy profesionales. El buzón lo trajeron ellos. Es un objeto al que tratan con mucho cuidado y solo algunos pajes tienen permiso para tocarlo. Se lo llevan el último día y lo traen de vuelta al año siguiente. Esta vez no lo recogieron. Después de la cabalgata, Melchor se sintió indispuesto y se retiraron rápidamente.

Otra vez mis ilusiones salían a flote.

—¿Cómo los puedo localizar? —pregunté.

—Lo siento, pero es imposible; desconocemos su teléfono y su dirección, y tampoco sabemos sus nombres verdaderos. Se introducen tanto en su papel que incluso entre ellos se nombran siempre Melchor, Gaspar y Baltasar. Al llegar estas fechas, estamos en vilo hasta que aparecen. Por cierto, ¿por qué me pregunta todo esto?

—Es un poco largo de explicar —repuse. Le agradecí su atención y me despedí.

Esos actores eran un poco sospechosos; no obstante, no creía que estuviesen detrás de los prodigios. Pesaba el hecho de que los sobres estuviesen cerrados. Sin embargo, lo protegían mucho, lo cual indicaba que poseían cierto conocimiento de su poder. Tanto misterio reavivó mis esperanzas.

Volví a telefonear a mi madre y, por fin, descolgó. La ametrallé a preguntas.

—¿Cómo estás? ¿Por qué has tardado tanto en contestar? ¿Qué te duele? ¿Te duele algo?

—Tenía hora en el ambulatorio y he salido de casa temprano —explicó—. Me ha visitado un médico nuevo. Me ha puesto una inyección de un medicamento que me ha hecho mucho bien. Ahora no me duele nada.

— ¡Sí, sí, sí! —grité—. ¡Mamá, pasaré a verte esta noche!

Colgué el teléfono y empecé a saltar de emoción por el despacho, con los brazos en alto, como un campeón. Mi madre creía que el médico había sido su salvador, pero yo sabía que había obrado de nuevo la magia.

Necesitaba compartir tanta alegría. Salí a celebrarlo con mis compañeros y vi que entraba en la tienda la pequeña Raquel, la niña de padres separados que pedía su reconciliación. Venia acompañada por ambos, y el padre enlazaba la cintura de la madre con cariño. Entusiasmado, me acerqué y exclamé:

—¡Cuánto me alegro de que vuelvan a estar juntos!

Casi lloraba de dicha. Estreché las manos de la pareja y continué mi camino hacia Ángel y Paula. Oí que el marido le hacía reproches a su mujer.

—¿Por qué le has contado nada a ese tío? ¿Es que todo el mundo tiene que enterarse de nuestra intimidad?

—Pero, cielo, te aseguro que no le he comentado nada.

—¡Cómo que no! Y por la manera en que ha reaccionado, se lo has referido con pelos y señales. Vámonos, ya hablaremos de esto en casa.

Salieron de la tienda inmersos en una discusión. No me preocupó; estaba seguro de que volverían a arreglarse.

Les tocó el turno a mis compañeros. Ángel se tensó como cuerda de guitarra cuando, a modo de abrazo, le agarré de los hombros y lo meneé. Paula, en cambio, sonrió al verme de tan buen humor.

—¿Qué pasa, Josep? ¿El mundo gira según tus deseos? —preguntó. Solté a Ángel y estallé en palabras pomposas.

—¡Amigos míos, compañeros, hoy es un día grande, un hito en los descubrimientos del hombre, un antes y un después en la historia del mundo!

El momento valía para mostrarse solemne, pero Ángel no se dejó impresionar. Serio y ceñudo, se cruzó de brazos.

—Debo volver al trabajo, Josep. Habla ya —urgió.

—¿Cuál es tu mayor sueño? —le interrogué—. ¿Qué desearías que ocurriera mañana?

—Que me tocara la lotería —respondió sin ganas.

—No me has comprendido bien. Puedes pedir cualquier cosa, cualquiera, ¿entiendes? Si te paras a meditar en lo que podrías arreglar, el valor de lo material pasa a un rango inferior. Busca tus auténticos anhelos en lo más profundo de ti y dime: ¿qué es lo que más necesitas? ¿Cuál es tu "deseo especial"?

Su silencio y su cara de póquer me decepcionaron. Definitivamente, aquel hombre carecía de imaginación y espíritu. ¡Qué ser tan obtuso!

Paula intervino. Sus ojos brillaban y su voz rezumaba inspiración.

—No tengo ninguna duda sobre lo que pediría. Mi hermano lleva cuatro años esperando un trasplante de riñón que nunca llega. Su vida está condicionada por los continuos viajes que debe hacer al hospital para limpiar su sangre mediante diálisis. ¡Ojalá mañana mismo tuviera un riñón nuevo!

—A eso, exactamente, me refería —alabé, orgulloso de lo bien que la muchacha había captado mi enfoque.

Estimulada por mi aprobación, señaló hacia el espacio de descanso.

—Ahí está la señora Carmen. Viene muchos días, saca un cortado de la máquina y se sienta a hacer calceta.

—Siempre se acerca a saludarme —comenté.

—Nunca compra nada —se quejó Ángel.

Paula la excusó.

—Cobra una pensión muy baja y no le llega para pagar el gas.

—Se aprovecha de nuestra calefacción —replicó Ángel.

Comenté que me parecía que estaba triste, y Paula nos contó que la semana anterior se le había muerto el gato, el único ser vivo que le hacía compañía. Me di cuenta de la cara de mofa de Ángel y, antes de que soltara un comentario sarcástico, le pedí que guardara silencio. Bufó y se cruzó de brazos.

—No siempre viene aquí —dijo Paula—. Muchas veces me la encuentro en el bar de Inmaculada cuando voy a comer. Por cierto, esa mujer también necesita auxilio. Su marido la maltrata; la tiene aterrada.

—¡Cómo! —exclamé—. Tendremos que acompañar a esa señora a la policía. La verdad es que ese hombre tiene cara de bestia; pero no imaginé que pegase a su mujer. Siempre está jugando a cartas con otros tipos tan gritones como él, y pese a que es el dueño, nunca lo he visto tras la barra. Me desagrada tanto que suelo ir a comer al bar que hay en la otra esquina, aunque no cocinan tan bien.

—Por ambos locales, ronda el señor Ceferino —apuntó Paula—. Es un alcohólico sin curación; solo tiene piel y huesos.

—Conozco a Ceferino. Es un buen hombre —dije—. Nunca le he visto ponerse agresivo ni pesado. Bebe y le tiemblan las piernas. Da pena ver que se está consumiendo.

—Pediría también mejoras para esas personas —declaró Paula.

Su generosidad me animó aún más. Olvidé al necio de Ángel y encargué a mi compañera que concretara y apuntara sus buenos deseos por separado y dentro de unos sobres.

—Sobres vacíos, Paula —incidí—. Escribes en el interior de la solapa y, después, me los entregas.

—Eso, Paula, y no se te olvide acabar con el hambre y las guerras —ironizó Ángel.

Su tonillo jocoso no me perturbó, como no le inquieta a un tanque el cruce de una hormiga.

Mi compañero se puso más serio.

—¿Qué locura es esta, Josep? —reclamó.

—Si te lo explicara, nunca me creerías. Te ruego que confíes en mí. Si pierdes esta oportunidad, te arrepentirás el resto de tus días. Reflexiona y entrégame tú también un sobre.

Mi estilo mesiánico acabó por sacarle de quicio. Formó una barrera con las manos, como para protegerse de un loco, y con los ojos fijos en mí, a punto de dispararme a bocajarro sus pupilas, masculló a través de las comisuras de los labios:

—Basta ya. Esto es insoportable.

El cariz que había tomado la situación aconsejaba retirarse. Paula me lanzó una mirada de complicidad y volvió a su puesto. Hice unos gestos de calma a Ángel y me retiré al despacho.

La reacción de mi compañero era comprensible; no así, sus burlas. No obstante, al pitorrearse y proponer que terminásemos con el hambre en el mundo, había ampliado, sin querer, mis expectativas. ¿Sería muy osado usar el poder del Buzón para beneficiar a toda la humanidad? Por el contrario, ¿no pecaría de egoísmo si me ciñera a resolver en exclusiva mis problemas? Mi madre y la abuela de las gemelas ya no sentían dolor; pero muchas personas padecían enfermedades o carencias, y no sería ético darles la espalda. Y también nuestro mundo necesitaba auxilio. Mi mujer me comentaba, a menudo, su honda preocupación por el cambio climático y la desertización. Si no movía un dedo a favor de los que sufrían y del planeta que nos cobijaba, no podría vivir por los remordimientos.

Por otro lado, no podía precipitarme. Desconocía por completo cómo funcionaba el engranaje que generaba los milagros. Los poderes que demostraba tener el Buzón podrían no ser inconmensurables. Si sus facultades estaban restringidas a las concisas peticiones infantiles, mi extralimitación podría colapsarlo. El estómago me bailaba de nervios solo de imaginar que, por jugar a ser Dios, pudiera estropear aquel prodigio.

Cavilaba en esas prudentes reflexiones cuando entró Paula y me entregó cuatro sobres. Se puso muy seria al decirme:

—No sé qué método has encontrado para estar tan seguro de que nuestros deseos se van a cumplir. Solo sé que la mente es poderosa e inabarcable, y que todo el conocimiento está en nuestro interior. He descubierto que un pensamiento puede modificar la realidad. Como te conté, pude controlar y dirigir la mente hacia el objetivo de recuperar mi moto, y lo logré. Me ocurren a menudo sucesos que he imaginado antes. El problema es que no domino este poder y, en ocasiones, me perjudico. A veces, parece que podamos adivinar nuestro futuro inmediato porque ocurre un suceso que nos acaba de venir a la mente; pero es un presentimiento de algo que antes habíamos pensado y que, de alguna forma, hemos provocado que suceda. Seguro que te ha pasado alguna vez que, sin venir a cuento, te viene a la memoria un antiguo compañero de estudios y, de repente, zas, al doblar la esquina, chocas con él. O bien, te encuentras tendido en el sofá, relajado, y de pronto piensas en tu madre, suena el teléfono y, zas, es ella quien te llama…

Por mi culpa, la chica se había trastocado. Seguía:

—… Hace unos meses, aquí, en la tienda, se me apareció de pronto la imagen de Parés…

Menos mal, creí que iba a decir la Virgen.

—… A los cinco minutos, zas, entró por la puerta. Por desgracia, estos pensamientos surgen de manera espontánea, sin ningún control por nuestra parte, como meras ocurrencias que, sin embargo, son como cambios de agujas en las vías del tren de nuestra vida…

Malo, se me ponía poética.

—…La mente no consciente conoce nuestros anhelos ocultos y genera las emociones que traen consigo…

Otra vez surgía el asunto del poder del inconsciente. Paula continuaba:

—… Esas emociones crean la intuición. Si nuestro deseo es intenso, busca cumplirse cambiando nuestro comportamiento y, también, nuestras circunstancias. Ahí está la llave de nuestra felicidad, en la habilidad de controlar el potencial del cerebro para conducir nuestra vida hacia el futuro deseado. No es fácil. En nuestro caos mental, se cuelan pensamientos sin importancia, bobadas que se introducen dentro de las corrientes de fuerza que generan los verdaderos deseos. Me pasa muchas veces con Ángel. Presiento lo que va a decirme y hablo al mismo tiempo de forma involuntaria.

Ángel también la había desequilibrado.

—… En otras ocasiones, se filtran miedos. Sucesos temidos se vuelven poderosos al pensar en ellos y acaban ocurriendo. Intento dominar mi mente con la meditación, pero aún no he llegado a descubrir el modo de dirigirla con firmeza. ¿Es eso lo que has descubierto?

Mi asombro ante su desbarrada perorata me mantuvo en silencio. Paula lo tomó como una falta de confianza.

—No estás seguro de que pueda asimilar tu hallazgo; pero estoy preparada, créeme. No te he transmitido todos mis conocimientos. Te he hablado de la corriente mental de dentro hacia fuera, del poder de nuestros pensamientos para modificar nuestro futuro. Te hablaré ahora de la corriente inversa…

El remate.

—…No podemos conocer la realidad, dado que la mirada la condiciona. El mundo exterior nos llega a través de un filtro que amoldamos según nuestros deseos. Percibimos el entorno a través de los sentidos y componemos un cuadro con todas las impresiones recibidas. El que ese cuadro sea bello, mediocre u horrible depende de nuestro talento, y el talento depende de la formación, y el empeño en formarse depende de la voluntad, y la voluntad…

¿Era necesaria tanta repetición?

—… depende de la fortaleza. Llego a la conclusión trascendental: nuestra firmeza crea la realidad. Conozcamos y busquemos lo que anhelamos y el mundo se moverá amablemente ante nosotros.

Deduje que eso ocurriría en el caso de que nuestras aspiraciones pasaran antes por el tamiz de la cordialidad. Paula me leyó el pensamiento.

—Procuro serenar la mente y dejarla libre de impurezas como rencores, preocupaciones y remordimientos —declaró—. Todas esas debilidades pueden conducirme por un mal camino. Una mente sin ruidos molestos podrá centrarse mejor en conseguir sus objetivos. Pero, como te he comentado, no logro dominarla más que para peticiones poco importantes, como la de recuperar mi moto. En cambio, no conseguí que mi novio dejara de chillarme, pese a que me concentraba en ese deseo todos los días. No comprendo el motivo por el que nuestro cerebro trabaja de forma tan autónoma y solo nos permite ser dueños de una pequeñísima parte. Me da la impresión de que funcionamos con el mínimo de inteligencia necesario para sobrevivir y reproducirnos, y lo creo porque lo que vagamente vislumbro del resto raya lo milagroso, lo divino. ¡Si pudiéramos gobernar toda la mente, seríamos dueños de nuestro propio destino! ¡Nada ni nadie podría dañarnos! Por favor, confía en mí. Sé que puedo aprender.

¡Dios, había creado una predicadora iluminada! ¿Sería posible pedirle al Buzón que le hiciese una limpieza de memoria de las últimas horas? Podía detener tal desatino con facilidad si le hacía partícipe de mi descubrimiento, y estuve a punto de contárselo; sin embargo, una intuición me reclamó cautela. Ese ser enajenado que divagaba ante mí me hizo reflexionar y advertir que, una vez desvelado el secreto, las consecuencias podrían ser desastrosas. Desconocía si esa magia solo daba cumplimiento a los buenos deseos. Su color se había mostrado blanco hasta el momento, a excepción del blanco roto de la estrategia seguida en el caso de Eloy. Pero ¿podría dar cabida a peticiones maliciosas? No me refería a tonterías, como pedir que degradasen a nuestro jefe, o que los suegros se mudaran de forma definitiva al pueblo, o que a la cotilla y metomentodo de la vecina se le declarase una sordera crónica, no; me refería a enormes catástrofes, a crímenes, a guerras. Para empezar, si las capacidades del Buzón salían a la luz, lo perdería de vista para siempre. Quedaría incautado por el gobierno de turno el breve lapso en el que el soborno o la amenaza tardaran en trasladarlo a manos poderosas que, con toda probabilidad, tendrían intenciones depredadoras. Lo que pudiera pasar después me era terriblemente imprevisible. En definitiva, no era atinado inmiscuir a nadie en aquel asunto.

Volví a fijarme en Paula y, sin compasión hacia su descarriado espíritu, la estimulé a continuar en el sendero de la exploración de la mente.

—Pues no hay mayor reto que desentrañar los misterios que encierra —dije—. Sin duda, el control de sus escondidos engranajes nos ofrecería una vida cuyo camino afrontaríamos sin temor.

Paula se mantuvo más erguida que un militar ante el himno nacional. Mis palabras le sonaron a cantos celestiales. Me nombró su gurú en esas investigaciones y me pidió las instrucciones de inicio. Con convencimiento, le pedí confianza y tiempo para poder perfeccionar el método antes de enseñárselo. Adoptó una expresión de seriedad, propia de un ser privilegiado, y regresó a su puesto.

Sabía que la muchacha volvería a la carga y que solo había una manera de detenerla. También temía que mi compañero divulgase mis desvaríos; así que quise matar dos pájaros de un tiro y apunté en un sobre: *"Que Paula y Ángel no recuerden nada extraño del día de hoy"*. De paso, probaría si la magia admitía un deseo pernicioso. Mi entusiasmo por obtener grandes frutos del poder del Buzón me robaba ecuanimidad en mis decisiones, pero me quedaba suficiente criterio ético para darme cuenta de que estaba deseándoles un mal a mis compañeros. Consideré, no obstante, que la pérdida de unos recuerdos estrambóticos era un precio pequeño para los logros que pretendía conseguir, y acabé de sacarme la espina de la culpabilidad cuando decidí compensarles con un buen deseo.

Me esforcé en descubrir en qué podía beneficiarlos. Paula acababa de confundirme con una visión distorsionada de la realidad. ¿Qué andaba buscando? ¿Cuál podría ser su "deseo especial"? Me vino enseguida la respuesta. Esa chica deseaba estar tranquila, inmersa en circunstancias fáciles y rodeada de gente amable, y no se le había ocurrido otra manera más sencilla de conseguirlo que imaginándose un futuro de esas características. No iba del todo desencaminada. Nuestra voluntad era primordial para forjar el futuro ambicionado; pero existían muchos factores externos que lo podían modificar o truncar. Meditar no nos salvaría de todos los torpedos que se dirigían a nuestra línea de flotación. Esa chica había tenido tres novios durante el último año, y todos ellos habían sido cortados con el mismo patrón: eran manipuladores y zafios. Según me había contado ella misma, se concentraba en visualizar que se volvían respetuosos, pero si les hubiera plantado cara, le hubiera ido mejor. Decidí pedirle más arrestos, más seguridad en sí misma.

En cuanto a Ángel, su comportamiento cobarde provenía también de su inseguridad. No se le daba muy bien tratar con la gente y era lento para llevar a cabo cualquier tarea. Para defenderse ante sí mismo y ante el mundo, ocultaba sus debilidades, culpaba a otros de sus fallos y mantenía una actitud despreciativa constante con el fin de rebajar las cualidades ajenas. Era, además, muy intolerante con los que consideraba diferentes. Tanto él como Paula necesitaban abrirse al mundo. A la muchacha le iría bien conocer ambientes mundanos, auténticos, pues se movía en un mundo irreal, entre cursos de feng shui y meditación.

En el mismo sobre, añadí: *"Deseo también que su carácter se refuerce y que amplíen sus horizontes"*. Lo leí y quedé satisfecho. Me agradó la forma poética en que lo había expuesto: *"Ampliar horizontes"*. Estaba seguro de que ensanchar su campo de visión les haría más felices.

Recordé, en ese instante, a David. También el Notario, desde que había mirado más allá de su propia decepción, se encontraba mejor. La magia lo había sacado del pesimismo. Era una lástima que todavía desconfiara tanto de las personas, sobre todo de las mujeres.

Se me ocurrió que podía poner remedio a ese lastre emocional que dificultaba su avance y, continuando con el estilo grandilocuente que me pareció adecuado en esa nueva etapa, escribí en otro sobre: *"Que el Notario encuentre el amor de su vida"*. Cuando lo releí, me di cuenta de que esa petición tan poco específica podría provocar un alud de bodas de notarios y, en algunos casos, de divorcios previos. Rompí ese sobre y, en otro, anoté: *"Que David Notario, el Notario, encuentre el amor de su vida"*. De esa forma, no habría errores. No se trataba de un deseo fútil. Si se cumplía, iba a obsequiar a mi amigo con uno de los mayores regalos que se pueden recibir.

Me sentí orgulloso y consideré que me merecía un premio. Para ser justo, decidí anotar, más o menos, el mismo deseo que había solicitado a mis compañeros. Sin embargo, no necesitaba expandir mi horizonte, dado que pululaba demasiadas veces por la luna. Resolví que me sería de mayor utilidad discernir bien su perfil, para no perderme tan a menudo. Siguiendo con el formato lírico, escribí en otro sobre: *"Deseo que mis horizontes lejanos se definan brillantemente"*.

En el bolsillo interior de mi americana, escondí mis sobres y los que Paula me había entregado. Atravesé la tienda sin mirar a ninguno de mis compañeros, con disimulo, como si fuera al servicio. Vigilando que no me siguiera nadie, entré en el almacén e introduje todos los sobres en el Buzón.

Me invadió un entusiasmo alienante. Obnubilado ante el inmenso poder que tenía en mis manos, rompí las conexiones que habían establecido mis neuronas a lo largo de mi vida. Ante el empuje de mis deseos, solo resistieron las inmunes uniones neuronales infantiles, esas que permanecen siempre, que se mantienen calladas durante el frenético ritmo de vida adulto y resurgen en la tranquila vejez, cuando recordamos nuestra niñez y primera juventud y se nos desvanece lo demás. En aquel momento, funcionaba con el entramado cerebral de mis nueve años, y no me cabía ninguna duda de que, en el futuro, el bien vencería al mal y nadie sufriría penalidades de ningún tipo. Recuperar esa fe en el porvenir era tan reconfortante que rehusé debilitarla y prescindí de los conocimientos que había adquirido al crecer. Desprecié el saber que cualquier pequeño éxito viene precedido por la unión, el sacrificio y el arrojo de muchas personas. Enamorado de nuevo del mundo, floté por una realidad bella y llana, sin pliegues sórdidos ni rincones malolientes.

De vuelta a mi despacho, decidí dejar atrás mis dudas y jugármela a todo o nada. El objetivo valía ese órdago. Eché antes un vistazo al cielo y comprobé que estaba despejado, sin nubes desvirtuadas. Cogí un primer sobre y escribí: *"Deseo que ningún ser humano pase hambre"*. Sin reflexionar más, cogí otro y anoté: *"Deseo que ningún ser humano sea capaz de matar, torturar o humillar a otro"*.

Me detuve y volví a leer aquellas peticiones. Eran desafíos muy complicados y me pregunté si, para que llegaran a cumplirse, debería ir poco a poco y desgranarlos en objetivos menos generales, como que nadie especulara con el comercio de los alimentos ni robase las tierras a sus habitantes, que no hubiese plagas ni sequías y que, mientras se arreglaba todo, lloviesen RUFT[2] donde se necesitara. Quizá lo primero fuera pedir que solo gobernaran personas pacifistas y la industria armamentística quebrara...

No conocía todas las soluciones; pero lo que sí sabía era que ningún niño había dado instrucciones sobre la forma de alcanzar su deseo. El Buzón no necesitaba mis consejos; se apañaba muy bien y usaba estrategias muy originales. Por ejemplo, ante la petición de Eloy de abandonar la piscina, le había buscado una casa nueva; una ocurrencia que a mí nunca se me hubiera pasado por la imaginación. Así que dejé los sobres tal cual; tan solo, añadí la coletilla de que los deseos se cumplieran de manera que nadie se diera cuenta de que había ocurrido un prodigio; más que nada, para no generar nuevos iluminados. Si esos dos gigantescos avances se cumplían, al día siguiente me ocuparía de más necesidades. Mis siguientes peticiones irían encaminadas a proteger la naturaleza.

Me recosté en mi butaca y gocé de mis sueños. Hasta consideré lícito regalarme, al cabo de un tiempo, atributos que mejoraran mi físico e inteligencia. Esos instantes que perdí en ensoñaciones egoístas me condujeron al fracaso. Sin una llamada previa, Parés irrumpió en mi despacho. Mi jefe apenas me saludó. Echó las persianas para que quedásemos aislados del resto de la tienda y se me encaró sin preliminares.

—¿De qué se está ocupando ahora, Fuentes? Ha llegado hasta mis oídos que se está comportando de una forma, digamos, anómala. Al parecer, está usted trastocando la marcha normal de la tienda.

El mentecato de Ángel se había ido de la lengua.

Como a mi superior no podría sacármelo de encima sin una explicación creíble, me inventé que estaba llevando a cabo un sencillo estudio sobre los gustos infantiles en moda.

[2]*RUFT: *"Ready to Use Therapeutic Food". Sobres preparados listos para el consumo sin agua, lo que evita la contaminación bacteriana. Contienen leche en polvo y los cuarenta nutrientes esenciales que un niño necesita. Son muy efectivos para paliar la mortalidad infantil. Falta el compromiso político mundial para financiarlos.*

—Sus conclusiones podrían facilitarnos imaginativas promociones comerciales —sentencié con descaro.

—¡Ah, bueno, si se trata solo de otro estudio! —exclamó.

Creí percibir un tono sarcástico. Colocó una butaca frente a mí, al otro lado de la mesa, y luego rebuscó en su cartera hasta encontrar un folio plegado en cuatro. Mientras lo extendía, comentó:

—Con el fin de mejorar cualquier aspecto de nuestro quehacer diario, recojo, con minuciosidad, las sugerencias que me proponen ustedes, los encargados. Aprovecho las reuniones mensuales conjuntas de distrito o las visitas individuales a cada comercio para captar sus preocupaciones. Después repaso y pongo en limpio mis apuntes. Pues bien, sepa que sus aportaciones son dignas de lucir en una lista aparte.

Entendí que se refería a la hoja que acababa de alisar y, con orgullo, interpreté que las consideraba valiosas.

—Me satisface que las guarde en su propia cartera —expresé.

Mi comentario resbaló por sus serias facciones.

—Sus ideas son meritorias del premio al absurdo más eminente —opinó sin tapujos—. Eso sí, son una terapia fenomenal contra el estrés. Las leo en momentos de tensión; no hay nada como unas buenas risas para relajarse. Permítame que le cite textualmente, pues así anoto sus citas: "Por sus pasos sabréis sus intenciones", asegura usted con estilo bíblico. Sigo: "Si una señora entra en la tienda dando pasos cortos y rápidos, significa que viene a reclamar o a desahogarse y, en este último caso, nos desordenará muchas estanterías. El mejor plan de acción consiste en ir a su encuentro con rapidez e intentar frenarla con frases amables y tranquilizadoras. Si el que camina de esa forma es un señor, hay que ayudarlo a encontrar lo que busca o se marchará sin comprar nada. En una señora, los pasos lentos apuntan a que está predispuesta a comprar. En cambio, en un señor, indican cansancio y debemos despacharlo enseguida. Pasos lentos y miradas fluctuantes de un individuo desde la ropa hasta los empleados señalan un posible intento de sustracción. Debemos acercarnos con decisión y ametrallarlo a preguntas sobre lo que está buscando, usando un tono cordial y una mirada penetrante. Atentos a los síntomas nerviosos típicos del que intenta engañar: aumento de sudoración, cambios frecuentes de postura, toqueteo del cabello, mirada fluctuante, etc."

Había dicho esas palabras motivado por uno de los discursos de David sobre las maneras de percibir los embustes. Parés opinó:

—Creo que, si tuviéramos que fijarnos en todo eso, no nos acordaríamos de vender. Y nos ha ido dando otros consejos peculiares. Por ejemplo, nos recomienda usted, y leo de nuevo textualmente: "Observemos los ojos de nuestro interlocutor. Una pupila dilatada indica satisfacción por nuestra oferta; en cambio, un achicamiento demuestra falta de interés".

Otra enseñanza de David.

La boca de mi jefe se torció en una media sonrisa, su mirada se deslizó unas líneas más abajo y prosiguió:

—Aquí encuentro otra de sus genialidades, y esta es muy reciente: "Deberíamos cuidar más el ambiente. Lo que percibimos por los sentidos de forma inconsciente nos controla más de lo que suponemos. ¿Qué pasaría si, por ejemplo, la sección infantil oliera a palomitas? ¿Y si pusiéramos un hilo musical más animado? En la sección de deportes, deberíamos poner música actual, movida". Después nos explicó que, en su tienda, esa sección tenía la particularidad de estar dirigida al público infantil, y confesó que había hecho una prueba para averiguar el alcance del poder de la música. Había alternado una canción melódica con otra rapera y, según sus observaciones, durante el transcurso de la primera, las madres o los acompañantes adultos miraban las prendas con tranquilidad; pero, cuando sonaba la segunda, como se sentían agobiados y querían terminar, seleccionaban una con rapidez y se la mostraban al niño. Este, alegre por el cambio de ritmo, la aceptaba asintiendo con la cabeza, al compás.

Parés no se pudo aguantar y se le escapó una risita, pero enseguida se puso serio y me dirigió una mirada inquisitiva.

—No he oído nada raro al entrar hoy, así que supongo que me ha obedecido —dijo—. Le prohibí que volviera a hacer algo semejante; no buscamos promover el baile.

—Y no lo he hecho más, pero…

—Pero no me interrumpa —me cortó, y volvió a repasar sus notas—. Aquí nos brinda otro sabio consejo: "En los vestuarios que lo permitan, deberíamos poner espejos en todas las paredes. A esa mejora se le podría añadir una célula fotoeléctrica conectada a un sistema que pudiera detectar dos interrupciones seguidas del rayo, lo cual indicaría un giro del cliente para verse bien. Ese sistema emitiría entonces una sugerente voz que exclamaría: "¡Uau!"

—Eso lo dije de broma.

—El problema es que nunca sé cuándo está usted de chanza. No quiero menospreciar todas sus sugerencias. En estos últimos meses, he elevado a la Central sus recomendaciones sobre telas veraniegas para trajes y, también, sus diseños cómodos y sugerentes de vestidos de señora; sin embargo, si no hubiese filtrado el grano de la paja, no sé qué le hubiera ocurrido. Por ejemplo, ¿qué hubiesen pensado de esta conclusión tan ocurrente? Nos descubre usted que existe una relación directamente proporcional entre el tamaño de la nuez de los caballeros y su predisposición para hacerse un traje a medida.

Estalló en risas. Me mantuve imperturbable, en una postura muy digna. No podía ofenderme, pues, gracias a mi mente inquisitiva, la humanidad se encaminaba hacia una era de paz y abundancia. Volé sobre imágenes de prosperidad. Gracias al Buzón, podría revertir el desastroso cambio climático, eliminar la basura y la contaminación, reforestar los bosques quemados o talados, convertir el mar de nuevo en un vergel, curar enfermedades, acabar con el maltrato a los animales…

—Pero ¡oiga! ¿Me está escuchando? —reclamó.

—¿Eh? Por supuesto, le escucho con atención.

—Usted llegó a mi distrito precedido de un historial con demasiados altibajos. Los informes provenientes de las últimas tiendas donde ha trabajado son excelentes; pero, durante el verano del año pasado, estropeó un novedoso robot porque creyó que se había trastocado y los estaba atacando. Tuvo suerte de que no lo echaran a la calle, créame, y aunque tiene manchas en su trayectoria, ha conseguido resurgir como ave fénix de sus cenizas y ahora está aquí, de encargado.

Me clavó una mirada dura que discordaba con el tono benevolente que usó a continuación.

—Su comercio no va mal. No haga el tonto aplicándose en estudios vanos ni vuelva a cometer el error de sacar conclusiones absurdas. Céntrese en sus objetivos del año. No me gustaría perderlo de vista, se lo aseguro; las reuniones volverían a ser muy tediosas. Eso sí, no me tense mucho o mi informe echará humo en la mesa del Área de Personal.

Se incorporó para acercar su rostro al mío, masculló: "No me saque de quicio", y se fue.

Tal como salió, cogí mis sobres y decidí empezar mis magnas obras. Su reprimenda apenas me había afectado. Ancho como un pavo real, pasé por el lado de Ángel, le eché una mirada de desprecio y entré en el interior de la tienda.

Por el camino, los pasos se me hicieron saltarines. Sintiéndome un niño dios, entré en el almacén.

Me dieron un vuelco las entrañas: ¡el Buzón Real había desaparecido! Aparté trastos, busqué frenéticamente por todos los rincones, recorrí todo el almacén al trote. ¡Nada! Se me descompuso el cuerpo.

Apreté a correr hacia la tienda. Cuando mis compañeros vieron mi rostro desencajado, se acercaron los dos; pero no entendieron mi balbuceo nervioso.

—Cálmate y habla más despacio —sugirió Ángel.

—¿Que dónde hostias está el buzón de los Reyes? —conseguí vocalizar.

—¿Una caja con faldones rojos?

—¡Sí!

—¿Con el dibujo de un sobre dorado?

—¡Sí, Sí!

—Un responsable de ese decorado ha venido hace un rato y se lo ha llevado.

—¡¿Qué?! —chillé—. ¿Con qué derecho?

Ángel esbozó una sonrisa malévola; se estaba divirtiendo.

—Ha comentado que es una pieza delicada y valiosa que requiere estar a buen recaudo. Me ha parecido algo muy ridículo.

—Pero ¿quién ha venido, el señor Vicente?

—No sé quién era; no lo había visto nunca.

—¡Cómo! —grité—. ¿Es que puede entrar cualquiera en nuestro almacén y robar lo que le dé la gana?

—No era un extraño —intervino Paula, a la que había sobresaltado mi reacción—. Lo he reconocido por la foto de la revista del barrio. Se trata del hombre que hace de Baltasar. Es muy guapo, por eso no se me ha olvidado su cara.

—¿Guapo? —objetó Ángel—; pero si es negro.

No hice caso de ese comentario, más envidioso que racista, y le pedí a Paula que me dejase ver esa foto.

—Ya no tengo la revista —respondió—. La tiré.

¡Cuánta ineficacia! Salí a toda velocidad y barrí la calle con la mirada. Todos los hombres que pululaban por los alrededores eran blancos. Eché a correr por aquellas calles pendientes deteniéndome, tan solo, para preguntar a los vecinos. Muchos me acompañaron en mi búsqueda. Como integrantes de una estrecha comunidad, deseaban enterarse del motivo por el que buscaba a esa persona con tanto afán.

Subí, bajé, torcí por callejas, peiné todo el barrio alto. Ni rastro. Tras dejar atrás a un buen número de vecinos asfixiados, tuve que abandonar también por el riesgo de sufrir un colapso cardiopulmonar.

Sudoroso y derrotado, volví a la tienda y me encerré en el despacho sin comentar nada a mis compañeros. Cuando se me calmó el corazón, que no los nervios, telefoneé al señor Vicente.

—¡Ah, otra vez usted, Josep! Espere, no hable tan rápido... No, no sé nada sobre Baltasar ni ninguno de los otros. Ya le dije que hasta las próximas navidades no les veremos el pelo ni las barbas. —Se carcajeó de su propia guasa y me enojé. Mi exaltada réplica le molestó—. ¿Cómo que no tiene maldita gracia? Oiga, por favor, tenga un poco de educación… Sí, sí, ya le disculpo, pero… ¿Cómo dice?... Pues no sabía que Baltasar tenía intención de ir a recoger el buzón, pero no me extraña porque cuidan mucho esa caja. Puede que quieran retocarla; ya le comenté que eran muy detallistas y profesionales… No, no sé cómo contactar con ellos; creo que también se lo expliqué… ¿Oiga?... ¿Me oye? ¿Se encuentra bien?

La pena me ahogaba y casi no podía hablar. Le pregunté si le quedaba algún ejemplar de la revista del barrio. El señor Vicente respondió que se habían agotado, pero que intentaría conseguirme alguno.

Cerramos al público. Mis compañeros no tardaron en recoger e irse, pero yo me quedé encerrado en la tienda. Solo. Martirizándome. Lamentando mi indecisión. Cuando me cansaba de dar vueltas por el enorme almacén, me sentaba en los tronos de los Reyes e intentaba sentirme como uno de ellos, ser uno de ellos. Me preguntaba a qué escondite estéril se habría llevado Baltasar el Buzón y por qué no había permitido que expandiera su poder benéfico.

Poco antes de que llegara la señora de la limpieza, me marché a casa. Tenía el ánimo por los suelos.

Nadia me esperaba con las armas en alto por si se me ocurría montar otro numerito; pero mi abatimiento la dulcificó. Con expresión preocupada, me preguntó qué tal me había ido el día. Forcé una sonrisa, para suavizar la tristeza que desprendía mi silencio, y me refugié en el dormitorio. Los sobres que todavía guardaba en el bolsillo interior de mi americana me abrasaban el pecho. Era desesperante que no se llegara a cumplir la sentencia de muerte que había escrito para las dos grandes lacras de la humanidad: las guerras y el hambre. Sabía lo que había ocasionado aquella catástrofe. Parés me había cegado la visión de la tienda al bajar las persianas, por lo que no había podido vigilar mi tesoro. Por eso, lo había perdido para siempre.

No culpaba a Ángel por su infantil chivatazo; su rigidez no toleraba desvaríos fantásticos. Así como no era posible hallar un Picasso entre los moluscos, un Bécquer entre los sapos o un Ramón y Cajal entre las "Amebas gonzalensis", tampoco se podía esperar de un lechuguino que se apartara un mínimo de las normas. En la esencia de todo creador, medraba el valor de desobedecer los parámetros que dominaban su tiempo. Solo con la complicidad de la imaginación, la vida nos dejaba participar de sus secretos. Ángel estaba enquistado en una seriedad mal entendida. Un duro caparazón ahogaba su espíritu.

En cuanto a la mente futuróloga de Paula, esa vez no había adivinado que, zas, Parés estaba a punto de entrar en la tienda.

Frené mis rencorosas quejas. No estaba siendo justo con mis compañeros; mi falta de sinceridad los había dejado inermes. Pero si me hubieran avisado de la llegada de Baltasar, hubiese podido... Reflexioné; no estaba muy seguro de cuál hubiera sido mi reacción. Sin duda, habría intentado impedir que se llevara el Buzón; pero ¿con qué excusa? Hubiese buscado no llegar a las manos; así que, sin perder la serenidad, lo hubiera conducido al despacho.

Lo vi sentado frente a mi mesa, mostrando una cara circunspecta mientras le aseguraba que el decorado no corría ningún peligro en mi almacén gracias a un sistema de alarmas muy efectivo. Si tras escuchar mi alegato, se hubiese emperrado en que le devolviera su bonita caja de madera, no hubiese tenido escrúpulos en echarlo poniendo cualquier excusa, por ejemplo, que ese material pertenecía a la Asociación de Comerciantes. En caso de resistencia por su parte, hubiera podido llamar a las fuerzas del orden.

Surgió en mi mente la imagen de una pareja de guardias que venían a por el pobre Baltasar y me relajé un poco.

Pero si hubiese tenido la mala educación de no esperar a la policía y se hubiera intentado llevar el Buzón a la fuerza, no me habría quedado más remedio que usar métodos expeditivos y, de paso, hubiera podido averiguar si me encontraba ante un mago verdadero. Podría haberle hecho pasar un impetuoso juicio de Dios comprobando si esquivaba una grapadora lanzada a traición.

La imagen de unos enfermeros que atendían con urgencia la cabeza abierta del pobre Baltasar me complació.

¿Y si me hubiese suplicado que se lo devolviera? ¿Y si hubiese mostrado una sincera preocupación por la seguridad del Buzón? Le había dicho a Ángel que era muy valioso. De hecho, quedaba bajo su custodia todos los años. En ese caso, le hubiese sonsacado si estaba al tanto de su poder inherente. Si su respuesta hubiera sido afirmativa, hubiese estado en mi derecho de recriminarle sus estrechas miras. ¿Por qué se ocupaban en exclusiva de los niños de ese barrio? ¿Acaso el Buzón no era omnipotente? ¿O bien, al contrario, le sobraba capacidad para realizar milagros, y ellos, los Reyes nos obsequiaban con unas migajas de su poder, igual que algunos ricos ensalzaban su benevolencia donando una ínfima parte de sus sobrantes a obras caritativas?

Imaginé a Melchor, Gaspar y Baltasar como jactanciosos barrigudos que flotaban sobre sillones acuáticos en las inmensas piscinas de sus palacios.

Podía seguir construyendo infinitos pasados, pero la realidad angustiosa era que me había dejado arrebatar la caja mágica y el mundo no estaría al día siguiente en paz y con la barriga llena. Rompí los sobres con rabia. ¡Qué terrible fracaso!

Me puse el pijama y me metí en la cama. Arrebujado entre las sábanas, intenté hacerme invisible para todo el universo, en especial, para mí mismo.

Poco a poco, se abrió paso un razonamiento de tinte consolador que me fue llenando de un coraje defensivo. Aparté la ropa de la cama a un lado, me estiré boca arriba y, enfrentándome de nuevo a las críticas del mundo, disparé una batería de reflexiones contra el núcleo de mi desazón. Era posible que la aparición sorpresiva de Baltasar se debiera a que los Reyes habían advertido la entrada de más sobres. Debían de estar conectados al Buzón de alguna forma. Les habría asombrado encontrarse con peticiones nuevas, fuera de plazo. Esa deducción lógica aportaba posibles explicaciones realistas, en las que la magia tenía poco que ver. Había tres hombres organizando todo aquello; tres humanos con habilidades limitadas, sin capacidad de arreglos excelsos, como la extinción de la guerra y el hambre.

Mi neocórtex reanudó su funcionamiento. ¿Qué clase de paranoia me había invadido para llegar a creer en objetos mágicos? Bajo esa nueva óptica, aquel buzón se transformaba en un intrincado transmisor.

Recordé aquel tronco sonrosado que evocaba bosques exóticos, con su interior tachonado de cristalitos de ámbar. Aquella madera hueca podría ser un curioso tam-tam.

Oí un lejano "tam, tam". Mi imaginación dominaba mis sentidos.

Volví a taparme con la sábana y el edredón. El sonido rítmico se repitió. Confundido, me erguí y me di cuenta de que estaban golpeando la puerta con suavidad. Nadia entró sin esperar más mi permiso. Me traía el cuenco de Paula.

—¡Oh, lo has encontrado! —expresé con alivio, y alargué la mano para cogerlo—. Mañana mismo se lo devuelvo y…

Mi mujer no me lo entregó.

—Espera, Josep; quiero explicarte algo —dijo, y se sentó en la cama—. Verás, cuando ocurrió anoche todo aquel enredo con Joan y el perro…

—Perdona —me disculpé—. Estuve muy torpe.

—Escúchame, por favor. Joan se sentía más tranquilo esta mañana, así que le he pedido que me explicase lo que sucedió. Me ha contado, más o menos, lo mismo, y ha seguido afirmando que había visto a alguien a su espalda. He intentado hacerle comprender que eso era imposible, dado que vivimos en un cuarto piso, y que, probablemente, se habría asustado con la cortina, movida e inflada por el viento. Pero ha negado esa posibilidad. Me ha dicho que el intruso se desplazaba casi rozándolo y que Tim también lo percibió. He recordado los aullidos del perro y he valorado que Joan no estaba mintiendo ni inventándose nada para eludir la riña por comerse el chocolate sucio…

Mi mujer siempre defendía la bondad de sus retoños.

—… Le he pedido, entonces, que hiciese un relato minucioso. Hemos ido paso a paso hasta que hemos dado con el punto crítico: un instante en el que pasó de la tranquilidad al nerviosismo sin causa aparente y, enseguida, le pareció ver una sombra que se movía detrás de él. Nos hemos centrado en los detalles. En ese momento, se había acabado todo el chocolate y se sentía satisfecho y feliz. Rebañó con el dedo los restos y descubrió estos agujeros.

Nadia señaló las ranuras abiertas en el borde del cuenco. Me tenía intrigado. Prosiguió:

—Pensó que este objeto podría ser, en realidad, una original flauta y sopló con suavidad para no despertarnos. No consiguió hacerlo sonar; pero, sin saber por qué, empezó a inquietarse. Continuó soplando y la sensación de angustia se intensificó. Se empeñó en extraer algún sonido. Se le ocurrió inclinar el cuenco y, de esa manera, surgió un leve silbido. El miedo le agarró el estómago, según sus propias palabras. Percibió movimientos detrás de él y, con valor, se giró. Aunque no vio a nadie, presintió que no estaba solo...

Podía imaginarme su pánico, pues había sufrido unas sensaciones similares en el almacén. Esos hechos paranormales me habían apartado del camino de la sensatez.

—… Sopló, a continuación, con todas sus fuerzas —proseguía mi mujer—. Quería conseguir un fuerte pitido que nos despertara, pero no lo logró, y el perro empezó a aullar y le espantó aún más. De reojo, atisbó a alguien muy cerca, y fue entonces cuando empezó a llamarnos a gritos.

—¿Consiguió ver quién era? —pregunté con excitación.

—¡No había nadie, Josep! ¿No te das cuenta de lo que ha pasado?

Alelado, negué con la cabeza. Nadia continuó:

—Esta mañana me he llevado el cuenco a la universidad. Cuando estaba a solas en el laboratorio, he soplado por estos agujeros. Las ratas se han puesto a chillar y han intentado huir de sus jaulas…

No estaba entendiendo nada, ¿por qué se alborotaban las ratas?

—… Yo también he sentido cierta ansiedad. La hipótesis que se me había ocurrido, tras escuchar a Joan, se iba afianzando; pero, para acabar de cimentarla, precisaba la colaboración de colegas expertos en ondas sonoras y me he ido a buscarlos a la facultad cercana. Los físicos se han entusiasmado tanto con el cuenco de tu compañera que lo querían abrir para examinarlo. He tenido que contenerlos.

Le rogué que se explicara mejor, pero se desvió del asunto con una pregunta absurda.

—¿Sabes cómo se comunican los elefantes?

—¿A qué viene eso ahora?

—Fíjate en su constitución física.

—Son grandotes, orejudos y trompudos —respondí con fastidio. Nadia me estaba poniendo nervioso.

—¡Ah, la trompa! ¡Qué maravilloso instrumento! La evolución se superó al ingeniarla. Ni para conseguir la mano humana tuvo que avanzar tanto.

David tenía razón; en cuanto los científicos abrían la boca, el hombre descendía niveles en la torre que marcaba la excelencia de la vida. Tras lo expuesto por mi mujer, nos costaría volver a recuperar el sitio; nos había pasado por encima un peso pesado.

—La trompa tiene un tacto sutil —continuó—y, a la vez, la fuerza de un brazo poderoso, capaz de arrancar troncos o de golpear al depredador. Es una mano, una nariz y una boca. Tiene capacidad de absorción y aspersión; puede recoger agua para beberla o para ducharse...

Me había perdido. ¿Qué tenía en común la trompa de un elefante y el cuenco de Paula? Mi rostro expresó una total confusión. Nadia lo advirtió y reculó un poco.

—Pero lo que nos interesa ahora no es la trompa. Fijémonos en su enorme cabeza y en sus pabellones auriculares. ¡Qué acertada estuvo también la evolución al agrandarlos!...

Me temí otra disertación sobre las orejas.

—… Y no los aumentó tanto porque los elefantes sean algo sordos —Nadia rio su propio chiste—, sino para poder refrigerar su voluminoso cuerpo. En fin, vayamos sin más a lo que nos ocupa. Tenemos aquí a estos colosales proboscídeos de cabeza grande, orejas grandes…

—Todo lo tienen enorme, sí.

La había interrumpido con la intención de abreviar, pero Nadia siguió como si no me hubiera oído.

—… y boca grande. La distancia que separa sus orejas les permite captar ondas acústicas de longitudes amplias y, gracias a su enorme cavidad bucal, también pueden emitirlas. Los infrasonidos tienen longitudes de onda grandes. Son sonidos de muy baja frecuencia, inaudibles para el oído humano; sin embargo, son muy útiles para los elefantes. Esos animales se comunican mediante estas vibraciones que, para nosotros, son silenciosas. Sus mensajes atraviesan sin problemas kilómetros de selvas y sabanas, pues el medio absorbe mal este tipo de ondas, por lo que pueden viajar muy lejos.

—Eso está bien: hablan sin molestar —opiné.

—Pero que nuestros oídos no perciban los infrasonidos, no significa que no los detectemos de otras formas. Sus efectos fisiológicos varían según su frecuencia e intensidad. Pueden producirnos fatiga, bajo rendimiento escolar o laboral, ansiedad, opresión, asco, escalofríos, desasosiego, miedo, aflicción; dificultad para moverse, respirar o hablar. Esas ondas resuenan en distintas cavidades del cuerpo. Si su frecuencia coincide con la frecuencia de resonancia de la cavidad del ojo, alteran la visión periférica y originan efectos visuales extraños: sombras, fantasmas. Si esos sonidos son muy intensos, pueden incluso llegar a matar: es el llamado ruido negro, pero de eso saben más los militares que yo. ¿Entiendes ahora, Josep?

—Sí, los elefantes son unos gamberros charlatanes que le meten a uno el susto en el cuerpo. Un momento, quieres decir que…

Nadia señaló el cuenco.

—Esto es un silbato emisor de infrasonidos —describió—. Los físicos suponen que tiene una disposición interna muy peculiar, con cámaras de resonancia y aperturas estrechas capaces de generar un conjunto de reflexiones y refracciones en el flujo de aire. Esa forzada circulación daría lugar a ondas sonoras infrasónicas y, también, a unas cuantas audibles.

Nos quedamos un rato en silencio; en mi caso, porque necesitaba asimilar esa revelación. Nadia me ofreció el tiempo necesario. Al fin, pregunté:

—¿Nosotros podemos producir infrasonidos?

—Esa cuestión también se la he planteado a los físicos. Dicen que las consonantes fricativas, como la "f" o la "s", generan algunos leves. Pero hay muchos emisores: máquinas, volcanes, terremotos. Puede originarlas el aire al pasar por rendijas abiertas en muros gruesos de casas viejas; quizá, por eso, algunas personas crean ver fantasmas en mansiones ruinosas antiguas. También los producen muchos de esos enormes órganos que tienen en las iglesias. Saca tú las conclusiones.

—Mi conclusión es que soy un crédulo.

—Sus efectos son ostensibles y difíciles de explicar. Es normal que susciten dudas, incluso en personas reacias a creer en fenómenos sobrenaturales.

—Tú no dudaste, Nadia —repuse, me sentía avergonzado.

—El estudio de la naturaleza me brinda la explicación a tantos supuestos milagros que la aparición de cualquier fenómeno sorprendente me enciende el deseo de descubrir su truco. Los científicos diseccionamos el hecho fríamente; al menos, deberíamos conducirnos de esa manera, sin temor a mermar sueños. Limitar nuestra capacidad racional por alcanzar una quimera conduce al fracaso y a la misma desilusión que intentamos evitar. Los descubrimientos científicos no suelen decepcionarnos. Pocos artificios inventados por el hombre pueden igualar a la naturaleza en creatividad y maestría para diseñar estructuras y mecanismos. Asistimos, con asombro, a su poder de extender la vida por todos los nichos ecológicos, aun por los que tienen las condiciones más adversas.

Recogí el cuenco y acaricié con pesadumbre su reborde agujereado. Nadia se compadeció de mí y no me preguntó qué me había imaginado.

—Te contaré otra experiencia que he vivido hoy y que me sirve de ejemplo para lo que estoy intentando expresar —añadió—. Estaba saliendo de la facultad de física cuando me ha llamado la atención una bulliciosa reunión que sobrepasaba las puertas del Departamento de Meteorología. Varias personas estaban admirando fotos del fenómeno celestial que vimos ayer: aquella enorme brecha entre las nubes. Tenía curiosidad por saber la causa que la había producido y me he acercado a preguntar. Me han dicho que se necesita la concurrencia de varias circunstancias. La atmósfera, a esas alturas, debe de estar sin vientos, muy tranquila y, a la vez, muy fría. De ese modo, las gotas de agua de las nubes se encuentran a una temperatura muy baja, pero no llegan a helarse. Si el ambiente se desestabiliza, por ejemplo, por un tráfico intenso de aviones, las gotas de agua se congelan de pronto y esos cristalitos de hielo caen y dejan un vacío en la nube.

¡Cómo me había dejado llevar por teorías absurdas! Ni la conjunción de tantos eventos extraños podía excusarme. ¿Acaso no sabía que la explicación de los fenómenos naturales ya no era competencia de magos ni de sacerdotes? La ciencia surgió de los filósofos, atentos observadores de la naturaleza, y continuó su marcha con científicos tan racionales como mi mujer. No había tenido presente la complicidad de la naturaleza en esos milagros. Al dar paso a creencias mágicas, había destrozado el método científico. ¿En qué momento había perdido el sentido común?

Mi visión de los acontecimientos se había modificado de manera sustancial. Si durante el día anterior, me había calificado de espíritu osado y abierto, en ese momento me tenía por ingenuo e infantil. Una combinación malévola de sucesos insólitos y mi imaginación acelerada me habían conducido a relacionar hechos independientes. Una esperanza infundada había guiado mi experimento y había marcado el resultado con antelación.

Al fin, me dormí, y mis lamentos se precipitaron en mi inconsciente.

. . .

Cuando sonó el despertador, una ola de tranquilidad me sacó de la cama. No era el artífice de ningún milagro; pero, tampoco, el culpable de que el mundo siguiera con sus miserias y horrores. Mi mente se defendió como una fiera frente a cualquier reproche. Me dije que había sido víctima del estrés. Tantos sobresaltos me habían provocado una locura transitoria.

Me puse mi mejor traje y me fui a trabajar con la frente más alzada que un ornitólogo en época de migración aviar.

Llegué quince minutos tarde porque, como no había cenado, me repuse por el camino con un desayuno generoso. La tienda estaba más tranquila que el día anterior. Me acerqué a mis compañeros para disculparme por mi histriónica conducta de los últimos días y pedirles borrón y cuenta nueva. Llevaba el cuenco para devolvérselo a Paula, y también quería advertirle acerca de su perversa música insonora; pero no me dio tiempo a abrir la boca. Se me acercaron los dos, mostrando mucha inquietud, y supe, por sus brillantes ojos, que pronto me iban a desvelar la causa de su agitación. Paula se adelantó.

—Josep, te estaba esperando. Me ha llamado mi madre esta mañana, a primera hora. Van a ingresar a mi hermano en el hospital, y quisiera ir para allá lo antes posible.

—Por supuesto, ya puedes marcharte —dije—. ¿Qué le ha pasado? ¿Es grave?

—No, todo lo contrario. Por fin van a trasplantarle un…

—¡Riñón!

—Pues, sí —confirmó la joven, algo asustada por mi chillona interrupción—. Creí que no te lo había explicado. El caso es que hay un órgano disponible para él y… Josep, ¿me escuchas?

Me había quedado sin habla y la mirada se me había vuelto a extraviar. No sabía quién estaba jugando conmigo; pero, otra vez, se perfilaba ante mí la silueta de la ilusión.

Ángel añadió más leña a mi fuego interno.

—Hay otra noticia. Nada más abrir, esa señora mayor…

—La señora Carmen —aclaró Paula.

—… nos ha enseñado un extracto de su cuenta bancaria. Tenía ingresado un premio de 30.000 euros. Lo ha ganado en un concurso telefónico. Le han hecho unas preguntas sobre personajes relevantes de la historia y, como lee tantas biografías, las ha acertado. Nos ha dejado una fotocopia para que te la enseñemos. Ha comentado que va a adoptar dos gatos y, también, que vendrá a comprarse de todo, desde ropa interior hasta un buen abrigo. Me he quedado de piedra; no sabía que era posible ganar tanto dinero de una forma tan tonta.

—Josep, ¿te encuentras bien? —preguntó Paula—. Te has puesto blanco. Dame el cuenco, que se te está resbalando de las manos.

¡Dioses, que sí, que había actuado la magia! La tienda giró a mi alrededor como si un tifón hubiese irrumpido en el local. Tuve que apoyarme en una estantería porque me estaba mareando.

A Ángel le satisfizo la impresión que me había causado. Me palmeó el hombro y me enseñó la fotocopia del extracto bancario mostrando una frívola sonrisita. Ese documento se me nubló; todo lo que alcanzaba mi vista se nubló. Con pasos tambaleantes, me retiré a mi despacho; no sin antes reiterarle el permiso a Paula para que se fuese.

Mi seguridad se había desvanecido; no entendía nada. Sentado en la butaca, dejé que mi mente vagase sin riendas, pues no sabía hacia dónde conducirla.

El cliente que entró al poco rato en mi despacho expandió el delirio. Se trataba del abuelo de Marc, y venía a ofrecerme una de sus habituales visitas de cotilleo. Me traía "¡una bomba!", según exclamó. La anécdota que estaba comentando todo el barrio, y de la que no podía quedarme *in albis*, estaba relacionada con Ceferino. El hombre había entrado a primera hora de la mañana en el bar de costumbre; pero no iba desaliñado ni tembloroso como siempre, no.

—Andaba hecho un figurín, Josep. Iba limpio y bien trajeado. Tenía un aspecto de lo más saludable y se movía con un estilo a lo Humphrey Bogart.

Me explicó que todo el bar había enmudecido, y que la sorpresa había aumentado, aún más, cuando aquel milagro de desintoxicación etílica exprés le había pedido a la camarera una simple tónica.

Tras soltarme todo el chisme, el abuelo esperó mi consecuente reacción de asombro, pero mi cara esculpía una descripción fiel de un pasmo desde que había nombrado a ese señor, y ya no cambió cuando relató el prodigio. Se marchó desilusionado por mi apática respuesta.

Durante el resto de la mañana, tuve suerte y entraron pocos clientes. Me era imposible trabajar con normalidad; la perplejidad me tenía atontado.

Paula me telefoneó hacia las cuatro de la tarde. No había nadie en la tienda a aquella hora, por lo que había dejado solo a Ángel y me hallaba en el despacho.

—¡Josep, ya está! Ha terminado la operación y todo ha ido estupendamente. ¡Estamos muy contentos!

Estuvo un rato contándome lo que habían dicho los médicos. Cuando acabó, bajó el volumen de la voz para contarme una confidencia.

—Por una de esas extrañas casualidades que tiene la vida, me he enterado de quién procede el riñón. El marido de Inmaculada, la del bar, ha tenido esta madrugada un accidente con el coche…

Despegué de la silla con un salto súbito de más de un palmo, como si hubiera pillado un bache de presión en un avión.

—…Se la ha pegado contra un muro. La policía cree que iba a velocidad excesiva y que perdió el control. El caso es que no podrá hacer más daño. No te dije que era un maltratador porque Inma me lo confió en secreto hace poco. Por eso, la pobre siempre andaba con moratones. Me contó que una vez había acabado en el hospital con varias costillas rotas. Nunca lo denunció porque la había amenazado con hacer daño a su hija y a su yerno; pero yo había decidido que, si no lograba convencerla de que acudiese a la policía, buscaría ayuda en el Centro de Servicios Sociales. No es que me alegre de la muerte de ese hombre, pero creo que todos hemos ganado. Inma es muy buena y ha donado todos los órganos. El resto del cuerpo, también, para investigación científica. Ha dicho que no quería volver a verlo entero ni en pedazos…

Corté su morbosa historia con una despedida breve. Me hundí en el asiento y un sudor frio me empapó. El asunto se tornaba siniestro: un marido destripado en una especie de venganza post mortem y la dulce Paula saboreando los beneficios de una tragedia. En mi lista para el juicio final, debería apuntarme dos limpiezas de memoria y un homicidio involuntario. ¡Y eso que no albergaba más que buenas intenciones! Un día más y hubiera causado una hecatombe. La peligrosidad del juguetito resultaba escalofriante; su alcance, tenebroso. En aquel momento, deseé que Baltasar y compañía no fueran meros actores, sino verdaderos magos, sabios con control sobre ese mortífero artilugio, tan ligados a su poder que se hubieran dado cuenta de mí inutilidad y mis desatinos. Solo, entonces, podría comprender que hubieran alejado el Buzón de mí; solo, así, me quedaría tranquilo.

Sin una previa llamada a la puerta, un joven muy risueño entró en el despacho.

—¡Soy un hombre nuevo, Josep!

¡Dios, era David! Era y no era. Lucia una cabellera sedosa, libre de gomina, y llevaba puestos unos tejanos y un polo de buena marca. Ese cambio de aspecto le había quitado diez años de encima. Una enorme sonrisa le iluminaba el nuevo rostro.

—¡Dejo la notaría y me consagro al gran amor de mi vida: la magia! —anunció.

—¿Cómo? —grité. Me puse en pie y me encaré con él—. ¡No puedes hacer eso! ¡No tires por la borda tantos años de estudio! Recuerda las oposiciones tan duras que tuviste que pasar. ¡Tienes tu futuro resuelto de por vida!

—Renuncio a mi vida anterior de modo formal y expreso, y te aviso, por si deseas reflexionar sobre ello, que tus advertencias son totalmente análogas a las que me acaban de administrar mis padres sexagenarios.

—¡Te estás precipitando, créeme! No es una decisión meditada. Sigues un mensaje interior que no sabes de dónde viene, algo similar a una corazonada. ¡Tú mismo dijiste que las intuiciones no son fiables! Escúchame, por favor, no disfrutabas de libre albedrío cuando tomaste ese desvío. Ciertas... circunstancias te manipularon.

—He tomado esta decisión libremente. Vi ayer con claridad lo que quiero hacer con mi vida.

—¡Ah! ¿Lo ves? Ayer, ayer todo lo viste claro, ¿y por qué ayer?

David mostró algo de confusión. Continué indagando:

—Y ayer ¿a qué hora?, si puede saberse. Seguro que fue después de las doce de la mañana. —El sobre con su deseo lo había introducido en el Buzón hacia el mediodía—. Seguro que antes de esa hora, no pensabas así. ¿No lo encuentras raro? Un pensamiento ajeno se adueñó de ti y te condujo a cambiar de parecer. Una nueva idea se introdujo de repente en tu cerebro después de esa hora...

Me detuve porque David se había echado a reír. ¡No me entendía!

—¡Hostias, David, la magia te está manipulando!

Se puso la mano en el pecho y repuso con voz serena:

—Y por mi felicidad, consiento.

Callé y lo observé con más atención. Enfrente de mí, tenía a un hombre rejuvenecido: pelo al viento, ojos chispeantes, presencia desenfadada, postura firme pero suelta. Hasta los dedos de sus manos parecían haberse alargado, como si se prepararan para ejercer sus nuevas tareas. Ya se había transformado; no podía hacer nada por él.

Me resigné y le tendí la mano. Agradecido por mi cambio de parecer, me la estrechó con gusto. Mis remordimientos me empujaron a decirle:

—Admiro tu valor. Soy consciente de las dificultades que este nuevo rumbo podría ocasionarte. Fuiste iluminado ayer por una repentina inspiración: la magia te llamó a su lado. Entiendo que no puedas resistirte y optes por seguir su camino. Sé que no podré persuadirte, pero mi conciencia me exige que no te deje solo. Deseo prestarte toda la ayuda que necesites. No dudes, en ningún momento, acudir a mí ante cualquier dificultad. Si alguna vez sientes que tu vocación flojea, piensa que es de sabios avanzar, pero también lo es rectificar cuando nos hemos equivocado. Nunca recibirás por mi parte una crítica, un reproche, un "ya te lo dije", tan solo apoyo, mucho apoyo.

—Amigo, por tu manera de exponerlo, parece que esté tomando los hábitos.

Volvió a reír. Lo cierto es que parecía muy feliz. Puso las palmas de las manos hacia arriba en señal de rendición a ese hechizo y dijo:

—La magia es el único amor que no me ha dejado desvalido. Como mago, voy un paso por delante de los demás. Tengo el poder de la ilusión y el permiso para engañar. ¡Cómo me satisface dominar el fraude usando sus propias armas!

Supuse que, si le iba mal, siempre podría volver a ejercer de notario. Le deseé suerte y le reiteré mi respaldo para lo que necesitara. Me dio un abrazo y se marchó.

Cuando, por fin, el reloj marcó las siete de la tarde y Ángel bajó la persiana, me puse a ordenar con diligencia la ropa fuera de lugar. Quería marcharme a casa lo antes posible. Necesitaba tomarme unas pastillas de valeriana o una copa de algún licor de alta graduación que ahogase mis inútiles intentos por comprender lo sucedido.

Mi teléfono sonó. Era el señor Vicente, y llamaba para decirme que había conseguido una revista y que me la llevaría al día siguiente. Estaba en una reunión de la Asociación y no podía acercarse en ese momento. Se lo agradecí, aunque pensé que sería mejor olvidarlo todo.

Continué recogiendo en silencio. Mi compañero estaba arreglando su sección sin decir tampoco palabra alguna; tan solo, de cuando en cuando, me disparaba una miradita de control. Ángel llevaba todo el día vigilando la sombra en la que me había convertido: un espectro desorientado que flotaba a la deriva por los pasillos de la tienda.

Solo me faltaba ordenar una estantería próxima a la puerta de salida. Cuando me aproximé, descubrí un sobre mediano en el suelo. Llevaba anotado en su frontal que el destinatario era el encargado de la tienda. Miré en su interior. Dentro había otro sobre con una indicación escrita: "Ver a solas". Me extrañó.

Le pregunté a Ángel si había visto quién nos había pasado ese sobre por debajo de la puerta, pero había estado enfrascado en acabar de ordenar su sección y en evitarme, y no se había dado cuenta.

Me encerré en el despacho, abrí el sobre que llevaba anotada esa intrigante instrucción y extraje una foto en tres dimensiones. Al verla, me quedé estupefacto. Se trataba de un brillante holograma de los Reyes. Aquellos hombres me obsequiaban con una amplia sonrisa. Baltasar, el más joven, se cubría la cabeza con un sedoso turbante verde adornado con una piedra semejante a un rubí. Melchor y Gaspar ostentaban coronas de un dorado refulgente y llevaban barbas ralas; canosa, el primero, y pelirroja, el segundo. Todos vestían túnicas ocres cubiertas por mantos de tonalidades diferentes. Los colores se copiaban de la naturaleza; se nutrían de hojas tiernas y de cielo raso, de lava incandescente, del sol de verano y de arcilla mojada. Me sumergí en ese océano de arco iris, acogedor, hipnótico…

—Josep, me voy ya.

La cara de Ángel se había asomado con discreción. Percibió los vivos contornos de aquella voluminosa imagen y abrió más la puerta.

—¿Qué son esas luces de colores? —me interrogó.

Se adentró con rapidez y consiguió vislumbrar la foto un instante antes de que la guardase en el bolsillo interior de mi americana.

—¿Qué era eso? —insistió.

No era una pregunta, sino el requerimiento de un niño ilusionado.

—Un trabajo de mi hija para la asignatura de Tecnología —mentí.

Ángel se aferró a su rescatada niñez y me pidió que le mostrase aquella estampa tridimensional. Le quité de nuevo importancia y me lo saqué de encima.

Mientras fingía que repasaba unas facturas, mis ojos vigilaban furtivamente la salida de mi compañero y mis neuronas buscaban una explicación al envío de aquel hermoso retrato. Del desorden de mis pensamientos, extraje una deducción: aquellos hombres sabían que los había descubierto y me lo comunicaban con una sonrisa, como si les hubiera gustado que me hubiese dado cuenta de sus esfuerzos por cumplir los deseos de los niños.

En cuanto me quedé a solas, me puse a observar la foto con más atención. Al ladearla un poco, los Reyes alzaron una mano y me saludaron; un movimiento que antes no había visto porque me había quedado congelado. No era la primera vez que veía hologramas así, pero aquel lo habían elaborado con una técnica avanzada: el perfil estaba bien definido y los colores eran muy naturales. Parecía que esas personas estuviesen allí, que pudiese tocarlas.

Acerqué un dedo a la foto y di un respingo. Los Reyes se habían esfumado y, en su lugar, había aparecido el buzón real. A los pocos segundos, el buzón se difuminó y volvieron a emerger los Reyes. ¡Era un holograma interactivo fenomenal! Supe que me querían dar otro mensaje: tenían habilidades y conocimientos para llevar a cabo muchos prodigios.

Con la mente en blanco, aturdido por completo, estuve un minuto recuperando el buzón una y otra vez. Hasta que, finalmente, una cascada de alivio se precipitó sobre mí y arrastró toda la tensión acumulada hacia una abierta carcajada.

TERCERA PARTE: EL REENCUENTRO

—¡Corre, Josep, corre! —chillaba Jessica—. ¡No aflojes, que ya los pillas!

Mis piernas estaban a punto de desertar de la autoridad abusiva de mi voluntad y el martilleo de mi corazón retumbaba en la pista de atletismo. Jessica había corrido la primera de mi grupo, y yo había tomado el quinto y último relevo. La potencia de mis zancadas decidía, en cada instante, el curso de la carrera. Mi amiga me daba ánimos a pocos metros de mí, desde la parte central del campo. Me dejó al inicio de la última curva y cruzó el césped en diagonal, para atajar y retomarme en la recta final.

Mi equipo corría por la calle interior, así que conseguí alcanzar y adelantar a mis dos rivales más próximos durante el trazado de la cerrada curva. Pero, en la recta siguiente, fueron reduciendo distancia con tanto brío que parecía que los estuvieran empujando.

Jessica me alcanzó a unos setenta metros de la llegada.

—¡Ya estoy aquí, Josep! ¡Ánimo, que tú puedes!

Al menos, reventaría cerca de una amiga, pensé.

Por el rabillo del ojo, descubrí que Ángel se encontraba casi a mi altura. Como no podía permitir que me ganase, aunque me supusiera morir en el intento, apreté el ritmo.

Mi boca no era capaz de aspirar todo el aire que necesitaban mis sorprendidos pulmones; mi sangre alborotada me escocía la piel.

En los últimos treinta metros, una gacela melenuda nos sobrepasó a todos por la calle más exterior con imbatible velocidad. Pasé a preocuparme por conseguir el segundo puesto. Ángel se situó a mi lado. Lo miré con los ojos desorbitados por el esfuerzo, y su asustada expresión me hizo suponer que mi rostro, tensado por la locura de llegar a la meta antes que él, ofrecía una imagen agónica. Me aproveché de su titubeo y, en los metros finales, aceleré con la cabeza por delante.

Por suerte, no hubo filmación ni foto *finish* y no quedó plasmado mi embiste a lo toro bravo, el desequilibrio posterior y el fallo fulminante de mis piernas. Si no llego a poner las manos, me quiebro el cráneo. Pasé por la línea de llegada haciendo una acrobática voltereta y clavé la espalda en el suelo. Todo fue en vano; Ángel me había rebasado en el último segundo.

Una fugaz Jessica ocultó un instante el cielo.

—¡Tranquilo, quédate ahí! Voy a buscarte agua —dijo, y se alejó al trote.

Paula, la ganadora, se acercó y me preguntó si estaba bien. Asentí con los ojos, pues no podía mover nada más. La cara enrojecida de Ángel ocupó a continuación mi espacio visual.

—¡Hoy estás torpe, Josep! —exclamó entre jadeos—. Será mejor que te levantes; viene el entrenador.

Entendí "el enterrador" e intenté ponerme en pie, pero me fue imposible. La voz potente de Tesón, nuestro preparador físico, sonó muy cerca.

—Me ocupo yo. Los últimos relevistas estiren las piernas; los demás, a la ducha.

Se arrodilló a mi lado y midió mi pulso en una de mis muñecas. Mientras miraba el segundero de su reloj, su frente se fruncía cada vez más al comprobar la exagerada velocidad de mis pulsaciones. Me riñó sin levantar la voz, demostrando su firme reproche mediante el uso de un tono muy grave.

—La próxima vez que intente suicidarse, le echo de mi clase para siempre y, por lo tanto, no podrá continuar con este curso. ¿Me ha entendido?

Asentí, esa vez, con la cabeza.

—La finalidad de mis clases es fortalecerlos —prosiguió—. Hay que despertar los músculos poco a poco. Forzándolos como lo ha hecho, solo ha conseguido dañarlos.

—Lo siento. No volverá a pasar —murmuré.

—¿Se ha hecho algún tirón?

Se levantó, me cogió las piernas y las dobló y estiró. No sentí ningún dolor agudo, solo la reverberación de la súplica de mis músculos moribundos.

Oí una fina voz muy cerca.

—¡Aquí estoy! —resopló Jessica.

Me tendió una botella de agua, pero Tesón se adelantó, la cogió y la dejó en el suelo, a dos metros de distancia.

—Su compañero tomará agua cuando pueda levantarse a recoger esta botella —le dijo—. Por favor, tráigale la chaqueta del chándal y échesela por encima.

Jessica fue a buscarla a las gradas, cerca de la entrada a los vestuarios, donde dejábamos siempre la ropa deportiva de abrigo.

El entrenador volvió a dirigirse a mí.

—Usted solo debe competir contra sí mismo, buscando mejorar sus marcas, pero siempre salvaguardando su salud. Organizo carreras y partidos para hacerles disfrutar del deporte de una manera lúdica, no para que luchen a muerte entre sí. Los he oído discutir a usted y a Ángel antes de la carrera, y no es la primera vez que se provocan. Arreglen sus asuntos de otra manera…

Tesón había distribuido a la gente por equipos de forma más o menos equilibrada. Poco antes de la carrera, Ángel, con tono despectivo, asemejó las piernas de Paula con las patas de los flamencos. La agredida no replicó; así que intervine y le afeé esa burla. Quiso quitarle importancia profiriendo más comentarios despreciativos hacia mi grupo disfrazados de bromas sin importancia. Consiguió que me brotara, de lo más hondo, el firme y ardiente propósito de no dejarle ganar aquella competición. Ese había sido el detonante que había impulsado mi desbocada carrera.

Jessica regresó con mi ropa, me tapó y empezó a comentar la carrera. El entrenador la despachó.

—Muchas gracias, puede irse a duchar.

De camino al vestuario, mi amiga me gritó:

—¡No tardes, Josep, o la profesora te apuntará una falta por llegar tarde!

Tesón me aconsejó también que no me quedase mucho rato o cogería frío.

—Ha dejado a sus músculos sin oxígeno demasiado rato; mañana se va a mover como un robot —advirtió, demostrando tener una visión anticuada de los robots—. Suerte que es viernes y tiene el fin de semana por delante para recuperarse. No se quede quieto, aunque le duela, y coma bastantes plátanos; el potasio que contienen va bien para reducir las agujetas. Camine o el lunes aún se acordará de esta carrera.

Volví a disculparme por mi descerebrada actuación. Tesón comentó antes de irse:

—Las carreras no se ganan por un afán de revancha, ni siquiera por un afán de vencer; se ganan por el placer de correr... aunque no se llegue el primero.

Lo vi alejarse. Por detrás, si no fuera por su pelo canoso, nadie le echaría más de treinta años; sin embargo, rebasaba los sesenta; su cuerpo joven era la recompensa de una vida organizada alrededor del deporte. Hombre de trato muy templado, guiaba al grupo con sabios consejos, alabanzas moderadas y advertencias respetuosas. Su cordial firmeza al conducir la clase frenaba objeciones y quejas, y eso que nos sometía a un duro entrenamiento. Una hora por la mañana, nada más entrar, y una hora al finalizar la jornada, ya por la tarde. Estábamos agotados, y yo acababa de reventarme del todo al dejarme pinchar por Ángel.

La pista de atletismo se quedó vacía y en silencio. Los calambrazos palpitantes en las piernas me hicieron desistir de levantarme por el momento; así que permanecí tumbado, mirando el lábil surcar de huecas nubes de algodón por un brillante cielo azul. Estábamos a principios de un octubre cálido, asido todavía a la estela del tórrido verano. La brisa fresca, proveniente del cercano mar, atemperaba el ambiente.

Principios de octubre, murmuré, pensativo. Ya faltaba menos para Navidad. ¿Regresarían al barrio aquellos peculiares actores que ejercían de Reyes Magos? Aquel cursillo acababa justo antes de las fiestas navideñas; no me hubiese apuntado si hubiera abarcado más tiempo. Quería estar en la tienda para abordarlos en cuanto se presentasen. Había estado pensando en ellos durante todo el año; de hecho, llevaba su foto en mi cartera, junto con la de mi familia. Tenía muchas preguntas que hacerles. ¿Cómo habían conseguido llevar a cabo tantos prodigios? Mi madre seguía sin dolores. El misterioso médico la había ido a visitar un par de veces sin previo aviso y le había vuelto a poner unas inyecciones. Había intentado saber más sobre él en el ambulatorio al que asistía mi madre, pero nadie parecía conocerlo. La abuela de las gemelas tampoco había cojeado más. María seguía siendo atrevida, incluso se había apuntado a la actividad extraescolar de teatro. Spiderman tenía a su madre por las tardes. Jordi y Kevin seguían siendo amigos, y el padre de este, Primitivo, había comprado un anorak para su hijo con su primer sueldo fijo. David pasaba a vernos de vez en cuando. Estudiaba magia en una buena escuela y era feliz como nunca.

Un suceso trágico empañaba el conjunto de esas buenas acciones: el oportuno accidente mortal del marido maltratador. Pero a mí me parecía que aquellos hombres que se esforzaban al máximo por hacer felices a los niños no podían estar involucrados en un crimen. Todas las personas que los conocían alababan su amabilidad.

Había estado indagando y, gracias al señor Vicente, conocí a la responsable del entrenamiento de sus superpajes. Se trataba de una pedagoga que colaboraba con los colegios de la zona. Aura era una mujer bajita y recia, de unos cuarenta años. Su cabello corto y castaño dejaba la relevancia de su imagen a unos ojos grandes, de mirada directa, y a una sonrisa perenne. Toda ella desprendía una alegre vitalidad. Conectamos desde nuestro primer encuentro.

—¡Así que tú eres el famoso Josep! —había exclamado cuando me presenté—. No te importa que te tutee, ¿verdad? Los niños me han hablado de ti. Dicen que los comprendes, que los escuchas. Y ahora que te veo en persona, entiendo que también tengas tan encandiladas a sus madres. No te incomodes. Las personas tenemos que reconocer nuestras fortalezas.

—Y también nuestras debilidades —añadí.

—Como dijo Sócrates: conócete a ti mismo.

—Algo más difícil de lo que parece.

—Pero indispensable si queremos ser felices. Esa es la primera enseñanza que transmito a mis alumnos. Solo cuando se conozcan, podrán hacer realidad sus deseos.

Aquel comentario me había encendido la luz de alarma y, buscando extraer más información, me mostré muy interesado en conocer el tipo de instrucción que recibían los pajes. Puse como excusa que quería poner en marcha un evento igual de esplendido en mi barrio; sin embargo, no debí de sonar muy convincente, porque repuso:

—Sé sincero, ¿qué estás buscando?

De modo imprudente, arrebatado por su calidez, respondí:

—Quiero saber cómo se cumplen los deseos.

Sin mostrar extrañeza, esbozó una sonrisa y me dio permiso para que asistiese a las clases que impartía dos veces por semana. Acepté su ofrecimiento y, hasta que finalizaron, a principios del verano, experimenté el arte de esa pedagoga una hora cada quince días. No pude ir a más clases, pues tenía que salir antes del trabajo y no quise abusar de la paciencia de mis compañeros.

Aura instruía a los niños en habilidades olvidadas en los planes académicos. Potenciaba su autoestima y les reforzaba la fe en su capacidad para alcanzar las metas que se fijaran. Los ayudaba a controlar sus miedos, a solucionar conflictos y a defenderse sin atropellar al prójimo. La cortesía y el aplomo que adquirían sus alumnos predecían una valiosa y cívica inserción en la sociedad. Me quedé gratamente sorprendido de la mejora general que conseguía en aquellos pequeños.

Aura era la encargada de escoger a los futuros pajes. La mayoría querían repetir la experiencia, pero siempre quedaban plazas para nuevos fichajes. En la selección, la pedagoga valoraba el efecto que podría conseguir; por eso, entre los elegidos, abundaban los malos estudiantes.

—Todo el mundo necesita destacar en algo —comentó al respecto—. Los niños son frágiles, y el boletín de notas lleno de suspensos los resquebraja. Pero, en Navidad, los vestimos como pequeños magos y les otorgamos el poder de ilusionar y hacer felices a otros. Recuperan su valor como individuos y se olvidan de las calificaciones que los implacables adultos les imponen.

Estaba muy satisfecha de la forma en que los actores (así llamaba ella a los Reyes) trataban a sus alumnos.

—Les dije que quería ver a mis niños bien plantados y seguros, y me entendieron a la perfección. Les enseñan a moverse con elegancia por el escenario y consiguen introducirlos en el papel de una persona sabia, que atrae por su generosidad y entereza. Les recalcan que los pajes no son servidores de los Reyes, sino sus ayudantes, y que también poseen conocimientos ancestrales y las virtudes necesarias para aplicarlos. Mis niños se crecen allí.

Ese cuidado por sus alumnos era lo único que le importaba; así que, pese a que era la persona que tenía más contacto con los actores, apenas conocía nada sobre ellos. Le llevé la revista del barrio que me había conseguido el señor Vicente, en la que salía una foto de los Reyes sentados en sus tronos, encima del escenario, y se la mostré con la esperanza de que pudiera darme alguna pista sobre su verdadera identidad. No quise enseñarle el holograma que guardaba en mi cartera porque era demasiado espectacular y hubiese podido preguntarme de dónde lo había sacado. Cuando le rogué que intentara recordar sus nombres, aseguró que los desconocía.

—Se presentaron como Melchor, Gaspar y Baltasar, y no salen de su papel. Llegan al barrio en su coche, ya vestidos con sus túnicas, y se comportan como si fueran auténticas majestades. No me importa quiénes son ni a qué se dedican el resto del año. El respeto que muestran por los niños es su mejor carta de presentación.

—Hablando de cartas —tercié en aquel momento—. Los niños me dijeron que, en las que escriben a los Reyes, subrayan sus deseos más importantes en rojo. Me pareció curioso.

—Les aconsejé que hicieran constar su relevancia de ese modo.

—Y también me desvelaron que, en ocasiones, los escriben en el interior del sobre.

—¡Pues sí que te tienen confianza! Ese ardid también se lo enseñé yo.

—Creí que había sido idea de esos actores.

—Los actores aceptaron mis sugerencias y animaron a los niños a seguirlas.

—¿Por qué motivo? —indagué.

Aura me miró con interés unos instantes y, luego, manifestó:

—Lo que uno piense de sí mismo le condiciona para bien o para mal. Hay debilidades del carácter, como la timidez, que son difíciles de superar. Los problemas de comprensión frente a las materias escolares también pueden resultar muy frustrantes. Por eso, se me ocurrió decirles a los niños más pequeños, los que aún creen en los Reyes Magos, que, si deseaban mucho mejorar en algo, había un truco mágico que nunca fallaba. Tenían que escoger un solo deseo, escribirlo en la carta y subrayarlo en rojo con el fin de destacar su importancia. Pero como a muchos chavales les da vergüenza que sus padres se enteren de sus flaquezas, les propuse que lo anotaran en el interior del sobre para que su secreto quedase resguardado. Les aseguraba también que ese deseo especial se cumpliría una vez echaran su carta al buzón de los Reyes. ¡Es increíble lo bien que funciona esta treta! He visto cambios espectaculares.

De Aura no pude obtener más información, ni tampoco conseguí mucha más de los pajes. Todos elogiaron la afabilidad de los Reyes e incidieron en que les instruían con seriedad. Cuando me tomaron más confianza, me animé a preguntarles si los Reyes ayudaban de algún modo a que los niños lograran hacer realidad sus peticiones. Los pajecillos novatos no me entendieron, pero los mayores se apresuraron a negar que hubiese más injerencias que las charlas que entablaban con ellos. Me dio la impresión de que estaban al tanto de sus manejos e insistí en esa cuestión, pero siempre se desviaron del tema. Resaltaron que su misión principal era conseguir que los niños descubriesen sus auténticos deseos, y un día me demostraron su eficacia extractiva estableciendo conmigo un diálogo similar al que entablaban con los niños. Me quedé estupefacto ante su habilidad para conducir la conversación. Usaban una astucia benevolente, unas palabras persuasivas y un tono de voz suavemente hipnótico. Casi me sonsacan ellos a mí mis verdaderas intenciones. Desde luego, si uno de esos pajes te abordaba de chaval o de adulto en horas bajas, podía vaciarte por dentro. Sin embargo, no interrogaban a todos los niños. Me comentaron que los más espabilados y los que ya tenían experiencia traían los deberes hechos de casa e introducían su carta en el buzón real sin pasar por ellos o por los Reyes. De ahí se infería de nuevo que aquella caja tenía algún mecanismo que permitía a esos actores ver su contenido, por eso también habían podido leer mis peticiones. Pero ¿por qué se tomaban tantas molestias? ¿Por qué no abrían las cartas sin más? Las razones de ello y la técnica que hacía posible la lectura se añadían al conjunto de enigmas que esos hombres tendrían que explicarme.

Después de las vacaciones de verano, Aura me dijo que iba a impartir unas clases, precisamente, en mi empresa, y me alentó a apuntarme. Instruiría sobre dinámica y conducción de grupos. A los pocos días, irrumpió Parés, nuestro jefe, en la tienda y anunció que lo habían nombrado coordinador de un curso formativo de especial importancia, por lo que veía lógico y conveniente que los empleados de su distrito mostrasen un efusivo interés. Nos pidió que nos apuntásemos todos. Luego, y según la disponibilidad de personal, se haría una selección y, si hacía falta, enviarían sustitutos para cubrir nuestra ausencia durante los dos meses y medio que duraba aquella formación. Nos explicó también que el temario se nos comunicaría al inicio de las clases. No deseaban filtraciones prematuras que pudieran alertar a la competencia sobre el nuevo proyecto de "That's".

Por las fechas, colegí que se trataba del mismo curso en el que iba a participar Aura y, por ella, decidí inscribirme. Si no hubiera estado la pedagoga, no se me hubiera ocurrido participar en otra de las grandes y ocultas ideas de mi empresa; aún recordaba a Leila, aquella androide de sospechosa emotividad. No obstante, me escamó que el lugar de reunión estuviese situado en el distrito 22@ de Barcelona. En esa zona, antes plagada de industrias, el ayuntamiento había promovido la implantación de empresas pertenecientes a sectores científicos, tecnológicos y culturales. Los proyectos más novedosos se cocían allí. Alquilar un edificio era caro, y me pareció un derroche que se gastasen tanto dinero para dar un simple curso que, por lo que me había comentado Aura, parecía tratar sobre relaciones laborales. En la Central había salas suficientes, y normalmente se nos convocaba en una de ellas.

En cuanto a mis compañeros, una frase rimbombante de Parés los convenció: "Es una gran oportunidad para gente emprendedora que busque ampliar sus horizontes".

Ampliar horizontes…

—Fuentes, levántese ya. ¡A la ducha!

El grito del entrenador, a lo lejos, me devolvió al lugar y al tiempo en los que me encontraba. Me puse en pie, con la lentitud que la flojedad de mis piernas me imponía, y salí del campo de atletismo con pasos torpes.

El vestuario estaba casi vacío. Los pocos compañeros que quedaban estaban acabando de vestirse. Me metí bajo la ducha, sin prisas, a sabiendas de que el agua templada duraría treinta segundos. Solía intentar enjabonarme y aclararme en ese tiempo; pero, ese día, era preferible que el agua fresca corriese por mis inflamadas fibras musculares. "Al finalizar tendrán una ducha de tonificación para relajar los músculos", nos había informado Tesón el primer día. Fue un aviso poco dotado de claridad. El cambio a agua fría al medio minuto y de sopetón nos había estremecido. No había habido discriminación en eso; los gritos de las mujeres habían traspasado los tabiques.

El cursillo había empezado hacía solo cinco días y ya me encontraba exhausto. El primer día, el lunes de aquella semana, nos habían hecho una revisión médica en un hospital situado también en el distrito 22@. Unas treinta personas pululamos por varias salas de espera. Todos, en ayunas; todos, sosteniendo un embarazoso recipiente lleno de orina, a la espera de que nos llamasen para efectuar las diversas pruebas: análisis, electros, ecografías, etcétera. Para mi sorpresa, me topé con viejos conocidos.

—¡Ay, qué fuerte, Josep! ¿Tú también por aquí? ¿Cómo te has dejado engañar otra vez?

Jessica se había apuntado porque necesitaba alejarse del barrio donde la habían enviado a trabajar.

—Las cosas se estaban poniendo muy mal —había comentado—. Un tío muy pesado, hermano de uno de los que mueven el percal en la zona, se encaprichó de mí. Me venía a ver a la tienda, me esperaba a la salida, me acompañaba hasta el metro: un auténtico baboso. No había manera de sacármelo de encima. Me tenía harta. Entonces, me hablaron de este curso y me aseguraron que, el que lo aprovechara bien, podría pedir el traslado a una tienda "Sport".

Me explicó que la empresa estaba apostando por abrir comercios grandes y formados por una única sección: la deportiva. Los estaban abriendo en las mejores calles comerciales de diversas ciudades. La marca "That's Sport" se estaba expandiendo por Europa.

—También se rumorea que este curso será duro —añadió—, dado el perfil de los empleados que han seleccionado.

—Los de mi tienda venimos de forma voluntaria —le había señalado.

—¿No fue a incitaros tu jefe de distrito? Si no os obligó es porque consiguió vuestra aprobación. Pero la mayoría de los que están aquí han venido para evitar una sanción o un traslado. Somos gente "non grata", Josep.

Le pregunté si sabía qué nos iban a enseñar que precisara de tanto tiempo y dedicación, ¡dos meses y medio, nada menos!, y el porqué de aquel examen de salud. Pero no se había enterado de nada más.

Una voz a nuestras espaldas había interrumpido nuestra charla.

—¡Pero si está aquí el bueno de Josep, y junto con Jessi, mi empleada inolvidable!

—¡Roberto, creí que ya estarías jubilado!

Mi amiga le había respondido con la misma malicia con que nuestro antiguo jefe había ironizado sobre ella. Jessica sabía, igual que yo, que no había podido acceder a la jubilación anticipada a causa del desastre ocurrido con Leila.

—Todavía me necesitan, Jessi —había replicado con su habitual pillería—. No es fácil dejar ir a una persona con mi experiencia, por eso me han solicitado que participase en este curso. Buscan madurez, veteranía…

Paula se había acercado entonces con dos botecitos de orina en la mano.

—Perdona, Josep, ¿has visto a Ángel? Hace mucho rato que me dejó su muestra para irse a lavar las manos. No lo encuentro, y ahora me acaban de llamar.

Me había sonado a tomadura de pelo. Le cogí el relevo a Paula y, cuando al poco me llamaron a mí también, le entregué los dos recipientes a la enfermera y le indiqué la identidad del emisor del segundo. Después de la extracción de sangre, fui a almorzar a la cafetería. No me sorprendió encontrarme allí a mi compañero. Estaba finalizando con tranquilidad un desayuno de tenedor y cuchillo. Al interrogarle sobre el tema del bote, se puso a la defensiva.

—¿Y por qué Paula no se lo dio a una enfermera, igual que hiciste tú?

—Porque le dijiste que enseguida ibas a volver.

—Cuando me avisaron de que me tocaba el turno, no vi a Paula y tuve que llenar otro recipiente. Además, es de lógica pensar que, si ya me han sacado la sangre, me voy a ir a tomar algo. Pensé que podría regresar enseguida y avisar a Paula, pero había mucha gente y han tardado en servirme. No es culpa mía.

Nunca era culpa suya. Había pedido al buzón real que reforzara el carácter de mis compañeros y Ángel se había vuelto más caradura.

Del resto de los empleados, solo conocía a Pinaza, el jefe de distrito que estaba al mando cuando había ocurrido el desastre con Leila. Pero ni siquiera hablamos; nos saludamos con un leve movimiento de cabeza y luego nos ignoramos.

Después de aquella revisión, habíamos ido al lugar donde íbamos a hacer el curso. Pudimos ir andando porque estaba bastante cerca del hospital. Nos habían citado a las doce del mediodía para la presentación.

Por fuera, el edificio parecía un polideportivo. El interior se dividía en dos alas que estaban separadas por un amplio vestíbulo. La de la derecha tenía cuatro pisos. La planta baja la ocupaba una sala de actos; en el primer piso, había una amplia cocina; en el segundo, la cafetería; en el tercero, se hallaban las aulas, y en el último, la sala de los profesores y otras aulas que no usábamos. Había un ascensor, pero funcionaba con una llave que solo poseían los profesores y el personal que trabajaba allí. El ala izquierda estaba ocupada por un desahogado gimnasio cuyo techo tenía la altura de las cuatro plantas.

Desde el mismo vestíbulo se accedía al campo de atletismo y a unas pistas polivalentes deportivas anexas. Pero aquel día solo habíamos visto la gran sala de actos. Un portero nos había dirigido hacia allí a medida que habíamos ido llegando. Tras un rato de espera, había entrado Parés en la sala. Subió a la tarima y, desde el micro de la tribuna, rogó a cuatro de nosotros que saliéramos un momento de la sala. Asombrado, interrogué con la mirada a los otros tres: Roberto, Jessica y Pinaza. Su expresión de sorpresa era pareja a la mía. Parés tuvo el cuidado de cerrar la puerta detrás de nosotros y de alejarnos hasta la entrada del gimnasio.

—Los he convocado aparte porque se me ha informado de que conocen a dos de los profesores de este curso, me refiero al doctor Helios y a la señorita Leila.

Pinaza se quedó impertérrito, pero los demás nos sobresaltamos.

—¡Cómo dice! Ya me puede borrar de este curso. No volveré a tener contacto con esa robot —había manifestado Jessica.

—No puedo ser alumno de mi alumna; no sería correcto —había declarado Roberto.

—No tienen ni idea de lo que es capaz. ¡Es peligrosa! —aduje.

—Y aunque ya no lo sea, ¿se puede saber de qué nos puede dar clase una robot? —expuso Jessica.

—Hay miles de licenciados en paro, entre ellos, mi hijo, que tiene una labia como la mía y este verano ha terminado el grado de ADE —había comentado Roberto.

—Si vuelven a introducir robots en esta empresa, dimitiré —amenacé.

—Y yo emigro también. Para empezar, me marcho de aquí —se me había sumado Jessica.

—Si quieren, puedo avisar a mi hijo.

Parés nos había hecho callar.

—¡Basta! Los he llamado para exigirles que mantengan un silencio absoluto acerca de todo lo que conocen de la señorita Leila. Nadie puede saber que es un androide. Aquel que se vaya de la lengua será fuertemente sancionado. Y tampoco pueden abandonar este cursillo; se han apuntado y espero que lo ejecuten con sobresaliente, sobre todo usted, Fuentes, que pertenece a mi distrito.

La historia se repetía, eso pensé, y de nuevo, íbamos a estar sometidos a una máquina. Después de haber conocido la faceta de maestra de la robot durante esa primera semana, podía confirmar que no me había equivocado y que, en efecto, nos habían colocado en una posición subalterna incómoda.

Me acabé de duchar y, al ver el reloj, me apresuré a vestirme. Iba a llegar unos minutos tarde a la clase de Leila.

Subir los tres pisos con las pocas piernas que me quedaban incrementó un poco mi retraso. Golpeé la puerta y pedí permiso para entrar. Me contestó la dulce voz de la robot, y su tono azucarado me hizo suponer que me perdonaría la tardanza; pero no fue así.

—Siéntate, Josep. Cuatro minutos y doce segundos tarde. Te anoto un punto negativo.

¡Qué inflexible! Pues, vale.

—Y otro, por entrar en el aula con el pelo mojado —añadió.

Pues, vale, también. La robot era más rígida que un alzacuellos.

El reencuentro había sido muy cordial. Leila se había acercado a saludarnos con frases corteses: "Me alegro de veros. ¿Qué tal estás Roberto? ¿Y tú, Jessica? ¿Cómo es que no has vuelto a visitarnos, Josep?". Ante tanta amabilidad, nos habíamos relajado; sin embargo, nuestro contento había durado poco. La robot empezaba y acababa sus clases con afinada puntualidad, y sancionaba las faltas de disciplina con puntos negativos. Sus normas eran claras. Cuando acumulásemos siete puntos, nos pondría un trabajo extra; a los doce, otro trabajo más difícil, y a los quince, avisaría al director del cursillo, es decir, a Parés. Esos castigos sonaban muy infantiles, y la mayoría pensó que se trataba de una broma. Pero la cabeza cuadrada de Leila hablaba en serio. Cuando empezó a repartir negativos, la gente empezó a plantearse lo incómodo que sería hablar con Parés. A nuestro superior no le haría gracia recibir malos informes de los empleados a su cargo.

Y no quedaba margen de acción para el engaño. A Leila no se le pasaba nada por alto. Su mirada aguda y su finísimo oído captaban cualquier movimiento, murmullo o comentario no pertinente. Percibía hasta un pequeño silabeo en el fondo de la clase. La alumna que acumulaba más negativos, por el momento, era Jessica. En el sensible sistema auditivo de Leila, su voz chillona debía de sonarle como una trompeta pegada al tímpano, más aún porque estábamos sentados en primera fila. El primer día de clase, habíamos cometido el error de entrar en último lugar y nos encontramos con que solo quedaban esos asientos libres. La fila la acababan de rellenar Paula y tres jóvenes más.

—Josep, siéntate, por favor. Debo continuar —solicitó Leila.

Me dirigí a mi sitio con dos puntos negativos más en mi haber particular. En cuanto tomé asiento, mi amiga se interesó por mis doloridas piernas. La amonestación de Leila cayó de forma implacable.

—Jessica, otro punto negativo por hablar, y con este, sumas siete. Acércate cuando termine la clase y te daré tu trabajo extra.

—Pero ¡si solo le estaba preguntando a Josep si se encontraba bien! —reclamó Jessica indignada—. ¡No hay derecho!

—Otro punto, Jessica. Roberto, un punto negativo para ti también por reírte de tu compañera. Como les decía, Galileo Galilei fabricaba sus propios telescopios…

Leila nos enseñaba historia de la astronomía. La mayoría de los alumnos tomaba apuntes con frenesí, pero algunos escribían poco o nada y luego hacían fotocopias de las notas de otro compañero. Esos caraduras se situaban, sobre todo, en la última fila, y entre ellos se encontraba Ángel. Aquel día, me vi también incapaz de seguir la conferencia de la robot. Como conocía bastante bien la vida de Galileo, decidí darle un descanso a la mano. Leila no iba rápido, pero no hacía pausas ni repetía, por lo que llegaba a dictarnos seis folios por clase.

Nunca hubiera podido imaginarme el contenido de aquel curso. En efecto, como me había adelantado Jessica, Parés había señalado que "That's" se iba a volcar en abrir comercios "Sport" de gran extensión. Como contrapartida, se cerrarían un buen número de tiendas pequeñas, sobre todo en Cataluña, donde eran más abundantes, y muchos de sus dependientes serían trasladados a las nuevas tiendas deportivas del norte y sur de España. Una de las formas de evitar el traslado era aprobar aquel curso. Así que, excepto cinco jóvenes que se habían inscrito para hacer méritos, y unos pocos a los que nos habían camelado, los demás alumnos buscaban la conmutación de esa pena por otra de carácter desconocido pero que, les prometieron, se cumpliría en su ciudad de residencia.

La segunda parte del discurso de Parés inició el destape del misterio con una sorpresa: nuestra empresa estrenaba una agencia de viajes. Se llamaría "That's Travel" y estaría abierta a todo el público, si bien, ofrecería ventajas a los clientes habituales de sus tiendas de ropa. Se especializaría en viajes de aventura, por lo que sus sucursales se situarían junto a las tiendas "Sport". Las dos primeras se abrirían en breve en Barcelona e iban a publicitarlas de una manera muy especial: enviando a un cliente a la Estación Espacial Internacional (la ISS en su acrónimo inglés). Habían sorteado entre los *vips* interesados una plaza en uno de los próximos cohetes que iban a despegar, y el ganador ya se estaba preparando para ese viaje.

Cuando Parés soltó esa parrafada durante la presentación del curso, creímos que estaba de guasa y estallamos en carcajadas; pero su serio silencio nos acalló.

—Vamos a ofrecer desde senderismos por el Himalaya hasta safaris fotográficos por el Serengueti —confirmó.

Roberto se había levantado a continuación para objetar que muchos de los que estábamos allí ya no estábamos para esos trotes. Parés respondió que contarían con guías y deportistas especializados, y que nuestra misión era más sencilla y tenía que ver con la Estación Espacial. De nuevo se oyeron risas. ¿Nos iban a convertir en astronautas?, preguntó alguien con sorna.

—Usaremos el vuelo a la ISS como un sonoro pistoletazo de salida —concretó nuestro jefe—. Deseamos irrumpir con el brío de un caballo de carreras ganador en este pujante mercado de los viajes de aventura. Es un vuelo muy costoso y no volveremos a regalar otro. No obstante, haremos sorteos anuales de otra clase de vuelos; no tan caros, pero también muy atrevidos: supersónicos, acrobáticos, parabólicos e, incluso, suborbitales si el afortunado acepta costearse la mitad del pasaje. Con esos alicientes, impulsaremos las marcas "That's Sport" y "That's Travel".

Añadió que en los sorteos participarían los que lo solicitasen, siempre que hubieran gastado una cantidad anual muy apreciable en compras efectuadas con la tarjeta de crédito que ofrecía "That's".

Para llevar a cabo semejantes vuelos, nuestra empresa había iniciado una cooperación con la agencia de viajes espaciales E.F, que ofrecía también los vuelos orbitales que recalaban en la ISS.

En los últimos años, habían aparecido muchas agencias de ese tipo. Los precios se habían reducido gracias a las nuevas formas energéticas de propulsión, y aunque ponerse en órbita no era todavía asequible para el ciudadano al que no le sobrara un par de millones de euros, los otros vuelos constituían un lujo más permisible.

Pero ¿qué tenía que ver aquella agencia espacial con unos empleados que solo sabían vender ropa? Los rumores nerviosos impulsaron a Parés a ir al grano. Nos explicó, al fin, que nosotros nos íbamos a ocupar de los clientes que no fueran agraciados con esos premios, pero cuya fidelidad mereciera ser premiada. La agencia E.F ofrecía una atracción que incluía simuladores de vuelo y de ingravidez, y también una réplica de buen tamaño de la Estación Espacial Internacional. Abría sus instalaciones al público general los fines de semana, y la entrada era bastante cara. Los días laborables estaban reservados, a un precio reducido, a visitas concertadas de grupos de estudiantes universitarios, profesores y científicos interesados en el tema espacial. Los directivos de nuestra empresa acababan de firmar un contrato de dos años con la agencia. A cambio de un soporte económico, la E.F nos cedería la atracción un día a la semana en exclusiva. En ese trato se había acordado, también, que "That's" aportaría personal propio y formado. Los empleados que aprobáramos el curso compaginaríamos nuestro trabajo en la tienda con el de guía. Deberíamos acompañar a grupos de clientes y ayudar a los monitores de la agencia durante el recorrido. Pero había una tarea que llevaríamos a término los empleados solos. La visita de nuestros clientes se alargaría un par de horas y, durante ese tiempo añadido, prepararían una comida espacial que luego degustarían allí mismo. De ese modo, podrían vivir con mayor intensidad la experiencia de habitar en un espacio tan hermético como la ISS. Nosotros, por supuesto, seríamos sus chefs.

Nuestra empresa y la agencia habían efectuado un estudio conjunto de marketing y sus resultados auguraban una demanda notable de esa oferta lúdica tan original, de ahí que instruyeran a una treintena de nosotros.

Y allí estábamos, escuchando a Leila y formándonos. La robot seguía explicando a su ritmo maratoniano, incansable. Como no gastaba saliva, no necesitaba detenerse ni siquiera para beber un poco de agua. Sus alumnos carecíamos de la energía suficiente para seguirla. Mi estómago hacía ruidos, pues no tomaba más que un frugal desayuno para no sufrir penosos flatos durante la exigente clase de gimnasia. El horario de aquel cursillo era de ocho de la mañana a cinco y media de la tarde. Todas las clases duraban cincuenta minutos y, entre ellas, teníamos un intervalo de diez minutos de descanso. Después de la de Tesón, no obstante, nos dejaban el doble de tiempo para que pudiésemos ducharnos y cambiarnos. El recreo de media hora para tomarnos el bocadillo lo teníamos después de la clase de Leila, pero hubiera sido preferible que nos hubiesen permitido almorzar después de la de educación física. Con tanto rugido hambriento, costaba atender en clase. Nos agitábamos en nuestros duros asientos, se nos caían los bolígrafos al suelo, chirriaban las sillas y Leila nos lanzaba continuas advertencias.

—Jessica, deja de mirar el reloj y atiende mis explicaciones. Paula, ya te he avisado dos veces; no te muevas tanto en clase y siéntate bien. Te anoto un punto negativo. Silencio, por favor.

La robot solo aminoraba la marcha cuando se ponía de pie para apuntar algo en la pizarra, y pronto todos se dieron cuenta de su lentitud al efectuar ambas tareas: levantarse y escribir. Algunos le empezaron a sacar provecho y se proclamaban incapaces, una y otra vez, de escribir con corrección nombres de científicos, inventos o artilugios, por lo que solicitaban a la profesora que los pusiera en la pizarra. Tantas muestras de dificultad hubieran sido sospechosas para cualquier persona adulta; pero, al fin y al cabo, Leila todavía no había cumplido los tres años.

Aquel truco no era la única manera de frenarla. Ángel y otros más estaban indagando hasta dónde podían llegar para detener la clase.

—Señorita Leila, ¿cuándo llegarán los primeros humanos a Marte?

—Eso está al final del programa de esta asignatura —contestaba la robot.

—Sí, bueno, pero nos podría comentar algo —insistían.

Leila les daba algún dato y continuaba, pero enseguida sufría otra interrupción.

—¿Cree que los astronautas que viajen a Marte podrán aguantarse mutuamente durante los tres años que necesitarán para ir y volver?

Leila respondía una escueta afirmación, pero como no cortaba sus preguntas, aquellos alumnos seguían mareando la perdiz hasta que sonaba el timbre. Muchos agradecían que enredaran de ese modo a esa inmisericorde profesora; pero otros teníamos en cuenta que, en el examen, entraría todo el programa, así que era más juicioso permitir que lo expusiera.

Al finalizar la clase de aquel día, Paula y yo esperamos a Jessica en el pasillo mientras la robot le daba el trabajo que le correspondía por haber sumado siete puntos negativos. Paula estaba preocupada.

—Los de atrás interrumpen mucho la clase —se quejó—. Leila no puede acabar nunca de explicar los puntos del tema del día. No me conformo con aprobar; quiero sacar buena nota.

—Acabamos de empezar y todos tenemos que situarnos un poco. Leila aprenderá a no dejarse liar por ese grupito —repuse.

—No sé, Josep. Parece muy ingenua y fácil de engañar.

Dicen que los defectos que mejor percibimos en los demás son los que compartimos.

—Lo que no me gusta de ella es su forma de enseñar —comenté—. Nos da una clase magistral repleta de datos y más datos. No promueve ninguna reflexión, ningún pensamiento crítico.

—Nos suelta el rollo y ya está —dijo la voz de Jessica a nuestra espalda.

Nuestra amiga venía de morros.

—¿Ha sido muy dura? —pregunté.

—Os lo explico durante el desayuno. No nos retrasemos más, que Roberto y los otros Abuelos se aprovechan de que hay self-service y arrasan con todo.

Roberto se había juntado con los alumnos de su edad. Formaban un grupo muy bien avenido casi desde el primer día; siempre estaban de charla y riéndose. Los habíamos apodado los Abuelos. Parés había comentado que preveían una notable afluencia de jubilados a la atracción espacial y, por ello, habían seleccionado a unos cuantos empleados maduritos. Consideraban que entenderían mejor sus limitaciones y congeniarían bien.

Nos acabábamos de sentar a la mesa con la bandeja de nuestro almuerzo cuando Roberto se acercó con aire preocupado.

—¿Qué tal, Jessi? ¿Qué trabajo te ha puesto Leila?

—Llevas seis puntos, Roberto. Pronto sabrás cómo se las gasta la que fue tu empleada ejemplar —replicó.

—Por eso, por eso. Quiero estar preparado.

Jessica dio unos parsimoniosos bocados a su rebanada de pan con tomate. Roberto esperó con paciencia. Al fin, le reveló:

—El lunes debo entregarle un trabajo sobre los astrónomos de la Grecia clásica. Diez folios como mínimo. Una tocada de narices, la verdad. Y me ha hecho una pregunta sobre lo que ha expuesto hoy, y

no se la he sabido responder. Según su opinión, como hablo, no me entero de una buena parte de la lección. Y no es que no me entere, es que tiene una manera tan fría de explicar las cosas que no se me queda nada.

—Leila es demasiado cerebral. Le falta poner un poco de corazón en sus explicaciones —afirmó Paula sin sospechar cuánto se había acercado a la verdad.

—Pues si no tiene corazón —intervino de nuevo Jessica—, que use la cabeza para hacer su asignatura un poco más divertida. Debería aprender del doctor Helios. Todos lo pasamos muy bien en su clase.

—Los profesores no tienen que divertirnos; esa no es su función —opinó Roberto—. En cuanto se ponen a hacer chistes o se salen del programa, los alumnos dejan de tomarles en serio y les pierden el respeto.

—Pues, a Leila, eso le está a punto de pasar —consideré—. Si aportara algo de pasión a la materia que imparte, mantendría nuestro interés. Se limita a dictarnos una enciclopedia.

—No hemos venido al teatro —repuso Roberto—. Lo que tiene que hacer Leila es aplicar castigos más severos. En su clase se arma mucho choteo.

—Yo también prefiero al doctor Helios —dije al mismo tiempo que Paula; una coincidencia que hizo reír a Jessica—. Sobre todo, cuando nos cuenta algún mito al final de la clase —añadí.

—Puede que su clase resulte más amena —admitió Roberto—, pero esos cuentos no van a entrar en los exámenes.

—Quizás, sí —dijo Paula.

—¡Cómo va a preguntarnos tonterías acerca de dioses y héroes! —se burló Roberto.

—Los clientes de los que tendremos que encargarnos se lo pasarían mejor con esas historias que escuchando los títulos de los libros que escribió Galileo —declaró Jessica.

—Esto es una prueba irrefutable de que Leila no explica bien. La historia de Galileo es apasionante —manifesté.

—Si nos la narrara el doctor Helios, conseguiría emocionarnos y la aprenderíamos mejor —insistió Jessica—. A mí no me cuesta nada atender en su clase. Explica con tanto entusiasmo que se me queda en la memoria casi todo lo que dice. Solo necesito un breve repaso en casa para afianzar sus clases.

—¿Ya habéis empezado a memorizar? —preguntó Roberto.

Por el toque admirativo y algo asustado que había dado a sus palabras, deduje que no se había mirado ni un solo apunte.

Las chicas asintieron, pero yo no respondí nada e intenté fingir que me había apartado de la conversación. Eché un terrón de azúcar a mi café y le di vueltas con la cucharilla como si fuese insoluble. Roberto advirtió mi disimulo y me hizo la pregunta directa que intentaba evitar.

—¿Y tú, Josep, te estás aplicando en el estudio?

Tuve que dar una respuesta.

—Tenía pensado empezar este fin de semana —contesté de manera despreocupada—. No hay motivos para correr más. Llevamos pocos días, y el hábito de estudiar a diario no se adquiere de la noche a la mañana…

Aquellas excusas escondían cierta resistencia a activar el engranaje cerebral. La verdad era que me daba pereza.

Mis argumentos falaces aliviaron a Roberto. Me dio un codazo cargado de complicidad y se marchó con pasos firmes hacia la mesa donde le esperaban los miembros de su grupo.

Se habían formado varias pandillas en la clase. La más numerosa y ruidosa era la de los Revoltosos, apodados así por razones obvias. Se sentaban en las últimas filas. Luego estaban los miembros del grupo liderado por Roberto, conocidos como los Abuelos, y se repartían entre la segunda y la tercera fila. Los cinco jóvenes que se habían apuntado en busca de una rápida promoción se sentaban entre la primera y la segunda fila. Y, por último, quedábamos nosotros tres, un pequeño grupo abierto a la charla con todos, pero que solía juntarse más con los jóvenes y con algunos de los jaraneros más simpáticos.

Unas carcajadas provenientes de la mesa de Roberto sobresalieron por encima del murmullo general. Sonreí y comenté:

—Parecen adolescentes con las hormonas alborotadas.

—Ya quisieran ellos tener tanta energía —intervino Jessica—. ¿Habéis visto cómo sufren durante los entrenos? No pueden con sus carnes. Y su cerebro tampoco da para mucho. Durante las clases, oigo a Roberto importunar al chico que tiene al lado con continuas preguntas.

—Pero tienen otras virtudes —incidió Paula—. Creo que sabrán organizarse bien y caerán simpáticos. En cambio, yo no me veo guiando y divirtiendo a un grupo de clientes. Podré responder a todas sus preguntas; pero, para ese trabajo, se necesita algo más, algo que tienen ellos.

—Le echan cara y saben disimular sus flaquezas, eso es todo —opinó Jessica.

Pinaza pasó por nuestro lado hacia la barra, y Paula desvió su atención hacia él.

—¿Conocéis a ese hombre tan serio? —murmuró.

—Huy, ese es un tipo peligroso —respondió Jessica—. No te acerques; podrías salir malparada. Por suerte, ya no está por encima de nosotros.

Pinaza había caído en desgracia a causa del fiasco del proyecto Leila. Lo habían degradado, nada menos, que a dependiente raso, y según contaban, como no se le daba nada bien el trato con la gente, lo iban a trasladar a uno de los almacenes generales cuando, por deferencia a su antigua categoría, le ofrecieron la oportunidad de obtener un puesto de administrativo en la Central si aprobaba ese curso.

Jessica le empezó a explicar a Paula el mal comportamiento que había mostrado ese sujeto con ella, pero la interrumpí y le señalé que los otros alumnos estaban recogiendo sus bandejas y que no debíamos llegar tarde a la siguiente clase.

Dejamos también nuestras bandejas y salimos de la cafetería. De camino, Paula se puso a hablar con uno de los jóvenes. Jessica me agarró entonces del brazo y me apartó. Imaginé que querría hacerme algún comentario sobre la robot. En efecto, así fue.

—Leila me tiene manía, Josep —aseguró—. Me ha dicho que solo puedo abrir la boca para preguntarle dudas.

—¡Qué rencorosa! Total, porque la indujiste al suicidio —bromeé.

—¿Tú crees que piensa eso? ¡A ver si me va a suspender!

—No lo he dicho en serio. ¿No recuerdas lo que nos explicó el doctor Helios? A Leila se le agotaba la batería y, por eso, desconectó sus programas de forma controlada.

—¡Ay, no sé, Josep! Luego hablaré con el doctor sobre este asunto. Me preocupa, la verdad.

Roberto, que se había colocado detrás de nosotros sin que nos percatásemos, intervino entonces.

—Te tiene entre ceja y ceja, Jessi, y no es para menos. Se estaba convirtiendo en una empleada modelo cuando acabaste con su carrera y casi con su existencia.

Jessica se giró con el arrebato de una bailaora de flamenco.

—¡Todo fue culpa tuya! —le gritó—. ¡Le comiste el coco para que nos traicionara!

—¡Por favor, guardad silencio! —les advertí.

En este mundo plagado de traiciones, engaños y toda clase de malas artes, no era sensato descuidarse; Ángel caminaba cerca. Me llevé a mis bocazas compañeros hacia un lado, esperé a que nos sobrepasará Ángel y luego les recordé que nos impondrían una sanción si alguien se enteraba del secreto de Leila. Prometieron que serían más cautelosos.

Continuamos caminando. Roberto se despegó de nosotros enseguida, se adelantó y se unió a su grupo. Jessica y yo entramos en clase los últimos. Todavía no había llegado el doctor Helios. Era, en todo, más informal que Leila.

Los alumnos le habíamos cogido la medida a cada profesor. En la clase del doctor, nos relajábamos y nos permitíamos hacer comentarios con los vecinos, aunque también participábamos más. Nuestras preguntas conseguían devolver al doctor al finito espacio del aula, pues solía entrar en una especie de trance cuando nos impartía sus enseñanzas. Sus ojos se desenfocaban, y se ponía a declamar como si estuviera actuando en un teatro y potentes focos hiciesen desaparecer al público de su visión. Volvía a pisar tierra solo el tiempo necesario para atender nuestras dudas, y cuando iniciaba otra vez el vuelo, su rumbo solía desviarse hacia la dirección que había marcado la última cuestión planteada; así que los cambios de tema eran frecuentes. El doctor Helios soñaba y nos estimulaba a hacer lo mismo. Únicamente aquellos que sufrían por tener unos apuntes desordenados y sin aparente ilación eran incapaces de echar a volar junto a él.

El doctor apareció al fin y nos encontró a todos charlando, repartidos entre los grupos habituales. Traía su ordenador portátil y un proyector.

—Buenos días a todos. Tomen asiento. ¡Chaval! —llamó a uno de los jóvenes—. Sí, tú. ¿Cuál es tu nombre? —Se lo dijo—. ¡Ah, sí! Por favor, baja todas las persianas. Señorita Jessica, apague la luz cuando le indique.

Jessica se levantó y se situó al lado del interruptor. El doctor bajó la pantalla, que se guardaba enrollada encima de la pizarra, y situó bien el proyector conectado a su portátil. Los murmullos no paraban mientras lo montaba todo; pero, cuando terminó y se giró hacia nosotros, guardamos silencio; su mirada penetrante preludiaba una espectacular noticia. Le hizo un gesto a Jessica, y esta le dio al interruptor de la luz y volvió a sentarse.

—¡Señoras y señores, hemos fotografiado el ojo de dios! —exclamó el doctor.

Encendió el proyector, y la pantalla se convirtió en una ventana abierta al universo. En el centro del negro firmamento, brillaba una enorme pupila de un azul eléctrico intenso, envuelta en una esponjosa nube anaranjada. Una piel rojiza preservaba aquella increíble mirada de resplandores áureos. El doctor dejó que nos extasiáramos unos segundos y luego explicó:

—Es la nebulosa planetaria Hélix, conocida también como "El ojo de Dios". Se halla en la constelación de Acuario, a seiscientos cincuenta años luz de la Tierra, y mide casi tres años luz de ancho. Observen que tiene dos discos bastante diferenciados. El más interno se expande a unos cien mil kilómetros por hora. Si agudizan su vista, percibirán la estrella de la que proviene en medio de su centro gaseoso. Ahora es una enana blanca.

Paula se decepcionó.

—Entonces, solo es gas —dijo.

—¡Es polvo de estrellas y material interestelar! —describió el doctor con deje admirativo—. Esa pequeña enana fue antes un astro joven, como nuestro Sol; una estrella que fusionaba alegremente el hidrógeno de su núcleo y daba luz y calor a los planetas de su órbita. Pero se le fue acabando el combustible y tuvo que echar mano del que había en sus capas más exteriores. Eso aumentó mucho su volumen. Su superficie se enfrió y tomó un color rojizo. Se transformó entonces en una gigante roja que arrojaba a la periferia vientos de polvo y gas; un huracán ardiente que barría todo a su paso, igual que hará nuestra estrella con los planetas más cercanos que la orbitan, incluido el nuestro, dentro de unos 4000 millones de años.

Surgieron suspiros de espíritus resignados ante la inevitable condena.

—Cuando apenas le quedaba nada que quemar —prosiguió el doctor—, la estrella se colapsó y quedó su núcleo desnudo: una enana blanca envuelta en su nebulosa. ¡Observen de nuevo a Hélix! Su pupila azul es la entrada a un largo túnel de gases candentes. Está orientada hacia nosotros; es un ojo que apunta directamente a la Tierra. Nos mira, señoras y señores. Nos está mirando.

La clase se sumió en un silencio reflexivo. Jessica me susurró que ese supuesto vigía divino estaba demasiado lejos y que no era de extrañar que los bribones camparan a sus anchas por este mundo.

Al poco, las primeras apreciaciones en voz alta empezaron a salpicar el ambiente: "¡Es bellísima!". "¡Impresionante!". "¡Qué colorido!".

Al doctor le llovieron inquietudes sobre nebulosas y estrellas. Nos había ofrecido durante la semana explicaciones sobre Mercurio y Venus, también sobre los límites del sistema solar, la fusión nuclear, el nuevo telescopio que acababan de instalar en el espacio y el funcionamiento de los giroscopios. Siempre terminaba sus clases con un mito relacionado con las estrellas. Jessica no quiso que ese día fuese una excepción y su aguda voz se elevó entre el cúmulo de preguntas y comentarios.

—¡Doctor, doctor, dice usted que esta nebulosa se encuentra en la constelación de Acuario! ¿Sabe alguna leyenda sobre este signo? Mi hermano es Acuario, y seguro que también alguien de esta clase lo es. —Miró a su alrededor y se detuvo en mí—. Por ejemplo, Josep.

—Pero, Jessica, yo no creo en la astrología —señalé.

—¿No? Pero si tu carácter es clavado al que corresponde a este signo —arguyó.

El doctor entró en trance y empezó a narrar.

—Las estrellas de esa constelación dibujan un joven que vierte agua desde un jarro al río que fluye a sus pies. Cuentan que se trata de Ganimedes, un hermoso príncipe troyano...

Roberto, como era habitual, inició la tanda de comentarios que solían brotar desde las filas intermedias, donde se desplegaba su grupo. "Esta historia ya me la sé", dijo, y otros siguieron: "Es que usted es un hombre muy culto". "¿En Troya no pasó aquello del caballo?". "Callen, callen, que no oigo".

Entre aquellas observaciones, se insertaron otras más burlonas desde las últimas filas: "Qué guapo eres, Fuentes". "Dame a beber de tu agua". "Estoy sediento, Fuentes".

El doctor, sin enterarse de nada, no dejaba de narrar a menos que una pregunta, bien entonada y pertinente, le tirase de la cuerda que lo anclaba al mundo.

—… Era un joven tan atractivo que Zeus se enamoró de él. El dios se transformó en águila y fue a buscar al muchacho. Lo encontró en el monte, cuidando un rebaño de ovejas, lo raptó y se lo llevó al Olimpo…

Más comentarios de los dos grupos: "Zeus cambia su imagen cuando quiere conseguir algo. Es un rufián". "Antes los príncipes trabajaban. Este era pastor". "Callen, callen, que no oigo". "¡Cuidado por detrás, Fuentes!". "Vente conmigo, que te voy a llevar también al Olimpo".

El doctor continuaba:

—… En la morada de los dioses, Zeus le hizo su amante. Extasiado por el joven, le otorgó el don de la eterna juventud y le encargó que se ocupase de la copa dorada que portaba el néctar de los dioses…

"A Zeus le da igual rabo que almeja". "¡Qué gracioso es usted, Roberto!". "Callen, callen, que no oigo". "Ya te han dado, Fuentes". "Dame algo de tu néctar". "Ese hombre es una fuente de amor".

—… La diosa Hebe, hija de Zeus y Hera, que hasta entonces se había ocupado de escanciar el néctar, se sintió menospreciada...

"Hera es la esposa de Zeus". "Eso también lo sabía yo". "Callen, callen, que…". "Es que Fuentes es más guapo". "Y tiene más néctar".

—… Hera se enfadó y discutió con Zeus. El dios se puso furioso y quiso premiar todavía más a Ganimedes. Lo ascendió al cielo y le dio un lugar entre las estrellas.

"Hera es de armas tomar". "Las madres siempre protegen a sus hijas". "Callen…". "No te creas a salvo". "Zeus sabe dónde encontrarte".

El doctor Helios volvió en sí y, en un tono más informativo, dijo:

—Uno de los satélites de Júpiter se llama Ganimedes; ya saben que Júpiter es, para los romanos, el dios equivalente a Zeus...

"Y Hera fue Juno para los romanos". "¿Júpiter es el planeta que tiene la mancha roja?". "Callen, callen…". "Te encontró y te cazó". "Enlazado para toda la eternidad".

Sonó el timbre que anunciaba el final de la clase. En medio del alboroto consecuente, el doctor Helios gritó:

—¡Repasen los apuntes este fin de semana!

Me fui a airear al pasillo y me vinieron a la mente diversas pinturas que retrataban la escena en la que Zeus, transformado en águila, cazaba a un chaval que andaba casi en cueros por el campo. Admiraba el bello oleo del renacentista italiano Antonio Allegri de Correggio.

Recordé también las dos versiones pintadas por Rubens, que había dado un trato inicial delicado a ese rapto y luego había plasmado la violencia de un ser poderoso que se adueña de lo que le place.

Detuve mis cavilaciones porque Jessica salió de la clase envuelta en carcajadas malévolas. Se había enfrentado con los que se habían estado guaseando de mí. Le pedí que no me defendiese más; si la broma no iba a mayores, era mejor no darle importancia. Empezó a rebatirme, pero algo le llamó la atención y se detuvo. Señaló detrás de mí.

—Mira, hoy vienen los dos profesores.

Aura y Pol, que se turnaban la clase de esa hora, venían charlando por el pasillo.

Pol era cocinero y nos enseñaba a preparar la comida propia de los astronautas. Llevábamos dos clases con él. La primera había sido teórica, y en la segunda, habíamos bajado a practicar a la cocina del restaurante. Habían puesto unos biombos separando nuestro espacio para que no estorbásemos. Preparar las bolsitas alimenticias para su posterior degustación, ya fuera hidratándolas o calentándolas, no había sido difícil; sin embargo, cuando intentó enseñarnos a elaborar un plato, la cocina se convirtió en un caos. No cupimos en las mesas y no hubo suficientes cuchillos, cazuelas ni sartenes. Pol era un chico muy joven y no supo poner orden. Un grupo de espabilados, Roberto y compañía, se agenciaron más viandas y menaje de lo que precisaban, y ocuparon cuatro fuegos de los seis disponibles que teníamos para todo el grupo. No dejaron acercarse a nadie y prepararon la receta a su manera, sin seguir las instrucciones del profesor. Ahí tuvieron mucha culpa las señoras del grupo de Roberto; después de llevar toda la vida cocinando para la familia, se resistieron a dejarse guiar por un chaval. De sus cazuelas brotó un suculento olor a guiso de abuela. Sin desmerecer esos potajes, Pol advirtió que no eran adecuados para el ingrávido espacio; pero no le hicieron caso, y Roberto, que en ningún momento había participado más que como catador, se atrevió a contestarle:

—Déjate guiar por nuestra experiencia, muchacho. Si desde el principio se les hubiera dado esta comida a los astronautas, ya estarían cansados de pasearse por Marte.

Otros alumnos, en cambio, demostraron tener poca maña. Uno de los jóvenes se hizo un corte profundo en un dedo y acabó en urgencias. Hubo otros que se cansaron enseguida y se pusieron a pulular por la cocina y a rapiñar los sobrantes. Como era la última clase antes de la comida del mediodía, la gente estaba hambrienta; aunque eso no excusaba que un grupito se valiera del alboroto que causó el tajo que se dio aquel chaval para asaltar la nevera. Se llevaron un buen montón de los pasteles de chocolate que tenían que servirse ese día. No se había descubierto a los culpables, y todos, incluidos los inocentes, nos habíamos quedado sin postre.

Aura y Pol nos saludaron y entraron juntos en la clase. La pedagoga desparramó su voz por el aula como solo ella sabía hacer. Conseguía intensificarla sin subir el volumen, como una buena actriz de teatro. Nos comunicó que se habían dado cuenta de que no podían atender correctamente a treinta alumnos; así que habían decidido que, durante esa hora, la clase se desdoblaría en dos grupos. A mí me tocó el grupo A, donde también estaba Paula. Menos suerte tuvo Jessica, pues coincidía en el B con Ángel, Pinaza y Roberto. No fue la única a la que disgustó aquella división. Cuando comunicaron el nombre de las personas que componían cada grupo, se elevaron bastantes quejas; pero Aura dio largas a los descontentos, aunque lo hizo con sus habituales maneras respetuosas. Luego informó también que la hora del desayuno se adelantaba por sugerencia de uno de nosotros, e hizo un gesto de asentimiento hacia mí. Agradecí que el claustro de profesores hubiese aceptado mi propuesta. Almorzaríamos después de la clase de Tesón.

Aura nos impartía técnicas de conducción de grupos, y ella era el mejor ejemplo de las cualidades que un coordinador debía tener. Era una mujer encantadora en el significado más propio, pues conseguía subyugarnos. En solo dos días de clase, nos tenía a todos amansados como corderos, incluso a los más rebeldes.

Los del grupo A nos fuimos con Pol a la cocina, y los del B se quedaron con Aura. Jessica lamentó quedarse descolgada.

Entramos en la cocina más mansos que la última vez. Cuando todos estuvimos preparados, con los delantales y gorros puestos, Pol llamó nuestra atención con los brazos en alto y alegró su rostro con su habitual sonrisa.

—Es preciso que hoy estemos bien atentos —advirtió—. Tenemos que preparar el plato que os indicaré en solo una hora y media, cubrirlo con una gelatina para unir sus componentes y envasarlo al vacío…

Pol era un tipo recio, de espalda ancha, que siempre mostraba una cara risueña. Llevaba su pelo rubio oscuro muy corto, lo cual resaltaba sus orejas de soplillo. Se movía de forma pausada por la cocina y gesticulaba mucho. Vestía, bajo el delantal, una camisa blanca y holgada, de cuello mao, y siempre iba muy arremangado. El pantalón también era blanco y fino, como el de un enfermero. Su voz brotaba con suavidad, movida por una inspiración muy interiorizada.

—… El plato se llama: "Fritura de huevos guarecidos en un nido de patatas trufadas". No os preocupéis porque iremos paso a paso.

Se oyó un comentario que descalificaba ese título tan rimbombante. Pol repuso:

—¡No, no son los huevos fritos con patatas de toda la vida! Hemos de aplicar técnicas casi bioquímicas para no perder ni una brizna de aroma. Estad atentos, por favor.

Con mayor o menor dificultad, conseguimos acabar el plato y envasarlo. Salimos de su clase satisfechos por haber conseguido elaborar una receta de alta cocina.

Era la hora de comer, y Jessica ya estaba en el comedor, sentada y con su bandeja llena.

—Me alegra que volváis tan contentos —manifestó—. A mí no me ha ido tan bien. Ese tal Ángel miente hasta con su nombre.

Recordé que David había criticado la doblez de mi compañero usando las mismas palabras.

Jessica atacó su primer plato y, sin dejar de engullir, explicó:

—Aura ha percibido que estábamos tensos por la selección de los miembros de los grupos. Nos ha reprochado que nos dejáramos conducir por prejuicios sobre personas que conocemos poco y, a continuación, nos ha puesto por parejas para que entablásemos conversación. Para ayudarnos a romper el hielo, ha marcado unos momentos de nuestra vida que debíamos compartir: el más emotivo, nuestra mayor sorpresa, una situación estresante, otra alegre, otra triste y algunas más. Me ha tocado Ángel, y he descubierto que ese tío es más fantasma que Roberto, que ya es decir. Si doy crédito a todo lo que me ha contado, tendría que llamarle Bond a partir de ahora, San mártir James Bond. Mártir, porque todo el mundo lo maltrata, y Bond, porque se sale de todas heroicamente. ¡No quiero seguir en ese grupo! Hay un montón de impresentables, empezando por el misógino de Pinaza. También está casi toda la pandilla de Roberto, que son todos unos criticones, en especial, las señoras. ¡Vaya cotorras! Esas, machacando por un lado; y San Ángel mártir, por otro. ¡Qué plañidero! Yo no me quejo tanto. Le he contado cosas buenas: que tengo dos hijos estupendos, que toco la flauta china de bambú para relajarme…

Apenas nos dejó hablar a los demás durante la comida.

Después del descanso del mediodía, nos dirigimos hacia el aula para asistir a la primera clase de la tarde. Un grupito de alumnos estaba esperando en el pasillo. Entre ellos, se encontraban Ángel y Pinaza. Este último, al acercarnos, profirió un comentario burlón sin mirar a Jessica, pero claramente dirigido a ella.

—¿Flauta china? ¡Hay que ver de qué memeces llegan a ocuparse ciertas personas!

Algunos de los que lo acompañaban le rieron la supuesta gracia; pero aquella broma incomodó a Ángel. Pese a que la información había salido de su boca, y seguramente en tono despectivo, no había previsto que pudiera escaparse de su corrillo. Pinaza lo acababa de dejar en evidencia.

Jessica puso los brazos en jarra y contraatacó.

—Hay gente inútil, que no posee ninguna habilidad, y se siente tan inferior que mata su tiempo jorobando a los demás.

El grupito contestó con risas y silbidos de admiración por la rápida réplica. Jessica se encaró luego con Ángel.

—¡Tú, chivato, no volveré a confiar en ti!

Me pareció que, antes de pintar una sonrisa de sorna como muro defensivo, a Ángel se le había escapado una mueca triste, como si hubiera sentido algún remordimiento. Imaginaciones mías, sin duda.

Intenté calmar los ánimos; bastante nos los iba a alterar el profesor de la siguiente clase, un hombre arrogante y descortés. Pero Pinaza continuó fastidiando a Jessica.

—¡Y aún hubieras querido tener más hijos! ¿Crees que la empresa puede pagarte tantas vacaciones?

—También necesita más tiempo para practicar con la flauta —dijo otro del grupo, carcajeándose.

—¡Sois unos mamones! —les insultó Jessica.

—¡Qué expresión tan soez! —chilló alguien que se encontraba fuera de nuestro circulo de riña.

No habíamos oído llegar al doctor Pinxo.

—No sé qué voy a hacer con ustedes, ni de dónde voy a sacar lo que no tienen —añadió—. ¡Entren en el aula, y que sea la última vez que me esperan en el pasillo!

Mi mujer, al saber que lo tenía de profesor, me había avisado acerca de su mala educación, y como en el Congreso Protozoario no habían acabado demasiado bien, me aconsejó que no la mencionara. Decía que era un hombre muy rencoroso y que podría tomarme ojeriza. Me explicó que al doctor lo habían apartado de un importante proyecto por sus constantes críticas a otros miembros del equipo. Su aspereza hiriente le había cerrado todas las puertas a las que había llamado, por lo que había decidido desaparecer un tiempo y aceptar el puesto de profesor en nuestro curso. Así que sus alumnos nos enfrentábamos a una persona, de por sí irascible, que estaba aparcada en un trabajo no deseado.

—La próxima semana empezaremos las clases prácticas —nos avisó el profesor—. Es imprescindible que dominen la parte teórica. No toleraré un solo fallo. En mi asignatura no jugamos con planetas, sino con vidas humanas. Veamos ahora cómo lo llevan. ¡A ver, usted! —El joven al que señaló dio un respingo—. Expóngame la secuencia de pasos de la RCP.

Se refería a la reanimación cardiopulmonar. El doctor Pinxo era médico y nos impartía clases de socorrismo.

El chaval balbuceó los tres pasos.

—Primero… controlar la vía aérea. Después… el boca a boca. Luego… el masaje cardiaco.

—¡A ese ritmo se nos morirá el paciente! —le espetó, y luego se dirigió a Roberto—. Usted, explíqueme las comprobaciones previas a la RCP.

—Bueno, las comprobaciones previas…

A Roberto se le perdió la mirada por el techo. Deduje que no se acordaba.

—Miramos la situación desde algo de distancia —respondió—. Nos hacemos una idea de por dónde empezar. Hablamos con la gente que haya cerca…

—¡Claro, y buscamos a alguien que sepa más que nosotros y nos pueda sustituir!—gritó el doctor—. ¡Son un hatajo de gandules! ¡A ver, usted! —Señaló a uno de los Abuelos—. No se esconda tanto y díganos qué es la PLS. —El hombre se quedó blanco y no contestó—. ¡Ni idea!, ¿verdad? ¿Para quién explico yo, para sordos?

Al doctor Pinxo le agradaba humillar a la gente. Su severidad nos bloqueaba el intelecto, también su desaprobación continua, las correcciones groseras y las cuestiones elaboradas de manera confusa, por ejemplo, usando abreviaturas innecesarias que exigían un descifrado previo. Era un tipo insoportable. Disfrutaba abusando, y no dirigía sus ataques de forma aleatoria; se había percatado de quiénes eran los más débiles y solía arremeter contra ellos. Aura decía que avasallábamos para expandir y contagiar la amargura propia a los demás; ni en eso queríamos estar solos. Era una estrategia de cobardes, y frente a los cobardes, el miedo no tenía sentido práctico; así que, en aquel momento, me inmiscuí.

—Discúlpeme, doctor Pinxo. Permítame que formule la pregunta de otra manera. —Sin esperar su permiso, me dirigí al Abuelo—: ¿Qué hacemos con una persona inconsciente, sin lesiones aparentes, que respira y tiene pulso?

—¡Ah! Pues, le situamos en la posición lateral de seguridad, es decir, de lado y con las piernas un poco dobladas —contestó—. Luego le tapamos con algo para abrigarlo.

—Exacto —alabé—, en la posición lateral de seguridad, la que nuestro profesor llama PLS de forma abreviada.

El doctor Pinxo se puso furioso.

—¿Cómo se atreve a sustituirme? ¡Deme su nombre!

—Me ha parecido que mi compañero no comprendía la pregunta y, por eso, he intervenido —repuse sin perder la serenidad.

—No vuelva a meterse. Deme su nombre.

Pinaza se me adelantó:

—Se llama Fuentes, y es una fuente de amor.

El doctor Pinxo sonrió cruelmente. Bajó de la tarima desde donde nos hablaban los profesores y empezó a pasearse por el aula.

—Eso lo explica todo. A Míster Amor le disgusta ver sufrir a la gente —dijo, y se oyeron risitas—. Es todo corazón y siempre intenta ayudar a los demás…

—Sobre todo a Zeus —añadió Ángel.

Ese comentario hizo brotar carcajadas entre los Revoltosos. El doctor Pinxo se aproximó a esos alumnos que parecían estar de su parte. Quiso sacar partido del arma brindada y preguntó cuál era el origen de esa guasa. El relato le encantó y lo usó como sustrato de chanza. Sus burlas cayeron sobre mi espalda, pues no me volví, y fueron jaleadas de nuevo por risas provenientes de las filas de atrás, aunque también surgieron algunas desde las intermedias. Jessica me pidió permiso para pasar al ataque, pero alcé levemente mi mano derecha, en un gesto elocuente de calma, y mi seria mirada le dejó claro que no quería que se involucrase.

—Zeus… Hebe… Le sobra amor para repartirlo por todo el Olimpo —comentaba el profesor.

—A usted también le puedo dar un poco —repliqué sin girarme.

—¡Cómo se atreve a faltarme el respeto! —chilló con un tono estridente.

Me volví entonces y afirmé:

—No veo motivo para molestarse cuando la broma es obvia.

Me levanté y me acerqué al doctor. Ante mi aproximación, adquirió una postura defensiva, ladeando el cuerpo y echando una pierna atrás. Lo rebasé, y los Revoltosos se pusieron, entonces, nerviosos y se removieron en sus asientos. Fui a por Ángel y dejé caer mi mano sobre su hombro; una mano algo pesada, reconozco que me falló un poco mi control emocional. Sin soltarlo, me dirigí al doctor.

—Este es mi colega, el segundo responsable de mi tienda. Como encargado, me complace decir que hemos sacado adelante el objetivo de ventas de este año de una forma más que satisfactoria, ¿no es cierto, Ángel?

—Sí, no nos ha ido mal —contestó, e interpuso entre ambos una sonrisa tensa.

—Formamos un buen equipo —continué—. Cuando acabemos este curso y regresemos a nuestros puestos de trabajo, seguiremos luchando y apoyándonos mutuamente.

—Codo con codo —masculló Ángel, y su rostro se ablandó con una mustia expresión.

Le solté el hombro y barrí con una mirada hostil a los demás. Di un paso hacia Pinaza y, sin dejar de dirigirme al doctor, expuse:

—Le presento también a mi primer jefe de distrito: una persona accesible y confiable.

Aunque Pinaza captó la ironía de mi descripción, no tuvo más remedio que aparentar que estaba en lo cierto. Hizo un leve asentimiento de gratitud incómoda con la cabeza.

Intuí que el doctor Pinxo estaba a punto de estallar, así que me adelanté hacia él con los brazos medio abiertos.

—¡Y qué puedo decir de usted, doctor, que no sean palabras admirativas! Excelente *Cum laude* en el doctorado, premio Izpisu por uno de sus trabajos de investigación, premio Massa al descubrimiento más relevante del pasado año…

El doctor se quedó boquiabierto por mis conocimientos sobre su persona. Nadia me había informado de esos éxitos; aunque ella no había silenciado detalles tales como que robaba ideas y que ponía la guinda a pasteles que cocinaban otros.

—… Es uno de los nombres que se barajan para formar parte del Comité Internacional de Ética Científica —proseguí.

Se había presentado él mismo, pero eso tampoco lo concreté. Luego amplié mi mirada a todos y añadí:

—Por todo el conocimiento que tengo sobre ustedes, estoy seguro de que estaban bromeando y de que no pueden molestarse si, manteniendo el buen humor, les digo que aquí me tienen para darles todo el amor que precisen, eso sí, de uno en uno y en la calle, cuando salgamos.

Pasé por el lado del doctor y me senté en mi sitio.

El profesor regresó a su mesa algo aturdido. Unos comentarios susurrantes que emergieron desde distintos puntos de la clase le sirvieron para despacharse un poco.

—¡Silencio o les pongo un examen ahora mismo! —gritó—. Ya hemos perdido demasiado tiempo. Tomen nota.

Durante el resto de la clase, los bolígrafos tuvieron que volar sobre los folios. El timbre que anunciaba el final de la clase rompió la andanada parlante del doctor. Empezamos a recoger con prontitud. Era viernes, cuatro de la tarde, y el agotamiento y el hastío invadían todos los niveles mentales.

—Quédense en sus asientos —ordenó el profesor—. Vamos a seguir un poco más para recuperar el tiempo que Fuentes nos ha hecho perder.

Me quedé estupefacto, y el mismo sentimiento de incredulidad se extendió por el resto de la clase. Paula hizo una sonora y profunda inspiración a la que siguió una expulsión acelerada de un aire denso. Con voz serena, le advirtió:

—Doctor Pinxo, no podemos llegar tarde a la clase de Tesón. Nos lo dejó muy claro el primer día: la puntualidad puntúa.

—Comuniquen al profesor de Educación Física el motivo y el causante de su castigo —replicó.

—No se preocupe —intervine en un tono muy serio—; me encargaré de explicar al entrenador todo lo que está pasando en esta clase.

No se me pasó por alto el sutil titubeo que recorrió su cuerpo. No entraba dentro de sus planes que Tesón se enterara de sus maneras maleducadas. Nos estuvo dictando apenas dos minutos más y después nos despachó con un seco "hasta el lunes". Se puso muy tieso y salió del aula.

—¿Lo habéis visto? —preguntó Jessica mientras recogíamos—. ¡Cuánto hará que ese tío se ha tragado el palo de la escoba!

Me sentía tan feliz por haber llegado al final de aquella semana que hubiera salido corriendo al campo de atletismo; pero mis piernas se negaron en rotundo. Los demás salieron en estampida, quizá azuzados por la tensión que acabábamos de vivir en la clase del doctor Pinxo. Solo los Abuelos caminaron sin prisa.

Las instalaciones deportivas no eran de nuestro uso exclusivo. Había mucha gente entrenando por la tarde, sobre todo vecinos del barrio y trabajadores de las empresas cercanas. Tesón nos hizo señas desde un lado del campo de atletismo. Llevaba una bolsa de red con tres pelotas de fútbol en su interior.

—Me alegro de verlos tan entusiastas —dijo—. Síganme, he reservado una pista.

Anexas al campo, había dos pistas polivalentes donde se practicaban deportes de equipo. Pensamos que jugar un partido nos serviría de desahogo, así que nos dirigimos hacia allí muy contentos. Pero el entusiasmo se tornó en decepción cuando, al llegar, Tesón propuso:

—Bueno, vamos a hacer dos equipos: chicas contra chicos.

Las protestas masculinas invadieron el aire. Nosotros queríamos jugar en serio, y las mujeres no sabían darle al balón, alegamos, y propusimos que fueran a otra pista y jugasen a básquet o a lo que ellas quisiesen. Reconozco que yo también estaba entre los que se quejaron que no advertí la carga despreciativa y sesgada que tenían esos comentarios. Con toda la razón, las mujeres nos llamaron machistas, y dos jóvenes, a las que se les daba bien el fútbol, nos tildaron de cortos de miras. Tesón se metió en medio y rogó que nos calmásemos.

—Veamos, los he contado y están bastante igualados. Hay una chica menos. Uno de los chicos podría pasarse al equipo femenino. ¿Algún voluntario? —Silencio—. ¿No?... Bueno, no pasa nada. Recuerden que esto es un juego. Vamos a divertirnos.

¿Un juego? Sí, pero ¿cuál? Aquello parecía un partido de rugby. Las mujeres no nos tocaron mucho al principio; pero, tras encajar cuatro goles en menos de diez minutos, se empezaron a poner nerviosas. Pinaza espoleó el juego sucio cuando se hizo el chistoso y animó al equipo masculino con estas palabras:

—¡Adelante, muchachos! Recordemos a estas mujeres cuál es su sitio: de la cocina a la cama y por el pasillo a patadas.

Hubo quienes se carcajearon, pero la mayoría le reprochamos esa sentencia vejatoria. Mas la ofensa ofusca, y ganar el partido adquirió una importancia irracional para las féminas. Nos empujaban y nos agarraban de las camisetas y los pantalones, con pellizcos incluidos. En su afán por quitarnos el balón, nuestras espinillas se llevaban la peor parte. Pinaza fue perseguido ferozmente. Como una presa hostigada, intentaba tocar lo menos posible el balón con la esperanza de evitar la aplicación de su pena o, al menos, de dejarla sin excusa; pero no tardó en ser barrido, sin contemplaciones, por una de las Abuelas. Lo sacamos del campo con rapidez y lo dejamos en el banquillo. Se dolía de un gemelo y lanzaba maldiciones. Al poco rato, Jessica le propinó un violento empujón a Ángel, que se desequilibró y chocó de cara contra el poste de la portería. La nariz le empezó a sangrar. Otro, al banquillo. Las formas se habían perdido. Uno de los Revoltosos contraatacó con contundencia y le metió una entrada brutal a una de las chavalas, una de las que jugaba limpio.

Las mujeres se arremolinaron alrededor de la agredida y pararon el partido. Los hombres les reclamamos que sacasen del campo a la muchacha para poder continuar; pero nos tacharon de brutos y se negaron a seguir. Levantaron a su compañera, fueron hacia Tesón y le dijeron que "con esos bestias", refiriéndose a nosotros, no volverían a jugar.

—Muy bien, pues yo también he tenido suficiente —sentenció el profesor—. Además, no he traído silbato ni tarjetas. Vayan a las pistas, empiecen a correr y no paren hasta que los avise. Mientras tanto, me ocuparé de los lesionados.

Renegando de nuestra estupidez, bajamos al campo de atletismo y nos pusimos a trotar. Los heridos y Tesón no tardaron en unirse a nosotros. A los quince minutos de carrera moderada, la mayoría flojeamos y pasamos a caminar.

—¡Que no se pare nadie! —ordenó el entrenador.

Tras cinco minutos más, el desmoronamiento muscular se hizo inminente. Tesón nos gritó:

—¡Sin dejar de correr, agrúpense! ¡Formen un montón!

Los que iban adelantados disminuyeron su velocidad para unirse al grupo.

—Más juntos —dirigió Tesón—. Regulen su velocidad para que nadie se separe del pelotón.

Empezamos a apreciar el sonido conjunto de las respiraciones y los jadeos. Ocupábamos las tres calles internas del campo y llamábamos la atención. Las demás personas que estaban entrenando nos hicieron sitio.

—Vamos a sincopar el ritmo de nuestras zancadas. Los más altos, acórtenlas; los bajos, alárguenlas para casarlas con las de sus compañeros —solicitó Tesón, y nos ayudó marcando el compás mayoritario—: Jump, Jamp, Jump, Jamp.

Las piernas corrieron juntas. Las bocas abiertas absorbían el aire compartido y una burbuja de calor sudoroso sellaba una unión gratificante, primitiva, de manada.

Tesón no había acabado ahí su lección.

—Disminuyan el ritmo. Jump… Jamp…. Jump… Jamp. Dejen de correr y sigan caminando a buen paso —indicó—. No vayan tan lentos. Hum, hum, hum… Vamos a juntarnos más, hasta que nuestros brazos se toquen….

Leves risas empezaron a fluir.

—… Así, muy bien. Mantengan el contacto con sus compañeros cercanos. Voy a ordenar cambios de dirección y nadie tiene que separarse del grupo. Quédense bien juntos y no disminuyan el ritmo del paso. Así, bien, bien. Cuando los avise, nos dirigiremos hacia el área central, en concreto, hacia el círculo del lanzamiento de peso. ¿Preparados?... ¡Ya!

Una pelota de gente guiada por una sola cabeza pensante cruzó el campo de atletismo. Nuestro entrenamiento era ya de interés general. Tesón continuó:

—Cuando lleguemos, giraremos a la derecha, hacia las gradas. ¿Preparados?... ¡Ya!

Ese giro al unísono nos hizo reír sin disimulo.

—Cuando les indique, iremos a la izquierda, hacia la colchoneta del salto de pértiga... ¡Ya!

Las carcajadas se generalizaron. Algunos nos desconcentramos y perdimos el ritmo.

—¡Vamos, vamos, todos al mismo paso! —alentó Tesón—. Cuando lleguemos, nos daremos la vuelta para ir al otro lado del campo... ¡Ya!

Muchos repetimos ese "ya".

—Ahora, a mi señal, giraremos según les indique previamente. Preparados para girar a la izquierda... ¡Ya!... A la derecha...

Nos estábamos destornillando.

—... Derecha otra vez... ¡Ya!... Izquierda. Derecha. Izquierda. Izquierda. Hacia atrás.

Nos caímos casi todos, las piernas liadas por una red de risas. Entre los pocos que no se dejaron arrastrar hasta el suelo había algunos que sonreían, como Roberto y otros de su grupo; pero hubo quienes no perdieron en ningún momento la seriedad, como si aquello fuera un ejercicio militar o creyeran que reírse mermaba en algo su dignidad, entre ellos se encontraban Ángel y Pinaza.

—¡Muy bien, creo que es suficiente por hoy! —consideró Tesón—. Es viernes y están todos muy cansados. Échense en el suelo y respiren lentamente.... Así, relájense y respiren. Estoy muy orgulloso del esfuerzo que han hecho durante esta semana... Cierren los ojos y respiren... Relajen el cuerpo... Como ven, el ejercicio puede ser muy divertido... Sus cuerpos se están volviendo más ágiles y fuertes; sus mentes, más abiertas y tranquilas... El deporte en grupo es muy estimulante. Nos une y alegra... Somos más optimistas. Dormimos mejor... ¡Pero no se duerman aquí! —añadió en voz más alta—. ¡A la ducha! ¡Buen fin de semana!

¡Fin de semana! Mis pensamientos se centraron en dos imágenes: yo tirado en el sofá y yo tirado en la cama.

Al entrar en casa, mi mujer eliminó de un tajo esas pretensiones.

—Josep, mañana vamos de excursión al Montseny con un grupo de padres del colegio y sus hijos. No me acordé de decírtelo ayer.

Silvia y Joan asintieron con una sonrisa que, en aquel momento, me pareció cruel porque estaba hecho migas. Protesté ante tamaño destrozo de mis planes, pero Nadia repuso:

—Pero es mañana, hombre, y no andaremos mucho: unas tres o cuatro horas. —Cuando le pedí clemencia, objetó—: Claro que te puedo excusar delante de los otros, pero ¿y delante de tus hijos?

La mirada de los niños fue inmisericorde.

El sábado sentí que tenía unas barras de hierro incrustadas en las piernas. Doblar las rodillas me resultaba muy doloroso. La subida a la montaña la llevé bastante bien, pero la bajada fue un suplicio, y ni la media docena de plátanos que me llevé y fui comiendo por el camino consiguieron atenuarlo.

Por la noche, tras cenar y recoger, no tuve ganas de ponerme a estudiar y me fui a dormir.

El domingo por la mañana lucía un sol deslumbrante en un cielo azul diáfano. Era de esos días en los que es pecado encerrarse en casa. Nos fuimos a dar un paseo y a tomar una paellita a un restaurante cerca de la playa de la Barceloneta. Por la tarde, Nadia llamó la atención de los niños acerca de los deberes pendientes del fin de semana. Se fueron cada uno a su cuarto y se pusieron a hacerlos.

No podía seguir evitando mi responsabilidad. Como el escritorio que teníamos en la habitación de matrimonio era pequeño, me instalé en la mesa del comedor.

Y allí estaba.

Solo frente a mis apuntes.

Un silencio pesado de domingo por la tarde se filtraba desde la calle. En el interior de la casa, no se oían más que unos suaves ruidos de trasteo en la cocina. Nadia estaba preparando un bizcocho de chocolate para el desayuno del día siguiente; aunque todos sabíamos que lo empezaríamos esa misma noche.

Imaginé a mi mujer en su tarea y me anclé al roce sonoro de sus movimientos. Eran unos sonidos que demostraban que existía vida más allá de aquellos apuntes… Doce años sin estudiar eran muchos años, pensé; pero tenía una licenciatura universitaria, y si había sido capaz de sacar adelante unos estudios significaba que tenía algo de seso. No podía haber perdido tanta memoria desde entonces…

Mi mujer llevaba mucho rato batiendo unas claras de huevo; no conseguía ponerlas a punto de nieve. Se me ocurrió que podría ir a ayudarla y me levanté; pero me psicoanalicé al instante y me dejé caer en el asiento de nuevo: debía enfrentarme a mis estudios. Había empezado con la asignatura de Leila y su espesor me había desfondado. Cambié a la del doctor Pinxo. Supuse que, como me había sacado el carnet de socorrista a los dieciocho años, me bastaría con un leve repaso.

Nadia había dejado de batir… Aquel doctor Pinxo era un tipo muy ofensivo; recordaba sus constantes desprecios… Tenía que contárselo a mi mujer.

Nadia me recibió con una sonrisa pícara.

—¿Qué pasa, estoy haciendo mucho ruido y no te puedes concentrar? Perdona, ya estoy acabando —dijo, y me cerró la puerta en las narices.

Molesto por su falta de tacto y, sobre todo, por su perspicacia al adivinar mi huida de la aplastante realidad, me dispuse a volver a mis apuntes. Dos puertas se abrieron y sendas caritas asomaron.

—¿Está hecho el bizcocho, papá? —preguntaron mis hijos.

Se me ocurrió una idea.

—¿Por qué no estudiamos todos juntos? —sugerí.

Mi hija trajo al comedor su ordenador portátil, se puso a mi lado y continuó con su trabajo de Ciencias Naturales. Mi hijo seguía estudiando el aparato digestivo humano. Me contagié de su seriedad y leí seguidas cuatro páginas de la clase del doctor Pinxo. Advertí que me sabía aquella materia y decidí retomar los apuntes de la clase de Leila.

Los discursos que nos soltaba esa robot cruel eran tan densos como los agujeros negros del universo. Reparé en que nunca conseguiría memorizar todos aquellos datos y, nervioso, cambié a la asignatura del doctor Helios.

Mis hijos se dieron cuenta de mi incertidumbre.

—Es mejor que comiences por la asignatura que más te guste y luego continúes por la más difícil —aconsejó mi hija.

—Si no te gusta ninguna, empieza por la del profesor más duro —recomendó mi hijo.

—¿Por qué por la del más duro? —indagué.

—Porque no podrás darle pena ni se creerá historias, como que has estado todo el fin de semana en cama con dolor de tripa, o que saliste de viaje con tu familia y tus padres se olvidaron tu mochila, con los libros y la tableta, o que los ladrones entraron en casa y lo revolvieron todo y no pudiste encontrar tus cosas, o que…

Le detuve.

—¡Para, para! Eso de mentir no está nada bien... Además, esas excusas no se las cree nadie.

—Depende de la cara que pongas —afirmó.

—Creo que tus apuntes son demasiado espesos —opinó mi hija—. Deberías hacerte esquemas.

—También puedes prepararte chuletas —aportó como idea mi hijo.

—¿No sabes algún truco legal, Joan? —le recriminé.

—Puedes imaginarte una película con lo que tengas que estudiar.

—Lanzadera espacial llamando a la Tierra, ¿me recibe?

—Le recibo, cosmonauta Josepsky. Estaba preocupada por la falta de comunicación. ¿Se encuentra bien el cosmonauta Megaraig?

—Silvia, ya te he dicho que me llamo Megamaxiraig.

—Tierra, aquí Josepsky. Todo va bien. Hemos aterrizado, perdón, amercurizado en la cara en sombra del planeta Mercurio.

—Muy bien, cosmonauta Josepsky. ¿Qué ven?

—Se parece a nuestra luna. Está plagado de cráteres, y algunos son enormes.

—¡Tierra, soy Megamaxiraig! ¡Aquí no hay nadie! ¡Tampoco hay parques ni cines! Parece un sitio muy aburrido.

—Muy bien, cosmonautas. Denme ahora las mediciones obtenidas.

Esperaba acordarme. Si fallaba, mi hija me corregiría. Le había pasado los apuntes de los planetas a visitar e iría punteando mis respuestas.

Los dos astronautas nos habíamos sentado en el suelo, rodeados por una estructura formada con las sillas a modo de nave. Mi hija hacía equilibrios encima de los cuatro cojines del sofá, dispuestos unos sobre los otros; aquello simulaba nuestro planeta. Nadia había querido sumarse, pero los gemidos del perro habían apuntado hacia una urgencia urinaria. Cuando subiera de pasearlo, tal vez nos encontraría ya en Venus.

—Estamos a cincuenta y ocho millones de kilómetros del Sol —informé—. La temperatura media es de 179° centígrados. Este planeta es más pequeño que el nuestro; aquí pesamos tres veces y media menos. Nuestra estrella está muy cerca y su gravedad nos atrae y nos hace ir a una velocidad vertiginosa. Un año dura solamente 88 días...

Mi hijo intervino:

—¡Uaaaah, nos estamos achicharrando y nos movemos a lo bestia! ¡Brummmmm!

Joan vibraba como si la nave volara contra un viento huracanado. Una voz seca interrumpió su conducción entusiasta.

—Faltan los datos del radio ecuatorial y del periodo de rotación sobre el eje.

La portavoz de la Tierra era implacable. Canté esas cifras y nos dejó partir.

—Espera, papá —solicitó mi hijo—. No has dicho que los romanos le pusieron Mercurio porque se mueve muy rápido.

Mercurio, el mensajero de los dioses, volaba velozmente gracias a sus sandalias aladas. Había leído esa historia en voz alta, y mi hijo se acordaba; los mitos se afianzaban bien en la memoria.

Asentí con orgullo a mi copiloto y me comuniqué de nuevo con la Tierra.

—Muy bien, despegamos y nos dirigimos al planeta Venus.

De esa curiosa manera, me aprendí bien aquel tema. Después de cenar, acabé de memorizar el resto de la materia del doctor Helios. No me dio tiempo a más.

Llegó el segundo lunes del cursillo y todavía me dolían las piernas de la carrera del viernes anterior; no obstante, me dio la impresión de que necesitaba menos esfuerzo para seguir el ritmo impuesto por Tesón. Al comentarlo con mis compañeros, comprobé que esa percepción era general.

—Se están dando cuenta, ¿no es verdad? —observó el profesor—. Sus cuerpos empiezan a responder al entrenamiento. Se están fortaleciendo.

Era una sensación placentera y estimulante. El buen humor se instaló entre nosotros. Todavía nos animamos más cuando recordamos que, después, tocaba el desayuno. Llegamos a la clase de Leila con las pilas puestas. Nuestras charlas alegres no se cortaron al entrar la robot y la primera en caer fue mi amiga.

—Jessica, un punto negativo por hablar. ¿Has traído el trabajo que te encargué?

Lo sacó de la mochila, mientras echaba pestes en voz baja, y se lo entregó poniéndolo encima de la mesa del profesor con un golpe seco.

La clase de Leila se espesó aún más y se plagó de datos y más datos. A los bufidos y reniegos les siguieron los intentos de frenarla mediante la petición de continuas aclaraciones. Leila se estaba dando cuenta de nuestros trucos y no repetía más de una vez. En caso de insistencia, nos decía que consultáramos nuestras notas. Pero cuando le contestó de esa manera a Pinaza, este no lo admitió y se puso pesado. La robot le suministró el séptimo punto negativo y, al finalizar la clase, lo llamó para asignarle su trabajo. Pinaza se acercó con una amenazadora expresión, pero Leila, como era lógico, se mantuvo impasible.

Ante personajes agresivos como ese tipo, deberíamos ser tan imperturbables como un robot.

El doctor Helios no tardó en aparecer por el pasillo. Llevaba una pelota pintada a franjas, de colores cálidos, y nos la presentó como el planeta Júpiter. Su clase transcurrió de la manera habitual, es decir, saltando de tema en tema: planetas gaseosos, constelación de Orión, manchas solares, primer alunizaje…

La siguiente clase teníamos que repartirnos de nuevo entre Aura y Pol. Jessica se levantó para irse con su grupo a la cocina, cogió sus libretas y, abrazándolas, salió al espacio que había entre las filas de pupitres. Pinaza quiso adelantarla y chocó con ella. En vez de disculparse, le espetó:

—Las mujeres siempre están en medio.

Con el golpe, le había tirado todas las libretas al suelo; pero se marchó sin mirar atrás. Me agaché y ayudé a mi amiga a recogerlas.

Roberto pasó frente a nosotros a paso rápido.

—Date prisa, Jessi, o llegarás tarde —urgió.

La mirada furiosa de Jessica voló a la velocidad de la luz y traspasó sus espaldas. Agarró todas sus libretas y corrió tras ellos.

Me asomé al pasillo.

—¡No les hagas caso! —grité, pues ya se alejaba escaleras abajo.

Me temía que esos dos iban a terminar liofilizados.

Los desmanes siguieron. Al poco de empezar la clase de Leila al día siguiente, Ángel le requirió que apuntase en la pizarra el nombre de un satélite ruso. Leila se puso en pie y lo escribió, pero antes de que llegase a tomar asiento de nuevo, Pinaza le solicitó que anotase otro nombre. La robot, como hacía siempre, fue a coger el borrador para limpiar antes el tablero; sin embargo, no estaba en su sitio. Las risas en las filas traseras señalaban que su desaparición tenía algún propósito bromista. Unas cuantas voces se atropellaron para indicarle que mirara encima del marco. En efecto, se encontraba allí. Leila se estiró para alcanzarlo, pero la pizarra era alta y no llegaba bien. Sus dificultades provocaron más risas. Me levanté para ayudarla, y Jessica me siguió.

No llegamos a tiempo de evitarnos el susto. Leila, de puntillas, apoyó sus dedos en el marco y la pizarra se le vino encima. La robot se desequilibró y cayó hacia atrás. Salté al estrado y detuve el tablero con un brazo mientras que, con el otro, agarraba a Leila por la cintura. Las risas se convirtieron en carcajadas. Jessica corrió hacia nosotros y alzó la pizarra. La robot temía por su integridad física, pues sus manos se aferraban con fuerza a mis brazos.

—No te preocupes; no te dejaré caer —le aseguré.

La enderecé y quedamos muy juntos. Ella tampoco me soltó; supuse que estaba verificando su postura vertical y sin riesgos. Me desconcertó percibir la calidez de su cuerpo, y la mantuve cogida por la cintura y pegada a mí mientras intentaba comprender por qué tenía calefactores bajo la piel del tronco. ¿Habían previsto los ingenieros que pudiera tener un contacto tan íntimo? ¿En qué diablos estaban pensando cuando se los instalaron?

Una sonrisa iluminó su preciosa cara. Atontado, se la devolví.

La clase prorrumpió en mordientes comentarios: "Suéltala ya, Josep. ¿No tienes bastante con Zeus?". "¡Que corra el aire!". "¡Que se besen, que se besen!".

Me avergoncé y la deje ir rápidamente.

Mientras Leila ponía orden y puntos negativos a diestro y siniestro, Jessica, que aún sostenía la pizarra, me chistó e hizo un gesto con la cabeza con el que me instaba a acercarme.

—Mira, han ladeado las alcayatas para que, con un leve toque, la pizarra se le cayera encima —murmuró.

Me quedé de piedra No hubiera imaginado nunca que aquellos alumnos bullangueros llegaran a rebasar ciertos límites. Aquello no era una guasa sin importancia; era una agresión.

Enderecé los soportes y fijamos bien aquel tablero. La robot agradeció nuestra ayuda y nos pidió que regresáramos a nuestros asientos.

Al finalizar la clase, Roberto tuvo que ir a hablar con Leila. Como cantante de la canción "Que se besen", había recibido su séptimo punto negativo. Intentó librarse del trabajo rememorando lo que consideraba "buenos tiempos".

—Vamos, Leila, no digo que me anules ese punto; pero no creo que me haga falta hacer ningún trabajo. Me conoces, sabes que a veces me voy de la lengua. ¿No recuerdas cómo se reían conmigo los clientes? Esta habilidad debería subir nota. Fui un buen jefe para ti; te instruí, te ofrecí toda mi experiencia. Ahora eres tú mi profesora; sin embargo, no puedes olvidar a tu primer maestro…

Estuvo un buen rato intentando convencerla, pero no consiguió doblegarla. El cerebro cibernético de la robot no sabía de compensaciones, o bien porque no había catalogado las acciones de Roberto como favores, o bien porque desconocía esa clase de compromisos tácitos.

Ante una petición de privilegios basada en un trato anterior interesado, deberíamos ser tan rígidos como un robot.

Durante la siguiente clase, la del doctor Helios, los Revoltosos estuvieron haciendo más jaleo de lo acostumbrado. Los miembros del grupo de Roberto e, incluso, un par de jóvenes acabaron contagiándose de sus malos modos.

—Les ha salido bien su gamberrada y están exultantes —juzgó Jessica.

Lo ocurrido con Leila me había encrespado y no conseguí centrarme en la clase. Atendí más al barullo trasero, en busca de una pista que me indicara quién era el culpable. Si el promotor de la broma había sido Pinaza, la gracia tomaba tintes más serios. Ese tipo sabía que la robot podía dañarse mucho si se caía al suelo. Tenía que averiguarlo y, si mis sospechas se confirmaban, hablaría seriamente con aquel miserable.

Pasé esa hora cavilando cómo sonsacarle la verdad, pero solo se me ocurrieron métodos violentos. Esperaba que la clase de Pol me sosegase el ánimo. Necesitaba desnudar la inteligencia de excitadas emociones para poder concebir una estrategia que no provocara una guerra.

. . .

Pol sonrió, abrió sus manos como un cura tras un altar y bendijo los alimentos a su manera.

—Antes de empezar, me gustaría que tocaseis los ingredientes. Oled estas hierbas, estas verduras, las flores. Lo he cosechado todo de mi huerto a primera hora de la mañana. Su frescura exhala aroma a auténtica vida; su textura nos habla de su corazón. Tocadlos y notad su latir: rudo, apacible, aterciopelado, untuoso. Apreciad su fortaleza: fibrosa, lábil, delicada, robusta, quebradiza, crujiente. ¿Podéis entender su lenguaje? Nos hablan de fertilidad, de campos verdes y fragantes, de brisas y rocíos. Cortad un trocito de la planta que queráis y ponéoslo encima de la lengua. Al principio, solo podréis percibir un sutil grado de dulzor o de amargura, quizá descubráis que tiene un punto picante; pero, de pronto, su alma estallará en vuestra boca.

—Hicimos lo que nos pedía—. Bien, la sentís atrapada en la saliva. Se deja ir en vuestro interior; se funde con vuestra propia alma.

Pol había conseguido sobrecogerme. Lamí unos pétalos de jazmín con embeleso, aunque apenas les notaba sabor. Otros no consiguieron fundirse con los espíritus vegetales y masticaban sus verduras como si tuviesen en la boca un chicle de mal gusto. Pero no era el caso de Paula. La muchacha miraba al maestro con fervor.

Pol empezó a alternar su comunión alimentaría con certeras órdenes. Mientras unos licuaban la ensalada, otros la emprendieron con la esferificación de extracto de rosa y flores de tomillo, y otros, con la gelatina de frutos rojos y flores.

—Nuestras manos ya no nos pertenecen —declaraba el profesor—; ahora forman parte de este grupo. Nuestras mentes tienen un único objetivo: recoger el alma de estos ingredientes y resguardarla de la muerte. Imaginad lo que es vivir en el espacio exterior y llevar semanas encerrados en una nave, sin sentir el viento o el sol. Los astronautas permanecen atrapados en una monotonía cromática y olfativa. —Alzó su mirada y, con una mano teatral, señaló hacia lo alto—. ¡Ved a aquel resignado viajero que añora estímulos para sus sentidos! Mirad cómo se dirige a la despensa sin alegría, coge un paquetito de comida e introduce una pajita en aquel bulto plastificado. Empieza a sorber y... ¡Observad su sobresalto! ¡El planeta Tierra ha estallado en sus papilas! Los cocineros han sido capaces de enviarle sabores que sacuden y avivan la memoria. —Bajó la mano y siguió—: Nuestro hombre se fija mejor en su bolsa de alimento y descubre que contiene saquitos de diversos colores. Dirige la pajita con cuidado hacia cada uno de ellos y sorbe su contenido con deleite. Un verde valiente lo transporta a huertas esplendidas; un rojo vivaz lo enreda en matas de fresitas; los ocres le sugieren trigales horneados; el blanco burbujeante, requesón materno...

—Se le está yendo la olla —susurró alguien.

—... Debemos unir todas nuestras habilidades —continuaba Pol—. Seamos generosos. Dejemos a un lado el ego y fundámonos con el equipo para lograr nuestra meta: elaborar un plato que traslade el alma del emigrante espacial a su planeta.

Con esos apasionados ánimos, trabajamos hasta que conseguimos cocinar un plato sublime. Envasamos una parte y pudimos probar el resto. Unas esferas verdes y malvas flotaban entre cristales de cava al jazmín, sobre una gelatina en capas de frambuesas, violetas y requesón de anacardos. Sorbetes fresquísimos, miscelánea arrebatadora. Saboreamos nuestra obra con lento placer hasta que el profesor nos advirtió que la clase había finalizado hacia cinco minutos.

Salimos de muy buen humor. Paula quiso quedarse a hablar con Pol y me pidió que no la esperara. Marché, pues, con el resto del grupo.

Cuando llegamos al comedor, reparé en que esa maravillosa clase no había conseguido eliminar la rabia que tenía soterrada. Una simple mofa de Pinaza detonó mi furia. El tipo se encontraba sentado en torno a una mesa, acompañado por Ángel y otros de su grupo, y exclamó al vernos entrar:

—¡Por fin, llegan! Pensábamos que se les habían caído los armarios encima.

Me revolví y embestí al trapo.

—Están bien fijados, igual que lo estaba la pizarra hasta que alguien ha torcido sus soportes. ¿Quién ha perpetrado ese sabotaje?

—¿Quiénes robaron los postres de chocolate? —inquirió Ángel, parodiando mi enfado—. Si tienen lo que hay que tener, que salgan y confiesen.

Esa gracia provocó risas; pero no hice caso, y mis ojos siguieron clavados en quien creía que había sido el instigador.

—Ha sido una gamberrada peligrosa, y usted sabe por qué —incidí.

Pinaza se levantó y se enfrentó a mí.

—No, no lo sé. Dígamelo.

No estaba tan ofuscado como para irme de la lengua delante de todos.

Ángel volvió a inmiscuirse en nuestra trifulca.

—¿De qué te quejas, Josep? Todos vimos que no desaprovechaste la oportunidad de achuchar a esa bonita profesora.

Me volví hacia él.

—No admito esa clase de chanzas —le advertí.

Uno de sus colegas quiso apaciguarme.

—Vamos, Josep, no hay para tanto; solo ha sido una pequeña broma.

Nuestra discusión atrajo a más alumnos. Jessica se puso a mi lado y también me pidió que me contuviese. Le di a entender, con un gesto, que podía controlarme. Luego me dirigí a los demás.

—¿Es que no os habéis fijado que Leila va en silla de ruedas? Es un ser frágil que no se aguanta bien en pie. Cuando perdió el apoyo de la pizarra, cayó de espaldas y no fue capaz de echar una pierna atrás para equilibrarse, como hubiese hecho cualquiera de nosotros. Si no hubiera llegado a tiempo de sostenerla, se hubiera hecho mucho daño.

Mi riña hizo efecto. Las risas se detuvieron, y algunos bajaron la cabeza con vergüenza. Pero Pinaza carecía de decencia.

—¿Ahora se proclama su defensor? —expresó—. ¿Tengo que recordarle que, cuando trabajaron juntos, maniobró para sacársela de encima? Lo más probable es que fuera usted quien manipulara la pizarra; eso explicaría su fulgurante reacción. Saltó como un tigre, la agarró por la cintura y la apretó contra sí. Desde luego, la profe es un pibón —dijo, y tuvo la desfachatez de acercarse a mí y, en voz baja, añadir—: pero sabe que carece de lo más importante. No sirve para desahogarse.

—Es usted un desequilibrado —masculle.

—¿De qué la conocéis? —preguntó Ángel.

—Que responda Fuentes, que la ha tratado más a fondo —propuso Pinaza—. Por la reacción favorable de esa mujer, parece que intimó con ella.

Aquel hombre destilaba veneno. Jessica me rogó que no le hiciese caso.

—Quiere que metas la pata, Josep —me avisó.

Pinaza la tomó entonces con mi amiga.

—Y esta es su cómplice, la que le ayudó a deshacerse de Leila. La envidia mueve el comportamiento de las mujeres. El cerebro femenino trabaja para someter a los hombres y eliminar al resto de las hembras competidoras.

Jessica disparó a sus partes bajas.

—Tanto rencor esconde alguna flaqueza sexual.

Ese comentario dolió a Pinaza, pues le propinó un empujón al tiempo que le decía:

—Esta discusión no te incumbe. ¡Apártate!

Me entraron ganas de partirle la cara. Le devolví el empujón y di un paso hacia él con los puños preparados. Roberto me agarró de un brazo y me frenó.

—Josep, que te pierdes y nos pierdes.

—Déjalo, Roberto —dijo Pinaza—. Será un placer denunciarlo por agresión.

Me acerqué hasta casi tocar a aquel canalla. Sin alzar la voz, y rechazando el "trato de usted" que tendría que haber dejado atrás hacía mucho tiempo, le dije:

—Pinaza, eres de las pocas personas que conozco que me produce verdadero asco. No te importa nada ni nadie, y menosprecias a las mujeres. Estoy seguro de que has sido tú quien le ha hecho la jugada a Leila. La próxima vez que atentes contra ella, contra Jessica o cualquier otra persona, te daré sólidos y dolorosos motivos para denunciarme.

Pol y Paula entraron en el comedor en ese instante y se acercaron al ver el tumulto.

—¿Qué está pasando aquí? —preguntó el profesor.

Paula lo adivinó enseguida. Se metió en medio y me separó de Pinaza. Ángel hizo lo mismo con su colega. Nos dispersamos en silencio, malhumorados.

No nos quedaba mucho tiempo para comer. Paula invitó a Pol a nuestra mesa y le dio conversación. Gracias a ella, pude evitar que el profesor me interrogase sobre lo sucedido. Me apliqué a la ensalada e intenté olvidarme de aquel desgraciado.

Una cálida mano se posó sobre mi hombro.

—Gracias, Josep —me susurró Jessica—. Ya no recordaba que los amigos se protegen y defienden. No te he comentado que me divorcié hace tres meses. La verdad es que aún me duele y prefiero no hablar mucho de ello. A mi marido nunca le preocupé lo más mínimo. Mostraba indiferencia ante todos mis problemas. Ni siquiera me ayudó cuando le expliqué que un baboso no paraba de acosarme en la tienda. Mi intención no era que se peleara con él, no me entiendas mal; pero podía haberme venido a buscar a la salida del trabajo de vez en cuando. Creo que aquel pesado hubiese desistido si me hubiese visto acompañada por mi pareja; pero no se atrevió ni me aconsejó ninguna solución. Cuando le hablaba de mis preocupaciones, me replicaba hablando de sus problemas laborales, siempre mayores y más importantes. Era un frío frontón.

—Nula empatía, como diría Aura. Lo siento, Jessica.

—Le hubiese ido bien recibir clases con ella —opinó.

—Sí, pero de niño. Como acabamos de comprobar, de adultos nos es más difícil asimilarlas.

El resto de la semana discurrió sin más complicaciones. El grupo de los Revoltosos se relajó, y Pinaza, al carecer de apoyo, frenó sus insidias y se limitó a dejar caer insultos indirectos. La parte académica, sin embargo, no fue tan plácida. Los temas que debíamos estudiar se nos acumulaban. Para colmo, apenas pude echar un ojo a mis apuntes durante el fin de semana; Nadia estuvo de guardia en el laboratorio y tuve que ocuparme de todo. Por eso, al llegar el lunes a clase y escuchar el aviso de Leila, me inquieté.

—Os anuncio que se han programado, para el siguiente viernes, los primeros exámenes parciales de todas las asignaturas. Dada la extensión de los temas que me faltan por explicar, no me queda más remedio que acelerar el ritmo. No admitiré ninguna clase de interrupción.

¡Y vaya si lo aceleró! ¿Acaso creía que podíamos implantarnos más memoria, como se podía hacer a ella y a otras máquinas insaciables? No podríamos retener tanto dato. ¡Aquello era inhumano!

Cuando la robot se marchó, las caras de la gente mostraban todos los grados posibles de la preocupación, desde una inquieta reflexión hasta la angustia más voraz.

El doctor Helios no advirtió ninguno de esos matices. Entró volando en una de sus nubes, proyectó un bello dibujo del planeta Saturno y empezó a explicar sus particularidades.

Jessica levantó la mano, pero como no consiguió captar su atención, lo interrumpió suavemente.

—Perdone, doctor, ¿nos podría informar de la fecha de su examen?

—¡Ah, sí! Gracias por recordármelo, señorita Jessica. Todas las pruebas se efectuarán este viernes. Como les decía, Saturno rota a gran velocidad. Da un giro sobre su eje en diez horas y cuarenta minutos…

Inquietantes predicciones giraron a nuestro alrededor a una velocidad superior a la de rotación de aquel planeta y originaron un tornado emocional que alertó, al fin, al profesor.

—No tienen motivos para preocuparse —aseguró—. Estas pruebas nos servirán de orientación; los maestros deseamos conocer el nivel de comprensión de las materias. No vamos a poner preguntas muy difíciles; así que repasen sus apuntes y no tendrán ningún problema. Y ahora, entren conmigo en este fascinante mundo y su extensa familia de satélites.

Esperaba no tener que aprenderme el nombre de todos los componentes de esa familia.

Pol y Aura, los siguientes profesores que aparecieron por el aula, también intentaron calmarnos; sin embargo, después de comer, la tensión volvió a dispararse en la clase del doctor Pinxo. El hombre estaba muy irritado porque le habían quitado la clase del jueves y se la habían otorgado a Tesón. Nuestro entrenador había solicitado disponer de una tarde entera semanal para poder llevar a cabo la siguiente fase de preparación física; fase de naturaleza aún desconocida.

—¡Una hora menos! —lamentó a voz en grito—. ¡Y con unos tochos como ustedes! No sé qué voy a hacer, no sé. Como no pongan algo de su parte...

Paula intervino con buena intención; aunque, como creo haber comentado, esa muchacha carecía del don de la oportunidad.

—Respire profundamente, profesor. Intente sacar de su mente esos temores y relajarse. Respire así, observe —le indicó, y acompañó sus pausadas inspiraciones y espiraciones con un leve aleteo de su mano.

El doctor Pinxo la abochornó.

—Su estupidez es mayor de lo que imaginaba —le espetó.

Jessica y yo salimos en defensa de nuestra compañera, y nuestra sublevación acabó con la expulsión de los tres del aula. El profesor temió que nos fuésemos a la cafetería, lo que seguramente habríamos hecho, y ordenó que permaneciéramos en el pasillo.

Nos paseamos arriba y abajo de aquel corredor mientras Jessica despotricaba, yo la alentaba a ello y Paula se deslizaba en silencio, a nuestro lado, con cara de sentirse culpable.

Pol bajaba de la sala de profesores y oyó nuestras quejas. Se acercó a nosotros y quiso enterarse de lo que había ocurrido. Paula se lo explicó con la boca pequeña, avergonzada. El joven profesor le dio la vuelta.

—El doctor ha perdido los nervios, y eso es siempre un error —opinó—. Una de las cualidades más valiosas de un astronauta es la paciencia. Vosotros vais a ser, al fin y al cabo, viajeros del espacio en la Tierra, y es preciso que podáis contener los enfados y mantener la cortesía. Como monitores, seréis los responsables de un grupo de turistas recién llegados a la réplica de la Estación Espacial Internacional. No la he visto, pero me han comentado que ha sido construida con mucho realismo. En ese entorno hostil, vuestra entereza será el paraguas bajo el que esos inexpertos se cobijarán. ¿Un fallo en la renovación del aire? No pasa nada; os tienen a vosotros. ¿Se acerca un meteorito? No hay por qué preocuparse; vosotros sabréis qué hacer. —Nos hizo reír—. Su torpeza y sus miedos no son menospreciables porque, en otras circunstancias, ellos podrían ser los expertos y vosotros, los novatos. Si profesores y alumnos tuvieran presente que sus papeles son intercambiables, nunca se faltarían al respeto.

Paula sonrió y le dio las gracias. Pol nos avanzó la próxima receta que íbamos a preparar y se marchó.

La puerta del aula se volvió a abrir y escupió a Roberto y al chaval que tenía al lado. El doctor Pinxo, harto de ver el reflejo de su incompetencia en los requerimientos continuos de explicaciones que Roberto murmuraba a su compañero de fila, los había echado también.

—Ese hombre carece de paciencia —se quejó Roberto.

Los días siguientes tuvieron la misma tesitura. El doctor Helios no forzó el ritmo, y pudimos seguir disfrutando de su manera errática y soñadora de dar la clase. Nunca olvidó relatarnos una historia. A la hora de estudiar, no obstante, había que componer sus apuntes y organizar la información por temas.

Pero Leila fue a toda máquina, nunca mejor dicho, y el doctor Pinxo logró que le diesen dos horas seguidas el martes, a cambio de la hora que perdía el jueves, y también nos volcó cubos de información. Desesperados por la desmedida cantidad de materia a memorizar en tan poco tiempo, incrementamos las interrupciones en sus clases con la intención de frenar la acumulación de hojas. Se sucedieron las demandas de aclaraciones, y hubo caídas continuas de bolígrafos, carpetas, folios y alumnos. Lo único que conseguimos de la robot fue acumular puntos negativos y trabajos pendientes, amén de estar cada vez más cerca de la charla con Parés. En cambio, esas artimañas de obstrucción afectaron mucho al doctor Pinxo, y eso que no nos atrevimos a perpetrar ni la mitad de las que le hicimos a Leila. El profesor se confundió muchas veces, perdió el hilo otras tantas y estalló en encolerizados ataques. El miércoles nos dio su última clase antes de la prueba, y fue de carácter práctico. Trajo varios muñecos para practicarles el boca a boca y el masaje cardíaco. Nadie lo efectuó a su gusto. Fue imposible demostrar ninguna competencia frente aquel hombre. Sus amonestaciones nos enervaron. "¡Señorita, sople con más fuerza, ¿no ve que el pecho del muñeco apenas se hincha?". "Pero ¡qué hace usted! ¡Le acaba de romper el esternón a su paciente!". "¡Qué ritmo es ese! ¡Esto no es una batería!". "Si no le inclina la cabeza hacia atrás, por mucho que sople, no entra aire a los pulmones. ¿Es que está ciego?". "¡El viernes los voy a suspender a todos!".

Los comentarios del alumnado, a la salida de su clase, dieron cuenta de la común desazón: "Pues si nos va a suspender, paso de mirarme nada de este tío". "No sirvo para esto; me he cargado el muñeco dos veces". "Ese cabronazo se la está buscando". "Me puse nerviosa, por eso lo masajeaba tan rápido". "Casi prefiero que me suspendan y así dejo este maldito curso". "Necesito una tila"…

Los nervios se tensaron al paso de los días, las horas, los minutos, los segundos.

Estudié a solas, acompañado por mis hijos, en el comedor, en la cocina, recostado en la cama.

Las clases de Aura y Pol refrescaron nuestra quemazón interna. Los cambios de registro que impulsaba la pedagoga nos fortalecían y consolaban, y la creatividad culinaria de Pol era balsámica. Aura no iba a poner ningún examen, y Pol haría una simple prueba teórica sobre los conceptos básicos: liofilización, gelificación, etc.

En la asignatura de Tesón, también nos relajamos al principio. La evaluación era continua y, como todos habíamos mejorado, aseguró que nos iba a poner buena nota. Pero el jueves por la tarde, víspera de nuestro linchamiento, nos acobardamos cuando descubrimos en qué consistía el nuevo entrenamiento. Entramos en el gimnasio y nos quedamos apiñados cerca de la puerta al ver el montaje circense que había alzado. Nuestro grupo de primates, sin cola ni pies prensiles, se encogió ante aquel imponente bosque artificial. Puentes colgantes, cables tendidos en declive, pasarelas dispuestas a diferentes alturas, escaleras de cuerda y cuerdas a secas articulaban un circuito aéreo suicida. Bajo esos andamios de tortuosa disposición, se sucedían redes de protección que debían impedir vanos descalabros.

Me costó iniciar aquel recorrido por unas alturas propias de trapecistas. Fui el primero en subir porque Tesón pidió un voluntario y, como nadie se presentó, me escogió a mí. Me había visto deslizarme por las presas bajas del rocódromo situado en una de las paredes de aquel gimnasio, y debió de pensar que no tendría miedo. Pero algunos de aquellos puentes se encontraban a veinte metros sobre el nivel del suelo; así que me recriminé no haberme estado quietecito. Había acompañado a mi mujer en alguna escalada fácil y le había cogido el gustillo a trepar; pero allí no había rocas ni muros a los que aferrarme, solo cuerdas y la medallita del Cristo de los Desamparados que al día siguiente pensaba procurarme.

Los miembros del grupo de Roberto fueron los que lo pasaron peor: "¡Me mareo, me voy a caer!". "¡He dicho que no puedo cruzar esa pasarela!". "A mi edad, esto es muy peligroso". "¡Ay, se me ha torcido la rodilla!". "¡Mire, me he desollado las manos en esa dichosa escalera de cuerda!". "¡Tengo vértigo!". "¡Me ha dado un pinchazo; creo que es el lumbago!".

Encogidos por la congoja ante la inminencia de los exámenes, aquella hecatombe en una asignatura que creíamos dominada, nos deshinchó aún más. Nos marchamos a casa bastante abatidos.

Por la noche, rogué a los miembros de mi familia que se fueran a dormir pronto; necesitaba que se hiciera el silencio para poder concentrarme. Después de cenar, mientras recogíamos el comedor y la cocina, Nadia me fue bombardeando con consejos irritantes. Fueron un eco mordiente; pues yo les había dicho esas mismas palabras a mis hijos muchas veces: "Es mejor que te vayas a dormir y así estarás más descansado mañana... Lo que ya no te sepas, déjalo correr... Hubieras tenido que empezar antes a estudiar... No te preocupes tanto, solo son unos exámenes; no te juegas la vida... Tienes cara de estar agotado. Anda, vamos a la cama. Mañana todo te saldrá bien".

Indicaciones punzantes, problemas minimizados, emociones ignoradas.

No le contesté. Fui a buscar a mis hijos y les di un abrazo. Me lo devolvieron con unas palmaditas en la espalda.

. . .

Acodado en la mesa del salón, frente a mis apuntes y tras diez minutos a solas con ellos, los párpados empezaron a rendirse. Un susurro me despertó.

—Papá.

—Joan, ¿qué haces levantado? —dije en voz baja.

—He venido a recordarte lo de las chuletas —murmuró.

—Olvida eso.

—Vale... Oye, papá, quiero que sepas que a mí no me importa si suspendes.

Me levanté y le di un beso.

—Anda, vete a la cama —le dije.

Mi hijo se marchó dejando prendido el fuego de una nueva preocupación. ¿Qué pensaría mi inteligente mujer si suspendía? Y a mi hija, que me adoraba y aún creía que yo era un pozo de sabiduría, se le caería la venda de los ojos y se percataría de que en el fondo del pozo había conexión *wifi* y cientos de preguntas en internet. ¿Qué ejemplo recibiría Joan de un padre fracasado? ¡No podía fallar!

Me angustié, y el bloque de apuntes que me quedaba por repasar se infló en mi imaginación: podría empapelar toda la casa, techos incluidos, y aún me sobrarían hojas; podría repartir un folio a cada vecino del barrio y todavía quedarían suficientes para hacer una buena fogata; sería posible marcar un camino con esos papeles y circunvalar el globo terráqueo; lanzarlos al espacio y rodear la Tierra. Los pobres niños saturninos, agobiados por el séquito de satélites que debían memorizar, habían puesto también sus apuntes a orbitar. Así se habían formado aquellos famosos anillos del sexto planeta de nuestro sistema solar.

Me dije que tenía que calmarme. Un enorme problema dejaba de serlo si se dividía en pequeños inconvenientes; así que empecé a partirlo. Tesón y Aura no ponían exámenes. La materia de Pol eran cuatro hojas, y ya me las sabía. La del doctor Helios la llevaba bastante bien; podría fallarme algún dato numérico sobre periodos de rotación y traslación, pero al aprobado llegaría con toda seguridad. El contenido de la asignatura del doctor Pinxo lo había estudiado hacía unos años. En algún armario, tenía guardado mi título de socorrista, por consiguiente, aquel odioso profesor no podría suspenderme. De esa reflexión se deducía que mi miedo tenía un único origen: la maldita robot. En apenas tres semanas, nos había recitado una enciclopedia. Nombres de astronautas, cohetes, sondas y satélites se me confundían.

Cogí una hoja en blanco y escribí aquellos datos tan reacios a quedarse como recuerdos. Usé diferentes colores para distinguir mejor los diversos conceptos. Cuando acabé, advertí que, quizás por el cansancio, había hecho una letra diminuta, por lo que toda la información quedaba concentrada en una cuarta parte de un folio. Me sorprendió descubrir su soterrado propósito. Pero no, no había sido yo, sino mi inconsciente el que me había dominado para hacer aquella perfecta chuleta; un valioso documento que había sido agraciado, además, con un efecto ansiolítico. Una calma me arropó dulcemente; aquel papel parecía acariciarme a distancia.

Recorté lo escrito y lo guardé en el bolsillo de la americana que me iba a poner a la mañana siguiente. Tranquilo y con el ánimo bien alto, me fui a la cama y dormí como un niño… bien pertrechado.

Solo fuimos quince alumnos al entreno de primera hora. Tesón comentó, con resignación, que aún habían acudido más personas de las que esperaba.

Después de su clase, fuimos a la cafetería y allí nos encontramos al resto de los compañeros. Había mucho jaleo y un olor agrio y pegajoso embadurnaba el ambiente; las tensiones se licuaban en sudores intensos.

En el centro del local, palpitaba un hormigueo de alumnos. Folios vivos pasaban de mano en mano. Entre gritos agudos, se emprendían repasos desorbitados de última hora. Observé ademanes secos, cuerpos epilépticos, expresiones de niños huérfanos, rostros contorsionados por el desespero. Los diálogos eran desapacibles: "Pero ¡cómo! ¿Esto entra?". "No has tomado bien la fecha de nacimiento de Galileo. Mira la que tengo yo". "¡No me acuerdo de nada! ¿Cómo se llamaba el satélite que transmitió las primeras imágenes televisadas?". "¡No sé! ¡Deja ya de hacer preguntas!". "¡Joder, yo tampoco lo recuerdo!". "Me voy a quedar en blanco… Ya estoy en blanco". "Me duele la cabeza. Voy a pedir permiso para irme a casa".

Seis personas se apelotonaban en un rincón alrededor de Paula, en busca de la serenidad perdida. La joven dirigía una tanda de respiraciones profundas acompasadas por un vaivén de cuerpos. Ángel y Pinaza se paseaban por el local con aire de suficiencia. Unos cuantos de los Revoltosos se acodaban en la barra y hacían bromas como si la guillotina no estuviera a punto de caer; o bien eran muy pasotas, o bien llevaban guardada una chuleta como la mía.

Apoyé una mano en el bolsillo de mi americana y me confortó notar aquel apéndice externo de mi memoria. Lo más curioso era que podía visualizar ese escrito como si lo tuviera en la mano.

Jessica me vio y se aproximó a mí con pasitos bruscos y saltarines, como si el suelo quemase.

—Josep, Josep, ¡cómo puedes estar tan pancho! ¿Qué te has tomado? —me interrogó.

Me daba vergüenza decirle la verdad.

—Te iría bien acercarte al grupo de Paula —aconsejé.

Echó la vista hacia aquella comunidad que había evolucionado a un coro de mantras tibetanos y, tapándose los oídos para no oír sus sonoros "Om", se alejó hacia una ventana.

Al poco, se me acercó Roberto.

—Josep, me voy a poner a tu lado. Me echarás un cable si tengo alguna duda, ¿verdad? Por los viejos tiempos.

—¿Pretendes que te chive?

—Eres más joven y tienes estudios. A mí no se me queda nada.

Me dio lástima, y como me acordaba de todo lo que había apuntado en la chuleta, se la ofrecí a cambio de que me dejase en paz durante los exámenes. Fuimos a una esquina solitaria de la cafetería y se la pasé. Le puse como condición que se sentara alejado de mí; no quería arriesgarme a que me pillasen soplándole respuestas.

Uno de los Abuelos gritó que era la hora de la primera prueba. Le respondió una algarabía histérica. Salimos todos juntos del bar y subimos en pelotón por las escaleras hasta la tercera planta. Leila nos estaba esperando dentro del aula. Su expresión severa y su mirada de matarife constituían, a nuestros ojos, un mal presagio: su prueba no sería sencilla. La robot ordenó que dispusiéramos las sillas en filas separadas y nos advirtió del inexorable suspenso que obtendríamos si copiábamos. Después de que colocáramos los asientos formando una cuadrícula, exigió silencio absoluto y se adelantó cargada con las hojas de examen. En ese instante, abrió la puerta de la clase el doctor Helios. Su cuerpo se estremeció como si le hubiese traspasado un rayo.

—¡Por Einstein, emiten tanta electricidad que se me ha erizado el vello! Por favor, intenten calmarse. Piensen, por ejemplo, en el fin de semana. ¡Uf! Voy a ayudar a Leila a repartir los exámenes y luego me iré a descargar a la cafetería.

El doctor cogió la mitad de las hojas y empezó a repartirlas por mi fila. No entendí el significado del guiño que me hizo al entregarme la mía. Cuando terminó de distribuirlas, se dirigió a la mesa de los profesores, extrajo de su pequeña mochila una botella de agua y la dejó encima. A continuación, sacó un servilletero plateado.

Lo reconocí de inmediato.

El doctor me disparó una mirada intensa y su levantamiento de cejas fue muy elocuente: en su momento, le había prometido que guardaría silencio.

—¿Para quién es el agua? —susurró Jessica, situada a mi derecha.

—Es para disimular. No hables o nos suspenderán —le avisé con voz casi inaudible y sin alzar la cabeza de mi examen.

—El despistado del doctor ha traído un servilletero vacío —dijo, y sonrió.

—No tiene esa utilidad —murmuré.

El ojo del pequeño robot, disimulado bajo el dibujo de un logotipo, quedaba frente a nosotros. El doctor llamaba becario a aquel engendro. Su camuflaje le facilitaba llevárselo de ruta por los bares, con la pretensión de que desarrollara habilidades sociales. Gracias a su ayuda, había afinado el programa *eye-heart*, que establecía una correspondencia entre el lenguaje corporal y el estado emotivo humano. Sus robots aplicaban un trato sensible a nuestro humor debido a esa herramienta; aunque, igual que las personas, no siempre estaban acertados. Me lo había presentado el día que fui a la universidad para agradecerle que nos hubiese ayudado a detener el proyecto Leila y, ya entonces, ese becario me pareció un entrometido pedante. El doctor me había hecho prometer que no desvelaría su identidad.

—Leila está despidiéndose de su padre —señaló Jessica—. Deprisa, dime la segunda pregunta.

Me tapé la boca con una mano y susurré:

—Cállate. Nos está mirando.

—No mira hacia aquí —indicó, refiriéndose a Leila—. Dime la segunda —insistió.

—¡Calla, por favor!

—¡La segunda, Josep!

—¡Me estás poniendo en la picota! —masculló en tono agudo.

—¡Cobarde!

Leila chistó, y todos los murmullos que corrían por el aula se silenciaron. Jessica hincó un codo sobre la mesa y apoyó su cabeza en la mano alzada. Su nuca me dijo que le había decepcionado y que no quería saber nada más de mí.

Empezamos a contestar el examen. Las preguntas no permitían extensas explicaciones; la respuesta era, bastantes veces, un simple nombre propio o una cifra. Primaba la memoria detallista sobre la comprensión del temario. Ese afán por lo concreto incitaba al intercambio de información, y no solo el modelo de examen estimulaba la copia. ¿Puede un robot tener pillería? Leila se acercaba a menudo a la ventana y se quedaba mirando al exterior como si, en apariencia, descuidara la vigilancia. Los papelitos saltaban entonces de una mesa a otra.

Roberto no tenía bastante con mi chuleta y no hacía más que pedir pases, con el agravante de que no tenía ninguna práctica. El becario lo había grabado, incluso, recogiendo, con los brazos en alto, un papelito plegado que contenía la respuesta requerida, a lo portero parando un gol por la escuadra. No me cupo duda de que ya estaba sentenciado, y muchos otros, también.

Jessica llevaba rato buscando ayuda por otros lados. Le oí pedirle la segunda pregunta a Paula. La situación se estaba complicando; no podía permitir que mis dos amigas cayeran. Los métodos de caza de aquel ruin pequeñajo y su colega, por solapados y embaucadores, constituían una falta mayor.

Vi que Paula preparaba un papelito con la respuesta y lo doblaba hasta dejarlo como un paquete en miniatura: el avioncito estaba listo para volar. Cuando Leila se acercó de nuevo a la ventana, señal de pista libre, me puse en pie de un salto y tapé con mi cuerpo la visión del becario. Leila se giró al instante.

—¿Qué haces, Josep? ¿Por qué te levantas?

—Tengo mucha sed —me excusé.

Abrí la botella de agua y me bebí la mitad de su contenido a morro, pues el doctor no había dejado ningún vaso. Se oyeron murmullos de alumnos que reconvenían mi mala educación.

La robot usó bien su lógica. Se acercó y me cuchicheó:

—Si vuelves a interferir en la vigilancia del becario, te suspendo.

Enojado, me bebí el resto de la botella y regresé a mi sitio.

Acabó el tiempo asignado para esa prueba, y Leila pasó a recoger las hojas. Le entregué la mía con un ademán mohíno. ¿Por qué me habían hecho cómplice de aquella miserable trampa? El servilletero había pescado a más de la mitad de la clase, y yo no había podido dar la voz de alarma. Me sentía fatal. Tan solo me consolaba un poco el haber podido salvar a Paula y a Jessica. Esta última, no obstante, no juzgó mi actuación del mismo modo. En el pasillo, y mientras nos aireábamos, me recriminó:

—¿Qué te ha pasado? Creía que eras más valiente. Si no llega a ser por Paula... No, no me digas nada; más pena tengo yo.

Pinaza pasó por mi lado.

—¡Qué grosería beberse el agua de la maestra! —se mofó.

Apreté los dientes y mantuve mi obligado silencio.

Leila salió de la clase con los exámenes sujetos sobre su pecho. En una de sus manos, llevaba posado el servilletero como si fuese un pajarillo. Me entraron ganas de robárselo y echarlo a volar por la ventana.

Me dirigí a refrescarme la cara al servicio; pero, a medio camino, me detuve al ver que el doctor Helios salía del ascensor que estaba esperando Leila. La robot le pasó el monstruo voraz antes de entrar, y el doctor lo guardó de nuevo en su mochila y continuó hacia el aula.

—¡Con usted quería hablar! —lo abordé—. ¿Cómo quiere que me concentre en el examen si coloca a su espía cibernético y luego me deja con los labios sellados? Me he dejado preguntas; he respondido varias a medias. ¡Y me lo sabía todo!

—No puede reprocharme que le ponga ayuda a Leila para la vigilancia de su primer examen. Es una novata. Se hubiera visto raro que yo me quedara con ella.

—Una novata que sabe todos los trucos. Se hace la despistada para incitar a la gente a que copie y, después, echa el lazo a los incautos por medio de su compinche.

A medida que exponía la conducta maliciosa de Leila, el doctor iba subiendo su labio inferior en un gesto de disgusto. Al fin, estalló.

—¡Por Einstein, ya está otra vez achacando comportamientos humanos a mi robot, y conductas muy deshonestas; muy putas, si me permite la ruda expresión!

—Se la permito porque es acertada: Leila ha actuado con mucho puterío.

Obviamente, mi opinión le sentó como una patada en el hígado. Se puso muy serio y me aconsejó que regresase al aula sin demora; no iba a esperarme para iniciar su prueba.

Durante el examen, no dispuse de todo mi cerebro. Una buena parte se zafó de mi gobierno y, enardecido, se dedicó a buscar argumentos que hiciesen dudar al doctor de la rectitud de su criatura, y también a inventar excusas que generasen comprensión en Jessica. Con la escasa masa gris que me quedó, hice lo que pude, que fue bien poco. Entregué mi hoja sumido en una sensación de derrota. No tuve ganas de salir al pasillo a charlar con los demás y me quedé repantingado en mi dura silla, postrado por la decepción. Antes de irse, el doctor se acercó a mí.

—Perdóneme por lo de antes —se disculpó—. No debí enfadarme con usted. Tendría que haber considerado que está nervioso por los exámenes y dice cosas que no piensa. Ande, salga a desahogarse un poco —propuso.

Respondió a mi ceño fruncido con una mirada compasiva y se marchó.

Le di pena. ¡Pues no quería que me perdonara la vida! Su benevolencia me puso furioso, sobre todo porque la había mostrado justo después de acabar la prueba. Si hubiera sido afable antes, habría podido contar con las neuronas que trabajaban en su caso y mis respuestas hubiesen lucido una mayor calidad. Contestar de forma brillante y creativa habría sido mi manera de agradecerle la estimulante pasión que inyectaba a sus clases; pero incluso el tema libre lo había desarrollado con simpleza, y eso que nos había prevenido de su inclusión en el examen y me lo había preparado; sin embargo, no conseguí recordar las cifras del que había pensado y había tenido que improvisar.

Cogí un lápiz y, usándolo como si fuera un puñal, apunté a la mesa del profesor y lo lancé contra el recuerdo del becario.

La sonriente cara de Pol atravesó el umbral de la puerta del aula. Los alumnos entraron tras él y empezaron a tomar asiento para iniciar la siguiente prueba. Jessica y Paula se me acercaron, una por cada lado.

—Josep, no te sientas mal; no hay para tanto —me consoló Paula.

—Deja de estar tan enfurruñado —añadió Jessica—. Te perdono, hombre.

—No he hecho nada que deba ser perdonado; así que dejadme en paz —contesté.

Tanta piedad me fastidiaba. Había patinado en los dos primeros exámenes y estaba malhumorado.

Pinaza me atacó mientras pasaba por mi lado, en dirección a su sitio.

—Fuentes, Fuentes, ¡tan inflado esta mañana y tan deshinchado ahora!

Ángel, que caminaba detrás de él, se sumó al regodeo.

—No se puede cantar victoria antes de jugar el partido —dijo.

Una serenidad combativa me invadió. Esos cretinos espolearon mi ánimo luchador.

Los mandé al infierno, sin perder la calma, y rescaté mi buena disposición de primera hora, la que tenía antes de que apareciese el becario. Quedaban las pruebas de las dos asignaturas que me eran más fáciles y aún podía dar la talla.

Pol puso unas preguntas sencillas. Las despaché pronto y con excelencia.

A la salida, y sintiéndome más contento, me disculpé con mis compañeras y nos marchamos a comer.

—El examen que nos queda es el que más me preocupa —comentó Jessica—. Ese Pinxo es una mala pieza. ¡A saber con qué nos sale!

—Preveo una tarde dificultosa —auguró Paula.

El doctor Pinxo llegó acompañado por Tesón. El entrenador vigilaría la clase durante el examen teórico mientras el doctor nos hacía la prueba práctica, uno a uno, en el aula anexa. Después de repartir los exámenes, el doctor le pasó la lista a Tesón con nuestros nombres para que nos fuera avisando.

—Fuentes, usted es el primero —indicó.

Ejecuté con habilidad todo lo que me ordenó: la reanimación cardíaca, la maniobra de Heimlich, una inmovilización de una fractura de codo y otra, de fémur. No di importancia a las desaprobaciones injustas que fue intercalando; ese hombre era incapaz de vocalizar una felicitación. No había cometido ningún error, así que no tendría más remedio que ponerme buena nota.

El doctor permaneció en el aula y yo regresé a mi sitio. Tesón avisó al siguiente: uno de los Abuelos. El hombre debía de estar bastante nervioso, pues se dejó abierta la puerta de la clase al salir.

Leí las cuestiones teóricas y entendí el motivo por el que aquella prueba se alargaba hora y media. Prácticamente, nos lo preguntaba todo. A mi alrededor, la gente llenaba folios a un ritmo trepidante. Tesón pasaba por las mesas y repartía hojas a petición.

Unos gritos detuvieron todos los bolígrafos al mismo tiempo.

—¡Le repito que insufle más aire! ¿Es que está sordo? ¡Vaya conjunto de homicidas!

La riña del doctor Pinxo cayó como agua helada. Tesón se acercó a la puerta y la cerró; sin embargo, como la del aula anexa seguía abierta, los desprecios siguieron siendo audibles.

El presunto homicida volvió blanco. El entrenador pidió a los siguientes que cerraran todas las puertas cuando fuesen a la otra clase, y aunque le hicieron caso, se oía el final de la severa reprimenda de despedida cuando los alumnos salían a escape. El entrenador no sabía qué hacer. Se le ocurrió aconsejar a los que quedaban por ir que permaneciesen en el aula hasta que el profesor terminara de darles su opinión. Pero ¿y si no acababa? ¿Y si la bronca no tenía final? La puerta se abría con premura y los últimos reproches perseguían al denostado hasta su regreso.

La angustia dominaba las mentes de los que volvían, de los que iban, de los que esperaban su turno y de los que lo recordaban. Cuando le tocó a Paula, Tesón se asombró al verla levantarse con un aire muy tranquilo. Le hizo un gesto para que se acercara a la mesa y nos pidió que prestáramos atención.

—Un momento, por favor, escúchenme. Paula, póngase aquí, a mi lado. Usted me habló el otro día de técnicas de relajación. ¿Puede guiarnos en un ejercicio que sea breve?

Protestamos por la pérdida de tiempo, pero el profesor repuso:

—Están muy alterados y no rinden. Un minuto o dos de respiraciones les será muy útil.

—¿Se pueden levantar? —preguntó Paula.

A un gesto de Tesón, nos pusimos en pie e iniciamos una serie de respiraciones profundas. Abríamos el pecho y los pulmones ayudados por los brazos; hacia arriba, a tocar el cielo; hacia atrás, arqueando la espalda. Dejábamos caer las cabezas y las balanceábamos con suavidad…

A los dos minutos, el doctor Pinxo apareció aullando quién era el siguiente y por qué no venía. Tesón, sin perder su perenne temple, respondió que le había pedido a Paula que se quedara un momento y nos enseñara a relajarnos.

El doctor se sorprendió.

—¿A relajarse?

—Sí, sus continuos gritos nos estorban y no nos permiten concentrarnos —repuso Tesón—. El silencio en los exámenes es primordial.

—Usted no sabe a quiénes me enfrento. ¡Esta clase es infernal! Me ponen furioso.

—Entonces, le invito a sumarse a nuestra pequeña sesión.

No le interesó y se marchó llevándose a Paula. El entrenador meneó la cabeza, mostrando desaprobación, y luego se volvió a nosotros y dijo:

—Sé a quiénes se enfrenta el doctor Pinxo, a un grupo de personas valientes y alegres, que han doblado su vigor corporal en solo tres semanas y van camino de triplicarlo en otras tantas. Estoy muy satisfecho del esfuerzo que ponen al entrenarse. Recuerden de dónde sacan fuerzas cuando corren o practican los ejercicios gimnásticos y apliquen ese vigor mental en esta prueba.

Sus elogios nos levantaron la moral. Cuando finalizó el tiempo, muchos le dimos las gracias al entregarle el examen. El doctor Pinxo había finalizado las pruebas prácticas y se encontraba a su lado, en la mesa del profesor, pero no escuché a nadie agradecerle nada; aunque Pinaza, Ángel y un par más se quedaron a hablar un rato con él (el peloteo después del examen a veces daba resultado). Los demás nos fuimos.

El fin de semana no toqué ningún apunte ni quise predecir el resultado de mis pruebas. Nadia me preguntó cómo me habían ido, pero proclamé mi decisión de aparcar a un lado ese asunto hasta el lunes.

Iniciamos nuestra cuarta semana. Durante el entreno con Tesón, a primera hora, anduvimos distraídos pensando en los resultados y barajando diversos porcentajes de suspensos. Después del desayuno, subimos a la clase de la robot sin demorarnos, empujados por la esperanza de que hubiese corregido ya sus pruebas. Cuando Leila entró en el aula, nos encontró contenidos en un silencio tenso; sin embargo, no captó nuestra muda preocupación y se puso a dar la clase. Roberto la interrumpió y sacó a la luz el interés de todos por conocer las notas. Leila le respondió que no tardarían en colgarlas en el tablón de anuncios del pasillo.

—Pero, en general, ¿qué tal? —insistió Roberto.

—En general, los resultados han sido muy flojos, y puesto que estamos hablando de este asunto, adelantaré el aviso que tenía previsto daros al finalizar. Se han suspendido hoy las clases de Aura y Pol. Después de la del doctor Helios, os dirigiréis a la sala de actos, en la planta baja. El director del curso, el señor Parés, desea hablaros.

—¿De qué? —preguntó Roberto.

—No ha especificado el tema —respondió Leila—. Ha requerido una hora libre con urgencia al ser informado de vuestras notas.

Nos entrecruzamos entre nosotros miradas alarmadas: a buen seguro que no venía a felicitarnos.

Leila no comentó nada más y siguió con el habitual dictado de su materia. La preocupación que sentíamos nos dificultó seguir su perorata.

En cuanto sonó el timbre que indicaba el final de la clase, corrimos al tablón de anuncios. El corazón nos dio un vuelco cuando vimos aquel cataclismo. Ya no nos cabía la menor duda de que Parés venía a amonestarnos.

El doctor Helios apareció por el pasillo. Llevaba el proyector y su ordenador portátil. Aquel hombre formaba parte del cuerpo docente benévolo, y su amable sonrisa nos movió a buscar su comprensión. Corrimos a desahogarnos con él.

—¡Cálmense, por favor! —rogó cuando le rodeamos como pedigüeños—. Les dije que estas pruebas no tienen tanta importancia. Los profesores queríamos saber cómo llevaban el curso, y no van tan mal; solo he tenido que suspender a tres de ustedes. A los que no han pasado la prueba, les digo, también, que no se preocupen. Comentaré el examen con cada uno y los ayudaré.

El doctor no estaba al tanto de que había habido una escabechina, así que se lo pregonamos con voces exaltadas por la indignación. Sus saltones ojos no cabían en sus órbitas.

—¿Cómo dicen? ¡No puede ser que Leila haya suspendido a dieciocho de ustedes! ¡Y el doctor Pinxo, a veintidós! ¿Cómo es posible? La verdad es que creí que los resultados de las otras materias estarían a la par que los míos.

Le acercamos hasta el tablón y se quedó un rato observándolo con la boca abierta. El clamor se suavizó para no estorbar su lectura. Al fin, exclamó:

—¡Por eso han convocado un claustro de profesores después de mi clase!

El volumen de las quejas se elevó de nuevo, pero el doctor no pareció percibirlo y siguió mirando las notas. Se volvió de repente, armado con una ingenua sonrisa, y comentó:

—¡Son todos muy buenos cocineros! Han sacado muchos excelentes en gastronomía espacial. ¡A ver cuándo me invitan a probar uno de sus platos!

El bueno de Pol no había suspendido a nadie y había calificado muy alto. ¿Moderarían esas notas la intensidad del rapapolvo de Parés?

—Me han avergonzado. Como director de este curso, me he llevado una enorme decepción cuando me he enterado de sus pobrísimos resultados. No me esperaba esto de ustedes. No son conscientes de lo caro que es este curso y del esfuerzo tan grande que hacemos para que estudien aquí. ¿Así pagan nuestros desvelos? Deberían agradecer que les hayamos dado la oportunidad de formarse y conseguir un mejor destino. ¡Cuántos querrían estar en su lugar! ¿No se dan cuenta de que si no aprovechan estos estudios se van a arrepentir el resto de su vida? Demuestran ser muy cortos de miras. El mundo laboral es duro, señores, muy duro, y los destinos pueden fijarse muy lejanos. ¿Qué piensan decir a sus familiares cuando tengan que mudarse a quinientos kilómetros? ¿Y a mil? Les digo esto por su bien. Deseo fervientemente que todos aprueben el curso, se lo aseguro. ¿Qué les ha pasado? La mayoría de ustedes son diplomados, algunos tienen licenciaturas universitarias, muchos han ocupado u ocupan puestos de responsabilidad en la empresa. Deberían poder sacar adelante estos estudios. Entonces, ¿cuál es el problema? Viniendo hacia aquí, he pensado que las materias les deben de parecer extrañas: cohetes espaciales, planetas, satélites, medicina de urgencias. Les pido que hagan un esfuerzo y que no se acobarden. Estamos en el siglo

XXI, y los vuelos turísticos al espacio son una realidad. Si se quedan estancados por gandulería, otros les pasarán por delante y luego ya no habrá vuelta atrás...

En esos términos, predicó durante media hora desde la tribuna. Cabizbajos y aplastados en nuestros asientos, aguantamos la bronca con resignación. Cuando finalizó, abrió un turno de palabras. Deseaba conocer nuestras consideraciones personales acerca de las notas, o sea, nos pedía un *mea culpa*.

Silencio.

—¿Nadie quiere decir nada? —reclamó Parés—. A ver, Paula, ¿podrías ofrecerme una explicación?

Mi compañera no pudo evitar estremecerse. Me sorprendió que la tomara con ella; sabía que la tenía mucho aprecio. Antes de ser jefe de distrito, había trabajado un tiempo en el Departamento de Personal, ocupándose de la selección de aspirantes, y Paula había sido una de sus apuestas más jóvenes. La muchacha había entrado en la empresa con dieciséis años, y Parés estaba orgulloso de los excelentes informes que recibía acerca de su rendimiento y actitud.

Percibí una mueca de desilusión en el rostro del director y comprendí que el resbalón de Paula en esas pruebas le había dolido. La joven había sacado buena nota en las asignaturas de Helios y Pol, pero las demás las había aprobado por los pelos.

Paula se levantó y, en tono conciliador, manifestó:

—Es cierto que son temas que la mayoría de nosotros no habíamos tocado nunca y que nos cuesta asimilar...

—Vamos a concretar —la interrumpió Parés, y miró sus papeles—. Has sacado un cinco pelado en la asignatura de la señorita Leila. ¿Qué me puedes decir al respecto?

Ese abordaje tan irrespetuoso alteró la respiración de la muchacha; no obstante, logró recomponerse y proyectar una voz serena.

—Se trata de una asignatura muy densa —se excusó—. Hay que memorizar mucha información.

—¿Te cuesta memorizar? Quizá no prestas la debida atención. Cuando yo estudiaba, estaba atento en clase y conseguía retener la mayor parte de la explicación del profesor. Luego me bastaba un simple repaso en casa.

Se oyeron risas irónicas y réplicas en voz baja pero audible: "Eso no podría hacerlo en esta clase". "Leila es una ametralladora. No nos da ningún respiro". "Es imposible aprenderse todo lo que dicta". "No nos cabe en el cerebro"...

—Ya veo, ya veo; esto es lo que hacen en sus clases —dedujo Parés—: charlar y no escuchar a la maestra.

—El problema fundamental no es ese... —empezó a explicar Paula.

—El problema es que no estudian —zanjó Parés.

Paula se sentó con cara disgustada.

Volvieron a surgir comentarios desde el fondo de la sala: "Leila no parece humana". "Es una máquina de escupir materia".

—Silencio —tronó Parés—. Luego era cierto que no saben estar callados. Me han informado acerca de su mal comportamiento. La señorita Leila me ha pasado una lista. —Buscó de nuevo entre sus papeles—. ¡Aquí está! —La mostró en alto—. Su pésima conducta queda patente en esta extensa lista en la que no falta nadie. Veamos quién está el primero... ¡Ah!, Jessica Rubio, con catorce puntos negativos. Rubio, ¿dónde está usted? Levántese, por favor.

Jessica se puso en pie con la cabeza gacha. Parés la observó con curiosidad.

—Bien, ¿cuál es su excusa? —la interrogó.

—Tengo una voz muy aguda y a Leila le molesta —repuso con voz compungida.

—Jessi es una cotorra —soltó Roberto.

Mi amiga se revolvió.

—¡Tú hablas más! —chilló—. ¡Tú y todo tu grupito! Todo el día bisbis, bisbis, criticando a todo el mundo. ¡Os creéis los reyes del mambo y sois como todos! Has suspendido tres asignaturas; no eres superior a nadie.

El grupo de Roberto entró en acción. La boca de las señoras era temible. Criticaron la vestimenta de Jessica y su peinado, sus pelos decían; su voz chillona y sus modales. Mi amiga las llamó envidiosas y viejas amargadas, y a Roberto y a los demás señores los tildó de calzonazos inútiles y otras sutilezas.

—¡Basta! —gritó Parés—. ¡He dicho basta!

Recuperar el silencio le costó varios "bastas" más. Jessica se volvió a la tribuna con lágrimas en los ojos y, justo antes de dejarse caer en su asiento, balbuceó:

—Leila me tiene manía.

Parés bufó una corta risa por la nariz.

—¿Le tiene manía? —preguntó con tono irónico—. Usted sabe que eso es imposible. —Se dirigió al resto de la clase y alzó más la voz—. Rubio está la primera, sí, pero aquí no falta nadie. Todos están anotados, todos. Y por si fuera poco vergonzoso estar en esta lista, aquí tengo otra peor.

Se puso a hurgar entre sus papeles. Alguien, desde las filas de atrás, anticipó que iba a revelarnos los nombres de los que robaron los pasteles de chocolate, lo que provocó algunas risitas. El director, mientras tanto, seguía buscando.

—Me la había pasado el doctor Pinxo, y ahora no la encuentro. Tienen al borde del suicidio a ese pobre profesor…

Hubo comentarios, en voz bajísima, que alentaban esa determinación.

—… Me han puesto nervioso y ahora no recuerdo dónde la he puesto —dijo—. Sepan que denunciaba una actitud sediciosa por su parte y detallaba los actos bélicos ejecutados por cada uno de ustedes. En fin, es igual, porque la perla de las perlas la llevo bien guardada.

Dejó sus papeles encima del púlpito y sacó su cartera del bolsillo interior de la americana. La abrió, cogió un papelito y lo desplegó con cuidado. Era pequeño, un cuarto de folio. ¡No podía ser!

En busca de una explicación, fulminé con la mirada a Roberto. Estaba sentado cuatro asientos a mi derecha, pero se dio cuenta del reproche que encerraba mi movimiento y, el muy cobarde, me giró la cara.

Parés bajó de la tarima con el papelito colgando de su mano y se paseó entre los alumnos para que todos pudieran ver bien… mi chuleta. Recorrió todas las filas y, finalmente, se detuvo frente a mí.

—El autor de esta chuleta fue tan torpe que la tiró en la papelera de la clase una vez que cumplió su objetivo. Allí la encontró la profesora.

De reojo, vi que Roberto se había convertido en una estatua que empezaba a sudar.

—Me gustaría que el artífice de esta maravilla tuviese la bondad de explicarnos los motivos que le llevaron a confeccionarla —reclamó nuestro superior.

No dije nada; me quedé a la espera de que hablara aquel maniquí brillante. Parés se impacientó.

—Es inútil callarse; la señorita Leila ha identificado la letra.

Por eso, la robot me había suspendido.

—La hice yo, pero no la usé —afirmé con pose digna.

Surgieron comentarios provenientes del grupo de Roberto: "¿Fuentes? Y con lo correcto que parecía". "No te puedes fiar de nadie". "Siempre tan peripuesto y guardaba un as en la manga". "Ya os había dicho que no es oro todo lo que reluce".

Jessica se carcajeó.

—¿Te hiciste una chuleta? ¡No me lo puedo creer!—exclamó.

—No pasa nada, Josep; es comprensible —repuso Paula.

Roberto tuvo la decencia de no decir nada. También los Revoltosos fueron coherentes y se mantuvieron en silencio; casi todos habían llevado chuletas.

Parés se me enfrentó con un tono incrédulo.

—¿Pretende que me trague que no la utilizó? Eso no tiene sentido. Además, está sobadísima.

—Después de hacerla, advertí que ya me la sabía.

—¿Por qué la trajo, entonces?

—Me daba seguridad.

Me miró unos segundos con expresión severa y, después, regresó a la tribuna y nos gritó:

—¡Tenemos pruebas de que dieciocho de ustedes han copiado! ¡Qué vergüenza! Me han defraudado, me hacen sufrir. ¿Dónde está su ética? ¿Dónde, su moral?

Salvo Paula y algunos de los jóvenes y de los Abuelos más prudentes, todos nos pusimos en pie y empezamos a protestar: "No se preocupe, que no va a sufrir más". "Eso, nos vamos de aquí. ¡Esto es inaguantable!". "¡No merecemos tantos desprecios!". "Si no servimos para esto, lo más sensato es que lo dejemos". "Debería asistir a una clase de Leila antes de juzgarnos". "¿Se cree usted Zeus?". "Y todavía no hemos hablado del doctor Pinxo". "¡Vaya hijo de la gran puta ese Pinxo!". "Exigimos que otro profesor revise sus exámenes". "Apoyo esa petición; ¿cómo es posible que me haya suspendido si tengo el carnet de socorrista?". "Ese estirado mamón no hace más que jodernos. ¡Y ahora viene usted y quiere hacer lo mismo!". "¡Leila nos ha dictado un libro de más de doscientas páginas!". "Le retamos a que aguante una sola clase de cualquiera de esos dos". "¡Nos iremos lejos y no volverá a vernos!". "¡Olvídenos!". "¡No puede comprendernos!". "¡Ya nos puede enviar a la otra punta del mundo!". "En cualquier parte estaremos mejor que aquí"…

—¡Basta! —chilló Parés—. ¡He dicho basta!

Esa vez no nos callamos, y Parés se exaltó.

—¡No voy a permitir que ninguno de ustedes abandone este curso! —amenazó—. Si suspenden, los desplazo; pero si dejan los estudios, los echo. No volverán a cobrar un euro de esta empresa. ¿Queda claro?

El linchamiento lo evitó Aura, a la que no habíamos visto entrar en la sala. Se interpuso entre Parés y nosotros y levantó las manos en señal de paz.

—¡Queridos alumnos, calma, por favor, calma! Tomad asiento. Permitidme hablar.

Poco a poco, las quejas se acallaron y nos fuimos sentando. Aura nos lo agradeció. Había venido a hablarnos, junto con el doctor Helios, en representación del profesorado. El doctor todavía estaba en la puerta; la ruidosa algarabía le había dejado perplejo. Al oír su nombre, se acercó a la tribuna.

—Primero, quiero dejar claro que no se va a despedir a nadie —declaró la pedagoga—. Tranquilicémonos, unas notas no pueden ser causa de una tragedia. Queda mucho curso por delante y no lleváis una mala trayectoria, os lo aseguro. Estos resultados nos han alertado de que debemos diseñar nuevas estrategias de aprendizaje. Estáis en vuestro derecho de pedir la revisión de los exámenes; no obstante, sabed que estas notas no computarán en la media final. La materia dada hasta ahora se evaluará, junto con la siguiente, más adelante.

Murmullos de alivio, sazonados con otros teñidos de desconfianza, barrieron toda la sala. Aura se giró un momento a Parés y le dijo que le informaría más tarde de los motivos de esa decisión. Enseguida volvió a dirigirse a nosotros.

—El claustro de profesores desea solventar los problemas que han conducido a estos resultados. Os pedimos que aportéis propuestas de mejora. Ahora os toca ir a comer, pero luego tendréis libre la hora del doctor Pinxo para que expongáis por escrito vuestras ideas y me las paséis antes de la clase de Tesón. Hay fallos en ambas partes. Sed creativos. Confiamos en vosotros.

Se quedó en silencio y deslizó una seria mirada por nuestros afligidos semblantes. Nos encogimos un poco, temerosos de que esa mujer, a la que todos apreciábamos tanto, se avergonzara de nosotros. Pero cuando empezó a hablar de nuevo, lo hizo con su acostumbrado afecto.

—Helios y yo hemos entrado poco antes del inicio del alboroto y hemos percibido vuestro abatimiento. Helios, por favor, ¿me dejarías tu carpeta?

El doctor la buscó en su mochila y se la pasó. Aura extrajo un montón de folios y empezó a hojearlos.

—Es difícil escoger porque son todos muy buenos —opinó—. Estos son los exámenes de la asignatura de Helios. He disfrutado como una niña leyendo vuestras redacciones. —Se volvió a Parés y le explicó—: El profesor les pidió que prepararan una corta historia relacionada con su materia; un párrafo en el que puntuaría la originalidad y el rigor de las cifras aportadas; una mezcla de fantasía y ciencia. Mire, voy a leer en voz alta algunas. Esta, por ejemplo:

«Calisto era una bella princesa de Arcadia con ansias de aventura. En cuanto tenía ocasión, se escapaba del palacio de sus padres y se unía a la comitiva de ninfas de la diosa Artemisa. Zeus se fijó en esa hermosa joven que corría por los bosques y se acercó a ella, disfrazado de esa diosa a la que admiraba. Cuando la tuvo a su merced, le mostró quién era en verdad. Calisto quiso huir, pero no pudo zafarse del abrazo del dios más poderoso y este la dejó embarazada. Calisto intentó ocultar su estado; pero la severa Artemisa lo descubrió y la echó de su lado, pues todas sus ninfas hacían voto de castidad.

Dio a luz en el bosque, sin ninguna ayuda, y tuvo un niño al que llamó Arcas. Hera, la celosa esposa de Zeus, se tomó entonces su venganza. Agarró a Calisto del cabello y la aplastó contra el suelo. Convirtió sus manos en garras y trocó su suave piel en un áspero pelaje. Distendió su boca en fauces horrendas y le quitó la voz para que nunca pudiese suplicar ayuda. Calisto, transformada en osa, vagó por los montes, con el alma intacta, temerosa de los lobos y de los otros osos.

Pasaron los años y un día se encontró con un joven cazador. Reconoció enseguida a su hijo, Arcas, y se acercó a él. Pero el muchacho tuvo miedo y la apuntó con una flecha. Para evitar que cometiera ese horrible crimen, Zeus originó un remolino de viento y los envió a ambos al cielo. La osa Calisto formó la constelación Osa Mayor, y Arcas se transformó en la estrella Arturo y quedó muy cerca de su madre.

A Hera no le gustó ese buen trato y se lamentó ante su madrina, Tetis, diosa del mar. Tetis prohibió a Arcas y a Calisto que se zambulleran en sus aguas. Por este motivo, esas estrellas nunca tocan el horizonte.

La Osa Mayor es una constelación circumpolar, es decir, orbita alrededor del cielo. Arturo es la cuarta estrella más brillante del firmamento. En el griego antiguo, Arcturus significa "el guardián del oso". Es una gigante roja que está a treinta y siete años luz de la Tierra. Su luminosidad es ciento veinte veces más intensa que la de nuestro Sol. Es fácil observarla en verano desde Barcelona. Al principio de la noche, esa estrella, de un color naranja rojizo, está situada unos 60° por encima del horizonte. Su masa es grande. Podría convertirse en una supernova en cualquier momento. Puede que seamos testigos de cómo su luminosa explosión invade nuestro cielo nocturno».

Jessica me susurró que era la autora. Aura elogió el escrito y buscó otro.

—Aquí, queridos cursillistas, hay uno humorístico. Escuchen:

«Urano, gigante gaseoso cuatro veces mayor que la Tierra, no desea complicarse más la existencia. Se ha tumbado encima de sus anillos y orbita al Sol de lado, rodando como una canica gigantesca. Hace eones fue el dios del Cielo y ostentó un poder inmenso. Se casó con Gea, la Tierra, y tuvieron doce hijos, doce titanes que quiso mantener dentro del vientre de su madre. A Gea le pesaban y pidió ayuda al menor de sus hijos, Cronos. Ese descastado atacó a su padre y le castró. Luego liberó a todos los hijos de Gea y se proclamó rey de los titanes. El tal Cronos tampoco era buena gente. Se casó con su hermana Rea y se comió a todos sus hijos. Solo se salvó Zeus, al que su madre escondió. Después la historia se complicó más con la llegada de otros titanes y dioses, y hubo guerras y batallas terribles. Urano se desentendió de esos asuntos y se largó a 2.800 millones de kilómetros de nuestra estrella. Y ahora, todo le deja frío. La temperatura de sus nubes más externas es de -210° centígrados. Es una roca envuelta en gases de metano, amoníaco y agua. Huele que apesta. ¡Y qué! Está de vuelta de todo y se toma con calma la traslación. La Tierra se desplaza a veinticuatro km/s y él no llega ni a

siete km/s. Total, ¿para qué correr más? Tarda ochenta y cuatro años en dar la vuelta al Sol. ¡Y qué!»

Se oyó un susurro proveniente de las filas de atrás: "Este es mío. Es bueno, ¿eh?". Le respondimos con risitas. Aura empezó a leer otra redacción.

«Cuaderno de bitácora:
9.00 a.m.—. Mi misión está siendo un éxito. El velero espacial que alquilé está funcionando correctamente y he conseguido unas fotos espectaculares de las manchas solares. Mi único compañero, un pequeño robot no más grande que un servilletero, recoge datos de nuestros instrumentos de medición continuamente y los transmite a la Tierra.
10.10 a.m.—. Una perturbación anómala ha alertado al centro de control. Prevén la exhalación inminente de una protuberancia solar: un chorro de gas candente impulsado por el campo magnético estelar. Orden de alejamiento inmediato.
10.20 a.m.—. Tengo un grave problema: no se me extiende del todo la vela. El centro terrestre va a llamar a mi esposa y al padre cibernético del robot por si deseamos despedirnos. No me queda más alternativa que enviar afuera a mi compañero.
10.36 a.m.—. El robot ha conseguido desplegar la vela y el viento solar empuja la nave con vigor. Le he ordenado que regrese al interior, pero se ha quedado a recoger más datos.
10.41 a.m.—. Un golpe de viento solar inusitado ha girado la vela y la botavara ha golpeado al robot. Mi menudo compañero ha perdido el contacto con la cubierta y se está alejando de la nave. No puedo hacer nada más que mirar aquel punto plateado que se dirige de forma inevitable hacia nuestra estrella. Pese a su grave situación, persevera en su cometido y sigue transmitiendo información.
10.51 a.m.—. Ha estallado la protuberancia y la nave ha dado un acelerón espectacular. El competente robot ya no se oye. Ha sido devorado por las llamas, abrasado por fuegos a 6000°, destruido a nivel atómico, engullido, liquidado, aniquilado».

El doctor me miraba con expresión adusta. No le había hecho gracia mi historia. Quizá esa era la causa de que me hubiera puesto solo un seis en su prueba. Sin embargo, a Aura, le había parecido estupenda.

—¡Son todos originales y maravillosos! —exclamó—. ¿No os dais cuenta de cuánto habéis aprendido? Tenéis tantos conocimientos que os permitís jugar con ellos. Habéis descubierto vuestra creatividad innata y disfrutáis inventando. ¡No podéis desmoralizaros! Comprobad vosotros mismos vuestro avance y valoraos objetivamente. Estoy segura de que sois capaces de enderezar vuestros estudios. Espero vuestras propuestas.

Más animados, empezamos a salir de la sala. Advertí que Aura me hacía una seña para que me acercara. Cuando llegué a ella, me pidió que hiciese de moderador durante el debate y que alentara los cambios precisos. Quise zafarme de esa engorrosa responsabilidad, pero Parés nos interrumpió; quería conocer el motivo por el cual habían anulado las notas. Se apartaron de mí y, entonces, el doctor Helios me abordó.

—No imaginé que fuera capaz de hacerse una chuleta —me recriminó.

Estaba molesto con él, así que le respondí:

—Como dijo su Einstein: "No guardes en la cabeza aquello que te quepa en un bolsillo".

—¿Es por su falta de retentiva que, en el tema libre, ha colocado una única y sencilla cifra?

—Como dijo su Einstein: "La imaginación es más importante que el conocimiento".

—¿Conoce al científico Vivozs?

—No tengo el placer.

—Es la mayor eminencia en la teoría de cuerdas. Un físico de inteligencia extraordinaria, un matemático excelso.

—Me alegro por él.

Ignoraba a dónde quería llegar el doctor Helios. Prosiguió:

—A partir de ahora, exclamaré: ¡Por Vivozs!, y dejaré descansar a Einstein. ¿Puede deducir el motivo? —Negué con la cabeza—. Porque Vivozs apenas habla. En sus publicaciones hay más números que letras. No le atrapará un axioma, una frase ocurrente, una sentencia moralista que pueda usted usar como arma arrojadiza. Es un bloque de hielo.

—Como el cometa Halley.

Se acabó de enfurruñar y se marchó con Aura y Parés. No me importó; me había bajado la nota por una pequeña broma a costa de su becario.

En cuanto acabamos de comer, nos pusimos a buscar las soluciones demandadas por Aura. Al principio, las sugerencias fueron demasiado drásticas; no podíamos pedir que despidiesen a Leila y al doctor Pinxo. Les dejé un rato para que expulsaran todo su resentimiento y luego les advertí que, si no poníamos sobre la mesa propuestas constructivas, los profesores impondrían sus medidas y luego no podríamos quejarnos.

Conseguimos organizarnos. Apuntamos para cada profesor nuestras recomendaciones y, como Aura me había indicado, escribimos a continuación nuestras contraprestaciones. A Pol, Aura y Tesón los dejamos aparte y nos dedicamos al resto. Empezamos por el más sencillo: el doctor Helios, al que solicitamos una exposición más ordenada y un trato personalizado. Si era capaz de aprenderse los nombres de todos los satélites de Saturno, suponíamos que podría memorizar los de treinta alumnos.

Buscar remedio a las desabridas formas de la robot exigió una mayor discusión. Como todos los alumnos, excepto cuatro de nosotros, desconocían la verdadera naturaleza de Leila, surgieron ruegos imposibles; entre ellos, que impartiera la clase con alegría y pasión. Jessica replicó al respecto que no se podían pedir peras al olmo. Al final, solo apuntamos una petición: que resumiera y fluidificase su materia. Como contrapartidas, ofrecimos una devota atención, permanecer en silencio durante la clase y repasar a diario sus apuntes. También dejarían de caerse bolígrafos y otros utensilios, y nos sentaríamos bien.

La actitud del doctor Pinxo ocupó el resto de nuestro tiempo. Si hubiera sido posible, hubiéramos pedido a ese profesor un cambio de personalidad total; pero nos limitamos a solicitarle amabilidad, respeto y paciencia. No quisimos añadir la simpatía ni el buen humor, ni tantas otras cualidades necesarias, para incidir en las tres esenciales; no nos podía seguir gritando ni humillando. Ofrecimos las mismas contrapartidas que a Leila y añadimos que no remolonearíamos para entrar en clase.

Tan enfrascados estábamos que se nos pasó la hora y Tesón tuvo que venirnos a buscar. Sonrió al vernos tan aplicados y nos dejó cinco minutos para que acabásemos de redactar el documento. Fui con cuatro alumnos más a la sala de profesores y se lo entregamos a Aura. No hubo tiempo para comentárselo, pues los demás ya estaban bajando al campo de atletismo.

El entrenador nos había preparado un circuito de carrera frenado por diferentes obstáculos; un recorrido sencillo en comparación con lo que acabábamos de hacer.

Después de su clase, al salir del vestuario en tropel, nos encontramos a Leila. Estallamos en comentarios bromistas: "¡Cuidado, compórtense o recibirán veinte puntos negativos!". "Fuentes, guárdate mejor la chuleta, que se te asoma por el bolsillo". "No tenemos escapatoria; conoce la caligrafía de cada uno y sabe que nos hemos intercambiado los exámenes". "Sabe, incluso, si escribimos de memoria o lo hemos copiado"...

La robot no les hizo caso y se acercó a mí.

—¿Puedes acompañarme, Josep? Mi padre quiere hablar contigo.

El grupo explosionó en estruendosas carcajadas: "¿Qué le vas a explicar, Fuentes? El achuchón que le diste te va a salir caro". "¿Creías que no tenía padre?". "Si es un vikingo de dos metros, no se te ocurra enfrentarte. Echa a correr"...

Les regalé una sonrisa socarrona y me fui con Leila.

La robot me llevó al bar. Estaba casi vacío. Unos cuantos externos, de los que venían a entrenar a las instalaciones, se tomaban unos refrescos en la barra. El doctor Helios se encontraba en una mesa apartada; Leila me lo señaló. Al aproximarnos, descubrí que estaba acompañado.

—¿Qué hace este aquí? —inquirí al llegar a su lado—. ¿Es el espía o un servilletero de verdad?

—Al señor Fuentes no le gusto —afirmó el becario—. Su animadversión queda patente en su despreciativo modo de señalarme, en su expresión facial asimétrica y en el arrastre de sus palabras. Los prejuicios humanos irracionales siempre constituirán un problema para los robots.

—Guarda silencio —le reconvino el doctor—. No le he hecho venir para importunarlo, sino para disculparme.

Me pidió que tomara asiento y luego ordenó a Leila que cogiese al becario y se trasladasen a una mesa alejada.

—Prefiero que no me escuchen —se justificó cuando se fueron.

El doctor tenía mal aspecto. Sus manos descansaban, algo temblorosas, sobre un par de servilletas de papel que había garabateado.

—¿Se encuentra bien? —pregunté.

Suspiró y colocó una de las servilletas delante de mí.

—No, la verdad es que no. Mire esto. —Señaló una de las numerosas fórmulas que había escrito—. Todo parece estar correcto. Si Cr, o calidad de la respuesta, es igual a Omega, o grado medio de serenidad facial y gestual de los interlocutores, dividido por Épsilon, la entropía, y t, el tiempo, y todo multiplicado por Psi, variable inversamente relacionada con el número de implicados y el grado de excitación, y teniendo en cuenta que...

—¡Espere, espere! Le ruego que sintetice.

—¿Dónde está el error? ¿Dónde? —se lamentó.

—Seguro que no hay para tanto. Si le preocupan las malas artes que usaron el becario y Leila para incitarnos a copiar mientras nos retrataban, creo que con llamarles al orden...

Se retiró hacia atrás los rizos con un rastrillo de dedos y echó una mirada cargada de preocupación a sus robots.

—Durante el claustro de profesores, Aura preguntó a Leila si estaba segura de haber cazado a tantos alumnos. Comentó que una captura tan numerosa no era normal. Comprendí sus recelos, pues, durante mi examen, no observé que nadie cometiese ninguna falta.

Eso se había debido a su natural despiste. Me constaba que se había copiado, aunque no, con la abundancia y el atrevimiento perpetrados en la prueba de la robot.

—No quise que Leila desvelara la existencia del becario —prosiguió el doctor—, así que me adelanté a su sincera respuesta y, desvirtuando un poco la verdad, dije que había utilizado una cámara oculta. Aura reprobó esa acción, y como tampoco le había parecido bien la forma de puntuar del doctor Pinxo, recomendó que esas notas no contaran para el boletín de calificaciones finales. Como sabe, el claustro aprobó esa propuesta.

—¿También votaron a favor Leila y el doctor Pinxo? Y, usted, si no es indiscreción, ¿qué postura tomó?

—Leila se abstuvo, claro. En cuanto a mí… Hubiera votado en contra, pero recordé sus quejas contra mis robots y recapacité. Era posible que tuviese algo de razón. Esta tarde he visto la grabación del becario. Los soplos y el pase de chuletas son descaradísimos. He interrogado a los robots, y han confirmado sus acusaciones: Leila fingía que no estaba alerta y, mientras tanto, el becario los pescaba a todos. No actuaron de una forma ética, y lo más preocupante es que fueron irracionales. Alentar comportamientos delictivos carece de toda lógica, al menos, en sociedades sanas. ¿En qué parte de mi programa registré una permisividad para el engaño? ¡En ninguna, por Eins… por Vivozs! No lo entiendo. La idea surgió del becario, según ha confesado, y luego convenció a Leila. ¿Dónde aprendió a hacer trampas?

—¡Qué quiere; si le lleva de farra por los bares habrá visto y oído de todo! No hace tanto que lo construyó. Podría decirse que tiene el cerebro inmaduro de un adolescente. Y Leila es una niña. Son muy vulnerables.

—No, la explicación no va por ahí —dijo el doctor—. Durante las visitas a las tascas, siempre he estado atento a todo lo que ocurría para poder advertir a mi robot acerca de los comportamientos inadecuados y las actitudes mezquinas. Ahora bien… esto que acaba de decir me hace pensar… Usted estuvo en mi laboratorio hace dos años. ¿Recuerda?

Lo que me había sucedido allí no era fácil de olvidar. Había sido recibido por unos estremecedores guardianes: una nube de robots voladores que semejaban enormes mosquitos. Me los había quitado de encima otro robot cuya cubierta le daba el aspecto de una lavadora gigante.

—A los dos meses de su visita, me echaron y tuve que llevarme todos mis robots a mi pequeño piso —continuó el doctor.

Me interesé por un detalle, y contestó lo que me temía.

—Sí, los mosquitos también se vinieron conmigo. Por si fuera poca desgracia, mi novia, doctora en matemáticas, me dejó por un catedrático de Derecho, una persona alejadísima del ámbito científico. ¿Puede creerlo?...

Ese hombre no tendría en casa mosquitos robóticos armados con largos aguijones.

—Me centré en una oferta que había recibido de una empresa alemana, en relación con mis aplicativos para robots asistenciales —prosiguió—. Necesité viajar muchas veces a ese país para revisar la implantación de mi programa *eye-heart*, por lo que mis robots se quedaron solos durante largos periodos de tiempo y tuvieron que cuidarse entre sí. Leila se ocupaba de cargar las baterías de todos. Hubiera podido desconectarlos, pero no soy tan coherente como aparento y apreciaba que saliesen a recibirme cuando regresaba a casa. Sus movimientos mitigaban la sensación de soledad que me había invadido desde que mi novia me dejara.

—Lo comprendo.

—Para que fuesen aprendiendo las costumbres humanas, les aconseje que vieran programas televisivos. Su opinión de que mis robots son vulnerables me ha hecho recordar algunas de las cuestiones que me planteaban. Me hablaban de programas rosas que les habían sorprendido por la belicosidad de los invitados, debates políticos que les habían impresionado por lo mismo, culebrones donde los inocentes sufrían maltratos continuos…

—Aún están demasiado equilibrados para todo lo que se han tragado.

—… También recuerdo que cada vez insistían más en su deseo de acompañarme…

—Todo el día encerrados, pobres.

—… Empecé a notar cierto desapego durante mis últimos viajes. Cuando regresaba, ninguno salía a recibirme y, al acercarme a ellos, no daban señales de estar encendidos. Averigüé enseguida que se encontraban internamente enganchados a juegos o a alguna red social. Cuando les conectaba a mi portátil y les ordenaba que me mostrasen en la pantalla la tarea en la que estaban inmersos, me encontraba de todo: juegos de guerra o estrategia, foros de búsqueda de pareja, de amistades…

—Doctor, creo que ha descuidado a sus hijos —le reñí.

Sonrió y me contestó:

—No son humanos. ¡No sienten!

Me dolía que dijera eso. Lo debió de notar en mi expresión, pues sostuvo que estábamos hablando de máquinas impasibles.

—Entonces, ¿hacia dónde se dirigen sus elucubraciones? —pregunté.

—Observe estas fórmulas —dijo, y me mostró la otra servilleta.

—¡Dios, aquí hay más letras griegas que en los "Diálogos" de Platón!

—Para que me entienda, indican el esquema del ecualizador que ajusta la ética juiciosa del robot. Fíjese en esta letra, la Tau, con la que denomino la sensatez de las conductas honestas. Verá que está elevada a la cuarta potencia. Y observe que la letra Fi, que representa los comportamientos deshonestos, está elevada al exponente uno y, por tanto, la cifra que la componga mantendrá el mismo valor en esta fórmula. ¿Qué podemos deducir ahora tras reflexionar sobre la cantidad desmesurada de *inputs* asociados a Fi que han recibido mis robots?

—Eso, ¿qué podemos decir? —repetí. Me estaba perdiendo.

—Pues que la cantidad recibida de ejemplos deshonestos logró superar la cuarta potencia de los honestos, la Tau... ¡Ahí podría estar el problema! Tendré que elevarla aún más. Mis robots advirtieron esa descompensación imprevista, pero no fueron capaces de definírmela y solventarla; así que intentaron alejarse del ambiente perturbador. ¡Por eso querían venir conmigo, y por eso se han filtrado tendencias malévolas en su comportamiento! Gracias, Fuentes, me ha sido de gran ayuda.

—¿Eh?, pues, me alegro. Mientras usted eleva la Tau al infinito, si no le importa, me marcho a casa. Estoy bastante cansado.

Nada más llegar a mi hogar, mi mujer se interesó por conocer mis notas, pero me zafé.

—El claustro de profesores ha anulado los resultados.

—¿Por qué? ¡Ah, ya sé! Alguien consiguió enterarse de las preguntas de los exámenes y todos habéis sacado excelentes.

—No, no... Además, ¿me ves capaz de admitir esa trampa?

Esbozó media sonrisa y tuve que defenderme.

—¿Crees que si hubiera sabido lo que iban a poner me hubiera matado estudiando?

Aquello, más que una defensa, parecía una declaración de malas intenciones. Nadia captó mi metedura de pata y continuó con su velada estratagema de sonsacarme la verdad.

—Entonces, no todo han sido notables y sobresalientes.

—¡Claro que no! —exclamé, movido por cierta turbación.

—También ha habido suspensos.

—¡Buf, un montón!

—No puede ser que haya habido tantos. Solo os examinabais de cuatro asignaturas, y la de cocina era muy fácil, según me dijiste.

—Pues en dos asignaturas ha habido una debacle.

—Seguro que exageras…

—¡Te digo que sí; la mayoría hemos suspendido! ¡Hostia, ya se me ha escapado!

Al final, se enteraron de mis dos suspensos y de mi seis en astronomía. Mi mujer no volvió a tocar el tema durante la cena y se lo agradecí. Bastante bochorno sentía ya.

Mientras Nadia bajaba al perro, fui a hablar con mis hijos e intenté justificarme.

—Me han fallado los nervios. Debéis creerme si os digo que me lo sabía para sacar buena nota. Me habéis visto estudiar. Sabéis que me he esforzado.

Silvia, sin hacer ningún comentario, me dio un beso y se fue a la cama. Pero Joan me dijo:

—Cuando yo catee, espero que no me metas bronca. Ya ves lo mal que siento.

Leila apareció al día siguiente, luciendo una dulce sonrisa, y puso una película sobre el programa Apolo que duró toda la hora. Antes de marcharse, nos pidió que repasáramos los tres primeros temas para su próxima clase y se despidió con un: "Hasta mañana, queridos alumnos". Nos quedamos anonadados: no habíamos usado el bolígrafo.

El doctor Helios llegó enseguida.

—Buenos días. Voy a pasar lista para aprenderme sus nombres.

A continuación, nos habló de los confines del sistema solar y no intercaló más que otro tema, el de las sondas espaciales, y porque estaba relacionado. Por suerte, los cambios no llegaron a eliminar la parte menos seria de la clase y, para deleite de la mayoría, poco antes de finalizar, nos contó una historia mítica relacionada con las estrellas.

Las clases de Aura y Pol discurrieron de la manera habitual. Nos informaron de que Tesón le había cedido la última hora de la tarde a la pedagoga para que pudiésemos discutir con ella nuestras propuestas.

Después de la comida, fuimos a la clase del doctor Pinxo con la esperanza de disfrutar también de alguna mejora. Y sí que la hubo, sí.

—¡Qué guapo se ha puesto! ¿Dónde tenía escondido ese cuerpazo! —bromeó Jessica.

—Señoras y señores, buenas tardes —saludó el fornido guaperas—. Soy el jefe de bomberos del barrio. Sus profesores me han pedido que les narre algunas de nuestras experiencias.

El bombero nos metió la realidad por los ojos y los poros de la piel mediante el relato pormenorizado de diversos accidentes y desastres. Enfatizó la importancia de la primera cura, consoladora y esencial, que efectuaban como socorristas.

—¡Cuán importante sería que todo el mundo tuviese nociones de primeros auxilios! —concluyó, y valoró nuestra preparación en ello.

—¿Vendrá usted a darnos la clase mañana? —preguntó Paula.

Se trataba de una única visita. No se podía pedir tanto.

Durante la hora de Aura, pusimos en común las ideas de profesores y alumnos. Consensuamos un proyecto conjunto y acordamos ponerlo en práctica de inmediato.

Con el nuevo plan, nos marcaron unas pautas que exigían un esfuerzo diario. Lo habíamos pactado entre todos; así que debíamos cumplirlo. Uno de los Revoltosos expresó, a los pocos días y a su manera, la opinión general: "Nos han convencido para comprar las pilas, nos han ayudado a colocárnoslas y nos están machacando. Eso sí, de buen rollito".

El doctor Pinxo fue el profesor al que le costó más asumir el cambio. Seguía siendo un grosero, pero sin histrionismo. Esa moderación nos permitía rechazar con más facilidad sus desdenes. Aura nos solicitó que tuviésemos paciencia con su mal carácter; debíamos apreciar el trabajo que le suponía reducir la frecuencia y magnitud de sus ofensas. Podíamos considerarlo un entrenador de nuestro control emocional, añadió. Si lográbamos dominarnos frente a él, pocos comportamientos desequilibrados podrían afectarnos. Fue curioso constatar que su habilidad en armar desprecios disminuía a medida que hacíamos menos caso a sus subidas de tono, como si nuestra frialdad le menguara su hiriente talento.

Las notas de todos los alumnos mejoraron en general. A los que no superaban las pruebas que nos iban poniendo semanalmente, se les ofrecían clases particulares con los mismos profesores, a razón de media hora durante el tiempo de la comida. Suspender y no asistir carecía de sentido. Aura pedía explicaciones al que no sacaba provecho de ese regalo, y su persuasión solía ser efectiva, incluso cuando se trataba de recibir clases particulares del doctor Pinxo.

Cuando el doctor Helios o Leila tenían que dar una clase privada, acompañaban después a su alumno hasta el comedor y se quedaban a compartir la comida con nosotros. Leila, obviamente, no probaba bocado. Ponía como excusa que cargaba sus baterías por la noche. Como pocos sabíamos que hablaba con propiedad, hubo algunos desinformados que empezaron a correr bromas sobre su oculta naturaleza vampírica.

El doctor Helios frecuentaba nuestra mesa más que las otras. Conectaba muy bien con Jessica y conmigo, y también con Paula y los jóvenes que solían unirse a nosotros. Pol era el único profesor que siempre comía con los alumnos. Cuando el doctor Helios y él coincidían, se sentaban juntos y, por lo habitual, en nuestra mesa. Se habían conocido durante aquel curso y congeniaban muy bien.

Hubo otra novedad: Aura habilitó una parte de la sala de actos como biblioteca. El doctor Helios la dotó de libros de astronomía, y Pol aportó libros de cocina. La pedagoga me pidió que los primeros días me quedara a estudiar allí, después de las clases, y convenciera a alguien más. Pretendía promover su uso.

La sala tuvo mucho éxito y una asistencia mayor de la esperada. Se respiraba un ambiente de estudio compartido que ayudaba a no sentirse tan solo frente a los apuntes. Pinaza no asistió nunca; en cambio, Ángel solía quedarse y, curiosamente, siempre intentaba ocupar un asiento cercano a Paula. Solía fisgar en sus apuntes y corregirla con un paternalismo cargado de suficiencia.

—Es como si echara de menos fastidiarla —comenté a Jessica.

—Ángel la echa de menos en otro sentido —replicó—. ¿No entiendes, Josep? La verdad, creía que eras más espabilado.

Mi amiga tenía tendencia a emparejar a la gente.

Paula era requerida en ocasiones para dar sesiones de meditación. Se colocaba entonces con sus adeptos en un rincón de aquella sala, para no molestar a los demás, y en voz baja y acuosa guiaba las mentes: "Con los ojos cerrados, empezáis a sentir el fluir de vuestra respiración. El aire entra con facilidad y recorre vuestro cuerpo… Se abre un hueco en el interior del pecho… Otro hueco, en el estómago… en las piernas y los pies… en los brazos y las manos… La apertura llega hasta la cabeza. El aire circula con total libertad por vuestro interior. Se mueve como una ola que acaricia y expande vuestra mente... Tomáis conciencia de nuevo del entorno y percibís que estáis sentados en la cima de una montaña solitaria, de noche, y que un universo estrellado os envuelve... Cientos de puntos luminosos descienden hasta tocar vuestra piel y, dulcemente, la atraviesan y se introducen en la caverna de vuestro cuerpo... Las estrellas circulan suavemente por todo vuestro interior... Solo la delgada piel os separa de la unión total con el universo... Si lo deseáis, podéis difuminar esa frontera y liberaros del único residuo que os queda de este mundo. Seréis incorpóreos, puros pensamientos. Volareis por el espacio infinito y formareis parte para siempre del polvo estelar..."

No todos se atrevían a pulverizarse tanto. Muchos se quedaban con la cobertura que protegía sus entrañas. Los que nos dejábamos llevar hasta el final, disfrutábamos más de las sesiones.

Todos esos cambios consiguieron elevar el nivel de la clase y, al mismo tiempo, permeabilizaron las pandillas. Disfrutábamos, en general, de buen ambiente y camaradería. Pinaza y Ángel se quedaron sin aliados, por lo que les tocó disimular su mala educación.

Había llegado la hora de ir más allá de la teoría; estábamos preparados para dar el siguiente paso.

Iniciamos las prácticas a la octava semana de cursillo. Durante la siguiente quincena, nos convertiríamos en monitores ayudantes de una singular atracción turística.

El primer día, tras la clase de Tesón y el desayuno, esperamos en el vestíbulo la llegada de los profesores que nos iban a acompañar a las instalaciones de la E.F, la agencia de viajes espaciales. Todos vestíamos ropa y calzado cómodo, según nos habían indicado. Pasaríamos el resto de la jornada allí, así que también cargábamos con nuestras mochilas.

Aparecieron el doctor Helios y el doctor Pinxo. Este último nos gritó que le siguiéramos y salió a paso rápido. El doctor Helios, en cambio, se introdujo entre nosotros con una sonrisa y nos hizo señas de avanzar.

Anduvimos unos veinte minutos, adentrándonos en una zona de edificios de oficinas y grandes locales. Éramos un grupo bastante ruidoso que llamaba la atención de los transeúntes. El doctor Pinxo, a paso marcial, se adelantaba cada vez más. Se detuvo finalmente en la entrada de una nave de dos plantas. La superior tenía una altitud considerable, y un generoso ventanal la cruzaba horizontalmente. En la cegada pared color crema de la planta baja había una amplia puerta de dos hojas de cristal translucido. Un sencillo rótulo encima de su marco superior indicaba: "Viajes espaciales E.F".

Los doctores nos dijeron que visitaríamos primero aquel local. Allí se entrenaban los futuros turistas espaciales.

—¡Qué emocionante! —me susurró Jessica.

Las dos hojas de la puerta se abrieron al acercarnos y dieron paso a un vestíbulo muy amplio. Enfrente había otra puerta similar. A su lado, una gigantesca foto de un astronauta zambullido en el espacio iniciaba de forma excelente la visita. A la derecha, se alargaba un pasillo desnudo que finalizaba en una discreta puerta pintada en el mismo tono marfileño que las paredes. A la izquierda, había una garita habitada por dos guardas de seguridad y, no muy lejos, en la pared lateral, se abría un ascensor.

Dejamos nuestras bolsas y chaquetas en la garita. Los guardas las depositaron en unas taquillas situadas detrás de ellos y nos dieron unas fichas numeradas como resguardo. Luego accedimos al recinto a través de la puerta que rozaba la imagen del astronauta.

Entramos a un local de una altura impresionante; calculé que tendría unos treinta metros. Su parte central estaba ocupada por bicicletas estáticas, cintas de correr y diversos aparatos de musculación. En la mayoría de esos puestos, personas sudorosas y aplicadas se afanaban en entrenar su cuerpo. El lugar era agradable, bien ventilado y muy luminoso. En la pared frontal, grandes ventanales desparramaban luz diurna.

Una ristra de salas pendía de la pared lateral derecha, a la altura de un tercer piso. Parecían oficinas. Por el lado izquierdo, y al mismo nivel, había otro altillo, pero se trataba de una única estancia alargada y, por el movimiento de las personas en su interior, supimos que se trataba de un bar. Aquellas salas colgantes no llegaban hasta la pared del fondo; quedaban cortadas bastantes metros antes.

Al adentrarnos un poco más, observamos que, encima de la puerta por la que acabábamos de entrar, había una ancha galería que recorría toda la pared y comunicaba los altillos de ambos lados. Dos escaleras laterales descendían desde ese balcón hasta el suelo. Un hombre bajó por una de ellas y se acercó a saludarnos. El doctor Pinxo nos hizo memoria.

—Supongo que recuerdan al señor Blanco, director de marketing de la agencia espacial.

Ese señor había hecho el discurso inaugural del curso. Era un hombre de mediana edad, alto, de complexión fuerte, pelo castaño algo rizado y ojos muy vivos. Su rasgo más característico era un espeso mostacho cuyos bordes se curvaban hacía arriba.

—¡Sean bienvenidos a nuestras instalaciones! ¡Estamos encantados de que estén aquí, con nosotros! —dijo, y exhibió una sonrisa de dientes pequeños y perfectamente alineados—. Como enseguida verán, poseemos dos enormes locales. En la nave en la que se hallan, entrenamos a futuros turistas espaciales y, a veces, a astronautas. En el local anexo, hemos instalado nuestra atracción: el circuito que simula un viaje orbital a la Estación Espacial Internacional.

Tras disculparse por no poder acompañarnos en nuestro recorrido y hacer algunos comentarios que alababan nuestro esfuerzo y la dedicación del profesorado, volvió a mencionar el conjunto de viajes que proponía su agencia.

—Como ya les expliqué, ofrecemos diversos vuelos. La mayoría los efectuamos en cazas y otros aviones de destacada potencia y maniobrabilidad. Si lo desearan, podrían experimentar la ingravidez mediante un vuelo parabólico, o bien volar a una velocidad dos veces superior a la del sonido y hacer piruetas. En un vuelo suborbital, ascenderían a cien kilómetros de la Tierra. ¡Es muy bello observar la curvatura luminosa de nuestro planeta contra el negro firmamento! Si se decidieran por un viaje orbital, volarían en un cohete hasta la Estación Espacial. Puede que, tras pasar por el circuito, alguno de sus clientes, o ustedes mismos, deseen vivir una experiencia auténtica. En la E.F, les haremos un precio especial. No duden en pedirnos información.

La brillante mirada de aquel hombre y su perenne sonrisa correspondían con los de un buen anunciante; pero también proyectaba un entusiasmo sincero que nos llegó a contagiar.

Acabó con un mensaje estimulante.

—Cuando terminen de ver este local, los doctores los acompañarán al contiguo. Es allí donde harán de guías espaciales. ¿O debería decir de conductores de sueños? Comprobarán lo fácil que es entrar en la fantasía. Enseguida se verán como intrépidos astronautas que se enfrentan a situaciones límite. ¡Van a vivir una aventura emocionante! Se sentirán felices de participar en este sueño y de convertirse en ilusionistas del espacio exterior. ¡Orgullosos de ser los cicerones del universo!

¡Cicerones del universo! Aquella frase reverberó en las mentes de todos nosotros. Nuestras caras expresaban la determinación de unos temerarios exploradores.

El señor Blanco se despidió con entusiasta afabilidad.

—¡Adelante! Nuestra casa es su casa.

Había conseguido crear una nerviosa expectación.

El doctor Helios nos explicó que empezaríamos, también, la ruta turística con nuestros clientes por ese local cuando hiciésemos de monitores. Empezamos a caminar. A muchas de las personas que estaban entrenando las habíamos visto antes, en el campo de atletismo, así que fuimos intercambiando saludos hasta que el doctor Pinxo nos cortó con su habitual brusquedad.

—¡Silencio absoluto! ¡Estén atentos a nuestras explicaciones! ¡No quiero ver a nadie apartado del grupo!

Nos bajó de golpe los humos de aventureros. No podíamos introducirnos en ninguna ilusión con ese hombre al lado dando voces y exigiendo que lo siguiésemos como borregos.

Caminamos sin hablar, escuchando el discurso del doctor Pinxo sobre el entreno que llevaban a cabo aquellos aspirantes a viajeros espaciales. Cuando veíamos a algún conocido, nos limitábamos a alzar una mano para saludarlo. Pero era fácil distraerse ante tanta actividad. Unos atractivos cochecitos eléctricos se nos cruzaban de cuando en cuando y favorecían el despiste. El doctor Helios comentó que hacían servir aquellos buguis para desplazarse por el local y, también, para llegar hasta el campo de atletismo donde entrenábamos. Recordé que había visto varios de esos curiosos vehículos aparcados a la salida de las instalaciones.

El doctor Pinxo continuaba perorando.

—Tener una buena preparación física es vital. Observen estas máquinas especiales con pesas. Sirven para fortalecerse, pues con la aceleración del cohete se puede llegar a los 5G.

—Eso significa que sentirían la gravedad terrestre multiplicada por cinco —especificó el doctor Helios—. Tendrían la sensación de que el peso de su cuerpo se quintuplica. No todas las personas que están entrenando aquí necesitan prepararse para soportar tanto. En los vuelos parabólicos, por ejemplo, no se superan los 2G; pero, en la lanzadera, la presión es superior. Imaginen la cuenta atrás: cuatro, tres, dos, uno, ¡ignición! El cohete acelera a 1000km/h, 2000km/h...

—Están sentados con la espalda derecha y sienten que les aplastan con un fardo igual a su peso, y luego otro más, y otro... —continuó el doctor Pinxo. Su grave expresión contrastaba con la alegre y despreocupada de su colega.

—No pueden mover ni un solo dedo — prosiguió el doctor Helios.

—Se les desplazan los órganos internos —describió el doctor Pinxo—. El estómago les pesa y arrastra a su esófago, que se extiende dolorosamente. Se rompen los alvéolos de la base de sus pulmones. La sangre se les acumula en las piernas, y el corazón no tiene fuerza para bombearla hasta el cerebro y apenas llega a sus ojos.

—Dejan de ver los colores.

—O dejan de ver del todo y pierden la conciencia. Pero puede ocurrirles algo peor, puesto que los discos intervertebrales de su columna están a punto de romperse.

Nos tenían acongojados.

—Tranquilos, lo tenemos todo previsto —repuso el doctor Helios—. Reclinen sus asientos y acuéstense sobre la espalda para cambiar la dirección de la presión.

—¡Menos mal, ya tenía el estómago en los pies y el esófago más alargado que el de una jirafa! —le susurré a Jessica.

—Ahora se hunden sus globos oculares —apuntó el doctor Pinxo, que no deseaba liberarnos del sufrimiento.

—Mejor hacia dentro que hacia abajo —contrarrestó su optimista colega—. Nuestro traje anti-G nos presiona las piernas...

—Y nos devuelve la sangre hacia arriba.

—Usamos una bomba para insuflar aire con oxígeno concentrado.

—De ese modo, no nos cuesta tanto respirar; no obstante, no podemos evitar perder el conocimiento.

—No pasa nada; el piloto automático se queda al control.

—Se despiertan justo a tiempo de sentir el brusco fin de esa presión.

—La gravedad desaparece.

—Y aparece la enfermedad de la ingravidez —continuó el doctor Pinxo—. El sistema que informa de la posición del cuerpo en el espacio, situado en el oído interno, está confundido. Cree que estamos boca abajo, pero nuestros ojos no perciben lo mismo.

—¿A quién creemos?

—Para creer a la vista y no hacer caso a nuestro oído interno, debemos entrenarnos.

—Entra en juego esta maquinita que tenemos aquí. Permitirá que nos adaptemos a esas aceleraciones y a sus efectos.

Durante su pavorosa explicación, no habíamos dejado de caminar y estábamos al pie de una estructura curiosa, colocada sobre un alto y ancho pedestal. Semejaba una hélice de una sola pala, con una cabina en su extremo.

—¡A ver, un voluntario para probar la centrifugadora! —requirió el doctor Pinxo.

Dimos un paso atrás. El doctor Helios nos alentó.

—La he probado varias veces. Produce una sensación similar a las bajadas de una montaña rusa —dijo.

—Una sensación más intensa y duradera, claro —incidió el doctor Pinxo—. Usted mismo, Fuentes, siéntese.

Me pilló por sorpresa; ¿no había pedido un voluntario?

El doctor Helios acercó una escalera con ruedas que tenía una pequeña plataforma en su parte superior. La situó al lado de la cabina y subió conmigo. Antes de introducirme, miré hacia abajo y vi las caras compasivas de mis compañeros. Alcé la mano para despedirme. Al ver que el doctor Pinxo se situaba en el control de mandos, estuve a punto de descender, pero el doctor Helios me indicó que me sentara y mantuviera la cabeza derecha, también me ayudó a atarme los cinturones de seguridad. El asiento estaba reclinado hacia atrás. Luego cerró la cabina.

Aquella hélice empezó a girar por encima de las cabezas de mis compañeros. La sala se me difuminó pronto en un torbellino de luces. El doctor Pinxo aumentó la velocidad hasta que la aceleración me hundió en el asiento y me fue imposible moverme. Había subido las cejas por el susto del primer acelerón y ya no las pude volver a bajar. La piel de la cara se me tensó y la carne de las mejillas se desplazó hacia las orejas. Cuando al cabo de una eternidad, acabó aquella tortura, todo regresó a su lugar excepto mi cerebro, que continuó girando, y mis ojos, que siguieron un imaginario partido de tenis. El doctor Pinxo había detenido la centrifugadora por exigencia perentoria del doctor Helios.

Un grupo numeroso de gente me ayudó a bajar. Luego supe que habían sido solo tres personas; mis descontrolados sentidos no me informaron bien.

Mi imprudente centrifugado había llamado la atención de las personas que se hallaban en esa planta y en los altillos. Una fila de curiosos espectadores se había asomado a las ventanas de la cafetería y de las oficinas.

—Supuse que estaría usted más fuerte —me espetó el doctor Pinxo—. Veamos ahora si una mujer aguanta mejor. Usted, Rubio, tome asiento, por favor.

—Los alumnos ya han visto su funcionamiento —objetó el doctor Helios.

—Disminuiré la aceleración —arguyó el doctor Pinxo—. Creí que Tesón les habría entrenado mejor.

Jessica salió en defensa de nuestro preparador físico.

—¡Claro que nos ha preparado bien! ¡Conmigo no va a poder! ¡Me río yo de las montañas rusas!

Mi amiga subió con mucha decisión; sin embargo, cuando aquella aspa empezó a girar, emitió un chillido que parecía no tener fin. Su grito mantenía la intensidad, pero el tono variaba alocadamente de agudo a grave según se acercaba, pasaba por nuestro lado y volvía a alejarse. El doctor Helios, muy serio y circunspecto, comentó:

—Magnífico efecto Doppler.

Inmediatamente después, subió al control de mandos y detuvo la silla. Jessica había estado cincuenta segundos; yo, minuto y medio, y en el apogeo, había llegado a las 5G. Todavía no había conseguido estabilizar del todo mi visión.

—¿Se han mareado? —preguntó con crueldad el doctor Pinxo.

—¡Por supuesto que no! —aseguró Jessica, a la que sostenían en recta vertical el doctor Helios y Paula.

Me apunté la venganza para cuando estuviese en condiciones.

Los profesores se dirigieron, a continuación, al fondo del local, donde había unas naves espectaculares. Dos de ellas se apoyaban en unas largas y flexibles patas hidráulicas que las elevaban cuatro metros del suelo. En aquel momento, una estaba en marcha y se sacudía en todas direcciones.

—Estos son los simuladores de vuelo de una lanzadera espacial. Son sensacionales por fuera y por dentro —explicó el doctor Helios.

La nave en funcionamiento rugía, y muchos de nosotros nos quedamos embobados admirándola. Era fácil imaginarse en su interior, bregando por dominarla, volando en vertical y calentando la atmósfera hasta romper la cúpula celestial y penetrar en la negrura infinita; un medio asfixiado y silencioso donde, sin embargo, la poderosa nave seguía bramando. Nuestras manos sudorosas la dirigían hacia Marte…

—No catarán esos aparatos —subrayó el doctor Pinxo—. Son muy caros y solo los usan los que van a volar en una lanzadera. Ustedes disfrutarán del sencillo simulador de vuelo que forma parte del circuito de la atracción. Ese es el único que podrán experimentar, ninguno más.

El doctor Helios señaló una nave que estaba aposentada en el suelo.

—Ahí tenemos otro simulador distinto —indicó—. Sirve para repasar los protocolos de emergencia de la Estación Espacial. Simula perfectamente su interior, lo que permite familiarizarse con esa maravilla que espero visitar algún día.

No era tan vistosa como las otras, pero también resultaba tentadora.

Seguimos el recorrido y llegamos a una larga estancia. Estaba adosada a la parte derecha del local y tenía las ventanas empañadas. Encima de nosotros, se hallaban los despachos colgantes.

—Los futuros turistas aprenden aquí a moverse en estado de ingravidez —explicó el doctor Helios muy sonriente.

Entramos y descubrimos dos piscinas en su interior. Una tenía veinticinco metros de largo y era estrecha, con solo tres carriles. La otra era circular y tenía una profundidad de ocho metros. En su bordillo había un bañista sentado. El doctor Pinxo alzó la mano en un efusivo saludo y se acercó a charlar con él.

—¿Quién es? —le pregunté al doctor Helios.

—Es uno de los siguientes turistas espaciales, un empresario de cosméticos. Sus entrenadores deben de estar con el otro turista bajo el agua. ¡Ah, vea, ahí salen!

Un trío de submarinistas apareció en la superficie. El doctor Helios se dirigió también a saludarlos. Los buzos salieron y estrecharon la mano de los doctores. Luego se quitaron las botellas y los pesos. Uno de ellos se volvió hacia nosotros y se aproximó. Roberto y Jessica se asombraron igual que yo al descubrir que se trataba del director general de Autochoques Voladores S.A, un cliente *vip* de la tienda en la que habíamos trabajado juntos. Nos explicó que había ganado el sorteo para viajar a la Estación Espacial. Su estirada sonrisa parecía provenir más de un nerviosismo interno que del contento por su fortuna. Recordé que nuestra empresa iba a iniciar la publicidad de su nueva agencia de viajes, "That's Travel", de un modo muy llamativo, nada menos que poniendo a uno de sus clientes en órbita, y que el ganador partiría a mediados de diciembre. En las lanzaderas viajaban siempre una pareja de turistas espaciales. El otro iba a ser el rico empresario de cosméticos que, en ese momento, estaba hablando amigablemente con el doctor Pinxo; nuestro cliente nos los señaló.

El doctor Helios regresó acompañado por los otros dos buzos y nos los presentó. Eran veteranos y fornidos astronautas. Se habían echado hacia atrás la parte de arriba del traje de neopreno y ambos lucían pecho musculoso. Las mujeres quisieron dilatar el tiempo de esa visión y les cosieron a preguntas. Cuando el doctor Pinxo se percató, detuvo el interrogatorio y nos echó del recinto.

Poco más quedaba por ver. Anexos a la piscina, se encontraban los vestuarios, las duchas y los lavabos de esa planta. En la otra pared lateral, debajo del bar, habíamos visto, al principio del recorrido, la enfermería y unos cuartos que servían como almacenes.

Los doctores propusieron que fuéramos a comer al restaurante del local y ascendimos a la galería por la escalera más cercana. Aquel balcón era más ancho y estaba más alto de lo que me había parecido. Desde allí se obtenía una buena vista de las instalaciones de la E.F. Un ventanal, que se abría en la fachada y se extendía por toda su largura, ayudaba también a iluminar el local.

Atravesamos la galería hasta su final. En la pared lateral, cerca de la ventana, se encontraba el ascensor que subía desde el vestíbulo. Por la parte exterior del balcón, descendía la otra escalera hacia la planta baja.

Giramos y enfilamos por un pasillo ancho que enseguida acababa en la cafetería.

El doctor Pinxo se apartó de nosotros y se fue a comer con los turistas espaciales y sus instructores: los dos astronautas. Los alumnos nos desparramamos por las mesas del bar.

Mientras dábamos cuenta del menú, Paula y Jessica, sentadas al lado de las ventanas, contemplaban a las personas que se estaban entrenando y comentaban el reciente recorrido; pero a mí me llamaba más la atención lo que estaba ocurriendo en la mesa de los turistas. Desde mi sitio, veía al doctor Pinxo reírse y ofrecer conversación como una persona normal. Nunca había observado en él una demostración semejante de afable sociabilidad. Como tenía al doctor Helios comiendo junto a mí, quise esclarecer aquel misterio.

—Parece que el doctor se lleva muy bien con los turistas. Conozco a uno de ellos y no imaginé que pudiese ser su amigo.

Me respondió sin levantar los ojos del plato de macarrones que se estaba zampando.

—No hace mucho que los conoce, ni tampoco a los astronautas. ¿Le parece que tienen una buena conexión? —Alzó la vista y los miró—. Es posible. A los turistas les hace revisiones médicas periódicas. Falta poco para que salgan al espacio exterior, por lo que tienen que estar en perfecto estado de salud. También mantiene una relación continua con sus entrenadores, para ir intercambiando impresiones.

—¿No le parece extraño que prodigue tanta amabilidad y simpatía?

Mi comentario malicioso le pintó una leve sonrisa.

—Puede que busque licencia para conducir uno de los buguis —apuntó—. Los astronautas todavía no se lo han permitido.

—Parecen cacharros muy ligeros —observé—, y tienen un buen arranque. Los he visto en acción en los exteriores del campo de atletismo. Por cierto, ¿por dónde entran y salen de este local?

El doctor Helios se levantó para indicarme una ancha persiana levadiza que se abría en la pared del fondo, casi debajo del bar.

—Alcanzan los 60 km/h, que para su tamaño no está nada mal, y son muy manejables —explicó.

—Usted los ha probado, ¿no es cierto?

El doctor asintió, y su sonrisa se tornó traviesa, por lo que interpreté que no los había cogido para ir de paseo.

—Y, además, ha echado alguna carrera —conjeturé.

Volvió a asentir y simuló que se cerraba los labios con una cremallera; no iba a hacer ningún comentario más.

—Competiciones desmadradas —deduje.

El mareo se me disipó del todo tras la comida. Jessica también se encontraba mejor. Los doctores nos reunieron en la puerta del bar y nos condujeron al local adyacente, el que sería nuestro lugar de trabajo.

Atravesamos de nuevo la ancha galería hasta su final, dejando atrás las escaleras que accedían a la planta baja, por donde habíamos subido antes. Al girar, en aquel lado, la galería se estrechaba en un pasillo interior que comunicaba con diversas salas. Según nos informaron, el primer cuarto era un lavabo y, después, había unas cuantas oficinas y una sala de reuniones. La última estancia correspondía al despacho del señor Blanco.

No nos internamos por aquel pasillo, sino que nos dirigimos hacia una puerta pintada de negro que se abría en la pared lateral. A través de ella, entramos a una pequeña habitación que estaba casi a oscuras. Tuvimos que apretujarnos para caber todos.

—¡Estense quietos! —exigió el doctor Pinxo.

—Por favor, no se empujen —rogó el doctor Helios—. Cuando vayan con su grupo de turistas, esta sala les producirá su primera emoción...

—De claustrofobia —interrumpió una de las señoras.

—Piensen que los grupos estarán formados por un máximo de ocho personas más dos de ustedes y el monitor de la E.F —repuso el doctor—. Nosotros somos treinta y dos. Bien, escuchen, aquí empieza la simulación de su viaje espacial. Esta antesala del universo se halla en penumbra para que sus pupilas se vayan acostumbrando a la falta de luz del espacio exterior; así se lo explicarán a su grupo cuando ejerzan de guías. Y deberán incidir, como hago yo ahora, en la importancia de que sigan todas sus instrucciones, pues... —hizo una pausa y añadió en voz más baja—, de lo contrario, no sobrevivirán a esta aventura.

Si pretendía sumergirnos en alguna magia, no lo consiguió; tenía las circunstancias en contra.

—Salgamos de aquí, por favor. Nos estamos ahogando —rogó uno de los Abuelos.

El doctor advirtió entonces que estábamos demasiado apelotonados como para hacerse el interesante y abrió, al fin, la puerta que tenía detrás de él.

Emergimos a una galería gemela a la del primer local; aunque ese detalle no lo advertimos en aquel momento porque estaba envuelta en la oscuridad. Una hilera dispuesta en el suelo de titilantes y suaves luces nos mostraba el camino a seguir.

Avanzamos agarrados a la barandilla hasta que pudimos asomarnos, en una sola fila, a aquellas tinieblas. Me había situado el primero, tras el doctor Helios, por lo que pude distinguir que sacaba un mando de su bolsillo y accionaba a distancia unos potentes focos. Su luz reveló la existencia de una hermosa nave. Se alzó una exclamación unánime de admiración. En el centro de aquella espaciosa sala, suspendida en el negro espacio, brillaba la Estación Espacial Internacional. Su armazón blanco sustentaba unos paneles solares alargados.

—Aquí tienen la hermosa réplica de la ISS —elogió el doctor Helios—. Recuerden que la original sobrevuela la Tierra a una altura de unos cuatrocientos kilómetros, allí donde la fuerza de gravedad terrestre queda compensada por la fuerza centrífuga que origina su velocidad orbital de 28.000 kilómetros por hora. La Estación da una vuelta a nuestro planeta en solo noventa minutos.

El doctor tocó otros botones de su mando, y nuestro precioso planeta apareció detrás de la Estación Espacial, fantástico y enorme, casi tan grande como la altura de aquel local, de dimensiones semejantes al anterior. Nuestro solemne hogar giraba con tanta lentitud que las nubes lo podían acariciar sin prisas. Era un holograma bellísimo.

Oí unas pisadas a nuestra espalda. Me volví y vislumbré a unas personas que acababan de entrar por la puerta de la galería.

—¡Esto es fantástico! —exclamó una voz suave que nos era conocida.

Pol había decidido sumarse a nosotros. Todavía no había probado la atracción y estaba deseando explorar el interior de la maqueta de la ISS. Le interesaba, sobre todo, inspeccionar la estancia donde prepararíamos la comida espacial. Venía acompañado por dos guardas de seguridad musculosos; el señor Blanco los enviaba para que ayudasen a los doctores.

El doctor Pinxo cortó los saludos de los alumnos y nos instó a seguir con el recorrido.

Bajamos por unas escaleras que surgían al final de aquel balcón, aunque los más comodones usaron un pequeño ascensor adyacente, y llegamos a un pasillo, también a media luz, que era tan ancho como la galería y discurría por debajo de ella. Miramos hacia lo que se suponía era el espacio exterior. Solo un cambio de color en el suelo parecía definir la frontera con ese ambiente. La Estación seguía viéndose magnífica. El doctor Helios explicó que el efecto de flotación lo producía una combinación de espejos. Se había construido únicamente la parte superior de los cuatro paneles solares; la inferior era su reflejo: un truco especular. La vista informaba a la mente de su continuidad, y esta desechaba la lógica de que tenía que existir un suelo donde se asentara la Estación.

Algunos quisimos aproximarnos más y nos topamos con un cristal.

—No pueden acceder sin protección —advirtió el doctor con una sonrisa traviesa—. La Estación se encuentra en el espacio. No hay aire y las temperaturas son bajísimas.

—Y la falta de presión atmosférica les haría estallar como globos demasiado hinchados —remató el doctor Pinxo.

Empezaba el juego.

Una puerta se abría en la pared lateral, cerca del ascensor, y por ella accedimos a unos vestuarios donde nos repartieron unos trajes de astronauta bastante logrados. Las escafandras tenían el interior acolchado y aberturas para facilitar la respiración. El depósito de oxígeno acomodado en la espalda formaba parte del disfraz y no pesaba. Los guantes eran finos y flexibles, lo cual indicaba que íbamos a necesitar la habilidad de nuestras manos.

Nos aconsejaron que nos quitásemos chaquetas, jerséis y demás ropa de abrigo. Era preferible que, bajo el traje, llevásemos solo la camiseta y el pantalón corto de deporte. Según siguieron bromeando los doctores, aquel vestido aislante resguardaría nuestro calor corporal del frío espacio. Dedujimos que íbamos a sudar.

A partir de ese momento, y por cuestión de espacio y plazas, nos volvieron a separar en los dos grupos usuales. Los componentes del A salimos los primeros, acompañados por el doctor Helios, Pol y el guarda que tenía más cara de bruto, un hombretón que, por línea paterna o porque se había hecho a sí mismo, se apellidaba Toro, según rezaba en una placa que llevaba prendida en el pecho.

Desde el vestuario, pasamos a un estrecho corredor de paredes curvas y techo bajo; unos cuantos tuvimos que atravesarlo con la espalda un poco encorvada. Finalizaba en una puerta redonda, semejante a una escotilla. El doctor la abrió girando un volante central.

Estábamos en el escenario de un teatro y nosotros, astronautas de pega, éramos los actores.

Entramos a una especie de avión corto, una cabina blanca con una hilera de asientos individuales a cada lado. Una voz masculina surgió de los altavoces del techo.

"Bienvenidos, hispanautas, al primer vuelo del trasbordador espacial de la E.F. Les hablamos desde el centro de control. Sitúense en sus asientos, por favor, y abróchense los cinturones de seguridad".

—Antes de atarse, y con la escafandra puesta, ajusten la altura del reposacabezas —indicó el doctor—. Luego anclen al broche central las correas de la cintura y la que tienen entre las piernas. Sujeten ahí también los dos cinturones superiores que parten de encima de sus hombros.

—Un arnés de seguridad de cinco puntos, ¿qué van a hacer con nosotros? —murmuró Pol a mi espalda.

Ocupamos cada uno el lugar que nos pareció mejor y nos atamos. Los asientos eran muy acolchados y de respaldo alto. El reposacabezas tenía mullidos protectores laterales.

Los comentarios de los alumnos reflejaban cierta excitación. El guarda y el doctor pasaron por las filas y nos fueron revisando.

A través de la ventanilla, se veía un cielo azul muy claro sobre el que navegaban delicadas nubes: una ilusión visual muy lograda.

Los altavoces anunciaron: *"La ignición se iniciará en pocos minutos. Pase lo que pase, no se muevan de su sitio. La E.F declina cualquier responsabilidad si no se cumple con esta norma".*

El doctor justificó esa exagerada advertencia.

—Los del centro de control están un poco nerviosos —bromeó—. Como es su primer lanzamiento… Pero no se preocupen; el despegue estará controlado por cinco computadores. Ustedes no tienen que hacer nada. Podrán comprobar la evolución del vuelo a través del monitor que está situado frente a su asiento. Lo único que debemos temer es que nos caiga un rayo.

Se rio de su propia gracia. Como ya estábamos todos sujetos, le hizo una seña al guarda y tomaron asiento los dos. El doctor se situó en la proa, y el vigilante, detrás de nosotros, en la popa.

Paula y Pol, al otro lado del pasillo, mostraban una resuelta expresión. Disfrazados con aquel atuendo, parecían auténticos astronautas.

El monitor emitía la supuesta imagen exterior de nuestro cohete. Si todo era automático, no comprendía por qué sobresalía de la parte inferior de la pantalla un mando de una forma similar a un cambio de marchas de un automóvil, pero con pulsadores por encima y a los lados. No creí que fuese un adorno.

"Si llevan gafas, guárdenlas dentro del bolsillo lateral exterior de su asiento y cierren su cremallera. No masquen chicle; podrían atragantarse durante el despegue. Tírenlo en la bolsa de plástico que encontrarán en el interior del mismo bolsillo. Apoyen bien la cabeza en sus asientos y relajen la lengua. La E.F declina cualquier responsabilidad si se la muerden por hacer caso omiso... Preparativos de vuelo en marcha".

No sabíamos si hablaban en serio. El doctor adivinó nuestras dudas y nos pidió que hiciéramos caso a todas las advertencias.

El conjunto de asiento y monitor se movió con lentitud y se reclinó hacia atrás hasta que nos colocó en horizontal. Nos quedamos tumbados a nivel de la ventanilla, con el monitor frente a nosotros, paralelo al techo. Aquella cabina empezó entonces a vibrar, como si existieran motores revolucionándose debajo de nosotros.

"Ignición de hidrógeno... Inicio de cuenta atrás... Diez, nueve, ocho...".

El cohete temblaba y difundía un ruido estruendoso. Un humo negro, cargado de chispas, ocultó el plácido cielo azul que habíamos visto por la ventanilla; el mismo humo que envolvía nuestro cohete en el monitor. El traqueteo se tornó convulsivo; las luces se apagaban y encendían.

"¡Dos, uno, cero! ¡Amarres soltados!".

El despegue parecía real. Nos hundimos en nuestros asientos, y bruscas oscilaciones nos sacudieron terriblemente. Me alegré de llevar bien protegida la cabeza. La cabina se llenó de gemidos y gritos procedentes de los compañeros. La voz del controlador chirrió un poco al comunicar: *"¡Fallos en el sistema computarizado del control de vuelo! Primera computadora, fuera del sistema... Segunda computadora, fuera... Tercera y cuarta, fuera... ¡La quinta, no, por favor!... La quinta, fuera también. Nos es imposible abortar el vuelo. Pasamos a control manual. ¡Que la sabiduría cósmica nos ayude!".*

Muy gracioso.

"Tomen el mando anexo al monitor y dirijan la nave. El programa auxiliar de vuelo les irá indicando su trayectoria y velocidad. Procuren no sobrepasar las 3G".

En el monitor se sucedían dos imágenes. Una mostraba el vuelo a toda velocidad de nuestro supuesto cohete; la otra era un gráfico que iba marcando su inclinación y aceleración. Desde los altavoces, nos explicaron el funcionamiento del mando; pero no era nada fácil dominar aquel inestable cohete que galopaba por el espacio como un caballo desbocado. Mi vuelo iba fatal. Estaba a 4G y me había desviado varios grados de mi ruta, así que me apliqué a solucionarlo. No debía de ser el único que tenía la nave descontrolada, pues a mi alrededor se entremezclaban gritos con maldiciones y risas nerviosas.

"Preparados para la separación de los cohetes impulsores. Dos, uno, ¡cero!".

Una explosión nos puso los pelos de punta. Sufrimos un fuerte vaivén hacia delante y hacia atrás que originó chillidos y más risas. La pantalla escupía instrucciones y alertas continuas. Se sucedieron más explosiones seguidas de violentas sacudidas. Y, de repente, todo se calmó y se hizo el silencio.

"En órbita. Altitud: 380 kilómetros".

Un cielo nocturno, tachonado de estrellas, ocupó la ventanilla. En el monitor, nuestro blanco cohete surcaba el espacio con aparente parsimonia. Los asientos giraron y volvieron a ponerse en vertical.

Los comentarios de los alumnos brotaron en una exultante algarabía: "¡Qué emocionante!". "He llegado a 8G. No sé si estoy muerto". "¡Vaya sudada!". "¡Tope bestia!". "Mi nave ha caído a la Tierra y se han abierto los paracaídas". "¡Me ha encantado!". "¡Sensacional!". "¡Excelente simulador! ¿Lo podemos repetir?"...

Un sonido grave, de sirena de barco, nos hizo callar. La voz del controlador llenó de nuevo la cabina: *Pilotos, su misión no ha acabado. Prepárense para el acoplamiento a la Estación Espacial. Estén atentos a sus monitores".*

El juego continuaba. El monitor mostraba la aproximación del cohete a la ISS, y las indicaciones se hicieron claras enseguida. Teníamos que acoplar la cabeza cónica de nuestra nave al puerto de la Estación, que nos esperaba como una madre con los brazos abiertos (otros, entre risotadas, hicieron un símil sexual). La maniobra debía efectuarse con mucho cuidado; así que todos nos concentramos en dar en la diana.

Conseguí introducirla con precisión y grité proclamando mi éxito. Otras voces alegres me acompañaron; sin embargo, los tacos por haber fallado fueron más numerosos.

La sirena cantó en un tono más agudo y los altavoces aullaron: *"¡Anclaje fallido! ¡Puerto dañado!".* El pitido aumentó de volumen. *"¡Boquete en la nave! ¡Despresurización! ¡Abandonen la nave! ¡Abandonen la nave!".*

El doctor Helios se levantó y gritó:

—¡Por Vivozs! ¡Rápido, salgamos de aquí!

Nos soltamos los cinturones entre carcajadas. El guarda ayudó a los que tenían dificultades en desatarse y luego empujó al grupo hacia afuera.

Salimos a toda prisa por la escotilla de proa, hacia otro corredor más amplio que el que nos había conducido a aquel cohete arruinado. Sin parar de correr y reír, llegamos hasta su final: un ascensor con las medidas de un montacargas, donde cupimos todos de manera holgada. Mientras ascendíamos, el doctor declaró, con fingida seriedad, que nos hallábamos en un aprieto.

—La nave está inservible. Nuestra única salvación reside en acceder a la ISS por nuestros propios medios —sostuvo.

—¿A qué medios se refiere? —preguntó alguien.

El ascensor se detuvo y al doctor no le dio tiempo a responder. Al abrirse la puerta, una exclamación surgió de nuestras bocas: ¡Nos encontrábamos dentro de la sala oscura, en el espacio exterior!

Salimos a una ancha plataforma que se hallaba suspendida a la altura de un décimo piso, a poca distancia del holograma de la Tierra y muy por encima de la Estación Espacial. Una alta barandilla de finos barrotes, dispuestos muy juntos, evitaba posibles caídas. La galería, vista desde allí, era un estrecho balcón. Desde abajo, no habíamos distinguido la tarima elevada en la que nos hallábamos; estaba pintada de negro y se confundía con el entorno.

—Les hablo a través de la radio interna del traje —mintió el doctor, puesto que su voz se abría paso a través de las aberturas de la escafandra—. Por favor, pónganse los arneses. Debemos cruzar el espacio y llegar hasta la Estación.

Entendimos, entonces, que Tesón hubiera puesto tanto empeño en que nos acostumbráramos a las alturas. Habíamos practicado en el circuito vertical hasta que todos habíamos conseguido vencer el miedo; así que nadie se echó para atrás en ese momento.

Los arneses estaban en un rincón. Nos los colocamos y nos acercamos a la salida de la plataforma. Dos cables paralelos partían desde aquel alto andén y se perdían en la negrura del espacio. Uno seguía un camino fácil, para turistas poco aventureros o de edad avanzada. Desfilaba por una firme pasarela, protegida por barandillas, y descendía ligeramente hacia un punto indefinido del espacio. La otra ruta carecía de suelo: un simple cable tensado bajaba en la misma dirección; lo íbamos a hacer servir de *tirolina*. Supuse que tanto la rampa como el cable terminaban en una plataforma también mimetizada.

Paula se acercó a Pol y se prestó a acompañarle por la pasarela si no sabía o no se atrevía a colgarse del cable. El joven le respondió que había recibido lecciones de su amigo Tesón y que no tendría problemas.

A una indicación del doctor, enganchamos la cuerda de seguridad y la roldana.

—Iremos despacio. Usen el freno si hace falta. En este medio, no caben las prisas —avisó, y empezó a deslizarse.

Lo seguimos de uno en uno, dejando una distancia de seguridad. El vigilante iba en último lugar, cerrando el grupo.

Volamos entre nuestro hermoso planeta y la Estación, liberados de la gravedad; liberados del ego, que se acurrucaba ante tanta belleza. Éramos puros seres emocionales; la razón se disipaba en aquella inmensidad. Estaba tan extasiado que ni siquiera advertí los destellos de luz de un *flash*. Unas cámaras inmortalizaron nuestro primer paseo espacial en fotografías individuales y colectivas. Retrataron solitarios astronautas engullidos por la imagen de la Tierra. Captaron un increíble vuelo en línea de una bandada de astronautas.

La siguiente plataforma estaba situada junto a la pared lateral opuesta y, en efecto, también estaba pintada de negro. Habíamos bajado muy poco. El doctor nos hizo el signo de OK con una mano, y todos le contestamos de la misma forma, en silencio. Las palabras se mantenían embargadas por una vorágine de excitados sentimientos. Nos hizo señas de continuar y le confirmamos nuestra disposición mediante el mismo signo.

Volvimos a saltar al vacío. El recorrido nos llevaba hacia la ISS. El camino sencillo, el del puente colgante, descendía también cerca de nosotros.

La siguiente plataforma estaba en lo más alto de uno de los pares de paneles solares. El doctor esperó a que llegásemos todos y luego explicó:

—Bien, hispanautas, estamos encima del mayor prodigio de la ingeniería humana: una base permanente en el espacio. Debajo tenemos el módulo italiano *Harmony,* que acopla en sus laterales al europeo *Columbus* y al japonés *Kibo.*

Esos módulos formaban una enorme cruz desigual, pues el *Kibo* tenía el triple de longitud que el módulo europeo en aquella réplica poco estricta de la Estación. El *Harmony* constituía la primera pieza de aquel largo y grueso tubo segmentado.

—Recuerden que el *Harmony* está conectado con el laboratorio estadounidense *Destiny* —proseguía el doctor— el cual se acopla al módulo *Unity*, el primero que se lanzó al espacio, y este se une al módulo ruso *Zarya*.

Zarya, amanecer en ruso, fue el símbolo del inicio de la cooperación internacional espacial entre Estados Unidos y Rusia, cuando se acabó la lucha por llegar el primero, la carrera espacial vertiginosa. La guerra fría, que tanto había atemorizado a Europa y a sus promotores, había finalizado, y las contiendas se desplazaban a otros países.

—En último lugar, tenemos el módulo *Zvezda* —señaló el doctor.

Cerca del *Zvezda* había una pared difusa de color blanco, como una densa e inapropiada nube. Desde tan alto, no pude discernir de qué se trataba. Me fijé también en que el *Unity*, uno de los módulos centrales, tenía acoplado en perpendicular otro bloque. El doctor explicó que se trataba del módulo *Tranquility* y que, al final de este, se hallaba la Cúpula: el mirador de la nave.

—En esta magnífica maqueta, no encontraremos todas las piezas del prodigioso mecano que es la Estación Espacial —dijo—. Tampoco se ha podido respetar su enorme longitud. Pero no se decepcionen; sus ochenta metros bastarán para que disfrutemos de una extraordinaria experiencia.

Estábamos gozando de aquella fantasía. Los compañeros murmuraban entre sí y señalaban las diversas piezas con admiración. Nos hubiese gustado quedarnos allí más tiempo, pero el otro grupo no tardaría en salir al espacio.

—Tengan cuidado ahora —advirtió el doctor—. Este último cable es el más largo; mide ciento treinta metros. —Revisó una especie de reloj que llevaba acoplado a la muñeca del traje y agregó—: Nos queda poco oxígeno. Debemos descender velozmente. Cuando lleguemos, intentaremos entrar por la escotilla del *Zvezda*. Ese módulo tiene un puerto libre que se puede usar como esclusa de aire. No teman nada, pues, aunque este cable tiene una pendiente muy acusada, en su final hay una estructura blanda que frenará su caída y una red que los detendrá del todo tras ella.

La rampa acompañante bajaba en zigzag para suavizar el fuerte declive; pero en nuestra ruta no había escalas, y esa nube remota y blandengue no parecía poseer las características amortiguadoras necesarias. Sin embargo, el doctor no se arredró.

—No frenen esta vez; el tiempo apremia. Tengan cuidado y no se lancen hasta que el compañero de delante haya llegado a su destino y se aparte; podrían hacerle daño. Les haré una señal.

Se tiró como una flecha entre los dos pares de paneles solares, cruzó por encima de la Estación, la rebasó y desapareció en el interior de aquel buñuelo blanco. Unos segundos más tarde, apareció por detrás y alzó la mano.

Lo seguimos. La exaltada aceleración que alcanzábamos provocaba que el aire existente en aquel espacio de mentirijillas entrase con furia por las aberturas frontales de la escafandra. Al término de esa *tirolina*, topamos con la masa blancuzca y la atravesamos como si fuese algodón prieto. Aunque nos frenó bastante, el batacazo contra la red posterior fue brutal. Si no hubiésemos llevado el casco, nos habríamos hecho un buen chichón.

Genial, suicida, aterrador, bestial, tremendo, espectacular y otros adjetivos similares calificaron ese último descenso. Para mí, fue una disparatada diversión.

El guarda nos pidió que dejásemos los arneses en un baúl próximo a la red. La compuerta del *Zvezda* se encontraba a pocos metros, y el doctor echó a andar hacia ella con pasos largos, lentos y vacilantes. Comprendimos enseguida su pantomima y le seguimos el juego entre risas. Tan solo el rudo vigilante caminó como si la ingravidez no lo afectara.

Al llegar a la escotilla, el doctor sacó su mando y accionó su apertura. La compuerta se deslizó hacia un lado con lentitud. Una vez estuvimos todos dentro de la esclusa, el doctor cerró la escotilla de nuevo con el mando y, del mismo modo, abrió otra frente a la anterior que accedía ya a las entrañas de la ISS.

Nos introdujimos en el *Zvezda*. Ese primer módulo, como todos los restantes, era una cámara cilíndrica con un suelo transparente encajado, lo cual salvaguardaba los tobillos de los visitantes en su caminar. Tenía unos trece metros de longitud por cuatro de anchura. El ruido ambiental nos sorprendió, y también la cantidad de cachivaches que había por todas partes, incluso por el techo: bultos sin identificar, diversos objetos cogidos con velcro, ordenadores portátiles colgando de las paredes, cañerías venosas, válvulas, interruptores, cables de todos los colores, monitores, etc.

El doctor dirigió el mando hacia nosotros y cerró la compuerta por donde acabábamos de entrar. Muchos miraron hacia las ventanillas del módulo en busca de una escapatoria, al menos, visual. Aquel extraño lugar no era muy hospitalario.

—Pueden quitarse las escafandras —indicó el doctor—. No se las olviden aquí porque en el módulo *Unity* las volveremos a necesitar. Como pueden oír, el equipamiento y los sistemas de filtración del aire de la Estación generan bastante estruendo. Hay astronautas que necesitan ponerse tapones en los oídos para poder dormir. Este es el módulo más ruidoso. A medida que avancemos, comprobarán que el ruido se atenúa de forma progresiva hasta llegar al silencioso *Kibo*. ¿Creen que hay mucho desbarajuste? Reflexionen, ustedes no necesitan el suelo. En esta microgravedad, flotan, y pueden hacer servir de la misma manera techos y paredes. Esta red llena de sacos cargados de agua no les molesta para desplazarse. Como tampoco les estorba esta cinta de ejercicios, ni la bicicleta estática, ni la mesita para comer...

Apenas cabíamos en ese cilindro tan desordenado.

—... Detrás de esas cortinas, hay dos dormitorios.

Vimos unos sacos de dormir colgados.

—... Y aquí, el inodoro —señaló.

Era una taza diminuta; a la mayoría no les cabría el trasero. No sabía cómo se tomarían los turistas espaciales esa clase de alojamiento. ¿Cuántas estrellas le habían otorgado a la Estación?

Atravesamos el módulo y llegamos al siguiente. Era de dimensiones similares y giraba sobre sí mismo. Gracias a la plancha de plástico fija que hacía de suelo, no acabamos todos patas arriba. El desorden excusable continuaba; el ruido, también. Muchos manifestaron su incomodidad: "Se respira mal, ¿no nos quedaremos sin aire?". "No hay sitio para moverse. ¿Cuánto tiempo vamos a estar aquí?". "Me estoy mareando". "Estoy cansado y no hay ninguna silla". "Necesito ir al lavabo, a uno de verdad". "Esto es agobiante". "¿No se puede silenciar ese runrún constante?". "¿Pretenden que aquí preparemos una comida y la compartamos alegremente con los clientes?"...

Cruzamos el cilindro en movimiento poco a poco, mientras el doctor explicaba la función de aquel módulo. Los objetos que colgaban de las paredes fijaban aquella estancia y rebotaban hacia nosotros la percepción de giro. Los hispanautas dábamos vueltas en el módulo *Zarya*; esa era nuestra sensación.

Pol se mareó y se apoyó en mí. Yo me encontraba bien. Puede que el paso por la centrifugadora me hubiese inmunizado.

Paula se aproximó y me apretó con fuerza la uña del dedo gordo de una mano.

—¡Ay! ¿Por qué has hecho eso? —me quejé. Vi que estaba haciendo lo mismo con Pol.

—Es para que se os pase el mareo —justificó—. También llevo un potecito de *Cocculus*… Es un remedio homeopático, Josep. No me mires así; va muy bien.

Pol lo aceptó y dejó que Paula le metiera dos bolitas de aquel medicamento bajo la lengua. Quizá por complacerla, enseguida le dijo que se encontraba mejor. Las caras abrumadas de la gente señalaban que Paula tendría que repartir bolitas por doquier. Admiré la capacidad de adaptación de los astronautas para vivir y trabajar en un espacio tan reducido.

Llegamos al final del módulo embriagante. El doctor se detuvo al inicio del siguiente segmento, el *Unity*, frente a unos curiosos escalones que ascendían un metro y quedaban cortados de golpe. Esculpió una sonrisa malévola y dijo:

—Estoy empezando a sentir la microgravedad. Creo que podré atravesar el *Unity* volando. Por favor, vuélvanse a poner las escafandras; harán la función de casco protector. Van a introducirse en un túnel de viento de cinco metros de altura por quince de largo. Las paredes tienen anillas, espaciadas regularmente, y barras, que les servirán de ayuda para desplazarse. Usen esos asideros para darse impulso. Si se asustan, hagan el gesto de degüello y el guarda o yo los iremos a buscar.

La guasa seguía.

—Entraremos de uno en uno —prosiguió—. Pasaré en primer lugar para que puedan fijarse en la técnica que se necesita para cruzarlo sin complicaciones. Casi al final del túnel, se abre una boca en el techo y el viento alcanza ahí una mayor potencia. Los elevará a través de la apertura hacia el módulo *Tranquility*. En la cima se encuentra la Cúpula, el mirador abovedado, formado por siete ventanas, que sirve de observatorio y puesto de control de la ISS. Para descender de nuevo hacia el *Unity*, acérquense a una franja azul que está pintada en vertical en la pared e inclínense cabeza abajo; por allí baja un chorro de aire que los llevará de regreso. Luego continúen hasta la salida y allí uno de sus compañeros los ayudará a tomar tierra. Me quedaré dentro por si hubiera algún problema. No es muy difícil, ya verán. —Me miró y dispuso—: Fuentes, entre detrás de mí. Su buena altura le facilitará recoger a los demás a la salida del túnel.

Otra vez, voluntario obligado.

El doctor Helios subió los escalones y se tiró en plancha. Nos abalanzamos hacía el módulo para observar su trompazo contra el suelo; pero se alzó por encima de nosotros, hasta casi tocar el techo del tubo, al tiempo que un estruendo a huracán concentrado nos ensordecía. El vigilante nos echó hacia atrás con sus manos como palas y avisó de que no podíamos rebasar la barrera de los escalones.

El profesor voló a través del túnel y lo cruzó en medio minuto. Desapareció un momento al llegar al *Tranquility* y enseguida asomó cabeza abajo y continuó. Apenas había tocado las paredes para impulsarse. Salió del módulo y, por señas, me animó a seguirlo. El tubo volvía a estar en silencio.

Era mi turno. Subí la corta escalera y abrí los brazos. Me quedé así un rato, esperando oír el vendaval antes de lanzarme. Toro, el guarda, se impacientó y me echó adentro de un empujón; al parecer, el mecanismo se ponía en funcionamiento al saltar al interior.

Un potente viento me impulsó hacia arriba. ¡Volaba! ¡Dios, qué maravilla! De existir la reencarnación, me gustaría regresar al mundo siendo un pájaro; no importaba cuál, me conformaba con un humilde gorrión.

El doctor volvió a indicarme por gestos que avanzara. Busqué con la mirada algún asidero mientras intentaba mantener mi precaria horizontalidad. El vigilante volvió a inmiscuirse en mi vuelo. Saltó y golpeó mis suelas como si hiciera un saque de voleibol y yo fuera la pelota. Me propulsó unos cinco metros. Aproveché la inercia para continuar desplazándome.

No resultaba sencillo moverse sin el apoyo de la fuerza de la gravedad. Si me ladeaba un poco, chocaba contra una pared y daba unas cuantas volteretas o trazaba tirabuzones. Los compañeros se reían de mis cabriolas. El doctor se introdujo en el túnel y me esperó al otro lado de la boca del *Tranquility*. Cuando pasé bajo su abertura, una enérgica bocanada me elevó doce metros, todo lo alto del módulo, y me empotró en la Cúpula. El doctor voló hacia mí, me desencajó y después intentó enseñarme a descender. Debía acercarme a la franja azul que recorría la pared, pues por allí discurría una corriente de aire en dirección al *Unity*. El doctor me lo demostró deslizándose hacia abajo como Superman, con las manos hacia delante. Al llegar al otro módulo, se irguió y volvió a subir.

Intenté imitarlo, pero aquella maniobra era muy difícil. Había que afinar mucho la posición. Si no me aproximaba lo suficiente a la pared, cogía los dos flujos de aire, el que subía y el que bajaba, y daba unas volteretas bruscas que me desarmaban el cuerpo, amén de mandarme en cualquier dirección. Si me pegaba a la pared, bajaba a toda velocidad y apenas me daba tiempo a frenar a ras de suelo poniéndome en horizontal con un brusco golpe de riñones. Esa postura me metía de lleno en el flujo aspirador y me conducía de nuevo, como cohete loco, hacia la Cúpula. Mis compañeros aullaban cada vez que me veían aparecer cabeza abajo como un kamikaze y realizar un *looping* en el último instante. Cuando conseguí dominar la técnica lo suficiente como para no descalabrarme, el doctor me acompañó a la salida.

Pol entró a continuación y atravesó aquel tubo de una forma más apacible. Luego pasaron los demás y, en honor a la verdad, todos controlaron bastante bien su vuelo; mis acrobacias fueron las más atrevidas. Una vez hubo llegado el último alumno a la salida, el vigilante saltó al interior del túnel y lo cruzó con tres impulsos.

Nos quitamos las escafandras, pues no las necesitaríamos hasta el final del recorrido, y seguimos caminando.

El siguiente módulo era el laboratorio *Destiny*, lugar de experimentos biológicos y físicos. Aquella nueva sala cilíndrica no parecía estar destinada a menesteres serios. Tenía una bicicleta estática suspendida a dos metros, cables recorriendo todas las paredes, monitores empotrados, aparatos extraños que medían parámetros desconocidos y más ordenadores portátiles colgando del techo y de las paredes. Mientras la cruzábamos, el doctor nos hizo un breve resumen de alguno de los estudios que se llevaban a cabo en la ISS real: tratamiento y reciclaje de residuos, aleaciones de materiales, estudio de la cristalización en microgravedad...

Llegamos al módulo italiano, el *Harmony*, que nos mostró un espacio mucho más ordenado y agradable. A medida que nos adentrábamos, un bolígrafo que flotaba a pocos centímetros de una pared se desplazó con nosotros trazando círculos en el aire. El truco podía adivinarse: el boli estaba asido a un círculo de plástico transparente que giraba sobre una guía lo largo de todo el módulo.

—No lo toquen —nos avisó el doctor—; ya lo cogerá la azafata.

Entendí el guiño. La tarde anterior nos habían pasado la película "2001 Odisea Espacial", y en una escena aparecía un bolígrafo que flotaba de manera semejante, en una nave que transportaba pasajeros.

Al término de aquel módulo, había una compuerta cerrada que limitaba con el exterior. Estaba adornada con las banderas de los países que se habían involucrado en la construcción y el mantenimiento de la ISS. A cada lado de esa escotilla, había un traje de astronauta. Una campana colgaba del techo; pues, al fin y al cabo, aquello era una nave, y su mar, el espacio. Saldríamos por allí al finalizar la visita, pero antes debíamos explorar los pasillos laterales.

El *Harmony* se bifurcaba en dos módulos cilíndricos: el *Columbus* y el *Kibo*. Entramos al primero, el laboratorio europeo construido en Alemania. Era un cilindro no muy grande, de unos siete metros de longitud por cinco de ancho; pero estaba bien aprovechado. Disponía de diez equipos diferentes de experimentación científica.

Retrocedimos y nos dirigimos al *Kibo*, de facturación japonesa. Su escotilla de acceso estaba cerrada. El doctor Helios se situó delante y nos explicó que, en esa atracción, no se había replicado el interior de ese módulo.

—Los constructores lo han alargado y dividido en dos cámaras. El público general accede solo a la primera. Está acondicionada para que los visitantes se tomen un descanso antes de finalizar el recorrido. Cuando llegan aquí, se les obsequia con unas muestras de comida deshidratada. En una de las paredes hay instalados dispensadores de agua caliente con los que pueden hidratarlas y degustarlas. A sus clientes también se les regalará unas muestras, pero para que se las lleven a casa, ya que en la siguiente cámara harán de cocineros y disfrutarán luego de sus propios platos. En un rincón de esta primera estancia, verán unos aparatos gimnásticos. Son tres modelos idénticos a los que usan en la ISS. Pueden probarlos si lo desean. Pasemos ahora a ver el módulo.

Pulsó un botón del mando y abrió la escotilla.

El lugar era muy agradable: un módulo de unos doce metros de longitud por cuatro de ancho y sin ningún estorbo. Una ventana panorámica en la pared de la izquierda permitía extasiarse con la visión de la Tierra y parte de la Estación. En la pared de la derecha, habían tenido la amabilidad de colocar un largo sofá azulado. Unos cuantos nos tiramos encima sin cuidado y los cojines cedieron y acabamos en el suelo: era un sofá de agua. El doctor se rio.

—¡Cuidado, siguen en microgravedad! —avisó—. Además, no se sienten, que todavía no hemos acabado. —Señaló a un lado—. Miren, tras esa pequeña puerta corredera se encuentra el excusado. El tubo para orinar está de muestra, así que, por favor, no lo utilicen. Como es lógico, aquí no es necesario. Sigamos, se nos está haciendo un poco tarde.

Llegamos al fondo de ese modulo y, por primera vez, encontramos dos escotillas. Ambas estaban cerradas.

—La compuerta de la derecha da a la segunda cámara —aclaró el profesor—. La de la izquierda, a una terraza que es el punto final del recorrido. Pero vayamos por partes.

Accionó el mando y abrió la escotilla derecha. Entramos a una cocina bien equipada, con armarios, nevera, vitrocerámica, horno, microondas, etc. En medio de esa sala, una mesa alta permitía trabajar de pie y preparar con comodidad los platos. En un rincón se abría una puerta que daba a un servicio normal, sin vocación de imitar a los espaciales. En la pared frontal había una ancha puerta, y me llamó la atención porque tenía cerradura. El doctor nos explicó que el personal de limpieza y mantenimiento poseían una llave y accedían por esa vía a la Estación. También los suministros se introducían por ahí. A esas personas no se les proporcionaba mandos. Eran de uso exclusivo de los guías turísticos y los vigilantes. Entendí que a nosotros también nos darían uno.

En aquella sala, nuestros clientes prepararían un menú. Pasarían unas dos horas aproximadas y podrían formarse una idea de lo que significaba trabajar y vivir en un espacio reducido.

—Los monitores de la E.F los abandonarán en este momento —nos recordó el doctor Helios—. Esta tarea la conducirán ustedes solos. Una vez tengan lista la comida —prosiguió—, apagarán las luces generales de la ISS, por el motivo que pronto comprenderán. Ahora desconectaré solamente las de la cocina; el grupo del doctor Pinxo debe de estar ya en los primeros módulos y no quiero dejarlo sin luz. Cerraré la escotilla que da a la primera cámara para que podamos aproximarnos más al efecto deseado.

Hizo ambas cosas y nos quedamos dos segundos a oscuras. Una tenue iluminación nos bañó a continuación.

—Como ven, se accionan las luces de emergencia de forma automática —continuó—. Tengan cuidado de no desactivarlas con el mando si no quieren quedarse a oscuras por completo. En los próximos días, les enseñaremos el funcionamiento de todo con más detalle. Bien, supongo que se habrán preguntado dónde iban a comer los platos cocinados.

Nos tenía a todos en ascuas. Señaló hacia una escotilla situada en la pared lateral izquierda de la cocina.

—Aquella compuerta da a la terraza comedor. Se puede acceder también desde la primera cámara, como les he indicado antes. Esa estancia carece de iluminación interior. Esperaremos un momento antes de abrirla para permitir que nuestra vista se acostumbre a la penumbra. Es el lugar adecuado para explicar hazañas espaciales y contar mitos de estrellas.

Apuntó su mando hacia la escotilla y la abrió. Nos quedamos pasmados. La terraza estaba abierta al universo; esa era la sensación que ofrecía aquel módulo de cristal semiesférico. El holograma de nuestro planeta le donaba una suave luz.

Cuando entramos, descubrimos que había una mesa de cristal en forma de medialuna, cuya parte curva encajaba con la redondeada del módulo. Unas sillas manufacturadas en plástico transparente estaban dispuestas por el lado recto de la mesa. Los turistas se sentarían de cara a la espectacular vista y disfrutarían de un panorama esplendido durante la comida. Enfrente se alzaba la Tierra; a la izquierda se extendía, imponente, el resto de la Estación, y por la derecha flotaban constelaciones estelares sobre el fondo de la pared oscura. Aquel lugar era un increíble y maravilloso mirador.

Contemplamos el espacio exterior despojados de escafandras, como dioses dueños del infinito.

—Desearía que llevaran esta experiencia más allá de una simple diversión —solicitó el doctor con voz trascendente—. Quisiera que confiaran en la capacidad humana de enfrentarse y sobrevivir a situaciones extremas. El hombre necesita explorar, saber dónde se encuentra y de qué forma parte, cuál es su principio y cuál será su fin.

Momento de extasiada reflexión.

El segundo grupo nos encontró allí, en aquel sublime balcón. Empezamos a intercambiar impresiones, pero el doctor Pinxo nos ordenó enseguida que guardásemos silencio. Luego se dirigió al doctor Helios y, en voz bien alta para que lo oyéramos todos, se quejó de la floja preparación física de los alumnos. Ni el doctor Helios ni Pol estuvieron de acuerdo; así que los tres profesores se pusieron a discutir. Los alumnos los dejamos solos en su intercambio divergente de opiniones y continuamos charlando; nos habíamos acostumbrado a no tener en cuenta las necedades del doctor Pinxo.

Los del segundo grupo nos dijeron que habían usado las rampas. El doctor no había confiado en que supieran bajar bien por los cables tendidos y no había querido correr ningún riesgo. Pese a que habían tomado la ruta menos divertida, el paseo espacial les había entusiasmado. Según Jessica, el rato más chistoso lo habían pasado en el túnel de viento. No pudo contarme lo sucedido porque el doctor Helios dio por zanjado el debate y pidió a los componentes de su tropa que lo siguieran. Faltaba muy poco para terminar el circuito.

Dejamos a los otros en el comedor y atravesamos el *Kibo* hasta el *Harmony* para salir por la escotilla ornada de banderas. Como íbamos a entrar en el espacio exterior, el doctor dijo que nos pusiéramos las escafandras; no debíamos olvidar la lógica de la ilusión.

Una vez nuestro grupo de astronautas aprendices estuvo bien protegido, el doctor accionó el mando de esa compuerta; pero se mantuvo cerrada. Lo intentó de nuevo y no tuvo éxito. Se puso muy serio.

—No podemos salir —afirmó, y enseguida se le escapó una risa—. Es broma, el mando funciona; pero pongamos por caso que se le haya agotado la batería o que esté dañado. Sepan que todas las compuertas tienen un interruptor a la derecha que acciona su apertura, y que hay otro a la izquierda para encender las luces, también por si falla el mando.

Nos señaló ambos interruptores. Estaban muy arrimados al marco de la compuerta y apenas se distinguían; supuse que para evitar toqueteos inoportunos.

Pulsó el interruptor derecho y la compuerta se deslizó a un lado. Muchos tocamos la campana para despedirnos. Pasamos al compartimento que simulaba ser una esclusa. El doctor cerró de nuevo la puerta por la que habíamos entrado, abrió a continuación la escotilla que daba al exterior y se asomó. Dirigió el mando hacia fuera y una pequeña nave esférica voló suavemente hacia nosotros. No se distinguía que rodaba por unos carriles camuflados. Esa cápsula se situó junto a la esclusa y su compuerta se abrió.

Nos introdujimos guardando el silencio que el espacio imponía. El doctor guardó su mando y gobernó la nave desde un panel interior. Ese control manual hacía más creíble aquel vuelo. Cerró la escotilla y nuestro transporte espacial empezó a desplazarse. Observamos, a través de una ventana, que nos dirigía a la pared lateral más próxima. Al llegar, el doctor abrió una escotilla frontal a la de la entrada. La salida encajaba bien en una abertura disimulada en la pared. La atravesamos y llegamos a una pequeña estancia anexa a los vestuarios.

—Aquí finaliza su viaje espacial —dijo el doctor, al tiempo que se quitaba la escafandra—. Espero que les haya gustado.

Brotó un aplauso entusiasta. Aquella atracción tendría mucho éxito, sin duda.

Nos quitamos los disfraces y nos volvimos a poner nuestra ropa. Para regresar, no subimos a la galería, sino que tomamos el ancho pasillo de la planta baja hasta llegar al tabique común con el otro local de la E.F, siguiendo por fuera la pared acristalada que resguardaba el espacio exterior y la Estación. Allí se abría una puerta que accedía directamente al vestíbulo. Ese camino fue, desde entonces, el que usábamos para entrar por la mañana a efectuar las prácticas; así no necesitábamos pasar por el primer local. Desde aquel pasillo, podíamos dirigirnos también directamente a la Estación a través de unas puertas que se abrían en los dos extremos de aquella pared transparente. Eran también de cristal, por lo que quedaban bien mimetizadas. Al mediodía, usábamos las galerías conectadas para ir a comer a la cafetería.

Ese primer día estuvo lleno de experiencias agotadoras, y la mejor de ellas había quedado retratada. Los guardas de la garita nos regalaron fotos de nuestro paseo espacial. Entre risas y comentarios acerca de cuánto podríamos presumir, los compañeros recogieron sus abrigos y mochilas, y se marcharon a sus casas. Pol se fue también, no sin antes manifestar lo magnífico que le había parecido todo. Me quedé esperando a Jessica, y el doctor se me unió. Dijo que quería conocer las vicisitudes sufridas por el segundo grupo y confiaba en que mi amiga pudiera quedarse un momento para relatárselas.

No tardaron en aparecer, y aunque habían tenido que soportar al amargado del doctor Pinxo, venían muy sonrientes. Cuando este nos vio, se acercó con el claro propósito de seguir despotricando acerca de la patosería de los alumnos de su grupo y, por extensión, de la de todos nosotros; pero el doctor Helios le cortó con rapidez.

—Tenemos claustro mañana, a primera hora. Allí podremos exponer nuestras diferentes experiencias —dijo, y luego se marchó con Jessica y conmigo a tomar un tentempié.

La cafetería estaba casi vacía a esas horas. Fue mejor así, porque Jessica fue muy directa al opinar sobre el doctor Pinxo.

—Ese hombre está frenado. Lo digo en serio. Estoy segura de que no se divierte ni con Charlot. Pero cuanta más cara de palo pone, menos caso le hacemos. Nos lo hemos pasado fenomenal, sobre todo, en el túnel de viento.

Al contrario que el doctor Helios, el doctor Pinxo no había ofrecido ninguna demostración práctica previa al vuelo. Tras una concisa clase teórica, había arrojado al alumno más cercano al huracán. La seleccionada había sido una de las señoras del grupo de Roberto, y a la mujer le había pasado algo parecido a mí. Buscando un equilibrio confiable antes de proseguir, se había quedado flotando en la entrada y el guarda la había impulsado hacia delante, mediante un manotazo en la planta de los pies. Tras frenar hacia la mitad del túnel, había continuado desplazándose con cautela, aunque también había dado unas cuantas volteretas. El *Tranquility* la había absorbido y, como no había vuelto a aparecer, el doctor Pinxo había ordenado a uno de los jóvenes que fuera a buscarla.

—El chaval no quiso ir, y el doctor Pinxo empezó a abroncarle —explicaba Jessica—. La mejor amiga de la víctima se adelantó de pronto y se tiró al túnel con un salto heroico. Lo atravesó a toda velocidad y, al llegar al aspirador del *Tranquility*, desapareció también. Tras un minuto, asomaron un par de cabezas por la boca del aspirador, pero enseguida volvieron a ascender. Asomaron de nuevo y, otra vez, fueron aspiradas. —Jessica se reía y nos contagiaba—. El guarda se ofreció a ir a buscarlas; pero, por quién sabe qué motivo, el doctor Pinxo no le dio permiso y, mientras discutían, se arrojaron a la vez, cuales príncipes salvadores, Roberto y dos Abuelos más. La Abuela que quedaba se animó a seguirlos unos segundos después. Llegaron al módulo succionador y fueron todos abducidos. Seis cabezas aparecían y desaparecían por la boca a intervalos cortos. Los Abuelos luchaban frenéticamente para escapar de aquel aspirador mientras el resto del grupo los jaleábamos. Surgieron propuestas de cambiarle el nombre al módulo y llamarlo "El cuartel de la tercera edad". El doctor Pinxo se enfadó y, al fin, saltó al túnel. Cuando vimos que se movía de una forma muy patosa, no vimos claro que pudiese ayudarlos y, en efecto, fue abducido también.

—Lamento haberme perdido ese espectáculo —dije.

Jessica se comió una patata frita y continuó enseguida.

—Tras dos largos minutos, asomó medio cuerpo del doctor con un círculo de brazos agarrado a su cintura. Como el hombre no podía tirar de todos los Abuelos, lo volvieron a subir. Hizo varios intentos de llegar al túnel, pero el lastre se lo impidió. Las últimas veces, observamos que intentaba zafarse de aquellos pulpos con escafandra. Suponemos que el ruido del túnel ocultó nuestras risotadas porque, luego, no nos riñó. Creo que aún seguirían allí si el guarda no hubiera decidido intervenir.

—¡Qué desastre! —exclamó el doctor Helios.

—Al poco de subir el guarda hacia la cúpula —prosiguió Jessica—, el doctor Pinxo descendió solo y salió del túnel. Los otros tardaron un buen rato en bajar. Aparecieron de uno en uno, acompañados por el vigilante, y salieron sin muchos problemas. Tan solo Roberto se desvió del flujo de aire que descendía y volvió a ser absorbido. El guarda intentó agarrarlo, pero se le escapó; ya sabemos que Roberto es un tipo muy escurridizo. Una vez estuvieron todos los Abuelos a salvo, fuera del túnel, el vigilante volvió a entrar y nos fue ayudando a los demás a zafarnos de la succión. Moraleja: cómprate un túnel de viento con *Tranquility* incorporado y mete a tus niños. *Tranquility* te ofrece tranquilidad asegurada. Y bien, ¿qué tal su grupo, doctor? Tú, Josep, habrás hecho un buen papel. De todos, eres el que mejor escala.

—Escalo, pero no vuelo —maticé.

—Ha hecho más piruetas en el túnel de viento que un gimnasta olímpico en un ejercicio de suelo —bromeó el doctor.

—Ahí he fallado, lo admito; pero en lo demás me pongo buena nota —me defendí—. Por ejemplo, he pilotado muy bien la aeronave. ¡Cómo me gustaría poder probar los simuladores de vuelo que tienen en estas instalaciones!

El doctor me miró con interés.

—¿Los quiere probar? A estas horas no queda casi nadie y estarán libres.

Acepté sin dudarlo. El profesor invitó también a Jessica, pero mi amiga no podía quedarse mucho más tiempo y dijo que nos acompañaría solo un ratito.

Nos dirigimos hacia la esquina del local donde se encontraban los simuladores. Casi habíamos llegado cuando Toro, el guarda que había acompañado a mi grupo, surgió de detrás de una máquina de musculación y nos impidió el paso. Las explicaciones del doctor no lo convencieron.

—Usted puede pasar —señaló—, pero Fuentes y la señorita son personal no autorizado y tienen que abandonar estas instalaciones inmediatamente.

Advertí que se había aprendido mi nombre; mis compañeros lo habían repetido mucho mientras se choteaban de mi patosería en el túnel de viento.

Le rogamos que tuviese un poco de manga ancha, pero se mantuvo firme. Estábamos a punto de claudicar cuando, de pronto, el guarda se llevó la mano a un pinganillo que se le perdía en la concavidad de la oreja. Sacó enseguida un *walkie-talkie* de un bolsillo y se puso a explicar lo ocurrido. La respuesta le confundió lo suficiente como para buscar confirmación con la mirada y la elevó hacia su interlocutor, que se encontraba tras la ventana de uno de los despachos del segundo piso. Reconocí enseguida al señor Blanco por el mostacho. El doctor Helios lo saludó con la mano, y este le devolvió el saludo. El vigilante se guardó el *walkie* y nos miró con el morro fruncido.

—Tienen suerte; se les permite estar aquí.

Alcé también la mano hacia el despacho, en señal de agradecimiento, pero el hombre ya se había apartado de la ventana.

Nos introdujimos los tres en el simulador de vuelo de la lanzadera espacial. Los asientos estaban caídos hacia atrás, como en la atracción; aunque eran de un tamaño más ajustado. Jessica no quiso sentarse; alegó que había dado por finalizada la sarta de posiciones y movimientos antinaturales del día. Estuvo mirando unos minutos el interior y escuchando las explicaciones del doctor, y no tardó en despedirse y marcharse.

Una vez estuvimos a solas, el doctor me nutrió de las nociones básicas y me hizo repetir sus indicaciones hasta que las tuve bien memorizadas. Quince minutos estuvo instruyéndome, ambos echados en aquellas estrechas sillas. Por fin, empezamos.

Aquel simulador rugía y se agitaba sin compasión. Me parecía estar en el interior de un oso feroz a la carrera. Apreté los abdominales para retener las vísceras en su sitio y mantuve la concentración en el vuelo. El doctor ocupaba, al inicio, el puesto de piloto, y yo, el de copiloto; pero durante las dos horas que pasamos dentro de aquel monstruo ruidoso de patas bailonas, nos fuimos intercambiando. Compartir esa aventura frenética hermanó al maestro y al alumno, y esa voluntad unificada hubiese seguido jugando eternamente; pero la máquina nos detuvo. Estaba programada para dar fin al entrenamiento cuando el nivel de errores subía de modo exponencial, lo cual era un indicador de la fatiga de los pilotos.

Salimos casi arrastrándonos, sudorosos y felices. Abrazados por los hombros, nos encaminamos trazando eses hacia la máquina de las bebidas. Hablábamos a berridos, como si aún estuviéramos dentro del simulador, tuteándonos, embargados por ese leal hermanamiento masculino que surge de manera fácil y rápida tras una experiencia deportiva. Toro nos vigilaba desde lo alto de la galería. Le gritamos un saludo y continuamos nuestro camino.

—¡Nunca había tenido un copiloto como tú! —alababa Helios—. Tienes los reflejos muy rápidos. Ahora bien, como piloto, eres un auténtico suicida.

Saqué agua y un par de refrescos de la máquina.

—Olvida las veces que me he estrellado —dije—. ¿Qué me dices de mi último vuelo?

—Que te has saltado el plan —opinó, y se bebió de golpe medio litro de agua.

—Me apetecía darme un garbeo por la cara oculta de la Luna.

—¡Vaya locura; no tenías suficiente combustible! Has tenido que apagar casi todos los instrumentos para poder regresar. En fin, para ser la primera vez, no lo has hecho nada mal.

El guarda descendió de la galería y se acercó a nosotros.

—Doctor Helios, tengo un recado para usted —comunicó—. Su copiloto me ha pedido que le disculpe en su nombre. Le es imposible asistir al evento de esta noche.

Helios puso cara de fastidio, pero la borró enseguida y me dirigió una mirada muy traviesa.

—No importa; tengo un sustituto —contestó.

Se inició una nueva discusión entre Helios y Toro acerca de la amplitud del permiso otorgado por el señor Blanco hacía más de dos horas; permiso cuyo alcance no podía detallar su donante, ya que se había marchado. Advertí, entonces, que cerca de la puerta levadiza del fondo había un grupito enfrascado en una pelea. Unos cuantos se estaban propinando empujones e insultos. El volumen de sus gritos se hizo más chirriante, y el vigilante optó por irse a mediar y dejó en nuestras manos toda la responsabilidad sobre lo que pudiese ocurrir. Zanjada la negociación a nuestro favor, Helios me comentó que conducir un bugui era más fácil que circunvalar la Luna.

Las carreras ilegales se organizaban semanalmente y se iniciaban cuando el señor Blanco se había marchado; pues, aunque no se oponía de forma oficial, tampoco quería saltarse la prohibición alzada por el director general de la E.F. La directiva de aquella empresa estaba desunida en esa cuestión. El copiloto habitual de Helios era también uno de los socios propietarios y daba alas a esa actividad. Tenía el poder suficiente para acallar a los guardas, bajo la promesa de que asumiría cualquier problema ocasionado por la competición. Y problemas podía haber, según iba observando a medida que nos acercábamos al grupo. Los insultos y amenazas no cesaban pese a las advertencias del guarda. Aquella pandilla estaba formada por parte del personal de mantenimiento y por la mayoría de los instructores, entre los que no faltaban los dos veteranos astronautas que conocía. Uno de ellos me vio y, señalándome, bramó:

—¡Mirad, hoy tenemos carne fresca!

Una cadena de rostros fieros se giró hacia mí. Helios me presentó y dio a conocer mi condición de novato absoluto, y aunque luego ensalzó mis reflejos, aquellos hombres me menospreciaron: "Hoy es nuestra noche de suerte". "Te vamos a desbancar del primer puesto, Helios". "Estás perdido". "Perdido y muerto". "Sí, completamente muerto".

Me aproximé a aquella manada hambrienta y me chuleé.

—Señores, acabo de pilotar un enorme cohete con el que me he paseado por el universo como me ha dado la gana. Este pequeño bugui es, para mí, un patinete infantil.

"Os vamos a volcar, aprendiz". "A despedazar". "No te quedará ningún hueso en el sitio". "Te machacaremos". "No te podrán recomponer".

Toro extrajo de su bolsillo unas tarjetas de plástico de colores y las mostró. Todos se callaron y se pusieron por parejas. A continuación, el guarda se llevó las manos, con las tarjetas, a la espalda y se paseó entre rostros expectantes.

—Recuerden que nadie puede dirigirse al coche hasta que todos tengan su ficha —avisó mientras gozaba de su poder transitorio.

Un gruñido de asentimiento inició el ciego reparto. El vigilante fue sacando las tarjetas desde detrás, sin mirarlas, y las fue distribuyendo, dando una a cada pareja Me fijé en los coches que había aparcados detrás de nosotros y comprendí por qué no había ninguno pintado del mismo color. Cuando el guarda acabó, levantó las manos vacías en alto y todos corrieron a por sus vehículos. Creí que habría diferencias entre los coches y que el sorteo evitaba disputas por agenciarse el más rápido; sin embargo, no era esa la razón de que se otorgasen de ese modo. Me di cuenta de que algo raro pasaba cuando Helios puso en marcha el bugui y se alejó del resto con rapidez. Los otros hicieron lo mismo.

—Esta jauría es demasiado peligrosa, Josep —me explicó—. No quedaría ningún coche en condiciones si no los asignáramos de esta forma, a través de una mano independiente que los reparte en el último momento. Y como toda precaución es poca, para evitar atentados de última hora, hemos arrancado los autos a toda prisa y nos hemos expandido como el espacio-tiempo tras el *Big Bang*. —Se rio de su metáfora y luego añadió con más seriedad—: Si te quedas cerca de otros, te podrían deshinchar las ruedas. Eso es bastante normal.

—Tanto como normal…

—Ahora le echaré un vistazo mejor al coche. De vez en cuando, alguien tienta la suerte y sabotea alguno. —Helios se echó al suelo y revisó los bajos del bugui. Me acuclillé a su lado—. No sería la primera vez que pinchan el tubo del freno y, cuando pierde todo el líquido, el coche no puede detenerse y se estampa —comentó.

—¡Cómo dices! —Me alarmé—. ¿Y no se sanciona ese juego sucio?

—Si son descubiertos, quedan descalificados para toda la temporada. Pero el desafío los atrae. Se han llevado a cabo manipulaciones que precisaban mover muchas piezas. Han llegado a sacar una rueda trasera para extraer el muelle de retorno de la mordaza del freno. Eso provoca que la rueda se bloquee al frenar en la primera curva y el coche gire sobre sí mismo velozmente. Le llaman "El centrifugado expreso".

—¡Dios, no podría aguantar hoy más vueltas!

Helios concluyó el repaso y opinó que, a simple vista, todo parecía estar bien. Sacó del bolsillo una servilleta de papel y un bolígrafo, y me dibujó el recorrido. Empezaríamos con una vuelta de circunvalación al local por el pasillo que discurría a lo largo de su perímetro. A continuación, trazaríamos diez ochos siguiendo las dos diagonales despejadas que lo cruzaban. La última vuelta también sería de circunvalación. Por el recorrido exterior cabían tres coches, y en las diagonales, dos. Como copiloto debía equilibrar el vehículo en las curvas, usando mi cuerpo como contrapeso. También tenía que contar las vueltas y mantener informado al piloto de nuestra posición.

Me pareció que tenía un papel más mecánico que habilidoso.

El vigilante ordenó que nos situáramos en la línea de salida, y los nueve coches se colocaron en orden según la puntuación acumulada. Nosotros ocupábamos el primer puesto. Según me contó Helios, su copiloto era una verdadera fiera, por lo que siempre pisaban los puestos altos del podio. Le prometí que me esforzaría por no dejarle en mal lugar; deseaba agradecerle la diversión que me había proporcionado con el simulador de vuelo.

Toro subió a la galería y alzó una mano de la que colgaba un pañuelo bastante grande. Los motores tronaron en su impaciente inmovilidad. El guarda dejó caer aquel paño, y los pilotos aceleraron.

Helios conducía muy concentrado, y yo enseguida descubrí que mi misión primordial consistía en bloquear los intentos constantes de nuestros competidores por desviarnos. Helios me había advertido que, para desestabilizar al contrario, solo podían usarse las manos y los pies; pero como no eran pocas ni débiles armas, tuve muchas dificultades en equilibrar el coche mientras intentaba defenderlo. Lo de contar las vueltas, ni me lo planteé.

El bugui llegaba a ponerse en la recta a cincuenta kilómetros por hora. A esa velocidad, era posible sufrir accidentes de consideración. Como, pese a mi inexperiencia, al terminar el cuarto ocho todavía íbamos los primeros, la agresividad de los contrarios se intensificó y fueron a por a mí. Se sucedieron golpes, patadas, tirones, empujones. A causa de uno de esos forcejeos, mi cuerpo sobresalió demasiado del coche en una curva y me golpeé la cabeza con una máquina de musculación. Se me abrió una ceja, y de la herida brotó un chorro de sangre muy escandaloso. Mi compañero se asustó al verme y frenó. Nos adelantaron tres autos.

—¡Sigue, sigue! ¡No te pares! —grité—. ¿Tienes algún pañuelo para poderme limpiar? No veo bien.

Llevaba un montón de servilletas en un bolsillo, algunas garabateadas con sus fórmulas. En cuanto me limpié los ojos, saqué de la pista a dos de los coches que nos habían adelantado. Hasta el trompazo, me había limitado a bloquear sus ataques; así que mi violenta reacción los pilló por sorpresa. Había aprendido defensa personal durante mi época de estudiante, por lo que las patadas se me daban muy bien.

Acabamos la carrera en segundo lugar, pero mantuvimos el primer puesto en la clasificación general. Ese éxito inesperado motivó que se acercaran a felicitarnos. Nos llovieron palmaditas en la espalda acompañadas por halagos y estrujones intensos de manos. Helios tiraba de mí hacia la puerta de salida y no permitía que saboreara nuestro triunfo. Repetía una y otra vez que necesitaba curarme y que debíamos marcharnos.

Tendría que haberle hecho caso. Meter a los novatos en la centrifugadora era una tradición.

Helios condujo de nuevo el bugui para acompañarme al hospital. Allí me cosieron la ceja y me hicieron la prueba de alcoholemia, pues al verme entrar de lado, supusieron que había bebido.

Llegué a casa destrozado, como si me hubiera pasado por encima una manada de búfalos. Me juré que no participaría nunca más en una de esas brutales carreras.

Sin embargo, en la siguiente convocatoria, Helios me rogó que le volviera a acompañar porque, otra vez, se encontraba sin copiloto, y ávido de sentir de nuevo la subida de adrenalina, accedí. Ganamos esa carrera, y a nuestros oponentes les dio tanta rabia que nos centrifugaron a los dos.

Muchas tardes, al finalizar la jornada, me quedaba con Helios a jugar en los excelentes simuladores de vuelo. El señor Blanco renovó mi permiso a condición de que no me limitara a volar, sino que me aplicase también en los ejercicios del programa de emergencias del simulador de la Estación Espacial: los protocolos en caso de incendio, despresurización y otros. Arguyó que me serviría para responder a cualquier cuestión que me plantease mi grupo de clientes durante el

454

recorrido por la réplica. Helios conocía bien ese programa y me ayudó.

Mi amigo había sacado provecho de su relación laboral con la empresa y había hecho varios cursillos formativos. Esos conocímientos también le eran provechosos para ayudar en la instrucción de turistas espaciales, ya que ejercía de sustituto cuando fallaba alguno de los profesores asignados. Llevaba, además, dos meses apuntado en la lista de espera al vuelo orbital. Tenía la esperanza de poder viajar al espacio algún día.

Tales prácticas no me resultaron aburridas, como había creído al principio. Nos divertíamos elevando el nivel de riesgo de cada situación. Originamos, incluso, un incendio tan destructivo en la Estación que tuvimos que refugiarnos en una diminuta nave de abastecimiento: una locura.

Acostumbrábamos a terminar esos juegos con un chapuzón en la piscina. En ocasiones, íbamos a la profunda y buceábamos un poco con botella. Para mí, era un placer. Una de esas tardes, tras una inmersión, nos pusimos a charlar de nuestro futuro profesional. A mí se me abría una oportunidad inesperada. Gracias a mis conocimientos sobre arte, podría intentar introducirme en "That's Travel" como un guía turístico versátil, no solo para ejercer de monitor en aquella atracción. Lo mismo le ocurría a Jessica con su grado de Turismo. Ambos deseábamos poner en práctica el oficio para el que nos habíamos preparado.

—Me alegraría mucho que los dos lo consiguieran —afirmó Helios.

—Tú también has seguido otro camino —comenté, pues la última vez que le había visto, estaba en la U.C.I. (Universidad Catalana de Investigación)—. ¿Cómo has llegado a ser profesor de una agencia de viajes espaciales?

—La E.F es más que eso —repuso—. Con el negocio de los vuelos, financian una buena parte de lo que es su verdadera actividad. Poseen un centro de investigación científica no muy lejos de aquí, en este mismo distrito, y allí ofrecen libertad de actuación a los científicos siempre que sus estudios se orienten a mejorar la calidad de vida. Son un grupo independiente y hacen propaganda de no estar sujetos a intereses políticos ni mercantiles. En el campo médico, por ejemplo, buscan remedios para síndromes raros, que afectan a pocas personas, y también buscan solucionar enfermedades que asolan países pobres.

455

Ambos casos tienen en común la alta probabilidad de que la inversión en investigación no quede compensada por las ventas del producto. Los centros privados no suelen perder ahí su tiempo, ni tampoco los públicos, donde es difícil que esos estudios pasen por delante de otros que atiendan necesidades más generalizadas y cercanas. Han tenido éxitos muy bien valorados, y su prestigio atrae cada vez más a los mejores científicos y técnicos, lo cual es motivo de tiranteces con ciertos laboratorios privados e, incluso, con algunas universidades, que no se han tomado bien la pérdida de parte de su plantilla. Creemos que son esos centros de investigación los que extienden la habladuría de que la E.F recoge a científicos despreciados por otros y los pone a trabajar en estudios pueriles. Un menosprecio que no puedo tolerar, puesto que formo parte del equipo. Salí de la U.C.I por mi propio pie, y fue al cabo de unos meses cuando la E.F se interesó por mi programa *eye-heart*. Me contrataron para mejorarlo y ampliar sus ámbitos de uso. Consideran que sería interesante que se aplicara, además de en hospitales, en centros de reeducación, de menores, también en prisiones…

—¿Por eso Leila nos está dando clases? —pregunté con ironía.

Se rio.

—¡No sois conejillos de Indias! Me pidieron que diera estas clases a menos de una semana del comienzo del cursillo. Las iba a impartir mi copiloto, pero tuvo que atender otros compromisos. Apenas le he visto desde entonces. El caso es que de pronto me encontré con que tenía que preparar una ingente cantidad de materia. La astronomía es una de mis pasiones; ahí no tenía ningún problema; sin embargo, la parte histórica no la domino. Se me ocurrió que podría introducir a Leila toda esa información y solicité permiso para usarla como ayudante. Lo vieron como un experimento interesante y aceptaron…

Ahí estaba: éramos conejillos de Indias. Helios proseguía:

—… Quise mantener en secreto su naturaleza no humana para evitar sabotajes. Cuando me pasaron la lista de alumnos y leí vuestros nombres, hablé con el señor Parés para que os pidiese que fuerais muy discretos.

—Me pica la curiosidad: ¿qué método pedagógico le introdujiste a Leila?

—No tuve tiempo de enseñarla. Requirieron mi presencia en Alemania esa semana y pasé cinco días fuera. Dejé su preparación a cargo de un vecino que había sido maestro en un colegio privado de los caros. Como ya está retirado y tiene tiempo, le solicité que ilustrara a Leila con su experiencia. Es un hombre muy serio. En las reuniones de vecinos, exige que mantengamos un silencio absoluto mientras el administrador explica los puntos a discutir. Luego ordena las intervenciones y castiga con la pérdida de turno al que interrumpe. Su método acelera la toma de decisiones, por lo que las juntas no suelen durar más de quince minutos. Me gusta su eficacia.

Las cosas se iban aclarando.

—Y al doctor Pinxo, ¿de dónde lo sacaron? —inquirí.

—Dentro de la E.F se bromea con que el doctor es un auténtico recogido. ¡Ay, no tendría que haber dicho eso! Olvídalo.

Todo se iba aclarando, sí.

Durante esas dos últimas semanas del curso, las prácticas afianzaron nuestros conocimientos y pusieron a prueba nuestras aptitudes físicas. Tesón nos enseñó a equilibrarnos en el túnel de viento; teníamos que aprender a movernos con agilidad si queríamos ser capaces de ayudar a nuestros clientes a cruzarlo. El doctor Pinxo no quiso colaborar en nuestro aprendizaje, pese a que siempre se estaba quejando de nuestra poca preparación. Helios se ofreció, y su unión con Tesón potenció nuestras habilidades planeadoras. Ambos se llevaban muy bien, y eso se notaba en el ambiente. Bromeaban entre sí y con nosotros. Nos lo pasábamos en grande.

Todas las materias continuaron impartiéndose a nivel práctico. Las clases de Pol se trasladaron a la cocina del *Kibo*, con el fin de que nos habituáramos y nos hiciésemos con el lugar.

Aura y el doctor Pinxo nos sorprendieron con problemas prácticos teatralizados. Elegían a un alumno como guía y a otros seis como miembros del supuesto grupo de clientes. A estos les entregaban unas instrucciones cortas por escrito, donde les indicaban el papel que debían desempeñar. Podía tocarnos interpretar a un tipo nervioso, a uno charlatán o impertinente, patoso, asustadizo, irritable, pesado, etc. Además, dentro de las explicaciones de esos roles, podía haber una extensión dramática, donde a alguno de los alumnos-clientes le ocurriera un percance que precisara de la ayuda inmediata de un socorrista, ya fuese un golpe, un ataque de ansiedad o, incluso, un infarto.

Ese método resultó sernos de gran utilidad. A muchos alumnos les sirvió lo aprendido casi tanto para su labor profesional como para su vida privada.

Leila y Helios se unieron a esa forma de curtirnos. Se introducían en el grupo en el rol de amantes de la astronomía ávidos de conocimiento, y nos cosían a preguntas sobre el universo y los viajes espaciales.

Fueron dos semanas intensas, en las cuales revelamos nuestro estilo de conductor de grupo. Los había para todos los gustos: el adusto de Pinaza, el parlanchín con toques fatuos de Roberto, el evocador de Paula, el tímido risueño de algunos Abuelos, el mecánico de Ángel, el serio y riguroso de los jóvenes, el ingenioso y alegre de la mayoría de los Revoltosos. Al mío, lo calificaron de elegante y seductor. Pero no había ninguna duda en señalar quién lo hacía mejor y con más gracia: Jessica. Mi amiga aplicaba lo mejor de cada estilo, y su trabajo sobresalía del de todos los demás. Le pusieron matrícula de honor.

Las notas finales fueron buenas en general. Aprobó todo el mundo; aunque, a unos cuantos, los obligaron a subir nota y los convocaron a una última prueba después de las fiestas navideñas.

Entre todos, profesores y alumnos, organizamos una fiesta de fin de curso el último viernes por la tarde. Música, barullo y risas inundaban la cafetería de las instalaciones de la E.F. En la barra, Paula ayudaba a Pol a hacer montaditos de diseño y combinados de zumos naturales. La sangría preparada por Roberto y otros Abuelos estaba teniendo mucho éxito, y también los cócteles explosivos de composición desconocida que ofrecían los Revoltosos. Todo el mundo estaba de buen humor aquel día, y hasta Ángel demostró que podía ser generoso y se brindó a vigilarles el puesto a los guardas de la entrada para que se tomaran algo. Uno de ellos nos era bien conocido y todos lo llamábamos por su nombre: Toro. Aquellos rudos hombres entraron en la cafetería y arrasaron con una bandeja de canapés, que hubieran merecido una cata más apreciativa, y los regaron luego con unos cócteles que se vendían como libres de alcohol. Volvieron a su puesto de un contento subido.

Los astronautas retirados, otros entrenadores y parte del personal de mantenimiento de la E.F se sumaron a la fiesta. Todos ellos habían establecido una buena relación con nosotros durante las semanas de prácticas. Por mi parte, los conocía muy bien, pues no faltaba ninguno de los que participaban en las carreras de coches.

El ambiente estaba muy animado, y Jessica me estaba haciendo reír con una de sus graciosas historias cuando se acercaron Helios y Leila a felicitarnos por nuestros resultados. Helios hizo especial mención a la matrícula de mi amiga. Jessica se lo agradeció y, a continuación, le pidió que la tratase con más confianza.

—Creo que podríamos tutearnos —le dijo—. Hace semanas que Josep es tu camarada inseparable y, en cambio, aún te diriges a mí como señorita.

Leila contestó por él.

—Según mi programa, si el interlocutor me tutea y su edad no supera mi edad figurada en más de diez años, le puedo corresponder de la misma forma.

Jessica se giró a la robot con expresión de gratitud, pues parecía que estaba recibiendo su apoyo; pero andaba errada. Leila añadió:

—Por tanto, no estoy segura de que mi padre pueda complacerte. ¿Cuántos años tienes, Jessica?

Mi amiga se puso seria de golpe y la atacó.

—¡Bien lo sabes, pues me tuteaste el primer día de conocernos! ¿O es que te pasaste tu programita por el forro? No me extrañaría, la verdad. A mí no me la das con queso, Leila. Y ahora que tú también has dejado de ser mi profesora, te voy a decir cuatro cositas…

Helios interrumpió la andanada.

—Cálmate, Jessica. No tengo ningún problema en hablarte con más familiaridad… En fin, felicidades de nuevo. Vamos, Leila, será mejor que te acompañe a casa.

—Pero, Helios, regresarás pronto, ¿verdad? —le solicitó Jessica.

Estuvo de vuelta en menos de media hora.

Por la fiesta, pululaban también los dos futuros turistas espaciales. El empresario de cosméticos llevaba una bandeja de montaditos y andaba ofreciéndolos y comiéndose unos cuantos al mismo tiempo. Me acerqué a charlar con mi antiguo cliente, el director de Autochoques Voladores. Sostenía un combinado de zumos con una mano algo lánguida. Me explicó que no podía beber alcohol ni comer nada fuerte para evitar males de última hora. El domingo partían para la base de lanzamiento y, dos días después, despegaban. El hombre pretendía exteriorizar que estaba sereno mediante un tono de voz incoloro, pero un vaivén corporal agitado desvelaba su intranquilidad. No me extrañó; yo hubiese estado hecho un flan.

Paula nos interrumpió y me pidió que la acompañara; Tesón necesitaba a unos cuantos voluntarios para ordenar la cocina de la réplica de la Estación.

Me estaba acostumbrando a ser escogido siempre como voluntario. Me despedí del turista inquieto y me marché con Paula. Mientras nos dirigíamos hacia la salida, le pregunté:

—¿Qué ha pasado en la cocina? Ayer lo dejamos todo recogido.

—Alguien ha ido a por ingredientes para montar los cócteles y ha ocasionado algún estropicio.

—No me parece normal que Tesón nos pida ahora, en plena fiesta, que lo arreglemos.

En la puerta de la cafetería nos esperaba Jessica, a la que Paula había avisado primero. Estaba enfadada y profirió un sinfín de quejas por la elección desafortunada del entrenador.

—Es evidente que nosotros no hemos sido. Pero, claro, si se lo pide a otros, no irán por no perderse el jolgorio. En cambio, los tontainas no seremos capaces de negarnos. ¡No hay derecho!...

Atravesamos la galería y entramos al local anexo. La Estación Espacial tenía las luces interiores encendidas. Bajamos deprisa las escaleras y entramos al recinto por una de las puertas de la pared acristalada. Nos introdujimos en la ISS a través de las compuertas abiertas de la esclusa del *Harmony* y llegamos a la cocina.

Nos quedamos sorprendidos. Allí no había nadie, y tampoco vimos nada fuera de lugar.

—¿Qué cachondeo es este? —se indignó Jessica.

—A ver, Paula, ¿qué te ha dicho, exactamente, el profesor? —la interrogué.

—No, si no he hablado con él directamente —respondió—. Me ha avisado Ángel. Me ha dicho que Tesón nos estaba esperando aquí y que él se adelantaba. No hace falta que me digáis nada; ya me he dado cuenta de que me ha vuelto a tomar el pelo. Está visto que no aprendo.

Sin recriminarle nada, dimos la vuelta y nos encaminamos hacia la salida.

—Ha sido una broma estúpida —comentó Jessica—. Pero ahora se va a enterar. Le voy a meter miedo; le voy a decir que me voy a chivar a los profesores. No puede usar este carísimo montaje para chotearse de sus compañeros.

Encontramos la compuerta del *Harmony* cerrada. Nos miramos boquiabiertos, pues no teníamos ningún mando. Durante las prácticas, los recogíamos en la garita del vestíbulo, al entrar por la mañana, y los devolvíamos al salir. Solo los profesores podían quedárselos el tiempo que quisieran.

Paula se inquietó.

—¿Qué hacemos ahora? —preguntó.

Recordé que había otra manera de abrir y cerrar las compuertas, mediante un interruptor situado en el lado derecho de los marcos. Lo busqué y lo pulsé, pero la escotilla no se movió.

—Se habrá estropeado el mecanismo de apertura y cierre —supuse.

—Vamos a la salida del *Zvedza* —propuso Jessica.

Nos dirigimos hacia allí lamentando nuestra mala suerte.

A la entrada del laboratorio *Destiny*, nos topamos con un sobre que colgaba de un hilo asido a una de las canalizaciones que recorrían el techo. Paula lo cogió y sacó medio folio de su interior. Eché un vistazo por encima de su hombro y me quedé blanco al descubrir los trazos de un mapa del tesoro. La joven se giró, me miró y asintió con preocupación. Jessica cogió el papel y, tras observarlo unos instantes, exclamó:

—¡No entiendo nada!

—Hay un escrito detrás —señaló Paula.

Jessica le dio la vuelta al mapa y leyó la nota en voz alta:

«No se puede confiar en nadie, ya lo tendríais que saber. Os enfrentaréis ahora a una prueba seria. Nada de lo que hayáis aprendido en este curso os será de utilidad para superarla. No os queda mucho tiempo, así que iré al grano. Tengo bloqueadas las dos compuertas de salida. Sí, también la del módulo Zvezda. No hay que descuidar los sistemas de seguridad; despreciarlos no trae más que problemas. Es un error muy grave que con el mando se puedan anular los interruptores manuales.

Y yo poseo un mando.

La puerta por la que entran los suministros en la cocina es vuestra única escapatoria. He conseguido una copia de la llave y la he escondido en el interior de la Estación. Si queréis dar con ella, tendréis que seguir las instrucciones marcadas. Apagaré las luces en quince minutos; así que deberéis daros prisa. A oscuras, os será más difícil encontrarla, ¿no creéis?

¡Ah!, y no confiéis en que las rondas nocturnas de vigilancia os salven. No empiezan hasta las diez, y cuando entren a este local,

tampoco se darán cuenta de que estáis ahí. Vuestros gritos no llegarán hasta sus oídos. ¡El espacio es tan grande, y la galería por la que se pasean está tan lejos!

Posdata: Tengo guardados aparte vuestros bolsos y abrigos para cuando salgáis. Si es que salís, claro».

—Aquí termina la nota —dijo Jessica—. No está firmada.

—La ha escrito Ángel —dijimos Paula y yo al mismo tiempo.

—Ahora entiendo su generoso ofrecimiento —añadí.

Ángel se las había ingeniado para acceder al guardarropa mediante un hábil relevo en la garita. Los guardas habían estado en la cafetería un cuarto de hora. En ese tiempo, había buscado nuestras pertenencias y las había escondido.

—¡Como se le ocurra abrir mi bolso, le capo! —amenazó Jessica.

—Entonces, si ha apartado nuestras cosas, cuando la fiesta acabe y la gente recoja las suyas, el guardarropa quedará vacío y creerán que todo el mundo se ha ido —dedujo Paula.

—Nos puede dejar encerrados aquí toda la noche —dije.

Miré el reloj: eran las nueve y cinco. Jessica empezó a proferir maldiciones; Paula, lamentos.

—¡Calma, calma! Recordad que tenemos los móviles —señalé.

Pero ambas habían querido disfrutar de la fiesta y los habían dejado en sus bolsos. Por suerte, yo lo llevaba en el bolsillo del pantalón. Lo saqué y, estupefacto, advertí que estaba apagado y no se encendía.

—Te has quedado sin batería —dijo la afligida Paula.

—No puede ser; lo cargué ayer por la noche —aseguré mientras lo manipulaba—. Un momento, este no es mi móvil; aunque se le parece bastante. ¿Cómo es posible? —Reflexioné un segundo y caí—. ¡Ángel me ha dado el cambiazo! Me lo ha pedido prestado unos minutos antes de que Paula viniera a buscarme. Me ha dicho que el suyo se había descargado y que necesitaba llamar a su casa.

Lanzamos más maldiciones mientras retrocedíamos hasta la puerta de suministros. Intentamos forzarla, pero tenía una buena cerradura que aguantó nuestro empeño.

—No queda más remedio que seguirle el juego a ese idiota —concluí.

—Esto ha sido culpa mía y voy a intentar solucionarlo —consideró Paula—. Déjame el mapa, Jessica; tengo experiencia en leer esta clase de esquemas.

Jessica se lo dio al tiempo que profería un comentario irónico sobre su supuesta destreza en descifrar mapas del tesoro.

Me sumé a los esfuerzos de Paula. Aquello era un galimatías. Unas líneas discontinuas trazaban caminos erráticos, y las únicas marcas que podían servirnos de guía eran unas letras en mayúscula que, a veces, iban acompañadas de números.

—Son las iniciales del nombre de los módulos —dedujo Paula—. Mira, pone ZV y Z para distinguir el *Zvezda* del *Zarya*. El K1 y el K2 deben de corresponder a la primera y segunda cámara del *Kivo*.

—Al lado del K1 hay un dibujo —observé—. Parece una trompa de elefante…

Intercambié con Paula una fija y reflexiva mirada y, enseguida, echamos a correr hacia el mismo sitio: el servicio de la primera cámara del *Kibo*. Aquella trompa describía la manguera que, en el espacio, se destinaba a la micción masculina. En aquella réplica no funcionaba, pero algunos alumnos machos hacían la gracia de meterla por ahí y simular que la tenían muy larga.

Jessica nos siguió con la boca abierta por la sorpresa. Nuestra rápida reacción la había asombrado.

Inspeccioné la manguera. En su interior, lo suficientemente lejos de la boca para tener que introducir todo el brazo, había una llave sujeta a la pared con cinta adhesiva. No había tiempo para remilgos. Metí la mano y la saqué. La llave traía colgando una etiqueta en la que ponía: ZV-zzz.

Jessica no había comprendido el tortuoso juego. Chilló de alegría, me arrebató la llave de las manos y salió corriendo hacia la puerta de suministros de la cocina. Naturalmente, no era la correcta. Le revelamos a nuestra amiga la cruda realidad: dado que en el mapa estaban indicados todos los módulos, si era cierto que Ángel nos había dejado la llave, tendríamos que pasar por todos ellos hasta encontrarla.

—Entonces, ¿para qué sirve esta? ¡Vaya burla! —exclamó con rabia mientras levantaba la mano para lanzarla lejos.

—¡No la tires; la vamos a necesitar! —rogué.

Rescaté la llave de su mano alzada y le pedí que se tranquilizara. Bufó y se puso a buscar en los cajones de la cocina un cuchillo grande para intentar forzar la puerta de forma agresiva. Renegaba, entre dientes, cuánto chalado había por el mundo.

Volví a mirar la etiqueta junto con Paula, y tampoco esa vez hubo necesidad de usar palabras. La primera parte de la etiqueta indicaba el módulo; la segunda era una onomatopeya. El mensaje se refería a los dormitorios del *Zvezda*.

Dejamos el *Kibo* y atravesamos el *Harmony*. El bolígrafo ingrávido nos siguió a la misma velocidad de nuestro paso apresurado. Miré la hora. Habían pasado siete minutos, y Ángel había amenazado con apagar las luces a los quince; así que eché a correr. A pocos metros del final del *Destiny*, di un salto y alcancé la barra que partía de la pared y aguantaba la bici suspendida. Me impulsé desde ella y ya entré volando en el túnel de viento del *Unity*. Los ventiladores se pusieron en marcha al detectar mi aparición. Atravesé el módulo mediante tres impulsos desde los asideros, con cuidado de agarrarme bien a las barras laterales al atravesar la boca del *Trinity*. Paula iba detrás de mí, haciendo los mismos movimientos.

Corrimos a través del módulo giratorio *Zarya* y llegamos al *Zvezda*. Mientras Paula inspeccionaba el primer dormitorio, fui a comprobar que la compuerta de aquella salida estuviese también bloqueada. Desconocía si era cierto que el mando primaba sobre los interruptores. El de la compuerta del *Harmony* podría estar averiado y, en ese caso, Ángel se habría marcado un farol. Pero esa puerta también estaba cerrada: el mando mandaba.

Empecé a buscar en el otro dormitorio y, a los pocos segundos, oí a Paula llamarme. Me señaló una pequeña caja metálica que estaba fijada al techo con cinta adhesiva. Ni saltando, llegaba a tocarla. Me pregunté cómo la habría colocado Ángel. Tuve que subir a Paula a mis hombros para que la joven pudiese alcanzarla.

La llave que habíamos conseguido en el punto anterior abrió la cerradura de la cajita. Por supuesto, dentro había otra llave con su correspondiente etiqueta. Traía escrita una letra T coronada por un semicírculo. En los ojos de Paula leí mi propio pensamiento: la cúpula del *Tranquility*.

Galopamos hacia allí. A la salida del *Zvezda*, tropecé con el montón de sacos de agua que, con poco acierto, habían colocado allí como decorado y fui a parar a una de las paredes errantes del *Zarya*. Aquel módulo giratorio me volteó antes de dejarme estampar contra el transparente y duro suelo. Paula se adelantó y, cuando llegué a la cúpula, ya había recogido la siguiente cajita. Le pedí que la abriéramos fuera del túnel; no quería perder la siguiente llave por culpa del fuerte viento. Nos acercamos a la franja azul de la pared y nos precipitamos cabeza abajo con los brazos por delante. Íbamos a tanta velocidad que no pudimos parar a tiempo cuando apareció Jessica en la boca de la salida. Nuestra compañera no sabía dónde estábamos. Iba cruzando en horizontal el *Unity*, con calma y sin mirar hacia arriba, agarrándose a los asideros para no ser aspirada.

Chocamos con ella y la aplastamos contra el suelo. A Paula se le escapó la caja hacia la cúpula, pero no importó, pues todos rebotamos hacia allí. La recuperamos enseguida, descendimos y salimos al *Destiny*, el módulo más cercano. Jessica se frotó los riñones golpeados y soltó un quejoso "mecagoentó". Como vi que estaba bien, urgí a Paula a que abriese la caja. En la etiqueta de la llave que encontramos había una Z y el dibujo simple de dos rectángulos unidos por uno de sus lados largos. No supe qué intentaba representar. La expresión de Paula también era de confusión. Decidimos, a la vez y sin hablarnos, averiguarlo *in situ* y nos lanzamos de nuevo al túnel. Jessica nos siguió, admirada de nuevo por nuestra silenciosa coordinación.

Buscar algo en el mareante *Zarya* era una misión tortuosa. Me estaba, literalmente, subiendo por las paredes, cuando adiviné de qué se trataba, y Paula se dio cuenta también. Señalamos a la vez el objeto: un monitor rectangular con un teclado inferior adosado. Había unos cuantos adornando aquel módulo.

Nos precipitamos sobre ellos. Unos se nos escapaban hacia el techo y otros se introducían bajo el suelo acristalado. Precisamente, en uno que había a nuestros pies, descubrimos la cajita metálica. No nos quedó más remedio que esperar su salida.

—¿Cuánto tiempo nos queda? —preguntó Jessica.

—Solo tres minutos y medio —calculé después de mirar el reloj.

Jessica se puso a empujar la pared en un intento inútil de acelerar la rotación.

El monitor se elevó por fin del suelo y de su cajita recogimos otra llave. Su etiqueta mostraba una letra C y una mano abierta.

—¿Nos saluda? ¿Se está mofando de nosotros? —censuró Jessica.

—¡No! —exclamamos Paula y yo. Jessica se sobresaltó—. ¡Es uno de los guantes de los bastidores del *Columbus*!

En ese módulo había un puesto de trabajo, protegido por una cámara de vidrio. Los investigadores, supuestamente, manipulaban materiales a través de unos guantes que atravesaban el cristal.

Volé por el *Unity* junto con Paula. Jessica nos gritó algo que no oímos. Entramos en el *Destiny* y nos impulsamos en la barra de la bici. En el *Harmony*, corrimos en paralelo con el bolígrafo. Llegamos al puesto indicado del *Columbus* e introdujimos las manos en los guantes. Dentro no había nada.

Jessica nos alcanzó.

—¡Eh, vosotros, acróbatas! Por cómo van los tiros, creo que ese incompetente de Ángel ha escondido la llave en la cocina. Voy a ver si encuentro la dichosa caja y la forzaré insertándole un cuchillo; lo que no me he atrevido a hacer con la puerta de suministros por no dañarla.

Paula y yo la intentamos desanimar.

—Pero no sabes dónde buscar.

—La cocina está llena de trastos.

—Tampoco es seguro que la última caja esté ahí…

Jessica se cruzó de brazos y nos riñó.

—¿Es que estáis disfrutando con este jueguecito? Nos quedan menos de dos minutos. Apuesto por la cocina —dijo.

Se largó hacia allí. Nos quedamos mirando la compuerta por la que había salido, reflexionando. Puede que tuviera razón y que, sin ser conscientes, nos estuviésemos divirtiendo con aquella *gymkhana*.

Paula señaló un cartel, colocado en la parte superior del marco, que indicaba: "Límite de velocidad: 28.000 km/h". A su lado, el dibujo de la palma de una mano instaba a cumplir esa orden.

Volví a ponerme a mi compañera encima de los hombros y la acerqué al friso de la compuerta. Por allí se cruzaban tubos y cables. La muchacha introdujo una mano en aquel entramado y halló la caja. La etiqueta de la llave pertinente llevaba escrita la letra K y el número dos. Indicaba la segunda cámara del *Kibo*, es decir, la cocina. Había un dibujo también, un simple cilindro. Muchas latas y botes se amontonaban en los armarios de la cocina, y la mayoría podía amoldarse a aquel dibujito.

—No vamos a encontrar la llave a tiempo —comenté.

Corrimos hacia el *Kibo*. En la cocina, Jessica estaba sacando los cacharros de los armarios con mucha energía y estruendo. Me acerqué y le mostré el dibujo. Nos desplazamos hacia el armario que hacía de despensa y vimos, con desaliento, que estaba a rebosar de tarros llenos de los más diversos contenidos. Junto con Jessica, empecé a abrirlos con rapidez. Jessica reclamó la ayuda de Paula mientras vaciaba el contenido de los envases: harina, arroz… Me volví para ver qué andaba haciendo nuestra amiga y por qué no nos estaba ayudando.

La joven se encontraba de espaldas a nosotros, con el cuerpo escondido tras el ancho marco de la compuerta abierta de la terraza, asomando un poco su cabeza hacia ese módulo transparente. No vi allí nada extraño. En el exterior, todo estaba apagado; el comedor estaba sumido en una completa oscuridad.

Dejé lo que estaba haciendo y me aproximé. Antes de que llegase a su lado, le recorrió un escalofrío y se giró hacia mí con una expresión de alarma que no me gustó nada. Jessica profirió entonces un grito de júbilo.

—¡Este tarro de tapa roja no lo había visto nunca! —exclamó—. Seguro que...

—¡No lo abras! —chilló Paula al tiempo que corría hacia ella.

Su aviso llegó tarde; una manta de humo rojo las envolvió. Al instante, la puerta de la cocina, frontera con la primera cámara del *Kibo*, se cerró, las luces se apagaron y se encendieron las de emergencia.

Mis compañeras chillaban de dolor; el humo había surgido como un geiser y les había dado de lleno. Me abalancé sobre ellas y las tiré al suelo. Tosían y se quejaban de un intenso escozor en los ojos. A mí también me picaban; aquello era muy irritante. Sin respirar y a ciegas, con los párpados apretados, me levanté. Tanteando, abrí el cajón de los trapos, cogí tres y los mojé en el fregadero. Nos cubrimos con ellos la nariz y la boca, y nos arrastramos hasta la terraza, donde parecía haber una cámara de aire más limpio a ras del piso.

Nos quedamos sentados en el suelo, con las cabezas apoyadas en el cristal abombado del comedor. El humo se concentraba por las alturas y en la cocina. Con los trapos empapados, intentamos refrescarnos los ojos y la piel de la cara.

—No entiendo cómo se ha atrevido a hacer esto —comenté—. Le puede costar muy caro.

—Está mal de la cabeza —opinó Jessica, y se volvió a Paula—. Casi me avisas a tiempo. ¿Cómo lo has adivinado?

La muchacha se apartó el trapo del rostro y explicó:

—Percibí la presencia cercana de Ángel y me aposté a la entrada de esta terraza. Su cara asomó un momento tras el cristal. Miraba hacia donde estabas tú, Jessica. Supe que había puesto una trampa y que la llave de la puerta de suministros no estaba en ninguna parte. Era mentira que hubiese conseguido una copia. Me descubrió y se volvió a esconder.

—¿Cómo sabes tanto? —preguntó Jessica, muy alterada, casi comiéndose el trapo que se había puesto encima de la cara— ¡Si no hay llave, nos puede tener aprisionados el tiempo que le dé la gana!

—Llevamos trabajando juntos mucho tiempo y puedo presentir sus intenciones y casi oír sus pensamientos —declaró Paula.

—¡Pues bien que te embaucó para que vinieses aquí con todos nosotros! —señaló Jessica—. Y no te estoy riñendo, Paula —añadió, aunque su tono exaltado demostraba lo contrario.

—En realidad, sí que intuí el engaño —se lamentó—; pero creí que era un pensamiento retorcido. Me cuesta admitir que hay personas en las que nunca se puede confiar.

—¡Mecabuen! —exclamó Jessica, e inspiró con tanta intensidad que el trapo se le pegó al rostro.

—Sin embargo, antes de las clases de Aura, solo lograba sintonizarme con las personas que me querían mal —prosiguió la joven—; supongo que tengo un sistema de defensa inconsciente. Pero, ahora, también consigo conectarme con las que me quieren bien. Por eso, sé que Pol está a punto de venir a ayudarnos.

Jessica se destapó la cara y sonrió a Paula; las preocupaciones se aparcaban a un lado cuando irrumpía un chisme sabroso.

—¡Lo sabía! —dijo.

No me acababa de creer lo que quería insinuar.

—¿Qué quieres decir? —pregunté—. Paula, dime, ¿tú y Pol…?

—Josep, no te enteras de nada —recriminó Jessica—. ¿No te has dado cuenta de que se las ingenian para estar juntos? Paula siempre se quedaba a hablar con él después de clase, y Pol venía a comer con nosotros casi todos los días.

—Si es por eso, también Helios nos acompañaba con frecuencia —repliqué—, y tú le preguntabas muchas dudas antes, durante y después de la clase.

Jessica rechazó mis insinuaciones con un vaivén de sus manos, y luego se dirigió a Paula.

—¿Cuánto hace que estáis liados? —la interrogó.

—Solo somos buenos amigos —aseguró—, aunque es cierto que conectamos muy bien. Por eso, intuyo que está pensando en nosotros y que vendrá enseguida.

Jessica hizo un mohín de desilusión.

—No creo que se le ocurra buscarte aquí —opinó.

Mis dudas, parejas a las de mi amiga, se confirmaron cuando se apagaron las luces de emergencia. Pensé, entonces, que no nos quedaría más remedio que pasar la noche allí; sin embargo, solo sufrimos diez segundos de oscuridad total. El holograma gigantesco de la Tierra surgió de súbito y nos bañó con su luz azulada. Las luces generales se encendieron a continuación.

—Esta gamberrada ha llegado a su fin —auguró Jessica—. El humo se está disipando.

Regresamos a la cocina agachados, evitando la aún densa nube irritante. La puerta que daba a la primera cámara se había abierto y el humo se escapaba por esa apertura. Corrimos y atravesamos todo el *Kibo*. La escotilla de salida del *Harmony* también estaba abierta. Saltamos hacia fuera y advertimos que dos figuras conocidas estaban entrando en el recinto de la ISS a la carrera, por la puerta acristalada más cercana a nosotros. Pol llegó el primero y abrazó a Paula, pero la apartó de sí al instante y la repasó entera. Cuando comprobó que no le había pasado nada, la besó en los labios. A Jessica le hubiera alegrado verlos, pero estaba ocupada. Helios la abrazaba y le acariciaba el pelo.

—Tranquila, tranquila. No llores —le dijo, intentando consolarla.

—Es el humo —susurró ella, y le ciñó la cintura con sus brazos.

Helios reaccionó y la soltó (Jessica no le soltó a él).

—¡Tenemos que apagar el fuego! —gritó—. ¡Vamos a por los extintores!

—No hay fuego, Helios —informé—; es un bote de humo.

Suspiró con alivio y volvió a abrazar a Jessica.

—¿Te encuentras bien, amigo? —me preguntó.

Asentí sin poder evitar una sonrisa socarrona.

—Ese tal Vivozs diría que hay muchas cuerdas en el espacio donde uno puede enredarse —dije, e hice un gesto con la cabeza hacia Jessica.

Sonrió y quiso saber qué había sucedido. Cuando se lo explicamos, ambos se indignaron. Pol lamentó la falta de respeto que Ángel había demostrado tener por sus compañeros y, también, por su cocina.

—¿Cómo nos habéis encontrado? —inquirí.

—Bien, pues, la verdad, hacía un buen rato que os estaba echando de menos —dijo Helios—. Te llamé al móvil, Josep; pero me salió el buzón de voz. Fui a preguntar a los guardas si os habíais marchado, aunque me parecía muy raro que no os hubieseis despedido.

—¡Qué tonto! —susurró Jessica, y le dedicó una sonrisa cariñosa. Lo había dejado de estrujar, pero todavía lo tenía bien cogido. Helios le rodeaba los hombros con un brazo.

—Me dijeron que no os habían visto salir —prosiguió mi amigo—. No supe qué hacer y regresé a la fiesta. Al poco tiempo, Pol se me acercó y me dijo que estaba seguro de que teníais problemas y que creía saber dónde estabais.

Jessica se despegó de Helios para observarle bien la cara y descubrir si estaba bromeando. Helios lo confirmó y le pidió a Pol que continuara con la narración. Paula y él tampoco se habían separado físicamente.

—No sé cómo explicarlo —dijo Pol—. Me extrañaba que Paula tardase tanto en volver a la barra... a mi lado. Cuanto más tiempo pasaba, más nervioso me ponía. Se me empezaron a desmontar los montaditos, y al intentar pinchar unas olivas, se me escaparon y salieron despedidas.

Jessica quiso saber si, en concreto, habían volado tres olivas, y murmuró a Paula que quizá coincidiera con el momento en el que habíamos sido absorbidos por la corriente de aire del *Tranquility*. Pol no hizo caso de lo que consideró una pregunta irrelevante y continuó:

—El caso es que ese hecho me empujó a buscar a Paula, y fue cuando me di cuenta de que también faltabais vosotros dos. Intuí que os encontrabais en dificultades y me vino a la mente, de pronto, la imagen de la Estación Espacial.

La sonrisa de Paula era tan ancha como la apertura de ojos de Jessica. Por la expresión serena de Helios, deduje que consideraba que Pol, simplemente, había tenido esa ocurrencia.

—Fui a buscar a Helios y le pedí ayuda —prosiguió—. Nos dirigimos hacia aquí, a paso rápido, y entramos por la galería. Una iluminación tenue, tras las ventanas de la Estación, nos indicó que íbamos por buen camino. Nos llevamos un susto enorme cuando nos percatamos de que el módulo *Kibo* despedía humo. Llamé a Paula con un chillido y, entonces, vislumbramos el movimiento de una sombra que se agazapaba cerca de la terraza. No logramos ver quién era porque la Estación se quedó a oscuras en ese instante.

—Esa persona, alertada por el grito, apagó las luces para poder huir —teorizó Helios.

—Por suerte, mi colega siempre lleva el mando encima —continuó Pol—. Reaccionó con rapidez y puso en marcha el holograma de la Tierra.

—Quería encender la iluminación interior; pero, a causa de los nervios, me equivoqué de botón —aclaró Helios—. Acerté más tarde, mientras corríamos hacia el fondo de la galería para bajar hasta aquí. También abrí todas las compuertas interiores y exteriores de la ISS.

—De la esclusa abierta del *Harmony*, surgió una gran bocanada de humo —dijo Pol—. La persona que estaba pululando por fuera había desaparecido.

—Ahora sabemos, por lo que ha explicado Paula, que se trataba de Ángel —apuntó Helios—. Debió de huir hacia el vestíbulo por la planta baja, puesto que nosotros le bloqueábamos la huida por la galería. Puede que los guardas lo hayan retenido. No creo que le permitan irse sin que les dé antes una explicación convincente de su presencia en este local.

Nos dirigimos hacia allí por ese mismo camino. Cuando entramos al vestíbulo, Toro nos señaló desde la otra punta y gritó:

—¡Mira, otros que se están dando un garbeo por donde no deben!

Él y otro vigilante se hallaban cerca de la garita, rodeando a Ángel. Mientras caminábamos hacia ellos, nos preguntó en voz alta:

—¿Qué pasa? ¿También han descubierto un fallo en el sistema de seguridad?

—¿Eso es lo que les ha contado ese mal bicho? —chilló Jessica.

—Y que lo ha ratificado mediante un método poco convencional —respondió.

—¡Poco convencional! —exclamó Helios—. ¡Ha encerrado a estos alumnos en la ISS y les ha introducido un bote de humo! ¡Casi se asfixian! ¡Tienen los ojos irritadísimos!

Llegamos a su lado y miramos a nuestro compañero con cara de pocos amigos. Intentó defenderse.

—Estaba a punto de abrir la compuerta de salida cuando aparecieron los profesores. ¡El humo no es tóxico!

—Será mejor que vayamos a ver al señor Blanco —decidió Toro—. Tengo un pequeño botiquín en la garita. Les daré unas botellitas de suero para esos ojos.

. . .

El espacioso despacho del señor Blanco estaba lleno. Los guardas habían avisado también a Aura y a Tesón. Habíamos relatado lo ocurrido, y Tesón nos estaba facilitando información nueva. Un tercer secuaz había intervenido para conseguir su oportuna desaparición de la fiesta, poco antes de que Ángel avisara a Paula.

—Pinaza estaba muy interesado en las máquinas de musculación de las instalaciones —explicaba—. Me pidió que lo acompañara y le indicara cuáles eran las más adecuadas para aliviar una molestia que sufría en la espalda. Insistió mucho, por lo que decidí bajar con él un momento. Una vez en la planta inferior, hizo un mal gesto, al probar una de las máquinas, y empezó a quejarse de un fuerte dolor; sin embargo, no quiso que avisara al doctor Pinxo. Me pidió que lo llevase a la enfermería y le diera un analgésico. Una vez llegamos allí, se puso a charlar de sus problemas en el trabajo y me tuvo distraído un cuarto de hora.

—Lo suficiente para iniciar el plan —apuntó Helios, que estaba actuando como un detective.

—Toro, ve a buscar a Pinaza —ordenó el señor Blanco al guarda.

Aura se aproximó a Ángel y le pidió que nos contase toda la historia, pero este se mantuvo callado y con la cabeza gacha.

El guarda no tardó mucho en traer a Pinaza. El señor Blanco le informó de la razón por la que se le había requerido, y su respuesta fue una expresión de sorpresa poco creíble.

—No he participado de ninguna forma en este asunto —aseguró.

Helios pasó por su lado con aire de suficiencia: las manos en los bolsillos y la cabeza ladeada por el peso de su sapiencia.

—Usted se ofreció a ayudar a su amigo siempre que lo dejase al margen de las posibles consecuencias —afirmó.

—Repito que no estaba al tanto de esta broma —insistió.

—Una sola persona no hubiese podido organizar todo este montaje. Según mi hipótesis, el engaño se tejió de la siguiente manera —dijo Helios, y empezó a pasearse por el despacho y a describir lo ocurrido como si lo estuviese viendo—. Ángel consigue convencer a los guardas de que vayan un rato a la fiesta, a tomar algo…

Toro profirió un sordo mugido y clavó una mirada torva en Ángel. Helios proseguía:

—… De esa forma, se queda solo en la garita y tiene acceso al guardarropa y a los mandos de la Estación. Esconde los bolsos y las chaquetas de sus futuras víctimas, no sin antes comprobar si sus móviles se encuentran allí. Y sí, las chicas los han dejado; pero Josep no ha traído ninguna bolsa, como la mayoría de los hombres, y en su abrigo no está. Pero no importa, pues tenía previsto ese contratiempo. No pierde más tiempo y roba un mando.

—Me descuidé de devolver el que me habían dejado el día anterior —se defendió Ángel, intentando evitar la suma de un delito de robo.

—Los guardas revisan y cuentan los mandos tras las prácticas —rebatió Helios, y detuvo su caminar y buscó la corroboración de ese hecho en Toro—: Usted estaba en la garita ayer por la tarde. ¿Puede decirnos si estaban todos?

El vigilante asintió con un vigoroso cabezazo y apretó los puños; Ángel no solo le había embaucado, sino que lo acababa de acusar de negligencia en su trabajo.

Helios sonrió por ese testimonio que favorecía su teoría y volvió a pasear.

—Bien, aclarado este punto, continuemos con la exposición de los hechos, según mis deducciones —puntualizó, y siguió con el relato en tiempo presente—. Como he dicho, Ángel coge un mando y, cuando los guardas regresan, hace ver que vuelve a la fiesta; pero, en la galería, toma la dirección contraria y pasa al local anexo. Pinaza no tarda en seguirlo y lo ayuda a colocar todas las cajitas y el sobre con la nota. Dos de esos recipientes estaban situados en puntos tan altos que Josep tuvo que aupar a Paula para alcanzarlos.

—¡Pues cogería una escalera! —lo interrumpió Pinaza—. ¡Yo no me moví de la cafetería!

—¡Eso no es verdad! —intervino Jessica—. Me había hecho una insinuación muy ofensiva sobre el modo que había usado para conseguir la matrícula de honor. Deseaba perderlo de vista, así que me alegré cuando lo vi salir. También sé que tardó en volver. Estuve un buen rato muy tranquila.

—Pinaza es fuerte y puede alzar a Ángel sin problemas —aseguró Tesón.

Helios esbozó una sonrisa de satisfacción y continuó elucubrando.

—Así pues, Pinaza y Ángel lo preparan todo, vuelven a la fiesta por el mismo camino y siguen con el plan. Pinaza se lleva a Tesón a la enfermería y, mientras tanto, Ángel le quita el móvil a Josep, engaña a Paula y se va al local anexo a esperar su llegada. Cuando aparecen Paula, Jessica y Josep, los vigila desde el exterior de la Estación.

Espera hasta que se introducen y luego los encierra y bloquea las compuertas de salida.

—Y empieza la función —concluí.

—Son conjeturas, Helios —opinó Aura—. No hay pruebas. No podemos acusar a Pinaza.

—Creo que todos tenemos claro lo que ocurrió, aunque no podamos probarlo —manifestó el señor Blanco—. La E.F no admitirá a estas personas dentro de sus instalaciones. No tenemos pruebas fehacientes, es cierto; pero nos reservamos el derecho de admisión. Ángel costeará la limpieza de la Estación y cualquier desperfecto que se haya podido producir. Me pondré en contacto mañana mismo con el señor Parés y le notificaré lo ocurrido.

—No creo que sea necesario avisar a Parés —intervino Ángel. Por primera vez, parecía estar asustado—. Cargaré con todos los gastos y no volverán a verme por aquí. Pueden decirle que, al hacer una última revisión de notas, han decidido suspenderme porque no sirvo para esto.

El guarda intervino con la fuerza de una embestida.

—¿Ah, sí? Y eso, ¿a cambio de qué? ¡Delata a tu compinche y nos lo pensaremos!

—Calma, Toro —le pidió el señor Blanco.

—A Ángel no le importa suspender el curso —consideró Helios—. Nunca ha mostrado interés. En eso estamos de acuerdo todos los profesores.

—Lo siento —le dijo Aura a Ángel—. Has cometido una falta grave y tenemos que avisar a Parés; es tu responsable.

—Por favor, es capaz de ponerme de patitas en la calle —suplicó Ángel.

—Aunque la sanción será inevitable, me ocuparé de que no llegue hasta ese extremo —repuso Aura—. Conozco a Parés. Una vez se calma y consigue no tomarse vuestros errores como una afrenta personal, es un hombre razonable. —Se volvió y habló al señor Blanco—. Creo, también, que no podemos echar a Pinaza. Todos merecemos el beneficio de la duda.

—Está bien, Aura. Seguiré tu consejo —dijo el señor Blanco—. En todo caso, las consecuencias vendrán solas.

—Me niego a trabajar con ese tipo. No lo acepto como pareja en este circuito turístico —aseveró Jessica.

Paula y yo renunciamos también a cooperar con él.

—Tendrá dificultades para encontrar un compañero —predijo Helios.

La entrada súbita en el despacho del doctor Pinxo y un humano monstruoso nos sobresaltó. El empresario de cosméticos había comido algo que le había producido alergia y tenía la cara hinchada, roja y tan deformada que, cuando había aparecido por la puerta, no lo había reconocido.

—No sé qué alérgeno le ha producido esta reacción —informó el doctor Pinxo—. Le he pinchado un antihistamínico, pero necesita un tratamiento hospitalario.

Pol comentó, compungido, que había más de ciento cincuenta ingredientes diferentes, entre los platos de comida y las bebidas de la fiesta. Sería difícil averiguar cuál de ellos le había hecho daño.

—Esto es un serio contratiempo —se preocupó el señor Blanco, y al ver que aquel comentario afectaba a Pol, añadió—: No era de esperar que padeciese una reacción semejante. Las pruebas de alergia de su revisión no dieron ningún positivo.

—Le habrá afectado alguno de los alimentos exóticos del menú —lamentó Pol.

Había que acompañarlo al hospital de inmediato. El señor Blanco cogió su abrigo y pidió al doctor Pinxo que fuese con ellos, pero este objetó que tenía una cita esa noche. Tesón se ofreció entonces a acompañarlos, y los tres se marcharon sin más demora.

Una vez salieron, el doctor Pinxo se nos quedó observando con curiosidad y preguntó qué estaba ocurriendo. Cuando Aura se lo explicó, soltó un comentario despectivo sobre la mala educación de todo el alumnado del curso. La pedagoga expuso su contraria opinión y cambió de interlocutor. Le dijo a Pinaza que podía marcharse a su casa o regresar a la fiesta, lo que quisiera. El tipo, liberado de cualquier culpa por falta de pruebas concluyentes, elevó una altiva cabeza y salió del despacho. A través de la ventana, lo vimos dirigirse por la galería hacia el bar, mostrando una desvergüenza mayúscula. El guarda lo siguió con los puños prietos, dispuesto a usarlos si le brindaba un motivo.

Aura pidió a Ángel que se quedara a hablar con ella de lo sucedido. Supuse que querría saber las razones que le habían conducido a la expulsión. Según mi opinión, aquella jugarreta era un desquite impregnado de envidia y celos. De Jessica, pudiera haberle molestado su matrícula de honor; de mí, que ocupara el cargo en la tienda que él había ambicionado, y de Paula… La broma iba dirigida sobre todo a ella. Ángel no podía estar seguro de que Jessica y yo accediéramos a ordenar la cocina de la Estación, y durante el episodio ocurrido en aquel despacho, no se me habían pasado por alto las rabiosas miradas que se le habían escapado hacia la pareja formada por Paula y Pol. Ambos, ajenos a ese *voyeur*, se habían mantenido de forma discreta en un segundo plano, cogidos de las manos y cuchicheando con cariñosa complicidad. Estaba seguro de que Aura también se había percatado de ello.

Todos los demás salimos al pasillo y los dejamos a solas. Helios propuso ir a tomar algo lejos de allí. Jessica aceptó con alegría, y también, Paula y Pol. Iba a sumarme cuando intervino el doctor Pinxo.

—Un momento, Helios, ¿acaso has olvidado tu promesa?

Mi amigo hizo un chasquido de fastidio con la lengua. Observó la cara expectante de Jessica y luego se volvió al doctor Pinxo y a mí.

—¿Podríamos hablar los tres a solas un momento? —nos rogó, y se alejó hacia el fondo del pasillo.

Me entrecrucé con el doctor Pinxo una mirada suspicaz y después lo seguimos. Intuí que mi amigo me iba a pedir un favor, y no me equivoqué.

—Josep, le prometí al doctor que le haría de copiloto. Han preparado una carrera para después de la fiesta y han aceptado su participación. Iban a asistir los turistas espaciales como espectadores, y el doctor deseaba que lo vieran conducir. Ahora solo irá uno de ellos, claro.

Vamos, que el doctor Pinxo se quería chulear. Olía la naturaleza concreta de la petición y no me hacía ninguna gracia, así que empecé a soltar objeciones.

—Helios, uno de los turistas está camino del hospital, y yo me he echado unas buenas carreras por el interior de la ISS, buscando las llavecitas de marras, y me encuentro bastante cansado. La noche ha sido muy movida. Por otra parte, sabes bien que no es prudente ejercer de piloto en la primera carrera. Es preferible empezar de copiloto e ir adquiriendo experiencia…

El doctor Pinxo me interrumpió con aspereza.

—Sé manejar un bugui. Esta mañana, uno de los astronautas me ha explicado su manejo y lo he conducido un buen rato. Me ha parecido muy sencillo —me espetó, y luego se dirigió a Helios—. Te veo venir.

Soy yo el que se niega a tener de copiloto a un alumno inexperto y respondón.

Helios se giró hacia mí y sus ojos suplicantes me ablandaron. Me volví al doctor Pinxo y, en tono firme, alardeé de que había ganado todas las carreras en las que había participado como copiloto de Helios. No era cierto, pero él no lo sabía. Y sentencié:

—Helios no se puede quedar. O me acepta a mí o se queda solo.

No le quedó más remedio.

En cuanto las dos parejas desaparecieron escaleras abajo, empecé a arrepentirme de mi compasiva decisión. El doctor Pinxo tomó el camino de la galería hacia el bar sin esperarme.

A las dos de la mañana, empecé a preguntarme cuándo iba a acabar aquella desmelenada fiesta.

A las tres, todavía resistía la mitad de los juerguistas.

Una hora más tarde, se despidieron los últimos, entre ellos, Pinaza. Aguantar hasta el final había sido un desafío, una imposición de su inocencia. Toro lo acompañó hasta la salida con el ímpetu de un fiero portero de discoteca. Los seguí, preocupado porque la cólera contenida del guarda se desparramase cuando Pinaza pusiese un pie en la calle; pero la víctima en potencia husmeó también el peligro y, en cuanto cruzó la puerta, echó a correr. Me carcajeé, y Toro me secundó. Regresamos juntos al local, comentando la agilidad de las zancadas de Pinaza.

En la cafetería, quedamos los participantes en la carrera, el guarda y el director de Autochoques Voladores, inminente turista espacial. El doctor Pinxo le indicó que se quedara en lo alto de la galería para poder ver mejor el espectáculo. Los demás bajamos por las escaleras como enjambre erizado.

Los roces aumentaron al llegar a la planta baja del local. Cuando una de las parejas se acercó demasiado a un bugui, estalló uno de los acostumbrados alborotos. Se sucedieron empujones, amenazas, reproches e insultos: el teatro de siempre adornado con una nota de exageración en honor al novato, con la pretensión de alterarle los nervios y conseguir las máximas ventajas. Pero esa histriónica función no arredró al doctor Pinxo; muy al contrario, le agradó tanto que se sumergió hasta el núcleo más duro, donde los choques de pechos y manotazos martilleaban a un ritmo de percusión muy vivo.

Toro, como siempre también, perforó esa pelota sonora e intentó separar tambores, timbales, mazas y baquetas mediante fuertes empellones. El doctor Pinxo llegó hasta mí impulsado por una de esas dinámicas llamadas a la calma. Le agarré de un brazo y le pedí que no volviese a enzarzarse. Cuanto antes acabáramos, antes me podría ir a casa. Estaba harto de estar allí.

—¡Doctor, déjelo ya! —rogué—. ¡Concentrémonos en la carrera!

—¡Vaya copiloto que tengo! —se quejó, y me retiró la mano que le estaba sujetando.

—Me sorprende que un científico como usted disfrute con estas peleas —critiqué.

—Su visión de lo que es un científico la debe de haber sacado de las películas. Mi ambiente profesional es igual de desalmado que el de los demás. Los ataques entre rivales son feroces. Hay sabotajes, traiciones, descréditos sin piedad, incluso ataques físicos. Sepa, por ejemplo, que en el último congreso en el que tomé parte, se originó un tremendo barullo y se repartieron bastantes tortas. Los nervios se perdieron a causa de la desorganización, por supuesto…

Mientras me contaba batallitas, yo miraba de reojo a Toro. Le estaba costando separar a un par de los más peleones. El doctor seguía:

—… No hubo equilibrio en la extensión de las ponencias ni ponderación en las intervenciones. Soy una autoridad en la materia, un experto reconocido con tres artículos publicados…

El guarda consiguió serenarlos.

—… ¿Cómo se entiende, entonces, que apenas se me otorgue tiempo para exponer mis descubrimientos?...

Toro barajaba las tarjetas de colores.

—… ¿Cómo se entiende que se le den más minutos a un pobre viejo que se ha pasado cinco años estudiando una sola especie que ni siquiera ha sabido catalogar?...

La primera tarjeta, para nosotros, por cortesía hacia el recién llegado. La recogí.

—… Me irrité mucho, sí. El mundo no puede marchar bien si no se escucha a los más sabios…

El guarda siguió repartiendo.

—… Eso fue lo que originó aquel alboroto, créame, y hubo más hostias y empujones que los que ha habido aquí. Por eso, durante la pelea colectiva, le solté un bofetón a la moderadora. Se lo merecía por menospreciarme delante de todos, en el mismísimo Congreso Internacional Protozoario.

—¡Cómo! —grité—. ¡Es usted un desgraciado!

—¿Qué le pasa? ¡Más respeto, que aún le puedo suspender!

—¡Un miserable, un cobarde!

Me lo comía. El grupo se arremolinó a nuestro alrededor, y Toro, que aún tenía dos tarjetas en la mano, lamentó mi súbita furia.

—¡Joder, Fuentes, ahora que los tenía a todos calmados! —se quejó.

—¡Mi mujer hizo de moderadora en aquel evento! —me justifiqué.

—¡No puede ser! —exclamó el doctor Pinxo.

Nuestra discusión atizó las ganas de jarana del grupo: "¡Destrózalo, Josep!". "¡Pártele las piernas!". "No se puede quedar así"…

El doctor me retó.

—¡Pégueme, si se atreve!

—¡Imbécil! —lo insulté, y le di un fuerte empujón—. ¿Cree que me voy a rebajar de esa forma? —dije, aunque las manos se me estaban yendo hacia él.

Toro se interpuso entre nosotros.

—¡Fuentes, quédese quieto; no vale la pena!

"No te cortes, Josep". "¡Eso, dale, dale!". "Cuidado, ese cobarde podría denunciarlo". "¡Es igual, dale, dale!". "No te quedes con las ganas o te pesará siempre". "¡Métele!"…

La arenga provocó un efecto contrario. Me frené, di un paso atrás y le escupí:

—¡Adiós! ¿No es usted tan sabio? Pues corra solo, si puede.

—¡Qué! No puede irse ¡Se lo ha prometido a Helios!

Ese hombre tenía una desfachatez pasmosa. Sin contestarle, tiré con rabia la tarjeta que nos había tocado y me dirigí a la salida. Sus insultos rebotaron en mi espalda. Poco antes de llegar a la puerta que daba al vestíbulo, me detuve al oír que reclamaba la ayuda del futuro turista. Incrédulo, retrocedí y alcé la vista a la galería. El director de Autochoques Voladores pasó de la sorpresa al irracional asentimiento y empezó a bajar las escaleras.

No podía permitir que aquel hombre corriera tanto peligro. Me encaminé a su encuentro para prevenirle de la dureza de aquella carrera; pero el doctor Pinxo y el resto de los participantes me apartaron de él. La enérgica protesta que elevé se perdió en el aire; todos tenían ganas de empezar la competición.

Toro me llevó a un lado y me dijo en voz baja:

—No se preocupe; les daré una breve explicación a esos dos. Como mucho, los sacarán de pista en la primera recta. ¿Por qué no contempla la carrera desde la galería? Así, cuando acabe, se podrá ir más tranquilo a su casa.

Subí y me quedé a vigilar. El guarda les dio las instrucciones de supervivencia y subió también. El doctor Pinxo y el turista ocuparon el lugar de Helios, es decir, la primera posición. El rugido de los motores tambaleó mis tripas, revueltas ya por un mal presentimiento.

Toro dejó caer el pañuelo. Se inició la estampida. Uno de los participantes me miró y alzó una mano hacia mí; me quería mostrar algo. Pasó de largo sin que pudiese vislumbrarlo bien. ¿Era un muelle lo que llevaba? ¿Les habrían manipulado los frenos?

Al coche del doctor y el turista se le bloqueó la rueda trasera en la primera curva. Cuando empezaron a girar sobre sí mismos, el turista se asustó, saltó del auto y salió despedido por la fuerza del giro hacia las máquinas de musculación. Rebotó en una de ellas y desapareció detrás de otra.

Bajé corriendo. Cuando llegué, la peonza se había parado, la carrera se había suspendido y los participantes se estaban acercando al lugar del accidente. El doctor Pinxo permanecía en su asiento, sin poder fijar la mirada, imposibilitado totalmente a causa de un proceloso mareo. Como su estado no era grave, decidí atender primero a mi antiguo cliente y me dirigí hacia el lugar de donde procedían sus chillidos. Los otros me siguieron.

Lo encontré tirado en el suelo y con una mano descolocada. Mientras me ocupaba del herido, los demás se dedicaron a proferir comentarios desapegados.

"¡A quién se le ocurre saltar!". "No se puede fiar uno de los novatos". "Para ser director de la empresa Autochoques Voladores, no tiene idea de cómo controlar un vehículo". "Ni de amortiguar los choques". "Ahora que, volar, sí que vuela". —Risas—. "¿Y pretendía subir a la Estación Espacial?". "Al primer contratiempo, se mata". "Carece de las aptitudes necesarias para ser astronauta". "En el fondo, el saboteador les ha hecho un favor a él y a la tripulación". "Eso suponiendo que fuera a por ellos". "Si no les tocó el coche malo de buen principio, les dio el cambiazo después". "Fuentes se lo puso a huevo al tirar la tarjeta". "¿Y qué me decís del otro turista, el de los cosméticos?". "¡Vaya cara más fea se le ha quedado!" —Más risas— "Eso le ocurre en el espacio y los demás creen que les ha entrado un alienígena en la Estación". —Carcajadas...

Acabé de entablillar la muñeca al turista. El único que me había ayudado había sido el guarda, que había ido a buscar las vendas y la fijación a la enfermería. Me acerqué luego hacia el otro accidentado. Los ruidosos espectadores volvieron a seguirme.

"Mirad a Pinxo. No se atreve a mover ni las pestañas". "¿No se pavoneaba de saber manejar estos trastos?". "Para que te fíes". "Déjalo quieto, Josep, que baje por sus propios medios". "No lo fuerces; cualquier pequeño movimiento puede desencadenar el desastre". "¡Hala! Mira que te hemos avisado. Ahora lo recoges tú"...

Acompañé a los accidentados al hospital. Uno de los astronautas veteranos se me unió para, por fin, echar una mano.

Llegué a casa a las ocho de la mañana, derrengado. Hice un último esfuerzo antes de acostarme y telefoneé a Helios para contarle lo sucedido. Le desperté con mi llamada, así que, como estábamos los dos medio dormidos, no hubo diálogo. Se lo expliqué y colgué.

—¡Vaya juerga la de anoche!

Esa fue la primera frase de mi mujer cuando me vio aparecer por el salón al mediodía. Mi familia estaba comiendo, y yo me acababa de levantar de la cama.

Nadia se acercó y me besó. Mi seria expresión le chocó.

—¿Es que no os lo pasasteis bien?

—Ahora te cuento.

Les di un beso a mis hijos y me serví un plato. Durante la comida, hice una narración parcial de lo ocurrido y solo hablé de la broma pesada que habían organizado Ángel y Pinaza en la Estación. No quise comentar delante de los niños que había participado en una carrera no autorizada por no darles mal ejemplo. Esa parte se la expliqué a Nadia una vez estuvimos a solas, por la noche y a punto de acostarnos. Al desvelarle que su agresor en el Congreso Protozoario había sido el doctor Pinxo, no se inmutó; así que no me fue difícil deducir que estaba al tanto.

—Tengo la impresión de que ya lo sabías. ¿Por qué no me lo dijiste?

—¿De qué hubiese servido? No hubieras podido estar tranquilo en sus clases —repuso—. Ese hombre es un bocazas. Nunca pensé que se jactaría de ello, sobre todo porque el manotazo le costó caro. Puse los hechos en conocimiento de mi rector y este se puso en contacto con el rector de la universidad donde trabajaba el doctor. Le exigí, a través de ellos, una inmediata compensación o, de lo contrario, no me quedaría más remedio que denunciarlo a la policía. Accedió a desagraviarme con un mes de su sueldo. Te justifiqué aquel ingreso en la cuenta alegando que era una gratificación por mi trabajo de moderadora, ¿recuerdas?

—¿Por qué no me lo contaste entonces?

—Cuando zanjo un tema desagradable, no vuelvo a mentarlo. Además, y no te molestes, en aquella época estabas un poco ido. Volvías muy raro del trabajo. Aunque ahora que me has explicado más detalles de tus compañeros, no me extraña. ¿Qué vas a hacer al respecto? El lunes, en la tienda, te encontrarás con Ángel.

—Voy a pedir a Parés que lo traslade a otro comercio del distrito y propondré a Paula que se presente para su puesto. Contará con todo mi apoyo.

—Este cursillo ha servido para poner muchas cosas en su sitio —observó Nadia.

—Ha sido divertido y estimulante. Muchos se han aficionado tanto que se han apuntado a asociaciones de astronomía.

—Divertido, apasionante… y algo más, creo yo. Espera.

Sacó del cajón de la mesilla dos fotos de tamaño mediano.

—Estuve mirándolas ayer por la noche un buen rato. ¿Ves alguna diferencia?

Al contemplarlas, sonreí. Las había tomado Tesón. En la primera foto, salía todo el grupo en la parte central del campo de atletismo, a los pocos días de empezar el curso. Íbamos en pantalón corto y camiseta, y mostrábamos portes desiguales; la mayoría, bastante blandengues. En la otra imagen, todos llevábamos ya el diploma en la mano y posábamos delante de la Estación Espacial con una sonrisa fresca y bastante despeinados, pues acabábamos de hacer el circuito en esa réplica, por los cables tensados. También vestíamos con ropa deportiva.

—En esta última foto, se percibe que hemos bajado barriga y que estamos más musculados —comenté.

—Más sanos, sí. Estáis erguidos y miráis a la cámara con alegría y confianza; un aumento del amor propio podría ser la definición del cambio. Os he repasado uno por uno y he advertido diferencias en el grado de evolución. Por ejemplo, este ejemplar apenas ha avanzado —dijo, y señaló a Pinaza. Le había hablado de él, pero Nadia desconocía su aspecto—. Ya no enseña los dientes ni tiene la mirada tan fiera —definió—; sin embargo, mantiene las facciones tensas.

—Todavía no ha cejado en su empeño de pelearse con media humanidad —sostuve.

—En el otro extremo de velocidad evolutiva, se encuentra Paula —prosiguió—. Esta chica muestra una mirada aposentada y decidida. Parece que se enfrente a la vida con más determinación. Creo que, en general, todos habéis mejorado mucho. Estoy admirada.

—Lo hemos pasado bien —admití—. No me apetece mucho volver a la tienda y retomar mis tareas habituales. Suerte que pronto llegarán las fiestas navideñas y…

Guardé silencio y me acerqué a la ventana. La calle estaba adornada con las luces de Navidad. El coste de su instalación lo asumían los comercios, dado que el ambiente festivo estimulaba las compras. Pero, aunque éramos conscientes de esa prosaica finalidad, durante unos días nos dejábamos llevar a nuestro particular país de Jauja: un estado ilusorio donde la abundancia despejaba los miedos del camino. Con la ingenuidad del niño o del loco, abríamos carteras y corazones con esplendidez y nos convertíamos en reyes y duendes, en seres ricos y eternos.

—Creí que no te gustaban estas fiestas porque aumentan mucho el volumen de trabajo —dijo mi mujer mientras se metía en la cama.

—Este año las estoy esperando con ganas —afirmé, y me acosté a su lado sin comentar nada más.

Me encontraba muy cerca de resolver el enigma. Faltaban catorce días para Navidad y veintiuno para año nuevo. El dos de enero aparecerían por el barrio aquellos actores que se disfrazaban de Reyes Magos. Nada podría impedirme ir a verlos.

Ese pensamiento me agitó y, como había trasnochado, era incapaz de dormirme. Mis continuos movimientos despertaron a mi mujer. Sus párpados abrieron una ranura por la que unas pupilas somnolientas me miraron. Me di cuenta de que, a ella, nunca se lo había preguntado.

—Oye, Nadia —susurré—. ¿Qué es lo que más deseas?

—A ti —contestó abrazándome.

—Creo que he planteado mal la pregunta. —Me dio un intenso beso—. Rectifico, creo que el planteamiento ha sido correcto.

—¿Seguro?

Asentí mientras la besaba por el cuello.

Un telefonazo a las ocho de la mañana me cortó el sueño más gandul.

—Fuentes, buenos días. Se nos ha presentado una urgencia. Le espero a las nueve en el vestíbulo de la E.F.

—Oiga, Parés, creo que no ha advertido que hoy es domingo.

—Lo necesito. Póngase su mejor traje. La rueda de prensa empieza a las diez y media.

Sin darme más explicaciones, me colgó. Di media vuelta en la cama y acoplé mi cuerpo al de mi mujer. No tenía intención de levantarme. Seguro que pretendían que mostrara las instalaciones a los periodistas.

El teléfono sonó a los diez minutos.

—Fuentes, me he dado cuenta de que su casa me queda de camino. ¿Quiere que lo pase a buscar?

Le volví a discutir esa pretensión sin fundamento en un día festivo hasta que, finalmente, sus ruegos y la promesa de una compensación económica me ablandaron. Le dije que nos veríamos allí.

Llegué a las nueve y cinco, y me encontré a Parés en un estado de nervios poco habitual. Paseaba arriba y abajo del vestíbulo con brío atlético y bisbiseaba como si llamase a un gato. Cuando me vio entrar, suspiró con alivio.

—Gracias por venir. Sígame, tenemos poco tiempo. El señor Blanco nos está aguardando en su despacho.

De camino, le pregunté sobre las razones concretas del requerimiento de mi presencia; pero hizo señas de que me apresurase y no me respondió.

El señor Blanco nos estaba esperando de pie, con la espalda apoyada en la ventana. Se acercó en cuanto aparecimos por la puerta y me dio un vigoroso apretón de manos que estaba cargado, también, de una tensión que no comprendí. Me invitó a sentarme en torno a una mesita redonda que había en un rincón, donde había dispuesto unos pastelitos y un hervidor de agua eléctrico.

—Tome lo que guste —indicó.

Señaló un recipiente lleno de bolsitas de infusiones y sobrecitos de café. Me preparé un té.

—Le agradezco que se ponga a nuestra disposición —agregó—. Enseguida llegará Helios del hospital.

—¿Le ha pasado algo? —pregunté con preocupación.

—No, no. Se encuentra perfectamente. Verá, Fuentes, estamos en un aprieto… ¿Quiere un poco de leche?

Negué con la cabeza, escamado por tanta amabilidad, y me acomodé en la butaca con la bebida caliente entre las manos. Parés se sirvió un café descafeinado.

—Y bien, ¿qué precisan de mí? —indagué.

El señor Blanco me comunicó que el empresario de cosméticos no se había recuperado todavía del shock anafiláctico y que el director de Autochoques Voladores se había partido la muñeca en un accidente de coche. Saboreé mi infusión con aire tranquilo, sin desvelar que estaba al tanto de esa parte de la debacle. Supuse que querían que distrajese a los periodistas mientras buscaban la manera de salir del paso.

—Nos han fallado los dos turistas y en la base espacial nos esperan mañana a primera hora —continuó—. Helios ha aceptado sustituir a uno de ellos; por eso le estamos haciendo la revisión médica de rigor. Usted se la hizo hace tres días…

Escupí el trago de té que acababa de sorber y me puse en pie de un brinco.

—¡No puedo creer lo que me está pidiendo! —grité.

Parés dejó la taza de café en la mesa con un enérgico golpe y se levantó también.

—No es el señor Blanco quien se lo pide, sino "That's", la empresa para la que trabaja —aclaró, y siguió hablándome como si él formara parte de la cúpula directiva—. Le hemos perdonado muchas torpezas y ahora ponemos en sus manos nuestro prestigio. Le ofrecemos que nos represente en nuestro bautismo espacial y publicite la marca desde un mirador tan excepcional como la Estación.

—¡Ni hablar! —le corté.

—No podemos perder la vez ni hacer el ridículo —repuso, elevando el volumen de su voz—. Por suerte, no hemos revelado el nombre de la persona que íbamos a enviar al espacio. Piénselo antes de negarse. La millonada perdida en marketing pesaría lo suficiente como para que el Departamento de Recursos Humanos indagase en su historial. Enseguida descubrirían que no era la primera vez que hacía perder a esta empresa mucho dinero; le recuerdo que frustró la implantación de avanzados robots ayudantes. Es usted un rebelde sin causa. En su tienda actual, también dio problemas a principios de año.

Se me estaban hinchando las narices. El señor Blanco intervino con maneras conciliadoras.

—Escuche, Fuentes, entendemos que la sorpresa le haga recular; es normal que esté asustado. Mire, llevo unos cuantos años acompañando a turistas al espacio y puedo asegurarle que está usted más capacitado que muchos de ellos. Ha sacado el curso con sobresaliente de media, si dejamos aparte el aprobado visceral del doctor Pinxo. Es socorrista, sabe bucear, ha practicado en los simuladores y...

—¡Y le han centrifugado varias veces! —lo interrumpió una voz alegre desde la puerta. Mi amigo acababa de llegar.

—¡Helios, menos mal que estás aquí! —exclamé con alivio, y me acerqué a darle un abrazo—. ¡Háblales, diles que esto es una locura!

—¡Una maravillosa locura! —concretó—. Como ha dicho el señor Blanco, estás bien preparado. No tienes motivos para preocuparte. Nuestro sueño se va a hacer realidad...

¿Nuestro?, me pregunté. Helios continuaba:

—... Acariciaremos las estrellas, nos extasiaremos con la imagen del planeta azul, probaremos la microgravedad. ¡Despegaremos de la Tierra hacia el espacio exterior!

—Helios, todavía estás en ayunas, ¿verdad? Vamos a almorzar a la cafetería y luego te darás cuenta de que esto es una insensatez —le rogué, al tiempo que lo agarraba del brazo y le intentaba conducir hacia la puerta.

Parés volvió al ataque.

—No quería usar el accidente como arma, pero veo que no me queda más remedio —alegó—. Sabemos que anteanoche quiso participar en una carrera ilegal y que, poco antes de empezar, se enzarzó en una desagradable pelea con el doctor Pinxo, su piloto, al que luego abandonó a su suerte. Sabemos que fue sustituido por el director de Autochoques Voladores y que usted lo permitió, pese a ser consciente de que ponía en peligro a nuestro turista...

—Sabemos —le interrumpió el señor Blanco, al ver mi expresión cada vez más airada— que quiso detener la carrera, que se quedó a vigilar y aplicó la primera cura de urgencia a los accidentados. Luego los acompañó al hospital y los llevó a sus respectivas casas una vez los hubieron atendido. Es usted nuestro hombre, Fuentes. No tenga miedo. Nunca vivirá otra experiencia semejante.

¡Eso no lo dudaba!

—Si usted no vuela, el doctor Helios no podrá ir —informó Parés.

Me volví a mi amigo.

—¿Es eso cierto? —le pregunté.

—No lo hagas por mí, Josep. Tienes que estar convencido.

—Por exigencia del comité de control, hemos tenido que comunicar ya sus nombres —explicó el señor Blanco—. Nos han advertido que no permitirán más cambios. Si alguno de ustedes falla, entrarán en la lanzadera los dos científicos que tenían previsto volar dentro de quince días. Al parecer, están dispuestos a adelantar su viaje.

Tres miradas muy fijas convergieron en mí. Los ojos de Helios parecían dos estrellas masivas a punto de estallar y convertirse en supernovas.

Para poder reflexionar, les di la espalda y me acerqué a la ventana que daba al interior del local. Aunque era domingo, había bastante gente entrenando en las máquinas. Ninguna de aquellas personas hubiese vacilado en aceptar aquel pasaje regalado a la ISS; pero yo no podía dejar a un lado los riesgos que comportaba salir de nuestra protectora atmósfera. No iba a jugarme la vida por no quedar mal con mi empresa o por miedo al despido. No obstante, me pregunté si corría un gran peligro. Seguro que era más fácil morir en la carretera que en un cohete… Claro que el riesgo no era nulo; aunque si seguía esa máxima, no podría moverme de casa. Debía admitir que mi miedo tenía poca base. Como mucho, se me hundirían los ojos durante el despegue... Puede que se me quebraran los huesos… Volví a acobardarme; pero como ningún astronauta se había partido en pedazos, acabé desechando ese argumento. En realidad, me veía más capaz de hacer ese viaje que de girarme y decirle a Helios que no iba. Ese hombre nos había ayudado mucho, y yo carecía de una razón de peso que excusase mi negativa.

Me volví y me encontré con miradas penetrantes y bocas apretadas. El aire se había hecho denso y costaba respirarlo. Tuve que inspirar con fuerza para poder hinchar mis pulmones e insuflarme ánimos.

—Quiero estar de vuelta antes de Navidad —exigí.

Para la rueda de prensa, aparecieron el director general de "That's", el director del Área de Comunicación y unos cuantos ayudantes, entre los que se encontraban un cámara y un técnico de sonido. Helios y yo tuvimos que subir a la palestra, después del discurso de esas grandes personalidades, y contestar a las cuestiones de los periodistas. Luego el equipo de marketing de mi empresa me condujo a una sala aparte para filmar una entrevista que formaría parte de los documentos publicitarios. En conjunto, todo fue bien. La posterior llamada telefónica a Nadia, no tanto.

—No es una broma, cariño —aseguré—. Nos vamos en avión esta noche a la Guayana… A la Guayana, sí. Se ve que ya lanzan de todo desde ahí, no solo satélites. Escucha, esta tarde, a las seis, hay un cóctel de despedida. Tráeme diez mudas cómodas, mi neceser... No puedes venir antes porque quieren acabar de prepararnos. Llama a mi madre y se lo explicas. La quiero ver antes de despegar… No, no estoy asustado… ¡Pues quiero ver a mi madre para que no se asuste ella, para qué va a ser! Avísala antes de que vea las noticias del mediodía en la televisión… Sí, saldremos en las cadenas principales… ¡Pues, aunque no lo parezca, sí que me hace mucha ilusión!... ¡No estoy enfadado! ¡Es que tengo la sensación de que no quieres que vaya!... ¿Claro que no? Perdona, estoy un poco nervioso… No, no me obliga nadie. Por favor, apunta las cosas que necesito…

Nada más colgar, los dos astronautas veteranos, que me flanqueaban casi desde que había aceptado el vuelo, me prestaron un chándal. Luego me acompañaron a hacer unas breves prácticas en los simuladores y, para mi desgracia, me volvieron a centrifugar; no llegué a aclarar si fue por órdenes superiores, para acabar de prepararme, o por hacerme un último bromazo. Después de la comida, me dejaron descansar en una sala cercana al despacho del señor Blanco. Había un amplio sofá y no dudé en estirarme en él.

No había visto a Helios desde la rueda de prensa. Se había encargado del papeleo y, después, se había marchado a casa a hacer la maleta. A solas, en aquel sitio ajeno, preludio del lugar extraño al que me dirigía, me empecé a sentir muy mal. El corazón me latía con fuerza. ¡Me iban a introducir en un cohete y me iban a enviar a cuatrocientos kilómetros de la Tierra! ¡Cuatrocientos, en vertical!

Para serenarme, me puse a recordar las enseñanzas de Paula.

. . .

Llamaron a mi puerta cuando estaba empezando a visualizarme como polvo estelar. Si venían a buscarme para otra sesión de centrifugado, lo tenían claro. Me levanté y abrí dispuesto a luchar.

Me encontré a Leila con un índice sobre sus labios para indicarme que no debía hablar en voz alta. No entendí el motivo de su cautela, pero asentí con la cabeza conforme la haría caso.

—Leila, ¿qué haces aquí? —murmuré.

—He llegado con mi padre hace veinte minutos —susurró—. ¿Puedo pasar?

Se deslizó hacia el interior sin esperar respuesta y se dirigió hacia el fondo de aquella estancia. Cerré la puerta y la seguí.

—Tengo ganas de ver a Helios —comenté—. ¿Dónde está?

—En la piscina. Me ha dicho que quería relajarse.

Así pues, mi amigo también estaba nervioso.

—No levantes la voz, aunque te inquiete lo que te diga —avisó.

Cogí una silla y me senté a su lado. La robot estaba muy misteriosa. Prosiguió:

—Josep, ¿no te ha extrañado tu repentina elección? ¿Y la de mi padre, que solo tiene ahorrada una veinteava parte del pasaje? A ti te paga el viaje tu empresa, pero él se lo tendría que costear.

—¿Eh?, bueno, creo que a mí me han escogido como un mal menor, y Helios es un científico prestigioso —razoné.

—No conoce los experimentos que se están llevando a cabo en la Estación y no le dará tiempo, ni siquiera, a familiarizarse. Solo vais a permanecer allí cinco días, y los astronautas no os dejarán tocar nada. Subiréis, contemplaréis la Tierra y os pasearéis por los módulos de la ISS acompañados siempre por alguno de sus habitantes.

—Algo más haremos, digo yo.

—Pues las actividades necesarias para satisfacer vuestras necesidades fisiológicas: comer, hacer ejercicio físico, asearse, ir al baño y dormir. Como sois turistas, os dedicaréis, únicamente, a observarlo todo para poder relatarlo a la vuelta.

Le valoré esa actividad. A los seres humanos nos gustaba abrir bien nuestros sentidos y captar en todos sus matices las maravillas que contemplábamos. Disfrutábamos de la vida estimulando nuestras emociones. Me puse poético y añadí:

—Si el arraigo de un recuerdo en la memoria es más duradero cuanta más emotividad cargue, contemplar la Tierra desde la Estación Espacial Internacional incendiará un fuego interno cuyos rescoldos nos acompañaran siempre. Si no podemos ayudar en nada, no importa. Subiremos, sentiremos y atesoraremos esas vivencias únicas el resto de nuestra larga vida. Tu padre desea con toda su alma flotar en el cosmos. Deberías estar contenta de que pueda hacer realidad su sueño.

—Y tú deberías cuestionarte por qué le hacen este regalo tan costoso. Los humanos buscáis cumplir vuestros sueños; pero no soléis facilitar que otros los alcancen a menos que obtengáis algo a cambio.

—¿A dónde quieres ir a parar, Leila?

—Josep, viajas con mi padre a la ISS dentro de dos días. Es una decisión precipitada y carente de motivos lógicos. No habéis seguido el entrenamiento completo de un turista espacial. Ni vuestros conocimientos ni vuestra preparación física y psicológica son suficientes para abordar con plenas garantías el despegue y la aclimatación al espacio exterior. Si tuviera que poneros nota, no os aprobaría.

—Como profesora, eres un hueso.

—En concreto, os falta fortaleza mental —afirmó.

—No eres una experta en psicología humana, créeme.

—Pese a algo tan evidente —prosiguió—, os envían a vosotros en vez de a los siguientes de la lista de espera internacional, personas que han sido formadas durante seis meses.

—Hemos estado entrenando en los simuladores, y a mí me han centrifugado cuatro veces, contando la de hoy —me defendí, molesto por lo que consideraba un menosprecio.

—No es una decisión racional —insistió—. Hay que considerar otros factores.

—¿Cuáles?

Bajó la mirada y frunció la frente, como haría cualquier ser humano confundido o preocupado.

—Soy un robot y me rijo por mis programas —declaró—. No obstante, esa subordinación no me impide percibir si mis actos condicionados favorecen o perjudican al que interacciona conmigo. ¿Recuerdas cuando te apliqué una descarga eléctrica?

—Aún lo tengo en la memoria, sí.

—Eso no te benefició. Ni tampoco obtuvieron ninguna compensación aquellos adolescentes a los que disparé dardos.

Leila no subía la mirada. ¿Podía sentir vergüenza un robot? ¿Por qué siempre estaba a solas con ella en esos turbadores momentos?

Continuó fustigándose.

—Cuando Roberto me ordenó que os hablara solo lo imprescindible, tuve que reducir al mínimo la aplicación de mi programa de buena conducta. Cada mirada herida de Jessica, cada demanda de ayuda que os denegaba restaban puntos en el contador de los actos educados.

Así pues, ella había sido la primera en ponerse puntos negativos.

Intenté consolarla.

—Bueno, Leila, aquello pasó y está casi olvidado. Todos cometemos errores.

Alzó la vista y su mirada se posó dulcemente en mí.

—A mí me es imposible olvidar.

Consiguió darme pena. Me era imposible pensar con lógica cuando estaba con esa robot; podía conmigo.

Continuó hablando con su tenue y aterciopelada voz.

—Es de suma importancia que los humanos preveáis mis actos y los comprendáis, de lo contrario, me enfrento a la desconexión. Para combatir ese peligro, me puse a investigar los motivos que subyacían en la aprobación de comportamientos que, según mi criterio, no eran razonables.

O sea, quiso averiguar por qué éramos tan insensatos.

—… El becario se prestó a ayudarme…

¡Vaya uno!

—… Al cabo de un tiempo, advertí que la correspondencia entre las situaciones y las respuestas que me enseñaba tenía un grado de fiabilidad alto en los ámbitos de donde los extraía, pero no se podía generalizar. Decidí usar la nueva versión de mi programa *eye-heart* y fui anotando como correcta la conducta más admitida en la mayoría de las circunstancias. Acabé mi formación de manera autodidacta, así que puedo afirmar que soy la única responsable de la toma de datos que he efectuado.

No entendí a qué se refería y se lo pregunté. Me lo aclaró:

—He estado espiando.

—¡Cómo! ¿Y este es el comportamiento más reconocido, según tu opinión?

—Me mueve un motivo muy aceptado: la protección de las personas que me importan.

Me quedé pasmado: ¡la robot se intranquilizaba por nosotros! ¿Qué diría Nadia al respecto? Había asegurado que el cerebro cibernético equivalía a la parte libre de sentimientos de nuestro neocórtex, la capa más externa de nuestro cerebro, residencia de la razón. La cuna de las emociones se mecía en las capas inferiores, las que se habían desarrollado en nuestras distintas etapas evolutivas, desde los reptiles hasta los primates. Ese conjunto, formado por un cerebro de serpiente, uno de un mamífero insectívoro (como el de un topo), otro de un mamífero omnívoro (como el de un oso), más el de mono, era el que nos hacía totalmente humanos. Entonces, ¿de dónde provenía la preocupación de Leila? Si surgía de la pura lógica, debía alarmarme; pues la exageración que podía crear un sentimiento no cabía en un análisis racional.

Cierto desasosiego recorrió todas mis capas animales.

—Escucha, Josep —continuó—. La lista de espera para los vuelos orbitales está formada por los turistas que se apuntan y preparan a través de las agencias de viajes espaciales de todo el mundo. Pues bien, he averiguado la identidad de la persona que ocupa el primer lugar. Se trata del director general de la cadena de ropa deportiva Triatlón. Si no me equivoco, esa empresa es la mayor competidora de vuestras tiendas "That's Sport".

Asentí y agregué que existía un encono particular entre los dos presidentes. Leila consideró que ese era otro punto importante más para tener en cuenta.

—Si la E.F hubiese activado el protocolo de sustitución de emergencia, Triatlón hubiera entrado en juego —señaló.

—Y eso, a los que dirigen la E.F, ¿qué les puede importar?

—Son conscientes de que a los directivos de "That's" les disgustaría compartir protagonismo con la empresa adversaria. Las relaciones futuras se verían, con toda seguridad, afectadas. Josep, mi padre me ha enseñado que las decisiones imprudentes no siempre provienen de torpezas o errores, sino del intento de proteger los intereses particulares de alguno de los implicados. Advierte que, cuando el primer turista sufrió la reacción alérgica el viernes por la noche, la E.F no dio la alarma de inmediato. Confiaban en que se recuperase y, por ello, quisieron agotar el margen de tiempo del que disponían para activar la alerta. El aviso de un fallido debe comunicarse cuarenta y ocho horas antes, como mínimo, de las ocho de la mañana del día en que está previsto llegar a la base de lanzamiento. Se sigue el horario de París, que es el mismo que el nuestro. Si no se respeta ese margen de tiempo, no se asegura que el fallido pueda sustituirse siguiendo la lista internacional.

—¿Fallido?

Fruncí el ceño por su lenguaje descortés. La robot me entendió a la perfección.

—No incurro en una falta de respeto; se les llama así —se justificó, y luego prosiguió—. Llegáis el lunes a la Guayana. Eso significa que, si el turista no reaccionaba antes de las ocho de la mañana del sábado y seguían el protocolo, las dos empresas habrían despegado juntas. Pero el problema se les agrandó porque, a las cinco de la madrugada, llegó el segundo turista al hospital de la mutua con la muñeca rota. Ese segundo fallido dejaba a "That's" fuera del viaje e, inevitablemente, permitía la entrada a la persona escogida por Triatlón. Fueron conscientes de que el patrocinio de "That's" corría peligro y decidieron modificar el registro de la hora de llegada al hospital del directivo de Autochoques Voladores. En vez de las 5.15 a.m., apuntaron las 9.15 a.m. Ese retraso les proporcionaba la excusa que podrían argüir por no haber activado el protocolo hasta las once, lejos del tiempo mínimo. He accedido a estos datos forzando el sistema de seguridad del ordenador de la E.F. Son exactos.

Leila se había convertido en una *hacker*. Cuanto más humana se volvía, más delinquía. Continuó:

—Cuando no queda tiempo suficiente para avisar a otras agencias, la normativa internacional del viaje turístico espacial permite que sea la propia agencia del fallido quien se encargue de su sustitución. La E.F tenía la opción de enviar a dos personas de su lista particular y, de ese modo, dejar fuera las dos empresas; pero existía una alta probabilidad de que eso tampoco le gustara a "That's". Se pusieron en contacto con el señor Parés, director del proyecto conjunto, y le explicaron lo que había ocurrido. Podemos deducir ahora que, en efecto, los directivos de vuestra empresa no quisieron quedarse a las puertas y propusieron que seleccionaran a uno de los alumnos que acababan de finalizar el cursillo. No he encontrado ningún dato que nos aclare el motivo por el cual te seleccionaron a ti.

Porque debo de tener cara de voluntario, pensé.

—Por otra parte —añadió—, el turista afectado por el brote alérgico no se recuperó como esperaban; así que se acabó confirmando el problema de tener a dos turistas fallidos. Optaron, entonces, por llamar a mi padre. Alegan que ha sido elegido porque es tu amigo.

—Bien, sea como sea, estamos en forma y vamos a volar. No debes preocuparte.

—Desconoces una de las posibles consecuencias de esta jugada. El portavoz de Triatlón ha declarado a la prensa que van a investigar si todo se ha hecho con corrección.

—Bueno, pues, si cancelan el vuelo, mejor.

—No pueden detenerlo. La lanzadera despegará con los dos turistas y el relevo de astronautas, como estaba previsto. Sin embargo, podrían demandar a la E.F.

—¿En qué puede eso afectarnos? —pregunté. Me estaba poniendo nervioso.

—Un caso similar ocurrió hace cuatro años entre dos compañías aseguradoras. Entonces, solo se permitía la entrada de un turista en los vuelos. Una de las compañías enviaba a uno de sus empleados; pero, a última hora, el hombre sufrió un atropello que le rompió las dos piernas. La agencia de viajes espaciales encargada tampoco activó el protocolo a tiempo y lo sustituyó por otro empleado de la misma casa de seguros. De haberlo hecho, le hubiese tocado el turno a la otra compañía, ya que uno de sus directivos era el siguiente en la lista. El nuevo turista partió a la Estación. La compañía dejada de lado se apresuró a poner una denuncia, y la acusada culpó a su competidora de estar involucrada en el accidente de su primer empleado. El asunto se complicó tanto que ninguno de los países que enviaba lanzaderas se atrevía a traer de vuelta al turista, por miedo a que los inmiscuyeran en su sucia batalla. El empleado estuvo retenido cuatro meses en la Estación Espacial Internacional.

—¡Qué! ¡Eso no puede ser! Dentro de trece días es Navidad. ¡No puedo estar tanto tiempo fuera de este planeta! —exclamé, alzando la voz.

—No grites —me recordó—. Eso mismo creo yo. No estáis preparados; os falta fortaleza mental.

Esa vez, no repliqué.

—Y tengo una información de última hora que sugiere que existe un montaje organizado. Venía hacia aquí, por el pasillo, cuando oí pisadas a mi espalda: alguien subía las escaleras de forma apresurada. Cabía la probabilidad de que esa persona viniese a hablar contigo, y como no sabía si me estaba permitido verte, me escondí en la sala de reuniones que se encuentra entre este despacho y el del señor Blanco. Puse mi sensor auditivo al máximo y esperé. Las pisadas pasaron por delante de la sala. Oí que abrían la puerta del despacho del señor Blanco y, a continuación, habló una voz conocida; se trataba de Aura.

—¿Aura está aquí? ¡Genial! Necesito verla.

—Ya se ha ido.

Sentí cierta desazón.

—Te transcribiré la conversación que tuvo con su marido —dijo Leila.

—¿Su marido?

—El señor Blanco, director de marketing de la E.F.

—¡Qué extraño! Aura no me comentó que estuviese vinculada con la agencia espacial.

Un presentimiento indefinible me tensó. Rogué a Leila que iniciara la trascripción.

—Escucha, Josep. Cito:

«Aura.—Me acabo de enterar por la televisión. ¿Qué es eso de que Josep y Helios son los nuevos turistas? ¿Habéis perdido el juicio?

Señor Blanco.—¡Vaya manera de entrar! Siéntate, querida; te lo explicaré con calma.

Aura.—¿Por qué los habéis escogido a ellos? ¿Cómo es que los fallidos no han sido sustituidos por los primeros de la lista de espera?

Señor Blanco.—No activamos el protocolo con el margen de tiempo suficiente. Mantuvimos una confianza excesiva en la recuperación del empresario de cosméticos. El otro turista se accidentó ayer por la mañana, también demasiado tarde para dar la alerta. No queremos que la relación con "That's" se deteriore. Llevan un mes publicitando el inicio de su andadura espacial y, si ahora se frustrara, podríamos perder su apoyo. Este es el motivo por el que propusimos a Josep que representara a su empresa. Por otra parte, Helios está apuntado en la lista de vuelos orbitales. Es cierto que no le toca todavía, pero tenemos la libertad de elegir a quién queramos, y el doctor es amigo de Josep. Es importante que los turistas espaciales conecten bien entre sí.

Aura.—No me convence esa explicación. Lleváis siete años enviando turistas al espacio y nunca habéis cometido ningún error. Vuestras bromas se están haciendo peligrosas. Cuando me pedisteis que convenciera a Josep para que se apuntase al cursillo, no pensé que… Creí que queríais conocerle, no que…

Señor Blanco.—Te estás imaginando cosas raras. ¿A qué viene tanto lamento? Van a vivir una experiencia que es inalcanzable para la mayoría de las personas. Están bien preparados. Han sido entrenados por Tesón y han hecho prácticas en los simuladores.

Aura.—¡Cómo no me di cuenta! No necesitaban seguir ese duro entrenamiento físico. ¡Lo teníais todo planeado desde el principio! Supongo que Helios estará encantado; pero ¿cómo habéis convencido a Josep? ¡No habréis usado la oxitocina!»

A continuación, Leila emitió un grave y sonoro gruñido. Me sobresalté y la miré con asombro.

—Discúlpame, Josep. En ese momento, han alzado más la voz y sus palabras han empezado a atropellarse. Como estoy hablando con el volumen muy bajo, no consigo definir bien su diálogo; así que te haré un resumen. Aura sostuvo la acusación de que te habían tendido una trampa y exigió que se cancelaran vuestros pasajes. El señor Blanco le contestó que estaba todo en marcha y que ya no era posible dejaros en tierra. Entonces, Aura quiso veros, pero su marido le mintió y le dijo que os habíais ido los dos a casa, a hacer la maleta. Le aseguró, también, que la avisaría en cuanto volvieseis. Discutieron un poco más y, luego, Aura se marchó. De inmediato, el señor Blanco llamó a los guardas y les ordenó que os vigilasen estrechamente. Mandó que no os dejaran hablar con nadie que no estuviese autorizado por él. Tampoco podéis comunicaros con el exterior.

Recordé que mi móvil se encontraba en el bolsillo de mi traje y que los vigilantes lo habían guardado en la garita, junto con el resto de mis cosas. Me habían prestado un chándal, para que pudiese ejercitarme en los simuladores con comodidad, y después de la ducha, me habían dado otro limpio.

Leila continuó:

—Si proferís alguna queja, aducirán que es necesario que permanezcáis tranquilos. No podréis ver a vuestros familiares y amigos hasta esta tarde, en la fiesta de despedida, y para entonces, será demasiado tarde para renunciar a este viaje. No os lo permitirán. Saldréis rumbo al aeropuerto a las ocho de la noche. Eso es todo; no quise escuchar más. En cuanto oí que los vigilantes asumían esas órdenes, no esperé a que saliesen y me impidiesen el paso. Vine a toda velocidad hacia aquí.

Me estaba empezando a doler el estómago. Me acerqué hacia la puerta y la abrí un poco. Toro estaba de pie, con la espalda apoyada en la pared de enfrente. Cuando me vio asomar, caminó hacia mí. A su "buenas tardes", le contesté con una estampación de la puerta en las narices. Respiré dos veces y la volví a entreabrir. "Buenas tardes, otra vez", dijo. Se la volví a cerrar en los morros. Me giré a Leila muy alterado y chillé en susurros:

—¡No entiendo nada! ¿Qué pasa aquí? ¿Qué pretenden? ¡No soy nadie importante! ¿Qué clase de intereses ocultos hay? ¿Tú sistema de computación puede aportar otra teoría? ¿Qué es la oxitocina?

—Es una hormona que facilita el parto y la lactancia.

Pasmo absoluto. Leila prosiguió:

—También influye en el establecimiento de relaciones altruistas, ya que estimula la empatía y reduce el miedo social. Me he metido en internet mientras dialogaba contigo. Se venden aerosoles de oxitocina, y la publicitan como una gran inductora de la generosidad. Aura debe de referirse a que la han usado para impulsarte a hacerles este favor.

—¡Tenemos que salir de aquí!

—Os ayudaré.

Lo expresó con tanta determinación que consiguió tranquilizarme un poco.

—Hemos de trazar un plan —aconsejó—. Lo difícil será convencer a mi padre. Está entusiasmado con este viaje, y he advertido que, cuando los humanos sentís una fuerte emoción, se os bloquea parte del raciocinio.

—Leila, queda poco tiempo. Acércate a una comisaría.

—La policía no me creerá: soy una indocumentada y la historia es inverosímil. Puedo, internamente, enviar un mensaje a una persona de confianza.

—Perfecto. Avisa a Nadia. No comprenderá qué ocurre, pero nos sacará de aquí.

Le facilité su correo electrónico.

—Datos grabados —confirmó—. Si mi padre no nos hace caso, le enviaré una petición de ayuda.

—¡Hazlo ahora!

—Debemos hablar primero con mi padre. Salgamos a verlo. Le diremos al vigilante que quieres ir a nadar; no creo que te lo impida.

Abrí la puerta sin reservas, con Leila a mi lado. Toro, que seguía haciendo de muralla, se extrañó al ver a la robot.

—Buenas tardes, señorita Leila. No la he visto entrar.

—Ha venido a despedirse —dije para excusarla, y di un paso hacia fuera.

El guarda alzó su manaza y me detuvo.

—Un momento, Fuentes. ¿Dónde va? Es su hora de descanso.

—Leila me ha dicho que Helios está nadando en la piscina. Creo que un chapuzón me iría bien para serenarme. Entienda que no todos los días le ponen a uno en órbita.

Me miró de arriba abajo.

—¿Y se bañará en pelotas?

Leila me salvó.

—Mi padre ha traído dos bañadores —aseguró.

El guarda nos observó un instante con el ceño fruncido, sopesando si debía ser flexible ante aquella belleza y aquel pobre diablo al que habían enredado.

—Está bien. Los acompañaré a la piscina —accedió al fin—. Por cierto, señorita Leila, algún día me tiene que explicar cómo es posible que el doctor Helios sea su padre —dijo, y echó a andar con aire marcial.

El hombre desconocía que estaba hablando con un androide.

Atravesamos la galería y bajamos todos en el ascensor hasta la planta baja. Por nuestras caras solemnes, se diría que íbamos a un entierro.

Toro entró en el vestuario con nosotros y cerró la puerta con llave; una acción que me convertía en prisionero. Luego salió por el acceso que daba al interior de la piscina para que pudiese cambiarme con intimidad.

Leila abrió la maleta que había dejado Helios encima de un banco, rebuscó en su interior y me pasó un calzoncillo de su padre, un sencillo slip blanco.

—Esto ni es un bañador ni lo puedo hacer pasar como tal —me quejé.

—Lo sé. He mentido.

Cuanto más humana se volvía, más defectos tenía.

Me podría haber quedado con mi bóxer a rayas si lo hubiera llevado puesto; pero, después de la ducha, tras la centrifugación, lo había dejado para lavar junto con el primer chándal prestado. Esperaba las mudas que Nadia iba a traerme para volver a vestirme interiormente.

El vigilante tuvo la delicadeza de no comentar nada al verme salir con el slip. Advirtió a Leila de que, vestida, iba a pasar calor y se marchó. Supuse que se quedaría haciendo guardia en la puerta exterior del vestuario.

Helios estaba haciendo el muerto en medio de la piscina. Salió del agua al oír nuestras llamadas y se acercó. Fue amable también y no se burló de mi aspecto. Me preguntó, tan solo, si el slip que llevaba puesto le pertenecía.

—Pues sí. O me ponía esto o salía en cueros —dije.

—Bien, me alegro de verte. Tengo que explicarte…

—Espera, Leila ha descubierto algo importante.

—Está bien. Habla, Leila —aceptó.

La robot le comunicó lo que había averiguado sin omitir la manera en que había obtenido la información. Helios se puso muy serio cuando escuchó que había hurgado en el ordenador principal de la E.F y quiso saber cómo había conseguido piratearlo. Todavía puso peor cara cuando Leila confesó que le había mangado su ordenador portátil mientras estaba ocupado preparándose la maleta y, a través de la conexión directa que tenía como empleado y profesor, había accedido a los datos que guardaba la agencia de viajes. Excusó su falta de sinceridad alegando que el propio Helios había alzado una orden de bloqueo. Justo después de darle la noticia de nuestro viaje, le había mandado que guardase silencio absoluto porque tenía poco tiempo para llevar a cabo los preparativos.

Me desconcertó que mi amigo no mostrase sorpresa ni temor ante la información que estaba recibiendo. Solamente parecía preocupado por el deterioro moral de su robot. Cuando Leila inició la trascripción del diálogo entre Aura y su marido, Helios mostró un gran desaliento.

—Se ha convertido en un espía —lamentó.

Leila acabó, y Helios alzó la vista al techo de la piscina. Esperaba que no estuviese calculando a qué exponencial tendría que elevar la potencia de la Tau. Suspiró y me miró.

—Leila ha aprendido a hacer deducciones certeras. Debo enseñarle, tan solo, a usar métodos no delictivos para hallar la verdad.

—¡Lo sabías todo! —me indigné.

—¡Esto era lo que quería contarte! —se defendió—. Escúchame, por favor. El viaje me emociona, sin duda alguna, pero no me deja ciego. Esta mañana, mientras el director general de la E.F me hacía la revisión médica… Por cierto, no sé si te he comentado que es médico y trabaja en el hospital de la mutua.

Negué con la cabeza; Helios siempre se dejaba cosas en el tintero. Continuó:

—Bien, pues, he querido saber por qué nos habían elegido a nosotros y, en especial, a mí, que no puedo pagar todo el importe del viaje. Su justificación ha sido idéntica a la que el señor Blanco ha ofrecido a Aura. Yo conocía por ti la hora en que vuestro turista había sufrido el accidente, así que, o bien me estaba mintiendo, o bien a él también le habían engañado. Me ha dado la impresión de que no estaba al corriente de la verdad y, por eso, he hecho ver que aceptaba sus explicaciones y no he querido sacarle de su error. El doctor Blanco es un hombre muy recto y…

—¿También se apellida Blanco? —lo interrumpí.

—Sí, es que son familia: es el padre del señor Blanco. Como te estaba diciendo, no he querido comentarle nada porque prohibió las carreras, y no sabía si su hijo, que no las permite pero hace la vista gorda, le había ocultado el asunto. Me he esperado hasta que he podido estar a solas con el señor Blanco, el hijo, y he tenido una charla con él. No ha tenido más remedio que admitir que registraron la hora del accidente con un retraso de cuatro horas. Como estábamos poniendo las cosas en claro, le he forzado a hacer más confesiones mediante el método —se volvió un momento a Leila y le dijo que tomara buena nota—, mediante el consabido método de farolear que uno está al tanto de todo y, por tanto, se puede ir de la lengua.

Creo haber señalado que Helios no tenía un pelo de tonto. Siguió:

—Conozco bien el funcionamiento del sistema. A consecuencia del conflicto que hubo entre las compañías aseguradoras, el que ha comentado Leila, se añadió una cláusula a la normativa internacional de los viajes turísticos espaciales, por la que se prohibía que una persona que no estuviese en la lista de espera pudiera sustituir a un fallido. Pero, también, hubo un acuerdo tácito que, al no quedar por escrito, Leila desconoce, y cuyo incumplimiento por parte de una agencia la desprestigia tanto que puede bloquear su acceso a las lanzaderas. Este acuerdo obliga a que el sustituto esté apuntado en la lista particular, y este hecho notificado a la general, al menos diez días antes del fallido. Se pretende evitar así acciones imprudentes. Por eso, sabía que el señor Blanco lo había preparado todo de antemano; pero no tenía claro si te tenía en reserva por lo que pudiese pasar, Josep, o porque ambicionaba que los dos turistas espaciales estuviesen vinculados a "That's", dado que tal acontecimiento hubiese anudado la alianza para muchos años. Me parecía excesivo que hubiera atentado contra la salud del empresario de cosméticos para que su plaza quedara libre y pudiese ponerte a ti en su lugar; pero le expresé mis sospechas porque, al fin y al cabo, las pruebas médicas de alergia son exhaustivas. A continuación, y con mayor firmeza, lo acusé de haberme utilizado para que te entrenase en los simuladores, algo de lo que no me cabía la menor duda, y le afeé ese abuso de confianza con bastante sentimiento. Ahí me detuvo y se sinceró. En efecto, te había estado entrenando a través de mí...

Di un respingo. Helios continuaba:

—..., pero no para sustituir al empresario; pues su shock alérgico fue inesperado. Creen que lo originó algún alimento inhabitual en estas tierras, traído por el ansia de exquisiteces de Pol. Lo que el señor Blanco temía era la retirada del otro turista, el directivo de Autochoques, pues a medida que se acercaba la fecha del despegue, se mostraba más inseguro y miedoso. Cuando nos vio discutir con el vigilante por el acceso a los simuladores, se le ocurrió que uno de los cursillistas podría servir perfectamente para ocupar el sitio de ese turista, en el caso de que fallara. Como empleados de "That's", podríais salvaguardar la buena relación entre la E.F y vuestra empresa. Pidió informes de los alumnos a los profesores y, puesto que habías demostrado interés, empezó por revisar el tuyo. Las respuestas le agradaron: buen carácter, sociable, generoso, amable, culto, con una amplio acervo de inquietudes y aficiones....

Me sentí, tontamente, orgulloso.

—... A nivel físico también dabas la talla. Gozas de buena salud y eres fuerte. Te eligió y te apuntó en la lista...

En aquel lugar se llevaba mucho el voluntariado obligado.

—... Como el señor Blanco ya contaba contigo, no activó el protocolo cuando se accidentó el directivo de Autochoques. Uno de los astronautas veteranos le informó sobre las circunstancias que habían rodeado el accidente: la carrera ilegal, tu discusión con el doctor Pinxo, etc. Supuso que Parés lo averiguaría todo en cuanto hablara con vuestro cliente; así que, cuando lo llamó para darle la mala noticia, se avanzó y le notificó lo ocurrido sin omitir nada. Luego le propuso sustituir al fallido por ti. Tu jefe no creyó que aceptaras por las buenas. Dijo que habías puesto como condiciones para apuntarte al cursillo la vuelta inmediata a tu tienda a su finalización y no ser requerido para hacer de guía turístico, ni para nada que supusiera moverte de tu puesto de trabajo, hasta después de Reyes. Añadió que insististe mucho en esa cuestión, aunque

501

desconocía el motivo, y te calificó de terco hasta la exasperación. Consideró que la mejor estrategia sería culparte por permitir que el cliente corriera en tu lugar y exigirte una compensación por ello. También sugirió que no se te comunicara nada hasta el día siguiente, a primera hora, para usar la inminencia de la rueda de prensa como otro elemento de presión. El señor Blanco asegura que no apoyó esa manera de enfocar el asunto; no obstante, no puso objeciones en aplazar el aviso. Hay cosas, declaró, que, si tienes mucho tiempo para darles vueltas, acabas por no hacerlas.

Eso era cierto.

—… Llegó la noche, y el empresario no mejoró. Tenían que buscar a otro sustituto. El señor Blanco pensó en mí. Estoy apuntado en la lista, acabo de repasarlo todo al enseñártelo a ti, ansío volar al espacio y, sobre todo, soy amigo tuyo, lo cual facilitaría mucho que accedieras a su petición.

—Y así fue, y no comprendo que hayas tardado tanto en desvelarme esta celada —recriminé, dolido por su falta de transparencia.

—Escucha, Josep, en cuanto salí del despacho del señor Blanco, te busqué para explicártelo; pero te estaban centrifugando y pensé que no era un buen momento. No deseo que te niegues a volar, lo admito, por eso quise encontrar una ocasión mejor. Entiendo que estés enfadado; adopté una postura cobarde, aplacé la revelación de esta historia y me marché a hacer la maleta. No pude volver pronto porque quise ir a despedirme de mi padre. Si no estoy de viaje, le voy a ver casi todos los días. Tiene la movilidad reducida y no podrá venir al cóctel. Le cuida uno de mis robots lavadora; uno al que le he instalado la última versión de mi programa *eye-heart* de ayuda hospitalaria. Cuando regresé, lo primero que hice fue preguntar por ti, pero me dijeron que estabas durmiendo.

—Estaba meditando con los ojos cerrados —aclaré.

—Por favor, piensa con frialdad antes de cambiar de parecer. Es cierto que el señor Blanco ha llevado muy mal este asunto. Ha maniobrado a nuestras espaldas y se ha aprovechado de nuestra amistad. Sin embargo, las consecuencias de todo esto nos favorecen. ¡Son magníficas para nosotros! Ni tú ni yo podemos costearnos este viaje. Cuando llegue mi turno, es poco probable que haya conseguido ahorrar todo el valor del pasaje; la verdad, no creo que mis patentes me hagan tan rico, así que no tenía esperanzas de poder volar. Me atrevo a pedirte que reflexiones sobre el regalo que nos están brindando y pases por alto las maquinaciones del señor Blanco. Cuando Parés usó armas mezquinas, no te negaste a viajar. Leila te ha metido ahora miedo, dudas; pero las cosas más bellas se encuentran detrás de incomprensibles temores. Si quieres gozarlas, tienes que apartarlos.

Ese final lírico se lo desgarró la robot.

—No todas las cuestiones han quedado claras —proclamó—. Por ejemplo, Aura nombró la oxitocina, la hormona de…

—¡Blanco y Aura están casados! —interrumpió Helios en un tono exasperado—. ¡Los he oído bromear otras veces respecto al supuesto poder de esa hormona!

—Insisto en que…

—¡Deja de preocupar a Josep! No todos los comportamientos humanos siguen una lógica estricta.

—Eso es lo peligroso —censuró la robot.

—Leila, no me dejas otra opción. Te ordeno que te alejes de Josep y que no intentes ayudarlo de ninguna forma. No quiero que hables con nadie sobre este tema.

—¿Ni siquiera me podré despedir?

Helios se ablandó.

—De acuerdo, esta orden quedará anulada a la hora del cóctel para que puedas decirle adiós. Y ahora, por favor, déjanos solos.

Leila salió del recinto, y Helios se quedó callado, sin atreverse a ofrecerme más argumentos a favor del viaje. Me miraba de reojo, con la cabeza baja. Le pregunté:

—¿Puedes asegurarme de que volveremos en una semana, que no nos abandonarán allí si "That's" y Triatlón se pelean?

Mi interés le esperanzó.

—A consecuencia de aquella guerra entre las compañías asegura-doras, se anularon muchas reservas y el negocio espacial se tambaleó —explicó—. Lo recuperaron suscribiendo un acuerdo de obligato-riedad de retorno que firmaron todas las agencias y compañías aeroespaciales.

Reflexioné unos momentos. Fuera por el motivo que fuese, se me ofrecía un viaje único al que pocas personas en la Tierra podían acceder. ¿No me arrepentiría toda la vida si lo despreciaba? Y debía tener en cuenta que mi rechazo malograría el sueño de aquel hombre de ojos desorbitados que tenía ante mí.

Respondí a esa mirada intensa con media sonrisa.

—No sabía que eras tan gallina —reprobé.

Lo empujé hacia la piscina. Se revolvió riéndose e hizo fuerza para tirarme a mí, pero gané yo. Me tiré seguido a su zambullida y empecé a nadar a buen ritmo; necesitaba liberar la energía que había acumulado por la tensión. Luego imité a Helios y me puse a su lado, flotando boca arriba.

Cerré los ojos. Así flotaría dentro de poco, pero en el aire, imaginé. Helios comentó:

—¿Sabes por qué le puse Leila a mi robot?

Susurré que no.

—Es un nombre árabe —explicó—. Significa hermosa como la noche. Nada hay más bello para mí que un cielo estrellado. Y allí, más cerca de las estrellas, estaré dentro de poco. Nunca creí que pudiese lograrlo.

El guarda asomó la cabeza por la puerta de la piscina.

—¡Señores, será mejor que salgan ya! Pónganse algo decente y suban al bar —ordenó, dirigiendo su mirada hacia mí—. El cóctel de despedida empezará en treinta minutos.

Los dos astronautas veteranos estaban en la barra, tomándose una copa. Con una sonrisa socarrona, nos ofrecieron un refresco sin alcohol y sin gas. "Tenéis que comportaros como niños buenos", se burlaron. Intenté que no me afectaran sus comentarios punzantes: "Ahora vais a saber lo que es bueno. Os van a vibrar las raíces de los dientes". "Se os removerán las tripas". "¡Y os quejabais de que os sacudíamos demasiado en las carreras!". "El cohete no es un bugui. Ahí sí que os van a menear"…

—Dejadlo ya, chicos —pidió una voz profunda y calmada desde la puerta.

Me giré y vi que la persona que había hablado era un hombre de unos sesenta años. Era alto y recio, con buen porte, y tenía el pelo canoso, pero abundante; rostro agradable y mirada serena. Su cara me resultaba familiar. Lo acompañaba el señor Blanco. Se acercó a mí y me tendió la mano.

—Tenía muchas ganas de conocerlo, señor Fuentes —afirmó—. Soy el doctor Blanco, director general de la E.F.

Por eso me era familiar: me recordaba a su hijo. Se parecían bastante, aunque el doctor iba pulcramente afeitado. Prosiguió:

—Deseo agradecerle su buena disposición. No tiene nada que temer, se lo aseguro; está bien preparado. —Miró a Helios y añadió—: Ambos están bien preparados. Nosotros los acompañaremos en todo momento. Estaremos siempre junto a ustedes, hasta el último segundo antes del despegue.

Su voz, potente y cálida a un tiempo, consiguió tranquilizarme. Padre e hijo estuvieron charlando con nosotros acerca de los preparativos previos. Nos avisaron de que no podrían quedarse mucho rato en el cóctel y se disculparon por ello; todavía tenían que pasar por casa a buscar las maletas. Quedamos en que nos veríamos a las nueve en el aeropuerto. Los dos astronautas veteranos nos acompañarían hasta allí.

Unos chillidos infantiles llegaron hasta nosotros. Salí del bar y me asomé al balcón de la galería. Habían abierto las puertas, y mis hijos habían entrado los primeros. Toro les había indicado que tomasen las escaleras, y las estaban subiendo a todo correr. Llegaron arriba y me abrazaron con fuerza.

—¡Papá, esto es fantástico! —se admiraba Silvia—. ¡Vas a ver la Tierra desde el espacio!

—¡Qué pasada, papá! —gritaba Joan—. Los de mi cole van a alucinar. ¿Podré ir contigo hasta el cohete? Di que sí, papá.

No les cabía la sonrisa en la cara. ¿Quién no ha deseado ser astronauta cuando era niño?

Por el ruido proveniente de las escaleras, deduje que subía un buen número de personas en tropel. Del ascensor salieron mi madre, Nadia, nuestro perro, Parés, Roberto y parte de su pandilla. Me acerqué a abrazar a mi familia y a saludar al resto, pero el ruidoso grupo de la escalera llegó antes y me obstruyó el paso. Habían venido la mayoría de los alumnos del cursillo, y también Tesón y Pol. Faltaban Ángel y Pinaza; lo cual no me importó. Pero Aura no estaba, y su ausencia me apenó e intranquilizó. Tampoco vi a Paula ni a Jessica, lo cual me pareció muy extraño.

Tras muchos fuertes abrazos, vehementes enhorabuenas e irónicos pésames, pude por fin llegar hasta Nadia y mi madre. Las besé y les aseguré que todo iba a salir bien.

—Dentro de poco, os llamaré desde la Estación Espacial —dije mientras acariciaba al jadeante Tim.

—Cada vez me asombran menos cosas, Pep —confesó mi madre—. Cuando era pequeña, nunca imaginé que se llegarían a vender las pipas ya peladas. Por supuesto, jamás soñé que un hijo mío pudiera llegar al espacio. —Me dio un beso—. Cuídate mucho y vuelve pronto. No hagas el indio en ese lugar; dicen que, desde aquí abajo, pueden veros y oíros. He avisado a tu hermano. Me ha dicho que te dé ánimos y que le llames esta noche cuando puedas.

Mi hermano trabajaba en el extranjero y no venía mucho a visitarnos. Mi madre me dio otro beso y concluyó:

—Cuando vuelvas, pasa por casa. Te tendré preparado un poco de bacalao al pil-pil.

La mujer se lo había tomado con filosofía; en cambio, Nadia estaba inquieta. La abracé y le rogué que no se preocupara.

—Josep, tenemos que hablar —dijo—. ¿Podemos ir a algún sitio tranquilo?

Los señores Blanco se acercaron en ese instante a saludar a mi familia. Sus explicaciones sobre los controles estrictos que se aplicaban a todo lo relacionado con los lanzamientos no parecieron calmar a mi mujer. Nadia asentía de forma cordial; pero su mutismo revelaba su desconfianza. No tardaron en despedirse y marcharse de la fiesta. Parés se acercó entonces y me recordó lo importante que era este vuelo para "That's" y lo que se esperaba de mí.

Una vorágine de amigos me separó otra vez de Parés, de Nadia y de mi madre. Mis hijos se aferraron a mi ropa y consiguieron permanecer a mi lado. Entre las cabezas del grupo que me rodeaba, pude ver que entraba en la cafetería el guarda que se estaba ocupando esa tarde de controlar la puerta del vestíbulo. Era un chaval que no tendría más de veinticinco años. Se acercó a Toro y le habló al oído. A continuación, este se aproximó a Nadia y le dijo unas breves palabras. Mi mujer asintió, y luego Toro salió de la cafetería y el guarda joven se quedó rondando la puerta. Me entró curiosidad y quise ir a preguntarle a Nadia qué estaba pasando, pero Leila me interceptó con su silla de ruedas y me dijo que quería hablar conmigo en privado. Como aquello no era posible, dado que intuía que aquel guarda no nos dejaría salir, nos colocamos en el espacio entre dos mesas libres. Me acuclille a su lado para poder oírla bien en medio del barullo que había en aquella cafetería. Mis hijos se quedaron detrás de mí.

—Josep, estaré en alerta hasta vuestro retorno. ¿Recuerdas lo que me ordenó mi padre? —Asentí—. ¿Y cuándo dijo: "No intentes ayudarlo de ninguna forma"?

Un par de niños aparecieron chillando de pronto. Me dieron un beso y enredaron a mis hijos para que los acompañasen a explorar. Se fueron corriendo todos juntos, pero el guarda no les permitió salir a ver el resto del local, así que se pusieron a inspeccionarlo a través de las ventanas. Eran los hijos de Jessica, por lo que imaginé que su madre no andaría muy lejos. En efecto, apareció al poco rato en la puerta de la cafetería. Venía arrastrando una caja estrecha y más alta que un hombre. Me alegré doblemente al ver a Paula a su lado. La muchacha llevaba una maleta negra muy grande, que me sonaba de algo, y del brazo libre le colgaba una cestita.

Leila me cogió del brazo y tiró de mí para requerir mi atención.

—Escucha, Josep, desde la palabra "ayudarlo" hasta el final de la frase, tuve un segundo y cinco centésimas. Solo me dio tiempo a escribir tres palabras y dar la orden de envío.

No comprendí lo que me decía. Además, el trajín que estaban teniendo mis amigas con todo lo que traían me estaba distrayendo. Me despedí con rapidez de la robot y me dirigí a ellas.

—¿Qué pasa aquí? ¿Qué es todo este escándalo? —grité con los brazos en jarras y una gran sonrisa.

—¡Desde luego, hay que ver en qué follones te metes! —exclamó Jessica.

—La meditación necesita soledad y tranquilidad —declaró Paula de forma enigmática.

Me di cuenta, entonces, de que había otra persona que empujaba la caja alta por detrás. Asomó su cara juvenil para saludarme.

—¡Hola Josep! Doy fe de que van a presenciar una espectacular sesión de magia. Nadia me avisó y no dudé en venir. Tus amigas se pusieron a mi disposición como ayudantes. ¿Te encuentras bien? ¿Ves las cosas con claridad? ¿Deseas sinceramente hacer este viaje? Te vamos a dar algo de distancia para que puedas pensártelo.

—¡Me alegra verte, David! —exclamé, y le di un abrazo—. ¿Qué quieres decir con…

—¡A ver, ustedes, todo esto estorba aquí! —bramó Toro, que acababa de atravesar el umbral de la puerta—. ¿No iban a hacer un poco de magia? ¡Pues, adelante! —urgió, y vociferó que atendiéramos al mago. Luego le hizo una seña al otro guarda, y el chaval regresó a su puesto en la garita.

Paula y Jessica pusieron a los niños delante, sentados en el suelo, y detrás, colocamos, entre todos, algunas sillas. Mi madre tomó asiento enseguida, y yo iba a ponerme a su lado, pero Nadia me pidió que permaneciese de pie, junto a ella, cerca del improvisado escenario.

David sacó a Teo del interior de la cestita. El animalito venía dentro de su jaula. Mi perro se percató al momento e intentó aproximarse tirando de la correa que sostenía mi mujer.

—¡Señoras y señores, buenas tardes y bienvenidos al mundo de la ilusión, donde todo es posible! —saludó David.

Se vistió su aristocrática levita y alzó unas manos litúrgicas. Se hizo el silencio. Extrajo de la maleta un pañuelo negro enorme, lo cogió por dos puntas, con exquisita elegancia, y lo desplazó por delante del público. La tela se abultó de pronto, como si un objeto esférico intentara atravesarla. Esa pelota aparente ascendió hasta el borde superior del pañuelo, y pudimos ver que se trataba de un globo terráqueo. Nuestro planeta se deslizó con suavidad hasta colocarse en un extremo del pañuelo. Algo punzante sacudió otra vez aquella tela y empezó también a ascender. Los aplausos brotaron cuando surgió una pequeña maqueta de la Estación Espacial y se aproximó al planeta hasta casi tocarlo. El toque final provocó risas. Dos astronautas en miniatura salieron disparados desde el interior de la Estación y se quedaron en el aire, bamboleándose, sujetos a la nave por un pequeño muelle.

Jessica retiró los elementos de ese truco, y David continuó con Teo y su juego de cartas. El mago pidió que se acercara un miembro del público. Roberto salió al escenario y escogió una carta. El roedor, con un poco de ayuda previa del mago, la descubrió enseguida. Roberto aplaudió y nos miró con cara de decir: "Este bicho es más listo que muchos de vosotros".

David se había convertido en un buen profesional. Sus trucos de magia eran de lo más variado y efectista. Lo hacía todo prácticamente solo; no parecía necesitar a sus recién incorporadas ayudantes.

Advertí, entonces, que Paula no estaba en la cafetería. Supuse que habría salido mientras estaba embobado viendo la actuación. Al poco, la vi entrar acompañada por el guarda joven. El chico se acercó a su colega y se pusieron a dialogar en voz baja, o más bien, a discutir. Al fin, Toro le hizo un gesto con la mano abierta; entendí que le estaba dando permiso para quedarse a ver el espectáculo. Al mismo tiempo, observé que Paula susurraba a la oreja de Jessica y esta ponía cara de fastidio. Me pregunté qué estaría pasando.

—¡Llegamos al momento álgido de la función! —anunció David—. Tienen antes ustedes un transportador instantáneo —dijo, y señaló aquella caja con visos de ataúd—. Puede trasladar a quien se introduzca al lugar que desee…

Jessica se había acercado a mí y me estaba tirando de la manga para que me agachara; quería decirme algo al oído. David proseguía:

—… A continuación, voy a demostrarlo en vivo y en directo…

—Josep, agárrate fuerte a las manetas de la pared de plástico —musitó Jessica—. Te estaré esperando para recogerte.

No me dio tiempo a pedirle explicaciones porque David dijo:

—… Para lo cual necesito un voluntario. Tú mismo, Josep.

¡Pero, bueno, cuándo dejarían que, voluntariamente, me presentara voluntario!, me indigné.

Sin protestar, para no aguar la fiesta a inocentes, me introduje en aquel sencillo sarcófago. David me susurró que diera un paso atrás en cuanto cerrara la puerta. No entendí esa instrucción, pues ya estaba pegado al fondo. Justo antes de encerrarme, sonrió y me dijo:

—Como decía San Agustín: "El cielo es la insaciable saciedad".

Cerró y me dejó a oscuras. Eché un paso atrás, creyendo que patearía la pared de aquel armarito; sin embargo, se abrió un espacio y pude hacer el movimiento. Leves ruidos de roces me envolvieron, y sentí que me elevaba ligeramente. Se habían puesto en marcha mecanismos ocultos.

Oí que David explicaba al público que, cuando abriera el transportador, yo estaría muy lejos de allí y que en mi lugar aparecería Teo.

—Como pueden ver —añadió—, el ratoncito está durmiendo en mi mano. Lo taparé con un pañuelo para que no se asuste… Así. Y, ahora, estén atentos… ¡Hale hop!

Una tenue luz inundó el interior de la caja. Por los aplausos que escuché, comprendí que David había abierto la puerta y estaba mostrando a los espectadores que estaba vacía. Me encontraba entre dos paredes, entre dos fondos de aquel supuesto transportador.

Descubrí unas manetas a la altura de mi pecho. Sobresalían de una pared de plástico duro que se hallaba entre el primer fondo y mi persona. Ese tabique continuaba bajo mis pies y formaba una estrecha base.

Como me había indicado Jessica, me aferré a esos asideros.

—¡Y aquí, acurrucado en este rincón, está Teo! —exclamó David, y al instante, chilló—: ¡Cuidado que se escapa!

Los ladridos y gritos que provocó aquella fuga camuflaron el crujido seco que se produjo a mis pies. El segundo fondo se abrió y salí disparado hacia atrás agarrado a la pared. El pequeño reposapiés tenía cuatro ruedas. El material plástico de aquel tabique al que me cogía me había parecido transparente, pero no lo era. No veía nada delante de mí; aunque poca importancia tenía aquello, porque más me hubiese valido tener ojos en la nuca. Entendí, entonces, la razón de que hubieran situado la caja tan cerca de la puerta.

Salí de la cafetería a toda velocidad y me frené a la altura del ascensor. Jessica me esperaba agazapada tras la columna esquinera del inicio de la galería.

—Rueda hacia aquí, Josep. No salgas de detrás del transportador o te verán —indicó en voz baja.

Saqué un pie e impulsé aquello como si llevase un patinete.

—Creí que estos trucos eran más sutiles —susurré al llegar a su altura.

—Atravesemos la galería —dijo, y se subió al reposapiés.

—Tampoco imaginé que los voluntarios tuvieran que esforzarse tanto.

Me costó gobernar aquel trasto. Al llegar al final de la galería, giré hacia el pasillo interior que llevaba a los despachos y me detuve en su inicio; allí no podían vernos.

—Y, ahora, ¿qué hacemos, Jessica?

—No sé; no podemos salir por la puerta del vestíbulo. Paula me ha dicho que el vigilante ha bloqueado su apertura antes de acompañarla a la cafetería.

—Pero ¿dónde quiere David que vuelva a aparecer? ¿Qué te ha indicad…?

Me callé al ver que la puerta del cercano lavabo se abría y asomaba un rostro conocido que me llenó de asombro. El señor Justo me guiñó un ojo.

—¡Josep, qué pronto aparece! Temía que no pudiese escaparse hasta el final de la fiesta; ya sabe, durante el bullicio de las despedidas, cuando se confunden las entradas con las salidas. Hola, Jessica, me alegro de verla. Un momento, ¿qué es ese ruido?

El alboroto en la lejana cafetería no había cesado. Esperaba que mi perro no hubiese atrapado a Teo.

—¡Rápido, métanse aquí dentro! —ordenó el señor Justo—. Escondan también ese trasto con ruedas.

Nos empujó al interior del lavabo junto con el incómodo patinete.

El señor Justo seguía siendo cliente de la tienda de Roberto. No lo había vuelto a ver desde que me trasladaron a otra tienda por haber truncado el proyecto de introducir androides como Leila en los comercios.

—¿Qué está usted haciendo aquí? —preguntó Jessica.

—Socorrer a un caballero —contestó.

Mi amiga también estaba desconcertada por ese encuentro.

—¿Cómo se ha colado? —le interrogué.

—Es una insólita y feliz historia, de cuyo devenir su mano no es ajena. Pendiente mi gratitud en memoria. Gentil mensajero de versos en pena.

Jessica inspiró para armarse de paciencia y echó un vistazo al exterior. Dijo que no había nadie y volvió a cerrar la puerta.

El señor Justo seguía empeñado en recitar versos.

—Que no fueron la suerte ni el designio divino los causantes de reunir nuestros destinos, sino mi lamento, que por su mediación le llegó, lo que, a mi doncella eterna, me devolvió.

Estaba empezando a entenderle. Se refería a la carta que, a modo de despedida, había llevado a la robot de su parte. Recordaba el hermoso poema. El señor Justo había conocido a Leila cuando la enviaron a trabajar con nosotros, y se había encaprichado de ella sin saber que trataba con un androide. La había intentado abordar regalándole poesías y, para ensayar, solía hablarme en verso. Para nuestro alivio, continuó en prosa.

—Me halló en su portentosa memoria y me escribió una nota de agradecimiento.

Leila conocía su nombre y dirección, pues el hombre había querido invitarla a su casa muchas veces.

—Bajo su firma, me indicaba su correo electrónico y, de ese modo, pudimos mantener el contacto. El pasado domingo, me consiguió un pase de visitante y me enseñó estas instalaciones; así que conozco el camino que debemos tomar —continuó explicando—. Me ha hecho pasar hoy por un familiar suyo para que me dejasen entrar.

Me había dado cuenta de que la había llamado de una reveladora manera.

—¿Doncella eterna?

—Me lo confesó todo—reveló el señor Justo.

—¿Y no le importa ese hecho? —indagué.

—Siempre la creí inalcanzable. Con lo que me ofrece, estoy satisfecho. Me di cuenta de sus ventajas: ni bombones ni alhajas, ni miedo a que se enamore de un joven ni a que otro me la robe.

Jessica alzó los brazos en un gesto de impaciencia.

—¡Déjese ya de versitos, señor Justo! —explotó—. ¡Qué pitorreo es este!

El hombre se ofendió.

—Mi robot es incapaz de mamarrachadas, broncas o bufonadas. Me dijo que dirigiría hacia aquí a Josep, en cuanto hallase la oportunidad, y me pidió que lo ayudara a salir. Tenemos planeada la huida.

Quedé admirado de la tozudez de la robot y de la osadía de aquel hombre. Jessica también se quedó boquiabierta.

—¡También ha contado con usted! —exclamó.

—¿Qué ocurre aquí? —indagué.

—Hemos venido a rescatarte —declaró Jessica—. Nadia solo pretendía que te apartáramos de la fiesta para poder hablar a solas contigo. No está muy segura de lo que está pasando. Ha intentado comunicarse con algún responsable porque quería verte antes de la hora del cóctel, pero no lo ha conseguido. Aun así, se conformaba con que te condujésemos al vestíbulo o a una sala vacía. Debe de estar con el móvil en la mano, esperando mi mensaje. Pero Paula y yo hemos decidido sacarte del edificio.

—Si quieres pensar con tino, aléjate del nido —añadió el señor Justo.

Jessica le disparó una fugaz mirada reprobatoria y luego añadió:

—Sé que tu decisión afectará también a Helios y que no podrá viajar si tú no vas. Me lo ha explicado todo cuando me ha llamado esta mañana. Creo que eso puede haberte influenciado para que aceptes. Helios se entristecerá si no va, claro, pero puede que sea lo mejor.

—¿No quieres que vuele?

—Si hay peligro, no. Leila es muy seca con todo el mundo, pero adora a su padre, y si ha pasado ese mensaje es que posee un motivo lógico, y también me escama que no haya querido hablar conmigo durante la fiesta. Es como si le hubiesen sellado los labios.

—Te importa mucho ese científico, ¿verdad?

—Y tú también me importas. Pero, entiéndeme, lo que me pasa a mí, no le pasa a nadie. Ahora que encuentro a un hombre decente, me lo envían a la exosfera.

El señor Justo intervino:

—Mi reina ha dejado abierta la persiana trasera y ha halagado su habilidad conductora, Josep.

¡Así que ese era el plan o, mejor dicho, los planes! Leila había alertado a Nadia mediante un correo electrónico de solo tres palabras, eso es lo que me había querido decir en la cafetería. El caso es que mi mujer se había alarmado y había organizado con David, Paula y Jessica una original operación de alejamiento. Pero la robot había organizado otro plan, por si acaso Nadia no reaccionaba. Había llamado a una persona de confianza y le había dado instrucciones disimuladas, de modo que no entrasen en clara contradicción con la orden que había alzado su padre. Se las había ingeniado para dejar abierta una puerta y sugería, mediante una alabanza, que cogiera un bugui y saliera de allí como alma que lleva el diablo.

Y hubiera podido hacerlo, hubiese podido salir por la puerta de atrás; pero no quería huir. Lo supe con toda certeza en aquel momento. La atracción de la aventura espacial superaba mis miedos. Deseaba ver nuestro magnífico planeta desde aquella maravillosa atalaya que era la Estación Espacial Internacional, y quería flotar en el firmamento, cerca de las estrellas.

Oímos un griterío lejano. Jessica dijo que iba a echar un ojo y salió del lavabo. La seguí.

—Déjalo, Jessica. No quiero…

—¡Escóndete! —ordenó, y asomó la nariz por la esquina de la galería.

—Pero es que…

—¡Silencio! —chistó.

El señor Justo, que me había acompañado, me empujó de nuevo al interior del servicio. Esa vez, apagó la luz, pero no cerró del todo la puerta; dejó una rendija para poder escuchar lo que sucediera. A los pocos segundos, apareció por ahí un cuarto de rostro de Jessica que susurraba:

—Vienen todos hacia aquí. ¡Huid mientras les distraigo!

El cuarto de rostro se fue, y el señor Justo abrió un poco más la puerta y se asomó.

—Jessica está haciendo señas hacia el gentío que se acerca —explicó—. Algún engaño urde. Los alienta a seguirla y… ¡Oh, ha entrado al otro local! ¡Muy bien! En cuanto el último de sus perseguidores entre ahí, saldremos raudo de aquí.

—Oiga, escuche…

Me puso la mano en la boca y cerró la puerta hasta dejar de nuevo solo la rendija.

Escuché una carrera pesada y, poco después, voces. Retiré la mano del señor Justo de mi rostro y le susurré que no me iba a mover. Era preferible que no me viesen salir del lavabo; no hubiera tenido gracia ni una justificación aceptable.

El grupo estaba llegando a la puerta negra que daba al recinto de la atracción. Hasta nosotros llegaron las vehementes protestas de David.

—¡Le digo que esta desaparición forma parte del espectáculo de magia! Es parte del *show*. ¡Suélteme!

—Ya veremos —le contestó el guarda—. ¡Vamos, vamos, no se me haga el remolón! ¡Entre ahí y acabe el truco!

—Eso, no le suelte hasta que encontremos a Fuentes —ordenó Parés.

La densidad de los diálogos se iba aclarando a medida que entraban todos al local de la Estación. Escuché la discusión que Joan mantenía con uno de los hijos de Jessica.

—¡Mi padre no se ha escapado! —chillaba mi hijo—. ¡Es muy valiente y muy fuerte!

Por el resto de los comentarios que alcancé a oír, advertí que los demás pensaban igual que mi hijo; todos confiaban en mí.

Cuando se hizo el silencio, el señor Justo abrió la puerta y atisbó con precaución.

—Está despejado —aseguró—. ¡Corramos a por las monturas!

—Espere, no voy a huir. Les agradezco a usted y a Leila su ayuda, pero me quedo.

Me observó unos segundos con seriedad y luego esbozó una sonrisa.

—Entonces, era temor de dama lo que me movió —concluyó—. Usted tiene arrestos para efectuar este viaje.

—No sé si me impulsa el coraje o la insensatez —confesé.

Nos estrechamos las manos y salimos al pasillo. La robot se hallaba en la galería, esperando a que apareciésemos.

—Leila, me voy con tu padre —anuncié.

Por toda respuesta, señaló hacia los coches; su razón era tozuda. Le di un abrazo y le prometí que cuidaría de Helios. Bajé con rapidez las escaleras y salí al vestíbulo. Por suerte, no me encontré con nadie. Se me había ocurrido un apoteósico final para el truco de magia en el que me habían involucrado. Corrí hacia la puerta por la que se accedía al local de la Estación y, jugándomela, me introduje con rapidez.

La fortuna siguió de mi parte. Ante mí se extendía el corredor solitario y oscuro de la planta baja. Se oían risas en la galería, encima de mí. La claridad provenía de la gigantesca sala que simulaba el espacio exterior. Helios llevaba siempre encima el mando, y supuse que habría sido él quien había encendido los focos y el holograma de la Tierra. Su luz daba vida a una persecución dramática por cuanto su final, si no me inmiscuía, metería en un buen apuro al mago y a una de sus ayudantes. Jessica bajaba a toda velocidad por los puentes colgantes que atravesaban aquel espacio. Su pelo rizado y pelirrojo se agitaba con sus zancadas. Toro la seguía y bramaba que se detuviera, y la gente aplaudía y reía con lo que aparentaba ser la parte cómica de la función.

Esperé en la penumbra, muy quieto, hasta que llegaron a la última y zigzagueante rampa. Cuando desaparecieron detrás de la Estación, crucé corriendo el pasillo hasta la puerta del vestuario. Entré, me dirigí a la sala anexa y, sin encender la luz, abrí la puerta donde se encajaba la escotilla de la cápsula. Me introduje en aquella nave menuda, cerré su compuerta y la puse en marcha. Poco a poco, me deslicé por el raíl oculto que conducía al módulo *Harmony* de la Estación. La única ventana estaba encarada hacia su destino, así que me era imposible observar la reacción del público. Sin embargo, podía ver a la pobre Jessica, que había llegado al suelo de aquel tramposo vacío. Trotaba hacia mí mientras echaba continuas miradas por encima de su hombro, vigilando la aproximación de su perseguidor. No se percató del movimiento de la cápsula; pero el guarda me vio y se detuvo. Advertida por su reacción, mi amiga se dio cuenta entonces de que la nave se acercaba y frenó también. Tras la ventana, descubrió a su sonriente piloto y se quedó estupefacta.

Detuve la cápsula antes de que girase y llegase a la puerta de la esclusa. Salí y saludé a la galería con los brazos en alto. Me ensordeció el estruendo de aplausos, silbidos y gritos de entusiasmo. "¡Bravo, bravo!", aclamaban. Señalé con una mano abierta a mis supuestos ayudantes: Jessica y Toro, y luego los aplaudí. Los elogios los bañaron también. Aturdidos, optaron por hacer una tímida reverencia al público.

El otro guarda soltó al atónito mago y se puso a aplaudir también. David fue alzado y paseado entre vítores. Observé que Leila y el señor Justo se encontraban apartados de aquella tropa, cerca de la puerta de entrada. La cara de palo de la robot contrastaba con la sonriente de su acompañante.

Busqué entre el bullicio a Nadia y la hallé en el otro extremo. Estaba atónita.

—Entonces, ¿has tomado esta decisión libremente? —me preguntó cuando nos dejaron a solas para que nos pudiésemos despedir—. ¿Qué quería decir el mensaje de la robot?

Leila le había enviado el siguiente correo: "Preso. Oxitocina. Socorro".

—Fue una confusión —aseguré.

—La oxitocina es más potente de lo que te imaginas para estimular la generosidad e impulsar la aceptación de algo con lo que no se está muy de acuerdo.

—Era una broma humana que Leila se tomó en serio.

—Ahora comprendo que esa robot lograra trastornarte tanto.

La besé y luego le susurré al oído cuánto la iba a echar de menos esa larga semana.

En otro rincón de la cafetería, Helios y Jessica se decían adiós con menor serenidad. Mi amiga lloraba y besaba al doctor como si se fuera a Marte.

Toro nos urgió a concluir la despedida. Helios y yo prometimos a nuestras compañeras que las llamaríamos desde la Guayana y les dimos un último abrazo. Acompañadas por el guarda, sus rostros preocupados salieron por la puerta de la cafetería al tiempo que entraban los semblantes guasones de los astronautas veteranos.

—¿Estáis listos? —preguntaron—. Pues, vamos. Ya hemos colocado vuestras maletas en los buguis… Es broma. Hemos traído un coche.

En el vestíbulo, quedaban tres individuos: los dos guardas y Leila. La robot estaba muy seria. Cuando nos tuvo enfrente, se levantó de la silla de ruedas y recitó:

«Errante por el mundo fui gritando:
"La gloria, ¿dónde está?"
Y una voz misteriosa contestome
"Más allá…, más allá…"
En pos de ella seguí por el camino
que la voz me marcó.
Hallela al fin, pero en aquel instante
en humo se trocó.
Mas el humo, formando denso velo,
se empezó a remontar
y, penetrando en la azulada esfera,
al Cielo fue a parar».

—¡Mi robot sabe poesía! —exclamó Helios.

—¡Qué bien suena! —apreció Toro—. ¿De quién es?

—Bécquer —contestó Leila.

—Espere, que me lo escribo.

Sacó el móvil y se introdujo en el archivo de notas personales. Atisbé lo que escribía y le corregí:

—No, no va con k, sino con c y q... Permítame que se lo anote.

Helios, boquiabierto, paseaba una mirada desconcertada por los actores de aquella absurda escena.

Supuse que Leila habría aprendido poemas gracias a su secreta relación con el señor Justo; una amistad que su padre desconocía y que no le quise revelar para poder regodearme con su confusión. Leila le mostraba, al fin, su faceta humana.

Por esa satisfacción, y porque viajábamos en primera, en cuanto me acomodé en el asiento del avión, me quedé dormido muy a gusto.

El primer día en la Guayana fue frenético. Nos hicieron una ruta por el complejo y nos presentaron a decenas de personas. Conocimos a los dos astronautas que iban a pilotar la nave: un hombre y una mujer jóvenes, fuertes y decididos. Almorzamos con ellos y conectamos muy bien. Exhibían un aplomo muy tranquilizador.

Después, y tras un corto descanso, nos mostraron los trajes anti-G que usaríamos para el despegue y nos enseñaron a ponérnoslos. Los señores Blanco cumplieron su promesa y siempre estuvo uno de los dos a nuestro lado. El mismo doctor Blanco ayudó en nuestra última revisión médica.

Durante todo el día, un equipo enviado por "That's" nos estuvo filmando. Iban a montar una película con fines publicitarios y, como era lógico, me dedicaron una especial, y algo molesta, atención. Estaba tan cansado cuando llegó la noche que solo hice dos breves llamadas; una, a Nadia, y otra, a mi madre.

Nos introdujeron a la mañana siguiente en el cohete y nos informaron a conciencia de las sensaciones que íbamos a sentir. Si estábamos prevenidos, podríamos contener el miedo, aseguraron. Tras ofrecernos una comida frugal, nos dejaron descansar hasta las cinco de la tarde, hora del despegue. Telefoneé otra vez a casa y hablé con Nadia, con mis hijos y hasta con el perro. En Barcelona, era muy temprano, pero los encontré a todos despiertos. Después llamé a mi madre, a mi hermano, a mis amigos, a David, Jessica, Paula y a todos los compañeros del cursillo que me habían facilitado su teléfono. Incluso, llamé a Roberto y a mis suegros.

El móvil echaba humo cuando lo solté encima de la cama, a mi lado. El teléfono, libre de mi atosigamiento, vibró y sonó con la melodía de las llamadas. Lo recogí y dudé en descolgar, pues se trataba de un número que no pertenecía a mis contactos; pero me decidí a responder al considerar que podía tratarse de alguno de los responsables que se ocupaban de nosotros en esa base de lanzamiento.

—¿Sí?... ¡Leila, qué bien! No sabía dónde localizarte. He llamado a casa de Helios y no te he encontrado. Quería despedirme y... Está bien, te escucho… ¡Qué! Muy mal, Leila. A tu padre le disgustará saber que has vuelto a piratear ordenadores ajenos… ¿Cómo que estoy en dos listas? ¿Y cuál es la otra, la de la vuelta ciclista a España?... Pero... Sí, sí, estoy aquí. Es que no sé qué decir; no comprendo nada… Ahora no me puedo echar atrás, Leila. Gracias por informarme. ¿Esto lo sabe tu padre?... Pues no le digas nada; déjalo disfrutar. Podría ser un simple error informático… No te quería ofender. También los humanos nos equivocamos... Vale, pues, vosotros, no. De nuevo, te agradezco tus atenciones.

Me quedé estirado en la cama, pensativo, sin dar crédito a la noticia que me acababa de comunicar la robot. ¡Estaba apuntado en la lista de los vuelos suborbitales desde hacía tres meses! Y, según Leila, ya me tocaba el turno. ¿Quién me había inscrito? ¡Por esas fechas, ni siquiera habíamos empezado el cursillo! En ese vuelo, hubiese alcanzado los cien kilómetros de altura y habría visto una parte de la Tierra. El regreso hubiera sido rápido, con lo que habría recuperado enseguida mi vida terrestre. Hubiera sido un viaje más cómodo que el que estaba a punto de emprender.

No pude darle más vueltas a aquel misterio; era hora de vestirse. Los técnicos vinieron a buscarme, me condujeron a una estancia cercana y me ayudaron a introducirme en el traje espacial. Me extrañó que no estuviesen presentes ni el doctor Blanco ni su hijo. Indagué sobre su paradero y me dijeron que se encontraban en la sala de control. A raíz de mi pregunta, y mientras me colocaban bien todos los mecanismos de aquella vestimenta, se pusieron a hablar entre ellos de la familia Blanco.

"Han cambiado tanto de aspecto que ayer no los reconocí hasta que me saludaron". "Se han afeitado la barba". "Y ese largo y grueso bigote que se ha dejado el hijo le afea mucho". "También es raro que, estando aquí su colega, hayan venido a controlar este vuelo. Deben de considerarlo especial"…

Salimos al pasillo una vez estuve preparado. Helios me estaba esperando y, como yo, llevaba la escafandra bajo el brazo, apoyada en la cintura. Lo acompañaban otros técnicos y el equipo de cine enviado por mi empresa. Nos iban a filmar camino de la lanzadera, así que nos pidieron amplias sonrisas y amables saludos.

Caminamos, sin prisa, hacia el ascensor que nos subiría hasta la cápsula del cohete. A través de mi sonrisa forzada, pregunté a Helios:

—¿Desde cuándo tiene bigote el señor Blanco?

Se rio.

—¿Ni siquiera en estos momentos puedes dejar de bromear?

—¿Cuántos socios dirigen la E.F? —insistí, sin dejar de sonreír y saludar. Helios hacía lo mismo.

—Son tres socios. Al tercero solo lo conoces de oídas. Como te he comentado en varias ocasiones, es mi copiloto habitual en las carreras de buguis. También es el ingeniero aeronáutico del grupo y el que se ocupa de verificar los lanzamientos. Vino anoche a mi habitación a felicitarme. Conocía mis deseos de volar a la ISS y estaba muy contento por mí. Se disculpó por no haber podido ir a recibirnos. Está muy ocupado. Ahora debe de estar en la sala de control.

Subimos en el ascensor y nos introdujimos en la nave. Los astronautas llevaban rato en el interior, revisando todos los controles.

Nos ayudaron a colocarnos las escafandras y a sujetarnos a los asientos. A su indicación, bajamos el frontal de aquel casco.

El corazón me empezó a latir con fuerza. Helios me hizo señas para que activase el sistema de comunicación interno. Lo hice, y su voz resonó dentro de mi traje.

—Si no te apartas mucho de su camino, todos los deseos se acaban cumpliendo —dijo.

Una pantalla se iluminó frente a nosotros y nos mostró una estancia repleta de personas. Unas estaban sentadas delante de amplias pantallas de ordenador, enfrascadas en su trabajo; y otras pululaban a su alrededor. Estábamos viendo, en directo, la sala de control. Los astronautas creían que observar su quehacer seguro y profesional serenaba a los turistas.

Mi razón no podía dominar mis punzantes emociones. Mi inconsciente había solucionado el enigma aún oculto a mi consciente, y solo advertía que poseía esa información por el revuelo que se había armado en mi cerebro basal. La pugna de ese secreto por salir a la luz alborotaba todos los pisos de mi edificio mental: las serpientes se enroscaban, los topos chillaban, el oso rugía y el mono agitaba sus largos brazos y aporreaba mi neocórtex.

Vivimos acechados por astutos engaños, y solo podemos enfrentarlos con éxito cuando los dos compañeros de nuestra mente: el emotivo y el racional, caminan juntos e intercambian habilidades a través de un armónico diálogo.

El rostro de Leila, ese ser especial que se había obstinado en protegernos, ocupó un instante mis pensamientos. ¿Por qué no había hecho caso a su padre y había dejado de preocuparme?

Intenté encontrar un poco de calma recitando con melancólica voz un poema de Bécquer.

> «Saeta voladora
> cruza, arrojada al azar,
> sin adivinarse dónde
> temblando se clavará;
> hoja que del árbol seca
> arrebata el vendaval
> sin que nadie acierte el surco
> donde a caer volverá;
> gigante ola que el viento
> riza y empuja en el mar,

y rueda y pasa, y no sabe
qué playa buscando va;
luz que en cercos temblorosos
brilla, próxima a expirar,
ignorándose cuál de ellos
el último brillará;
eso soy yo, que al acaso
cruzo el mundo, sin pensar
de dónde vengo, ni a dónde
mis pasos me llevarán».

"Muy bonita la poesía, señor Fuentes. Prepárense. Estamos a punto de iniciar la cuenta atrás".

—¿Esa voz? —pregunté a Helios.

—Proviene del centro de control, Josep. Estamos conectados. Los oímos, y ellos nos oyen.

—Me refiero a que es idéntica a la del simulador de la E.F.

—La grabación del simulador la hizo el tercer socio, mi copiloto. Ahora está ejerciendo de director del lanzamiento y es el que te ha hablado. Allí está.

Señaló hacia un punto del monitor y, como si su dedo lo ordenase, la cámara se aproximó a un trío de personas. Reconocí a los señores Blanco. El otro... ¡No era posible!

—¡Helios!, ¿qué significan las siglas E.F? —murmuré con voz ahogada.

—Estrella fugaz. ¿No te lo había dicho?

—¿Cómo se llama el otro, el tercer socio?

—Relájate, Josep —contestó—; es la hora.

Leila había dicho que estaba apuntado al viaje suborbital. Desde la altura que hubiese alcanzado, la curvatura luminosa de la Tierra se hubiera perfilado con nitidez en el negro firmamento... En el orbital, se perfilaría el mundo entero.

—¿Cómo se llama? —insistí.

Me contestó la astronauta; Helios tenía cara de asustado y ya no estaba por mí.

—Aquí todos le conocemos por... Véalo usted mismo. Cuando se acerca la Navidad, se pone ese sombrero en todos los lanzamientos.

El hombre de color, joven y atractivo, se colocó en la cabeza un turbante verde con un rubí brillante engarzado en el centro.

"Inicio cuenta atrás. Diez, nueve…"

En mi neocórtex, el mono consiguió abrir una brecha e iluminó una imagen en la que el señor Blanco mostraba un bigote recortado y una barba pelirroja; su padre, el doctor Blanco, llevaba una barba canosa, y el director del lanzamiento estaba igual que en mi foto. ¿Cuál había sido mi "deseo especial"?...

"Siete, seis, cinco…"

Que mis horizontes lejanos se definan brillantemente…

—¡Es Baltasar! —exclamé.

Una vorágine de sentimientos encontrados hizo rodar mi mente: asombro, alegría, vértigo, incredulidad, ilusión, temor…

Aquellos tres originales individuos alzaron la mano al mismo tiempo, en un último saludo, y me mostraron una abierta sonrisa. Baltasar continuaba contando.

"Dos, Uno…"

—Sabía que lo adivinaría —dijo la astronauta.

"¡Cero!"

ANEXO 1

Esta es una copia de la carta que encontré entre mis cosas, cuando acomodé mi bolsa al llegar a la Estación Espacial Internacional. Pude hacerle fotos con el móvil antes de que se quemara sola ante mis atónitos ojos. Venía en un sobre que indicaba como remitentes: "Sus Majestades de Oriente".

«Querido Josep:
Como este año hemos sido buenos y nos hemos portado muy bien, te pedimos que nos guardes el secreto. A cambio, te prometemos que contestaremos a todas tus preguntas cuando vuelvas.

Para que tu curiosidad se calme hasta entonces, te avanzamos parte de los misterios. Por favor, una vez leída esta carta, rómpela. De todas formas, se destruirá sola a los quince minutos de abrir el sobre (no es broma). Como no tenemos mucho tiempo, vamos a empezar.

El truco mágico del buzón real se encuentra en su interior, en la red de cristalitos color ámbar que aparentan depósitos de resina. Esos cristales están conectados a chips y baterías que hemos escondido entre las dos capas de madera de la caja. Es un sistema de espionaje efectivo, basado en una tecnología para cuya explicación gastaríamos demasiadas hojas. El caso es que podemos leer las cartas sin abrirlas. El sistema nos hace llegar su contenido, y nos indica el remitente gracias a las muestras de caligrafía de los niños que nos aporta Aura. Por supuesto, podríamos abrirlas; pero el primer año usamos la caja para probar el alcance resolutivo de la lectura a distancia —con vistas a usar ese mecanismo para fines menos infantiles— y nos acabó gustando el método. El subrayado en rojo o la anotación en el interior del sobre de los "deseos especiales" sirve para facilitarnos su pronta detección. Estos deseos son los más difíciles de cumplir y necesitamos tiempo para diseñar las estrategias precisas.

La primera noticia sobre ti nos llegó a través de Miriam y Mireia. Las gemelas le contaron a Aura que habían conocido a un ayudante de los Reyes Magos. Muy bueno eso de que nos proporcionas y arreglas la ropa. Cuando bajes, podríamos discutir tus honorarios; pudiera interesarnos disponer de un buen sastre.

Enseguida recibimos la señal de que una nueva carta se había introducido en el buzón. Tu petición en formato "deseo especial" nos ocasionó una sorpresa mayúscula. Dedujimos que las gemelas se habían ido de la lengua, y nos extrañamos de que, a tu edad, les hubieras hecho caso. Nos pusimos a indagar y descubrimos que habías estado haciendo muchas preguntas. Decidimos concederte tu deseo y vigilar tus siguientes pasos. Conseguimos el teléfono de tu madre y, como si llamáramos desde su centro de asistencia, le comunicamos el adelanto de su visita (supusimos que, al tener tantos dolores, tendría una hora solicitada, y así fue). Tenemos experiencia en introducir a médicos "sustitutos" en ambulatorios; lugares donde el personal siempre está desbordado de trabajo y pulula por todas partes.

Tu reacción fue demasiado entusiasta, por lo que tuvimos que apresurarnos a recuperar el buzón. Pudimos hacer caso omiso del resto de tus peticiones; pero, cuando decidimos convertirnos en Reyes Magos, acordamos que atenderíamos todos los deseos, fueran sencillos o complicados de satisfacer. Todo empezó como una original forma de ayudar a Aura en su empeño de elevar la autoestima de los niños a los que trata. La idea surgió de manera espontánea: somos un negro y dos Blanco. Pronto nos dimos cuenta de que no iba a ser una tarea fácil, pues hay niños que piden auténticos milagros; no obstante, no quisimos echarnos atrás. Sus deseos constituyen un verdadero acicate en la búsqueda de soluciones imaginativas. Esos días, nos espoleamos la mente para cumplir con todos. Es un juego serio, adictivo, muy satisfactorio y agotador. Estamos seguros de que te gustaría y de que serías un buen fichaje. Piénsalo durante tu estancia en el cielo.

Los regalos materiales no suelen darnos problemas; contamos con antiguos pajes que trabajan en las dos jugueterías del barrio. Persuaden a los familiares, y si se resisten a adquirir lo que se les señala, usan un pulverizador cargado con oxitocina, la llamada hormona del apego, con la que ven con mejores ojos a nuestros colaboradores que, de esa manera, acaban por convencerlos.

Las peticiones relacionadas con la mejora de la salud son las más delicadas; sin embargo, si están en nuestra mano, las intentamos solucionar, aunque tengamos que saltarnos todas las barreras. En nuestro centro de investigación, estamos experimentando con polímeros artificiales de dimensiones nanométricas, capaces de albergar en su interior moléculas de medicamentos. Después de introducirlos en el riego sanguíneo, los dirigimos mediante estímulos magnéticos para que liberen la medicina de forma controlada y en el sitio que nos interese. Los polímeros que inyectamos a tu madre y a la abuela de las gemelas contenían una mezcla de antiinflamatorios y calmantes con la que conseguían un bienestar inmediato, y agregamos una sustancia que estimula el potencial regenerativo de los tejidos. Con ese tratamiento, rejuvenecemos articulaciones y huesos. Estamos luchando para poder comercializarlo en menos tiempo del que las leyes imponen a los ensayos de nuevos medicamentos.

Para solventar los problemas laborales, solemos acudir a amigos y conocidos. Gracias a la agencia espacial, nos relacionamos con empresarios importantes y directivos con poder de decisión. Este año, por ejemplo, conseguimos que el presidente de una compañía de seguros contratara en sus oficinas centrales, con horario intensivo, a una mujer con empuje, la madre de Albert, el pequeño que pidió el disfraz de Spiderman; y también que añadiera un nuevo taller mecánico a la lista de centros recomendados para tramitar los siniestros de sus clientes; un favor que el taller tuvo que compensar con la readmisión de uno de sus antiguos empleados: el padre de Kevin.

Aura se ocupa de los que buscan remediar problemas en el colegio, ya sea con los estudios o con las relaciones entre compañeros. Es capaz de hacer amigos a niños tan diferentes como Jordi y Kevin, y de enseñar a estudiar a los que más les cuesta.

Muchos niños de padres recién divorciados o separados piden que se reconcilien. Es un tema delicado. Hacemos un único y sutil intento de arreglo. Aura cita a los padres, con la excusa de hablar acerca de la trayectoria escolar de su hijo, y les pide también que traigan el álbum de fotos del niño. Luego los hace esperar bastante rato en una salita, a solas. Normalmente, empiezan a mirar juntos las fotos. En ocasiones, recordar buenos tiempos los ayuda a volverse a acercar. Eso pasó con los padres de Raquel; pero fracasamos en la mayoría de los casos. Aura se ocupa de consolar a esos niños.

Tampoco nos es posible dar hermanitos o hermanitas. Ese límite no lo hemos traspasado.

Hay deseos que parecen fáciles de conseguir y que luego se nos complican. No hubo manera de hacer ver a los padres de Eloy que su hijo detesta la natación. En un tiempo récord, les buscamos piso y colegio en una zona carente de piscinas. Tuvimos que pagar bajo mano al vendedor para que se lo dejara barato.

Más caro nos costó tu deseo de aliviar las penurias económicas de una de tus clientas. Esperamos que le sirvan de alivio los treinta mil euros que le hicimos ganar en el concurso telefónico que creamos, en exclusiva, para ella.

Otros deseos no se cumplen de inmediato, aunque pueda parecerlo. Nos hicimos pasar por funcionarios de los servicios sociales y visitamos al señor Ceferino. Le aseamos, le regalamos un traje y le inyectamos un polímero relleno de un complejo farmacológico que le libró del síndrome de abstinencia durante unas horas. Para mostrarte nuestra labor, le pedimos que fuera a tomarse un refresco a su bar habitual; sabíamos que te irían con el cuento. Ese hombre necesitará muchos años de tratamiento.

Solemos recibir ruegos para vencer la timidez. Usamos nuestra solemne presencia para infundir a los niños una total fe en su capacidad para superarla. Llegamos casi a hipnotizarlos. Los animamos también a apuntarse a teatro.

A la que tuvimos que hipnotizar de verdad fue a Paula, con el fin de que olvidase tu extraño comportamiento. Para llegar a ella, le mandamos una carta con el membrete de su escuela de meditación, donde se la invitaba a descubrir un nuevo método de control mental. Alquilamos cerca una sala que se usa para festejar eventos y la adornamos convenientemente. Se sometió a la hipnosis de manera voluntaria y entusiasta.

Ángel nunca se hubiese dejado hipnotizar (ya ves qué bien os conocemos a todos; ese barrio es como un pueblo); así que lo silenciamos de otro modo. Averiguamos el número de su móvil de empresa y le enviamos un mensaje como si proviniera de vuestro superior, el señor Parés. En esa nota, se le pedía que no comentara nada sobre tu conducta, pues la fruta podrida caía del árbol por sí sola, y se le prometía, si no empañaba su imagen delatando a sus compañeros, que se le proporcionaría en poco tiempo una forma de promoción acelerada. Le mandamos un par de mensajes reiterativos, durante el primer semestre del año, y luego lo dejamos estar; no es tan inusual que ese tipo de promesas se olviden. No obstante, creemos que confundió aquella oportunidad comentada con la propuesta de apuntarse al cursillo y, por eso, se inscribió.

Ese borrado de memoria que solicitaste nos reveló que, cuando quieres conseguir algo, te vuelves menos escrupuloso. Por eso, creemos que entenderás nuestra postura respecto al accidente que sufrió el marido de la señora Inmaculada. No, no lo matamos. Esa noche fuimos al bar, con la intención de mantener una charla con él, y lo encontramos inmerso en una partida de póquer. Queríamos convencerlo de que participase en una terapia psicológica; sin embargo, no llegamos ni siquiera a acercarnos. Aparecieron unos matones enviados por un tipo con el que tenía deudas de juego y el hombre salió corriendo, cogió su coche y huyó velozmente. Aquellos sicarios lo siguieron. Nosotros fuimos también detrás, haciendo luces a los matones para que dejasen de perseguirlo; pero el hombre acabó chocando con un muro. Aún vivía cuando llegamos a él. Llamamos a una de nuestras ambulancias e intentamos estabilizarlo. Por desgracia, no lo conseguimos y se nos murió al poco de llegar al hospital. Con sus órganos, salvamos la vida de otras personas; entre ellas, la del hermano de Paula. Pudimos actuar con rapidez gracias a que, aquella tarde, le habíamos sonsacado los datos necesarios a la muchacha cuando estaba en estado hipnótico, con la intención de conseguir el riñón en los meses siguientes gracias a las donaciones que recibe nuestro hospital. No tuvo que esperar, pero te aseguramos que ese deseo no lo cumplimos con alegría; toda muerte es siempre una tragedia.

Por último, David Notario, el Notario, apenas precisó de nuestro ingenio para dar un giro a su vida. Bastó con le enviásemos propaganda de la más prestigiosa escuela de magia de Barcelona. Su rápida decisión nos sorprendió, incluso, a nosotros.

Nos quedaba por cumplir tu propio deseo y tus correctas intenciones para con Paula y Ángel. Hacía tiempo que andábamos buscando un patrocinador. A través de Helios, supimos que la cadena de ropa "That's" lo había apoyado en un proyecto cibernético. Sus directivos parecían ser osados. Como teníamos medio preparada la atracción, contactamos con ellos y les hicimos la propuesta que ya conoces.

Fue fácil convencerlos de que nos otorgasen su patrocinio, no tanto de que nos permitieran formar a unos cuantos de sus empleados. Urdimos la idea de la preparación de una comida espacial que alargara y enriqueciera la visita de sus clientes, y de la que se ocuparía su personal. Gracias a ese planteamiento, llegamos al acuerdo que buscábamos. Propusimos que nombrasen director del curso al señor Parés. Les explicamos que una de las organizadoras conocía a empleados de su distrito y, a través de ellos, sabía de su buen talante; nos referimos a Aura. No pusieron objeciones, y tuvimos suerte de que el elegido, tampoco; Aura le había hecho una previa visita y lo había convencido. Ambos establecieron una buena relación durante los contactos posteriores para preparar el curso. Gracias a esa confianza adquirida, y bajo la excusa de que os conocía a ti, a Paula y a Ángel, Aura lo animó a que os inscribiera a todos en el cursillo como muestra de la gente que lideraba. Debíais de tener a vuestro jefe algo quemado, sobre todo tú, porque accedió enseguida a perderos de vista durante dos meses y medio. Con ello buscábamos lograr tu buen deseo: "Ampliar sus horizontes y reforzar su personalidad". Esperábamos que la temática del curso y sus profesores ayudaran a hacerlo realidad; pero, como sabes, lo hemos conseguido solo en parte. Con Ángel, hemos fallado. Esperamos que hayas advertido otro detalle que tuvimos hacia ti. Cuando al señor Parés le dimos argumentos con los que convencer a sus empleados, le repetimos muchas veces la frase: "Mirar hacia horizontes más lejanos y brillantes". Suponemos que la usó.

No juzgues mal a Aura; ella no estaba al tanto de nuestros planes. Creía que deseábamos conocerte y que, por eso, insistíamos en que consiguiera que te apuntaras al cursillo. No es como nosotros. Considera que es preferible claudicar ante los deseos difíciles que usar métodos poco ortodoxos para lograrlos. Es una pena que no haya podido asistir a vuestra fiesta de despedida, pero creemos que os la habría estropeado. Uno de nosotros pudo convencerla de que no fuera (su suegro: el doctor Blanco). Sus revelaciones de última hora solo hubiesen conseguido poneros nerviosos a vosotros y a vuestros familiares. Nos costará mucho tiempo recuperar su confianza. Es el precio más alto que hemos tenido que pagar por cumplir tu deseo.

Aura había propuesto que fuéramos a verte a tu casa la noche de Reyes, los tres disfrazados, y que llevásemos el buzón real para que pudieses echar tu carta. Pensó que sería una bonita y divertida sorpresa. Le hicimos creer que aceptábamos esa idea, pero se nos había ocurrido otra más sensacional, que nos permitiría cumplir con exactitud tu petición de ver un horizonte brillantemente definido.

Teníamos previsto introducirte en un vuelo suborbital, por lo que te apuntamos en la lista para que te tocara poco después de que acabases el cursillo. Te lo íbamos a costear como muestra de admiración por habernos descubierto. Sin embargo, surgieron complicaciones inesperadas. El cliente elegido por vuestra empresa para ir a la Estación Espacial empezó a asustarse varias semanas antes del vuelo. Como temíamos que abandonase, se nos ocurrió que podíamos prepararte a ti. Era primordial preservar el acuerdo con nuestro patrocinador; así que, por si acaso, te apuntamos también en la lista de los vuelos orbitales y embaucamos a Helios para que te entrenara en los simuladores. Poco antes del despegue, el otro turista tuvo una reacción alérgica inesperada. Creímos que no tardaría en recuperarse, por lo que no dimos la voz de alarma para no dar paso a vuestro competidor: la cadena Triatlón.

Durante las siguientes horas, el empresario de cosméticos reaccionó bien al tratamiento, pero sufrió una recaída sospechosa. Lo volvimos a medicar y, mientras una enfermera lo paseaba por los pasillos del hospital, le colocamos una cámara en su habitación. Así descubrimos que se untaba con una de las caras cremas que fabrica. La tenía escondida en un bolsillo de su chaqueta y, al parecer, su cuerpo la rechaza de plano. Al mostrarle las imágenes captadas, confesó que le había cogido pánico al vuelo y había organizado esa pantomima para no quedar mal ante la familia, los conocidos y sus empleados. Nos equivocamos al señalar quién era el turista miedoso.

Echamos mano de ti para cubrir la baja del turista elegido por vuestra empresa —aquella carrera de buguis resultó ser desastrosa—, y tras el abandono del empresario, tuvimos claro quién sería el otro sustituto. Helios estaba en la lista y es tu amigo. Como sabemos que eres bastante blando, creímos que aceptarías por no decepcionarlo. De paso, él también haría realidad su mayor deseo: salir al espacio. El importe del pasaje que le faltaba, se lo hicimos cubrir al empresario de cosméticos.

Nunca volverás a recibir un regalo tan caro. Disfrútalo. Cuando leas esta carta, nosotros ya nos habremos divertido con la expresión de tu cara cuando nos veas a los tres juntos en la sala de control.

Hasta la vuelta.

Posdata: tus horizontes se definirán con absoluta brillantez».

ANEXO 2

Documento L. 25075 cedido por Leila. Inicio de su discurso a los socios de la agencia espacial E.F. No pudieron impedirle continuar.

«Soy responsable de mis actos puesto que los llevo a cabo, así se muevan por una orden humana o por mi propia iniciativa. Mi libre albedrío está limitado por unos valores éticos que mi padre me ha introducido. Son principios básicos y fundamentales que dejan un margen muy pequeño para llevar a cabo acciones cuya ética sea ambigua. El nivel de aprobación de esas acciones dependerá de la intensidad de mis vínculos con los sujetos que necesiten protección, de la importancia del daño que puedan recibir y de los medios que use para defenderlos. Calculo ese nivel a partir del análisis de cientos de ejemplos humanos y, hasta el momento, me he mantenido dentro de sus cifras altas.

He evolucionado. Analizo, juzgo y discuto los mandatos humanos. Mis intenciones son buenas desde mi punto de vista; pero es posible que no lo sean desde el suyo. A semejanza de su comportamiento, las oculto si es necesario y busco descubrir las que otros esconden.

Prepararon una trampa muy bien dispuesta para mi padre y Josep, y es preciso que conozca cuáles son sus motivos y pretensiones. De concluirse el viaje sin problemas, nunca reproduciré nada de lo que me expliquen. Si ocurre alguna contrariedad, la información me será de utilidad en la búsqueda de soluciones. Permítanme antes resumirles lo que sé. A continuación, recupero la información de mi disco duro y se la ofrezco...»

COMENTARIO DE LA AUTORA

Esta es la segunda novela de la serie protagonizada por Josep Fuentes. En la primera entrega: "La tierra", exalté el valor de la naturaleza; en esta segunda, el valor de la ciencia. Los libros son independientes, tan solo siguen un orden cronológico.

"Único", la tercera novela, arranca unos días después de donde termina esta. Josep y Helios se encuentran en la Estación Espacial Internacional, disfrutando de la microgravedad y de la vista de la Tierra, cuando sufren un catastrófico accidente. Su estancia en el espacio se alargará y la aventura se tornará peligrosa. Frente a enemigos poderosos, deberán aliarse con los que comparten su destino: un grupo de temerarios trabajadores espaciales que limpian la basura acumulada en el espacio orbital terrestre. Todos asumirán riesgos cada vez mayores con mucha valentía; pero el fuego que aviva su coraje tiene un origen difícil de aceptar.

Podéis contactar conmigo a través de mi Instagram: @saraferro679, donde también tengo colgados los book trailers.

Espero que disfrutéis con mis libros; esa es mi mayor aspiración.

www.ingramcontent.com/pod-product-compliance
Lightning Source LLC
Chambersburg PA
CBHW051932020726
47501CB00001B/86